新方墨

文学新活力

WENXUE XIN HUOLI

当代中国青年作家创作实力展

文艺报社◎主编

时代出版传媒股份有限公司
安徽文艺出版社

图书在版编目（ＣＩＰ）数据

文学新活力：当代中国青年作家创作实力展/文艺报社
主编.—合肥：安徽文艺出版社,2018.9
　（新力量文丛）
　ISBN 978-7-5396-6472-9

　Ⅰ．①文… Ⅱ．①文… Ⅲ．①文学创作研究－中国－
当代－文集②作家－生平事迹－中国－现代 Ⅳ.
①I206.7-53②K825.6

中国版本图书馆 CIP 数据核字(2018)第 208890 号

出　版　人：朱寒冬　　　责任编辑：朱寒冬　　刘姗姗
特约编辑：行　超　　　装帧设计：张诚鑫　　王曦月

出版发行：时代出版传媒股份有限公司　www.press-mart.com
　　　　　安徽文艺出版社　　www.awpub.com
地　　　址：合肥市翡翠路 1118 号　　邮政编码：230071
营 销 部：(0551)63533889
印　　制：安徽联众印刷有限公司　　(0551)65661327

开本：710×1010　1/16　印张：30.25　字数：310 千字
版次：2018 年 9 月第 1 版　2018 年 9 月第 1 次印刷
定价：88.00 元

新力星

傅爱毛

毕亮

鲁敏

张惠雯

张悦然   滕肖澜

文珍   曹有云

冯唐   金仁顺

朱旻鸢   薛舒

霍艳   黄咏梅

李进祥   朱个

玉甜   春树

周晓枫   周洁茹

玉可心   唐不遇

纳兰妙殊   双雪涛

江北   西元

                     赵志明

                     祁媛

                     黄孝阳

                     沈念

谢络绎

王芸

董夏青青

任晓雯

李浩　　　　　　孟小书

陈楸帆　　　　　李燕蓉

徐皓峰　　　　　方石英

李娟　　　　　　马娜

周李立　　　　　侯磊

朱山坡　　　　　李修文

李宏伟　　　　　丁晓平

飞氘　　　　　　塞壬

包倬　　　　　　李晁

张好好　　　　　胡竹峰

张敦　　　　　　鬼金

　　　　　　　　唐诗云

　　　　　　　　徐衎

　　　　　　　　宋小词

目 录

1

傅爱毛 / 出生于河南省新密市,2000 年开始从事
文学创作,先后在《当代》《北京文学》《中国作家》《青年文学》
等刊物上发表小说近 200 万字。著有小说《天堂门》《绿色女
人》《私奔》《嫁死》等,《嫁死》获《小说月报》第十二届"百花
奖",《天堂门》获《小说月报》第十三届"百花奖"。

非常态爱情风景中的纯净和超越

北　乔

　　傅爱毛的文字弥漫着浓烈的人间烟火味,是日常生活自然呼出的气息,写作回归真正意义上的随性诉说。在她的创作中,接地气不再是概念,而是鲜活厚实的行为。她常以爱情为入口,以身体为风景,行走于底层人群的生活现场。看似描绘日常生活图景,但专注的是潜于生活内部的身体本能性的欲望与情感纯真化的渴求。这使她的创作敏锐地刺入世俗生活,本真而深度地感受身体欲望的横冲直撞,或对于爱情异乎寻常的偏执,观望身体之间的厮杀角斗。她善于撕开生活的平静与身体的伪装,将人物推至极端的境地,追问情感中的肉欲狂欢和肉欲之下的情感吟哦。在竭力舒展性与情的欢歌之下,在欲望叙述的横流中,展开冷峻的人性叙事,探询人性成长谱线,寻找人在困境里的行走与突围。

　　傅爱毛有许多作品充满女性主义叙事的气质,从女性的身体与心灵出发,观照女性的苏醒与沉沦。这些女性脚下是生活的坚实大地,内心对人生有着美好而健康的向往,但在或身体或情感的挟裹下,在一路狂奔中癫疯、迷失、呐喊或歌唱。她没有从女性到女性,而是让女性回到男性中间,回到生活内部,在整体的层面上追寻人性的沉沦与飞扬。

　　傅爱毛以她的创作再一次证明,文学与生活一样,外在的唯美或世俗,有时并不是内部景象的真切折射。我们可以恣意地呼喊行走,世间可以斑驳,可以纯净,可以水深火热,但我们必须知道灵魂需要洗礼,身心终究向往美好。而叙事的力量首先不是源于态度和技术,而是心灵与情感温度。亲近生活,用心走入底层人物,感知他们的心动,总是可以发现他们人性的光彩和人生的坚强与富实。

身体与欲望

　　虽然灵魂在任何情势之下都可以自由飞翔,但身体被囚禁和压抑,依然是难以承受的困境。况且在很多情况下，对人的控制总是先从身体下手的。女性的释放与超脱往往也是从砸碎身体锁链开始，让身体自然地打开，自在地言说。身体负载灵魂，但我们有理由相信，身体也有只属于自己的生命与尊严。傅爱毛充分尊重女性的身体伦理，让女性身体在没有杂念和功利的纠缠下自由行走。傅爱毛在女性绽放的身体中，捕捉女性冲击束缚、寻找突破的心路历程。

《女博士与越狱犯》中的女博士端木惠，抛开了道德和法律的约束，不怀有其他任何外在利益目的，就连似乎与女性共生共长的羞耻感也被她扔在一边，让身体回到最为原始的状态，信任而心疼身体的饥饿与渴望。当一个男性越狱犯闯入她家并强暴她后，她没有耻辱感，只是充满恐惧，最终身体居然说服了她。她非但没有告发男人，反而回味那瞬间惊恐之下身体得到的美妙，并淡淡地期望男人还能再来。她承认男人确实给她带来了快感，让身体得到极大的满足。傅爱毛没有用道义去指责甚至唾弃端木惠，因为端木惠不是在故意践踏道义，只是让身体回到自然状态，听从身体的苏醒与呼唤。

《你是谁的剩女》中的女性同样叫端木惠，同样受到男性的侵犯，侵犯她的是她的领导，但她采取的是拒绝。不过，她的拒绝只是意识战胜身体的结果。年过40的她，身体已经日渐枯萎。何止是身体，她的心灵、情感以及生活都呈荒漠化趋势。经过最初的慌张，端木惠的身体在这突如其来的侵犯之后得到激活。她开始倾听身体的心声，主动敞开身体。

有意味的是，两个端木惠在回应了身体的渴望之后，原本僵硬的心灵反而活泛起来。她们重新燃起了生活之光，并以自己安宁而丰满的心态开始了新的人生。

唤醒的其实不只是身体，换句话说是通过唤醒身体而唤醒了灵魂。卓月琳（《尖叫与裸奔》）只是出于肉体的需求，与白小黑结识。白小黑只是性工作者，只付出性，而决不付出感情，从事这样的工作只为挣钱救女友的命。当女友病逝后，白小黑找了一份正常工作，任凭卓月琳以肉体和金钱诱惑，白小黑也不为所动。从此卓月琳熄灭了身体的欲望，开始肉体自虐。杜太太（《小伙子杜太太以及一条狗》）是被包养的，自我出卖的身体处于长时间的饥渴之中，甚至与狗有了亲近之举。她对小伙子百般挑逗，遭到小伙子的呵责，遭受重创后，杜太太反而清醒了。这时候，她的身体平静了，灵魂冲破困扰飞翔起来。

当自己将被束缚的身体解放后,她们又企图以自己的身体去控制他,甚至绑架爱情。《绑定爱情》中的杨然要与端木海结婚,目的是贪图他的巨额财产。她把心思集中在美容上,想尽一切办法试图用身体迷住困住端木海。用肉体绑架爱情,看似是发挥肉体的最大价值,但与听从身体本能的召唤已经完全不一样。《成名》中的杨斯卡则是想以人造的丰胸来博取名气,成名了,却香消玉殒。

显然,杨然与端木惠、杜太太等人对待身体的态度是相反的,端木惠等是尊重且敬畏身体的本真,杨然则是把身体作为工具在利用。祛除身体上的道德、文化和政治色彩,是对身体的忠诚;而添加身体的功利性,是对身体的亵渎。

傅爱毛的身体伦理叙事,给予欲望充分而旺盛的冲击力,助人理解肉体的骚动、挣扎和狂欢,这是身体生命性的勃发与旺盛,但并不是无节制的泛滥。因而,身体不是性和欲望的宣泄通道,而是一种生命与爱情的抗争,并以这样极端性的行为与生活展开真诚的对话,真实地表达诉求。身体的肉体性与伦理性合成一股力量,在困苦中寻找缝隙中的缕缕阳光。

痴情与异化

傅爱毛对人的"痴"怀有极大的兴趣,"痴"成为她叙事的重要元素,许多时候更是叙事最为强劲的内在动力。"痴"是浓醉迷狂的状态,也是高于凡力的执着境界。痴迷身体中的自我,痴醉身体的颤动与放飞,是自然性的生命力。而痴情,或是对于爱情的坚守与执拗,或是扭曲之后的异化。傅爱毛劈开"痴"的丛林,寻找人们对于爱情的感悟,触摸心灵异化的脉络。

《住在巷子深处的毛线女》中的毛线女被男人申进昌抛弃后,独自生活了二十多年。她远离大众生活,将肉身自我软禁,就连语言也被她主动地封锁在身体内。她成天沉溺于织毛衣之中,手中的毛线被编织成衣服,她的心灵与肉体也被毛线牢牢地缠绕。显然,用毛线织毛衣,已经化为一个寓意深刻的象征。申进昌离她而去,她一方面在痴等一个答案,一方面又时常陷于当年的肉欲回味中无法自拔。这样的痴情其实只是肉欲的化身。当申进昌再次来到她身边后,她在重温了肉体的迷醉后,为了长久留住他,用毛线把他织成了毛衣人。她留下的只是一具不再有生命与情感的躯体。或许她的身体依然是健康的,但心灵已经彻底病态。

《女人 刀子 酒》中梅姑娘对爱情是忠诚的,这样的忠诚几乎达到永恒的境地。顾大脚退婚后,她试图以自杀来殉情;苦等多年后,她嫁人有了孩子,但依然还是靠往日的那份爱情取暖。问题在于,她极度需要顾大脚给她一个理由,但她并不是去追问,而只是不停地谩骂和诅咒。时间一长,人们发现,梅姑娘的谩骂与诅咒,与其说是责备顾大脚,还不如说是她以此方式享受着生活,长久的追骂可以让她暂时回到常人的生活。某一天,现实让她意识到她错怪了顾大脚后,她停止几十年的追骂,但此时她反而失语了。与梅姑娘有同样遭遇的还有十三香,她那鲜灵的肉体和妩媚的举动在婚后几个月内都没能让丈夫碰她一下,后来丈夫莫名其妙失踪了。她知道他不是因为外面有女人而离开的,但她又不知道这其中到底是什么缘由。她痴痴地期待男人某一天能出现在眼前。可是在这样的痴等中,她固执地认为丈夫是放着她美妙的身体不懂得珍惜,因而开始放纵自己的肉体。以糟蹋自己的肉体为代价来报复那个男人,十三香的痴与怨已陷入了丧失自我的泥淖。

《姑婆的老棉袄》中姑婆与男人订婚并有了肌肤之亲,然而后来男人家悔婚了。姑婆一生都在幻想有一天男人能够回心转意。在她想来,男人的变心是因为她家穷,她没有一身好衣裳。可怜的姑婆,总是无法从男人的绝情中醒悟,一厢情愿地认为只是一件衣服的事。痴,已经摧残了她的心智。然而正是这样病态的痴,让她的一生都活在美好的期待之中。年老后,她有了一身好衣裳,便满怀希望走向另一个世界。

这样的痴,是病态的,非人性的,但傅爱毛没有丝毫嘲讽之意,有的只是同情甚至还有些许的钦佩。其中的悲怆,长久回荡于天地间。她们的痴,是一种异化,但似乎也是一种自我快乐的生存状态。

《疯子的墓园》中的章楠和冯颖好像是疯了,还被送进了精神病院,但似乎又没有疯,只是沉浸于她们内心的那个世界。章楠痛失爱人,冯颖的亲人一瞬间全因地震离她而去。章楠在自己的意识和情感世界里与爱人对话,在别人看来是疯了,她却那样的充实而激情。到墓园工作后,她才真正走进自己的世界,快乐健康地生活着。冯颖在爱的滋养下回到了人们所认可的"正常状态",但患上了严重的抑郁症。

所谓常态与非常态,是某种概念或标准的产物,甚至是相对的但又是可以转化的。至少,我们不能轻易认定"病态"或"异化"就是有悖人性的。为此,傅爱毛没有自以为是地用"常态"与"病态"来界定她们,而是试图借此了解她们的内心,梳理她们在困境中行走的姿势与足迹。其实,傅爱毛并不在乎她们是否正常,只是想探知她们的心灵纹理和生活景象。毕竟,她们是我们中的成员,与我们共同组成了社会,她们的人生同样是生命与情感张扬的人生。

残缺与纯爱

傅爱毛观察生活的视角极为独特,书写也应合着她新颖的个性和思考。她让女性的身体自然呼吸,让女性的心灵自由舒展,但没有让男性不在场。相反,男性在女性生活中多数情况下扮演着"点化"和"荡涤"灵魂的角色。这还不是最具特色的,傅爱毛最与众不同之处在于,出场的这些男性,基本上都是不完整的,身体有残缺。顾大脚和桂林(《五月蒲艾香》)都因意外失去了男根,但大爱在他们身上茁壮成长。或许这有些极端,可另外一些人物是日常生活中普遍存在的,平常得就如同我们的左邻右舍。

哑巴(《爱情试验》)的感觉似乎与他的语言一样一直处于冰冻状态,"我"与申小米出于对纯真爱情的怀疑,用情书为哑巴虚拟了一位"如月姑娘"。哑巴居然在感情的滋润下焕发了活力,并痴迷于其中。她们二人为哑巴的真情实感而内疚,也不愿意继续恶作剧,就向哑巴道出了实情。哑巴起初不信,当确认自己所爱的"如月姑娘"并不存在时,他因失望而迷茫,总是无法从虚幻中走出,最后当水中幻出"如月姑娘"时,他投入河中,为情而死。刘二拐(《换帖》)与死去的翠枝姑娘换帖结成阴亲后,对翠枝有着近乎宗教般的信仰和依恋,他的生活也因此充满阳光。他不再灰头土脸,不再垂头丧气,日子过得一天比一天有起色。他的眼前没有翠枝,可心中有,一天天的日子里有。他以自己的情感和想象,让翠枝真实地活在他身边。当村长要把妹妹嫁给刘二拐,刘二拐竟然为了捍卫这份想象的爱情而宁愿结束自己的生命。

这样的爱情是无功利的,是清洁的生命与清洁的灵魂生长出的同样清洁的情感。身体有残疾,情感却无比的纯净。傅爱毛发自内心地崇敬他们,但也对当下过于物化的爱情作了隐喻式的批判。

杨静云(《笛殇》)在爱情上受过伤害,从此不再相信真爱。她心中的爱已经死了,活着的是肉体的渴望。她被盲人按摩师木耳的青春和男人味所迷惑,但她需要的只是一个声香味俱全的男人。可木耳深深地爱上了杨静云,想与杨静云结婚好好过日子。杨静云为了让木耳死心,骗他说只要能买上房子,她就嫁。实诚的木耳信以为真,以卖肾来筹钱。到这时,杨静云才明白木耳对她有了真正的爱情。她出钱为木耳装修房子,为木耳做复明手术,而当木耳手术成功时,她服毒自杀了。米香(《米香》)最初是为了获得抚恤金而嫁给驼子的,这里没有爱情,只有用身体和虚假的爱情名义去挣钱。随着生活的继续,米香体味到驼子的善良与大爱,渐渐发自内心爱上他了。米香被驼子感召、纯化,矮矬的驼子在米香心中是那样的高大。

傅爱毛之所以着力关注这些身体不完美的人,其实是感受到他们生活于底层是何等的艰难。他们弱小的身躯在风中摇晃,心灵的阳光却万丈光芒。残缺与完美不再是对立的,他们以残缺之躯活出了灿烂的大人生。

端木玉(《天堂门》)是个丑女,得不到别人的待见,爱情也是位陌生客。无奈之下,她到殡仪馆当了美容师,以这样的方式蜷缩于世间的角落。在39岁那年,她遇上了为逝者扎纸人的哑巴男人,两人产生了爱情,开始了幸福自得的生活。端木玉最初的苦闷其实是源于她的不自信以及对于生活的不信任,更重要的是她从迷途中找到了回家的路,发现了身边的大美与大爱。

灵魂之光闪耀在"疯子"的世界

傅爱毛

偶然的契机,我有幸见识到一群被常人世界定义为"疯子"的人,我发现,他们并不像通常人们所想象的那般恐怖和另类,倒比"正常人"还要率性、坦诚和可爱些,在强烈的好奇心驱使下,我通过特别的途径,地下党样混入俗称为"疯人院"的精神病院,得以近距离观察"疯子",并与疯子们朝夕相处。正是在"疯人院"里,我看到了一颗颗鲜活赤裸的灵魂,亲眼看见了灵魂惊心动魄的悸动、痉挛和颠簸跌宕。在"正常人"的世界里,身体、物质以及欲望愈来愈浩荡,"灵魂"在其泰山压顶般的挤逼之下,几乎失去最后的存身之隙,以致使我们不免常常质疑:人真的有灵魂吗? 为什么愈来愈感觉不到它的烛照?

恰恰是在精神病院这个被人鄙弃的地方,我真切地印证了"灵魂"的存在。在那些被定义为"疯子"的人身上,我看到了灵魂灼灼夺目的光彩,并真切地体味到:灵魂会感冒,会发烧,会寒冷,会流血,会生出恶性肿瘤。在"正常世界"里,灵魂之光愈来愈黯淡和微弱,这预示着:人在逐渐泯灭其作为"灵长动物"的灵性一面并朝着低处匍匐,那低处是物质,是肉体,是欲望,是享乐,是沉溺,是"人"走向"非人"的退化。如果我们承认人由于灵魂的光彩而高贵,就必须尊重灵魂会生发病痛这一事实,并正视这病痛,努力让灵魂闪耀出原本的光彩。肉体的健康愈来愈受到重视,灵魂的疾患却在被空前地忽略,连灵魂本身的存在都面临被否认和湮没的时候,以文字的方式彰显灵魂、重现灵魂、尊重灵魂、正视灵魂,让灵魂发出属于它自己的声音,让它歌舞、让它鸣唱、让它啼泣嚎叫,这是我的愿望,亦是我疗治和梳理自己灵魂的途径。

我承认,我的情绪常常陷入"异常"的胶着状态,比如,某段时间我会沉溺于抑郁的深潭难以泅渡;某段时间我会因极度的孤独而被绝望扼攫;某段时间里我会因自怨自艾恨不得拿刀捅了自己，某段时间里我又会激情昂扬热血澎湃。我承认，我曾深陷于暗恋的泥潭不能自拔；我承认我常常被诸多自相矛盾的念头纠结和煎迫到生不如死。那么，我算是"正常"还是"不正常"呢？我确实比"疯子"更高明、更理智、更清醒、更优越吗？我真的有资格居高临下地鄙视和嘲笑一个"疯子"吗？无论怎样的尺子都量不准确。以我亲眼所见，所谓"疯子"，就是爱得比别人更深，恨得比别人更切，对是非曲直比别人更执拗、更较真、更不懂得通融和妥协的人。我之所以没有疯掉，是因为我扼杀和戕制自己的力度更强大，我被格式化的程度更深更甚，我活得更悲哀更可怜，我甚至沦为了我自己的暴君和囚徒，这丝毫都不值得自豪。

在精神病院里，我看到一个临窗而立的女人日夜杜鹃啼血般地重复着"我爱你海涛"这句话。我不知道她痴爱的那个男人在哪里，但我知道她爱得认认真真。面对她我扪心自问：难道我真的不想像她那样，热辣辣不管不顾地吐露出我的爱意和绝望吗？这个世界究竟出了什么问题？为什么人与人之间的相处变得空前地艰难，某些情况下甚至难于与凶猛的野兽相处？为什么许多人宁可从宠物狗那里得到慰藉却对自己的同类失去最后一点信任？同样是在精神病院里，我看到了"疯子"与"疯子"之间纯真素朴的友爱：比如，一个"疯子"慷慨地举起苹果，让别的"疯子"们一人一口分享美味。我还亲眼看到，在吃零食的规定时间里，一个女"疯子"把家人送来的半个西瓜直接用手指抠挖着，一小块一小块地送抵病友们的嘴里（因为担心自戕，病房里不允许有刀具之类的东西存在），大家全都吃得心满意足，"常人世界"的礼仪和戒律在这里荡然无存，我本人也很荣幸地被这快乐所波及：一个年轻俊俏的"女疯子"把她的饭碗举至我唇边固执地要我喝一口她的玉米粥，以此表示她对我的友爱，她之所以友爱我，仅仅因为我愿意专心致志地听她讲疯话，她患的病被命名为"思维奔逸症"，正是在她奔逸的思维和滔滔不绝的述说里，我看到了梦的翅膀，那么壮美！然而，我们的整个社会包括她的家人和医护人员众志成城地围剿了她的梦想，砍斫了她意欲凌空飞翅的翅膀，使她沦为"疯子"。我喝了她的玉米粥。我相信，那口玉米粥所代表的是世界上最纯粹的友情。

我发现，"疯子"的世界坦荡荡赤裸裸，如同孩子的世界那般简单。当我要离开"疯人院"的时候，一个"女疯子"紧紧地抓住我的手失声痛哭，并一再地嘱托:"你可要记着我呀,别把我忘了!"那个女人的哭声至今还在我的耳畔回荡,我必须不无悲哀地承认,迄今为止,这世界上还不曾有人因为与我的别离而如此地大放悲声过,那哭声至今还在温暖和慰藉我意冷齿寒的孤独和绝望。我对自己说,如果我是人,如果我想要以人的名义活着,那我就要写。文学与否,那是能力问题,我想说出的是:别把灵魂那孩子挤瘪和踩踏死啊,看她一眼吧,她瑟缩在犄角旮旯里哭泣流泪呢,写作,那是灵魂的啼泣和鸣唱啊。——这是我为《疯子的墓园》这篇小说所写的创作谈,这个"创作谈"所谈出的应该就是我与文字的关系。

毕亮 / 生于湖南安乡县，现居深圳。短篇小说集《在深圳》入选"21世纪文学之星丛书"2013年卷。作品多次入选年度小说选本。中国作家协会会员、鲁迅文学院第七届高级研讨班青年作家班学员、杨争光文学与影视艺术工作室成员，曾获2008年度长江文艺文学奖、第十届(2010年度)作品文学奖、深圳青年文学奖，有小说改编成电影。

短篇小说的临门一脚

张燕玲

我不懂足球,却有多次独自半夜起身追看世界杯之类的糗事,让自己平庸的生活沾点喜气,攒点活力,似懂非懂地跟着激动不已,尤其期待酷哥们的临门一脚,张力无限。因为,进球的就是英雄;而更多是看到准备临门一脚时球却突然被截的大呼小叫,虽然临场没有国足,但球赛瞬间的临门一脚还是激发起我的快乐。毕亮的短篇小说集《在深圳》近日入选 2013 年"21 世纪文学之星丛书",为他高兴的同时,便把没读过的他的其他作品一篇篇读下来,仿佛观看了一场场足球赛事。因为在毕亮对文学"深圳"的书写中,我不仅感受到他对打工者"在深圳"的困惑、焦虑、希望和绝望的深切理解与悲悯,还每每感受到他叙述时临门一脚的艺术张力。张力来自他写出来的部分和隐藏的部分,尤其后者,常常用充满隐喻和暗示的有心无心的一两句对话,或某个似是而非的细节,一如临门一脚,小说顿时别有洞天,意味深长。而我特别看重短篇小说创作那临门的一脚,它不仅是神来之笔揭示了故事,令人震动,还使小说因另有细节而富有意义。

失败者的悲情与尊严

"在深圳"或说文学的"深圳",应该是毕亮对当下文学的一个独特贡献,因为"在深圳"几乎成了 20 世纪 90 年代以来南下打工者"淘金梦"的代名词,它精当概括了人物的"深圳"之所在:在深圳的物质状态,在深圳的精神状态。《在深圳》22 个短篇几乎包含了毕亮最有代表性的"城中村"和"失败者"系列,作品满含深情地书写了一个个"在深圳"的故事:那些追寻"为人生翻盘的机会"的来自全国各地的各色打工者,他们没能朝他们预想的方向前行的日子,以及他们难以纯粹性成长的精神生活,对亲情和个人尊严的强烈渴望,他们的困惑、焦虑、希望和绝望。尤其那些为生存困境铤而走险而烂掉了的生活：在阳光下行走却无法摆脱生存困境，无奈选择黑夜的谋生行当，偷盗、抢劫、贩毒、凶杀、卖淫等等，他们是被生活一点一点击垮的失败者。《在深圳》在整体上表现了一种对弱势人群或小人物的命运无法割舍的情感，充满着同情的理解、悲情与悲悯。《城中村》中为妻子换肾、女儿去胎记走投无路而盗窃的男人，在深圳害了"职业病"——死去却不明真相和权益的马红旗们，被誉为成功塑造了"民工版孔乙己"形象的《外乡父子》，"消失"了生活梦想与激情的房东中年男人等等，他们虽各有缺陷，但他们如此努力良善、克己节俭、孝顺爱家，却一一陷入生存困境。"因为以物质为追求的时代，总是将人的精神压迫得如此不堪，尤其是遇到突发事件的时候，每个人都会感受到某种窘境。"于是，他们对于现实和精神困境，便有了一个从抗争到无奈、妥协及沉默或默认的过程。这便是普通人的深圳所在：追梦的绝望与希望同生，在希望中绝望，在绝望中希望，一如《消失》中新来求租的青年男女之于中年男人，他们便是他的过去；而他的今天，也许便是他们的明天；因而落魄的中年男子在离去前，却将自己的家电送给了年轻人，留下一抹温情、希望与尊严。于是，小人物对理想的追逐和对亲情的渴望，及其理想在时代波折面前无情消散的悲剧命运，幽幽暗暗，怪味横生，直指打工者的深圳内核，奋争而无常，惨烈而悲凉。毕亮以个人的视角，探究了以打工群体为切入点的深圳所在和时代真实。

失败者也有尊严，情感与家庭便成了疗伤的栖息地，他们执着于对情感归宿的迷茫及其深切探询。中年打工者拼来生活好转，可夫妇不能同甘，面临家庭生活的颓败；青年打工者又无力成家，或面对婚姻磨合期的诸种问题和情感危机，如情感疲乏、外遇、失业、疾病，还有因无力抚养而被人流的孩子等等。在《那个孩子是男还是女》《大案》《血腥玛丽》中，处于婚姻三年之痒的青年夫妇面临困境，常常为基本的生存问题苦恼、矛盾、挣扎，心理冲突使磨合期变得难以承受，身心疲惫，早以无从应对日常的琐碎和一地鸡毛。家长里短鸡毛蒜皮不仅磨损了热恋的幸福感，尤其那些被人流的"还没长出来的孩子"更是毒针般扎刺着年轻脆弱的心灵，使之"涌起一阵酸楚和疼痛"。"过去他们是两朵棉花，挨到一起能相互温暖；现在他们却成了两只刺猬，碰到一起就会刺伤对方。""我们还有爱情吗？""爱情能当饭吃？"在饿肚子时，爱情竟如此无力。但是，更多的年轻大学生,还是不甘,一如蒙嘉丽对马望的期待"我们应该挣扎一下,不要那么轻易就放弃,屈从现实",才可能"百年好合"。这些初到社会的稚嫩心灵与粗粝世事磨合的成长故事,不仅暗示着人物内心世界与外部世界的冲突,还暗示着这个时代底层的精神去向、文化反思和生存困境,这是关于个人,也是关于社会的困境,当然也带着毕亮对人性的美好怀念,对失败者的同情与理解,以及对人命运的脆弱性的悲悯。冷冷暖暖,影影绰绰,他的"城中村"系列、"失败者"系列就这样汇入了深圳以及大时代的社会和历史中,也唯此,它就不仅仅属于个人,属于深圳,也属于我们这个时代。于是,生命悲情与人性之花,在深圳,在人类心灵静静开放。

艺术上的临门一脚

短篇小说的精彩,大多来自于故事高潮迭起的临门一脚,它的意义在于此刻的另有细节。毕亮临门的一脚大多在于平静之下的波澜,以及波澜推出的大潮。他总是淡淡地讲述着"城中村"生存挣扎的故事,不渲染悲情色彩,却以无比平静的真切、人物对个人生存和尊严的渴望一点一点地打动着我们,再以一个隐藏在这一切背后的最具戏剧性的核心细节作结,戛然而止,有力地暗示了一个更为丰富的文学世界,内力扩大,绵延不尽。短篇集首篇《恒河》,以讲述性的语言和平静的笔触把现实生活讲述成一个传说,"剩女"孔心燕,在无数次相亲中,终于与马修对上了眼,似乎一切都静静地朝着婚姻轨道行驶,马修多次前往探望她那因与银行抢劫犯枪战致瘫的前特警队长的父亲,突然,没由头地马修玩消失了。淡淡的叙事一直缓缓推进着故事,而结尾一如临近了球门,孔心燕在面对并追问马修"到底为什么"时,马修说:"你比我更清楚,我一直等着你的实话。"临门一脚,这关键的一笔,暗示了故事中的故事,原来瘫痪在床的孔父,并非孔心燕介绍的英雄,而恰恰是被枪击致瘫的抢匪。这是孔心燕在一次次真话遭弃后说谎的因果。因为真话不断碰壁,用谎言托词,偏偏新男友马修是个向往恒河、有宗教情结的虔诚真性男子,于是谎言遭遇到真诚,剩女只能再剩。女性的无奈,世事的无常无情,隐喻着人性理想的恒河一直是主人公可望而不可即的符号,似乎成了故事若隐若现的背景音乐,令人触摸到真相与谎言、世俗与净地、红尘与禅意,虚实互文,相生相融却天地相隔。毕亮书写了这么一个被命运追逐、击垮的女性,无论真话还是谎言,在无常无奈的世事里,孔心燕的生活因父亲的铤而走险变得复杂多变,也必然一世沧桑。

小说关于孔心燕的过往,孔父那曾经震动全市的银行抢劫案等等是作品隐藏在冰山之下的巨大沉默,小说平静叙述的是孔心燕与母亲每天对瘫痪父亲细致的照看,虽有无奈却没有嫌厌,隐隐的沉闷紧张气氛中,是全家共患难互担忧尽义务的亲情,与马修追求在恒河修心的虔诚相映成趣,为小说奠定了淡淡温情的基调。简简约约中,结尾主人公轻轻的两句对话呈现出人性与人生的复杂、脆弱乃至惨烈,还有温情与尊严,也留给我们不尽的震动和想象。

毕亮追求着美国作家卡佛简约的小说气质,22 篇小说基本秉承这种简约之风,显示着外部叙述平静,内里紧张激荡的现实质感。小说文字节省,笔端隐忍,始终令真相隐藏在情感背后,这样的情感空间必然是阔大的,临门一脚,是否进球,却遮蔽不让观众看见,于是张力扩大,余味绵长。而另一个隐藏的故事却若明若暗地出现了。

他临门一脚后的另一个故事,如《铁风筝》中,寡妇杨沫的新恋人马迟,也许就是击毙杨沫那为给失明儿子治病而抢银行的丈夫的特警。《在深圳》中那位一再出轨,回家看到有人一直蒙头睡在他床上,竟有了与闹离婚的妻子所谓道德扯平的理由,而在妻子鄙视下心安离家后,我们看到那个宿醉的陌生人,竟然是个一言未发而悲怆号哭的年轻女子,如问她有几多伤愁,必将是一江春水向东流,毕亮为我们留下了另一个故事的无限可能性。《大雾》深锁了三天的深圳以及两对男女迷雾般亦真亦幻的情感与婚姻真相,开启另一个故事的钥匙是那枚衬衫宝蓝色扣子。《外乡父子》被生活一点点击垮的故事后面,还隐藏着外乡人母亲的故事:"母亲是越南人! 她是个毒贩,给越南警察打死了,是个狙击手干的"。《消失》中在现实面前"消失"了美好梦想与生活之后,却留下了神秘的无处不在的"那股怪味",隐隐地散发出一股颓败的气息和寒意。《纸蝉》中一直打哆嗦,始终未能将纸蝉折叠成孩子儿时满意形状的父亲,在儿子追问母亲死因后悄悄离去,孩子的身世和母亲的死又形成了另一故事的新结等等。这样的艺术追求,在于他创作初期便隐隐有了这样的文学自觉,如他的"官当镇"系列中的《继续温暖》,结尾就以眼瞎的"爷不是用眼睛看人,是用耳朵看人",爷爷对孙子马达为安慰他把爹娘的声音学得神像之事"什么都晓得"。这个留守爷孙相互温暖相互照亮的 2008 年的故事,获得许多赞誉。而这简约文风中的临门一脚,这种小切口大空间,戏剧性隐藏在深处的艺术张力,在前述他近年的"城中村"系列、"失败者"系列中渐渐成了他的自觉追求,也是他短篇小说写作过程中的一个独特的精心构思和出彩之笔。

短篇小说创作的难度

与其他文体相比,短篇小说一直是高难度的写作,在短小的篇幅下完美讲述一个故事或塑造人物,并有临门一脚的高潮迭起,这对语言、文字、结构等技艺要求很高,尤其在短篇小说遭遇写作低谷的当下,年轻的毕亮就以自己出色而独特的创作寻找到自己的艺术通道,实属不易。要知道,不少作家穷尽一生,还在似是而非中。当然,要使这条通道伸向远方,也许毕亮还要战胜已有的自我,把自己"在深圳"的目光深入更广大之所在,尤其警觉作品间的似曾相识。

的确,毕亮的单篇都有相当的文体自觉与文学自信,但结集的22个短篇数次给人似曾相识的感觉,在一定程度上存在着相互重复与自我重复的现象。如其故事流程与心思的纠结点基本相像,皆是寻求改变命运和生活梦想的外来打工者的深圳之所在,皆是他们对于现实、精神上一个从抗争到无奈、妥协及沉默或默认的过程,结局虽不同,但无一不是在深圳的外乡人的悲剧。而故事与命运节点大多在于人物的各式失败,情感婚姻危机大多来自无力抚养孩子而选择做人流,或欺骗或出轨等等,犯罪则是因失业或疾病等生存所迫的铤而走险,如抢银行、盗劫、贩毒、凶杀、卖淫等等。生活场景甚至句子多有重复:租屋,城中村农民房,二手家具店,坏了长久没修的马桶;"室内潮湿,蟑螂、蜈蚣、臭虫和不知名的竹节虫就会从墙角旮旯爬出来";黑蝙蝠乱飞;电视屏幕,女播音员说着某个城中村发生了凶杀案,或银行抢劫案,或小型爆炸案;"夜晚,不间断地会听到夫妻间的争吵声、歇斯底里的哭声、幼童尖锐的叫声……"令人感受到他整体创作的临门一脚还是欠了点儿火候。

是的,我们在深切体味到了毕亮对失败者命运与尊严无法割舍的情感和力透纸背的表现,感叹他表现文学的"深圳"这一独特的社会现象的文学贡献的同时,更期待在他作品的气质和文学品质上有更俊逸更多样也更有力量的追求,不止于单篇作品的另有细节的临门一脚,而是他个人创作的神来之笔。

"深圳"的馈赠

毕　亮

大约是 2010 年,我参加一位朋友的婚礼,场面热闹、盛大。在那繁华、喧嚣的氛围里,我想到另一位结婚却没有操办婚礼的朋友,以及半是忧伤半是甜蜜的深圳往事。

十年前,我从湖南来到深圳,至今记得那个夏天的溽热、硬邦邦的台风、潮湿的雨水。记忆里没有抒情,唯有初入职场的年轻人的窘迫、惶恐与不安。十年了,深圳生活仍然时不时地令我惊奇,高度的现代性,蓬勃的商业环境,崇尚竞争、崇尚速度,钢筋水泥的丛林法则扼杀了诸多天性,譬如童真、朴实、真诚,人心一天天冰冷、"硬化"。我们不得不不断地做出让步、妥协,学会接受。

我时常想,我和我的同龄人,生活在一个怎样的时代里?所有人都在向前奔跑,慢了生怕掉队;信息越来越丰富,价值观却越来越单一,物质至上……作为一个存在于现实中的个体,我常常感到困惑,也陷入"影响"的焦虑,内心认定的路与价值,是否该坚守和坚持?

就在我为内心的纠结感到不安脸红时,我会想起另一个超然于现实之外的朋友,他淡泊物质,忠于内心。某天,我们坐在星巴克里聊天,他谈起生病的父亲,为节省每天 50 块钱的住院费,暴热的夏天,他父亲住进没有空调仿若蒸笼的病房……他忘不了躺在病床上干瘦的父亲慈眉善目看他的模样,目光温暖、宽厚。那一刻,我想到了自己年迈的父亲、母亲,内心兵荒马乱。

我又陷入了困惑。

从故乡到异乡,从湖南来深圳的十年,有两个"我"在生长:一个在现实世界,一个在虚构的小说世界。坦率地讲,我不喜欢现实中的"我",规矩、貌似有教养、假装体面,似一只笼中兽、圈养的家禽,看不到可能性;我更珍视写小说的

"我",坐在黎明前的黑暗中,写绝望的故事、写温暖的故事、写绝望与温暖交融参半的故事……那个"我"是莽林里的野兽,看不清来路,看不到去处,充满了未知和可能性。

克尔凯郭尔说:"世人眼中的大事,在我看来毫无意义;世人认为的屑小之事,对我而言却是异常重大。"我喜欢写日常和琐屑之物事,写小说时,我更愿意把自己当作侦探,去发现人物细微变化的表情,留在桌面指尖的纹理、水杯上的唇印,探索晦暗不明的空间和旁逸斜出的枝节……当读到卡佛、耶茨、奥康纳时,我感到相见恨晚,在卡佛、耶茨的笔端,个体的苟且、不安、躁动、妥协、隐忍,悬乎于生活角落的微尘,全部登堂入室,成了撼动人心的小说;而奥康纳更大胆、放肆,抛开了道德的束缚、习俗的禁忌,去探索人性的幽暗与复杂。阅读过程中,许多个瞬间,我感到自己被捆绑的手脚得以解放。

有一天,我突然想写一个人感受到的文学的"深圳",写在深圳的不安、困惑、焦虑、希望和绝望……这些"情绪"因深圳这座表面光鲜的改革开放前沿城市而放大。这是深圳或说时代馈赠给我的富矿。但,夜深人静时面对"深圳",我却无从下手。幸好,遇到了德国画家霍尔班,他帮我找到了叙述的切口、角度。《使节》是霍尔班的传世之作,在这幅充满暗示的画中,霍尔班以变形的手法隐藏了一枚骷髅,正面看不出是何物,只有从左侧斜下方或右上方以贴近画面的角度才能辨认它的原形。这幅画符合我对短篇小说艺术的理解:结构于简单之中透着复杂,语言暧昧、多解、指向不明,人物关系若即若离,充满紧张感和神经质式的爆发力。

在书写深圳题材的小说时,我意识到每一位作家都有他表达真实的方式和叙述的途径,我想做一名"在场"的作家,以文学、以小说的方式呈现变革时代、社会转型期个体的精神困境,选择与放弃,得意与失意;以小说文本让后来者记住,我们生活的城市——深圳,曾经有一批墙角下的生命,他们的抗争与抉择,他们的动荡与心安,他们的希望与绝望……这是我理解的文学对个体、对生命的尊重。

鲁敏 / 江苏东台人。短篇小说《伴宴》获第五届鲁迅文学奖,长篇小说《六人晚餐》获 2012 年度人民文学奖。著有长篇小说《博情书》《方向盘》,中短篇小说《白围脖》《镜中姐妹》《思无邪》《风月剪》《逝者的恩泽》等。

人性幽暗地带的微光

王虹艳

鲁敏于 1999 年开始文学创作,2002 年、2003 年相继发表中篇小说《白围脖》《镜中姐妹》,获得文坛广泛关注。短短几年间,鲁敏便以成熟的创作姿态进入人们的视野,她的迅速成长令人惊讶。2012 年出版的长篇小说《六人晚餐》更是全面展现了她的创作实力,引起较大反响。十几年中,鲁敏的创作轨迹不断变化,她的作品或温馨或压抑,或写实或写意,但始终不变的是对人和人性的持久关注。

古怪的人物　偏执的性格

鲁敏的小说多写人性的幽暗部分,主人公往往都有怪异的嗜好、偏颇的观念或极端的性格。即使面对正常而普通的叙述对象,鲁敏也要揭示他们心中微妙的心机或者小小的狡黠。对人物内心世界的深度迷恋和不退的热情,让鲁敏的小说似是各种奇异人性的集锦。如她自己所说:"我的寄托则只有一个:对'人'的好奇与贪婪,就跟纳博科夫酷爱收藏蝴蝶一样。我有个不太敢张扬的野心:我想收藏'人',人的伤疤,人的灵魂,人的失足,人的攀升。人性之种种,迷人而触目惊心。写作就是对人性的探测与抚摸。"

鲁敏善以极端方式写偏执人物、偏执人格。《死迷藏》中的警察老雷便是代表。老雷活得小心翼翼,喜欢"准确""规律""计划性"这样的词眼,拒绝不受控制的事情。对于死亡,他不能接受死得太随便,认为这种"随便的死"应该被控制:"死,是件大事,应该周全、从容、合理。比如,在自己家的床上,跟家里人一一见过……"但在现实生活中,到处是"随便"的死,各种意外随时都会发生,死亡四面埋伏。所以他控制妻子和孩子的一切行为,没收妻子的身份证,禁止其坐飞机;上班不让坐公交,因为公交车会自燃,地铁也不行,怕碰上坏人施放毒气,或是司机厌世自杀式撞车;他不准家人到咖啡馆或歌厅,逛地下商场,说那种地方一起火准死……如此防范,还是没有躲得过死亡——儿子误饮老雷调制的毒橙汁,中毒而死。人能够控制变化无常的生死和命运吗?老雷的悲剧在于,暂不论他对外在世界的控制是否有效,他对自己的内心、对家庭的控制已经先自失控——妻子抑郁、儿子叛逆,他自己也趋向疯狂。对意外之事的一切严防死守最终敌不过来自内部的瓦解。

作者以夸张变形的手法将这个当代“套中人”的故事推向极致。在鲁敏的小说中,现实生活的逻辑常常让位给文本虚构的规则,人物状态和行为的描述被突出放大,而其行为的现实诱因则被弱化。如果理性的最大局限是它无法解释非理性,那么对扭曲的偏执个性进行理性的解读和分析,自然也是虚妄的。在她的非理性世界中,灵魂的无限性远远大于现实的丰富性。人物的怪异行为恰恰成就他们独特的自我,外部世界只是背景,他们的选择依从的是自己内心的逻辑。

鲁敏笔下的人物常有奇异的嗜好。《墙上的父亲》写了一个极端热爱吃的妹妹。父亲早逝,母亲自顾不暇,妹妹小小年纪便活在自己的极端的孤独里,“吃”是一种补偿式的填充。死去父亲的遗像被挂在墙上,从此换了一种方式介入母女三人的生活——高高在上,如影随形。母女三人在父亲的凝视下生活,虽困顿不堪,却又尽可能保持体面。《六人晚餐》中也写了一个爱吃的弟弟,弟弟胖到已分不清是男孩女孩。他同样也活在父亲早逝的阴影下,同样缺乏爱与关注,同样对吃这种行为有着偏执的爱。更糟糕的是,弟弟晓白无法确定自己的性取向,不知道自己是喜欢男孩还是女孩。

《细细的红线》写了主人公的古怪嗜好:角色扮演。小说讲述的是中年男女的情感故事,女子结婚多年心中仍然是空空荡荡,男子是配音演员,功成名就,不断有投怀送抱的女人,而他在与女人们的游戏中感到生活的无趣。二人开始了另一段情感的历险——女子不断地在社会上扮演不同的角色,回来给男子讲述,他们在新的角色中感到了惊险和刺激。小说涉的是现代人的精神困境,尤其人对于自身处境的无力感,导致最后救赎的虚妄。

人性幽暗处很多难以捕捉的东西,在鲁敏的笔下都被直接呈现。《六人晚餐》中人与人的相爱或者相憎往往都有奇特的理由。苏秦和丁伯刚交往是因为他和自己文质彬彬的丈夫是完全不同的类型,和他在一起,她不觉得自己背叛了丈夫;晓蓝爱上了丁成功是因为他"浑身上下那种总是往回缩、总不能如意的失败感",这种失败感让她"既难过又安心,反而觉得别的东西都是假的"。这些看似荒谬的理由不仅暗合人物的性格,它也可能潜伏在每一个正常人的内心深处,深到难以察觉,却顽固不化。也就是说,这些所谓的荒谬、偏执和怪异并不专属于某种人,它恰恰就隐藏在普通人的潜意识里,因而小说通过这些个案讲述的不是猎奇故事,而是与每个人相关的人性"暗疾"。

在精神困顿中学习爱

虽然写了很多阴暗偏执的负面人格和情绪,但是鲁敏的小说从本质上来说是温暖和积极的。她在很多小说中几乎是介入式地扭转悲剧带来的绝望宿命,力排众议地要让幸福的微光照亮这些小人物。《墙上的父亲》结尾,惨淡的生活并没有磨损人对幸福的渴望与追求:"好好睡吧,妹妹,醒来之后,你得自己去翻越你的山头,一个接一个,生而为人,就得如此。但是,你要相信——你并不孤独,因为人人都孤独。你将会幸福,因为人人最后都学会了幸福,用他们所有的不幸作为学费。"贫弱的人要彼此温暖,学会爱、学会获得幸福,这是鲁敏小说重要的意义指向,也几乎是她笔下人物唯一的自我拯救方式。

《百年孤独》的作者加西亚·马尔克斯在回答"布恩地亚家族的孤独感源出何处"这个问题时说:"我个人认为,是因为他们不懂得爱情。布恩地亚整个家族都不懂爱情,不通人道,这就是他们孤独和受挫的秘密。我认为,孤独的反义是团结。"鲁敏笔下的那些深陷在精神困顿中的人物,也面临同样一个问题,那就是如何面对爱的匮乏,并学习如何去爱。

长篇小说《六人晚餐》中每个人的性格、趣味不同,但他们的生活都直接与市井和泥土衔接,卑微、鲜活、疼痛。爱而不能,无力去爱是他们疼痛的核心。作者在小说结尾处说,"要学习爱、要创造爱,这是不可违抗的责任",她还引用里尔克的话:"我们的人生就是一个被艰难包裹的人生。对于这个人生,回避是不行的,暗讽或者堕落也是不行的,学会生活,学会爱,就是要承担这人生中艰难的一切,然后从中寻觅美和友爱的存在,从一条狭窄的小径上找到通往整个世界的道路。"这似乎是艰辛生活中唯一的答案,它让人在幽暗的人性深渊里看到光亮和救赎。

《逝者的恩泽》是鲁敏最重要的中篇小说之一,其故事性、可读性在鲁敏的小说中都是非常突出的。小说中的男子意外去世后,其情妇和私生子千里迢迢找到他的妻子和女儿,四个人后来相濡以沫,共同生活。鲁敏出色地将这个奇异的故事完成得合情合理,在她的笔下,人和人之间的体恤和爱远远强大过背叛与死亡,或者说人通过对爱的寻找和坚持,最终找到了与这个世界和谐相处的方式。

在鲁敏最新的中篇小说《隐居图》中,男子通过展现自己寒碜却温暖的家庭生活,来刺激已经功成名就的昔日情人,因为他知道女人的成功中缺少家庭生活的温馨。本以为是一场需要尽力掩饰的乔装,却因为女人的轻信,变成了愚蠢的独角戏,也失去了伪装的意义。看似隐居在小城、生活幸福的男人其实是满腹辛酸和不情愿,因为他的隐居只是被迫的放弃。说到底,真正隐居下来的不是他的肉身,不是他对未知生活的渴望,而是过去他心里的梦想——它一直不死,需要被压制,只有压制下来才有表象的安宁,但是昔日情人的到来却打碎了一切。小说的结尾,他们艰难地拥抱在一起,"一个男人和一个女人之间,为了曾经爱过,为了久别重逢,为了再次诀别,在最后这一刻,放下偏见与坚硬,抛却身外之物,还原为一对有情义的、软弱的人"。这种善意的了解和同情带有作者主观干预的色彩——在小说的虚构世界中,人物最终得到抚慰和体贴。

《超人中国造》写了一个辛酸的童话故事,叙述者将深陷在贫穷和困顿中的人们从污泥中扶起,并给了他们一个美好的梦境。男主人公是玩具厂仓库的保管员,却一不小心成为"超人"。他无意间为自己儿子和周围同事出的主意,竟都令他们心想事成。于是,一个中国式的超人诞生了,人们相传凡事向他诉说便能达成心愿。这是一个贫苦人的童话、一个小人物的卑微的梦想。它几乎禁不起任何揣摩,几乎注定就要被揉碎践踏,但是却令人长久地回味。《超人中国造》结构简单,人物的内心世界以及叙述方式都并无太多特色,它看起来更像是一个短篇小说,一个刚刚完成却还有很多空白的故事。但是作者的叙述姿态却令人感动,她的目光停驻在穷人的现实和梦想中,真诚地安抚那些受伤的灵魂,在微不足道的琐碎日常中,赞美卑微者的自尊和善良。

现实世界总是区分主流和支流、中心和边缘,但是小说世界却是多义的、模糊的,弱者在这里有时候是英雄,边缘人物常常携带强大的真理,偏执或者极端的个性中往往有令人感动的澄澈和清明。《伴宴》中,女民乐手放下清高去宴会上演奏,她的极端在于即使在喧嚣的宴会上,她依然有能力沉浸在自己的世界里——她的精神世界有自己的玻璃罩,可以挡住一切。《六人晚餐》中的时代背景和历史场景都不重要,它们只要能够搭成一个简易的舞台,且这舞台的核心是无所不在地被窥视就足够了。六个人在这个舞台上小心翼翼地表演,或为情欲,或为情谊,或如白痴般茫然,或如地母般包容,他们都是底层生活中反宿命的英雄。

由细节切入内心

鲁敏善于捕捉新鲜的命题,并深挖下去,挖到内里让人看见人性种种,看到荒诞不经、真与美,同时也看到作者本人的审美姿态。她的小说故事性并不强,但大都有比较高的可读性,这与她对人性中众多奇异之处的探掘有关,也源于她充沛的叙述才华。她的叙述中描述性的部分较多,注重对人物情感和意绪的渲染,展示的是动态事件中的各个横断面,有很强的画面感和写意性。她善于发现细节,尤其是生活中那些微妙的、难以言明的感触和体悟,在鲁敏笔下常有令人心领神会的描述。

《隐居图》开篇写分手多年的恋人在一个小镇中重逢:"舒宁一直盯着他。他到现在都没有看她一眼,这说明他肯定也认出她了。"《六人晚餐》中,弟弟晓白发现了姐姐晓蓝和丁成功的暧昧,是因为他们在一个饭桌上吃饭,却始终错开彼此的目光,这种有意的"不看"其实就是一种"看"。《燕子笺》写穷乡村小学的束校长苦恼于学校没有自己的厕所,却在捉襟见肘的日子里努力保持着知识分子的体面,小说写到束校长这尴尬的身份时说:"于经济上面,束校长总有些糊涂,主要的,是他喜欢并纵容着自己的这种糊涂,觉得正好有点文人的样子。"《秘书之书》中提供了两个秘书的模型,他们对秘书这个职业有不同的理解,其言论也非常典型。秘书小田认为:"如果把领导比杯子,那最好的秘书就应该像水,倒到什么杯子里,这水就应该妥妥帖帖地成了什么样。"但是,同为秘书,小高对此不屑一顾,他认为:"秘书的最高境界就是做领导的领导。"秘书这个工作对于他来说是跳板和准备。贴切合理的细节是小说的肌理和血肉,很多女作家善于细节描写,有人对细节的展开程度甚至令人瞠目结舌。鲁敏也是不折不扣的"细节控"。她笔下的细节源于对现实生活的敏锐观察,这观察有世事练达的了解,也是对人性中各种小心眼、小打算的洞悉和宽容。

鲁敏的小说可能与官场有关,与婚恋有关,与底层有关,但又不是典型意义上的官场小说、情感小说或者底层文学,她没有让自己陷在各种潮流或者类型之中。她的文字透过这个时代的焦点问题,最终又急切地涌向人内心的场域,只有这里才容得下一个复杂而敏感的主体世界。当然,"去类型化",就必然要另辟蹊径,甚至剑走偏锋,这意味着更多的冒险和发现,也意味着更可能出现的创作上的瓶颈,而这也是鲁敏小说创作中必然要面临的问题。虽然人类的体验、心灵的历险无穷无尽,但是对于个体而言,寻找具有价值的独特经验却是有难度的。怪异之事到处都有,极端性格容易博人眼球,但是如何叙述,以及这叙述能否带来新的发现、新的启示,这是更重要的问题。对于想在人性领域开疆拓土的鲁敏来说,更是不能回避的难题。

米兰·昆德拉说:"小说的精神是复杂的精神。每一部小说都对它的读者说:'事情并不像你想的那样简单。'这是小说的永恒真谛,不过越来越听不到了……"在这个趋向娱乐化、物质化、表象化的时代,鲁敏的写作是异质的、复杂的,也是具有反讽性和深度意识的,她对于内在世界的痴迷和想要收藏"人"的野心,更是令人敬佩的。

苦闷或骄傲

鲁　敏

生活自是虚妄的,文字也是;生活是艰涩的,文字也是。这个排比句可以写出一长串——在日子的艾汁与奶蜜里浸泡得越久,对文学的贪恋程度就越高,乃至充满了一种情同手足、相濡以沫的信任感。年岁长了,并没有变得更宽容,尤其在获得乐趣的途径上,反而更加挑剔了,但文字本身一直没有让我失望过:不管是写,还是读。

与此同步存在的,是写作上持续的苦闷与不满。我从来都不是一个很强大的人,就像卡夫卡说的那样:任何灾难都可以击垮我。写作的过程就是在不断地与各种误解、郁结、障碍、局限打交道,疏通了 A,随即又产生了 B,循环往复,永无终止——这件事命中注定、永远达不到心满意足。每一个与写作相关的夜晚,都是艰难的、结结巴巴的。

有时为了哄骗自己,我这么想:骄傲有多大,苦闷也就有多大。这种骄傲不是指其本意,不是出于性格或道德,因为准确说来,这种骄傲其实是以自卑与绝望的形式体现出来的。在各种风格、理论、流派、传统、臧否、纷争之前,我总是有些胆怯、愠怒、谨慎于谈论文学。我像追求不到文学似的在密切纠缠着她,以一种不敢张扬但从不退缩的方式。

如果把写作方向比作打井,毫无疑问,东坝是我的头一口井,在 2007 年,它冒出了汩汩甘汁;东坝,那实际上早已消逝的乌有之乡,令我在文字的枝丫里获得了头一次惬意而迷醉的寄栖。在人们看来,东坝成为我的"这一枚"邮票——是啊,这正是我心念难舍的故土,我为之欣然,但亦在同一时间,带着一种伤感的自信,我决定离开这已绿荫如盖的井院。

而我对城市小说的钟情也就始于这个时候。我们这一代作家,真正在乡村生活的时间其实都非常短,有的甚至一出生就在县城、小城市,又由于后期的阅读,在古典欧美文学的基础上,深受大量当代译作及各种现代艺术的影响,这样,不管从个人经历还是审美训练上,我们都自觉不自觉地跳脱开了"乡土文学"这一重要传统的影响焦虑,自然而直接地踏上了城市小说的道路。

自然,此路自有崎岖。以我为例,居于都市,即如同身在高山画此山,几乎没有可能获得远观、冷静、周全的视角,因此,我的笔触与目光常常便是局部的,带着弧度,带着变形和变态的……可是,我又认为,这样的弧度与局限性,可能也正是一种蛊惑之魅的存在。这一期间,我写了"暗疾"系列。n 种的狂人、病人、孤家寡人、心智失序之人、头破血流之人、心灰意冷之人,进入了我的小说。我毫不回避甚至细致入微于他们的可怜可憎与可叹,而他们的病态每增加一分,我对他们的感情便浓烈一分。我深爱我的这些病人,以致舍不得他们遭遇非议直至遭遇非命。因为我是他们当中的一个,我病得同样地久、同样地深。我常会在小说中写到他们的死,他们兴味阑珊地跃向虚空、他们自以为是地一意孤行、他们宿命地踏出最后一步——我一个字一个字地把他们写死了,同时又像失去了至亲、失去了我本人一样的压抑,以及在压抑之后所获得的奇异欣悦——我自己无法、也不愿意去判断这样的写法,个中的高下与正谬,我只知道我的情魄为之耸动、日月为之增色,我获得了数倍于我的我。而这,本就是我对写字的最大寄托。

但"暗疾"亦非我久战之地。我一向如此,追求变化与动荡,追求危险与冒犯,我反感那种咬了一块大肉就死死不放的战略。下一步,我其实已朦朦胧胧地看到一个沉默的影子了。我向它摸索而去,而它也正慈爱地向我慢慢靠近。当然,极有可能就彼此错过了,或者接上头却被我搞砸了。都没关系的,这正是有劲儿之处。

最后,说说长篇小说。文体,有时就像无辜的风景,人们都喜欢在它上面刻字留念。比如说,中篇小说是过渡性的、中国式的文体;比如,长篇小说只是职业自恋与强迫症的产物;再比如,短篇小说才是最高级最精练的大师级文体……是啊,长篇小说的声名而今似乎显得有点可疑、易致非议、高开低走,但我还是一如既往地崇拜和倚重长篇小说。大个子就是大个子,这一点无须多言,再多的残次品如熊出没也无损它的强大光芒。跟中短篇小说一样,我在长篇小说上的练习也同样用力——尽管我也自知,艺术的才能往往跟练习并无参数上的正面相关,但我依然孜孜于此。写到《六人晚餐》，实际上已经是第六本了——我坦然承认这个，就像前面说过的，我在用适合我的笨方法追求着心爱之物。

在我们的长篇样本里，跨度巨大、人物众多、故事复杂的优秀作品，其存量已经足够丰富，也达到了相当的高度，即使从生态种类讲，我也情愿"不走寻常路"，为其增添一些现代性的品种。长篇是一门古老的文体，却也是在不断爆发新鲜力量的文体。我希望能够成为这样一种力量，这是我一直以来的小小追求。沙雕很大，微雕很小，各有其不可替代的美，从来就没有轻重大小之分。我们的长篇需要更多的意外和冒险，而不是稳妥与策略。而且，我相信，这自古就不是一条孤独之路：《罗杰教授的版本》《邮差总按两遍门铃》《我的米海尔》《别名格雷斯》《船讯》，这个清单其实可以列出很长，无数的前辈与同行，都在以"微雕"的方式塑造通往现代性的经典。

张惠雯

张惠雯 / 生于 1978 年,祖籍河南,现居美国。毕业于新加坡国立大学商学院,曾获中国作家鄂尔多斯文学新人奖、首届"人民文学新人奖"、新加坡国家金笔奖中文小说组首奖等。代表作有短篇小说《徭役场》《水晶孩童》《在屋顶上散步》等,2013 年出版短篇小说集《两次相遇》。

重返纯真与诗意

曹　霞

　　随着《水晶男孩》《垂老别》《爱》等小说的发表,张惠雯作品里丰富的叙事指向和动人的力量开始呈现出来。她写少年时代的暗恋、都市男女的爱欲、现世生活的苦楚,也不乏对精神、爱情的寓言式表达。在多样性和复杂性的书写中,张惠雯以天真明媚之心带着我们重返充满纯真与诗意的年代,赋予其不被消磨的洁净和激情,并将之升华为一种持久饱满的精神力量。

纯真的质询

　　张惠雯的多篇小说都提到了"纯真"这个词,这一气质在我们的快捷时代几近绝迹。只有当写作主体将自己朝着过去"反向"推回,沉浸于久远而缓慢的回忆中时,才能建构起关于"纯真"的故事。在这个意义上,可以将长篇小说《迷途》视为一部"纯真之书"。小说主体是一个男孩对一个女孩的暗恋,他一边在遥远的岛国生活,一边视她为灵魂伴侣,喁喁倾诉,直到曲折地获知自己也一直被她爱着。比起同代人,张惠雯在读书、思考和内省上拥有更多的可能,这就是为什么在她那儿"纯真"命题能够成立,她不会让"俗"侵蚀人物的精神生活,从而使故事逾越实利主义和琐屑纠结,走向对形而上的探询。

　　在张惠雯那里,"纯真"多以感情状态呈现出来,在《爱》中,牧区医生艾山在酒席上受到不少人关注,他也捕捉到一个娇小的身影,心里涌动着欢喜和甘甜。这是一个未开始的"爱情故事",可它却在主人公对于爱的精细感受和幻想中充满了天真纯美之气。《古柳官河》讲述了三对有情人的故事。乡村的人性人情之美颇有"湘西世界"的味道。在古柳、沙河和水边人家的背景下,三段单纯动人的故事衔接起关于"爱情"的古老信念,这境界便有了一种暖意和明亮。对纯真爱情的"信"与"望"使张惠雯的小说流动着正大而轻盈的韵味。

在部分作品中,"纯真"不仅是爱情的修辞,还是人物超脱俗世的品性,《群盲》中就有这样一个纯真之人。他不愿意朝九晚五,想当作家。为此他不断尝试,拒绝陷入庸俗无聊的圈套。作者以纯真得近乎孤绝的方式质询"群盲":一定要追随"他人",个人的意义和价值才能成立吗?能不能听从内心的召唤,成就相对自由的"个我"?这种执着坚定的怀疑精神和不断的质询,对充斥着虚无主义和犬儒主义的当下形成了一种强有力的"冒犯"。它向我们表明,真正怀着生命激情和热爱的人不是活在"肯定"中,而是活在"怀疑"和"否定"之中。

在张惠雯看来,"纯真"可以抵挡时光侵蚀,使人保有孩童的天真。然而,她也意识到这不可避免会被世俗磨损。在《蚀》中,随着民保的堕落,小莲对他的纯真爱恋一点点被蚕食了。面对这样的情感残局,张惠雯的笔触里有伤怀悲戚,但也有坚韧和坚持。《聚会》取材于时下常见的"老同学聚会"的故事。在"异乡人"和"外来者"的视角下,"老同学"搞暧昧、比拼权力、畅谈实利的生活就像一潭正在腐烂发臭的污水。他们曾经见证过彼此的青涩,但"成年"无情地践踏了"纯真"。男主人公虽不齿于老同学的无耻,却也未能免除人性里的俗滥。正是最后这由人及己的自我拷问,使小说显出了精神深度和批判力度。

这些充满"残缺"和"磨蚀"的故事是现实生活的常态,它们携带着当下的精神荒凉与颓败,以一种生动的、带有一代人生存印记和命运变化的经验"素描"了一个时代的肖像。张惠雯不是为了证明"纯真"会遭到损毁,而是向着人性的黑暗和深渊发出询问。她并不寻找答案,却在磨损和罪恶里铺展出人性中模糊而犹疑的地带,从粗鄙和堕落中看出人的"洁白"。

向着现实敞开

在张惠雯看来,描写现实时"经验"固然重要,但"小说作者最好还要具备洞察力、感同身受的能力和想象力"。在面向现实的写作中,张惠雯有一种"敞开"的姿态。也许正是因为经历单纯,她反而能够扩展写作的边界。越是进入遥远而边缘的界域,她越能够毫无遮拦地展开虚构和叙述,越能够像"身处其中"那样把故事叙述得绵密细致、淋漓逼真。

在张惠雯的作品中,以对话为主的《垂老别》颇见功力。小说以三个夜行人展开故事,王老汉、他的弟弟和村长为了老人的赡养问题去找他的小儿子,却遭到冷淡推脱。一个坚守传统伦理却最终被亲人盘剥得一无所有,内心充满尊严、畏惧和难堪的乡村老人形象栩栩如生地呈现在我们面前。小说撒去了笼罩在亲情和血缘之上的礼仪道德,以精微贴切得近乎冷酷的叙述还原了人的本性。《路》通过孤苦无依的老妇人去看望教友小宋、将教友们凑的钱送到老郭家两段故事,细腻地铺陈出老人们在破败无望的现实生活中追求精神彼岸的心境,并把不同家庭的生存景象连接起来,呈现了"人之老境"的凄凉图景。在小说结尾,老妇人在雪地里缓慢从容地行走,心中没有阴影。一种由生存本相生发而成的坚韧结实成为文本的底色,对"尘世之苦"的出离使小说弥漫着淡淡的诗意。

张惠雯"写实"的一个重要主题是最具当下情境和时代变化特征的情感故事。《完美的生活》讲述了在新加坡生活的六对中国男女的爱情与婚姻生活。在复杂的男女关系和变幻莫测的组合背后,是他们共同的爱之匮乏与焦虑。《蓝色时代》写一个男孩对妈妈的同学产生的朦胧情意,《暴风雨》叙述了一对男女被困于车内的一段"婚外情",《小角色》以日记体形式展现了一个在爱情中极其尴尬和苦痛的女性内心世界。作家以对激情与理智的深切观察、对人性和情感变迁的敏锐捕捉,讲述了一个个困惑于生存与人伦,或者在道德边界游移的爱情故事,层层展露出人性里最黑暗本真的部分。

张惠雯笔下有这样一类女性,她们或生机勃勃或安静素淡,对男人和世界的认知是天真而茫然的。比如《年轻的妻子》中那个饱满害羞却行踪不定的小妻子,《书亭》中那个在书亭里度过青春只能对窗外世界抱以幻想的女孩。她们在婚姻和爱中的耽溺、想象与犹疑,展现出女性在混乱荒芜的境遇中对"完满"的坚守,即便生活最终被证明为破败不堪,但坚守本身就敞开了面向一切的可能性。

张惠雯的现实题材很"陈旧",但她通过对现实细致而生动的处理,对世俗人物不断尝试与冒险的审美判断,生成了既属于写作者个体也属于一代又一代人成长经验和生活经历的共同记忆。

寓言化写作

作为一种古老的写作方式,寓言以寓理的深广性和普泛性成为重要的文体。

当我们都认为"70后"缺乏寓言思想与精神含量时,张惠雯却从这里出发,坚持不懈地探索小说中抽象化与哲理化的表达。

在张惠雯那里,寓言最重要的功能是探索复杂人性与纯洁自由精神的关系。《水晶男孩》中那个美丽透明的水晶男孩让污秽中的世人感到不安和恐惧,他自己也遭到了世俗力量的不断磨损。《徭役场》很容易让人想起《一九八四》《美丽新世界》等"反乌托邦小说",在未来的世界里,人们受到规训和奴役,难以反抗,终被规训。这两篇小说既可以理解为"人性恶"和"奴性"的寓言,也可以理解为某种形而上的哲学寓言。

《极速列车》是一个关于高速发展社会的寓言。在世界上最快的列车上,"无知者"沉浸在科技的刺激之中,瓦特及助理爱因斯坦不停地做试验,以让其更高速地前进。这篇小说涉及科技、速度、教育、虚幻与真实等多个主题,它们共同构成了高速发展的危机寓言,以看似荒谬滑稽的设想深刻地揭示出了当下情境中人的生存状况。

《岛》和《岛上的苏珊娜》更像是从神话和人类生活中截取的片段,人物的对话远离烟火气,间以大量的讨论和思索以及充满诗意的描写。《岛》设想在一座岛上,一对男女过着亚当夏娃的"乐园"生活。一艘大船的到来打破了他们长久的宁静,让他们对彼此充满了嫉妒和恐惧。而《岛上的苏珊娜》恰好和《岛》形成"逆向"推演:一个由"信"走向"不信",一个由"疑"走向"交融"。"我"和苏珊娜展开了关于男人和女人、灵魂和肉体的对话。他们意见相左,却不妨碍彼此讲述古怪而没有意义的梦,直到"在荒凉的岛上,她的眼睛是唯一的灯"。这两篇小说没有鲜活的现实生活,氤氲在作品中的只是一些片段、呓语和文不对题的对话。它们都可以视为对两性关系中"忠贞"问题的寓言性探讨,在折射出以爱情为象征的精神世界可能出现的空洞时,也在盘诘着"爱情何为""生命何为"等终极命题。

《安娜和我》则以纯净悠扬的韵味揭示了如下命题:只要坚持,安详宁静的精神可以一生相伴。安娜是一头大象,贫穷的"我"善待她,视她为灵魂的伴侣。这篇小说具有诗一般纯粹的精神质地。它的寓言力量来自"安娜",她不仅仅是一头大象,更寓意着每个人生命中如影随形的精神物象。随着个体的成长与见证,它们最终会成为生命中不可缺失的部分,构成相互映现的瑰丽镜像。

张惠雯的小说里有着浓郁的"诗意"：洁净、空灵、轻逸,囿于尘世又超拔于此,有直袭心灵的精神物象,也有潜意识世界的丰富和深邃。在被关于人性的忧虑和未来的宿命感所笼罩时,她也在不懈地寻找具有个性、艺术性又不乏公共认知的精神表达,由此建构起属于自己的诗性沉思录。一切留恋着诗意和纯真的人,一切愿意在文学中寻找心灵自由与呼应的人,都可以在她那里感受到精神世界的优美和深邃。

沉默的美学
张惠雯

　　9 月的某个夜晚,我和一位写小说的朋友走在北京的街头。迎面走来一群说个不停的西方人,这位朋友告诉我,他认为这些西方人过于吵闹,他们太爱表达,不懂得沉默的含义、沉默的美。的确,在社交生活中,美国人把"害羞""内向"看成一种缺陷,甚至当成有待治疗的心理疾病。掩藏起来的美学对他们来说是陌生的。大概正因为如此,他们的小说会走向另一端:极简。极简有它的启示意义,但我并非极简的崇拜者,这就像一个人喜欢匀称的身段却未必追求骨感。

　　无论是福楼拜的《三故事》、乔伊斯的《都柏林人》,还是契诃夫那些不朽的短篇佳作,其特点之一是纤秾合度,把最应表达的表达出来,把应掩饰的置于昏暗的沉默中,因此,它们才具有异常耐读的品质。在这些作品里,细心的读者会从词句里的蛛丝马迹、巧妙的隐喻和映照中发现未写出来的内容,它们就像绘画里的阴影和留白,与光亮的部分一起决定着作品的质感、深度和氛围。当我们沉默的时候,其实我们也在做另一种表达。

　　我很喜欢爱尔兰小说家威廉·特雷弗所说的:"如果把长篇小说比作一幅复杂精细的文艺复兴时期的画作,短篇小说就是一幅印象派绘画。它应当是真实的迸发。它的力量在于,它略去的东西,要不是很多的话,正好和它放进去的等量。"如果语言表达追求的是"意尽",在我看来,短篇小说并不服从这个原则。在说与不说之间、表达与掩饰之间、描述与暗示和隐喻之间,存在着那么一个点,短篇小说的作者除了化炼词句,绝大多数努力似乎就是寻找这个点,尽我们所能去接近它,使小说呈现恰好的明暗度、匀称而又有血肉感的美。否则,小说就会面临粗鄙露骨或干瘪乏味的危险。

契诃夫曾说:"好的、坏的,都不要叫出声来。"大概他早已发现,"忍住不说"对写作者来说其实无比困难。无论在他人的小说里,还是在自己的小说里,我多少次发现作者说得过多?在我的写作过程中,我多少次要和"说出来""说清楚"做一番严酷的斗争?大多数时候,我失败了,我把应该删去的句子重新加到小说里去,唯恐人们体会不到我的用意,结果,理应沉默的地带变得喧嚣,小说的美感被破坏了,矜持的艺术法则遭到破坏……我觉得我是在"删除""恢复""再删除""再恢复"中多多少少学会了一点儿忍耐的技能,尽管时至今日,我有时仍会把一些理应删除的废话当珍宝。

日常生活中的人与事、人在平静生活表面之下内心的风暴和曲折更吸引我的注意,它们对我来说更富于诗意,也更易唤醒我的联想力。有时,别人告诉我一件小事或者一个小细节,我会听得着迷,如果他们告诉我一个波澜起伏、高潮迭起的故事,我反倒不知所措。我想我只能当一个印象派的小说家,鸿幅巨制对我来说是不适宜的。我宁愿让精练的词语、细节和氛围说话,以便使人物突出,而非使情节突出。我的短篇小说常常缺乏情节,它更像是个随意截取的、现实生活与心灵生活交织的片段,对我来说,这个片段式的情节是一种真实,或者说,它是表达人的真实的一个手段。

我喜爱的人物往往不怎么外向、健谈,在一个懂得适时沉默的人身上,我能发现更多的美和故事性。在今天的社会,露骨的展示、大声的叫嚷已成为吸引注意的普遍捷径,而我仍固执地要求我的人物为了美感而保持基本的矜持,这实在是个不顺应潮流的嗜好。可每当要求小说家为大众口味的改变而"改善"自身的呼声响起,我反而更顽固地想要守住自己的阵地。如果一个小说家不能影响读者的思维与感受,那么至少,别让读者轻易地改变了你。

张悦然

张悦然 / 生于 1982 年，山东人。已出版作品有：短篇小说集《葵花走失在 1890》《张悦然十爱》、长篇小说《樱桃之远》《水仙已乘鲤鱼去》《誓鸟》等。2008 年起创办《鲤》书系并担任主编。曾获 2008 年度"茅台杯"人民文学奖、第五届春天文学奖等。

一个青春作家的成长轨迹

霍　艳

谈到"80后"写作,张悦然是绕不开的一个人物,2003年起加在她头上的"美女作家""最富才情女作家"称号伴随她走过了十年。这十年里,她出版了三部长篇小说、两部小说集,以及两版文集。2008年,张悦然开始主编《鲤》书系,每期选择一个既和文学相关,又侧重"80后"成长经验的话题,进行小说、随笔、诗歌、摄影等形式的创作。这些主题的探讨和表达不局限于个人体验,也是一代人的共同经验,是一种值得关注的文化现象。从早期内心隐秘情感的探索,到如今转向具有更广泛社会共鸣的尖锐话题,张悦然一直努力尝试转变,而主编杂志的过程,也是对她个人文学品格的一次提升。

2006年《誓鸟》出版以后,张悦然有八个短篇小说发表,鲜明地显示出一个作家自我突破的尝试。这些作品不仅保持了她语言上一贯的高水准,在意义空间上也得到了更深入的拓展。张悦然把抽象的主题具象化,摆脱以往局限自我的创作,靠人物的复杂性呈现出主题的丰富性。这八篇小说分别为《好事近》《怪阿姨》《七点零一分》《家》《一千零一夜》《老狼老狼几点了》《湖》《沼泽》,所对应的主题为"孤独""嫉妒""谎言""逃避""荷尔蒙""偶像""旅馆"。

张悦然的早期作品是纯粹的情感主题,后期主题则变得具体,从情感到意象,从内心到外部世界,张悦然以较高的完成度展现了一个青春作家的成长轨迹——从自我感情的沉溺挣脱开来,转而关注当下个体的生存状况。这种生存情境完全是依靠鲜活的文字呈现的,张悦然的小说与主流叙事刻意保持距离,既保持了鲜明的个人风格,又拒绝意识形态的捆绑。在她早期的创作里,为了讲好一个故事,总是会进行一些刻意的设置,使得情节变得突兀。如今,她把故事的幅度缩减,把人物的复杂性拉长。即便是故事,她也讲得与众不同。在早前的作品里,由于对少女经验与校园经验的过度使用,张悦然的几部小说都有似曾相识的影子,因此其故事的重复性被人诟病。而在她最近的创作中,对经验使用的节制相当程度上得益于她丰富的阅读量,阅读提供给她的更多是生活经验的思考。

张悦然像工匠一样对语言精心雕琢。在商业化的写作背景下,她的语言具有一种想象力,与日常语言保持距离。她用词考究,修辞结构复杂,对一些词语有偏执的热爱。莫言曾说"她的文字锋利、奇妙、简洁、时髦而且到位",白烨则用"文字奇绝"来评价她的语言。《好事近》以后,张悦然的语言发生了变化,她不再刻意使用生僻的词语,语法结构也更合乎规范,她的着眼点不再是个别的词语,而是整个句子和段落,小说因此有了一种节奏感,叙事也更加流畅。从细部看,她减少了形容词的使用频率,多用动词,使小说不再靠情绪支撑,而是靠动作推进,这和之前几部作品产生了明显的差异。

在一次访谈里,张悦然把同代人的创作特点总结为"形容词文学":"我们动词萎缩得很厉害,所以我们的小说缺少了行动,更多的是一种特别空虚的描述。大量形容词的出现,源于'80后'所处时代物欲的爆发。形容词文学有两个特点,第一是很主观,第二是风格可能会变得非常繁复、华丽。其实这是我们这代大多数人的风格,当然我们现在也在抛弃和改变它。"

《好事近》接续了《誓鸟》的残酷暴虐美学,小说中的所有主人公都具有偏执型人格,文中出现了大量对经血和同性之爱的渲染,如"岩石一般的疼痛忽然被凿穿,一丝清洌的泉水涌上来。少年感觉到了甜""经血就是女人欲望的外溢。血有多鲜艳,欲望就有多猖獗""垃圾篓里的那团血污像是认识我,看到我,蜷曲的身子就缓缓地打开了,正中裹着一块褐黑的浓血,正在怒放,正在蔓延",这些极其私密的行为以一种平和的笔调被呈现出来,而不仅是猎奇性的观赏。

对快感的宣泄转化为对身体细微变化的关注,这正是一代人孤独的体现,他们不再关心社会和宏观,而是关注自身的微观。"孤独"成为标榜自己独特的符号,也成为对他人的指认方式,还是中学生的男主人公对女主人公说:"别人都说你冷漠,我却一看到你,就觉得亲切。你身上有一种特别的气味。我确信,我们是同类。"孤独不再是一件难以启齿的事情,相反变成了"80后"的情感标记,是个人狂欢的背景。《好事近》呈现的正是对孤独感的享受,"世界豁然大亮,前后无人,不被牵系的感觉让我非常轻松,甚至不愿意去承认,那一点点因为亲缘遁世而产生的孤独"。从害怕孤独到享受孤独,背后承载的是城市化背景下,人不断被强化并逐渐适应的隔离感。

《老狼老狼几点了》是一则寓言化的游戏改写。小说写出了当下人对时间的疯狂追逐。平静的村庄因为老狼的一块手表发生了改变,原本没有时间观念的人们开始变得井井有条,所有人都在追赶时间的脚步,只有孩子才能享受游戏的状态。后来,大家想要超越时间,他们调快了手表,想获取更多的时间,连小孩子也拼命地往前奔跑,时间成为埋葬欲望和希望的坟墓,钟表幻化成一张血淋淋的大嘴,碾压过每一个人。"我"看见周围人眼神里的明亮一点点黯淡,最后,人们把门窗钉死,不让时间透进来,这样才保存下了永恒的回忆。这种寓言的写法借鉴于美国女作家安吉拉·卡特的《精怪故事集》,民间故事重新被赋予了野蛮的生命力,不再是皆大欢喜的结尾,残酷的结局使寓言重新焕发了原始的活力。

现代社会的作息是"把人逼到死角里,任由它折磨、挣扎、发疯,失去最后一点尊严",张悦然在小说里把"时间"具象化:"它是一种病毒,在身体里蔓延,吞噬着你的意志,将你变成了另外一个人。"也是从这个主题开始,张悦然把眼光投向了更广阔的社会现实,一则简单的游戏被改写为时间毁灭记忆的寓言。在这个过程里,人与人之间的信任被隔膜所取代,从容被忙乱所打破,时间是一个吞噬一切的黑洞,而我们心甘情愿地投入它的怀抱,独立性被消磨,青春也被埋葬在时间的废墟里。这本是一个极其沉重的话题,涉及现代性的发展,但张悦然用一则"轻"的寓言一击即中,撬起了一块我们不愿面对的石板。

《家》的主题是"逃离"。它彻底抹去了青春文学的影子,在青春写作里,情感大于意义,宣泄大于解决问题,而《家》所要探寻的却是我们生活的意义以及解决途径。裘洛、井宇和一只猫组成了一个小资产阶级的家庭,这个家庭内部是以物质来填充的,"10 点钟,她来到超级市场。黑色垃圾袋(50×60cm)、男士控油清爽沐浴露,去屑洗发水,艾草香皂,衣领清洁液,替换袋洗手液,三盒装抽取式纸巾,男士复合维生素,60 瓦节能灯泡,A4 打印纸,榛子曲奇饼干。12 点半,独自吃完一碗猪软骨拉面,赶去宠物商店,5 公斤装挑嘴猫粮,妙鲜包十袋。"张悦然冰冷的笔触像一台摄影机,忠实地、事无巨细地描写女主人公的采购清单和日程表,体现了这个家庭的现代品质,这也使得从前热爱伍尔芙的裘洛变成了一台自动运转的机器,生活也变成了机械操作。这个家庭具有普遍意义,它之所以靠物质填充,源于传统家庭结构的改变——既没有婚姻的维系,也没有子女的诞生,它是一种中国新兴的家庭结构,具有不稳定的独立性。

"80 后"作家由于缺乏历史感,在时间上无法纵深延展,但在空间上游走自由,裘洛很快闯入了中产阶级空间,"欧式洋房,有那么大的私人花园,夜晚安静得让人不觉是在人间。一屋子的古董家具,各有各的身世,比祖母还老的暗花地毯,让双脚落地都不敢用力。所有的器皿都闪闪发光,果盘里的水果美得必须被画进维米尔的油画,再被卢浮宫收藏,她攥着酒杯的时候心想,还从来没有喝过那么晶莹的葡萄酒",小说对更富庶空间的呈现充满了嫉妒的感情,但同时"她在憎恶一种她渴望接近而抵达的生活"。张悦然有层次地写出了当下青年人的心理:对庸常生活的无感、对更高生活向往又憎恶的矛盾。在这种纠结的心理下,裘洛选择了离家出走。

有趣的是,感受到这种现代家庭危机的不光是敏感的女性,男主人公井宇同样如此,他在信中对出走有一番告白,"我知道我不应该对现在生活有什么不满。这的确是安定殷实的生活,并且肯定会越来越好,但我不能去仔细想这个'好'到底是怎样的好。一旦去想,我立刻觉得这个'好'毫无意义。我逃避的,可能是比婚姻更大的东西"。为了避免重复,井宇的出走是以保姆小菊的视角呈现的。一个乡下保姆突然有机会独占这个现代家庭,反讽地审视两个现代人的选择,同时也有机会反观自身的生活,"她在想,城市里的人,活得真是仔细又挑剔,一旦发现生活有问题,立刻就要改变。像她这样的乡下人,倒也不是缺乏改变生活的勇气,只是日子过得迷迷糊糊,生活有问题,自己也看不见"。一旦进入了现代空间,一个浑身草味的保姆也开始对主体性进行反思,她决定断绝与老公的关系。在获得这种勇气后,保姆小菊更奢望"登堂入室",成为这个家真正的主人,"她快活地迷失"在这个家里,虽然在钱和自由的选择中她无法给出答案,但暂时搁置、纯粹享受,却是小菊主动做出的选择。

张悦然在《家》里第一次如此贴近当下现实,选择了汶川地震作为两个现代人的归宿:裘洛和井宇不约而同地去往灾区,寻找自我生活的意义。这是"80后"第一次以正面的形象记录作为历史事件的汶川地震。志愿者中,有些人是为了救人,有些人却是为了自救,但无论如何,这个群体都在小资产阶级的梦境破碎后重新思考与大时代的关系,努力融入大时代中。融入过程中的碰撞不是张悦然想要探讨的问题,她更关心的是,如何逃离小资产阶级这个虚幻的梦境,小资产阶级梦碎以后怎么办?

《湖》诗意地书写了"偶像"的陨落。张悦然擅用意象,在"偶像"主题下,她利用湖面的意象,既写出异国少女生活的平静与波澜,又写出一个中年偶像作家身上的褶皱。在小说中,张悦然让每个人物的性格和心理自由地流淌出来,湖心孤岛的意象代表无法被打破的孤独和隔阂,少女对中年男作家的贴近,使得偶像光辉的外表被一层层剥落——他不过是一个不会讲英语、脾气不好、擅于玩暧昧的中年男人。"偶像"在彼此贴近中被置换为普通人的轮廓,和朋友所仰慕的、报纸所刊介的那个人如此不同。

张悦然的创作深受外国文学影响,一代人有一代人的经典,张悦然有一份自己的经典书单:安吉拉·卡特的《焚舟记》、克莱尔·吉根的《南极》、塞林格的《九故事》、爱丽丝·门罗的《逃离》、奥康纳的《好人难寻》等。通过在自己主编的杂志上刊登他们的作品,张悦然不断地向经典致敬,也不断在自己作品里汲取他们的养分,安吉拉·卡特庄重而尊贵的气质、克莱尔·吉根简洁的语言和冷峻的笔调,都在张悦然的作品里得到呈现。张悦然的写作预示着新一代作家正在形成多元创作风格,而这已不再是"先锋""新写实""寻根"等单个词语可以命名的。

这八篇作品明显呈现了张悦然的转变,从对单一而纯粹价值观的摒弃到对多元复杂性的开凿,从对虚构梦境的着迷到对现实的主动贴近,从迷恋冷酷生僻词语到对段落节奏的把握,从宣泄到专注,张悦然的写作已经越来越具有一个成熟作家的风貌。

我们能够带着理想走多远
张悦然

我们这一代人,也就是所谓的"80后",从发出声音到现在,已经有十年的时间了。可是,这十年中我们其实并没有说出什么。如果说有没有什么新的思潮的话,也只能是只有潮而没有思。十年来,我们如此热衷地表达自己的观点,可是在这种此起彼伏的热闹中,我们却早已丧失了思考的能力。事实上,我们并没有带来什么新的文学式样或是文学思想。整个"80后"文学看起来很热闹,可其实并没有任何沉淀。这与我们现在的文学环境也有关系,我们的写作被掺入了太多商业化、舆论化的因素,迅速进入了一个现实的层面,我们所有的回答和疑问也是针对这个现实的,文学反而不在我们的考虑范围之内。因此,我很怀疑我们能够带着理想走多远。

从文本的辨识度来说,我们每个人的作品辨识度也都不够高。我们这一代的文学更多的是形容词文学,我们对于繁华世界的描写,其实就仅仅体现在比上一代人多了这么几百上千个形容词上。但是,我们的动词萎缩得很厉害,我们的小说缺少了行动,更多的是一种特别空虚的描述。

尽管如此,我们比上一代人还是有稍稍进步的地方,那就是,我们确实在坚持一种个人化的表达,这种表达更多是一种自由的声音,是没有受到意识的、集体的羁绊的。实际上,集体的概念在我们这一代人身上已经解散了,取而代之的是一个更小的自我,所以,我们不会写也很难再去写以往的那种宏大叙事。这种改变有好的一面,毕竟我们的文学创作已经和集体捆绑得太久了。一个创作者,必须要回归到个人身上,要让这个人自由地运动,而不是把一种集体的价值观强加给他。否则,我们的写作就更像一种从点到点的连线,而这些点在哪里,这条线要怎么走,都是我们根据集体的价值观与道德标准事先判断好的。

文学发展到我们这一代,其实就是在经历一个转变,一个从集体到个人、从宏大叙事到个人化表达的转变。在西方文学和日本文学中,这种转变一直都有,并且早就发生了。相比之下,我们做得完全不够。当然,个人化表达有它自身的问题,它会对故事产生一定的负面影响。当我们不理会周围人的看法而仅仅是遵循自己的路径时,我们的小说往往不能产生一种广泛的共鸣——因为"共鸣"本身是依托于集体经验的。这也就是为什么现在很多人开始置疑文学,认为"小说死了",个人化的表达会使小说的可读性变差。

村上春树在一篇专访中提到,现在的小说需要复兴,需要回归到 19 世纪的创作传统,但又不能全盘照搬那种巴尔扎克式的写作模式,毕竟这是现代人的阅读习惯所不允许的。单就我国来说,这样的时机还没到来。我们的文学必须先完成从集体到个人的演变,才能考虑故事的复兴。这是一个必然的过程,是没有快捷方式也不能跳跃性走的。只有这样,我们才能甩掉一直以来那些过于陈腐的故事,甩掉那些已经模式化的农民故事、下岗工人故事、大学教授故事。我们必须通过个人化的表达把这些东西剔除掉、清洗掉,之后才能找到更好的故事,才能更自由地去编故事。

文珍

文珍 / 生于 1982 年，北京大学中文系创作与研究方向硕士。在《人民文学》《当代》《山花》《大家》等刊物发表小说数十万字。出版小说集《十一味爱》。曾获"西湖"新锐文学奖、首届"紫金·人民文学之星"提名奖等。

从幻灭到追求

饶　翔

"80后"女作家文珍的写作从个人出发,由一己的爱恋悲欢、浅吟低唱或者内心的风暴生发开来,渐渐辐射至更为广阔的社会与时代。十余年来,文珍从一个"小资文艺女青年"成长为女作家的历程,或可借用茅盾《蚀》三部曲的命名来概括:幻灭——动摇——追求。

从幻灭开始

正如文珍的第一部小说集的书名《十一味爱》所昭示的,爱情一度构成了文珍的"世界观",构成了她认识世界、思考人生的一种重要的角度和方式。以形而下之视觉、嗅觉与味觉写形而上之爱情,是作者惯用的象征手法。在她早先的三篇直接以食物命名的小说中,这种倾向更是明显:《色拉酱》——丰盛之爱,《关于我所爱吃的花生》——隐秘之爱,《果子酱》——甜腻的俗世之爱。这三篇小说均为文珍在攻读北大创作学硕士学位时期的"习作",有着浓重的"文艺腔",也散发着强烈的文珍式文学气息。

文珍的小说从一开始就形成了自己独有的风格。她操练着文字的炼金术,遣词造句仿若古人吟诗炼字,推之敲之,雕之琢之,文字被打磨得通体透亮、温润如玉,极雅致,极细腻,确实才气逼人、诗情洋溢;而她的叙事腔调高度内敛,叙事空间又极封闭,全是内心的意识流动,似叹息,如呓语。

《果子酱》堪称文珍这一时期的代表作,为她赢得了最初的荣耀,获得北京大学首届"王默人小说奖"第一名。小说几乎不是靠情节,而是靠细节和情绪的叠加和发酵完成叙事的。来自西班牙安达卢西亚的舞者萨拉背井离乡来到广州的一个酒吧表演费兰明高舞,爱上了在同一酒吧谋生的同乡、贝斯手鲁斯特。这段爱何其浓烈,却又何其隐忍,不曾言明又不言自明。这爱完全是不及物的,与日常生活无关,只化作生命之舞、灵魂之舞。萨拉的爱犹如一场内心的风暴,乍起骤灭。颠沛流离的命运尚且没有令她幻灭,错爱的痛苦——鲁斯特大啖果子酱的一个动作却足以令她幻灭。"她千里迢迢地来了,却料不到遇到的人仍然是错的。""其实也没有什么。她只是觉得很幻灭。""很幻灭。"夹杂着叹息声的喃喃自语、浅吟低唱,是彼时作者经典的叙述语调。

作为一名"80后"的写作者,"幻灭"是文珍笔端常常出现的两个字。这两个字在某种程度上构成了一代人情感和内心的真实经验。这是一种"一切坚固的东西都烟消云散了"的历史/现实虚无感。文珍认真地展示了这个并无兵荒马乱的"太平盛世"里的情感幻灭,以及因幻灭而生的疼痛,她的幻灭因之不显轻飘,反倒形成了一种美感和悲剧感。或许可以称她为一名真诚的幻灭书写者。

动摇:在想象与现实之间

《果子酱》是关于艺术的、关于爱的凌空虚蹈,是作者以小说形式所做的爱的哲学思辨。在《关于日记的简短故事》及"外一篇"《关于我所爱吃的花生》中,这种思辨仍在继续。它们事关灵魂的秘密,以及对这秘密的细心看护。在文珍高度内敛甚或自闭的叙述里,爱情甚至无需对象,也与所爱者几无关系;爱是在想象之中,在心灵之上隐秘孕育、生长、拒绝表演、甚至放弃言语交流,直至内心孕育成熟的一枚巨大的果实,这隐秘的狂喜仅供独自咀嚼,独自品尝。

而在文珍稍后创作的《衣柜里来的人》和《气味之城》中,爱情动摇于想象与现实之间。两篇小说有某种主题上的延续性:前者写的是准婚状态,而后者则描摹已婚状态。

都市女孩小枚与男友C相恋多年,在面临婚姻的门槛时犹豫不决,不辞而别只身去了西藏。这是她的第二次西藏之旅——半年以前,在对未来的规划与男友产生分歧之后,她也曾出走拉萨,在此结识了一群"拉漂",并与其中的一名叫阿七的男子产生了似有若无的感情。西藏与漂泊沧桑的阿七在她的潜意识中,隐隐成为庸常生活的反面,吸引她再度寻访。然而,面对阿七的追求,她又退却了,这一方面是她的道德感使然,另一方面她并不能确认自己是否真的爱阿七。在与阿七同游纳木错的途中,她得知了阿七曾因热爱旅行而痛失所爱——

那提示着另一种生活的危险。她也开始想念相隔迢远的男友 C，那是一种熟悉而安稳的日常生活。最终，她放下了阿七，回归到属于她的虽时感窒息沉闷，但又割舍不下的生活。《衣柜里来的人》便是这样一个逃离——回归的故事。作者以反浪漫的方式，呈现人物内心真实的困惑、动摇、纠结与抉择——关于什么是"爱"，关于生命的意义何在，关于什么是我们应过的生活。

《气味之城》的叙事则更为虚化，它又一次显示了文珍构思意象的才华。两个人的婚姻"围城"，各种气味充斥弥漫其间，每一种气味都是一段生命的印记，都是"活过"的证明。在她离家出走之后，他于她留存的气味中感知她的存在，他凭借对于气味的记忆，追缅过去的好时光；他于气味的变异中觉悟到爱情的僵死变质，觉悟到自己婚后如何凝滞于平庸的生活，如何以自己的慵懒疲沓与漠然无视冰封了另一个鲜活的生命。他懊悔不已，痛哭流涕，他想告诉她："我们可不可以重新来过？"然而，他们将如何重新来过？在这个精神全面平庸的时代，激情与梦想早已渐渐远去，粗粝的生活一天天露出它的利齿，我们要怎么做才能保持对气味（生命）本身的敏感，免于被吞噬，我想，这也是作者在认真思考的问题。

《地下》则讲述了一段中年情殇，这是文珍的小说中较具戏剧感的一篇，较为平淡的叙述之下其实暗藏汹涌。"我"于被囚禁在地下密室的人生绝境中，觉悟到年少的背叛如何铭心刻骨地伤害了自己的初恋，如何摧毁了他的爱情乃至一生。而"我"也终将为年少时的任性付出代价，背负起灵魂的十字架远行。此情可待成追忆，再回头已是百年身。自此，文珍的小说渐渐地有了沧桑感。

发现时代的"精神内伤"

若以一言蔽之，文珍的小说写的大多是"大城"与"小爱"。文珍曾生活于深圳和广州这两个大都市，后又定居北京，都市经验已深刻植根于她体内。文珍写作的一大贡献，就在于其对都市病和边缘弱势人群的观察勘探和生动的文学呈现。在文珍的理解中，"不是只有进城务工人员才算弱势，有很多有正当职业、收入稳定、但性格相对软弱的人同样属于弱势"。通过对他们精神世界的深入探究，文珍探讨了当下都市人的生存和精神危机，进而呈现了我们这个时代的"精神内伤"。

《第八日》是文珍的"学位作品",也是她迄今最好的小说之一,充分地发挥了她自身的才华。作者以密不透风的叙事将一个弱者的失败心路展现得跌宕起伏、惊心动魄。顾采采——一个再平凡不过的女孩儿,一个漂浮在大都市的小人物,一个严重的失眠症患者,她何以如此,何以至此?只因身处这个凉薄的世界,她还有微薄的憧憬,还有不多的梦——朋友、爱人,一个独处的空间以及一个安然的睡眠;而她这些微薄的憧憬与不多的梦都一一幻灭了,她陷入了绝对的孤独,成为这个运转不停的大都市里的多余人。在这个硕大无边却又无处安身的北京,分外敏感内向的顾采采比一般人更深刻地体会到生命的绝境,而事实上,无论贫穷还是富有,成功或是失败,我们每个人的心中都住着一个顾采采,这是生命永恒的绝境。文珍以她的深刻体察与明锐发现,写出了她自己的"城市文学"。

《录音笔记》仍聚焦顾采采式的都市边缘人。礼品公司的接线员曾小月除了拥有一副好嗓子,并无更多资本,因而无法引起他人关注,既缺乏男人青睐,在公司地位也很边缘。对于声音的敏感,使她总是能听到身边的尔虞我诈、钩心斗角的对话,也时常被淹没在电话铃声、顾客的扯皮和投诉声浪中。曾小月在种种噪声中苦苦挣扎,终于有一天她发明了一种游戏——用录音笔将自己的声音录下来,再放给自己听,以此将自己同她所不堪忍受的环境隔绝开来,她完全沉浸在自我的世界中……这样的情节真是令人震惊:这是一颗多么孤独、多么卑微的灵魂!进而,这是多么令人窒息、杀人不见血的生存环境!文珍的批判笔触直指当代人泛滥的"一腔废话",以及由此造成的沟通的虚妄与人心的隔膜。

文珍现在居住在北京一个叫安翔路的地方。她的住所不远处是我们这个伟大盛世的象征——"鸟巢",而近处则是熙熙攘攘的市井生活。文珍穿行于其间,构思于其间,便有了《安翔路情事》。仍然是"情事",而此次却将目光从她所熟悉的人群移开,写了一个卖麻辣烫的姑娘与对门卖灌饼的小伙子之间的爱情故事。她有意选取了三个城市空间:鸟巢所代表的硕大无朋的"国际化大都市"地标,安翔路所代表的都市平民的市井生活以及圆明园所代表的传统古典的生活理想,人物浮沉于其间,内心的灵魂纠结撕扯于其间,无法安适。文珍于时代的大迁徙中体味到"爱"与生命的微末,漂流的人们无家可归,时代轰隆的快车远远地把"人"甩在后面。一场现代都市建设中微不足道的拆迁就足以摧毁一份弥足珍贵的爱情,改写他们的命运轨迹,他们束手就擒、无能为力,但是他们的痛苦却是无比真切的。文珍写出了这个惊鸿一瞥的瞬间,写出了人物如浮萍般的命运,也写出了天长地久的爱情愿景与时代的瞬息万变之间的巨大悖论与张力。身处这个"加速前进"(昆德拉语)的时代中,我们其实多么想要一点安稳。

追求:瞬间与永恒

在今年完成的三篇新作《到 Y 星去》《我们一定要幸福》和《助理律师奥特曼》中,文珍进一步展现了她切近现实的勇气和魄力。《到 Y 星去》是一则诙谐幽默小品。都市小白领许先和张爱这对情侣"漂"在京城,面对不断上涨的房租,收入微薄的他们六年里搬了七次家,终于在一个黑夜又被房东赶出家门,流落到青年旅馆。深夜,两人面对天花板上的渍迹,展开了他们对于 Y 星球"美好生活"的想象。白日梦很快醒来,天明他们又要开始一天的生计奔波,要以仅有的一万多元存款寻找一处尚能落脚的居所。小说的主体部分是两人对 Y 星球"美好"生活的向往、描述,有意味的是,连他们自己都很快感觉到这"美好"的乏味。现实的逼仄限制了一代青年关于未来或他处生活的想象力,令读者在会心一笑之余,又生出几多心酸无奈。

《我们一定要幸福》中,几个都市的大龄剩女喊出了"我们一定要幸福"的宣言。然而,故事里却没一个人真正幸福。都市男女都像没头苍蝇一样受困于自己无法克服的欲望和现实的种种冲突。小说触及"剩女"与"同妻"等都市新题材。性取向、宗教信仰、个人隐私等等,区隔着人群,但这并非关键,关键是当代人与人之间的互不沟通与不谅解,冷漠、无视乃至于歧视,最终彼此倾轧,互相摧毁。

《助理律师奥特曼》中,在律师所当了七年助理律师的"普通青年"宋笑,因为种种屈辱、憋闷,在一个暴雨天准备自我终结,却在营救一个四五岁小孩乐乐的过程中,激发起勇气和能量,成为孩子眼中的英雄"奥特曼"。小说给出了另外一种结尾:天晴了,被救助的孩子如雨滴般"人间蒸发"了,宋笑怀疑,是否真的有过一场雨天的救助壮举,但确凿无疑的是,他借此完成了一次自我救赎。文珍为她所善写的都市边缘弱势者完成了一次英雄般的成长,这种成长的力量来自何处? 是来自沉睡的英雄主义情怀、朴素的人道主义或是内心善与爱的凝聚爆发？答案似不明晰。值得肯定的是，文珍在人物由弱转强的瞬间，寄予了她对于人类永恒价值的思考与追求。

　　"取下假面，真诚地，深入地，大胆地看取人生并且写出它的血与肉来。"在不断地克服其"洁癖"——文字的洁癖、情感的洁癖、道德的洁癖的同时，文珍的文学也在不断通往一个更真实，或许也更残酷的人类世界。

河水必定东流

文　珍

离上一次总结自己的创作已经差不多两年时间了,那时还很文艺腔地说:"但愿自己能够写出生命里的暗与光,又写出那况味的热与凉。"——因为实在喜欢《桃花扇》里两句唱词"暗红尘雾时雪亮,热春光一阵冰凉"。然而两年之后我再和人聊写作,只敢老老实实地说:"如果别人说我这样写古怪、不如以前或者比以前更好,我都只能说没办法,现在的阶段就是这样。"——不是不知道自己这样说非常赖皮,可时常连自己也不能解释这个地方为什么非得这样写、那个故事非要那样结局,好比台下看客明知帝王将相才子佳人镜花水月终为虚幻,台上戏子却早已戏假情真魂不附体身不由己。

关于写作这回事,每位写作者的各时期观感都各不同。但这一刻,我想把写作生涯比作一条河流——当然这个譬喻大概并不新鲜。

作为一个资深驴友,我曾经背包旅行去过很多地方,也有幸见过很多有名无名的大河小河——河流也许是这个广袤无边的世界上最意味深长的一种物理存在,从冰天雪地极境高寒之处蜿蜒而来,流经无数城市、乡村、草原、森林,穿越丘陵与国境线,最终消失在某个波涛澎湃的入海口或者宁静如死的沙漠腹地。通常来说,它们的模样都很美,高低成瀑,低回作吟,春水碧波满江,夕阳倒映如画。但河流并非永远波澜壮阔,有时候看上去只不过是一条涓涓小溪,还有些季节则是全然干涸的河床,直到下一场大雨的浸润或者山洪到来,才会重新波光粼粼,注满生机。

有些意象长久在心底作祟,不写出来好像坐立难安,大概真正的写作就缘起于此,就像春雪必定融化、雨水必定落下、河水必定东流一样势不可挡,绝非个人有一天突然想要当一个作家就可以启动开关,其成就更绝非主观意愿想要写得精致、完美、富有艺术性就能够决定。

写作的人都是天生怯懦却永远渴望把一切说出的人。

不过如此而已。

然而灵感到来缓慢，如同汛期一般看似有规律可循实则常不可预测。一旦到来，干涸已久的河床注满河水也需要时间。一开始的流淌总是不动声色的，生活在周围的人们几乎感觉不到河床土壤重新充满水分孕育的勃勃生机。然而过了几天，水流渐渐从小到大，河水的走向初见端倪，并且从此持续、长久地向海洋奔去。在这漫长曲折的过程中，一个故事渐得以无中生有极尽艰难地诞生。

另外一些更好的时候，头脑中的奇思妙想则汪洋恣肆，像海水一样应有尽有，汩汩无穷。这时唯一需要做的就是极力克制夜以继日的创作欲，尽可能地将之约束在河道中间，怕只怕一鼓作气，复而衰竭，难以为继；更害怕写得太快了，来不及反复思量就误入歧途。有多少次的小说开头就是这样半途而废的：设想过于宏大，开篇过于奇诡，而经验、体力、其他准备渐渐不支，变成一条最终不复存在的河流，没能奔腾到海就渴死在了沙漠里。有时也可能由于河流改道的方向性错误，有时则因为阶段性降水不足。各种各样的理由都有，世界上曾经可能存在一百万条河流，而最终为人所熟知的大江大河却不到百分之一。

能够最终奔流到海的河水是有福的。能够尽善尽美地讲述出一个心中故事的写作者也是有福的。河水沿途滋养村庄，故事流传滋养灵魂，这是同样一类在漫长光阴里可以永生也可能速朽的物事。每一年，雪山融冰都会沿着无数条轨迹流下，但并不是每一条轨迹都最终有幸变成了一条有始有终的河流。写作者自然无法决定自己创作之于读者的影响，唯一能做的，只不过是始终如驾驭一匹奔马一般驾驭思路，管理一段河水一般勤于疏通，开篇纵横捭阖一鸣惊人固然最好，更重要的却是厚积薄发、不弃涓滴、持之以恒而得以善终。

作为一个资格尚浅的写作者，我早已放弃开篇即传世的妄念，唯一的梦想，就是每一次开拔，都能够缓缓向东，东流到海。在这个充满了喧嚣和诱惑的世界上，有太多可以让一条河流改道的理由。而即使干涸有时，断流有时，涓滴有时，盛大有时，我唯一的希望，就是想贪心经过所有起承转合的沿途风光，并咬牙度过每一个写不出来一个字的艰难夜晚。

河水不能回头，芸芸众生只能在无意义的布朗运动中寻找无规律之规律，艺术工作者则需尽可能忠实地记录下当时当世的浮世绘。不但我认了命，而且也试图让小说中的主人公认命，认命的同时当然不代表毫不反抗。他们只是用一种更强大的方式面对一切终将过去的虚无。

某种意义上说，所有小说人物都是写作者内心的部分映射。比如《第八日》里的顾采采，或者《录音笔记》里的曾小月。但是这些过分懦弱的人物都已是河水流经之地的往日形象了，现在的我却倾向于喜爱那些明知不可为而为之的主人公，比如《普通青年宋笑在大雨天决定去死》里的宋笑。这些平淡无奇的小人物就像《堂吉诃德》里的风车斗士一样可笑可悯，像《项塔兰》里的林一样即便沦为囚徒也并非绝无机会成为英雄，"虽千万人吾往矣"，勇往直前，不必追究这悲剧命运早已在前方不远处，最好到死都不要自知。唯有如此才是真正来过，活过，爱过。

也许我终于从青春期的漫长感伤走出，变得随波逐流了也未可知。但是我喜欢自己这变化，这让我觉得自己还年轻，还能在日复一日的河水流淌中拒不干涸，抗争到底，并且可以永远年轻下去——在自己讲述的故事里。

冯唐 / 原名张海鹏,1971 年生于北京。既是诗人、作家,也是医生、商人、古器物爱好者。已出版长篇小说《万物生长》《十八岁给我一个姑娘》《北京北京》《欢喜》《不二》,散文集《猪和蝴蝶》《活着活着就老了》《如何成为一个怪物》《三十六大》,诗集《冯唐诗百首》。曾获第三届"茅台杯"人民文学奖、第四届"青年作家批评家论坛"年度青年作家,2011 年荣登"娇子·未来大家"Top20 榜首。

与时间博弈

张 莉

时间真是神奇美妙又喜怒无常的怪兽。前一刻,它为我们带来诸多无价之宝:青春、力量、健康、荷尔蒙;后一刻,它会带来皱纹、白发、斑点、衰老、疾病,它将那些珍宝从我们身上统统收回,不由分说,不由争辩。"逝者如斯夫,不舍昼夜",几千年前夫子在川上感喟时光之快之无情时,是否也在叹息人于时间面前的渺小无力?

在滔滔前进的时间之水面前,艺术家是人类中的那群不甘心者,流走的永远不再回还,但艺术的印迹会留存。《蒙娜丽莎的微笑》《向日葵》《韩熙载夜宴图》《清明上河图》《荷马史诗》《诗经》《唐诗三百首》……这些传世的艺术品使我们有理由相信,在与时间的搏斗中,失败一方并不总是人类。

时间困扰我们,但也激励一代代的艺术家与之抗衡,冯唐就是这个抗衡群体中的一员。读他的作品《北京三部曲》《不二》《天下卵》《诗百首》《猪与蝴蝶》《活着活着就老了》,你会强烈感受到这些文字中潜藏着的隐秘雄心:与时间进行不屈不挠的博弈。

"刻舟求剑人"

冯唐以青春小说成名。我至今还能记得 2000 年第一次在"江湖泡网琴"上看到他文字的惊讶,那真是一段美好的文学记忆,那时的泡网 BBS 里聚集了一群爱好文学的伙伴。从 1999 到 2007 年,八年时间里他出版了三部独立成书但又紧密相关的长篇《十八岁给我一个姑娘》《万物生长》《北京北京》。三部小说共有一个场景,秋水和他的朋友在燕雀楼门口的人行道上喝啤酒。喝醉,骂人,忆往,铺着塑料布的桌上杯盘狼藉,秋水开始回忆他的往日。他的小说总有两个岔道,一条通往少年/荒唐/初恋,这里有朱裳,有翠儿;另一端则是成年,朋友暴死,朱裳嫁为他人妇,秋水成为跨国公司经理。两条时光隧道里嵌着两个北京:一个浩浩荡荡充满着大大的拆字,有甜汽水、防空洞、自行车、胡同;而另一个则高楼林立、车声鼎沸。

读这些小说,有如听躲在黑暗角落里的秋水口若悬河,眉飞色舞、依依不舍、得意洋洋地讲故事,虚空世界里的明亮如此夺人心魄。但就在那乱花迷眼的喧哗笑语中,他突然停住,静默。他说他想起了《昔年种柳》:"昔年种柳,依依汉南。今日摇落,凄凄江潭。树犹如此,人何以堪?"一切就在倏忽之间。对往日恋恋不舍的人,该怎样召回他的时间、确认他曾有过如此的美好?他只能在纸上刻印,刻下那些再也回不来的过往。

想一想,三部曲中的女性人物多么有意思,比如妖刀,比如"我老妈",比如"我老姐",还比如"我女友",她高智商,"混不吝",迷恋男友的身体,并以一种特有的北京姑娘的语言来表达。这是多么不一样的人物形象,坦率、"好色"、生机勃勃、生气勃勃,同时,又有些毫不顾"羞耻"分外性感的劲头儿,这一切都构成了这个人身上最迷人和最矛盾的东西。这是有无限可能性的人,而且,要知道,这姑娘还是著名学府里的天之骄子。当代中国还没有一个作家如此坦荡地正视和描述这类女性身上的特质。有些男作家喜欢写女人们身上夸张的放浪勇敢奉献和坚定,有些作家则喜欢写女人们夸张的纯洁、羞怯以及欲望的节制,为她们想当然地"提纯",但冯唐不,他尽可能地避免作为作家和作为男性书写女性时的"装",他书写了女性精英面具之外的那个真切"肉身"。不过,只可惜,略作停顿后,冯唐从这个形象上划了过去,他用调侃和说笑的方式话锋一转跳开了。要知道,那些卓尔不群的女性实在是冯唐写作的宝藏:蒙古族血统的母亲、彪悍性格的老姐,这些豪放的有力量的女性与"我女友"一起,都具有吸引力。但她们都未曾独立成章,没有散发出钻石般光泽。

我疑心,这样一板一眼讨论冯唐太迂腐了。写一些有趣的人物,讲一个有起承有转合有高潮的命运故事并非这位作家的初衷。冯唐志不在此。那些人,那些事,不过是青春记忆的底子罢了。对于这位小说家而言,重要的不是刻下那些女性的容颜,而是秋水的心境、怅惘、爱欲,是独属于秋水的那终将逝去的青春北京:"在从小长大的地方待,最大的好处是感觉时间停滞,街、市、楼、屋、树、人以及我自己,仿佛从来都是那个样子,从来都在那里,没有年轻过,也不会老去,不病,不生,不死,每天每日都是今天,每时每刻都是现在。小学校还是传出读书声,校门口附近的柳树还是被小屁孩儿们搜来扳去没有一棵活的,街边老头还是穿着跨栏背心下象棋,楼根儿背阴处还是聚着剃头摊儿,这一切没有丝毫改变"(冯唐:《读齐白石的二十一次唏嘘》)。在内心深处,冯唐渴望清明美好的北京在他的文字中永远凝固,他渴望青春有张不老的脸。

王安忆称耽溺旧时光的朱天心是"刻舟求剑人"。在传统的刻舟求剑的寓言里,刻舟者是迂腐的、不知变通者;可是,在艺术的世界里,"知其不可为而为"、心无旁骛的印刻者却值得尊重。事实上,《北京三部曲》中,冯唐确也像极了那位"刻舟求剑人"——他固执地想保存属于他的珍宝,以期打败奔腾不回的"匆匆而逝"。

"墨雨淋漓处骨重肉沉"

苏珊·桑塔格评加缪时有个有趣的说法,她说好作家大抵分两类,一类是丈夫,一类是情人。"有些作家满足了一个丈夫的可敬品德:可靠、讲理、大方、正派。另有一些作家,人们看重他们身上情人的天赋,即诱惑的天赋,而不是美德的天赋。众所周知,女人能够忍受情人的一些品性——喜怒无常、自私、不可靠、残忍——以换取刺激以及强烈情感的充盈,而当这些品性出现在丈夫身上时,她们绝不苟同。同样,读者可以忍受一个作家的不可理喻、纠缠不休、痛苦的真相、谎言和糟糕的语法——只要能获得补偿就行,那就是该作家能让他们体验到罕见的情感和危险的感受。"(苏珊·桑塔格《加缪的〈日记〉》)桑塔格欣赏加缪具有理想丈夫的色彩。不过,现代以来,大部分作家属于情人类型,这似乎由这个时代的阅读趣味决定。

冯唐的小说有缺憾,但也有奇异的吸引力。尤其是秋水这个人物,《十八岁给我一个姑娘》甫一发表,便受到许多读者的欢迎——他聪明、风流、喋喋不休、贫、自恋、荷尔蒙泛滥,是坏又可爱的那种男人。这个人当然是不完美的,他让卫道士们避之不及。可是,不正是这样的不完美使秋水具有吸引力? 而且,这个人物的吸引力早已溢出了文本之外。那些年轻女读者的尖叫岂止是给秋水的,不也是给小说家本人的?

一个对青春记忆无限追念的人终是无趣的。人总要成长。活着活着就老了,冯唐逐渐认识到。他的随笔产量明显上升,在随笔里,他日益拥有一种特别的本领——那种将所有矛盾的、不搭界的语言和词汇进行混杂统一的能力。前一句他说起:"唠叨所有既见苦难胡云不悦的灵魂",后一句便可以没有任何转折直接加上"冷了记得抱舍不得你的人,烦了记得在你背后的神,细看墨雨淋漓处骨重肉沉。"——古与今,灵与肉,世俗与庙堂,"丰腴、简要、奢靡、细腻、肉欲、通灵",他把它们全部放在一个句子里炖了,一锅烩,五味杂陈,别有趣味。他"将汉语的古典传统熔铸于鲜活的现代口语,发展出神采飞扬、轻逸剽捷、机锋闪烁的独特声音"。这声音成为冯唐的标识,这是他在青年一代作家里独树一帜的最重要缘由。

冯唐找到了属于他的言语方式。他的写作没有道理,没有章法,别有气质,别成一体。他的写作,有如那些无法命名的野生植物,新鲜明艳、夺人眼目,他的很多随笔会使人想到中国现代小品文——那类有趣、鲜活、嬉笑怒骂、荤腥不忌的文字在当代的复活。

事物比例在他的随笔中发生着意味深长的变形,比如大与小。宏大的、神性的并不真的宏大、真的神性;细小的、世俗的哪里就真的小、真的俗?在冯唐眼里,"安禄山高速胡旋舞时候的壮硕肚脐"远比"他几乎颠覆了唐朝政权的巨大心机"更有趣。李敬泽评冯唐说:"他无差别心,他不把人分成三六九等、分成爹妈儿子,分成领导、知识分子和群众,正如医生眼里,人在产房一样、推进炉子时也一样,在搓澡师傅眼里,人在澡堂里一样,深知众生平等,做了彻底的唯物主义者,方做得成癫和尚,酒肉穿肠、呵佛骂祖。"一切在冯唐这里变得自然自在,生死疾病身体情欲,没有什么不可以写,没有什么不可以谈。

没有边界意识的写作者是值得期待的。没有生死边界,没有古今边界,没有灵肉边界,冯唐可以把自己的成长与齐白石的成长并写,也可以跨越千山万水给司马史官写信。《大偶》《大爱》《大欲》写得有趣。"春风十里,不如你"的诗句也令人难忘。十多年来,冯唐发生了重要的变化。一个人对世界的理解越来越通达,写作便越来越有气象。小说里的秋水是虚拟,随笔里说话的人才是冯唐自己。他并不避讳地表现自己身上那些贪恋、自信、自狂、自傲。他让人想到郁达夫,那位写下"曾因酒醉鞭名马,只怕情多累美人"的现代作家。但冯唐说到底还是冯唐自己,他和我们所见到所理解的很多作家形象有距离。他使我们认识了一个文人,一个才子,一个口无遮拦者,一个《红楼梦》里的"癫和尚"或"跛道人",一个多情的人、猖狂的人。

还是回到桑塔格关于丈夫和情人的比喻里吧,冯唐不属于加缪的同类,他是另一种,他有诱惑的天赋,能让读者体验到"危险的感受"。当然,他自己未必不知。现在的冯唐,不仅走在成为一个作家的路上,显然也走在成为一个文化偶像的路上。不是作为一个完美者,而是作为有个性者,一个特立独行者。

"别管世人,别管短期"

每个人都有对时间的理解,都有属于他的时间意识。当张海鹏给自己起笔名为冯唐时,意味着,他渴望自己能与历史相通,与古人相承。喜欢《诗经》、唐诗,喜欢古籍、喜欢古画,嗜好古玉——他相信艺术的不朽、艺术家的不朽。也许,此时此刻的一切注定要消失,这是不争的事实;不过,与人相关的某些器物会永存,诗句、字画、玉器,以及附着在这些器物上的思想、爱意、欲望和美,会永存。如此说来,物并不只是物,也是有呼有吸、活生生的了。我们的肉身会远去,但我们写下的字、画下的画,我们曾经做过的对人类文明的那些思考会留下,会经由那些物流传下去。刻下的印迹也会与未来的有缘人相遇,一如那些古物会穿越时光与今天的我们相遇。美和艺术的价值哪里是拍卖价可估量的?当我们拥有它们,我们便拥有旁人无法比拟的时间、生命、思想和美。

冯唐由此拥有他的历史观。历史观是属于作家特殊的取景器,会使作家的写作视点发生变化。在一些人眼里,这些事很重要,那些事无足轻重。而另一些人则相反,那些事需要专心致志,这些事则无关紧要。他的历史观使他有自己对长期和短期的理解,也使他不惧成为舆论焦点,甚至还会在风口浪尖时主动出击。比如韩寒事件中的"金线说",比如直接批评王小波——冯唐怎么能不知道他将会遭遇反批评?放在冯唐的时间观念里,反批评和争议都是必要的,有些批评会很快随风而去,有争议的,未来则有可能会成为趣事和美谈。世界上不存在没有争议的好作家。世间的一切博弈无非是此长,彼消;此消,彼长。

重要的是一个艺术家的持久力;重要的是懂得如何保有自我,成为自己,不辜负自己的花期;重要的是那位叫冯唐的作者写下去。"别管世人,别管短期,把这些当成浮云。耐烦,耐劳,不要助长,温不增花,寒不减叶,白杨树就是白杨树,黄花梨就是黄花梨。爬上古人堆成的昆仑山巅,长出比昆仑山巅高出一尺的自己的那棵草。"在给画家林曦写的序中,冯唐如是说。这是借他人酒杯,浇自己块垒,冯唐对艺术创作的见解令人欣赏。

文学史上,有一些作家,他们注定要在完整的传统链条中做更为坚固的一环,成为经典的一部分,他们通常沉默而低调,靠写作本身进入庙堂,赢得文学史声名。而另一些人,则通达,懂因材,懂尽力,"谁能把牛肉炖成驴肉?谁能让牡丹开成玫瑰?"冯唐的写作固然放不进任何理论框架、放不进传统的脉络。可是,做开山者,做拓荒者,做独异者,何如?

如此说来,三部曲之后有《不二》一点儿也不奇怪,《不二》之后有《天下卵》也顺理成章。冯唐到底要走他的路,犯禁忌,致非议,行异路,与时间进行不屈不挠的博弈——"别管世人,别管短期"。

我简短而卑微的文学观
冯　唐

我的人生观是我感受到、我理解、我表达,自由溜达、独立思考,走哪儿算哪儿。文字打败时间,文章般若,千年不朽,这是我一辈子要做的事情。不再当妇科医生之后,初恋二婚之后,就这么一点不现实的人生理想了。基于此,我的文学观有三点内容。

第一,感受在边缘。

码字人最好的状态不是生活在社会底层。没有一间自己的房间或者被豢养在一个施主的房间,等着下一张稿费汇款单付拖欠了半年的水电杂费、儿女的学费、父母急诊的药费,去另外一个城市或者国家、和另外一群人交谈已经是十年之前的事情了。这种状态,容易肉体悲愤、仇恨社会,不容易体会无声处的惊雷,看不到心房角落里一盏鬼火忽明忽暗,没心情等待月光敲击地面、自己的灵魂像蛇听到动听的音乐、闭着眼睛檀香一样慢慢升腾出躯壳。

码字人最好的状态不是生活在风口浪尖。上万人等着你的决策,上百个人等着见你,一天十几个会要开,在厕所里左耳朵听着自己小便的声音右耳朵听着手机,日程表以五分钟一档的精密度安排,你的头像登在《华尔街日报》头版上半页,你的表叔在使劲盘算如何在小学门口绑架你儿子。这种状态,不容易体会布衣暖、菜根香、诗书滋味暖心房。容易看不到月亮暗面,容易忘记很多简单的事实,比如人都是要死的、眼里的草木都会腐朽、没什么人记得和司马迁同朝的第一重臣叫什么名字。

码字人最好的状态是在边缘,是卧底,是有不少闲、有一点钱,可以见佛杀佛、见祖灭祖,独立思考、自由骂街,是被谪贬海南的苏轼望着一丝不挂的雌性女蛮人击水在海天一线,是被高力士陷害走出长安城门的李白脑海里总结着赵飞燕和杨玉环的五大共同特点,是被阉的司马迁暗暗下定决心没了阳具也要牛逼千百年,姓名永流传。

第二,理解在高处。

文字里隐藏着人类最高智慧和最本质的经验。码字人可以无耻,可以浑蛋,但是不能傻逼。码字人要能够抓着自己的头发把自己提升到空中,抚摸那条跨越千年万里、不绝如缕的金线,总结出地面上利来利往的牛鬼蛇神看不到、想不明、说不清楚的东西。让自己的神智永远被困扰,心灵永远受煎熬。码字人,钱可以比别人少,名可以比别人小,活得可以比别人短,但是心灵必须比其他任何人更柔软流动,脑袋必须比其他任何人想得更清楚,手必须比其他任何人都更知道如何把千百个文字码放在一起。如果你要说的东西没有脑浆浸泡、没有心血淋漓,花花世界,昼短夜长,这么多其他事情好耍,还是放下笔或者笔记本电脑,要耍别的吧。

第三,表达在当下。

动物没有时间观念,他们只有当下感,没有记忆,不计划也不盘算将来,只领取而今现在。在表达的内容和着力点上,码字人要效法动物,从观照当下开始,收官于当下。即使写历史、写未来,也是用现世去观照,想明白巨大时间尺度下的共通人性。写项羽,我或许写不过司马迁和班固,写 21 世纪的街头流氓、野鸡、官吏、民营企业家和海龟白领,未必。

朱旻鸢 / 生于 1978 年，江西客家人，现供职于驻京某部队。2006 年开始文学创作，著有长篇小说 1 部，刊发中短篇小说及报告文学若干，曾获全军军事题材中短篇小说一等奖、第十二届全军文艺优秀作品奖一等奖等。

追忆青春的军营写作

徐艺嘉

朱旻鸢是"新生代"军旅作家中较为年轻的一个。他的小说创作有这个写作群体共通的特点,放弃以往俯视生活的立场,在文学审美上聚焦小人物的生存感受,表现个体的存在意义,以此来完成个人文学理想和诗学空间的构建。同时,无论在语言风格、叙事方式,还是人物特性的塑造方面,朱旻鸢的作品字里行间无不充斥着个性化的文学表达。

朱旻鸢有着扎实的军旅体验。十三年的基层生活为他积累了厚重的素材,提供了足够多的细节,记录下他的成长轨迹。青春的活力、飞扬的理想与体制的约束、环境的艰苦相矛盾、相碰撞,切实的军营生活体验构成了朱旻鸢笔下的文学风景。小说《参军记》可视为军旅生涯的开启,描述了客家娃时毛一波三折的参军过程,作品在略显苦涩和伤感的语调中缓缓道来,颇具"农家军歌"的味道,表现了一个农家孩子对逃离黄土命运的渴求,对军营生活的向往。此后的《坝上行》《美女阿福》《兵头》《掌门人》《拉练》《天涯明月刀》等作品讲的是当兵期间的故事,以塞外生活和南门岗的经历为主要描写内容,再后来的《我的兵事》是对过往生活的回顾。朱旻鸢的小说全部依托军营中度过的青葱岁月为背景而展开,是对刻下青春烙印的军营生活的回望,却不乏还原"在场"的鲜活气息。

灵活的叙事

文字的细腻与叙述的快感并存于朱旻鸢的小说当中。他的小说叙事节奏较为平缓,有时甚至是迟滞的,给人一种"慢悠悠"的粘糯感。拿《坝上行》和《拉练》来说,都是一次远足训练的缩影。两篇小说皆是中篇容量,记录的事情极简单,大量笔墨用于勾勒人物脸谱,将人物的语言、性格、前传等一股脑儿地淋漓抖出。

　　小说开头大多以幽默而颇具喜剧色彩的日常军营场景切入,如《坝上行》开篇从"我"和老谢的闲扯开始,牵引出小说的主要人物与核心事件:为了凑够上坝驻训打靶的名额,几个最不受连队待见的人物被临时组拼在一起,各自怀着小九九组成了一个编外班,即将开启一段状况迭出又掺杂着苦辣酸甜的艰难旅程;《拉练》则把人物置于拉练途中,将途中所遇的微小事物审美化,部队最为常规和苦累的拉练也变得别有一番趣味。朱旻鸢肯下功夫,在叙述空间的位移中不紧不慢地梳理人物关系,捋清事件的发展始末。看似多为闲来之笔,读罢一品,才发觉他的人物绝少只见模糊轮廓,多半闻其言,听其声,骨骼、血肉俱在。能将拉练的步调、拿枪的姿势"嚼"出感觉、"品"出味道,赋予军营琐事以妙趣和神韵,不仅源于他对军营生活的熟悉,更得益于叙事过程中对细节的把握和运用,即如上所述的"慢笔法"。

　　另一方面,朱旻鸢的叙事不乏流动感,绵密的遣词中间留下了交错的缝隙。故事推进速度不快,情节段落之间连缀得也不紧密,小说构架的人物生活背景与存在其中的风情人貌描写得十分到位,虽然整体并不乏好看故事具备的跌宕,但转折之处笔力够足,往往出乎意料,又落入情理之中。《坝上行》中,老曹的失踪竟是为了借演练机会去实地考古,不入流的炮七班打出了唯一的好成绩;《拉练》中王喜跳下病床,冒着引发心肌炎的危险加入了长跑;《兵头》里立方带着遗憾离去;《美女阿福》中,袁大头无谓的死亡和罗黑子最后的出人意料之举……情节的逆转带来倏忽而至的失落、痛楚,弥漫开来的伤感带给读者故事之外的人生况味。

　　最能代表朱旻鸢叙事技巧的当属"南门岗系列",即《天涯明月刀》《兵头》《掌门人》三个短篇小说。朱旻鸢最初的构想是写一个中篇,里面容纳若干个故事,但风格相近、节奏相似的故事容易使读者产生阅读疲劳,因此拆分成几个独立的短篇,侧重点不同,每个保持适当的篇幅和相对完整的故事情节。小说之间的人物互有关联,借用武侠的方式来演绎生活。故事的生活来源是作家曾在警卫排当岗哨的经历,日复一日的站岗枯燥单调,但人与人之间却充满了常人的、琐碎的、磕磕绊绊的喜怒哀乐。小说从讲述一支部队从无到有、从兴建辉煌到取消编制直至彻底消失的过程,选取立方、老年、班长德茂、"我"等仅有的几个岗哨兵，串联起颇具侠义色彩的故事。当"我"来到南门岗报到，第一件事便是遭遇类似"认祖归宗"式的典礼，即追忆南门岗的开山鼻祖——立方，于是，有关立方的传奇和南门岗的传奇交织在一起，平淡无奇的"南门岗"生活也被加工成充满侠骨柔肠、爱恨情仇的恩怨是非之地。南门岗的大门推开了一个新世界，内里寄托着作家赖以展开想象的丰沃土壤。朱旻鸢的写法也许只是他文学道路上的一次尝试，而依附于这一方式的结构、语言与常规的军旅小说相比，确实实现了某种飞跃。

朱旻鸢坦言，这样写的目的是为了好看，"一个缺乏信心的作者"总要想办法把故事写得能够吸引读者一路读下去。一个不会运用语言魅力的作家，再好的故事也会在他手里折损。但若仅仅为了好看，又与时下新兴的网络文学无异，一味追求博眼球，丧失文学本真的味道。其实，"好的文学"与"好看的文学"并不矛盾，对于文学来讲，内容与形式的关系密不可分，好的结构载体恰恰能充分挖掘好小说的厚重思想和严肃主题。朱旻鸢小说的叙事灵活性正在于此，他的故事在好看之余，烘托了背景环境，又指向了人的精神世界。

"荒诞"英雄

朱旻鸢小说里的人物总是能让人记住。《坝上行》里的老曹、老谢，《美女阿福》中的袁大头、罗黑子，《斜坡》中的林先飞，"南门岗系列"中的立方、老年……作者赋予这些人物以漫画式的荒诞色彩，人物特征和性格被夸张、放大、扭曲，使人物形象变得更加鲜明、典型、集中，给读者以更大的冲击和更深刻的印象。

这些人物有共通之处：个性鲜明又缺点突出，在常规的价值判断体系中属于不入流的角色，却在某个时刻或某个契机中爆发出人性闪光点，做出属于英雄的举动，继而又返还于庸常人生。与平庸之辈相比，他们是英雄；然而若以传统英雄的内涵加以阐释，他们又是另类。

荒诞之于军旅文学似乎有些不搭调，但放在当下的时代语境中加以考量，则会得出另一番结论。作品的取材源于生活、源于现实，再加以荒诞的表现方式，便会产生超越现实的力量。当下社会的价值观较大程度上削弱了以往军旅文学对理想主义、英雄主义、爱国主义等崇高精神的表达力度。英雄仍然是崇高的，他们不乏牺牲和奉献的精神，但军人的身份带给他们的孤寂和痛苦无法回避，也无须回避。作家如实表达了英雄的困惑与无奈:有的因与亲人的长期分离而导致家庭纠纷,乃至家庭破裂;有的需要面对旁人的不解抑或讽刺,这些困境让英雄人物对自我价值产生怀疑,陷入了信仰危机。

朱旻鸢笔下的英雄被设置为群体中最不合群的异类。如《斜坡》中的林先飞,具备英雄的优秀品质,但这种品质却在常人眼中被遮蔽了,或者说是被误读了。林先飞是"我"带过的最失败的一个列兵,"干啥啥不行,吃啥啥不剩,关键时刻拉稀尿炕",即将在部队撤编前被"过滤掉"。撤编之前,"我"负责的最重要任务就是保障火炮的安全,按照地理位置的估计和塞外秋天没有大雨的生活经验,"我"对这项保障工作成竹在胸,林先飞却笃定会下雨,建议提前转移火炮。当大部分人对火炮安全没有疑虑且开始了杯盏交错的聚餐时,林先飞带领一些战士及时采取措施,挽救了火炮,避免了严重恶果的发生。主人公智力上看似残缺的一面掩盖了他的光芒,只因发出了和大多数人不一样的声音而不被认可,因此只能在低于他人的岗位上默默耕耘。即便林先飞因挽救物资的英雄举动而被人重新发觉和认识,从被认定退伍到重获机会留在部队,人生就此被改写,却仍旧无法消除人物本身经历的坎坷带来的落寞感。

朱旻鸢笔下的瑕疵英雄实实在在地存在着。他们在某个时刻,因某个想法、某个冲动做出了壮举,辉煌如昙花一现,又回归到普通人的庸常生活。《美女阿福》中的战士袁大头也不能避免相似的命运。与美丽的城市教师兰子互定终身的袁大头热切地期盼着未婚妻的到来,却因在大漠中寻找战友而丧命,死后也没有得到任何功名。一心想当士官的罗黑子在关键时刻为了正义冒险做出丧失前途的举措,继而不得不离开部队,去面对更加残酷的未来。《拉练》中的王喜曾一度陷入半昏迷状态,然而在最后,为了集体的微小的荣誉,却强撑着病体和巨大的危险投入了奔跑当中,而这个举措超越了本身的意义,似乎象征着人类为了获取荣誉永不放弃的拼搏……

作者想表达的是时间、历史、体制、个人等因素对于"另类英雄"的不可抗力,任何一个偶然事件都可能摧毁英雄、埋没英雄。小说里的人物,往前走一步是英雄,往后退一步便是个默默无闻,甚至在军营中没有留下任何痕迹、无人提及和关注的人。而这样的人物之于文学更富有艺术魅力。生活总是充满悖论,当落寞、无助和高大、勇敢等多重截然相反的性格特质集于一人时,人物便被赋予了张力,给读者留下了值得品评与咂摸的空间。

抵近军营现实

朱旻鸢小说中的人物、语言与小说所营造出的军营氛围给人一种真切的实感,如同一个熟悉生活的人毫不费力地以正在进行的时态叙说过去。同时,强烈的现场感、细枝末节的情绪和环境元素都在。放眼年轻一代的"新生代"军旅作家群体,给人留下相似小说感觉的作家并不鲜见。那么,为何朱旻鸢和与他同代的军旅作家们都选择以此类方式解读军营、塑造军人?

究其缘由,大抵是作者的精神气质与小说中的人物相近且相惜,这种互通的情感为人物注入了活力,也就因此获得了真实感。以"南门岗系列"为例,三篇小说让读者窥到了一个普通门岗的全貌。对于一个不了解军营、不了解基层的读者来说,能够通过几个短篇便了解了战士们的生活情态,了解他们平凡外貌下的丰盈内心,与他们一同经历命运的起伏波澜,见证家长里短的琐碎。作家希望通过对普通人生活状态近乎白描式的描摹,直抵小人物的精神世界,因此,他的小说写作有向军队最现实和真切的生活层面靠拢和回归的自觉意识,将目光聚焦于军营小人物的日常生活,倾力展示基层官兵的喜怒哀乐和苦辣酸甜。如同朱旻鸢所说:"门岗班长老年的成长经历,至少我们那个年代的塞外兵都有过,'老年们'的那种冲动、浮躁、迷茫和痛苦,我本人也都经历过。"

与前辈们的集体主义的立场不同,朱旻鸢等新生代作家钟情于个人化的表达。这是作家自身的写作尝试,对军旅文学来讲,既是补充和翻新的机遇,同时也是一次冲击。军营总令人联想到宏壮、高歌、战场等词汇,体系庞大而包罗万象。尤其是当下的军营,由新军事变革引发的一系列大事件在军旅小说方面还留有不小的空白。对于不断涌出的新兴词汇,和许多同辈作家一样,朱旻鸢没有急于去解读,这可以理解为相关经验的匮乏,也可以解释为尚未沉淀。他当下所面对的,仍旧是文学的真实。

归根结底,军营的现实是什么? 是人,而文学的真实便是人的真实。朱旻鸢的军营就是真实的,有青春的躁动,有少年的懵懂和欲望。同时处于青春中的人又是军人,这便有了军人的坚守、无奈和妥协。当然,他的人物并不总是消极的,昂扬向上的精神内核无疑是军旅文学必须具备的,只不过朱旻鸢尝试将军旅文学的内核保留,理清了真实与现实的关系,在某种平衡下追寻文学的另一种表达形式。因此,人物在追寻自身价值的过程中有挣扎、有气馁,在戏谑和愚弄生活的玩世不恭中不断传达出一种向上的力量,坚硬而温暖。

写出更丰富的世界

朱旻鸢

怎么就成了一个写小说的人？这是连我自己都常感费解的问题。想了很久之后，才隐约地找到一个勉强能说服自己的理由——这可能跟我小时候听故事的经历有关。

我童年时代的农村，不要说电脑、电视、电影，连电都很少有，偶尔来一个耍猴的，敲一通锣收了钱就走。我比别的孩子幸运，有一个当过保育园园长的奶奶，她在哄孩子期间积攒下大量的故事，使我除了撒尿和泥玩之外还有更高级的文化生活。后来我想，如果没有我奶奶的故事，很难想象我的童年会多么贫瘠。再后来我又想，如果小时候我没有听故事的经历，只看过几次耍猴，就可能不搞文学，去当演员了。

但稍大一些后我就不再喜欢我奶奶的故事。因为我的长辈中还有一个能讲故事的人，那就是我外公。我外公是个泥瓦匠，喝酒、吹牛都是一把好手，经常蹲在墙头边砌砖边给人讲故事，扯着嗓门讲。只要他在，工地上没人能插上话。我从小话多很可能就是他的遗传。我外公讲的故事跟我奶奶讲的不同，我奶奶讲的都有教育意义，但听多了就不想听，我外公的没有什么意义，都是神神鬼鬼，让人听了还想听，同样是某个树林子里闹鬼的故事，他讲的版本跟别人不一样：一个好吃懒做的女人装病躺在地上请求骑车路过的男人搭载一段，快到小树林的时候女人就往脸上挂猪肝，等男人回头一看以为是鬼，吓得扔了自行车就跑。他的鬼故事里其实没有"鬼"，只有"人"。这种风格直到三十年后我才知道叫"魔幻现实主义"。但我外公没有文化，一个字也没写出来。

我外公的故事让我知道，只有讲得跟别人不一样，故事才能吸引人。这一招我很早就学会了。我三四岁时有一次我爷爷上楼抱柴火，一脚踏空从楼梯上摔了下来。我奶奶回来后我跟她汇报整个过程,只用了一句话,却让在场的人至今仍能记住。我说,爷爷像马兰花一样飞了下来。《马兰花》是我印象中看过的第一部电影,里面有一个镜头,一个采药的老头从很高的树上掉下来,在空中飞了很长时间。

那是我人生中运用的第一个比喻。我的立场和感情当然受到了全家人的严厉批评,但也从此体验到了语言的杀伤力。这让我越来越感到说话是件很艰难的事。所以每次写小说的时候,我心里总是惴惴不安,害怕自己写出的字都是废话。

当兵可能是我一生的转折。那年18岁,从南方一夜之间到了塞外。这个时期去当兵,意味着环境的艰苦、言行上的约束都集中在人生最活跃的青春期。当然,自然环境越是艰苦,言行上越是受约束,思维往往越是活跃。当新兵的时候,我在家属院打扫卫生,凭着各家各户厨房里飘出的香味,我能闻出谁家吃的是什么饭菜。我和一个山东兵搭档值勤,在马路边一站就是半天,我们经常凭着蹄掌声猜路过的是马、是驴,还是骡子,谁猜得准赢花生米吃。我后来写小说时的想象力可能就是那个时候为了赢花生米训练出来的。不幸的是,为了感人,我发挥想象力过度,在小说里把那个山东兵给写死了,让我一直感觉对不起他。

有部队的地方就有传说。越是艰苦的地方,传说越是丰富。我当新兵时所在的门岗班,地处偏僻,生活单调乏味,但那是一座故事的富矿,随便一个兵都有一肚子的故事。其中有个爱好武侠的同年兵甚至自己虚构了一个"门岗江湖"。他把周围的人,收破烂的、劁猪的以及班里的战友,都塑造成了江湖中人。门岗的日常生活和各种掌故都被他加工成了江湖恩怨,每天不厌其烦地讲给我们听。那时我觉得他十分无聊。直到部队撤编、我离开塞外多年之后,我才开始怀念那些故事——我发现30岁的自己,身上除了故事一无所有。如果不写,连故事也就没有了。

一口气写了有关门岗生活的《天涯明月刀》《兵头》和《掌门人》后,有读者认为是"武侠",或带有"武侠"风格,但其实它们跟武侠没有太大的关系,只是借鉴那位仁兄的经验,借用了一个名字和叙事的外壳而已,它们所讲述的依旧是军队基层官兵的琐事。这样讲述,能增加一点点快乐和丰富性。而快乐和丰富性正是我们现在这个世界极度匮乏的东西。无论是我奶奶、我外公还是我的战友,他们的故事都让我感受到了快乐，更让我感受到世界远比我所看到的丰富，更远比书上所描写的丰富。

美国作家威尔斯·陶尔说："小说家的工作就是抢救部分快乐和丰富，并用我们可以信任的方式奉献给大家。"这种"可以信任"的方式，我想应该是小说的生活真实感。真实是文学颠扑不破的最基本的品格。不能一提到军事文学就提弘扬"英雄主义"，一弘扬"英雄主义"就捏造英雄，为了捏造英雄而把人写死了。事实上，和平年代对安全高度重视，军队几百万官兵能当上"英雄"的是极少数，即使是这少数几个英雄绝大多数时候也是过着平凡琐碎的生活。苏格拉底说，永远不要用成见下结论，要相信自己的自觉，不要人云亦云。我想这就像盖房子：我外公一块砖头、一块砖头地盖起来的房子，在他们时代可能是高端大气上档次，但直觉告诉我这早已过时，我必须一块砖一块砖地拆了它。当然我拆它，肯定还要建新的，否则我也会像我外公当年一样，没地方住。

一代人有一代人的房子，一代人有一代人的文学。不同时代的人对同一事物的理解是不同的。我不可能一辈子住在我外公那代人盖的房子里。年轻人守着祖上传下来的老房子度日，可能会被誉为孝子贤孙，但肯定没有出息。我是一个想住自己房子的人，所以我不跟任何人比，我也不拿别人的房子来做参照，在自己的宅基地盖自己的房子，让别人拆去吧。

霍艳／生于 1987 年，北京人。13 岁开始创作，出版过 8 部作品，作品见于《十月》《北京文学》《山花》，入选 2013 年最佳中篇小说、短篇小说选本。

自我向世界敞开

李　壮

"80后"作家霍艳近期给我们带来了颇多惊喜,在几年的沉寂之后,她突然从纯文学的河流中浮出水面,拿出了一系列令人瞩目的作品。从这些小说之中,我们能够发现霍艳的成熟与蜕变,不知不觉地,霍艳已经在写作上完成了一次漂亮的转身。

对青春幻象说再见

不同时代的人面对文学,都会有那种"青春期"的阅读、写作心态:在虚构里,现实中备受压抑的主体情愫会被无限地放大、美化,整个世界成为了春梦的投影,散发着浓烈的荷尔蒙气味。"堂吉诃德"们热爱骑士传奇,东方奴隶们想出了飞毯和神灯,阿Q爱唱"手执钢鞭将你打",大概都与这种心态有关。在这种类型的文学经验中,我们接受和创造的,往往是那些寄托了我们幻想的形象,他们光芒万丈,同时又不堪一击。一旦分泌旺盛的年月悄悄过去,时过境迁便显出单薄虚妄,无法寄托更为复杂深刻的人生况味。这样的情形在"80后"这批作者中体现得尤为典型。霍艳早期的作品里也能隐约找见类似的痕迹:俏皮痴情的女子与深沉细心的男神构成了典型的搭配,大量浪漫笔墨的轰炸也保证了到位的催泪效果;即使在偏于冷峻、纪实风格的作品《新地下铁》中,霍艳在"棕红色的墨镜"后面审视众生,描写的对象也多是成功却冷酷的上流男士,或者能在风情与高雅之间瞬间切换的妖孽女子。

与此形成鲜明对比的,是霍艳在其近来转型的新作中塑造出的形象。在《失败者之歌》中,"成功却冷酷的上流男士"成为张小雯那个戏份不多的情人;"能在风情与高雅之间瞬间切换的妖孽女子"则出现在《秘密》里,但其光芒绚丽的假象却被一个网络漏洞撕破,暴露出赤裸裸惨淡的真实。这些小说中真正下力道描写的,乃是那些颓废、无力的庸常之人。《李约翰》的主人公是一个混迹异国的中年人,"灵魂疲惫,肉身自卑"是他的生命状态,"挣生活"是他的生存主题;他的妻子则是一个弱智,体如枯叶、不解温情,毫无生命感可言。《失败者之歌》正如其题目,关注的是热闹时代的边缘人、梦想外围的失败者:更年危机的母亲、赋闲在家的父亲,以及仿佛注定也要奔向"失败"命运的女儿。《管制》中的中年妇女张丽芳,发福的腰腹早已消解了丈夫的欲望,竟只能在公车色狼的骚扰之中享受片刻女人的幸福。这样的人物形象,经过了生活的磨损,幻想中的金银镀皮早已销蚀殆尽,裸露出来的却是青铜般的色泽,不耀眼,但有余味。他们像是低着头费力爬坡的中年货车,为拉力牺牲了速度,发出沉重又不体面的喘息之声,却比其他任何车种都更明白脚下道路的意义。

毫无疑问,这样的人物形象更加真实,而且足以承载更复杂的人生体验和更沉重的命题——不漂亮,却踏实厚重。这些角色的形象与经历,跟青春写作所钟爱的"高富帅白富美"搭配也南辕北辙。这恰恰显示了作为作家的霍艳的转变:作为一个成熟的写作者,她开始挖掘生活更深处的秘密,同时学会从一己向他人走去、以自我向世界敞开。

杂语世界与回归中的生活

当"形象画廊"里的展品更替一新,作者的"语言世界"也必然出现相应的变化。霍艳的一批新作显示,她的小说正在经历一次从"青春絮语"到"杂语世界"的蜕变。

在最近的一次对谈中,霍艳提到了"80后"作者过去在语言上存在的问题:"很多时候,他们辞藻的华丽已经到了对叙述产生阻碍的地步,他们无法还原人物话语,只能转述,将原本丰富性的多层次的话语,转述为一种千篇一律的重复的风格。"这种充斥着荷尔蒙气息与形容词色泽的华丽语言,看上去带有鲜明的个性色彩,其实质却是一代人的腔调雷同,这是写作者尚未找到自己语言的表现。这种"自我泄洪"式的独语是难以持久的,优秀的小说往往如巴赫金所说,是一个多声部的杂语世界。我们欣喜地看到,霍艳正在逐渐找到自己的腔调与话语方式,正如张柠所说:"她不再是一位被'公共语言'拖拽着满世界疯跑的青春写作者,而是试图要成为将'语言'捏在手心里任意搓揉、摆布的能工巧匠的人。"例如在《失败者之歌》中,母亲沈蓉蓉那"完美定格在五十二秒"的通话令人印象深刻,机关枪般"突突突"火光四溅的更年期牢骚更能让不少人会心一笑:"现在黄瓜都四块钱一斤了,跟鸡蛋一个价,你家吃不起拍黄瓜,我也养不起你们。等你爸回来以后伙食归你管,你们爱吃黄瓜爱吃西瓜都随便,以后别惦记跟我这儿白吃白喝。"另一方面,父亲张功利那些急促的断句显得中气不足,一个"失败者"的形象由此跃然纸上。同时,霍艳自己的叙事语言细腻而冷静,不动声色却又暗藏锋芒,显示出对文本出色的控制力。

叙事语言上的冷静和文本控制上的从容,能够集中显示出一个青年作家的成熟:它意味着作者学会了给悸动的主体情绪拴上链子,同时让生活本体完成自然而然地回归。在以往的作品中,霍艳常常喜欢使用这样的表达:"而地铁里穿梭的他们,也寻不回过去的影子。"这是一种结论性的话语,它完成的乃是整体情绪的定调:"寻回"是一种主观性极强的动作,它默认"过去的影子"是值得留恋的,于是这种行为就在价值预判之中带上了浓浓的感伤色彩。说到底,其表述的还是自我的情愫,"他们"成了"我"的喟叹的投射物,而充满真实感的"他们"的故事,实际上是缺席了。这种写作方式往往会将叙事引向终结。在霍艳的一系列新作中,这种情况得到了彻底的扭转:主观倾向在文本中受到了恰到好处的收敛,而生活本身则开始在文字间自由滋生。不论是处理张功利一家的"失败",还是面对作为"被侮辱与被损害者"的李约翰,霍艳都在尝试着与文本保持一种若即若离的状态。她冷静地旁观,节制地落笔,在叙事中不断铺展开新的枝蔓和细节,于看似游离的笔触中不断地敲打着暗含的主题。她为我们耐心地剥解这只层层包裹中的洋葱,却并不急于按照自己的口味猛加作料。我们能够在冷处理的背后感受到作者的情感温度,但在具体的文本中,霍艳还是让叙事自己去生长,让它们形成自然而然的内部纹理,然后结出伤疤。

从自我的独大到生活的回归,这是写作者青春告别式上的一项重头祭仪。从霍艳的一系列新作中我们看到,在写作的姿态和观念层面,她重视的是可能性,而不再是结论性;在结构和叙事意识上,霍艳强调的是弥散性,而不再是方向性;她越来越善于剖析、展示,而不再一味地热衷抒情。主体淡出的背后,是作者对叙事自身生长性的尊重;这显示出作者在文学观念上的成长,也体现了写作者内在的自信。

继续深造与写作自觉：从"脱水"到"补水"

在一篇创作谈中，霍艳专门提到了选择读博对自己写作的影响："我逼迫着把自己敞开，去吸收书本去捕捉生活，而这一切都让我对文学有全新的认识，原来小说有这么多种的写法，原来它既可以像万花筒一样多姿，也可以像白水一样平淡，它是任人摆弄的魔方，不断突破着规则。"回顾自己之前的写作，霍艳认为自己"并未接受过系统的文学训练，在阅读上也十分缺乏，凭借着天分跟情绪化支撑了十年，直到最后把自己耗尽"。选择继续求学，实际上就是一个从"脱水"到"补水"的过程。在技术的层面上，大量而系统的阅读能够使写作者充分洞悉文体的秘密与可能性，在语言、叙事等方面变得更加纯熟，进而能够从"技术活"的角度进入文本的写作。而在经验的层面上，这一"补水"的过程也会开启写作者对文学乃至社会的思考，帮助作家面向世界打开自己，从而完成从自我经验贩卖到自由创造之间的跨越——这种跨越，正是写作者持续生命力的最大保证。

系统的文学训练带给了霍艳写作上的自觉，使她能够在对文学经验史与形式史的总体观照之上反观自己的定位，努力实现表达的独特性和有效性。例如《失败者之歌》中，作者通过对"失败者"这一文学史中的典型形象的翻新重造，成功捕捉了当下生活中那种鬼魅般出没无常的放逐感和无力感。《最低温》写的是知识分子精神失败的主题，似乎是老生常谈，却又包含着当今时代特有的病态与欲望。《李约翰》中，霍艳有意识地加入了历史的纵深，让时间深处的创伤与此时此地的困境形成了回声般的呼应交响。《秘密》从一个程序漏洞入手，打通了表象与真实的两个世界，作者的镜头在两个世界之间摇来摇去，我们所熟知的秩序开始被依次颠覆——你看到天空的一角起了毛边，轻轻一撕，扯出了一个洞；一直撕扯下去，你会发现整张天空都是假的。在经验的深度和广度上，这些作品让我们耳目一新，其中对时代命题的敏锐发现和精确把握，与霍艳近年来系统的文学训练是分不开的。

我们常讲，有过写作实战经验的批评家往往会对作品具有过人的敏锐，其实反过来，文学评论者的知识背景也能够给予作家的创作以巨大的推动：在对当下文坛有一个全局性的观照之后，写作者往往更容易发现问题、洞察趋向，从而在自己的写作中迅速地完成修正、做出反应。霍艳正是这样一个创作与评论兼攻的写作者。对一个不断成长中的青年作家来说,当她的写作天赋得到了系统的训练,同时又与评论者的敏锐结合在一起,她所写出的作品将会是怎样一种效果?

写作这回事

霍　艳

写作这回事，越年轻越无畏，越老了越敬畏。我们在年轻时，写的都是自己的情绪，小情调，我们把这些情绪装进一个故事的外壳。而长大了，我们写的是生活的一种，是表面庸常实际却暗藏波涛汹涌。

有一次我读到周嘉宁的访谈，她说："很多不成熟的东西在不该拿出来的时候，被拿出来了"，"之前很多书都是不应该被出版的。可以写，但那些东西不应该被发表"，"看到大家都出书了，那就出啰，没有多想。没有人会来跟你讨论这个长篇要不要改，或者说这本书什么地方是有问题的，从来没有人跟我说过这些。然后他们就把书出了，自己很莫名其妙的，出了以后自己也不会去看。"我跟周嘉宁的感觉是一样的，我们无法否认那些作品的确是自己写的，但我们内心却盼望不要被提及，他们不应该太早地被拿出来。这个世界抹去一些东西越来越难，出版物、网络、报纸杂志，太多媒介留下了我们写作的印迹，当有一天我们以一个成熟的心态去看，会发现那些印迹是可笑的。

我们这代人创作开始时有个共同的毛病，就是把自己的情绪无限放大，如果说情绪是一个小小的墨点，我们用文字把它晕染成一片天空，仿佛全天下都被这青春期无处宣泄的郁闷所笼罩。说得好听是真性情，说得难听就是太自我，我们把"自我"当作个性的标签贴在文字里，却忽略了对身边人的关注。"80后"作品里的身边人，都是自我的陪衬物，所以才会大量出现"另一个我"、"父母皆祸害"之类的相似构思，我们把身边人同化来反衬我的与众不同。

2008年我推出一本以个人成长史为内容的随笔集后，放弃了关于"我"的世界，甚至尽量避免"我"作为讲述者。我写的可以是社会上任何一个人，我将自己隐藏在他们身后，甚至是以俯角在看他们的故事，从一个固执单调的叙事者，变得试着去参透世间的悲喜。

　　我与人保持疏离的姿态,这也方便了我不带主观色彩地、更好地关注他们。这有一个过程,当我眼睛开始近视的时候,固执地拒绝戴眼镜,也就拒绝了对这个世界的观察。但如今,我的眼镜再也没有离开我的鼻梁,我无时无刻不在对世界悄悄地观看,观察是我与世界交流的方式,那些细节是铺垫我小说的基石,有人曾说:"观察力对一个作家来说比想象力更困难。安心去看一个社会,比你在屋里想更难。我们的作家应该学会观察,你得耐心去看,认真去看。"当凭借想象力创作的网络文学风起云涌时,我重新拾起观察这把利器,劈开文学道路上的荆棘。观察是为了对生活的境遇有所关照,这种观察除了用眼睛看,也包括用触觉感知、用嗅觉去闻、用味觉去品尝,是一种五官完全敞开的体验,张爱玲的《异乡记》在这方面做出了表率。在我看来,文学已无法承担解决问题的功能,却将呈现问题的功能放大,每个读者有各不相同的解决之道。

　　如今,我对作家这个职业充满了敬畏,我看过很多新浪微博上作家的认证,都是:青春作家、青年作家、"80后"作家、网络作家、知名作家……我们总是需要一个标签,因为创作这个行当门槛低了以后,出现精品的机会越来越少,我们的底气也越来越不足,所以需要那些前缀来装点我们的身份。

　　我却愿意抛弃那些华丽的前缀,用"作家"来定位自己,尽管这条路对我来说异常艰难。

李进祥 /回族，生于 1968 年，宁夏人。著有长篇小说《孤独成双》、短篇小说集《换水》、中短篇小说集《清水河人物》、随笔集《人生寓言》等。小说《换水》曾获第 10 届全国少数民族文学创作"骏马奖"。

一盏来自清水河的灯

相　宜

　　每个作家都有一个安身立命的创作场域,回族作家李进祥的文学领地无疑是他的故乡——清水河。李进祥不仅在日常生活中谦逊退让,在文学创作中同样温文内敛,他不像一个文学世界的精神缔造者,更像是一个对故乡饱含深情的注视者与记录者,他延续着清水河流域的伊斯兰文化传统,书写着浸泡在清水河中苦涩而清洁的人生。

　　李进祥来自极度缺水的宁夏南部,贯穿其300多公里的黄河支流——清水河是一条无法饮用、无法灌溉的碱水河,正是这样一条"无用之河",滋养了两岸回族人民,成为他们的精神命脉,并成为李进祥文学创作取之不竭、用之不尽的精神原乡。李进祥曾在《我的写作经历》中这样说,"我把我写的人物都放在清水河边,因为他们本来就在清水河边,因为他们就是我的亲人,我的乡亲;因为他们的人生就像清水河,洁净而浅薄,苦涩而欢乐。因为我自己就生活在社会底层,我没有理由不关注底层人们的生活和心情,他们的人生际遇和悲欢离合和我差不多,他们的痛楚就是我的痛楚,他们的欢乐就是我的欢乐。我只是把我对人生和社会的一些体验和感觉写出来。我所写的每一个人物都是一滴水,我会继续写下去,也许加上我的汗滴和泪水,能汇成一条河,一条像清水河一样的小河。"

女性：生命与和解

　　清洁的河水本应是无色无味的,苦涩的清水河却因为宗教信仰、生活日常和民族特质文化,在回民心中被赋予了清洁的意义——身心清洁的象征。清水河在他们心中便是清洁,便是归宿,更是信仰。于是,李进祥的笔端从具象的"清水河"出发,最终抵达象征原乡的清水河。清水河为李进祥点亮了一盏灯,李进祥把灯光流泻向笔下的清水河畔众生,让信仰的光照亮归宿,照亮前行的方向,让他们看到回族人民命运曲折的源流、弯道与彼岸,看到河水中倒映出自己的灵魂与人生。于是,不同的作品中,"清水河"对于不同的主人公就有属于自己的特殊意义。

在《女人的河》中,清水河是见证阿依舍成长的生命之河。"到河里挑一担活水来,洗涮洗涮,尔德节上,亡人回来哩。"因为婆婆带有民族暗语般的话语,阿依舍来到清水河畔挑水,一瓢一瓢地盛水,一眼一眼地与河水对望相会,在凝神恍惚中,河水流进了阿依舍的生命,串起了散落的记忆碎片。"阿依舍看着一河清凌凌的水,她觉得自己与这条河一定有一种很隐秘的联系。在这条河边长大,又从河的上游嫁到了河的下游,始终没有离开过这条河,这条河就像是自己的亲人。"对于阿依舍来说,这条贯穿了娘家与婆家的小河不仅让自己在新环境中获得了安宁与平静,还包含了曾经对爱情朦胧的憧憬与怅惘。她的爱情启蒙,来自于牵她过河的中学同学马星晨,阿依舍辍学之后,她感到这一条河水已经把她与马星晨隔开了,还没开始的爱情、所有的盼望,如流星一闪而过,坠入水中,不见踪影。在马星晨读大学之后,河对岸的世界更遥不可及了,缥缈远去的是她朦胧的爱情,对城市、知识的愿景。后来,阿依舍成为赶羊人穆萨的女人,并在撒欢清水河山野的民歌声中,完成了灵肉相谐的"渡河"这一绚丽的女人成长礼。也许平凡的感情并不像水中萌动的初恋那样甜蜜忐忑,但实实在在的红霞满面,才是真正的生活。

清水河不仅象征着女性生命的历程,也象征着女性与生活的和解。在面对清水河的记忆打捞中,阿依舍想起了阿訇曾经讲过的在河水中男女生命转换的故事,忽然理解了男人与女人的生活意义;婆婆讲述的公公与大伯进城后再也没有回来的往事,使阿依舍忽然理解了婆婆此前对丈夫进城打工的劝阻;奔涌的乳汁让她忽然理解了母性的责任,使阿依舍开始痛惜被自己忽略的儿子;她拿着水瓢往水桶里舀水,水面被打破又自我圆满着,她终于理解了生活。穆萨去城里打工之后,她的思念也流淌成了一条河,女性生命的河水,流向男人,流向儿女,流向生活,"水利万物而不争"的特性与美好的女性生命、清水河的生生不息相互交织,相生相应。

清水河教会了女人如何生活，女人在河水中照见了灵魂，完成了精神蜕变。清水河畔的女人们并不像娇弱的花朵，她们坚忍执着，在贫瘠的碱土地上长成了树，她们善良、温和、奉献，让苦涩却又清洁的河水溢满自己，结成果实，又回归大地。这脉活水从容不迫地流淌，伴着她们从少女变成人妇，尔后又成亡人，清冽的河水带走的是悄无声息的时间，又悄无声息地见证了这些河畔女性的青春、爱情与人生。

"换水"：洁净身心的仪式

清水河是两岸回族人的母亲河与精神之河，其潜流着的民族暗语，是回族人民的精神支撑，河水的大净就是信仰的象征。洗大净是依据《古兰经》而确定的，"如果你们是不洁的，你们就当洗全身"。"换水"不仅是清洁身心，也是清洁"罪孽"的过程，既是宗教行为，也是心灵慰藉。所以，以清水河的活水进行换水仪式，成为李进祥创作中常出现的重要情节。在《女人的河》中，出嫁之前的阿依舍洗了离娘水，她的一切就会随着这次洗浴而发生变化。"换水"无疑是一种带着宗教色彩的神圣仪式，在换水的过程中人们的灵魂舒展开来，找到了归宿与信仰的方向。换水的场景散落于李进祥作品的各处，而以此为题的小说《换水》更是意味深长。小说中，一对新婚夫妻从清净的清水河来到城市打工，沦陷于城市滚滚红尘的艰难中，又回归故乡。出行之前，夫妻神圣又郑重地进行了换水大净。对于马清与杨洁来说，换水不仅是民族习俗，更是对未知的城市生活的祈福。于是，他们严格依照清水河规矩的每个步骤换水，处处点点，把身心清洗干净了，尔后充满期待和忐忑上路远行。杨洁是李进祥笔下典型的清水河女性，勤劳、自尊、善良、无私，她不舍离开故乡，为了丈夫才选择既憧憬又害怕地来到城市生活。因为有了杨洁，有了家，马清在工地的生活被点上了一盏灯，照亮了他每天眺望的简陋却温暖的家门，恍惚中，马清失手从脚手架摔落，手臂残疾，最后只能到饭店做收入更为微薄的清洁工，曾经温饱的小家难以为继了；杨洁为了给丈夫筹钱治病，出门工作以至牺牲了自己。他们各自默默地挣扎在城市光怪陆离的霓虹灯照不到的地方，互相关爱，却相互隐瞒，沉默坚韧地抵抗着生活的困境。马清每次清扫完恶臭的厕所，回家之前都要去简陋的澡堂子严格按照换水的程序沐浴，感觉只有这样才能把自己洗干净；杨洁每次回家之前也会洗澡，她流着眼泪,一次又一次清洗自己。他们身心俱疲,心照不宣,怀念能冲刷不洁的清水河,生活虽然贫穷但能坚守清洁。当城市生活最终无法继续,身心被蒙上尘埃,马清终于在杨洁曾经无数次要求换水的无言后,说出了"换个水,我们回家吧"。于是,两人带着伤残疼痛的身心,回归清水河。现代生活所有的伤痛和挣扎,都隐在人物故事背后,隐在文字背后。支撑其中的是回族人的信仰、尊严与梦想,而梦想比现实更接近文学内核。

徐缓推进的故事,在李进祥优美而内敛的散文化语言中显得意味深长。那些带着生命灵性的句子轻盈如流水,从此岸流向彼岸,在某处忽然转弯,沉淀了所有汹涌暗潮,然后继续平静流淌,绵延入海。每一个水分子都浸透了李进祥对弱势人群或小人物命运无法割舍的情感,充满着同情的理解、悲悯与爱意。也因此,他为笔下人物寻找了一条条自我圆满与回归之路。这种自我洁净的自我完满和回归,正是通过"换水"实现的,带着信仰的仪式庄重感,透过主人公的指尖,李进祥用文字给读者在信仰缺失的时代,点上了一盏清洁的信仰之灯。

城乡之间:向善自尊、择善而生

都市文明与乡村文明的变奏始终是作家们关注的命题,李进祥的变奏曲始终以清水河为镜、为灯,当现代的物质世界与清水河精神伦理处于和谐时,人物便安宁和顺。二者相违时,李进祥的人物与故事便出现悲剧,出现冲突的节点。但无论如何,他们最终都会守持民俗,向善自尊,择善而生,人物故事背后始终流淌着清水河的清洁精神,站立着一盏照亮和量度人心与尊严的明灯。

《屠户》寓言般地讲述了一个惨烈沉郁的故事。因恪守传统被河湾村民称颂的马万山,在世风日下的情形下来到城乡接合部成为屠户,赚钱养家,梦想供养儿子上大学。屠户在都市生活中坚守朴实善良的品质,他珍惜真主赐予的食物。他勤勤恳恳,认真老实地对待他的工作,他相信"真主造出来的人也好,万物也好,都是有位置的,乱不得"。他对刀下的牛也深情款款,决不动手第一刀,而依照伊斯兰规矩请阿訇代劳。他对儿子寄予很深的期待,希望"儿子考上了大学,将来分到城里,就是正正当当的城里人。不像自己只能溜在城市的边缘,连半个城里人都算不上"。城乡的身份认同,成为马屠户勤勉工作与内心焦虑的挣扎,他渴望成为一个真正的城里人,但又依恋于故乡流淌而来的洁净的清水河、家乡踏实土地上金黄的麦香,以及在干净的土地上清洁的自己。他只能把期望寄托给儿子,需要更多更快地赚钱供儿子上大学,于是按照老黑给牛上膘的偏方喂牛吃掺了牛血的饲料。一条清水河就这样在流经城市时被污染成了臭水河。马万山为了赚钱,违背了屠户的职业操守,违背了清水河的规矩,违背了真主之后,他受到了报应,嗜血的黑犍牛撞死了儿子并吃了儿子的血。故事的结局残酷而震撼,屠户报复性地违反了教义,亲自宰杀了黑犍牛,并在去市场摆摊卖肉时,他心中的灯熄灭了,只剩下在城市漂泊无依的绝望。

《遍地毒蝎》中,瘸尔利违背了河湾村辈辈相传的与蝎子相处的禁忌,最终遭到了报复。李进祥再次提出了守持自修的重要,违背信仰守则的报应和恶果,在不同侧面同情弱者,笔致充满悲情。在李进祥笔下一幅幅类似于民族风情画的作品中,对民族风俗的守持自修也不同程度得到了表现。《害口》淡淡地讲述了在回族孕妇习俗中,两个城乡媳妇害口的不同人生。《天堂一样的家》则描述了在城市奋斗的"老板",却找不到有风俗民情滋润的小家,找不到心灵依靠。《狗村长》深刻反讽和表现了民族古训失序的村庄里,留守老人凄凉的生存状态。《向日葵》提出了对都市功利生活的反思与人性良善的坚守。

李进祥曾说,"当母亲得知他写作时说:'娃娃,这是真主在你头脑中照进了一点光亮'。"因为有信仰,所以心中有一盏灯。这一点光亮被李进祥引渡到清水河中,书写了各色各样、能应答清水河信仰的故事。这些故事流向有坚守在河畔土地上,守持民族习俗,并期待获得安宁和顺生活的《女人的河》《挂灯》;有出走而后回归洁净的《换水》;有违背信仰道义遭受惩罚的《屠户》《遍地毒蝎》;还有的是隐忍于生活,珍藏自己的爱情,把生命倾注于对民族习俗、艺术和美的坚守,如《干花儿》《花样子》《口弦子奶奶》《掮脸》……无论生活流向何处,李进祥都会为笔下众生点一盏灯,就像《挂灯》里亚瑟爷所做的事;在村里最显眼的地方打一个结实的铁杆灯杆,挂一盏灯,一盏来自清水河的灯。在这盏灯里,我们能领会到李进祥的清洁精神,同时,我期待李进祥的笔触也能照亮清水河流域之外的生活,因为人人心里都得有盏灯。

写有信仰的文字

李进祥

　　一些论者和读者在谈到我的作品时，认为是"有信仰的文字"。这大约因为我是回族，有宗教信仰的缘故。

　　其实，我并不专门写有宗教信仰色彩的文字。地域差异、派别不同，导致观点、看法、习俗也不同，表现在文字里，往往会引起很大的争议。最关键的是，我觉得文学不是用来传播和阐释宗教信仰的。文学不具备也不必要具备传播和阐释宗教信仰的功能，作家不应该也不能够代替牧师的岗位。作品中过多植入和纠缠于宗教信仰，就会出现宗教信仰压倒文学信仰的危险。

　　很多人把宗教信仰和文学信仰混为一谈。有人说"信仰是文学的根"，也有人说"文学是一种信仰"，都是不准确的命题。有的作家干脆说"文学是我唯一的信仰和宗教"，这表明的只是一种对文学的态度。实际上，文学信仰和宗教信仰并不是一回事。文学有自己的信仰，向真、向善、向美，坚信世界可以更美好，这是文学应有的信仰。对文学信仰的坚守和把这种坚守贯穿于文字当中，这样的文学作品就是"有信仰的文字"。

　　就我所知，最早的"有信仰的文字"是原始神话和创世史诗。原始神话被称为"文学之母"，创世史诗叫作"最初的诗"。之后的各种文学形式和文学作品中，都或多或少地有一些原始神话和创世史诗的影子。这就像是盘古死后，身体化成了三山五岳和树木花草一样，每一个花叶上都有盘古的影子。

　　原始神话和创世史诗之后，出现的宗教经典当然也是"有信仰的文字"。这些宗教经典对文学的影响很大，在欧美文学中尤其明显。欧美一些文学名著中，神话情结、史诗意味和宗教色彩会不时闪现。感动我们的往往不全是文字、故事，而是若隐若现的信仰的力量、博爱的精神、悲悯的情怀，还有对人类的爱和对美好人性的表达。所以有人说,是基督教、是《圣经》催生出最伟大的文学,如果没有基督教、没有《圣经》,西方文学就会失去大部分的光彩。

西方文学的光彩表面上看来源自宗教信仰,实际上还是来自文学信仰。宗教信仰中劝人向善、戒人作恶、慰藉人心的方面与文学信仰有共通之处,使信仰的力量在文学作品中像金子一样闪光。在中国,或者说在汉语文化传统中,神话、史诗的色彩相对要淡一些,宗教信仰的影子更加稀薄。但这并不是说,中国文学不是"有信仰的文字"。在中国文学中,很多作品并没有完全地涉及宗教信仰,但作家观照世界的眼光里是有文学信仰的,作品传达出的精神也是有文学信仰的,这样的作品也应该属于"有信仰的文字"。

文学信仰具有一定的普遍性,但不同的国家民族、不同的文化环境,甚至是不同的作家个体,表达的方式确实千差万别。所处的位置不同,出发点不同,所走的道路就不一样,千万个出发点,就是千万条道路。走大路有大路的风景,走小路有小路的乐趣。更何况,路途具有可选择性,也具有不可选择性,不可选择性往往还占据着上风。上路了,怎么走,作家个体有不同的走路方式,有些大刀阔斧、披荆斩棘,正面颂扬真善美;有些迂回曲折、跌宕顿挫,反手鞭挞假恶丑。文学可以疗救,也可以抚慰。

我的作品中,疗救意味的要多一些。这些年,我有些惊恐、有些悲哀地看到,回族,这个崇尚苦行苦修、安贫守旧的民族,也开始了变化、分化。有一部分人,信仰淡薄了,一些庄严的宗教活动中,开始有了等级的色彩,有了钱的影响。信仰的异化一天天可怕地进行着。我想把这种异化说出来,给同族的人一个警醒,也给其他人一个警示,这就是我写《宰牛》的原因。小说发出来后,赞赏者有,说有反思精神,更多的是骂声,说给民族抹黑。抹黑的帽子是大了些,主观上我没有这样的想法,客观上也没有造成这样的恶果。反思的评价也不准确,我不是质疑本质,而是质疑现象,庄严的宗教活动中,为啥会出现金钱丑陋的影子?信仰虔诚的易卜拉欣,为啥会被村里人和家人看不起?这与宗教信仰无关,只与文学信仰有关。全球化不仅冲击着回族,同样也冲击着其他民族。对一个民族的思考和关照,就是对世界的思考和关照。

国际社会上发生了很多事情,每时每刻都有无辜的人在遭难。对此,我们的作家很少观照。我试着写了一篇《四个穆萨》。作品写四个同叫穆萨的人,一个在叙利亚，一个在阿富汗，一个是中国的农民工，还有一个是作家"我"。叙利亚的穆萨身处内乱，妻子受辱、儿子受伤，绝望地呼喊着"救救我的儿子呀！"阿富汗的穆萨在战乱中失去了家人、失去了自我，成为一个自杀式袭击者，但最终，善良的人性使他没有按下引爆器。中国的穆萨生活中也有很多不如意，家庭中也发生了矛盾，但玉米上的闪光照亮了他平庸、卑琐的生活，使他有了一种巨大的满足。这三个穆萨都是作家"我"想象的产物，但他觉得他和其他几个穆萨是同一个人，他感受到了他们的疼痛。我也感受了疼痛，为穆萨，为所有遭受战乱之苦的人。不仅因为他们和我一样，信奉同一个宗教；更重要的是，他们和我一样，都是人。我希望所有的人都远离战争，我坚信世界是可以更美好的。这是我理解的文学信仰，我觉得为此写下的文字也应该是"有信仰的文字"。

坚信世界是可以更美好的，这不仅是文学应有的信仰，更是文学产生和发展的原因，也是包括我在内的作家写下去的理由。

王甜 / 生于 1976 年，四川人，1998 年入伍。已在《人
民文学》《当代》《十月》等发表中、短篇小说、散文多篇，出版小
说集《火车开过冬季》《毕业式》和长篇小说《同袍》。曾获全军
文艺新作品奖、全军军事题材中短篇小说奖、四川省文学奖。

心灵在幽暗处游荡

傅逸尘

王甜的长篇小说《同袍》我是 2012 年初读到的,那是一部近年来难得一见的洋溢着浓郁青春气息与时尚元素的军旅长篇小说,它的主题是显而易见的——励志与成长,而其中却蕴含着一种刚刚萌芽的英雄主义精神与气质,这让我颇为兴奋。王甜后来在谈到这部小说时解释道:这部小说应该是阐释两个世界的碰撞与融合——一个是代表自然的、自由的、追求个性的属于精神的世界;一个是代表后天的、严谨的、具有规范意义的属于物质的世界。而集训,正象征着精神世界与现实世界交锋的一场演练。王甜的阐释过于学理化,但并不影响我对小说本身的喜爱,而且我的喜爱并不在其所指的深度,而在其语言表达、细节描写、人物心理刻画,以及叙述的耐力和人物塑造上,即所谓的文学性层面。但今年年初,在细读了王甜的十几个中短篇之后我却有些犹疑,感觉这十几个中短篇与长篇《同袍》似乎不在一个水平线上,尤其是那些写故乡的作品。不刻意于故事与情节还好理解,但连结构与思想内涵都不太讲究就让我有些迷惑了。

前几日读到陈家琪的《我们如何讲述过去?》一文,其中一段话让我眼前一亮。陈先生说,托克维尔在《美国的民主》中写过这样一句话:"过去不再把它的光芒投向未来,人们的心灵在黑暗中游荡。"这句话后来被美国思想家汉娜·阿伦特在她的《过去与未来之间》予以强调和发挥:"过去"作为"珍宝"之所以沉默不语,是因为它无法让我们更好地认识"现在",也无法给我们的"未来"提供"光芒"。我们必须和这些问题一起活着,与其达成一种理解或和解,只有这样,心灵才能复归平静。王甜的中短篇小说为何只是耐心地描摹与探究人物的内心世界? 中国当下乡村的现实景况不让我们忧虑吗? 乡村的历史能让我们更深刻地理解当下吗? 作为一个年轻的作家,王甜显然无法解决这样艰难而重大的问题,与历史和现实和解,让自己的心灵在那些熟稔的故乡人的心灵深处游荡,或安抚乡人,或慰藉自己。难道这不是王甜的一种独特的文学智识与叙事策略吗?

我突然感到,王甜的小说已然向我敞开。

故乡的沉沦

王甜的小说有两个方面:军校生活和故乡"杨家湾";而故乡"杨家湾"是其主体。普通大学生活在王甜那里也是故乡的延伸,或者一种成长的延续。这显然符合她的写作逻辑:"为自身阅历的关系,还是从切近的地方捕捉题材。"

故乡对每一个游子或漂泊者都是无法忘怀的记忆,尤其是作家,那里面的伤感与痛楚、温馨与亲情有如梦魇一般让他在无数的黄昏与暗夜中咀嚼不尽,也让中国现代文学的巨匠们留下了一大批杰作。歌颂与批判似乎都不那么重要,重要的是那里是他们生命诞生的所在与成长的摇篮,无论走到哪里,无论离开了多久,他们总归要回望,在回望中完成与故乡的和解,进而实现他们心灵的安宁。在这时,真实是他们共同的真理。对故乡的回望确实需要生命的砥砺,或生活的磨难,否则便会有些轻薄,甚至隔膜。好在王甜没有把自己完全地置于一个回望的立场上,用她自己的话讲,"是从切近的地方捕捉题材"。对王甜而言,"切近的"是什么呢?是那些与她同龄的人,是那些同龄人复杂的内心世界,尤其是那幽暗深处的部分。王甜没有简单地选择歌颂或批判,而是让自己的心灵和故乡的现实一起活着,以至达成了一种理解,或和解。

《水英相亲》的故事本身是很难出彩的,但王甜却把出场的每一个人物都写得那么的熨帖,不论着墨多少,都那么丝丝入扣,显示了她描写人物的功力。来自乡村的女大学生水英与县城火葬场的小东之间的婚姻龃龉,表面上看是一种城乡的天然差别,更深刻的则是心理上的一种碰撞。已经订了婚的小东到学校看望水英,却因看到了前来凑热闹的校花吴艳霓而决定退婚,他的心灵世界因吴艳霓的到来而被突然打开。王甜写道:"他其实发现的不是一个吴艳霓,而是一种真相。""生命原来是具有多向比较性、多重选择性的,而他还没有取得比较与选择的权利时,就被指定了一种存在模式——仅仅是模式还好点,具体到一个人,一个名字,一种声音。不甘心哪。"这就是小东人性的觉醒。水英要来静雯陪她相亲那天穿的蒲公英黄色的外套,站在宿舍的阳台上,用一把红色的小剪子将它绞成一丝丝、一丁丁,它们像蒲公英的种子随风飘洒。水英当然不会迷信地认为那天如果穿上这件蒲公英黄色的外套相亲就会获得这份姻缘,她是用这一方式来祭悼自己的心灵创伤与无法摆脱的命运。《声声慢》写的是三姊妹之间的关系,但主要是写老三水芹,写水芹的成长、无辜与磨难。水芹的对头或仇敌是大姐水英,其实水英只是一个符号,她所代表的是传统伦理与道德观念。严格地讲,水芹并没做什么出格的事,只不过她长得比两个姐姐以及村里所有的女孩都漂亮,而且她还知道如何消费自己的漂亮;尤其是她后来居然跟同样漂亮的女人的公敌"二麻婆""鬼混"到一起,这就更让水英等无法忍受。水芹只能选择离家出走,而她真正委身的第一个男人陈志军却没有接纳她。出卖身体似乎是每个由乡进城的女人的必经之路,水芹也一样。然而,有了一些钱的水芹仍然需要家庭与姊妹的温暖,二姐水芬虽然能够与她交流,但并不能真正地理解她,那是一种心的隔膜。过年前夕,水芹在大家熟睡后完成了对自己心灵与精神的"涅槃",她依照老家的说法,将灶灰"高高地举过头顶,闭上眼,手指慢慢地松开,尘灰簌簌下落,盖了她一头一脸"。第二天一早,大家发现水芹走了,院墙朝外的一面,贴满了全是零钱的人民币。水芹用一种矫枉过正的方式完成了屠家对脸面的执着与追求。

写普通校园生活的《罗北与姜滕》对人性阴暗丑陋的描摹与揭露不但让我感到震撼,而且很难接受。我相信这篇小说一定有生活原型,但与原型的对话表明了作家对生活与现实的态度。同样来自乡村的女孩姜滕为了实现自己出国的理想而设计了一个爱情圈套,让自己的男友与室友罗北谈恋爱,然后在罗北已经完全进入爱情的幸福时刻,用一个虚构的残酷现实来打击罗北,并在罗北陷入绝望的日子里对她进行各种心理测试。而罗北随后对姜滕的报复——打电话告知校方及警察有人在外教宿舍卖淫嫖娼,不但让姜滕失去了出国的机会,而且让她名誉扫地,精神失常。罗北的报复虽然充满正义,但从人性的角度体味,似乎也缺少应有的温度。面对恋人秦心伟的道歉,罗北的决绝如果还可以理解的话,那她不再做好人了的决心则是她人性与精神的沉沦。

同样写校园生活的《霍乱人事》虚构了一个霍乱事件,为大学同寝室的女孩赵萌与牛心容之间的明争暗斗搭建了一个极具表现力的平台。让人难以想象的是,她们的争斗仅仅是出于一种女孩的虚荣心。赵萌对学生会主席帅哥乔智勇的"爱"完全是做给牛心容看,乔智勇并不接受赵萌的"爱情",但赵萌利用各种方式制造出了他们相爱的假象。牛心容当然不甘拜下风,她偷偷给领导打小报告,乔智勇的学生会主席被撤,以此栽赃给赵萌,让乔智勇恨赵萌;之后又伪装与乔智勇好,将赵萌彻底击垮。一切都因霍乱而起,一切又都因霍乱而消失。就这么简单吗?

王甜所回望的故乡,天地虽然广阔,但生活在那里的人包括青年一代,观念仍然陈腐,视野仍然狭隘,甚至连都市的现代性反光都难觅踪影。故乡的晦暗之所以不被我们警觉,是因为她被都市的现代性光芒遮蔽了。故乡就这样在与王甜的和解与对话中沉沦了,我想,王甜和我们一样,都没有看到她的光芒与未来。

军校的搏击

从故乡中走出来的王甜向我们展现了一种全然不同的思想与目光,这是一个充满着搏击与铁血的场域,这是一群充满着激情与活力的青年,刚刚萌芽的英雄主义精神,让他们的成长个性张扬,即便是失败,也焕发着一种悲剧的力量。与 21 世纪初以来军旅长篇小说注重讲述好看的故事相反,王甜颇受好评的《同袍》没有故事,甚至连大情节也没有,有的是大量琐碎的细节,细节成为长篇小说《同袍》最重要的元素,也是《同袍》最重要的文学性特征。读《同袍》你会清晰地感觉出,那些细节保有王甜的情感与体温,那些细节对她而言有如撒满海滩的珍珠,闪烁着耀眼的光泽,任凭王甜随意挑选。由此推论,王甜写作《同袍》不大可能是突然产生的灵感的推动,也不是某一个传奇性的故事或人物的独特性所引发的。王甜的独到之处在于,她将大量的细节描写与人物心理刻画融会在一起,互为表里、互动交融,而且之间含有一种张力,一种让你细细品味的意味。她的人物塑造也是依靠细腻的心理刻画,因为故事与情节的匮乏,人物塑造无法在通常的故事与情节的层面上进行,细腻的心理描摹成为王甜小说的不二法门。

《同袍》是一部具有鲜明成长小说特征的作品,成长不仅仅体现在年龄上,更重要的是思想与心理。二十几位地方大学生被安排到一个封闭的、枯燥乏味的集训队进行为期一年的军训。可以想象,这样的环境与军训生活很难产生符合小说特征的素材;然而,超乎我想象的是,王甜居然就将这么一个看似与小说无关的东西写得波澜起伏、风生水起,甚至还能惊心动魄。王甜的小说技巧,或想象的高超之处,在于她设置了一个真实生活中不曾发生的末位淘汰制,这一设置将大学生们逼入了绝境;于是,被逼入了绝境的大学生之间不得不展开一场残酷的"生"与"死"的争夺战,本来应该是平静如水的集训队便成为一个明争暗斗的战场。王甜意识到了《同袍》不可能像那些富有传奇色彩与战争残酷性的小说那样通过行动塑造人物,她只能是细腻地表现人物心理的细微变化。即便如此,《同袍》中诸如王远、肖遥、路漫漫、三班长、连长等人物也都有了自己的面貌,而且完成了自己人生重要转折时期的成长。尤其是王远、肖遥、路漫漫等,不仅完成了自己人生重要转折时期的成长,并且在军训最后的科目演习中迸发出英雄主义精神与人性的光芒,让我激动不已。

短篇小说《毕业式》在气质上最接近《同袍》。毕业式对苦读四年的陆军指挥学院学员来说,几乎接近成人礼,更为重要的是,它具有多个向度的象征意义,是被压抑的青春激情与活力的一次总爆发,是个体思想与精神的一次狂欢。耿帅的"毕业式"是袭击两次纠察过他的21号纠察和睡他的恋人小雅,他全身心投入地去实践自己的理想与诺言,但生活的残酷让他只能收获一种无奈。耿帅成功地将21号纠察扑倒并骑到了他的身上,可是,趴在他身下的纠察却告饶说,别打了,再打就残废了,回家就不好安排工作了。耿帅只能沮丧地跑掉。耿帅也成功地将小雅堵到她的出租屋里,但小雅却自己主动脱下衣服,一边脱一边讲述自己家庭的不幸,她只能将自己的青春签约给一个陌生的大叔,但在这之前,她要把自己的爱情——第一次交付给耿帅。耿帅选择了将在小雅胸前游弋的手抽回。与故乡的写作不同,王甜没有让耿帅前功尽弃,伍世国的一番话凸显了耿帅的思想与精神——"这种和尚日子,还不许人想想、过过嘴瘾?""一屋的人,都怕了你了,就你啥都认真……除了你,谁会相信那些没完没了的艳遇? 有几个人会真的去打纠察?"

《昔我往矣》是王甜为数不多的直面战争生活的作品,很精致,但偶然和机巧的东西太多,丧失了一部分悲剧力量。不过,在人物内心世界的挖掘上仍然显示了王甜遒劲的笔力与独特的视角。野战医院的护士南雁与警卫排长罗永明在战地医院相识并相爱,但罗永明随后便在尖角山战役中牺牲了。一直呵护着南雁的医疗队袁队长也在尖角山战役之后不久因踩中地雷牺牲了,但袁队长在牺牲前却把自己丈夫所在师的副政委老俞和孩子交付给了南雁。就在老俞将南雁安排到留守处时,受了重伤的罗永明又被一个战士送到了野战医院。罗永明虽然被抢救过来了,但他却什么都不记得了,甚至连南雁也不认识了。即便如此,南雁仍然拒绝了老俞,一心照顾罗永明。其实,这个罗永明是他的哥哥罗永亮,罗永亮在养伤的过程中爱上了南雁,于是他便隐瞒了真相,最终与南雁结了婚。老俞早就探得了罗永亮的真实身份,但始终没有揭穿他,还在新中国成立之后,把一份填有罗永亮名字的《将士阵亡通知书》亲手交到"罗永明"手中,并嘱咐他好好待她。几十年后,患上老年痴呆症的罗永亮终于将真相告诉了南雁。王甜没有着意批判罗永亮的自私,而是报以理解与宽容;但老俞的宽厚却给我们留下无法忘怀的印象。

经验与思想

任何一位作家都不可能完全依据自己亲身体验的生活去写作,对作家而言,想象力永远都在经验之上。20世纪五六十年代创作了那批"红色经典"的作家,之所以多数都是"一本书主义",除了文化的因素外,主要是囿于想象力的匮乏,他们把自己的经历都写到了一本书之中,之后他们就不知道该如何延续了。王甜在谈到《同袍》的时候也说:"在原始一稿里,我太专注于个人经历,希望它像日记一样忠于自己曾经的集训岁月,从而否定了来自实际生活以外的想象。'忠实'束缚了虚构的翅膀,小说囿于狭小的个体经验空间,无法纵身一跃。那又是一堂课——我告诉自己,要'真实'不要'忠实',要'体验'而非'经历'"。《同袍》就是这一观念突破的结果。当然,这里还有一个思想深度的问题,长篇小说当然需要思想,但还有其他元素发挥重要影响;中短篇小说里若没有思想作为支撑,就很难产生震撼性的力量。王甜的中短篇小说虽然着力于人物内心最幽暗之处,并屡有令人惊艳的掘进,但思想力度的孱弱仍然影响了作品的质感与厚度。世界上有影响的短篇小说大师在某种意义上可以说都是思想家,甚至哲学家。从这个意义上说,他们的作品之所以被奉为经典,确乎源于其对人类思想高度的拔擢和提升。

不吃牛肉的理由

王　甜

多年前的一天,家里来了客人,妈妈尽地主之谊捣鼓了一大桌吃的,席间也热情劝菜。当她用公筷给一位老太太夹红烧牛肉时,老太太赶紧用手挡住了碗,说:"这个我不要。"妈妈本着中国劳动妇女特有的负责精神,一再向老太太宣传这道菜的营养价值,对方仍然执着地说:"我不要。"

面对妈妈疑惑的表情,老太太慈祥地、微笑着告诉她:"我、信、佛。"一字一顿,说的时候眼光明亮,笑容仿佛绽开在云端,渗着悠远的气质。

哦,原来是这样!妈妈理解了,做错事般地把菜挪开,随口问了句:"那平时都是吃素啊?"

老太太怔住了。这个问题如果说谎,是很容易被揭穿的——在座都是熟人。老太太忽然眼神黯淡下去,偃旗息鼓,老老实实地改口说:

"牛肉我咬不动。"

我当时差点把满嘴的饭粒儿给喷出来。

连最最普通的市民老太太,都会给自己的说辞贴上闪闪佛金,希望卑微的形象能瞬间光芒四射,更别说靠文字为生的写作者了。

一直就有"文如其人"的说法——话是没有错的,但大多数文字消费者的判断力总是太过肤浅,很草率地给他并未读透的"文"与他并不了解的"人"之间画上等号。写了情色,作家一定性观念太随便;写了中国人的劣根性,这人一定是"外国月亮比中国圆"的主;写了世人深层欲望中的毒、揭了精神伤疤,这下更有结论了:只有心理阴暗的人才写得出那样的黑……

这荒唐的评判标准造就了一批用文字来装扮自己的人,他们抢先一步登上道德舞台的制高点,在粗糙的背景上涂抹出夸张的明艳色彩,精心化上自以为不会被人发现的"裸妆",亮开歌喉开始假唱。

我认为判断一个时代的审美是否属于低智商,其中一项重要指标就是类似这种"演出"是否大行其道。到现在,仍有一些作品热衷于描写程式化的小温暖、小幸福、小感动,从小误会、小插曲中发现小美丽,"情节很狗血,文字很鸡汤",既没有社会批判的力度,又缺乏理想主义的热情,读完永远让人感觉肉麻。究其原因,作品所写的东西,原本就没有打动作家自己,只是拿来当化妆品——啊,我多么善良!我多么博爱!我养尊处优却能关怀底层人民!接下来就是"热爱温暖"的批评家上场,把这出戏推向高潮并带头鼓掌。

不但如此,"温暖派"们还总是对"下手狠"的作家表达不解,认为作品写得黑暗是出于心理阴暗。可他们其实深知这世界冷酷的一面。朋友聊天时说到,他们所认识的"温暖派",在日常生活中谈及人性恶的负面信息,往往比其他人了解更深、抱怨更多、挖苦更狠,只是一落到文字上,就完全回避了,甚至会完全相反地描写同一事件的"美好"。就好像文字是天然的粉扑,一使用就自动掩盖雀斑。

当然,也不是说,一味把人往坏里写、狠里写就一定是好作品,那种带着猎奇心态、奔着哗众取宠目的而去的小说,任是谁也会讨厌。那毕竟是极少数,且容易辨识——因为是另一种不真实,到达另一个极端。

我知道任何人都不可能做到接近透明的敞亮,所以每当自己面对稿纸时,都会有一个巨大的考验摆在眼前:你能呈现多大程度的真实?就像矿工作业,在挖掘内心的时候,我所能企及的层面将决定一部作品的纯度。也许我还做不到大师手笔的、对人性的深度剖析,但我告诉自己:不装,是一个底线。再小的素材,我看到了,我想到了,就得用各种方式(哪怕是荒诞的、变形的外观)尽可能地说出它内在的真实,不管热衷粉饰的人会如何裁判它。

有句话说:"你永远无法叫醒一个装睡的人。"当某人忙着假装时,他或许认为读者都是好骗的,再或者,他把自己都骗过了,就像米兰·昆德拉在《告别圆舞曲》中关于一对互不信任的夫妻的描述:

无论他说的是实话还是谎话,他始终怀疑她在怀疑他。然而,既然骰子已经掷出,他就应该继续下去,假装相信她是相信他的。

回到开头提到的那位不吃牛肉的老太太,我想到一个问题:当她一字一顿地说到"我、信、佛"时,或许那一刻,她把自己感动了。

周晓枫

周晓枫 / 1969 年生于北京。出版有散文集《上帝的隐语》《鸟群》《你的身体是个仙境》《斑纹——兽皮上的地图》《收藏——时光的魔法书》《雕花马鞍》《聋天使》《巨鲸歌唱》《周晓枫散文选集》以及笔记体《醉花打人爱谁谁》等。曾获冯牧文学奖、冰心文学奖、庄重文文学奖、人民文学奖、十月文学奖、在场主义散文奖等奖项。

有肉身的叙述

张　莉

一次，周晓枫被问到是否有对散文文体进行破坏或重建的想法时说："为什么那么多写作者习惯通过文字不断矫饰，把自己美化到失真的高度，或者永远在塑造并巩固自己的无辜者形象？"答案就在问话本身。周晓枫形容的那种文字我们再熟悉不过，它们充斥在我们的教科书、散文经典选本里已经很多年。那种文字让人想到被 PS 过的照片、蜜蜡制的水果、扭捏作态的情感。它们如此稀松平常，以至于大多数读者都认为，只有那种文字才是"散文"。

许多写作者对那种僵化的散文写作表达了不满并试图进行破坏和改造。周晓枫是其中一员。她的散文气质卓然，嗅觉灵敏的读者从第一句话就会意识到她的独特，这位写作者沉迷于"破损"，对一切完美的人事都保持怀疑。身体的痛楚使她感受力丰富，她看到许多人看不到的细小，比如阴影、暗痕、泪迹。这是心怀善好、对世界有极大好奇心的写作者，她渴望穿越事物外表，触摸其内核。所有的文字在这位作者那里都不是即兴的和发泄式的，所有的经验在她内心里都需要反刍。经过时间的消毒，反侧辗转。最终，那些痛楚和不安变成一种结晶体，驻留在文字里。

沉迷于"破损"

《黑童话》中，周晓枫将那些美好的、给予我们大团圆结局的、抚慰孩子进入香甜梦乡的童话进行拆解、反写。原来这个细节后面还有另一种细节，在这个叙述中还有另一个叙述，在这个逻辑背后还有另一种逻辑。

《一千零一夜》中，被认为世界上最擅长讲故事的神奇少女山鲁佐德为国王生下了三个儿子。生下儿子的细节在这里被放大——难道，让嗜血的国王停止杀戮的原因仅仅是因为她讲的故事？作者使读者看到"山鲁佐德的嘴唇和腰"，堂而皇之地"讲故事"背后，分明有着另一种与身体有关的交换。童话中的女主人公们，再不像我们想象的那么处境完美。《睡美人》最早的版本中，她被人强奸，之后生下了双生子。在《意大利童话》中，强奸者的身份是病得意识不清的国王。美人必须"睡"着，才可以回避痛苦，"痛苦的延宕过程洗刷了被强奸的耻辱，当孩子降生时，他们无辜清亮的眼神，使追剿强奸者的罪行显得不那么必要，多数时候，它使凶犯变成血脉相系的亲人"。

童话有多完满，它背后潜藏的逻辑便有多不堪。周晓枫引我们看到了《白雪公主》里的后妈，"第一页起，我们就已明了她注定失宠的未来。冠以妒恨之名，冠以迫害之名，让她的爱和痛说不出口。对反面人物的仇恨被有效地培养，这是必需的衬托"。没有什么比童话更具欺骗性。但是，这位作者使童话破损仅仅是为了让我们看到童话的不完美？当然不是。"记住镜子的秘密。镜子看起来不折不扣地映现现实——只是，颠倒了左右。"

对破损的执迷，使周晓枫总愿意和那些并不可爱的动物站在一起。比如飞蛾、蝙蝠、水母、海鸟、鲨鱼，还有蛇。在那个伊甸园的神话里，蛇的立场是怎样的？"它失去一切，换来亚当和夏娃生殖器上两片颤抖的树叶——这是否是一桩值得的交易？这是否是公正的价值兑换？……况且，分享终极秘密的人并未就此成为蛇的同盟，反而向上帝招供。"尽可能地对那些常识保持怀疑，尽可能地站在边缘立场，尽可能不被主流裹挟。世界在周晓枫的笔下展现出另一种丰富性：好的不再是好的，明亮的不再是明亮的，黑暗的也不全是黑暗的。善恶并不像我们想象的那么泾渭分明，"两者存在秘密的交集，对这个交集的发现和承认，是对世界更高的认识境界，也是我们对自己更有价值的宽容"。

嫉妒是多么可怕的人类暗疾，是人类内心中恶的深渊，是女人与女人之间互相伤害的暗器。那么，有没有由嫉妒带来的快感，在我们的内心最深处？甚至，我们的幸福感是否也与他人的嫉妒相关？《独唱》中，周晓枫说："所有的殷勤发生在自己的身上就是温存，发生在别人身上就是肉麻——这几乎是女人天然的判断。"她看到善的有限性、恶的有效性，也看到善恶之间的暗度陈仓。

面对世界，周晓枫是多疑多思者。一个人为什么会毫无怨言地用最美好的年华养活一个病孩子，一个人在反抗强暴时有没有一丝一毫的动摇和妥协，甚至屈就？《琥珀》中讲到一位被强奸者的感受："难道,我不曾有过回忆,回忆起他身体的能量和偏好,在那种不道德的回忆里,难道从来没有过瞬间的快感体验?"善恶的秘密交集处是灰色地带,是难以清晰下定义、清晰给出判断的地带,它们对周晓枫有强烈吸引力。当然,看到事物的破损之处不是美好的体验。这也意味着,周晓枫的散文不为读者提供安慰剂。不过,周晓枫的散文会带给我们别的。她的文字会激活麻木的心灵,会唤回令我们自身都惊讶的感受力。她文字的魅力在于通过阅读让我们的触须更为敏锐。借助她的触觉,读者的感觉器官会变得细微宽广。这位作家有带领我们进入一种新异想象世界的能力。

站在人性最暧昧不清的地带,破损、搏斗、纠缠,不仅仅只对外。一个优秀的写作者最勇敢之处在于如何回到内心,周晓枫将自己视为目标,反躬自身。只有经由反省,一个人才可以辨认自身,认识到"我"之所以是"我",人之所以为人。反省自我身上的恶和黑、反省自我情感世界的隐藏,周晓枫与她的拟想读者一起分享她的反省,一点儿也不手软。剖析自己,有如剖析他人。她把那些最晦暗、最令人惭愧、最病态的思想和念头尽可能地暴露,比我们想象的坦诚勇敢得多。当然,也很可能周晓枫写作时并没有考虑那么多。她只是依凭她的本能,提供认识世界的一种视角,使读者看到事物的斑纹,褶皱凹凸,借此,我们才有看到事物本质的可能。

坦率地说,周晓枫的写作尖锐,有刻薄之力,这很容易让读者抵触,但她没有遭遇抵触。因为她的反躬自身,因为她的低分贝语调,也因为她的谦逊内敛。她的文字丝毫没有咄咄逼人的挑衅姿态,读者自然愿意和她订下交流的契约。

来自身体的思考

周晓枫的文学世界里总有个 15 岁的定格。"15 岁的一个夜晚,我被开水烫伤。从昏厥中醒来,我感到强烈的灼痛,把手放到脸上摸一下……我惊恐地发现一片很大面积的皮肤,贴在自己的指端。瞬间蔓延的疼痛,让我觉得被火包围。幸福生活的胶片,从一个特定镜头那里被烧毁。"如果把周晓枫所有的散文视作一部电影,那么,其中不断闪回的桥段便是这 15 岁的记忆。15 岁是节点,她格外喜欢回忆 15 岁之前的时光。这注定她的一部分作品沉溺于儿童记忆。面对世界,脆弱的孩子怀有更敏感的发现和更强大的想象。周晓枫作品中有一种直率的孩子般的天真和赤诚,她的拟童体与那种捏细嗓子模仿儿童说话的腔调有本质区别。周晓枫的叙述里有种成人的思考,是一个时隔多年后的成人和儿童回到当时一起观看。比如《铅笔》《月亮上的环形山》,叙事声音里既有童贞又有不洁,既明亮又黑暗,那既是儿童的也是成人的。

因为事故,这位写作者的身体异常敏感,时时受伤、自卑,常为疼痛侵袭。这也解释了这位作家何以如此喜欢站在"破损"处书写,喜欢书写喧哗之后的喑哑、焰火之后的沉寂。身体从此不得不成为这位成年人感受世界的最重要经验。

一切思考都经由身体。痛苦、快乐、希望、绝望,一切都经由被命运破损过的不完美的身体。身体是作家面对真实内心的一个渠道。《你的身体是个仙境》中,许多女性身体呈现了它的真切,经血、情欲、衰老,以及消失的乳房、子宫的癌变。她书写各种各样的女人和她们的身体,以及与这些女性身体相关的故事与情感。《齿痕》里写的是作家个人牙齿正畸的痛苦经历,但是,这并不意味着这位作家是耽溺疼痛舔舐伤口者。这经历只是一个点,她由此生发出对世界的理解。

书写身体是挑战。如何保持身体的痛感书写又不失女性写作者的尊严,如何使身体真切在场又不使写作被视为展览和卖弄?在周晓枫那里,身体用来感受思考,而不是展览,身体是我们认识自己的方式之一,而不是取悦他人的工具。那些与身体有关的文字,经由表象而来,它是弯曲的,需要经过沉淀。

有肉身的写作应该具有严肃性。有肉身的叙述指的是切肤感而不仅是有关身体的书写。周晓枫最擅长书写由身体感受而来的思考,那种思考往往带着自我批判、自我审视以及自我旁观。40岁牙齿正畸带来的伤痛最终变成一次对自我的剖析:"正畸的痛苦太具体了,根本不需要形容。然而,一切并非他人的辜负与谋害,是我的怨意、好奇、轻信、盲目、草率、畏惧……是自身丛生的弱点所致。当试图向母亲施加隐形的报复,我看到了,惩罚,如何作用在我的每个明天以及由此组成的未来上。"这些文字中,有着这位作家一次次从痛苦中爬起来,一次次化蛹为蝶的艰难过程。

《齿痕》中的她让人想到泰戈尔的诗:"世界以痛吻我,让我回报以歌。"这是什么调性的歌?是深沉的但绝非轻快的,是结晶体而非漂浮物。我们身体里的疼痛是命运中的无常,是生命中必然遇到的葡萄。有些人看着葡萄由青涩到成熟、凋落,无知无觉。有些人则异乎寻常地敏感。她们选择接受、采摘,视它们为命运赐予的珍宝。周晓枫当然属于后者。生命中的葡萄有些酸涩,但她却经由自己的反省和深思将之酿成红酒。

所有的痛楚都必须沉得很深,才会在文字中出现。对于周晓枫而言,下笔是一件极庄重的事情。尽管她有倾诉的热望,但始终保持克制。她不仅要写下历经的痛楚挣扎,也要写下作为旁观者的感受。她需要和旁人一起打量自己,写下超越自身痛感的文字。那些文字来自女性视角,却与我们通常看到的那种"自怜自艾"相去十万八千里。周晓枫写出了人身体本身的富饶、复杂和深刻。

繁复的力量

周晓枫的文字繁复。每个句子都闪光,像亮片。她沉醉于将这些亮闪闪的碎片编织排列的工作。她是不知节俭,喜欢铺陈的写作者。她的表达铺陈、密集。这是表达上的加法,让人想到中国文学传统中极尽华美之能事的"赋"。周晓枫散文虽有赋的影子,但却言之有物。在层层叠叠的繁复的簇拥下,她呈现的是事物破损的真相,是那些尖锐的,疼痛的,我们不愿直视的东西。繁复的形式与直抵内核的真相奇异纠合在一起,这是属于周晓枫的修辞,有如在极端的甜的外表之下,包着极端的苦。苦、疼、黑暗、孤独,人生有多少令人难以直视、难以下咽的东西? 也许,只有用这种繁复之美覆盖,才能使我们了解生命和人世的丰饶?

周晓枫的文字气质暧昧、曲折、幽深、缠绕,她固然要告诉我们,那些童话的明亮背后分明有黑暗破损,她固然最终发现"月亮上的环形山"只是一个天坑;但是,她从不会直接说出来,她要和读者一起跨过重峦叠嶂后,再抵达。抵达真相和进入黑暗的路在她那里从来都不是直线的,它往往回环往返。繁复的表达意味着克服,克服禁锢、克服羞耻、克服庸常。无数次的繁复是对事物复杂性的尊重和理解。九曲回环和笔直的单行道带给人的感觉意义如此不同,不能简洁表达,因为这样的思考和探询不适宜直接讲出。

"放弃选材上的洁癖,保存叶子上的泥。"这位散文作家行文喜欢跳跃,喜欢悬置,给人以阅读难度。这不也是"破损"? 是打破那种业已形成的写作秩序,使我们熟悉的句式变得陌生,使通常认为的完美和均衡的叙述出现裂缝。周晓枫的表达中,内蕴着一颗不安分的"起义的灵魂"。周晓枫和她的散文之所以令读者们如此念念不忘,不只是因为她的书写内容、她的修辞,还因为与这一切相伴生的、她面对世界的态度与立场。

狩猎者的道德
周晓枫

一次笔会,谢大光老师发现了我创作上的调整,给出一句判断:"从此,你将抛弃、也被大众审美所抛弃,再也不会老少咸宜,不会受到普遍欢迎,你将走上一条偏僻的小众道路,甚至遭受非议,你做好心理准备了吗?"瀑布盛大,为了盖过喧响,我的音量比平常大,有点宣誓的调门:"当然!这是我选择的道路,我愿意为此承担代价。"

事实上,我的散文集销量不佳,从来算不上什么老少咸宜,好在我的作品数量有限,不会频繁给出版编辑找麻烦。从来没有获得的财富放弃起来非常容易,所以我态度坚决。

我一直偏爱口音很重的文字,无论阅读还是创作。这使我偏离读者,更靠近往往只存活于边缘地带的真理或偏见。年少时候,像许多人一样,我或许有过类似甜软的糯玉米阶段。后来发现,为什么文摘类型的抒情散文得不到由衷的尊重?这是因为,它们更像是品德老师发出的声音,这些"对人生有建设性的故事",励志,却也限制成长。正是"老少咸宜"的安全,使人丧失孤独的探险者才能目睹的极境。书写某种"真善美"的文字,我疲倦,体会不到挑战的难度与快意,几乎是被迫地放弃。我这只软体动物,想试试危险的压强,即使失去外在的舆论声援,我认了——与标准答案的出入,将是我遭遇的灾难或者自由。

写作是最孤独的劳动,我因此理解不够坚持的作家放弃艺术原则,谋求即刻显现的安慰或奖赏。当我们的精力越来越多用于创作之外的经营,以丧失文学尊严的方式换取所谓声名的另一种尊严,那才是真正的危机。艺术道德的受损是权力的虚幻无法修补的——我们将被审美的王国所驱逐,部分或全部地,沦为机会主义信徒。我偏爱俄罗斯白银时代的几位诗人,写作让他们失去安全、自由乃至生命,而写作者的尊严,恰恰建立在这种"失去的勇气"之中。相比之下,太想从写作里赢得荣誉,反而容易失去写作者的尊严。

想想自己,我亦卑怯。我的转折不过是小数点后微不足道的调整,既不存在任何英雄主义,也无涉受害者的心理反弹。好在,我的脆弱不至于如此不堪,能够承受得起一些贬义词和怀疑的句子。

知易行难。理论上想得通,落到实践,却难以摆脱局限,常常受制于善良所带来的软弱。所以我需要一边写作,一边校正自己。美,在今天不仅只是古典主义的形式,现代和后现代意义的美所产生的效果,可能未必使观众或读者感到愉悦,也许是不适、震撼,乃至对抗中的反感——但美,正因挣扎而得以扩大自己的疆域。我不想混淆概念,在强词夺理的态度中颠倒美丑,但至少,早非少年的我们应该承认,在理念上泾渭分明的美与丑,事实上存在着融合而难以言明的巨大交集。

我们描绘魔鬼的五官,并非由于爱慕,也许为了通缉的需要。天才的美国小说家奥康纳所言:"对魔鬼的充分认识能够有效地抵制它。"常常,对邪念矫枉过正而发育为美德。是的,那发酵的基础,正是尽力想被自身刻意隐藏和试图消灭的恶意。正如之所以能形成清澈的雨滴,是因为最初的一粒灰尘。瞬间萌生的邪恶,常会惊吓到自己,于是进入无声的自律与自惩,并在自我恐吓中完成另类而有效的自我教育。那种恶念,重量那么轻,构不成辽阔黑暗,只是黑暗最袖珍的部分……宝贵得像一粒酝酿开花的黑种子。

写作,并不能使我们驾驭万物,我们愿望中的文字道德也无法统一世界。唯有诚实运笔,表现自身的混沌,才能把脆弱转换成直面真相的果敢;也唯有完成这个阶段,我们所追求和达至的温暖,才具有真正的不毁之力。我知道自己写得并不好,如果说还能有点不一样,无他,得益于当初不算太晚的觉悟,以及不再犹疑地贯彻。

约翰·伯格曾这样表达绘画中的"逼近"概念:"逼近即意味着忘记成法、声名、理性、等级和自我。"当我们内心受到袭扰,创作上就很难保证纯粹。事实上,声誉这种东西就像套在狼脖子上的铃铛,行动时带来夸张的喧嚣,将使我们无法捕获到猎物。合格乃至优异的狩猎者,视线里只有猎物,为了完成有效的扑杀,它无惧于追随猎物进入绝对的黑暗之境。没有左顾右盼的胆怯,唯有坚决和坚持。写作者和他的题材之间,应该保持这种危险的生死关系;那些凶险面前的止步者,输于猎物的智慧,饿死途中。

一只完美的猎豹,无意于顾影自怜地欣赏自己的体态与造型,无意于清点和折算皮毛上的钱币花纹,它在专注的追逐中甚至忘记了自己的身份。作为一只热衷模仿的野猫,我也耸立自己的背脊,让紧张的爪钩小心探出自己柔软的肉垫。

王可心 / 1972 年生于吉林。著有长篇小说《刻骨铭心》、中篇小说《头顶一片天》《西山谣》《两小无猜》等。曾获第十一届吉林省长白山文艺奖。

生活何以刻骨铭心

李　振

"我从这辈子都让我刻骨铭心的经历中走出来,却开始讲述一个又一个属于别人的刻骨铭心的故事。我喜欢刻骨铭心。"——王可心这样谈论自己的创作。如果单看她的小说,我们似乎不太会想到它们出自于一个年轻的女子之手,刚硬、坚忍、残酷,没有柔情似水,没有花前月下,倒似北方的冬天,有一种万物凋零的肃穆和刚烈。有时不禁会想,一个女子何以钟情于此般景象?一个女子何以如此冷酷?从《刻骨铭心》到《头顶一片天》,王可心越来越决绝地探寻生活中的"刻骨铭心",一次又一次地揭开生活的疮疤,冷静得像个事不关己的外科大夫。

始于"破碎"

王可心的小说大多有一个破碎的开始,这本身带来很强的断裂感,一切来得莫名其妙又不可拒绝。长篇处女作《刻骨铭心》开始于被切掉四分之三的季节——"一个冷冬,风大,雪大"。女大学生林小溪也如同这没有更替的季节一般,即将走过大学最后的日子,在等待学生时代的最后一个元旦,最后的狂欢。然而,在学校卫生所,林小溪却等来了一个意外的消息:她怀孕了。学校丝毫不讲情面,为了掩护自己心爱的人,林小溪放弃了"留校察看"的机会,在宿舍躺了两天,毅然带着行李和开除通知结束了自己尚未结束的大学生活。这结局就像直接到来的冬天和直接快进到最后的大学,来得干脆又不可抵抗。这本可是一个风花雪月的故事的结尾,但在王可心那里,它预示了另外一个故事的开始:"当人们热烈地谈论她和她的爱情故事时,她正在家里,看着肚子一天天长大"。一年以后,芬县火车站,林小溪带着鼓鼓的行囊和襁褓里的婴儿,带着决绝也带

111

着茫然,去寻找销声匿迹的恋人。对于林小溪来说,她的生活才刚刚开始,而这所谓崭新的生活,却已伤痕累累。

王可心的"西山系列"更是如此。西山之于王可心,简直成了一个解不开的心结。这里曾经是法场,身首分家的地方;这里是吉林市最穷的人和打工者居住的地方,肮脏、拥挤、杂乱,四个季节里有三个它都臭气熏天;这里也是王可心小说生长的地方,她让小说里的人生在西山,长在西山,妄想走出西山,又彻底困死在西山。西山已然成为一个被遗忘的角落,成了城市肌体上一块化了脓的疮疤。当一个人与西山有了难以斩断的关联时,它似乎就无须证明地与破碎、绝望、无力画上了等号。《头顶一片天》中,42 岁的杨八根本就是个废人,虽然是个瓦匠,不但原来手艺不行,从脚手架上掉下来还断了胳膊,从此不能打弯,更是什么也干不成。闲逛的杨八在某天恰当地被人挤了一下,迎头撞在电线杆的一则小广告上。有人要买肾,卖他一个便是。饭总是要吃的,家里的老婆孩子也得养活,反正除了身上的器官,杨八什么都没有。兴许卖肾的钱能让他开个肉串店,能让他成为整个西山最富有的人,或者,一个藏在杨八、藏在所有西山人心中的秘密,一个王可心想说又没把握说出的秘密——离开西山,再也不回来。其实,《乐园东区 16 栋 303 室》中的陆大壮也是这么想的。陆大壮替人顶罪进了监狱,作为交换,他要一套三室一厅的楼房,当然不在西山。陆大壮好像成功了。当他提前从监狱里出来,买了新衣,剃了头,又在浴池泡足两个钟点,泡掉了身上的晦气,挺直腰杆走向乐园东区:一个有着防盗门,有着门铃,与西山截然不同的去处。陆大壮被父亲老陆定性为家里的功臣,没有他,陆家可能永远窝在西山;没有他,弟弟陆小壮可能就要打一辈子光棍。看上去,所有试图离开西山的人都要付出代价,或是一个肾,或是六年的光阴,或是其他什么东西。这好似千百年前种在西山的一个诅咒,盘踞于此,阴魂不散。

《西山谣》里那突然而至的春节和突然而至的感冒,让毛四和彭艳艳有了相遇的可能,《风往哪边吹》里若是那股无名火没有爆发的时刻,小刘的妻子也不会从楼上坠下。破碎的起点和被斩断的叙述,让小说占据了情感的制高点,也为故事的真正开始提供了更大的自由。当情感被无辜地推向冶炼高炉,当生活被迫处于崩溃的临界线,堕落被赋予了额外的宽恕,抵抗也蕴含着成倍的光荣,更大的绝望、更出乎意料的转机,似乎都在一个破碎的开始之后,变得合情合理,变得毋庸置疑。

最坏的结局与被省略的前提

既然西山如此可怕,或者说王可心让西山变得如此可怕,它难道就这么算了?让杨八成了富人?让陆大壮稳坐乐园东区?不可能,西山正在酝酿着报复。杨八以为自己遇上了好心人,卖肾的15万元给得痛痛快快,以为那个开着悍马沉默寡言又跟他称兄道弟的李大国真把他当成了自家人。可是,当杨八的肾不能在李小会体内正常工作的时候,李大国盯上了杨八的儿子杨乐宝。确切地说,李大国盯上的是杨乐宝那只年轻的、17岁的肾。杨八再也没法摆脱李大国,他简直无处不在无所不能,他把杨八逼到墙角,他让杨八想到了"黑社会"——一个遥远而陌生,如今却步步紧逼扎向他脑门的词。西山何以拥有了如此阴邪的法力,让一个敞亮的人,一个细致的人,一个西山之外的成功的人,变得贪婪、无耻、暴戾、阴暗?难道只是为了他的姐姐,他的天?天,杨八也有,杨乐宝就是他的天。为了他的天,杨八捅了李大国的天,准备好的电工刀没派上用场,倒是他那条好用的左臂掀起被子,让李小会在里面挣扎了两下就放直了身子。可是,这又有什么用呢?西山就是他的宿命,在西山外的人看来,他杨八的天甚至整个西山的天,都不值钱,它们理应成为一个可以被任意践踏、任意侮辱、任意买卖交换的配件,或者它根本就不是什么天,只不过是倒映在西山臭水洼里的一片天的影子。杨八到底是毁了西山,他逃不掉的,因为他动了逃离西山的念想,西山就要狠狠地惩戒这个弱小无力又蠢蠢欲动的叛逃者,就像报复陆大壮一样。陆大壮以为自己真的成了功臣,却发现自己的归来让整个陆家剑拔弩张。至于母亲和媳妇怎么较上了劲,陆大壮怎么打了媳妇的耳光,家里的吵闹怎么让老陆急性脑出血,这都是家庭伦理剧的老套路,但问题是,一个所谓的功臣,怎么就落得无家可归?陆大壮是王可心笔下罕见的"成功者",至少他在西山外有了一套房,他本该烂在西山的身体在外边有了一个去所,那是他用六年的自由换来的,更是他逃离西山唯一的出路。可西山的报复是爆炸性的,陆大壮几乎被震得粉碎。被逼无奈的弟媳铃铛上演了一出被强暴的大戏,它有力地将陆大壮驱逐出了乐园东区。然而,这显然不够,西山也好,王可心也罢,他们似乎要陆大壮这个西山的叛徒永世不得翻身,或者更严厉些,断子绝孙:"我就干不了那个事。""在里边的时候,全骨盆骨折,下边也坏了,听懂没?"

　　一切都指向一个最坏的结局,问题似乎在慢慢浮现。原来王可心并不是小说里说一不二的裁决者,西山才是,是西山挟持了王可心。因为苦难,我们会在心中原谅他们走投无路时的暴行;因为苦难,我们会下意识站在他们一边。当我们面对困在西山的男男女女报以无限的同情和怜悯之时,何尝不是充当了西山的帮凶,贪婪地汲取着付出同情后的情感满足。在整个事件中,没有人需要承担责任,也没有人在充当看客的同时还恐惧于自己的脑门上是否写着"凶手"二字。也许这时候,我应该为之前对王可心是否残忍的猜测表达某种歉意,因为那些有关西山的文字暴露了她的无力和软弱,或者,更多是无奈。西山是无处不在的,它几乎成了一个时代、一个国家无法回避的尴尬难题,它被冠以一个冷酷而决绝的名字:"底层"。活在西山的人们在那道无形的围墙背后哭喊、挣扎,相互扶持也相互倾轧,他们在是否走出去与是否能走出去中绝望、漠然也自得其乐。问题在于,西山怎么变成了今日之西山,小说中最坏的结局与被省略的前提——那些"破碎"之前的故事——到底存在着怎样的关联?从"西山系列"我们可以看到王可心对杨八、陆大壮们的同情和关切,但在此之外,是否还有必要的置疑和追问?疑问被完全带入那些省略的前提之中,王可心用冷静、抽离的态度制造了一个又一个最坏的结果,却把原因深深地隐藏起来。这让我想到了那些老照片,我们看到其中或悲或喜的瞬间,却难以探知那一瞬间背后的故事。不管怎样,这些老照片都将作为一种记忆,成为地方志的一个片段,成为记录时代全貌不可或缺的一部分。"西山系列"又何尝不是如此?

额外的赠予

　　人生的窘迫、苦难、无力、耻辱和无视耻辱是否与贫民窟、打工者、一个城市最脏乱差的区域有着天然的、无须证明的关联?毛四和彭艳艳(《西山谣》)在这里背叛了王可心,也背叛了西山。一个是租住在西山的打工仔,不舍得把钱花在路上,过年也不敢回家;一个是同样租住在西山的独身女子,让人一看就知道她是"做那种生意的人"。因为"上呼吸道感染",这两个同在西山本不相干的人偶遇在社区诊所,照例是为了省下大医院里必需的挂号费。孤独的人是脆弱的,生了病更是,再加上大年夜。两个孤独的人由此开始攀谈,直到彭艳艳自然地挽起毛四的胳膊，"走吧,到我那里去喝酒"。在彭艳艳租住的小屋里,一切变得温暖而纯净。几个家乡的小菜,两杯家乡的老酒,直到二人伏在桌上晕睡过去。第二天早上,毛四留下了整整齐齐的 200 元钱,因为想"正儿八经地给彭艳艳一个价儿",也为昨晚没包饺子没放鞭炮而愧疚。后来,当毛四和彭艳艳再次相遇,女人把一张纸条塞给男人,"以后再有个头疼脑热的,身边还是有人好,你给我打电话"。如果说王可心在《头顶一片天》《乐园东区 16 栋 303 室》里试图建立起苦难、可悲与西山间无须证明的逻辑关联,让人看到在那样一个肮脏混乱、充满陷阱的地方,杨八、陆大壮们如何被生活无情地嘲讽玩弄却无能为力,那么《西山谣》则走向了它的反面,让人意识到在这个可怜人的聚集地,依然闪烁着斑斑温情,倔强地残留着质朴的人性的光辉。

　　《两小无猜》与西山的恩怨看似没那么深,却也与《西山谣》有着异曲同工之处,甚至,完成得更加机敏。两个要好的同学在考试中"互相帮助",大刚被抓了出来。是谁在协助作弊?郝雷。校方解释说他们核对了大刚周围全部同学的笔迹,而事实的真相让郝雷的母亲感到惊讶:大刚毫不犹豫地出卖了自己的朋友,以换取不被记录在档的可能。这在一个成年人看来是不可饶恕的背叛,"她还是第一次因为儿子有这种刀割一样的疼",在他们的思维里,高考是一个西山孩子离开这个地方唯一的出路,他们害怕这种帮助更害怕这种背叛,因为"发生在高考时那将是灾难性的"。母亲忍了好久,还是决定把真相告诉儿子。小说的结尾,两个孩子骑着自行车冲下西山,依然搂脖抱腰打闹不止。后来父亲问儿子,如果高考再有人给你传纸条怎么办?儿子回答,我就当看不见,"即便这个人是大刚"。我们是否应该相信这个回答?是否相信一个内心空如白纸的孩子经历百转轮回最终还要进入西山的逻辑?答案只有郝雷知道。从这个意义上说,《西山谣》和《两小无猜》将西山补充完整,我们由此才得以看到西山的真实面目:西山并不可怕,它不过是我们的日常生活。它穷一点富一点、脏一点干净一点,混乱一点有序一点,都不会有什么变化,它今天存在于那里,明天便可能被一扫而光,即便被毫不留情地从城市规划中抹去,它也依然关照着杨八、毛四们的生活,如婴孩,如魔鬼。

刻骨铭心的生活

王可心

写小说的人,都是因为热爱文学。我对于文学,不仅仅是热爱,更是感激。她陪我度过了人生中最黑暗、最阴霾的两年,给我支撑和光亮。

其实,十八九岁的时候,我就接触过文学。我曾经很认真地写过几篇小说,处女作《椰子的爱情》发表在《作家》。后来我放下笔跑去当了记者,很长时间沉醉在铁肩担道义的成就感之中。再后来,一场车祸瞬间结束了我的记者生涯。

在那个秋天后的两年里,我一直躺在我的病床上。经历了7次手术,输了4000多毫升的血。不知道未来会怎样,不知道还能否重新站立起来。但是,我没有崩溃。没有崩溃的原因有很多。我有一群心疼我的亲人,还碰上了很多善良的医生和护士,我工作的报社更是对我关怀备至。所以我没有后顾之忧,不用担心被抛弃、被嫌弃,除了实在难忍的疼痛,我没哭过,我对所有的人笑,因为我知道他们需要我笑,这是我当时对他们唯一的报答。可是笑容遮盖不了我内心的空虚和恐惧。我要24小时躺在同一个房间里,甚至有很长一段时间坐着都成了奢望,我只能看着天棚上的两根灯管,听评书,听电视,用别人的故事排挤我对下一次手术的战栗。受伤前我看过一部电影叫《卡拉是条狗》。受伤后,无意中我又看了一遍,看得我泪流满面。我跟电影里主人公的境遇大不相同,内心却极其相似,都是无奈和痛苦,只不过他面对的是生活,我面对的是疾病。就在我即将笑不出来,即将跟我的亲人叹气的时候,文学再次走近了我。那天,我听了一段单田芳的《隋唐演义》后,鬼使神差地对身边的家人说,给我拿纸和笔来,我要写点什么。那时我还不能用电脑,我用油笔写完了那部长篇小说《刻骨铭心》,又用油笔把它改成了电视剧。

记不得那是第几次手术了,但肯定是春天。室内已经停了暖气,又阴又冷。

手术前一天,我的家人问我有什么愿望,我说,去晒晒春天的太阳吧,等我再能出去就该是秋天了。当时我还不能坐轮椅,家人用平车把我推到院子里阳光最好的地方。我们一起晒太阳,一起看刚刚泛起的鹅黄的树叶。我们竟然没有谈论第二天的手术,因为他们在听我一个人白话。我眉飞色舞地给他们讲我的小说,讲我的人物命运,我手术过后再次拿起油笔,他们又会是什么命运。我的主治医生看到了那一幕,他惊诧于我的举动。今天,很多人说我的小说情节强劲。他们不知道,我在编织情节的时候,是多么的享受和快乐。

正是这种编织将我从无边的沙漠中引领了出来。我感谢世界上有小说这种文学体裁的存在。

那个长篇之后,我从这辈子都让我刻骨铭心的经历中走出来,却开始讲述一个又一个属于别人的刻骨铭心的故事。我喜欢刻骨铭心。杨八的快乐卖肾和最后的毅然杀人,陆大壮的替人顶罪,刘小得妻子的失足坠楼……这些极致的情节,对于我的人物来说是刻骨铭心的。我也一直期望它们能够让我的读者们记在心上。

将这种"刻骨铭心"的感受演绎到极致的是《头顶一片天》。跟我其他小说相同的是,他有着紧张的故事框架和强烈的戏剧冲突,他讲了一个平民卖肾的故事。我一直得意的是,杨八的卖肾跟我所听到过的所有卖肾不同,他不苦难,也不悲情,他诙谐调皮又快乐地出卖着自己的器官,我相信这个人物是崭新的,也是令人挂怀的。在写作的那段日子里,我与杨八朝夕相处,他的生活和精神感动着我,在他最后杀人的那一刻,我甚至不忍下笔。我同样感念于李大国对姐姐的付出。写这篇小说的时候,我想起了我的亲人。我就是他们的天,为了病榻上的我,他们可以是杨八,也可以是李大国。当那些表面的情节掠过,留存心间的是棉絮般的温暖。我想,这股暖意才是真正地让我和我的读者刻骨铭心的所在。

爱和温暖是我永远要追求的表达。

我把每篇小说的写作,都当作一次刻骨铭心的"重生"。

纳兰妙殊 / 原名张天翼,20 世纪 80 年代中期生于天津。2011 年开始写作,文章见于《人民文学》《小说月报》《小说界》《大家》等。曾获朱自清文学奖、在场主义散文奖等。已出版《世界停在我吻你的时候》《爱是与水和星同行的旅程》。

一位新异作家的到来

张　莉

纳兰妙殊以她的写作向读者证明了这样一个道理：一位执迷于自我爱情的写作者，并不一定是狭隘的，一往情深者对世界的理解比我们想象的更为丰富和开阔。熟悉纳兰妙殊文字的人会了解，在爱情世界里，纳兰妙殊是"一往情深者"。"我不出声，自暗影中轻手轻脚地走到光源处去，立在他面前，端详半晌，探身吻住了他。"这是纳兰妙殊在《欢情》中的话。透过这句话，你能想象到这位年轻女性对爱人的痴迷：目不转睛地凝视、难舍难分地拥抱以及情深意长地写信。这种热烈、专一和深刻的情感在今天这个光速旋转的世界里显得稀缺和宝贵。

虽然纳兰妙殊有痴迷于自我爱情的热情，但更宝贵的是那种抽离自我并旁观一切的勇气。这种勇气使她的文字幽默、俏皮、灵动。这是一位从不紧锁眉头的写作者，也非惺惺作态者，她的写作具有举重若轻的能力。在这位年轻的"80后"作家的世界里，读者将认识到人与人之间的关系是如此深入，如此趣味无穷。我们也将越过她书写的那些具体细微的表象，看到人在情欲世界里的不能自持，看到人在现世和梦想之间的自我搏斗，看到人性的卑微和人类生存的悲凉与荒诞，当然，也看到有情人相遇的美妙。

作为"定海神针"的爱

纳兰妙殊因散文声名鹊起。在她那些令人难忘的作品，如《粉墨》《从透明到灰烬》《欢情》《租客记》中，反复出现的一个人物是小薛和她的男友、爱人、伴侣。有时候她也叫他"薛"。似乎是这个年轻男子的到来点亮了这位作家的情感世界，又或者，这个男人的到来使她面对世界的态度发生了某些变化。

纳兰将她笔下的男女之爱命名为"欢情"。在《欢情》中,两个年轻人因为考研而萍水相逢,进而成为同租客。爱情的初次相见,隐隐的相互喜欢、相互关怀、相互贴近,所有细小、刹那、微妙的情感都在纳兰妙殊的笔下聚拢来。某种神秘的东西在两个年轻人之间如期而至,有如春风煦煦。"我知道我永不会忘记与他拥抱、亲吻、挨贴、凝视、抚摸的时候,玫瑰与果实是怎样芬芳地缭绕在脑际,那是一种强烈得像镌刻在石碑上的爱意,比血肉持久,深到这个地步的感觉不是十年、二十年、三十年能够摆脱的,一旦失去,往后的生命除了怀恋和悔恨,别无他途。"难得她把情话说得如此坦然而不造作,进而,她所表达的情感便也变得切实安稳,有神采。

作为一往情深者,纳兰笔下的爱是什么? 不是玫瑰钻石,不是山盟海誓,而是倾听、是感受、是沉思、是陪伴,更是静默:"听我说话时,他喜欢把手插在我衣服下,并无'性'的意味,只是在一处静静栖停,如倦鸟得枝。外面昼长人静,骄阳遍地,此间一日,抵得世外千年。"(《欢情》)一切都是那么具体,"亦有'欲'。怎可能没有? 壮硕饱满的少年男女,爱意又如此充盈。第一次清晰感觉到身体中涌起陌生的潮汐,应和月亮的引力——他便是月;又像是天边燃起的火烧云。那种渴求是从每个细胞中渗出的,汇成壮阔的呼喊。但也没有别的想望,只要抱住他,只要让尽可能多的皮肤感知到他胴体的温暖,体内的波涛就逐渐平息下来。"虽然沉湎于二人世界,但作者并不拘泥,她有抵达辽阔情感的本领。"冬天已往,雨水止住了,百花开放、百鸟鸣叫的时候已经来到,斑鸠的声音在我们境内也听见了,良人,我们以青草为床榻,以香柏树为房屋的栋梁,以松树为椽子。风茄放香,在我们的门内有各样新陈佳美的果子,这都是我为你存留的。"(《欢情》)

这个世界上,爱是最奇妙的能量。爱使一些人自私、狭窄、癫狂,也使另外一些人博大、无私、深沉、安静。纳兰妙殊的写作得益于爱的滋养,她把爱视为丰富自己的宝藏。在她的文字世界里,你几乎看不到怨怒、不安和犹疑。因为有爱,困难变得有趣;因为有爱,贫穷变成一种经历;甚至包括异地恋,要坐漫长时间的火车也不是不能忍受的。爱使人平静,安稳,丰富。于相爱者而言,世间所有的一切对他们来说都是经历,都是爱情生涯中必需的。重要的是争取在一起,一起旅游,一起读书,或者聊天。共同感受、共同呼吸、共同体会。一菜一蔬,一羹一饭,那是有烟火气的情感,笃实妥帖,具有书卷气质。爱,因她诚恳的表述而变得正大端然。纳兰的书写克制、凛冽,有时候过于文艺,但大部分时候是刚刚好。

在纳兰情深意重地刻下自我情感那一刻,读者不得不感喟,她的文字有如明月照心,在那一刻,我们不仅是古人,也是今人,我们是今人,但也是古人。纳兰文字的美妙在于,它们能超越时间的局限而与久远的诗词歌赋中的美好文字相接,与我们的古人和前辈的情感气息相通。那些与爱有关的文字使人懂得,岁月沧桑,几世轮回,但值得珍存的情感如微火繁星,亘古不灭。

依我看来,爱和爱情,是这位"80后"作家写作的"定海神针"。《粉墨》有关影视圈的生活,但是,你指望这位作家和身边的演艺人士一起入戏是不可能的。对情感的朴素感知使她有了远远观看的能力,她绝不以名利为喜,因而,那些演艺圈里的争风吃醋,那些我们所能想到的争头条、蹭红毯,都变得那么可笑。在内心怀有深沉之爱的人笔下,那些"风光"、那些"名誉",不过是粉墨一场。《粉墨》写的当然是演艺人的生活,但也不只是演艺人的人生。

一往情深的人,有强大的主体性,也意味着她对世界的理解将比旁人深入得多。《从透明到灰烬》书写了人的衰老和死亡,她面对的是一个人从年轻到终老所历经的磨难和不堪,姥姥的晚年及临终时光令人难过。从透明到灰烬,不也是一个生命由被重视、被轻视乃至被无视的过程?姥姥年老时性格大变,嗜财如命。老人自己丢了钱,却怀疑照顾自己的女儿偷窃,哭泣、辱骂、不眠不休,此时的老人,母亲不似母亲,祖辈不似祖辈:"对于失掉钱财的恐惧,日日腌心,熬炼出一个幽灵盘踞在心里。至耄耋之年,记忆昏芒,理智再也禁锢不住那个幽灵。"那是一个普通女人年老时的不堪,也是经年饱受穷困后的凄凉。纳兰对亲人有着深沉的爱,但也有另一种冷静和审视,那是孙辈及子女辈逐渐对晚年姥姥的远离和逃避。

如果人生的一切都是经历,由爱或死所生发的便最终会凝聚为对生命的顿悟:"可是死亡怎么可能被战胜呢?它跟爱一样坚固,只有这个才能让我安心:我所见过的,我所爱过的,时间是动不得的。"还有对死亡和生命轮回的另一种认识:"我吁气,还有什么好难过的?我刚完成的这事,就像花朵开放后凋谢,果实成熟后被采摘,太阳晒干露珠,大象走向象冢,旅鼠集体投海,猎豹杀死角马……都一样的。"(纳兰妙殊《从透明到灰烬》)

读纳兰妙殊的文字,不免会想到,爱的能力、个人情感世界的整全之于这位写作者的意义。当一个人的情感世界安稳时,她的文字、她的呼吸便不再慌张局促。因为有强大的爱作底,写作者才有可能超越她的此在,看到我们肉眼不能达到的远方。《租客记》里,租客生活千奇百怪,她写经历的种种窘迫,有如写他人,不自怜,不自叹,尽量不让外在的生活牵着鼻子走。租客的生活是卑微的,但也只是生命的一部分,而非全部。在西方,在国外,在古代,都有着各种各样的租客。也许我们没有必要把生命中的全部磨难推给我们所在的时代。《租客记》中,这位作家正在把那种颠沛流离的租客生活变成自己生命的滋养——难道我们每个人不都是这个星球的匆匆过客吗?

为什么纳兰妙殊的散文能很快抓住读者,俘虏读者的心? 除了她情感的坦然真率之外,她对细节的描摹也实在令人难忘。《租客记》中父母租住楼房时便桶里不慎泼洒出来的粪便、青春期男孩母亲对公共马桶里卫生巾的担忧……生命中的小细节在她的笔下总是那么鲜明,作家总是可以适时地给这些细节进行突然定格,使之"轻而易举"地深入读者的心灵深处。

如果说,所有关于尊严和生命的顿悟是纳兰妙殊作品中最美好的所在,那么,有心的读者真应该看到她在此之前那99乃至100次的细心点染。作为写作者,纳兰妙殊深谙点染的意义。她总是能在细节上进行毫发毕现的传达,她似乎深深懂得,在第99次点染描摹之后,第100处场景的神采将会自然到来。无数次对细节的勾勒使她的讲述具有了感染力。必须把此时此地的情感和伤怀写好,因为那是我们感受世界的凭借,也是我们书写这辽阔世界的必由之路——这是纳兰妙殊散文一出手便令人惊艳的缘由。

"怪谭录者"言说

小说《吻瘾者》看起来与当下文学写作氛围格格不入。这部小说的特殊首先表现在整个故事背景的异域气质和人物的异国身份。一位年轻人患上了吻瘾,他需要不断地与人接吻才能活下去。最终他把这种怪病传给了"我",一位小女孩。读到最后,这个世界上有没有这种患吻瘾者对读者而言已无关紧要;那些人们是否是黑眼睛黄皮肤也不再重要;重要的是读者随同这位怪里怪气的人物一起遭遇了一次情感风暴。爱以及欲望变成了具象而美好的行为,读者们与吻瘾者一起共同分享了因渴望接吻而带来的快乐、甜蜜、渴望以及苦恼。读者们经由这种怪癖，辨认出了人海中那些心中有痛苦、有渴望的同病相怜者。

有怪癖者是对某种事物"情有独钟者"，也是一往情深者的同道。纳兰妙殊有小说专栏名为"怪谭录"，它们与《吻瘾者》《魔术师的女儿》等一起宣告了一位新异作家的到来。我以为，就目前而言，那些有怪癖者正在日益构成纳兰妙殊作品中的重要标识。她小说中的每个主人公都有属于他们的怪癖。一位魔术师迷上了他的女儿(《魔术师的女儿》)，一个对体味有着挑剔爱好的女人寻找到了一个死去的人并与之相伴(《陶丈夫》)，一个在地铁里痴迷于猜测他人手中书名的男人(《猜书人》)，一个爱做梦的活在现实和梦境双重世界的男人(《梦城》)，一个受到魔鬼诱惑不听从父亲召唤醒来的疾病少年(《魔鬼和男孩》)……特殊癖好使纳兰妙殊笔下的人物行为方式变得古怪，意味深长。那位在梦中过着安宁生活的男人有一天决定不再醒来了；那位沉迷于体味的女人终于看到她用陶制作的丈夫活过来，但他却嫌弃她的体味和衰老；喜欢猜测书名的年轻人与"我"相爱后消失不返；魔术师父亲使用魔术最终使自己与情人合而为一，"不是情人，也不是父亲。既是情人，也是父亲。就像一半人、一半野兽的潘神。妖异和欲望的合体"。

如果这世界有如茫茫大海，那么写作者则是海滩上的拾贝者。在生活的巨浪冲刷过后，别具只眼的拾贝者总会找到属于他的宝贝——那些在别人看来一钱不值的东西，在一位优秀作家眼里，便是珍稀。写作者是拾贝者、是披沙拣金者，也是拾荒者，或者，是那种有趣的收集怪谭者。那些有怪癖的人物之于纳兰妙殊并不只是一些人物类型那么简单，事实上，他们像暗夜里的灯光一样，照亮了我们平庸世界的苍白和无趣。

如果你能认识到孤独，你就会理解那位吻瘾者内在的疯狂；如果你在地铁里看到过安静读书的乘客，你便知道他们沉默的世界怎样引来观者的好奇；如果你知道一个人如何为现世生活的庸常所累，你便知道那位做梦的男人如何不愿意醒来；如果你了解爱和情欲，那么那位父亲之于自己养大女儿的痴迷情感便不是不能理解……将怪人们聚拢在文学世界里，是这位年轻作家的勇气，也基于她对写作的独特理解力。阅读时，我不断想到吴尔夫读到一部好小说的那种感慨："这一切栩栩如生，历历在目，而且不仅诉诸眼睛，还吸引了所有感官；这种种景

123

象令我们大开眼界,其光彩长久印在我们脑际。"换言之,纳兰妙殊别有意义处在于通过确认特殊癖好者的存在照亮了我们身在的现实,刺激了我们对世界的领悟能力。

所有条条框框都没有印在这位小说家身上。在文学世界里,纳兰妙殊像鱼一样,自由自在,无拘无束。这是令人无法忽视的起点,没有人知道她未来的路怎样,但现在这些文字的确神采斐然。在这位作者的文学世界里,没有什么不可以冲撞,也没有什么不可以书写。当然,这位独特的小说家也势必要面对真实的疑问,她的小说人物常常生活在异国他乡,小说背景也从来不试图告诉你这一切都是真的,她的文学世界里从来不老实地按照现实进行涂抹,这位小说家确实是在冒犯我们关于小说真实性的原则。但这种冒犯是有意义的。真正读过她小说的读者也会有感受,这位小说家怪诞的世界比我们眼前的许多写实作品要可信得多,她以怪癖者的际遇使我们照见自身,照见我们内心最暗淡和暧昧之地里的欲望和灵魂。

创作的源头应该是人

纳兰妙殊

2011 年秋天,《人民文学》的编辑在豆瓣网上给我发豆邮,说给我们写篇散文吧。我写了,后来稿约多了起来。2012 年夏天,我发现靠写稿能养活自己,决定辞职专门写作。2013 年春节期间,我写了第一个中篇小说,名叫《荔荔》,后来拿了两个短故事给刊发《荔荔》的编辑看,她说,挺好呀,多写点,出一个集子吧。于是我又写了《吻瘾者》《猜书人》《盗贼合作者》《魔王与男孩》《魔术师的女儿》等近一年刊发的短篇小说。

"创作源于生活"并不准确,创作的源头是人。以上这些故事的主题则是人的"深情"和"不妥协"。故事主角都难以在现实生活中找到,他们各有病态与怪癖,各有深情,以及各有各的不肯妥协。人们习见的情景,是把感情摊成薄薄一大片儿,每个地方的厚度都差不多,有些人甚至对自己的伴侣也不见得会多青睐一些。但也有极少的人,把所有心力用在微妙的一点上。指头戳不破布,但针尖可以。戳破了,那一边就是不一样的世界。

我对这些故事的质地的期望,是"轻盈"一点,就像 The Beatles 的歌 Nowhere Man,"He's a real NowhereMan, sitting in his Nowhere Land"。我希望它们不接地气,因此努力回避真正的人名和地名,因为我以为,一切总是先被名字钉死的。

张莉老师认为,我的这些故事在当下的文学氛围里显得格格不入。"文学氛围"听起来像个沙龙,大家都心照不宣地穿了同种风格的衣服,画面非常和谐。忽然进来了一个扮成疯帽匠(《爱丽丝漫游仙境》里面爱丽丝的好朋友)的人,站在身穿正装和晚礼服的先生女士之间,的确有点格格不入。不过幸好大家没赶他出去,他总算也可以坐下来喝杯樱桃酒,吃一角乳酪蛋糕,暗忖:其实请柬上没规定着装嘛。

每个作者都有自己的美学体系,在自我教育的过程中,他会通过不断的筛选,有意识地咀嚼吞食特定的材料。英国有句谚语:You are what you eat. 当然,偏食肯定不好,不过在东吃西吃的过程中,会慢慢清楚自己的口味。王世襄先生的公子谈烹饪,说,学做菜要从自己最喜欢的一道学起。平凡小人物的孤独寂寞、内心生活、人生世相,同一屋檐下心和心之间的千回百转、钩心斗角⋯⋯这些我也很愿意写。不过在最开始这个阶段,我最迫切的欲望是先写点我偏爱的那种奇特的故事,这期间我借鉴的前贤有马塞尔·埃梅,阿拉斯代尔·格雷,安吉拉·卡特,阿里阿斯·卡内蒂,莱谢克·柯拉柯夫斯基,再加上尼尔·盖曼,柴纳·米耶维,威廉·吉布森⋯⋯

写小说是一门精巧的手艺,也是一种伟大的艺术,目前在这条路上我迈出的里程,就像玄奘离了长安,刚到双叉岭。未来的写作方向,肯定会跟着年龄、人生体验和阅读趣味的蜕变而变,我殷切期待着蜕变的到来。

江北 / 原名李松花，20世纪70年代初生于吉林省吉林市。2006年开始写作，代表作有《狗肉老徐》《老满的二十四小时》等，曾获2011年吉林省第三届文学奖一等奖、2014年吉林省第十一届长白山文艺奖。

小说家的暴烈与柔温

岳 雯

她静静地坐在那儿,似乎于众声喧哗中也没有太多表达自己的愿望。但她的神情又始终是专注的,这专注甚至凝聚成一团小小的火焰,可以灼烧一切。这是在鲁迅文学院的课堂上,当江北和她的同学们热烈地讨论小说的优劣得失时,我所看到的情景。坦诚地说,我并不了解她,只有在读完她所有文字的时候,才能略略靠近她的灵魂。认识江北的时候,我还没读过她的小说。她给我的初次印象是大气、开朗、仗义,像极了我想象中的东北女人,由此我猜测,她的文字大概也是明媚、阳光的吧,就像她的名字,有大江东去的豪气。然而,我得承认,在江北身上,我的推测落空了。

压抑中的力量

江北这个名字,是与《狗肉老徐》联系在一起的。一个新人,在练笔阶段,能凭借一篇小说迅速确立自己,必然是有不同于他人的地方。在浩浩荡荡的文学世界里可以一眼被识出,这大概是祖师爷赏饭吃的节奏,当然,最后能不能吃上这碗饭,还取决于后天的努力,这是颠扑不破的真理。《狗肉老徐》的好,不在于精巧的故事——对于中国作家来说,他们已经知道了如何轻松地讲一个"好"故事,也不在于精致的语言——江北的语言甚至有几分未经加工的原生态。然而,《狗肉老徐》有一种沉闷、厚实的力量感,这样的力量感出自一位刚刚开始写作的女作家之手,更是让人诧异,也让人为之惊心动魄。

《狗肉老徐》的开场是以老徐"猫一样"的姿态出现的。当大风刮脱了楼顶的条幅,所有人面面相觑之时,老徐出现了。这个略有些动态的定格画面既交代了老徐是怎样进入单位的,又为刻画老徐的性格埋下了伏笔,某种程度上也是小说整体基调的隐喻——在一帧帧静止的画面中隐藏着一股看不见的力,最终决定了小说的素质。老徐在出场之后,才有机会让人正式打量他的面容:"老徐黑瘦,矮小,脸上的皱纹纹理清晰而又细密,而下眼睑的肌肉明显地突突地抖动,让人觉得不舒服。这副样子,绝对不会讨大家喜欢,但是会让大家怜悯。"现下大概不会有作家再作如此经典的现实主义描绘,但得说,江北细节抓得稳准狠,这么一个不大为人所关注的细节却抓住了老徐的精髓,之后所有的故事,都是由此延伸开去。

老徐来到这个单位,是颇费了一番周折的,倘若不是他一开始就表现出来的灵巧、能干、勤快,倘若不是他"极无助的样子",大概是得不到单位里烧锅炉的这个营生的。然而,这么一来,也就在老徐同"大家"之间划清了高下尊卑的界限。都以为江北接下去该说老徐的故事了,谁知她竟宕开一笔,说起了赵主任和小杜。这就是小说家的机智之处。看小说,仿佛逛花园,如果主人早早地给你规划出一条笔直地到达后院的路,你大概是会兴味索然。逛花园嘛,就该左顾右盼,曲径通幽,别有洞天。看上去说的是同为所长红人的赵主任和小杜之间的不和,其实说的还是老徐,老徐的性格正是在同赵主任和小杜之间的关系上见出端倪。一方面,老徐对赵主任唯命是从;一方面,他又暗暗表达了对小杜的忠心。这个老徐,闹的是哪一出呢?在看似不动声色之中,牵动三个人之间的关系的那根绳已经绷紧。这时候,必须得有新的角色进来,才可能改变这一局面。充当这一角色的是赵主任养的几只鸡。小杜因为这几只鸡恨上了赵主任,对老徐又有恩。老徐大概觉得自己不能不表达什么,表达的方式就是这几只鸡无端毙命。老徐谦卑之下阴冷的性格初见端倪。这是小说发生转变的关节点,江北却写得很节制,不渲染,不强调,只是在老赵内退之后让老徐表演了一把从抓鸡到杀鸡的一条龙,仿佛就此交代了那几只鸡不明不白的死亡。这一轮博弈的结果是小杜取代赵主任成为杜主任,但其中起关键作用的却是老徐。好了,接下来你该猜得到了。三个人的关系一旦演变成了两个人的关系,这两个人之间的关系也得发生变化。江北设计了重复的结构,将老徐和赵主任的故事在老徐和小杜之间重新演练了一遍,只是这一回,充当道具的由鸡变成了狗。小杜喜欢狗,待狗甚至超过了对老徐。老徐的内心在发生微妙变化——"难道我连狗都不如",这念头一旦起了,就如野草般蓬勃聚生,发展下去,愈演愈烈,到了老徐勒狗、剥皮,呼啦啦一下子攀上了最高峰,小说也戛然而止。就像锣鼓声一声紧似一声,突然停了下来,世界是说不出来的安静,这安静里也有了不一样的味道。

《狗肉老徐》的力量是从压抑中来。小说里有一个细节泄露了天机——"实际上,老徐是很暴躁的人。他打老婆,打孩子,跟村民打仗,村里人还很怕他"。就是这么一个暴躁的人,为了生计,在单位里能干、勤快也不乏谦卑地活着。生存对于他并不是一件容易的事,因此,当生活排山倒海地压向老徐的时候,老徐以一个农民的韧劲咬牙承受着。生活的压力越来越大,老徐承担得也就越多,仿佛一根橡皮筋,被无限地拉伸着。断,是预料之中的事情。江北不断考验着老徐紧绷的神经,将之推到极致,然后点燃。可以说,没有一个暴躁的人不断压抑自己的本性,也就不会有后来屠狗的故事。从这个意义上说,江北写活了老徐这样一类人。他们看似平庸得面目模糊,但一旦遭遇某种情境,就会爆发出极大的力量。归根结底,江北小说力量感的来源还是在于人,像老徐这样的人让人心生同情,又满是畏惧。

沿着《狗肉老徐》这条路子出发,江北还写了《老满的二十四小时》。老徐和老满,听上去就像兄弟,这两篇小说也像是姊妹篇。顺便说一句,江北似乎很愿意将她的小说男主人公取名叫"老某",这一点颇值得玩味。试想,一个有着小资情调的作家是断然不肯将主人公叫"老某"的,"老"里面有一股活生生的世俗烟火气、江湖气,有大口吃肉大口喝酒的气概。从小说主人公的取名上就可以窥出江北写作的某种特点,离生活很近。老满就像是老徐的另一个翻版,他们都是火暴脾气,可是在单位,看上去似乎都有些低三下四、畏畏缩缩,只是这奴才一样谦卑的姿态里是有诉求的,对于老徐,是希望能保住单位里烧锅炉的营生;对于老满,则是希望升个一官半职。如果说在《狗肉老徐》里,江北还是借着赵主任和小杜写老徐的话,到了《老满的二十四小时》里,老满更多的时候是自己跳上舞台,直接表演自己。老满和老徐一样,干活都不惜力,可是,都有个"大家"在那儿冷眼旁观,说三道四。和老徐一样,老满也必然遇到点什么,才能让他的性格乃至命运显现出来,那就是宋小珍事件。

在《狗肉老徐》里,江北设置的是重复结构,到了《老满的二十四小时》,镜子结构则主导了整部小说。老满和宋小珍互为镜子,清楚地映照出他们彼此的处境:两个在权力面前有所渴求,但同时又为权力所伤害的人,在对方身上看到了自己,然而却不得不站在敌对的位置上。说起来,老满对宋小珍的情感是复杂的,既因为她影响了自己的前程而有所恼恨,也不由得开始同情起她来。与《狗肉老徐》相比,《老满的二十四小时》多了几分温暖,起码有一瞬间,宋小珍和老满达成了片刻的理解,他们都不过是在权力的阴影下苦苦求生的小人物,就像结尾的时候老满所看见的那条落网的鱼,就是他们的真实写照。江北在小说人物上倾注了过多的情感,她紧紧扣住人物心理来写,所有的悲怆都化作了无声的压抑,因而格外具有力量。不过,倘若力度稍稍把握不好,就有写破的危险。《老满的二十四小时》的艺术素质略低于《狗肉老徐》也正因如此,作者的用心过于明显,将蒙在小说表面的那张纸给捅破了,不免让小说的那些妙不可言的成分微微挥发了。

挣扎在欲望中的女人

深究起来,老徐、老满们的力量其实都来源于他们的欲望,他们如此小心翼翼地守卫着那一点欲望,当它被生活毫不留情地证明是一场幻梦的时候,力量就爆发了。这是江北对男人的理解,暴烈如台风过境,将他们本人的生活摧毁得七零八碎。可是,一旦她将焦点对准女人,就情不自禁地温柔起来。大约是江北自己身为女性的缘故吧,她始终觉得,较之于男性,女性要的不是职务,也不是位置,她们所要的,不过是那一点点对于生活的幻觉,有了这份幻觉,她们才勇于将不那么美好的生活继续过下去。而那一点点幻觉,往往是以一床牡丹花被、一件貂皮大衣的形象呈现出来。

在《马小乔的貂》里,马小乔买貂皮大衣的念头是被同学会激起来的。在此之前,她在颇有些紧巴的日子里量体裁衣地活着,虽然有过买貂的念头,但也是一闪而过,并未成为她生活的核心目标。可是,在经历过一次同学会和被即将到来的同学会所鼓动以后,不知怎的,买貂皮衣竟成了她生活中的大事。与其说,欲望不是来源于自己,毋宁说,欲望本来就是由他人生产出来的。正是在与他人的比较中,欲望如苔藓般在生活的暗处滋生。对于马小乔来说,之前生活虽然也辛苦,但在与姐妹的比较中,她大抵是满意的。可是同学会对于物质的炫耀以及对于美好青春的回望使眼下的生活变得不那么完美,似乎只有貂皮大衣,才能弥补她已经逝去的青春。

欲望是什么呢？在江北看来,女人的欲望大抵是具体的,一件貂皮大衣、一床牡丹花被都能让她们到达幸福的峰值。但是,欲望又是抽象的,就像貂皮大衣的意义绝不仅仅止于物自身,在貂皮大衣之上,寄托了马小乔对自我尊严的确认、对美好生活的向往以及对逝去青春的无比怀念。江北在无意识中恰恰抵达了新世纪文学的核心。张未民在《中国"新现代性"与新世纪文学的兴起》一文中指出:"我们的现代性话语,是精神太盛,而经济唯物主义不发达;我们只看到了或信奉五四某方面的精神资源,而没有看到现实新世界的物质条件和精神条件,因而一个丰富而真切的在现实世界的运动发展中不断变迁成长的现代性终不可得。"这一发现确实振聋发聩。如果说,20 世纪 80 年代的文学是要就精神写精神,所有的问题都可以而且应当观念化、精神化,那么,到了新世纪,"物"自身突破了之前从属的地位,确立起自身的位置,甚至开始生产出精神维度。江北正是敏锐地捕捉到了时代这一新变,从"貂皮大衣"这一"物"出发,探索马小乔们的精神疑难。

于是,我们看到,马小乔们是如何执着地在买貂的路上一往无前,"坚毅得如同上战场的女战士,斗志昂扬"。丈夫不同意,她先是发火,然后是哭泣,最后下定决心自己买。买貂的念头获得了要好的姐妹和妈妈的支持。从马小乔的眼睛里望过去,这三个女人过得都不尽如人意,但是,马小乔买貂皮衣的念头鼓舞了她们,甚至让她们看到了生活的某种希望。现在,庄严的一刻终于到来了。四个女人终于得到了那件貂皮大衣,江北浓墨重彩地书写了这一刻:"她们不由自主地被召唤般围过去,围在桌子周围,如同鉴定文物的学者,眼睛里有惊喜,有庄重,还有敬畏。可是,她们是女人,所以还有女人天然的一丝嫉妒。但是,更多的是欣慰。欣慰那曾经可望而不可即的貂皮大衣就在眼前。欣慰终于可以理直气壮地抚摸那绸缎般的毛片,感受着那滑、那柔、那顺在自己手心里滑动……时间在这个时候慢了下来,富有人情味地等待几个女人慢慢享受属于她们的美好。阳光也在这缓慢里柔和地射了进来,照在女人的脸上身上,于是,凝重越发凝重,渴望越发渴望,欣慰越发欣慰"。看,这难道不是"物"升华为"精神"的一刻吗?

但很快,江北开始怀疑,这由"物"生产出来的"精神"究竟能支撑多久?所以,小说并未在这个时间点上结束,它让马小乔得到了渴望许久的貂皮大衣,转眼间又陷入另外一种困顿中。先是天开始回暖,让马小乔的心七上八下,终于天公作美,让马小乔有机会穿着她的貂皮大衣赶赴同学的聚会,却又陷入了另一轮攀比的窘境中。待到同学们终于发现了马小乔的貂皮衣之后,貂皮大衣所象征的富足荡然无存,反而成为杀戮的代名词。在新一轮的时尚大潮中,马小乔的貂皮大衣彻底落伍,只能消失在虚空中。结尾反讽的一笔让这篇小说有了不一样的分量。江北在满怀同情地凝视着她的小说人物的同时也在有力地追问,由"物"生产出来的"精神"如何才能支撑人自身的充足、完满?

《牡丹花被》与《马小乔的貂》有异曲同工之妙。金鹊怀着对丈夫的满腔爱意,只希望在城市里能寻找到一个地方,可以铺开他们的牡丹花被。此时的牡丹花被,是两个人无边柔情的象征。可是,偌大的城市,竟没有一个地方可以让他们尽情地铺开牡丹花被。阴差阳错之间,金鹊居然买了一张床可盛下这牡丹花被,现在的问题是,哪儿能放得下这张床呢? 在写作《牡丹花被》《马小乔的貂》时,江北是如此心疼这些在生活里挣扎的女子,小心翼翼地成全了她们的梦想,却又让这梦想以反讽的形式被颠覆,在生活世界里无处安放。于是我们看到的,是一个个困在欲望之中的女人,我们无意苛责她们,因为她们就是我们自己。

母女关系的拉锯

江北写得最多的,还是这样一种情境:单亲妈妈带着正处于青春期的女儿,母女关系陷入拉锯之中,中年女人一地鸡毛式的烦恼成了生活中不能承受之重。《内伤》《苹果心》《白月光》都是这一类型的作品。

在这些小说中,毫无例外,母亲和女儿的关系成了江北反复描绘的重点。所有的母亲毫无二致,在逼仄的生活里无处转身,而进入青春期开始反叛的女儿成为她们烦恼的最大来源。在《内伤》中,"我"听说女儿跟老师说了心里话,立刻警觉起来,对女儿的呵斥无非是害怕她因为不成熟而受伤。女儿上课玩手机事件又使冲突不断升级。护女心切的"我"成了一头母狮子,跟老师据理力争。正是在困境中,母女之间和解了。在《白月光》中,苏鲜花和女儿齐思的冲突开始于女儿和男孩的关系。在无比的纠结中,苏鲜花成功地让女儿放弃了和男孩刚刚开始的模糊的感情,却也让女儿对一切都冷漠起来。这两部小说都是在追问,我们究竟该给孩子什么样的世界观? 为了现实世界一城一池的得失,将成人世界的世俗法则加诸孩子身上,将会收获怎样的果实? 在《苹果心》中,虽然女儿依然是雅娟最关切的,但江北将描绘的重心转移到雅娟身上,打开了一个深陷生活之中的女人内心的大门。

　　江北说,她之所以写作,是因为感受到了来自生活、来自心灵的痛,写作就是止痛药。这确实真切地道出了她的写作状态。她的写作,不是经由图书馆里千万册图书发酵而成的,而是实实在在来源于生活。或者说,生活本身就为她的写作提供了坚实的土壤和有效的意义。她在写作中所倾注的浓烈的情感,也使她的小说蕴含了巨大的力量,显示出了相当大的潜力。摆在她面前最重要的,或许是如何从一个自发的写作者进入自觉状态。在漫漫长途中,我们期待中的小说家江北会逐渐显形。

消耗与生成

江　北

对于任何事情，我总是喜欢探究原因。这可能跟我的职业有关，自觉不自觉地不受控制地探究。例如我为什么写作，在一段时间里所有认识我的人都问这个问题，这也成了一段时间困扰包括我自己在内的人的谜团。这个谜团不弄清，我寝食不安，就如同物品没有摆放到适合的位置，怎么看都不顺眼。于是，我讨厌的解剖学就发挥了作用，我给了自己解释。不管这个解释在医学上能不能站住脚，但是我自己心安了。我想，写作是因为大脑杏仁体接受信息时不能及时传导反馈，造成堆积的结果，所以，必须要消耗掉，才能保证我的大脑不被这些东西拥堵而经常性地头痛。

那么，写作就跟我活着关联在一起了，成了必需、需要。那么，我的写作也成了消耗写作。可是，生命消耗到尽头是枯竭，写作也一样，消耗到最后也是枯竭。维持生命的长短是医学上的课题，而维持写作跟生命同步是我的课题。一直以来，我写每一篇小说都是一种拼了的姿势，可姿势终究只是姿势，不能解决枯竭，也许还会加快枯竭。这有点像喝酒，醉的速度跟喝多少没关系，而跟酶的分解有关。那么，我的拼、我的写作能不能继续，甚至能不能跟生命一样同步，就跟生成有关系了。也就是说，拼可以，可是没有生成的拼是危险的。就如同没有酶的分解，喝酒是很危险的。

一天晚上，我跟女儿聊天，不知为什么就聊到我小时候。我说我小时候的托儿所是平房，我们所有的孩子午睡都在一铺大炕上。我睡在炕中间，头顶就是窗户，也没窗帘，根本睡不着，就瞪着大眼睛骨碌碌地四下看，在我边上的阿姨随手拿了块洗干净的尿布蒙在我脸上，那块尿布是红色的，我透过红布时还能看到阳光的亮。女儿问，妈妈，那时候你多大啊？我说应该不到一岁，因为我还记得你姥姥来送奶时,揭开我脸上的红布时愤怒的表情,把我吓得哇哇大哭……女儿立即打断我,说妈妈你撒谎,你怎么可能记住这事?你一定是编的。女儿说完,我在心里反复问自己,这件事难道真是编的?可是我怎么能记得这么清晰呢?为了说明我不是编的,我跟女儿说托儿所的黄色大炕和两扇大窗户和那个阿姨的一双大眼睛,说妈妈抱起我跟阿姨争吵的情景。说着说着,我大脑里一些相关影像就生成了。

从医学的角度讲,人的大脑跟图书馆一样,而眼睛如同摄像头,从出生那一刻起眼睛看见的一切都会存储,这些存储自己根本不知道,可是确实存在,这就是潜意识。那么我能清晰记住这些就不奇怪了,只是跟女儿聊天时被激活了。那么,生成是被激活的。写作在消耗的同时也能激活生成,这是相辅相成的关系。当生命作为一个不断消耗和生成的生物体,维持消耗和生成的平衡至关重要。我这么说不是说消耗和生成平衡了,人就可以长命百岁了,而是说生命的终止应该是消耗和生成的同时停止,而不是因为一方的过度而终止,这应该就是寿终正寝吧。那么,我的写作应该是拼的同时,也应该是激活生成的同时。因为不顾一切地拼,激活了我的记忆,让我的眼睛所记录的一切影像在需要时变成小说的养料。《小说家的十三堂课》里面有一句话,小说的世界是现实世界的材料建成的,那么,我个人私下可不可以理解为,小说世界是消耗,现实世界是生成,那么,我在不断感知现实世界的人和事的时候也生成了小说的材料。那么,小说世界和现实世界的平衡也就可以跟生命同步了。

滕肖澜 / 1976 年生于上海。2001 年开始写作,著有中篇小说《梦里的老鼠》《四人行》《蓝宝石戒指》《老陶的烦心事》《姹紫嫣红开遍》《美丽的日子》等,出版有小说集《十朵玫瑰》,曾获《十月》青年文学奖、第五届《北京文学》奖等。

文学的"加法"

相　宜

　　两年前,我在网络社交平台上看到好友分享的一篇转发量很高的日志,这篇日志打动了很多读者,其中也包括我,人们由此唏嘘爱与生活,同时也心存希望。故事的名字是《星空下跳舞的女人》,作者滕肖澜。

　　这是我第一次看到滕肖澜笔下的上海故事,如今想来是有些奇妙,这一次文学的会心并不是在传统书香间,而是在快节奏的社交平台上。近日读到她的《纯文学不妨试试"做加法"》,便明白了她在坚守专业精神,耐住寂寞的"减法"同时,已经开始为自己的创作尝试加法,选择性地参与网络,使我得以成为她的读者。喧闹之中,我放慢脚步,随着字符顺流而下进入上海的情境中。故事讲述的是主人公"我"与一位精致老妇人一次次邂逅的故事,在相遇与相知中,"我"从老妇人身上感受到一个女性超然美好的生命可能,并且把"为了深爱的人也要美丽活下去"的生活哲学贯通到自己的生活中,收获了美满结局。故事简单,内核却丰富,因为滕肖澜的文字有种魅力,于平淡中勾勒出生活的动与静,发现简单生活中闪着精神质地的光芒。如今读滕肖澜读得更多了,同为生活在上海的女性,我似乎更能亲近与理解这些散发人间烟火气息的故事,在平淡又灵动的氛围中,感知女性的柔韧,日常生活中的落地有声。已为人母的滕肖澜,人生更柔软更扎实,对生活的加法和善意、对人性的挖掘,汇入笔下文字,她从生活中走来,又走向生活。

生命的底色

　　滕肖澜是知青子女。小时候,父母在江西南昌插队,她在上海外婆家与舅舅一起生活,10 岁时,她回到父母身边,五年后考回上海读书,从此在上海扎根。

因为童年常与家人分离的生活经历,滕肖澜勤奋而柔韧、独立又敏感,在文学创作中,她对知青子女生活状态的感知与勾勒,显得敏锐而丰富。

滕肖澜的早期作品《我的爱,和我一样》叙述的是无血缘兄妹丁文对丁戈近乎病态的感情纠缠,故事有些流于形式。与之相比,辅线塑造的丁戈女朋友苏华这个人物更为饱满。父母在新疆插队,苏华考回上海读大学,住在叔叔家。滕肖澜通过几个片段便把知青子女的心理和生活勾勒得入木三分。苏华在叔叔家里教表妹功课,面对表妹稚嫩却带着优越感的疑惑,她的回应是自我保护式的攻击;她愤而投诉讥讽父母是外地人的火车站工作人员;在拥挤的公车上占着自己应有的位置,冷眼看待上海妇女的嫌恶嘴脸。苏华美丽优秀,自尊自立,她憋着一口气,像个要抢回被夺走玩具的孩子,要为父母和自己失去的人生讨个公道,她以自己的实力证明她比许多上海人更优秀。苏华身上带着一股冰凌似的锐利无情,她与丁戈从美国凯旋,将把父母接去美国定居,她急于证明自己的成功,洋洋洒洒设宴,故意刺激当年以房子太小为由不让她作为知青子女返沪的叔叔和婶娘。在幼稚和冷峻背后,谁又能体会到知青子女与家人一次次分别时的痛苦、寄人篱下的隐忍、为了能回到上海付出的加倍努力? 谁又能记住知青一代,那飘散在祖国大地上破碎失落的青春与人生?

动荡飘摇的年代,一代人无处安放的人生,作为知青子女,滕肖澜看得清清楚楚,感受得痛彻心扉。在《去日留声》中,滕肖澜以一个知青家庭为模本,描述了知青及其后代返城后的生活状态和他们与时代、社会的错位得失。故事以文思清为第一人称展开,主要刻画了父亲文老师与“我”之间微妙的父女关系,生活平淡琐碎却暗潮汹涌,弟弟文思远、丈夫老祝以及父母知青时期朋友的境况交织交错,过去的岁月依然在当下发生作用,在每一个人身上产生回响。动荡的知青岁月让天才文老师留在安徽教中学,时光让这个有学问的上海男人变成了一个喜欢抱怨、胡思乱想、偏执的小老头儿。他珍惜退休前突然调回上海、被逆转了的人生,同时又常常悔不当初;让文思清以初中会考第一的成绩考取上海的中专,留沪失败之后又过继给没有子嗣的小舅子。那个时代的人们,害怕变幻莫测的时光,他们睁大眼睛期盼,牢牢抓住生活中的每一丝机会,因为他们知道每一种可能都会衍生出一种新的人生。文思清理解父亲的选择,童年时鞭策着自己夜以继日、不断奔跑的,正是那些贴在写字台前,写着“我要回上海”“不想一辈子留在这里,你就必须努力"的小纸条。同时,被过继成为舅舅的孩子这件事一直是父亲心中永远的痛,成为父女关系中不忍触碰又无法绕开的敏感地带。当千言万语难以说尽的期盼"一家人争取在上海团聚"变成现实,生活中的柴米油盐却因经历过太多的伤痛而变得敏感、脆弱,与父辈的相处变成了战战兢兢和斗智斗勇。文老师在时隔三十年的老同事聚会中重遇故知,看到当年意气风发的同伴如今沧桑种种,感慨万千之下,开始有了平常心,开始学习与生活共处,与时光和解。

后知青时代的生活样貌不像知青时代般波澜壮阔和盲目冲动,生活中种种暗潮被滕肖澜刻画得真实而饱满,生活被一层一层剥开,显现出时代的复杂与人性的幽微变化。正如她在创作谈中所说的,"那段经历,终生影响着他们的心态、价值观、处世态度。过分自尊或是自卑,敏感、多疑,缺少安全感"。有些人生还在大风大浪中摇曳,有些人生已经被掩埋在历史的尘埃中,有些人生如烟随风而去,有些人生被白纸黑字打捞铭记。滕肖澜用生命记忆勾勒描绘出渐渐远去的时光,让人直面知青时代的精神困境与后知青时代的现实困境。滕肖澜站在自己厚重的生命底色上淡妆浓抹,为知青家庭立言立心,以笔触照耀生活。这是一抹温暖柔韧的色彩,这片底色能承载琐碎的生活、复杂的人性和飞扬的理想。她谦逊、温和,以善意和智慧在生命的底色上,一笔一笔勾勒描绘出一个个平淡又汹涌、刺激又归于平静的美丽日子。

美丽的日子

《梦里的老鼠》是滕肖澜的第一篇作品。这篇小说如今看来虽然略显稚嫩,却已然能看出滕肖澜对细节的刻画能力和对世俗生活的还原力。她关注自己所关注的生活,描绘了一个洗心革面的女性身为妻子的责任、身为后妈的不易、身为弟妹的机智、身为情人的柔情和在一地鸡毛的生活中的表现。滕肖澜擅长书写女性的日常生活,她以写实的笔触把上海霓虹灯下曲折弄堂里的小人物、小日子、小生活、小碎片刻画得玲珑有致。正如滕肖澜所说的:"也许在许多人的眼里,上海是烂漫多姿的,像颗夜明珠,美艳不可方物。而在我看来,上海只不过是个过日子的地方,很实实在在的地方。绝非五彩斑斓,而是再单调不过的颜色。日出而作,日落而息。柴米油盐,鸡鸡狗狗。"

《美丽的日子》是滕肖澜的代表作,也是最能体现她书写上海市井生活功力的作品。小说讲述的是家庭关系中最复杂、最敏感的婆媳关系,准确地说是上海婆婆和外地准媳妇之间斗智斗勇的生活故事。一般而言,这样的故事往往会过于世俗琐碎,但是滕肖澜笔触平淡、清新,细腻又温暖,叙述中团着一股暖暖的来自生活的和气。卫老太把"上海过日子的意思,精致的简朴,絮叨的讲究"一一传授给姚虹,希望打造出适合这个家庭、能融入上海日常的"完美媳妇"。姚虹像一滴水,打破了卫家原来单调沉闷的生活氛围,整个家因为有了年轻女人的搅拌,变得完整而丰富。时间在"过日子"中流逝,姚虹还是太心急,在老乡杜琴的指导下,她假装怀孕来催促婚期。信以为真的卫老太满心欢喜,"母性"让她们在生活中亲近共处,"两个女人在天井里晒太阳,一个缠线,一个绕团。冬日的阳光洒在两人脸上,洋洋洒洒的,很美很温柔"。滕肖澜雕琢笔下生活的每一个细节,精心打造人物的每一句对话,看起来风轻云淡,寥寥数笔便把人心打动了。之后老太发现真相把姚虹赶走,姚虹在公园如老僧入定的决绝姿态让她想到了年轻时的自己,正如她的坚持和自我牺牲终于换来丈夫的抚恤金,姚虹渴望留在上海的执着也终于换来卫老太的谅解。当故事进入尾声,一切即将归于平淡和安宁,滕肖澜不动声色地又抛出一颗炸弹,姚虹递红包的心机和扎根上海的决心,出发点来自母性,在家乡的女儿满月终有一天会成为上海的"满月"。一地鸡毛终究变成一地阳光,滕肖澜了解上海,理解人性。

　　去年发表的中篇小说《上海底片》,故事发生在 21 世纪初上海澄澈的夏天。因为与大伯的会面,因为毛头,因为王曼华,"我"走进了一个全新的、有趣的世界。"我"在镜头中看到了上海生活的多棱面向,看到了毛头对王曼华奉献的爱,也看到了王曼华摇曳在外国人身边曼妙身影中的失落与不堪。这个夏天的故事勾连了上海的面子和里子。王曼华之死,让所有琐碎的生活片段因为充满感情而被记录在底片中,被镌刻在记忆里,被捧在心尖上,想起来时,世界便打开了,仿佛处处都有光,光下是浓浓的阴影。"上海人眼里的上海,并不是直升机航拍下的那个不夜城。真正的上海人的日子,航拍是不屑于拍摄的,是略过的。只有身在其中,才能体会到上海人的不易与艰苦。"滕肖澜正是在轻缓的叙述中抛出一颗又一颗生活的秘密炸弹,或许轰然爆炸鸡飞狗跳,或许永远伫立绕不开忘不掉。她的作品常以女性为主,挖掘人性美好的闪光。正因为这一点闪光、一点善意,生活的琐碎也随之化作直抵人心的美丽。

文学的加减法

老陶在日复一日的寂寞和与子女无法沟通的孤单中不断想起去世老伴的好,失眠的朴实的老陶走向马路旁的发廊,他犹豫着,看到里面有一个清新如百合的姑娘,心动了动,走了进去。(《老陶的烦心事》)刘文贵的妻子不愿意生育,"小老婆"于胜丽算好那几天是排卵期,趁他洗澡的时候,心动了动,用针在避孕套上扎了几个洞。(《月亮里没有人》)庞鹰伸手到床头柜,摸到微型摄像机的尾部,是开关,心动了动,关下它。(《倾国倾城》)这番话在她心里存了许久,以为这辈子都没机会向亲生女儿解释了,现在一下子说了出来,百感交集,心动了动,眼圈都有些红了。(《双生花》)

作家要在平淡无奇的日常生活中发现潜伏的"异化"、暗流的人性幽微,探寻人性更隐秘的深处,找到那一个个变形的、裂开的瞬间,透过现象直抵世界与人性的本质。滕肖澜叙述的人生走向往往是现实的,再怎么心动最终也要回归现实,其中人性裂变的汹涌波澜,都表现得不动声色。她笔下的人物大多是从善意出发,在生活的不同相面又会和周遭发生冲突,于是人性内核爆炸、迸溅、延伸出来的那一点点被滕肖澜捕捉到。她着力于此,一层一层开启人心,从日常的、琐碎的人间烟火中写出人性人心变形异化的那一个瞬间,让人物因为这个瞬间得到了丰满和升华。这就需要一个作家专注于生活,坚守专业,拒绝诱惑,耐得住寂寞——对于滕肖澜来说正是文学的减法。

文学的减法对于滕肖澜来说并不是挑战。成为专职作家之前,她在上海浦东机场工作,是一名地勤人员。因为对机场熟悉,她作品中许多场景都设置在机场,例如长篇小说《双生花》中贺圆的工作就是机务维修,《这无法无天的爱》中谭心和郭钰正和滕肖澜一样都在平衡室工作,用其中的话来解释"配载平衡就是把飞机的重心调到一个最佳位置,让飞机保持平衡不掉下来"。滕肖澜在陆地上做着与飞翔有关的工作,她以绝对的专注、耐心与细心保证飞行安全,在十五年的时光中,工作融入了她的生活,"保持平衡"不仅是工作核心,也是她的生活哲学。

滕肖澜坚守着文学的减法,又在这种专注中放眼看生活,着力于人性幽微的变化,从而展开复杂的故事。正因为出色的文学技法、不动声色的表达、精心打造的细节、暗潮汹涌的情节、反复推敲的对话,故事才显得平淡自然又富有层次,读者走进了创作氛围,却看到生活的深处和文学的力量。在日常生活中加入艺术的新元素,这就是滕肖澜的文学加法。她笔下所有的细节、所有生活走向正是为了书写对人性的发掘。滕肖澜在平凡的日子里写出不平凡,她匍匐在上海的地面,抬头仰望天空,在文学中找到了平衡。我期待滕肖澜打破原有的平衡状态,对人性的发掘不要止步于让笔下的人物死亡,而是直面人生的无路可走,直面人性的幽暗异变。期待她继续坚持自己对细节的执着与对人性的挖掘,同时走进更广阔的空间,寻求新的元素,尝试更多创作手法,寻找艺术与生活贯通的无限可能。我相信在文学的加减法之间,滕肖澜能走出自己的路,不忘初心,一往无前。

寻找"上海味道"

滕肖澜

相比以乡村为背景的小说,城市小说似乎从一开始便有它尴尬的地方。从气质上看,城市这座水泥森林如何敌得过乡村的自然清癯?就像半老徐娘再怎样装扮,也很难胜过豆蔻少女。同样是苦痛,一个老农民失去土地,在群山环绕间放声一哭,那景象是何等苍凉悲壮;倘若换成一个工人下岗,痛是痛的,却多少总觉得格局不大——这是先天不足。

从后天上看,城市小说往往容易流于日常化,将日常生活简单再现,缺乏进一步的思考与探索;或是为了满足读者猎奇的心态,将城市生活中光怪陆离的部分不加提炼,一股脑儿地端出来。事实上,目前的城市小说以写底层与上层为多,要么是无边无际的苦难,要么便是纸醉金迷。不管往哪边倾斜,其实都是重口味。重口味能吊鲜,却也是偷懒的一种。好的小说需要慢火烘焙,滋味才能一点点从里面出来。城市小说的主角,永远都该是占城市百姓绝大多数的那一群,即金字塔中间的那一群。不很富有,却也不致穷困潦倒,日出而作日落而息,自给自足,有苦有乐,有失望甚至绝望,但也有希望。他们是最普通的那一群人,看着最没有特色,却是最有代表性的城市人群。

我生在上海,也居住在上海,因此,我的小说便多以上海为背景。上海是近代文学的发源地,一路走来自成体系。海派小说自有其味道,沿袭至今。前辈作家、艺术家们留下的瑰宝,让后辈受用无穷。但同时,上海是不断发展变化着的,如果作品静止不动,只抱着一些原有的上海元素不放,那便很难写出有意义的作品。在许多人的心目中,上海一方面是繁华到极点的东方大都市,是"大";一方面又是"小"——作天作地的上海女孩,不够硬气的上海男人,门槛精、尖酸会算计,小家小户。这几乎已经成了一种思维定式。他们以为这就是上海,这就是上海人。其实身处其中的人都知道，上海不全是这样，上海人也不全是这样，有时甚至是完全相反的。上海人的待人处世，面上是各行各路、冷暖自知，骨子里却是与人为善的，一团和气，也是大气的。这与许多文艺作品中所表现的完全不同。

写一篇看似很"上海"的小说，其实不难。但身为上海作家，总想写出当下真正的上海。我理想中的海派小说，是给上海人看的，这样便作不得假，蒙混不了。土生土长的老上海人也好，迁移来的新上海人也罢，让他们看后叫一声："这才是真正的上海！"空间时间都是不错的，不远不近，不老不旧，不哗众取宠夺人眼球，也不故作势态淡而化之。正如前面所说，我想写的上海，是金字塔中间的那一群人。他们的悲喜境遇，是我所感兴趣的。我并不害怕这样写会失却原有的"上海味道"。事实上，这样做确实有风险。每个城市（主要是一线城市）的这部分人，其实都过着差不多的生活，抛却那些地标性的镜头，把他们放在一起，不说话，你根本很难分辨谁是上海人，谁是北京人，谁是广州人。那么，"上海味道"该如何凸显，这问题便摆在我们每个想书写上海的作者的面前。

其实，看似平淡无奇的生活，上海人与别处还是不同的。上海人有自己的处世哲学和做人的讲究。那些对待事物的特定反应，只有上海人才懂的会心一笑、彼此间的默契、思考问题的惯性态势，甚至是一个眼神、一个手势、一声招呼，上海人都有自己的套路，写出来，便是上海味道。字里行间自然流露，应是妥帖熨服许多。

城市小说最怕写碎了，成了一本记事账。仅仅提供信息量那肯定是不行的。究其根本，还是要写"人"，写"人性"。我手写我心，我心也似你心。人世间有些东西是共通的，与地域阶层无关。写作要将心比心，以心换心。

曹有云 / 藏族，1972年生于青海。著有诗集《时间之花》《边缘的琴》。曾获全国少数民族文学创作"骏马奖"、首届青海文学奖、首届《青海湖》文学奖，第三、第四届青海青年文学奖等。

边缘地带的中心冲动
马步升

藏族诗人曹有云毫不隐讳自己所处的边缘地带,即地理上的和文化上的双重边缘地带。其实,可能还有一种边缘,即由前两种边缘意识长期诱导、训育和生发的挥之不去的被边缘化的心理感受。

曹有云在诗歌中将自己生活了二十余年的城市格尔木命名为"纯粹无中生有"的城市。城市的历史昭告了这个命名的可靠性,同时,排除幽默、自嘲的因素,这个命名似乎还有某种文化上的意义,即加塞式的跨越式发展。事实上,像格尔木这样的"纯粹无中生有"的城市,在广袤的西北边地并不少见,城市的年龄仅有几十年,但从城市拥有第一座泥巴屋和第一个居民时,其起点直接对接的就是工业化和现代化,完全不像内地历史悠久的城市,要一步步从漫长的历史烟云中走过来,有着那么多那么深沉的、永远也述说不完的兴衰故事。好似在漫长的、因焦灼而令人窒息的队伍中,突然出现几个拥有无上合法性的加塞者,率先得到了驶入时代前列的车票。因此,从这个立场出发,边缘未必真的是边缘,中心也未必是可以涵盖一切的中心,至少,这是一个边缘与中心的混合体。

由"被看"到"我看"

如果我们对近几十年西北诗人的诗作稍作梳理,便会发现,对边地的诗歌描述已经由"被看"悄然演变为"我看"。边塞诗已然成为遥远的历史回声,被称为"新边塞诗"的诗歌,虽还是昨天的事情,但"边塞"的内涵已经由以往的客体变身为主体。这种变化是悄然的、自然而然的、水到渠成的。也就是说,先前的边塞诗和新边塞诗,大都是站在中心的立场和情感上,在中心的视角下,在中心的语境中,在面对边地时,或多或少都带有一种先验的、天然的、某种霸权意识的眼光,边地理所当然成为一种"被看"的对象。在这种中心意识的支配下,这类诗作中流露出的最重要的情绪,便是"中心"对边地的猎奇、审视,一种"中心"对边地的天然优越感无处不在,而"被看者",只能听任"看者"裁决。虽然在"看者"的队列中,也不乏安身立命于斯的边地的主人。

而在不知不觉间,"被看者"似乎已不甘于"被看"了,开始站在边地的立场上,带着自身萌生于边地的情感,带着自身对边地真实可靠的体验和理解,以诗歌的形式,矫正、复原、还原,尽可能构建出一个与边地事实相契合的诗歌边地。这是一个"我看"的边地,虽然并不能完全排除误看、误听、误读、误解,但这是根植于一个地域的地域文化自觉,正是有了这种地域文化的根基性存在,以边地为主要描述对象的边地诗人作品中便呈现了与以往任何时期的边地诗歌都大为不同的精神气象,可以笼统表述为:边缘地带的中心冲动。

曹有云就是这样一位诗人,从他诗歌的诞生、传播和被广泛接受的历程考察,似乎可以发现这样一种轨迹:不满于"被看"的境遇,向"看者"呈示"我看",而"我看"的,恰好是"看者"极力要看,却不得其要旨的精神人文景观。表面看,这仅仅是"谁看"的问题,实际上,由此连带出的是"谁在说""说什么",还有"怎么说"。"看者"和"说者"的悄然变换,并不在于谁"看"得更多更准确,也不在于谁"说"得更好,声音更洪亮,关键点在于:"看"的权利和"说"的权利在于"谁"。主体的悄然变换,事实上是一种文化权利的转移。

曹有云是以诗集《时间之花》进入全国诗歌视野的。在这本诗集中,他没有打算给本土之外的受众提供惊世骇俗的诗歌元素,构成曹有云总体诗歌面貌的诗歌元素,仍然在于其日常性。只不过,这是青藏高原的日常性,这是格尔木的日常性,这是曹有云看到体验到,从而用适合自己的诗歌语言表达的日常性。也许,这正是曹有云从事诗歌创作的一种隐秘的动力。

《时间之花》的第一首诗是《阳光落下》,诗中写道:"阳光落下/打开种子/打开花朵/打开妇女们沉睡的乳房"。打开,向他人打开自己,向外界打开本土,向渴望了解的眼睛打开门窗和心灵,这是一种健康的、自信的、互通有无的人生态度和文化品格,这种情绪搁在任何一个时代任何一个地域,体现的都是日常性。可是,区别在于"打开"以后的呈现方式和所呈现的内容,曹有云接着写道:"一夜之间/所有的尸体幸福受孕/所有的马匹游过河流/所有的鸟儿和坟墓飞回高高的天堂"。我们不是环境决定论者,但不在一个时空环境下,即便把所有的窗户所有的心灵向你全方位"打开",你也未必能够获取这种带有巫祝谶语般的诗歌意象。而由日常性向巫祝谶语般诗歌意象的转换并不需要多么曲折复杂的过程,只是瞬间地、不经意地,便顺理成章地实现了,一如青藏腹地那风雨无常的天象。但是,巫祝谶语只是诗歌家族的编外成员,只是诗人情绪的瞬间"奔逸",如果化身为主人,诗歌的本性就会遭到颠覆,那么,如何尽快回归日常性,如何实现跳跃度极大的诗歌意象之间的合理转换,则是对诗人诗艺功力的严峻考验。不过,对于曹有云这不是什么难事,所有的转换都是瞬间的、不经意的、顺理成章的。诗人接着写道:"阳光落下/阳光依然落下/打开黑衣黑暗的心脏/搭下光明的舞台/邀请你和我/一同跳舞,一同死亡。"大开大合,大喜大悲,高开低走,浓淡相宜,一首短诗,丘壑纵横,丘壑之外,豁然大天、大地、大太阳、大高原,还有大抱负、大悲悯。

慎用地域元素

边地、高地、大地、秘地、净地、神性之地等等,这是承载曹有云诗歌意象的最主要的地域元素,但他在诗中,并不刻意取用这些词汇。也许,他已经敏感察觉到,这些本来很贴切的词汇,被那些"看者"泛用后,"词语吃掉我们腐烂的尸体"(《光芒》),其实际所指早已被掏空,只剩下失去灵魂的一个个词语的尸体了。于是,他便不用或慎用。但他并不拒绝这些词汇,在诗作中,他剔除"看者"们涂抹在这些词汇上的附加物,使其归于原初状态。比如,在《春天,在格尔木的孤独》中,他这样写道:"春天的雪水/浸泡玫瑰的火焰/火焰,珍贵的火焰已经熄灭//我的声音你听不见/你的声音我也听不见/一人、一生提灯走过高高的荒原/偶尔聆听几声狼的嗥叫//这里,不生长故事/词语,只有几个结结巴巴的词语/相濡以沫,触摸苍穹。"诗题中说的是格尔木春天的孤独,诗中却没有一个涉及孤独的词语,但,孤独无处不在无时不在。一个人的孤独,一座城市的孤独,一个地域的孤独,独立于大天大地中的孤独,无法向外人言说,亦无法听取外人言说的孤独。然而,我们如果将这种孤独理解为以本体为中心的孤傲、孤高、孤愤,亦无不可。这是"看者"永远都看不见的,只有"我看",或许才拥有"看"的前提性条件。

当然,边地有边地的天然性劣势,亦有边地天然性的优势,尤其是诗歌表达上的优势。地理上的相对独立性和文化布局上的空白点,为诗写者提供了无限的表达的自由。既然生活在"一座纯粹无中生有,在梦中漂泊的城",那么,也就意味着,你既然可以无中生有一座城,我也可以为这座城市设计多种可能性。也许,所有描述大高原之"大"的大词汇都被"看者"们掘地三尺地用尽了,而大高原确实是需要大词汇才可呈现其"大"的,曹有云索性用明明白白的大数字去取代那些语焉不详的大词汇。比如,以"十万"为计量单位的意象,在《时间之花》中随处可见:一盏"十万年在风霜雨雪中凝结的灯/十万年在风霜雨雪中长成的灯/十万年在风霜雨雪中行走的灯""秋天,时间彤红的火焰/十万香烟燃为灰烬/十万身子形同枯槁""你走后,十万春天如期来临/十万花朵如期开放""十万财宝""十万虚空""十万火急的幻想""十万隐秘的欲望","一万昼夜窖藏十万仇恨";"十万财宝/十万公主/喂不饱十万匈奴十万欲望","十万边关十万火急/十万忧患/笼罩十万江山",如此等等。作者不是在堆砌或玩弄数字游戏,只是用大数字,对极限之地极限之情进行一种极限表达,而这种表达方式,与边地、高地、大地、秘地、神性之地,构成了一种恰切的契合关系。

书写在边地之外

大高原虽大,但不是世界的全部,不是已知的世界,更不是未知的世界。在《时间之花》中,曹有云已经有了立足边地,向中心进发的苗头,他已经不满足于边地给他提供的那些诗歌元素,而把诗歌触角伸向了边地之外,开始旁涉带有公共性的话题,比如,过去的、现在的、正在发生的一些人性、人文灾难以及自然灾难。只是,在面对这些话题时,曹有云似乎显得有些拘束,有些自信心不足,就像一个初次出远门的孩子。

在诗集《边缘的琴》中,曹有云终于解开了某种捆绑自己思维的绳索,自觉地将自己置于一个并无边界限定的文化场域中,边地依然是边地,但,这个边地是以"我"为核心的边地,"我"是这块边地上的一个公共人,代表边地向边地之外发出属于边地的声音,做出属于边地的评判,评判的范围也是包括边地,旁涉边地之外的所有对象。在这里,作者的文化身份和文化立场又发生了明显的转换。不是悄然的转换,而是公然的转换。这也意味着,边地不再是"被看"的对象,不再是供"看者"评判的对象,而跃升为"看者",看边地,也看边地之外。

于是,我们看见,曹有云像先前许多诗人曾经做过的那样,以诗论诗,或以诗论世,举凡中国的、外国的、古代的、现代的、当下的,具有文化符号意味的诗人、艺术家,他都可以以诗的形式,诗人的方式,一一予以评判。除此而外,一些带有公共性的新闻事件,社会的,自然的,人性的,也都在他的关注之列,都可化为他的诗歌元素,成为他表达某种文化倾向的载体。他要表达的,是一种边缘地带的中心冲动,尽管这种冲动所彰显的仅仅是边地向中心充分靠拢并充分融合的一种文化姿态。

边远高地的边缘书写

曹有云

所谓"边缘"者,于我而言,至少有这样几层意思:

一是地理意义上的边缘。我出生在青藏高原,在这里生活了四十余载,可谓是地地道道的"青藏高原人"。青藏高原是世界的"屋脊",也是世界的边缘,这里距离世界上的任何一个地方都很遥远。

二是文化生态意义上的边缘。众所周知,中国文化和文明的中心一直在中原地区和东部地区,西部地区的文化虽然多元丰富、特色鲜明,但就整体而言,其价值观和影响力尚无力撼动以儒家文化为中心的中原、东部文化的中心地位,这既是历史,更是现实。我生活在地处青藏高原腹地的柴达木盆地,这里稀疏散落的几座城镇,比如格尔木、德令哈等,其建政年限基本都不超过六十年,都是非常年轻的城市。年轻是优势,但随之而来的往往就是文化积淀的薄弱、匮乏和缺失。多年来,这里被外界称为"文化的沙漠",其间虽不无偏见,但一个明确的事实是,这里确实不是中国文化的中心,而是边缘,是文化和文明的边缘。

三是文学生态意义上的边缘。随着市场经济的迅猛发展,文学也在被迅猛地边缘化,而处在文学塔尖之上的诗歌,更比其他任何文体都更加迅速、更加有力、更加彻底地被边缘化了。回顾中国文学史,诗歌曾长期处在文学的中心位置,而世事沧桑,风水流转,如今,诗歌已处在一个非常真实、非常尴尬的边缘境地。

四是文学书写身份意义上的边缘。作为一名"70后"的诗歌写作者,在新时代文学格局中所处的位置,无论是在文本话语还是在批评话语中都同样是边缘而尴尬的。在"50后"、"60后"们指点江山、激扬文字的时代,"70后"还没怎么入道入行。在"70后"一知半解地开始诗歌练习时,"海子神话"已是铺天盖地,汹涌而来,将"70后"仅有的一点微弱声音彻底淹没。而当"70后"心有所悟,刚刚上路之际,却被声势更加浩大、阵容更加豪华的"80后"集体遮蔽、堵截。如今,时值"70后"踌躇满志地拿出自以为成熟的文本,"90后"却以几乎"外星人"的面孔登场。如此,"70后"的写作似乎始终处在一种夹缝和边缘的无奈状况。

但是,无论如何,作为新时代文学接力中的一棒,"70后"的写作处境虽然尴尬无奈,虽然被这多重"边缘"反复搅局、抛远,但绝非是可有可无、无足轻重的,我们要从这铺满荆棘的边缘出发,在夹缝中求生存,于无声处造惊雷,让更多的人听见我们的声音——远离热闹喧嚣的中心之外,发自"边缘"独一无二、无可替代的声音。让更多的人看见我们,看见我们更加清晰有力、个性凸显的成熟面孔。

金仁顺 / 生于 1970 年,吉林人,现居长春。1996 年开始发表作品,著有长篇小说《春香》,中短篇小说集《爱情冷气流》《月光啊月光》,散文集《仿佛一场白日梦》,影视作品集《绿茶》《妈妈的酱汤馆》等。

阳光照在毛玻璃上

吴 萍

金仁顺的短篇小说让我定睛于她所缔造的故事本身,这当然取决于她写作时的态度,去私人化、主体遁形,以及与现实、与故事所刻意保持的距离。

《松树镇》中,电影学院的学生们为拍一部"地下电影"来到松树镇选景,由此看到小镇上的人物和日常,煤窑土豪、饭馆老板娘、"苦桃子"的家庭,也看到渴望通过电影改变命运的中学生。其间,他们推盏贪饮、激情自荐,金仁顺稀释情节,如摄影机般,"偷拍"着小镇的众生相。这是一篇乍看很难断定主旨的小说,直到末尾的"杀人案"才撩人回到现实的深省。小说结尾跳到十年后,极像电影中的时间提醒,未被启用的女主角长成了罪犯,开车撞死了男友。物质社会的异化在金仁顺笔下没有暴力刻画,只被远距离和不着温度地"记录",被随意地淡墨而出。

小说中看不到小说家,这也增加了故事的冷峻。在许多表现爱情的小说中,人物行为甚少张狂逾度,似乎天生丧失表达爱恨的能力。《彼此》中,黎亚非与周祥生走完弯弯曲曲的恋爱路,在教堂结为连理,神父吩咐他们互吻,"他们的嘴唇是冰凉的"。小说在"冰凉"中戛然而止,让人回味黎亚非与郑昊的初婚,想起她心里抹不去的创伤:新婚的前夜也是老公和前女友的狂欢夜。金仁顺不做详解,只以彼此双唇的"冰凉"点到而止。

《桃花》中的季莲心、夏蕙母女,抑或《仿佛依稀》中苏启智和小徐或新容与梁赞,金仁顺从不做对错的判断和爱恨的宣言。桩桩原本枝蔓交葛高潮迭起的尘世故事都被故意压制了,人物的悲戚欣悦被巨大的平静之流容纳。"局外者"的身份自然是金仁顺预设的,然而,"蒙蔽"本身是否也涵纳了她对眼前社会所持的暧昧态度?她所缔造的人物故事也许就是她对社会困境的表达,她只能将其呈现却无法置评。

许多人注意到金仁顺的冷峻,然而她的冷峻不像其他小说家般锋利。她的主题与文本的距离让她弥散出适度的冷感——温和的冷峻。这种气质并非强烈的疼痛感,只留下些微像花刺掠过的微痛,这是与读者的会心。

错综无果的两性情感

成长话题是许多"70后"小说家的交集命题,金仁顺曾以《月光啊月光》初试啼音,后又以《蛇》呈达成长的难度。成长中敬畏心理的形成,是金仁顺的内心塑练,后来的岁月中,她的目光转向了人的另一母题:男女两性情感。涉此,金仁顺多有佳制,比如《云雀》《桔梗谣》《爱情诗》或《秋千椅》等。

眼前的"坏时代"于小说家俨然是个"好时代",披靡逐利的风气一步步将"爱情"抽离为稀罕物,作为人心纷乱的最佳展台,都市被金仁顺紧紧盯住了。在其笔下,没有一个故事讲述一个简单的爱情。《云雀》中裴自诚、春风、姜俊赫的三角关系,呼应了现实世界的一角,春风与姜俊赫是婚外恋与忘年恋的双重版本,春风与裴自诚是貌似登对的正常恋。其中,金仁顺展露的是对年轻男女和中年男子心理的深彻了解,以及对各自生活的社会背景的无比熟稔,而她的表达无疑是切中肯綮又动人心怀的。她本质上深知裴自诚、春风和姜俊赫个体活着的难度,她没有鄙薄春风脚踩两条船的不道义,更没有批判姜俊赫金屋藏娇的道德污点,连对裴自诚视爱情如游戏的轻浮也少有苛责。对每个人的行止,她抱有深深的悲悯和理解,感喟每个人受限于自身又无法摆脱的无限悲凉。春风与姜俊赫、玫瑰和豪宅不是"爱情"的主要构成,宽容和慈悲才是两颗心最牢固的黏合剂。"你年纪小,我不欺负你,你也别因为我年纪老,就欺负我。"小说收尾处姜俊赫的这句话,体己温存处发散出巨大的催泪效用。金仁顺的小说难得以温暖告终,人们暂时祝福春风和姜俊赫时,难逃小说中两次出现的"合家照",隐隐让人唏嘘这段感情未卜的将来……

再看《爱情诗》与《秋千椅》,各自发展着错综的情感纠葛。前者中,年轻的服务员赵莲清雅脱俗,因不愿做安首"小三"求助于不知底细的安首的弟弟安次,又与安次发生情爱。有人说这篇小说强调了女性的自尊,赵莲不肯向安首的"金钱"低首,却在安次那儿"成了女人"。私以为,这篇小说背向呈现的是"寻觅"的命题,安次对赵莲始终欲迎还拒,他的"爱情诗"不是北岛而是那个倾慕的女同学,小说末尾,安次得到赵莲后心里空落,他回忆去佛罗伦萨寻找意中人的景象:到处是艺术品、到处是游人、到处是鸽子,显豁地交代了赵莲并非他的"寻觅"。《爱情诗》中,赵莲根本无法把握与安次的明天,安次的"爱情诗"始终下落不明。在《秋千椅》中,年轻女记者苏蓉因一次采访走进了电台名主持康默的生活,渐而产生"爱情",而在彼此的关系发展中苏蓉背后还有个同居的大学同学刘强。文中多次提及刘强的好厨艺,暗示她给苏蓉烟火味十足的日常生活,这很像一种普通的"婚姻生活",刘强的角色就是一个爱老婆的"丈夫"。有身份和地位的康默提供给苏蓉的是优雅丰裕的生活幻象,这填补了苏蓉生活中的"缺口",除此之外,康默甚少"敞开"自己,对苏蓉始终保持着神秘。苏蓉知道最终走不进康默的内心,对此康默更是自知。我认为《秋千椅》也隐射"追寻",小说末尾出现的"画","苏蓉第一眼看到,画中的女人就整夜整夜徘徊在她的梦里"。其实,画中女人也同样无数次出现在康默的梦中,她才是康默的"追寻",也许苏蓉的清澈与画中人有几分相似,也许苏蓉只是康默结束追寻后的"将就"。谁又知道?

金仁顺的许多小说中,男女之爱错综无果,没有美满的结局。金仁顺仅仅交代他们追逐爱情的过程,对构成最终失败的成因往往沉默。我们一旦走入他们各色各样的情感路,为他们的勇敢喝彩,因他们的悲哀而悲哀,嗟叹之间有时会发现我们自己。这让我想起金仁顺说过的话:"'爱情观'也是人生观。"

交叉的双线小说叙事结构

金仁顺曾说:"写小说,唯一的愿望就是讲一个好故事。"诚然,《桃花》《莫莫格》《爱情进行曲》《梧桐》和《仿佛依稀》都是足够好的故事,里面有好的人物、情节和内蕴。切开故事的腠理,就会扯出她很擅长的交叉的双线小说叙事结构。

《仿佛依稀》讲述了两种不同的爱情,年轻姑娘新容与男同事梁赞的、新容的父亲苏启智与自己曾经的学生小徐的。两种爱情故事形成两条叙事线,新容以"女友""女儿"及"小妈"的多重身份交错其中。与其说金仁顺迷恋"爱情",毋宁说她迷恋的是不断变化的"人物关系",而此变化全仰赖两条线的交错、延伸和起伏。新容还是学生时,做老师的斯文父亲苏启智爱上了班上的学生小徐,并因此抛弃家庭。走上工作岗位的新容重新试着接纳父亲与小徐,也尝试与同事梁赞发展自己的爱。金仁顺细笔勾勒出每个人的内心,连沉默的小徐和怀怨良久的新容母亲也予人很深的印象。当苏启智查出癌症时,人物情感和内心变化也随之变化,怨怼与不解渐渐被谅解和宽容所替代。新容正是在梁赞对病榻上的父亲的细致照料中看到了爱,从小徐的沉默深情中看到她对父亲爱得不容易。小说内外,金仁顺掐灭了人们正常的道德判断,有着隐身于日本的妻子的梁赞,当年扮演小三角色的小徐,人们都无法指摘他们的不仁,反而看到他们各自的美好。

倾重于现代社会镜像下复杂的两性情感表达,这让人凝神于金仁顺作为女性作家的细腻和精明。逃不过如此眼光的,还有微妙的母女关系,即《桃花》和《梧桐》。大龄知识女性夏蕙,工作后一直在母亲季莲心的提醒下寻找白马王子。夏蕙的父亲在她念大学时出车祸离世,她自幼与母亲不融洽,只能赖着"血缘"与母亲保持着淡淡的联系。夏蕙先认识了同学章怀恒,两人接触中章同学被优雅妩媚的季莲心吸引,后来夏蕙结识法国人西蒙,也被母亲轻松地掠走。小说最终,夏蕙躲在帘后看到母亲和男友偷欢,将一把水果刀扎向母亲。同样的双线结构,其一是夏蕙与章怀恒与西蒙,再则是夏蕙与母亲,后者又复含母亲与章怀恒和西蒙。做妈的抢女儿的男友,这一逾德的行为在小说中显得那么自然,季莲心美艳、优雅且懂得生活,这注定了夏蕙的弱者地位。表面母女关系下潜伏着女性之间的对峙和敌对,悲凉地应到张爱玲的"女人之间是同行"上。母女之爱、爱情和情欲就这样缠绕在她们与西蒙和章怀恒之间,无法辨清。

许多双线结构的小说中,《爱情进行曲》显得例外些。李先爱上豪放女朱英好些年,却一直没有修成正果。他们在八年间,各自换着不同的伴侣,"我"看过李先的无数次表白和朱英的无数次拒绝,颇为不解。八年过去了,朱英最终答应跟李先上床。小说最终迂回解释了,朱英的不允是因八年前爱人叶木的死,她用八年完成了对叶木的"爱情进行曲",也用八年完成对自己的内心惩罚。为死去的爱人走了八年的自赎之路,对另一个爱自己的人坚持八年的内心说服。两条故事线中,一主一次,一虚一实,金仁顺着力李先对朱英的追求和朱英的放浪行径,而对朱英的内心隐衷避而不谈,以形成情感拉锯般的张力,塑造出一个外表不羁、内里坚贞的女性形象。

"死者"的阴影成为活人的阴影的故事,金仁顺还有《三岔口》。李虎借死了的发小杨玉明对吕悦的爱蛊惑她、占有她,最终,李虎等到的是吕悦"醒来"后插向他的水果刀……金仁顺的双线交叉结构由活着的人组成,或有叶木和杨宇明两位"死者"来帮忙。双线之间粗细或隐显,金仁顺都掌握火候分寸,彼此互相映照、对比或交错,为烘托小说旨意和人物形象服务。

　　这些年来,虽有小长篇《春香》问世,但还是坦陈更擅长短篇小说。同代的小说家中,她克制的冷峻和对文本故意的疏离,使她区别于其他很多小说家。从容清淡的笔调恰好对应到现实生活中一个随性的金仁顺,自然而为的状态贯穿在她多年的写作过程中。"想写一个故事,我就去写。很可能,翻箱倒柜地找半天,什么也没有;也可能一不小心,拉开抽屉就出来一颗珠宝。"这就是她觉得写小说的迷人之处。对于读者,就与她一起走近那些未知,共享揭开"谜底"的愉悦吧。

写作是件朴素的事

金仁顺

刚写作时,激情万状。曾经有几个短篇小说是一天之内写完的。那时候,纯粹、朴素,同时也彷徨、不安。不断地问自己:这行吗? 是小说吗? 一遍遍确认,甜蜜而哀愁。

随着小说一篇篇地发表,写作变得亲密了,家常了,确定了,速度也随之慢下来了。不再是飞蛾扑火,急哄哄的,一天顶一万天似的;倒变成了鱼,沉浸在其中,细水长流。热情、激情是需要的,但添加方式不是味精似的大把撒进去,而是文火慢炖,炖出鲜香可口,沥出清汤。那碗清汤是朴素的,内里的真材实料在精华释放后都隐身不见,方才有滋有味,营养可人。

料,是生活阅历。靠阅历吃写作饭的人相当多,阅历使得很多作家成为作家,但成了作家后,阅历虽重要,但更重要的还是落点,即"实"。实是中心思想,是灵魂,可以饱阅读口腹,给人以启发;也是种子,可以撒落在其他的写作中间,生发、变异成另外的作品。材,是才华。写作确实是讲才华的,这让人沮丧,但不管才华如何,更重要的是真心。真,才是最重要的东西。没才华,但有料有实,再加上真,也一样能写出动人的作品。有些作品才华太多,横溢肆流,缺真少诚,最后浮华流丽,过眼云烟。写作的人不怕笨,笨导致慢,慢工可能出来细活儿。慢还能养出性情、闲心、趣味,这些杂七杂八,在别的领域会芜杂添乱,在写作里面却是酵素,演绎出万紫千红,活色生香。

写作是件朴素的事儿。就像过日子,衣食住行、柴米油盐。越是好日子,越看着平淡,一瓶一罐、一针一线,都待在它们应该待的地方。好日子不铺张,但样样事事,不缺不差,一不小心,某个细节还是个古董,是个精品。而古董、精品也是存在于谨严中,是谨严的一部分。好的写作不失控,是严肃的、有规矩的。规矩很重要，上接传统，下传后世，没规矩不成方圆，也不会成什么大气候；规矩也不是不创新不改变，不管怎么求新求变，内里的脉络是清晰的。

而那些华丽热闹的日子，可能一时繁花似锦，富丽堂皇，更兼有聪明、时髦、情调，却是让人警惕的。这当中通常埋伏着取巧和讨好。取巧和讨好，导致油滑轻浮。油滑轻浮，是过日子的大忌。这样的写作，可能会煊赫一时，博取眼球和声名，但华丽丽地飞过之后，天空仍旧是空的。

写作，以身相许，从一而终很重要。我们现在的社会，新事物如此快速地涌出，让人面临着巨大的审新疲劳，而写作却是旧的、老的。可话说回来，所有的新都会变旧，所有的年少轻狂也注定会老死。对写作这件家常事，应该付诸以专注和平凡，把自己完全放进去。

专注和平凡，于写作是一根定海神针。守得云开，自然月明。雷蒙德·卡佛有句话，"一个人尽最大能力写出来的作品，以及因写它而得到的满足感，是我们唯一能带进棺材里的东西。"写作给了我们平静、安适的内心，提供了表达的可能，因写作而满足，而现世安好，还奢求什么呢？

薛舒 / 生于上世纪 70 年代，上海人。2002 年开始发
表作品，著有小说《暮紫桥下》《鞭》《阳光下的呼喊》《哭歌》《问
鬼》、非虚构作品《远去的人》等。

小镇生活里的上海表情

项 静

与上海显赫的都市形象和那些与之相得益彰的作家相比,薛舒更像勤勉的筑路工人,她的小说带有一种责任的味道,带有一种区别而自尊的情怀。

不过,太轻易地找到文学上的故乡,难逃忍耐不了安全、踏实和捷径诱惑的嫌疑,不经内心淘洗锤炼之苦的自在的文学故乡,很多时候都是误解和简单化。

以形式的特异在美国引人瞩目的作家莉迪亚·戴维斯有一篇小说《独特》,"然而,我们一直试图找寻我们独特的方式:不是这样,不是那样,那是怎么样?"这是所有作家的疑问,那是怎么样? 有的作家把一直找寻作为不停歇的事业,有的作家可能会盲目地去坐实这个独特性。

"小麻子"的刘湾镇

与上海显赫的都市形象和那些与之相得益彰的作家相比,薛舒更像勤勉的筑路工人,看起来并不那么扎眼,但无疑是最值得记忆的城市形象搭建者。薛舒是从上海浦东的小镇成长起来的作家,小镇地理上离我们在大众媒体、口耳相传、幻想与感知中的上海相差很远,但这个地方是行政区域上的上海,也是人们切实生活中的上海,是谈吐中的上海,是所有她的作品里反复出现的一个地名,即"刘湾镇"的上海。在《残镇》的创作谈中,薛舒说,我的乡邻们把自己脚下的土地叫"乡下";而黄浦江西边的上海人,把我们这些东岸的人叫作"阿乡"。薛舒的外婆教给她一首儿歌:小麻子,推车子,一推推到陆家嘴("嘴"沪语念"子")。她把这个推着车子去陆家嘴的小麻子想象成一个货郎,做小生意的小麻子生活得艰辛,被浦东人用方言娓娓念叨流传成了一个有着幽默乐观的生活态度的可爱形象。薛舒在有限的文字之外想得更多的是,小麻子的忍辱负重、百

163

折不挠,以及由此而来的一种本土声息。薛舒说,小麻子就是我故去的太外公,或者,太外公的某个赤膊小兄弟。这是一个群体,他们有着一些发财的梦想,一些光宗耀祖的志向。他们有着浦东人吃苦耐劳、脚踏实地的质朴本性;他们万事要有交代,有果定要有因,好人必有好报;他们坚持种瓜得瓜、种豆得豆;他们艰苦得起,富贵得起,勤俭得起,奢侈得起。这是一种悠久而长远脚踏实地的生活理念,也是一个城市浮华外表下的浅淡地表,所以薛舒的小说带有一种责任的味道,带有一种区别而自尊的情怀,所以她才会如此执着于自造一个"刘湾镇"。

刘湾镇有着她所有的童年和旧日时光的记忆,并且这些无论美好、沉醉、神秘或者伤痕的时日,如今都在现代化、城市化的线条时间的反观中得到纸上重生的机会。在《哭歌》中,她为一种地域民俗传统文化被遗忘而"哭歌",在《唐装》中关注制作唐装的技艺式微,《摩天轮》里和谐的农业文明社会在城市化的进程中开始变化,人情人心都变得躁动不安,那双从摩天轮里望出去的眼睛,就像从沸腾的人声中抬起的头颅,看到了众生的世相。薛舒几乎所有的作品都有一个小镇与一个大城市的对立、交互的观照,而时间上都有一个突变或者转折的累积,往往表现为一个青年的回乡扫墓,像《唐装》《问鬼》《小乔剃头店》等。在这些表现刘湾镇当代变迁的小说中,薛舒不是一个旧时光的怀恋者,不是一个时代的鼓手,也不是一个冷漠的讲故事人,她非常坦诚地把自己的热情、彷徨、迷惑、挑剔、责备、爱与责任都挥洒在小说中的人物身上,甚至不忌讳那些让作品简单化的倾向。

《唐装》应该是比较有薛舒特色的小说,苏伍带着两个年轻的儿子回故乡扫墓,他们站在故乡的田埂上,举目四望,寻找父亲的坟墓。苏伍的父亲苏木乔是当地做国服最好的裁缝,最擅长的就是做对襟长衫、缎子旗袍和中装马褂,他将技术传授给儿子苏伍,苏伍后来成为上海服装厂的老技师。父子三人的扫墓之旅,却以失败告终,父亲的坟墓在拆迁的土地中让后辈们忘记了最初的位置。苏伍让儿子们回乡继续寻找,儿子却借机谋划如何开发这片土地。唯一知晓苏木乔埋葬地点的林家阿婆指点迷津,无奈那里却早已盖上了楼房。不得已,为了安慰父亲,儿子们伪造了一次迁坟的壮举。子孙们终于达成心愿,祭奠了亲人,也追溯了一遍家族的缝纫历史。小说的最后,借着孙子辈们的眼睛,别有意味地点出,"新概念唐装"正大行其道。现在看来,这是一篇看起来有点主题先行略显简单的小说,但小说的主要情节返乡扫墓、阿婆指点迷津、开发土地等却留下了足够的印记,在稍后的《问鬼》里得到了扩展和深化。而裁缝、剃头匠、鞋匠、给死人穿寿衣的、给人指点迷津的神婆等特别具有本土特色的生活也慢慢伸展开来,像一堆刻意积攒的故事,试图恢复成它们原来的样子,又努力向这个小镇索要一种更真实的生活。《唐装》中祖父苏木乔所擅长的做对襟长衫、缎子旗袍和中装马褂的方式,《鞭》中黄拥军有的那一套舞动鞭子驱赶猪郎的技巧以及把一根祖传的长鞭挥舞出螺旋、弧度或者圆圈、甩出阵阵鞭风撕裂空气的场面,《阳光下的呼喊》里王光辉父亲那样靠缝补缀绱为生的鞋匠生活,都是些容易让人出神的道具,有意无意地阻挡着对小镇生活更清醒深入的认识,但这些属于过去时代的道具却定格了一种记忆,醒目地驻扎在现在的对面,成为一种寄情的方式。

“万事要有交代,有果定要有因,好人必有好报。他们坚持种瓜得瓜、种豆得豆。”薛舒说过的这一句话大概可以看作是《问鬼》这部小说的主旨,这种人生哲学打通鬼与人两界。小说起源于乔凡谷老家叔叔的去世,这个带着点鬼气的梦中通告,连接起了乔凡谷的身世和母亲杨淑英知青下乡、返程的历史。这个故事在一定程度上是《唐装》的续写,在失去联络二十多年的老家,“我”获得了属于自己的房子;在造城运动之下,“我”的乡下身份从一个小司机摇身一变成了项目分部主管;单身多年,终于又爱上了一个女人——乡村的神秘女人,不管这个女人是否爱我,是否适合让我去爱,我终究爱了。“我”的突然回家让已经占据房产的堂妹夫疑心重重;房地产公司的老板因为需要一个男孩,与妻子、代孕女之间展开了血的杀伐,城市与乡村、欲望与爱的矛盾等等,都需要问鬼,这是人世的原则无法企及的一个世界,借着这个鬼魅的视角,展示了一个人鬼不分的世界。作家在小说中总是发出各种疑问,这世上真的有鬼吗?鬼是什么?是另一个世界的人?是人类的另一种存在形式?是肉体的精神状态?是虚无?是臆想?是梦幻?是人类寄托爱和恨的某种情感表达?是永生的灵魂?……在现实主义的原则中,我们很少有这种超自然的表达,这是一种非常有意味的故事方式,也是一个给想象的世界重新注入活力的机遇,不过,这个故事因为作家本身太过明晰的理性,以及种种显而易见的追问,没有让故事像胡安·鲁尔福的《佩德罗·巴拉莫》那样长久地自然地沉浸在鬼的世界里,也失去了一个自成风格的机会。

个人记忆与现代人的精神窘境

每一个成长型的作家,都不会轻易丢弃落在路上的珍珠,他们不断捡拾,擦亮,重新出发,薛舒正是这种类型的作家。《远去的人》是一篇非虚构作品,但里面的小镇与都市、父辈的历史与现实的交叉等等,又有哪一点不是之前小说的遗落?

《远去的人》是薛舒最近写作的一部长篇非虚构作品,关于这部作品的写作缘起,薛舒说:"五年前,我为父亲写过一个长篇小说《我青春的父亲》,以他为原型的男主角生存得有活力而始终努力,五年后的今天,他却在我的另一个长篇里以阿尔兹海默症患者的身份渐渐远去。他没有读过《我青春的父亲》,因为虚构,我不敢让他读。如今,他当然不再有能力读《远去的人》,然而倘若他能读,我亦是不敢给他读的,因为并非虚构。"这部作品真实地记录了父亲从有意识到缓慢失去意识的过程,从个人角度来看,这是一个撕裂记忆、绝望啃噬又还原煎熬的过程。而从另一个角度来看,又是一个父女、夫妻恢复到最单纯关系的生活记忆,疾病把亲人之间的关系锁在最小的范围内,人性之残酷与无奈开始裸露,薛舒在这里开掘出了一个作家对自己和他人极其深刻的剖析。除此之外,《远去的人》还把阿尔兹海默症患者这种病人形象,把精神健康中心的其他病人,把老龄社会的各种情感问题都赫然地推到我们面前,固然阿尔兹海默症患者之于个人是一种偶然,但"远去的人"始终是一个永恒的生存话题,《远去的人》让我们看到了一个真实勇敢、绝望又充满责任感的作家薛舒,也区别了那些虚构小说中透露出来的薛舒个人的形象。

薛舒还有一部分小说属于心理小说的范畴,与小镇系列相比,这些小说似乎推开了现实的一切冗赘,获得了想象的自由和内心隐秘的释放。《那时花香》里的姚所长救了遭丈夫和公婆虐待而要跳河的孙美娣,因为妻子对他冷淡而将与救孙美娣时的肌肤接触无限夸大,渐渐成为一种精神依赖,并期待着孙美娣再次跳河,以便满足自己的心理期待。《第三者》里,一个偶然在超市认识的女人,絮絮叨叨地跟她讲自己家庭的第三者故事,她又把这些事情原封不动地转述给自己的丈夫,直到丈夫离开自己,她第一个想到的,居然是去问问那个女人该怎么办？这两篇小说都有一个类似的情感结构,一种对他人的病态般的依恋,这是薛舒所感受和传达的现代人精神的窘境。这也是一种比较自由而少牵绊的写作方式,从这两篇小说可以看到薛舒娴熟的笔法与舒展的姿态以及作家更完整的生活、思想、情感世界。

我们得认识到,"上海"这个前缀在文学领域中是名声显赫、语意丰赡、层级多样的词汇,背负拖曳很长的历史尾巴和文化蹄迹。太轻易地找到文学上的故乡,难逃忍耐不了安全、踏实和捷径诱惑的嫌疑,但不经内心淘洗锤炼之苦的自在的文学故乡,很多时候都是误解和简单化。从小镇生活、小镇与都市的二元结构、都市心态这些偏向分母、公约数的主题到达单纯分子的路程还有一段距离。

美国南方作家奥康纳在致好友安德鲁·莱特尔的一封信中说:"就我的思想方法来说,唯一使我避免成为一个地区性作家的办法是当个天主教徒,而唯一使我避免成为一个天主教(狭义的)作家的办法是当个南方人。"毫无疑问,奥康纳的作品有着丰富的南方色彩和天主教原罪说的意识,但她的清醒之处就在于绝不以天主教和南方作家自居,作品中很少有对南方往昔的怀恋和彰明较著地宣扬天主教教义。波德莱尔说,我们的灵魂是三桅船,对于薛舒这样以鲜明地域特色开始写作的作家来说,奥康纳是一位不错的示范,希望薛舒能找到不同的互相砥砺的思想资源,在它们的平衡与交错中诚挚地写出一切。

患上单恋的人

薛　舒

　　我从不愿意承认曾经有过当作家的理想，小时候没有，长大后也没有，直到如今，我依然不敢想象，我怎么就能如此轻易地把"作家"当成了一种触手可及的理想？我不敢称之为"理想"。因为我总是觉得，当需求和欲望被赋予"理想"的帽子后，一切就变得太过远大和崇高了，我有一种对"作家"这个称谓不敬的自愧。我宁愿用"混口饭吃"这么低贱的说法来描述我所从事的工作，这是我对文学以及创造文学作品的人——也就是作家，发自内心的无限敬畏。

　　我想，我可以把自己叫作"文学爱好者"，虽然这个称谓已经被用烂，但我找不到更好的说法。那些在书展上排队请著名作家签名的人都可以叫文学爱好者，尽管他们也许不会把那本扉页上有着作家手写大名的书读完。我得让自己与他们撇清关系，最好的证明就是，我从没有买过一本书然后请作者在书上签下大名，在我还没有写作时，以及开始写作之后，都没有。但我从不认为，这是我对作家不尊重的表现，绝不是。相反，因为那些打动我、震撼我的文字，令我无法释怀地陷入某种必须"远离"的情感困境。因为敬畏，不敢靠近。

　　当我与王安忆老师面对面交谈时，我不敢叫她替我在《长恨歌》的扉页上签个名；当我在某次文学交流会中和余华邻座时，我不敢拿出一本《活着》请他写下他那笔画简单的大名；当我在上海国际文学周的奈保尔专场中近距离看着这位苍老的大师时，尽管我手里始终捏着那本《米格尔街》，却半步都不敢走近他……我无法解释这种被朋友们称之为"自闭"的心理症结，我想，我只能说，因为太爱了。爱让我胆怯，爱让我不敢承受，或者说，没有资格承受。我总是在想，我有没有资格？当人们把我称为"作家"的时候，当人们把我写下的文字叫作"文学"的时候，我总是质疑我的资格。

我一边质疑着自己创作文学乃至谈论文学的资格，一边不可自控地对文学趋之若鹜着。有一天，我在一位微信朋友的转帖中看见一篇文章，忘了作者的名字，也忘了文中的原话，只记得大意是：写作者总是强调自己的创作属于纯文学，那是一件矫情而又可笑的事情。我忽然有一种被戳到痛处的感觉，如同一个从未拥有过一样真货饰品的女人，有一天终于戴上一枚金戒指，便时刻想要告诉别人，这是真金的。

你为什么要戴戒指？是为告诉别人，你也拥有货真价实的金子？如果真的是这样，那么最好不要把这称之为理想，那只是欲望而已。所以，我得把自己叫作"靠写作混口饭吃"的人，这样我才会心安理得一些，这样才不会让我担心因了我的加入以及存在而折损了文学的纯度和重量。

五年前，一位前辈作家在读了我的中篇小说《哭歌》后，写了一篇评论，我在那篇评论中看到很多鼓舞人心的赞辞。当时我想自谦一下，可我在邮件中回复那位前辈的话却毫无疑问地暴露了我的得意神色：我愿意写出让读者喜欢的小说。

老作家回答：别为读者写，先想着写出自己心里的东西吧。

这位前辈作家如今已经过世，我从没有见过他的面，但那一次他在电子邮件里对我温和地揭露，让我从此记得自省，我写作是为什么？

我拒绝为我的写作赋予宏大堂皇的可以称之为理想的冠冕，我不觉得我已经有资格这么说。可我又是一个从事写作十年有余的人，我该如何谈论我与文学的关系？这么说吧，我是一个患上单恋的人，我爱上了别人，我确信这种爱已经到了一定深度，因为爱情，我变得妄自菲薄，爱会让人低到尘埃里。这就是我从2002年开始写作以来，至今无法抹去并且大有越来越严重的心理趋势。

爱情从来不会让人驾驭，而人们总是被爱情驾驭。一如文学，究竟是文学创作了作家，还是作家创作了文学？这是我越来越不敢断言的话题。

很难预测哪一天我才敢于以文学为理想，现在我只是一个靠写作混口饭吃的人，我希望我可以混得好一些。

黄咏梅 /生于上世纪 70 年代,广西人。出版有诗集
《寻找青鸟》《少女的憧憬》,长篇小说《一本正经》,中篇小说集
《把梦想喂肥》,中短篇小说集《隐身登陆》《少爷威威》等。中篇
小说《负一层》《单双》分别进入 2005、2006 年中国小说学会短
篇、中篇排行榜。

悲欣交集的都市之痛
张 柠 李 壮

对边缘形象的喜好和对抒情性的迷恋,频繁出现在今天的许多文艺作品中,这在某种程度上也许说明,"怀乡病"已经成为当下都市的一种集中症候。正是在这一点上,"抒情"而"边缘"的黄咏梅的故事与我们当下正在经历的都市喜悲完成了最终的合流。

黄咏梅近年来的小说,视野更开阔,叙事更冷峻,穿透力更强,一系列"都市边缘人"形象令人难忘。这些人物形象,在不同的维度上,丰富了我们对这个"后抒情时代"精神状况的想象。

都市边缘的孤独面孔

黄咏梅的小说瞄准那些游荡在都市边缘的孤独面孔。他们多生存于低级居民区、混乱巷子、租住屋、批发市场,《瓜子》中的"父亲"是个门卫,他们负责保卫私人财产的安全,任务是将不速之客拒之门外。而事实上,他自己也是被这座城市拒之门外的。只有那条漫长而黑暗的地下通道,以及石牌村隐秘的"鸡店"才是真正属于他们的城市空间记忆,在这黑暗与肮脏之中,默默滋生着亲情的暖意、同乡的扶持。更可悲的是,城市的利益果实虽未与他们分享,其权力思维却对他们构成了侵蚀:在都市的边缘空间里,底层人群内部发生的争斗与损伤往往更为触目惊心,"父亲"捅给孟鳖的那一刀不过是其中微不足道的一例,况且不曾伤筋动骨,注定被迅速遗忘。

然而,即使住进了小区,一个人就能够真正进入这座城市吗?答案是否定的。《父亲的后视镜》中,父亲那惯于驰骋的生命最终受困于当代都市的老年生活。在这个新的空间里,他显得无法适应、难以进入,甚至处处受骗。"与共和

171

国同龄"的父亲曾经征服了辽阔的地图,最终却在都市的内部空间里一败涂地。在马路上和舞厅里,父亲收获的只有财产和情感的双重欺骗,落得一句"在那个地方,就不应该停下来的,不该停的,我真像驴一样蠢啊"的叹息。小说的最后,父亲在运河游泳的行为中找到了内心的安详,这是一种回归自然与肉体本身的行为,它正如小说的最后一句所说,是把"整个城市"都"蹬在了身后"。黄咏梅以流水的安详完结了小说,这是诗意,但也是逃避。因为运河尽头的那个世界早已不复存在,任凭父亲怎么"蹬",他终究还是要走上马路,回到水泥小区里的。

如果说空间定位暗示着权力的分配格局,那么人物的表情则是权力秩序更为直接的外化方式。黄咏梅在小说中尝试捕捉时代大潮之外那些个异化的表情,执拗的、孤僻的、因善良而软弱的、混不吝或胆怯的……它们曾是我们记忆中最有人味的表情,如今却被资本时代的强大逻辑甩出了我们的中心视野。现代都市留给我们统一规划过的面孔和表情:狂热又疲惫,光鲜又虚伪,有欲望而无渴望,结果就是那些青春的脸孔逐渐趋同。黄咏梅小说的独特性就在于,她醉心于呈现时代标准笑容外围的另类表情,或是捕捉那些似乎已经"头像化"的表情上偶然露出的破绽。这是作者对时代异化所作出的自己的抵抗。

《小姨》中的小姨就有这样一张表情另类的脸,小说第一段就给出了家庭权威给小姨的基本定调:"抽烟、喝酒、打老K,没有理想,不思上进,整个人颓废掉!"而她的脸也从来都是阴晴不定的:大家都批评她"颓废",可她身上又常常流露出一点邪门的激情;她像一个自闭症患者一样拒斥着热闹,在小说的最后却又站在大花坛上带头维权;晚饭时候还嘻嘻哈哈地跟年幼的"我"打闹,到了半夜却藏在衣橱里面低声哭泣。"小姨"这个人物似乎永远是神秘而不可捉摸的,就好像是热带海域的夏天,忽而阳光四溢,忽而台风骤起。然而不可否认的是,这样的人物有着真实而丰沛的生命质感。与之相比,那些口口声声强调着"有理想"、"思上进"的家人,仿佛就愈加地乏味了,正确无比,却又苍白贫血。从这个角度看,"小姨"那阴晴不定的表情、叛逆孤僻的身影、隐藏不露的深情就显得格外可贵。

黄咏梅小说在时间层面的设计上同样有良苦的用心,小说中的人物有的被时代的漩涡从中心抛出,生活在一个已不属于自己的时代,只能在某种符号化的幻想中虚构自己的高贵血统。例如《少爷威威》中的魏侠,曾祖父的高干往事和父母辈的落魄失意留给自己一个"东山少爷"的空头幻想,小说的基调就定格在这样一个滑稽又凄凉的画面上:"老掉了牙的少爷,似乎就坐在黑黢黢的窗户里,浑然不觉得,时光已不再,这满眼看去的花花世界,已经没了少爷的份儿啦!"另一些人在时间中背负着沉重的记忆负担,这种重负甚至会将主人公推出正常的生活轨道。比如《金石》中的老蔡,那一次私自采矿造成的惨烈事故始终压迫着他的内心,残酷的记忆对当下生活形成了强烈的压迫:"夹着尾巴"成为了老蔡常规的做人姿态,他不敢张扬,不敢出头,从此过得战战兢兢、名存实亡,却依然无法解脱良心的重担,直到老年痴呆症的发生,记忆以彻底流放的方式终止了心灵的苦役。

说到时间边缘的游荡者,"老人"可以说是一种典型性的形象,他们曾经有过生命的激情和多种可能,然而现在却无法逃脱地面临衰老甚至失忆。最典型的是《蜻蜓点水》中老曾的"桥"和"性":那座建设中的"彩虹桥"寄托了老人对明天的想象,可当桥终于建造起来时老曾却发现,这座桥根本不是自己先前想象的样子,而曾与自己共同想象的老霍也已不见踪影。晚年的老曾,心中始终无法释然的是年轻时爱慕却错过的美女何淑娴;为了排解这种怅然,他甚至不惜去偷袭另一个漂亮老太太的胸部,结果只换回一句"死老头,看路哇",就这样在不屑一顾的羞辱中被生生拉回了现实。

感伤的诗性

"抒情"在当今时代精神书写中的处境正变得越来越尴尬,外在世界与内在世界的双重破碎,无可避免地导致了抒情的破产。总体而言,我们已经告别了完整的、平衡的、独语的抒情诗时代,进入了一个分裂的、变幻的、杂语的散文时代。与其将当今时代称为"反抒情时代",不如称之为"后抒情时代"。在这里,写作者可以针对碎裂的世界本身发言,从现代都市文化语境所独有的孤独、荒诞、无意义中提炼情绪的迷醉,从而形成一种现代主义的抒情趣味;也可以在外部经验世界趋于破碎的大背景下,强行而徒劳地维护主体世界的独立与完整,这近似于席勒"感伤的诗"的现代变种。就我看来,黄咏梅的小说更接近于后一种,她的抒情有一种独特的挽歌腔调。这种"挽歌腔调"的背后是一种"都市怀乡病"。

在《何似在人间》里，来自历史的创伤最终内化为主人公廖远昆内心的孤独，在给耀宗老人的尸体"抹澡"之后，廖远昆宽宥了外在世界，从此主体的伤痛已与外界无关，也断绝了通过外在方式完成宣泄的可能，其内心的创伤只能让自己慢慢咀嚼——他最终选择了一种离群索居、近乎与亡灵为伍的孤独生活。这一形象本身已具有震撼人心的情感力量，而作者甚至还要"火上浇油"，在篇末完成了一次情绪大爆发：故事最后，与阿昆相依为命的小青死后，两只马拐（青蛙）忽然闯进了灵堂，于是，阿昆这个本欲在与亡灵的相处中对抗人世孤独的人，终究还是被亡灵们拒之门外了：彼岸的世界不过是这个世界的逻辑的延续，唯一那个能温暖自己的女人，终究要归属早年的原配丈夫。任何一个世界的温暖都与自己无关，阿昆的心灵终究是无处收容的。黄咏梅在小说的最后安排了这样一场戏，让阿昆的情绪得到了一次畅快的宣泄，也把读者的内心波澜推向了高点。

断裂与缝隙

黄咏梅的许多小说中，都存在着乡土与都市、传统与现代、血缘情感与利益关系、往日惯性与未来诱惑之间持续的角力、拉扯，踩在历史转换点上的主体则不幸成为了角斗场，来回地消耗于两股力量之间。这里存在着两种文化心态、两种生存逻辑之间的深刻断裂：对于宏大历史叙事来说，我们凌空俯视到的不过是一道参差蜿蜒的裂缝，它终将在更为剧烈的地壳运动中轰然闭合；但对于生活在具体日历纸上面的生命个体来说，这道狭长的裂缝却是不可估测的深渊，真实具体、难以跨越，甚至一不小心就被吞没其中。《档案》一篇具有相当的象征色彩：大伯与堂哥的血缘关系完败给了堂哥与养父之间的法律亲属关系，"我"本以为帮堂兄处理掉麻烦就能与之重新确认亲属纽带，这样的幻想随着堂兄留给"我"的电话成为空号而宣告破产。究其本质，乡村的"人情"早已异化为都市的"关系"，"血缘谱系"在"利益谱系"面前变得一文不值，两个世界、两种逻辑之间发生了巨大的断裂，堂哥这个体面又无情的形象成了此种断裂的完美符号。

对边缘形象的喜好和对抒情性的迷恋，频繁出现在今天的许多文化现象和艺术作品之中，这在某种程度上也许说明，"怀乡病"已经成为当下都市的一种集中症候。今天，这种病症甚至出现在许多未曾经历乡村生活的年轻人身上，他们当然不是对庄稼和大家族有着思恋怀念,而是对时代生活感到莫名焦虑,甚至对作为都市文化雕刻品的"自我"产生拒斥、厌弃。也正是在这一点上,"抒情"而"边缘"的黄咏梅的故事与我们当下正在经历的都市喜悲完成了最终的合流。

文学的气场

黄咏梅

　　这些年来,文学就像是一个下岗工人一样,一旦被人提及,人们总是忧心忡忡,甚至充满了悲悯,文学没有市场了,该怎么活? 文学没人读了,真的会死掉吗? 诸如此类,几乎成为了众所周知的社会问题。可是,尽管如此,那么多年过去了,在文学被边缘化这一公认的处境下,还是有人不断地加入到文学创作的队伍当中来,"70后"、"80后"、"90后"……文学江山代有人才出。这是我真正感兴趣的问题,也是我在多年的文学创作中,深深体会到的文学的魅力所在——这是一种无法向世人解释,甚至无法被世俗理解的复杂的魅力,因这种魅力形成了一个"场",我且称之为"文学场"。这个文学场跟我们所计较的文学市场没有什么关系,文学场也不是时下流行的扎堆写作,更不是一个相互哄抬、彼此酬唱应答的场所,文学场从某种程度来讲,是一种气场,一种因其引领和提升的精神力量而形成的气场,它散发着独特的、金贵的气息。

　　很多时候,我在想,我们所担忧的文学在这个消费时代所面临的各种问题,是不是由于我们自己对文学过于苛求了呢? 在乎文学的市场效应和经济效益,这是对文学的一种苛求,也正是这种苛求,使得文学在今天显得很尴尬,它面临着销量与质量的对抗,面临着热和冷的对抗,同样,我们将文学等同于一般的商品,让她流落在市场的各个角落,这其实是对文学的轻慢。

　　最近的一次遭遇使我印象深刻。有一天,我从单位出来,手里拿着一沓刚到的文学杂志,途中下起了雨,我便索性一头扎进一家发廊剪头发。一个20岁出头的男孩接待了我,在剪头发的过程中,为了摆脱他各种热情的推销,我随手拿出一本杂志看,他也俯下头来看:人、民、文、学……他念得有点慢,不是因为这些字复杂不好认,而是巨大的陌生感。这种陌生感,我从他念完"文学"这两个字之后发出的一声怪音感受到了。出乎我意料地，他笑了出来，笑得有点——羞涩。他边笑边说，啊，文学啊，好久都没看过了……跟大多数他那个年纪的人无异，我知道他在看网络小说，看手机新闻，看娱乐八卦，至于文学，他们所看的，也许只是读书时代语文课本上的那些篇什。后来，男孩的话逐渐少了，在我剪完头发，送我出门的时候，他把那沓杂志放进我手里，忽然说了一句："老师，您慢走……"我愣了一下，他仅凭几本文学杂志，就把先前称呼我的"小姐"改成了"老师"，他甚至不知道我是个写作者。

我并不是说，被人称为"老师"是多么虚荣的一件事。我是想说，文学的出现，是有其特殊的气场的，文学的存在，无论遭受多少误解、歧义甚至耸人听闻的担忧，它的意义从来没有改变过。即使一个对文学知之甚少的人，即使一个再怎么被物质异化了的人，即使一个被各种名牌包裹得看不清楚自己的人，面对"文学"这块名牌，他都会从内心里产生一种敬意，哪怕这种敬意是陌生的、神秘的甚至是无解的。

对于一个写作者来说，文学的气场同样充满了魔力。写作给我带来最大的好处就是，能让我过另外一种生活，能让我实现现实生活中的各种不可能性，甚至能让我成为一个现实生活的客人。这是一种特殊的体会，只有身处其间才能感受到。

卡尔维诺说："一部经典作品是这样的一部作品，哪怕与之格格不入的现在占统治地位，它也坚持成为一种背景噪音。"我想，文学就应该坚持这样的经典精神，在与之格格不入的信息时代、消费时代、娱乐时代中，坚持地、高贵地形成一种气场，它的"大牌"程度足以让众生喧哗成为一种名副其实的孤独，足以让沽名钓誉者感到身心疲惫，甚至相形见绌。

在这个时代，我为自己还能进入并感受到文学的气场而感到幸运和幸福。

朱个 / 本名朱凌霄,1980 年出生于浙江。2008 年开始
小说创作,出版有小说集《南方公园》,曾获"西湖·中国新锐文
学奖"等。

平淡生活中的精神突围

郑　翔

鲁迅在《几乎无事的悲剧》中有这么一段话："这些极平常的，或者简直近于没有事情的悲剧，正如无声的言语一样，非由诗人画出它的形象来，是很不容易觉察的。然而人们灭亡于英雄的特别的悲剧者少，消磨于极平常的，或者简直近于没有事情的悲剧者却多。"这段话用来评价朱个的小说也非常合适。朱个的小说写的是极平常的悲剧，一般人很难察觉，她的敏锐多集中于人物的精神层面，以细腻而有质感的文字将它们表现出来，成为她小说中值得称道的优点。

日常生活中的视若无睹、委曲求全

在《像奔跑那样美好的事》里，朱个借叙事人之口说："生活的悲剧往往在于盛不了那么多的视若无睹、委曲求全。"这句话很能概括朱个小说的主题思想，它几乎就是"消磨于极平常的，或者简直近于没有事情的悲剧者却多"的另一种说法。在"那么多的视若无睹"里发现"悲剧"，足以显示朱个的敏锐，而"视若无睹"本身和"委曲求全"一样又都是"生活的悲剧"的组成部分。前者是麻木或者冷漠，后者则是生命的委顿和卑怯。朱个对让大多数个体"消磨"于其中的极平常的悲剧的描写，主要指向人物的精神与灵魂，这也与鲁迅所说的文学应该表现灵魂的深度相一致。

那么，什么是大多数人所视若无睹的，他们为什么又要委曲求全呢？小说《不倒翁》或许能为我们提供一个切入口。小说的主人公牟老师是一个典型的被日常意识形态"征召"了的个体，小说开头的两句话就已说明情况："住在一个小镇上，你不能指望有更好的生活了。牟老师常常这样对自己说。"这两句话里至少包含着三层潜台词：第一，小镇有属于它的日常意识形态；第二，牟老师心里还有生活得更好的冲动;第三,牟老师常常提醒自己要遵照小镇的日常意识形态去行事。规范和越规的矛盾,推动着情节的发展。其实,牟老师的越规对一般人来说根本不算什么,她只是想在她固定去的美容院,找一个年轻的男技师给她洗头,在心里感受一丝与异性接触的暧昧,但作为一个端正的中年女班主任,遵循规范已内化为她的自觉,而且后来,她又无意中听到了男技师对她们这些"老女人"的嘲讽,于是再也没有"非分之想"。但是规范之后,她的生活里还有什么呢?"真的已经没什么重要的事了","活到底,还原来就剩一顿饭的事","随着年龄渐长……牟老师已经沉闷得不再记得起少年情怀了"——一个被小镇日常意识形态"消磨"了的生命。

《夜奔》的情况类似。一对四五十岁的小城教育局公务员,相互间有点非分之想,为了冲破扑面而来的生活庸常,脑子一热,决定一起去婺源看油菜花,但就在准备出发的当儿,发生了一点小小的地震,作为模范妻子的赵青急忙往家里跑,而在另一方,"说到底,他也不是那么想去挽回她"。一切回归庸常。小说所要揭示的是庸常生活里人物卑怯的精神状态,这才是其成为悲剧的关键。《像奔跑那样美好的事》指向的是城市,这里有一个"优雅"的城市生活规范,亲戚间也要彬彬有礼,言不由衷地演戏,由于相亲,一个农村出身、不修边幅、经济丰裕、情趣粗俗却有活力的表姐夫的加入,让这边的规矩乱了套,但是由于他不符合这边的日常规范,所以马上就出局了,表姐又回到了原先的规范之中。

这种委屈个体以求得日常形态的健全,放弃个人的合理要求与冲动的情况,在《龙凤呈祥》《奇异恩典》《屋顶上的男人》《死者》等小说中,都有或多或少的表现,很少有人能从中清醒过来,《暗物质》中的萧瑶算是一个例外。萧瑶是一个外企的单身白领,但是和牟老师一样,她也身处固定的、几乎永远不变的生活里面,虽然这是让人的心里"空落落"的生活,但她又"很容易就习惯有秩序的事情",而且仍能在其中感受物质保障所带来的美好——这就是日常意识形态。在一次出差中,当她无意中碰到了一位在楼顶上用望远镜看月食的人,和他一起参与到与星空、宇宙的交流中,她几近麻木的生命开始苏醒,她突然发现,"眼下正做着的一切……倏然间就失去了古往今来所有约定俗成的意义",并让她从那些一辈子都不会抬头仰望天空、思考宇宙的人群中跳了出来。"仰望星空"这一细节在朱个的小说中多次出现,它或许是在提示:要对日常意识形态"征召"

所导致的麻木和委顿中,保持清醒和警惕。

关注对尊严的漠视和人情的冷漠

对于麻木的个体而言,冷漠应该是一个十分自然的结果,对漠视尊严、人情冷漠的关注,是朱个小说的另一个重要主题。《奇异恩典》是关注生命尊严的,在小说中,"孝顺"的儿子为了能让自己的父亲得到更好的照顾,把他送到康复医院,这是"恩典",接下来他把父亲的房子和物品都先后卖掉了,实际上等于是让他父亲在医院里等死,父亲试图以给来看他的亲友和护理人员钱的方式,为自己争取做人的最后一点尊严,结果也被自己的孙女剥夺了。《死者》写的是生者对死者尊严的漠视和冷漠。一个工作中要对顾客不断重复礼貌而冷漠的话语的话务员,随丈夫参加他亲戚的一个葬礼,在葬礼上,死者的亲友什么都谈却唯独不谈死者,死者临死前修改的要求海葬的遗嘱根本就没人理睬,他们"像上了发条的玩具",推进着一些刻板的程序,最后,因与死者有类似的感同身受,话务员来到了这个几乎与她不相干的死者前面痛哭,终于感染了在场的所有人,让他们看到了一个"很久没有见过"的"动情又完美的葬礼"。

这种人对人的不尊重还时常在朱个不同的小说中以细节的方式表现出来,比如在《死者》中,"她"的丈夫把她当作了器具,公公婆婆则把"她"当作生孩子的工具,为此替她另找工作,完全不征求她的意见;在《像奔跑那样美好的事》中,"我"的丈夫不是本地人,而我们的家庭聚会从来都对他说方言……冷漠和麻木几乎成为普遍现象。

《一切是怎么发生的》写的是另外一种麻木。小说中的二男二女各自过着不咸不淡的日子,天天一起喝茶、打麻将。金诚与何逢吉结婚了,但不久,何逢吉回家发现好友钱喜趣与金诚光着身子在一起,但何逢吉并不生气,反而替他们带上门走了;顾维汉与钱喜趣之间本是有意的,但钱喜趣又与金诚发生了关系;在何逢吉发现钱喜趣和金诚的关系之前,她也主动约过顾维汉了——四角关系如此错乱,但没多久他们却又和以前一样,"一起喝茶了,又在安逸地闲聊打牌了,和美得又好像一家人一样","这样的下午,这样的日子,总是会这样平静地一个接一个地过去的"。这不是麻木又是什么呢?

有一种东西在扩散

但是,与很多作家喜欢在自己的小说中分析原因不同,朱个的小说基本都是呈现,并不分析原因,《羊肉》最具代表性。小说表现的是亲人之间的冷漠,写的是夏冬青带着妻子沈瑜和孩子回老家兰州的事情。本来,久别重逢的双方都应该感到高兴,但是哥嫂不但没到机场去接,见了面几乎没打招呼就躲进了卧室,吃饭时也不让喝酒,吃完饭哥嫂俩窝在单人沙发上打牌,对客人不予理睬。返回之后,夏冬青与父母之间似乎也没话了,在电话中说几句例行的话后就会冷场;而从老家回来后,夏冬青夫妻之间也变得更加彬彬有礼。小说中的人物之间并无恩仇或者积怨,但冷漠却像空气一样无处不在,我们可以感觉到每个人都憋着一肚子的气,但就是不知道为什么。

联系朱个的其他小说,大部分人或许都能共鸣于小说中人物的情绪,它的背后实际上隐藏着更为复杂和引人深思的社会问题,当然包括无所不在的日常意识形态。或许正如小说里所说的,"这个城市和沈瑜居住的城市看起来并没有什么两样"了——有一种东西在扩散。

值得肯定的是,朱个的小说具有一定的思想深度和敏锐性,同时,对于一个作家来说,语言的表现力也是非常重要的问题。作为一个初出道的小说新锐,朱个的语言描述能力极强,她对人物穿着、行为以及一些小动作的描写非常准确、传神,具有语言的质感,这除了良好的文学准备还需要天赋的文字感觉。

朱个小说情节结构上的特点是简单,"近于没有事情",其情节往往都能用一句话概括,笔触主要集中在人物的内心世界,细腻而不动声色地描画日常生活中普通人内心情绪、情感的变动,描画社会世态和人物的精神状态,有点类似于伍尔芙所说的描写"普普通通的人物在普普通通的一天中的内心活动"。对内心的重视,或许与朱个自己所说的"多年来对世间人心所具有的强烈好奇心"有关,这种向内的、面向灵魂的写法,对小说,尤其是短篇小说来说是特别重要的。不过,由于对内心的重视,朱个的个别小说在情节的推动上略显缓慢,在一些人物、事件稍微复杂一点的小说里,情节结构的安排上也还存在一些问题,这都是需要她进一步解决的。

独自吃饭的人应该坐在同一张桌子

朱　个

小学班主任给我的期末评语里曾有一句，"缺乏集体主义精神"，意思大约就是这孩子不合群。这是有源头可以追溯的，追溯到基因里都是没问题的。我要不要问问我妈，干吗生我在 4 月 2 号？那居然是世界自闭症日。无论如何，非常不幸的是，一直到读了大学，我还是一个时不时要孤身走去食堂的人。

食堂长得都差不多，长方形桌子配上四把椅子。每回我端着盘子占领一整套四人餐桌时，内心难免有点抱歉。因为我看见迎面走来的陌生同学，也只能默默占领另一套四人餐桌。独自吃饭的人有那么多，那些以二的倍数级出现的小伙伴们，实在难以找到一张完整的空桌子，来把他们的欢乐填进去。

当时我傻愣愣地写过一首诗，里面有一句话清晰明了："每个独自吃饭的人应该坐在同一张桌子旁。""应该"这词用得理直气壮，很有些女少年的干脆和决绝。现在我依然乐意这么觉得，每一个独自吃饭的人都应该坐到一张桌子旁，起码可以试试坐在一块儿。绝不是抱团取暖的意思，不是天下一家亲的意思，也不是搞什么四海之内皆兄弟。当陌生人挥挥衣袖坐到一块的时候，只要有这样的宣示性举动便已足够，足够证明一些本可以更清晰的真相。他们简直无须再多做别的，即便互相不看一眼、不着一言就此分道扬镳，依然不可遏制地发生了关系。这种存在过又因为身体的分离而似乎立即消失的"关系"是不容小觑的，它非常神秘，令人着迷。不理会它，它原本也还在那里；一招惹它，它即刻凸显，刻印于彼此身体某处。

小说《秘密》里的主人公左辉干净清洁，没有狐臭、脚臭，没有荷尔蒙。他热衷于参加陌生人的婚礼，还不吝啬大红包。他坐在他们的亲戚朋友中间，跟他们吃顿饭，再把欢乐的人儿都拍下来。他喜欢拍照，或许也崇尚"浪摄流"，追随着森山大道们的脚步,也会坐莫名其妙的火车,走到哪里拍到哪里。那些跟他遇见过又分别、永远不会再见的人,那些一段段暂时存在又迅疾消逝不见的关系,通过他的镜头和眼角膜,在他身上留下了深深的痕迹。直到有一天,他在又一场陌生的婚礼上故伎重施时,遇见了一位姑娘,收藏了一个秘密,终于发现自己原来早已失去了重塑正常而亲密关系的能力。

在这里,我想到一部叫作《触摸未来》的美剧。这部剧有非常庞大的预设,一个孩子能够预知未来,能够掌握任意两个人之间的联系模式,能在风马牛不相及的事物之间看到内在的联系,他的父亲便负责破解这些隐秘的关系,展开一个个故事。对孤僻的我而言,知道这个时便比较兴奋,这个设定据说叫作"宇宙全息论",假定宇宙是一个各部分之间全息关联的统一整体,那么其中的任一部分都包含着整体的全部信息。我们每个人都是单独的个体,这些单独的个体又同时并存于同一宇宙之中,受着它的影响,建立起各自的关联。

每个独自吃饭的人,是否都位于不同时空的同一位置上?他们真应该试试坐到同一张桌子旁边来,欣赏一下看不见的关系生根发芽,藤蔓般蔓延。我比较迷恋的是审视各种关系,很喜欢在渺小的个人之间寻找他们彼此之间、他们和世界之间、他们和宇宙之间暗影重重的关系,艺术和科学最终的目的都是一致的。如果能达成这个目的,那真是太有趣、太好玩了。而事实却是,自我的渺小和荒芜,自我在探求真相时的无力感和挫败感,自始至终令人垂头丧气。可与此同时,目的和达成目的之间过程的矛盾曲折,又能构成写作本身最大最美好的意义。

可以说,这样的写作是属于生活的一部分,它和生活黏合得很紧密,同时也是一个人远离生活的方式。在每篇小说完成的时候,都有一段既定事实悄然而去。写作也是"一种度过人生的方式",有人选择这样的方式,有人选择那样的方式,每种方式最大的意义不在于向外,而是内指的,最终是指向个人的。能够坚守某个念头并执着去实现的人,都将会是对待自我最真诚的人。

春树 / 1983 年出生于北京。2000 年开始自由写作。至今已出版小说《北京娃娃》《长达半天的欢乐》《抬头望见北斗星》《2 条命》《红孩子》《光年之美国梦》,诗集《激情万丈》《春树的诗》,旅行随笔《在地球上,春树旅行笔记》等。

纵然青春留不住

蔡郁婉

春树曾长期被视为残酷青春的代言人。她的转型展示了一种成长的可能性。在少年的急躁和偏激退潮之后,青春成为一种在路上的姿态——以一个理想主义者的方式,但同时也仍是一个双脚悬空的姿势。青春的沉潜是否能够真正为春树带来广博的世界,这仍需要我们的等待。

2002 年,春树的《北京娃娃》出版。由此,"另类"和"青春"成为春树的主要标志,并出现在她此后的一系列创作中。多年后,春树推出了《光年之美国梦》,被视为她的转型之作。以书写青春起家的少年作家究竟可以在何种程度上摆脱青春的痕迹,春树的转型或许可以给我们一点提示。

粗粝的残酷青春

作为春树的成名作,《北京娃娃》在一定程度上代表了春树早期的创作风格。小说讲述的是少女林嘉芙从 14 岁到 18 岁的成长史,贯穿于其中的是她与不同男性之间的爱情与肉体纠葛。

《北京娃娃》首先呈现的是青春的残酷性。春树在小说里塑造了一个渴望挣脱束缚却四处碰壁,因而敏感焦灼、奋不顾身却又茫然失措的少女形象,小说每讲述一个青春故事都如同激烈昂扬地撕开一个血淋淋的伤口。在这样残酷的青春中,春树深深地陷入回不到过去却又看不到未来的颓废感之中,甚至在矛盾中幻想以自杀来解决一切。另一方面,春树的残酷青春具有一种未完成性。因为未完成,青春无法被虚化和美化,这在春树当时的诗歌中更为直接地反映出来。"我就是年轻/我就是有你没有的热情/我就是不怕牺牲/我就是彻底","写诗也许是在滥写感觉/咬紧牙关以至出血/我的血出得越多越好/还有什么事能让我兴奋"。对春树而言,年轻不仅是拒绝规训并与现实碰撞的资本,也是青春不致虚度的方式。

与这种残酷青春的在场性形成呼应的是春树的语言和叙述方式。这一时期,春树的诗歌往往采用一种口语化的直白语言,淋漓地传达出她的内心体验,表现出身处青春的骄傲和对现实的愤怒、对未来的无望。与诗歌一致的是,春树的小说也力图达到一种有力的、随心所欲的表达效果,因此春树的小说显现出了一种粗粝感。情节的推动常依靠主人公的生活和情感轨迹将一些片段组合起来,人物的出场总显得突兀,退场又往往交代不明,使小说在整体的设计和把握上都有所欠缺。由于急于叙述,春树常不能很好地把握小说的节奏。这些都使她的小说虽常常能够渲染情绪,产生感官上的冲击,但在细部表象和总体架构上却大都流于无力。

寻找一种更为平和的相处方式

春树的新作《光年之美国梦》被视为其告别青春期的转型之作,其中收录了《曼谷惊魂》《翠青》《光年》《美国梦》四个小说。这四个小说的主人公在年龄上都已不再是"少年",青春期的在场感渐渐难以为继,春树小说的转型与此不无关系。

事实上,这种转型并非突然出现。它在春树的诗歌中早已露出端倪,"请把用过的东西还给我/请把偷走的时间还给我/是什么让我活得如此不鲜明如此摇晃/是什么让当时的我做出那个无辜的表情"。身处的世界虽仍然令她失望,但她试图与之达成和解:"仍是感激的/遇到的事和人/都在帮助我成为我自己","我们得的是慢性病/但还是有治愈的可能"。可见,属于青年的愤怒和偏激在春树的诗歌中已渐渐退场。

这种转变在《光年之美国梦》之中表现得尤为明显。首先是小说叙述语言上的改变。春树早期小说急于叙述,长于情感渲染而不擅细节展现的弱点在《光年之美国梦》中得到了改善。小说的叙述不再显得急躁,节奏得到了明显的控制,并将目光投向了更多的细节处。此外更重要的是写作者心境的变化,《光年之美国梦》试图对春树在诗歌中提出的"亟须除存在主义以外的哲学拯救"给出答案。在《翠青》中,春树尝试以宗教来抚慰创伤。翠青在经历一段痛不欲生的感情之后,选择了以皈依佛教来寻找心灵的平静。这是一则略显生硬的宗教寓言,连"性"在小说中也被赋予了翠青用以认出本性的渠道。《美国梦》中的张莹和宁这两个"我"的朋友分别意味着"我"的过去和现在。张莹在现实中的颓丧和绝望都属于"我"的曾经,告别张莹即意味着告别过去的自己。"我"最终能够与张莹和解是因为张莹开始尝试着摆脱糟糕的生活状态。同时,"我"始终与宁不离不弃,即使生活仍然一如当初遍布阻碍,却"相信不管有多远的路,我们一定能走到"。借助张莹和宁,春树展现的实际上是自己的成长过程。

如果说曾经的春树是以自我为中心,要求个性和自由,那么在《光年之美国梦》中,春树开始寻找一种更为平和的方式来与世界及他人相处。在这里,她放弃了与这个世界的激烈对抗,转向爱与友谊以获得抚慰。

无法告别的青春

虽然春树曾宣称写完《长达半天的欢乐》就不会再碰"残酷青春"的主题了,但事实上,青春的痕迹却始终存在于她的小说中。

春树的小说中始终存在着一个与成人世界对立的少年世界。对于春树来说,成人世界意味着规训和束缚,退学、随意的性这些离经叛道的行为都是她抵抗成人世界的手段。在《长达半天的欢乐》里,春树的女主人公名为"春无力",并指出下一本书将她命名为"春有力"。在《抬头望见北斗星》里,"春有力"确实出现了。但紧接着在《2条命》中,春树却对"有力"产生了怀疑,《2条命》中的遇断显然是那个已经"混出来"的春树/春无力/春有力,但闯入成人世界却未带来预想中的快慰。作为遇断的另一面,好孩子楠楠在小说中重演着遇断的残酷青春。小说以遇断杀死了楠楠并保存了她的少年记忆来结尾。"杀"传达了春树对残酷青春的一种拒绝和否认,然而在小说中,这也是应对成人世界的想象性解决方式。

事实上,春树及其主人公并非真正地告别青春,而只是告别了青春的"残酷"。其少年心性仍在小说之中显露痕迹,如面对精神伴侣时全情投入的爱,相信梦想与面对现实的赤诚勇气等。春树早期作品中少年世界与成人世界的对立得到了一定的延续,即使在谋求与成人世界和平相处时,春树也未被真正地收编于其中。当面对成人世界的虚与委蛇时,面对物质的诱惑时,春树仍然能够保持一定的批判意识,甚至因为辨认出痛苦而感到安慰:"知道痛苦的存在/我就放心了",因为痛苦意味着与成人世界的矛盾,也意味着内心的不麻木。

转型之后,春树的青春不再仅仅是一个年龄上的定义,而成为一种行为和生活的方式。但这个无法告别的青春也在一定程度上令春树的小说题材面临狭窄化的问题。《光年之美国梦》的四个小说仍然带有自传体的色彩,作者观察的目光仍然囿于自己的生活之中。在面对与成人世界的矛盾时,春树仍未找到一个真正脚踏实地的解决方式。

春树曾长期被视为残酷青春的代言人。她的转型展示了一种成长的可能性。正如春树自己所言,"我希望自己做个心智成熟的大人。现在我早就不怕长大了。……她明白自己是谁,知道自己能改变什么不能改变什么。"尽管年少的岁月终将逝去,但青春仍是春树目前的关键词。在少年的急躁和偏激退潮之后,青春成为一种在路上的姿态——以一个理想主义者的方式,但同时也仍是一个双脚悬空的姿势。青春的沉潜是否能够真正为春树带来广博的世界,这仍需要我们的等待。

关于写作和人生

春　树

今年 2 月到 6 月初,也就是我正在写这篇文章的时候,我都住在柏林东北部郊区一栋独立的小屋里。今天是我在这里住的最后一天,晚上 9 点,我的飞机将从柏林机场直飞北京首都机场,我也就将结束这 4 个多月的"考验",或者说是"课程"。

我住的屋子的外墙刷着比向日葵黄还要更深一些的黄色,实际上我不喜欢这颜色,事实证明我越来越反感这种颜色,它简直像精神病院的黄色,或者是麻风病人的黄色。我家斜对面的路边有一栋鲜蓝色的二层小屋,我的右手边是淡蓝色的,我的右前方那栋是红色的……这些玩具般的屋子看起来很诡异,里面往往住着一大家子人,他们基本上都是东欧来的移民。这一小片屋子大概有几十栋吧,如果你站在附近的田野上往这个方向看,你会认为你看到了一片贫民窟。它们色彩不统一,外形各种各样,每家的草地都收拾得极为整齐,草地旁边还种着不同种类的花,房前还会放几把塑料椅子和一张塑料桌,以供天好时聚餐用。

我就在这里生活了 4 个多月,从最初的新鲜感到后来的倦怠,从倦怠到深恶痛绝,我在这里的心理活动一样不少。由于是郊区,进城需要走到城铁站,然后坐上 30 分钟到 40 分钟不等的时间。时间成本提高了,这让我更不想出门了。除了周末的 24 小时城铁外,平时城铁只营业到半夜 12 点,我还曾经有过几次掐着时间回郊区的经历。德国铁路这半年来还经常罢工,我就经历过 3 次。每次我只能换公共汽车进城,时间成本进一步提高。

不仅是远……更让我难受的是我与这里格格不入。周边有一两家简陋的酒吧和咖啡馆,走出 10 分钟有一家意大利餐厅,它的质量嘛,勉强能吃而已。夜晚这里繁星满天,经常有飞机从头顶飞过,如果是晴天,那就是蓝天白云,从 5 月份开始,晚上八九点钟天还是亮的。周围的草木长得郁郁葱葱,几乎就是野蛮了。这里的小雏菊比巴黎的要大上一倍。什么都那么大,那么荒,空有一副好皮囊。

除了去见朋友,去逛土耳其市场,去逛博物馆,间或去过两次欧洲其他国家,大部分时间我都在这栋屋子里。有时候我感觉我是被流放而来的,完全就是苏武牧羊。前两个月,我从柏林国家图书馆借来十几本书,全都是我平时在中国不看的,《史记》什么的。一口气写了 n 首诗。

之后我再也没有这种豪情,除了修改一本早就写完了的书和每礼拜都会在报纸上吐槽柏林以外,我什么都不想写。我甚至不愿意打开 word,我完全无法做到当初来之前的计划。我本来是打算在这个安静的地方写本新长篇的。我本想突破自己的,却差点没崩溃。写不出来的日子,我有大量的时候用来思考,向内思考。思考令人痛苦,同时也让我警醒。写作需要安静,然而绝对的安静是死亡。不能从一个极端走向另一个极端。在北京的生活很浮躁,然而它具有我想要的激情。

要让生活动起来,有沟通有碰撞,同时维持理性,这才是活着。只有活着,才能写作。我的写作,也应该是关于"如何生活"。

周洁茹／1976 年生,江苏常州人。1991 年开始写作并发表作品,发表小说百万余字。著有长篇小说《中国娃娃》《小妖的网》,中短篇小说集《我们干点什么吧》《你疼吗》,随笔集《天使有了欲望》《请把我留在这时光里》等。曾居美国,现居香港。

小说叙事的双重奏

林培源

周洁茹近几年的小说大体可分两类：一类是"香港故事"，以书写异乡人在香港的生活经验为主；另一类小说可以称之为"女性故事"，写的是现代女性的生存体验和精神疼痛。

周洁茹的短篇小说大体采用的是现实主义的写作手法，呈现出来的整体风貌介于通俗与严肃之间，观照世相，描绘情事。这样随性而略显保守的写作姿态恰是大部分女性写作显得促狭的原因所在，格局不够开阔，过于个人化，私密空间与公共空间的拉锯中，前者的影子太过强大，以至于我们在读完她的小说之后，会留下些许遗憾。

2000 年 8 月，24 岁的周洁茹离开中国去了美国。这一年是她生命的转折点，也是她创作生涯的分水岭。中间断断续续，她的写作处在不稳定的状态，直到移居香港七年，她才又拾起小说这一工具，开始清理此前动荡的人生。

这些人生，被她编织进了小说。这批小说大体可分两类，一类是"香港故事"：以书写异乡人在香港的生活经验为主。在她笔下，香港既是人物活动的场所，也是故事发生的空间载体，地理、空间概念在其中占着举足轻重的作用，如《到香港去》《旺角》《新界》《尖东以东》等，共同特点是冠以与香港有关的地名。《新界》一文尤其值得注意，这篇小说原名《邻居》，起初并没有采用香港地名的命名套路，但其内在刻画和叙述的仍旧是香港逼仄的公寓楼、人情、世态，聚焦的仍旧是活生生的香港经验；另一类小说可以暂且称之为"女性故事"，如《幸福》《生病》《结婚》《离婚》等，这些命题都与女性生命攸关，一起一落，大开大阖，写的是现代女性的生存体验和精神疼痛。

香港经验与他者视角

　　《到香港去》《新界》《旺角》《尖东以东》中,周洁茹勾勒出一个陌生化视角下的香港。周洁茹移居香港七年,她曾坦言自己尴尬的"香港身份":"所有除我之外的新来港人士,都是在第一个月就学会广东话了。因为要融入香港社会,做新香港人。而不是像我这样,时刻准备着要离开香港。不会广东话是我的遗憾,要不然我就可以用广东话的模式来写我的香港小说,让它们成为最香港的小说。"这里的广东话(粤语)与"最香港的小说"之间具有某种吊诡的关系,她的这段话和香港故事之间形成了奇特的对照,换言之,虽然周洁茹没有使用粤语来写有关香港的小说,但并不代表她无法呈现一个真实的或许"另类"的香港。明显,这里的"最香港",放置于周洁茹的创作中,是需要被悬置并且打上问号的。

　　什么是"香港小说"?是否只有香港本土作家才能写出地道的"港味"小说?很明显,周洁茹的小说是对这一概念的反诘与逆写,是对"香港"这一人为构建的主体与意识的颠倒。周洁茹写香港,用的是鲜明的"自传性"笔调(即便套上第三人称的虚拟外衣,骨子里依旧透着"我"说话的声音)。先看周洁茹写于2013年的《到香港去》:内地妇女张英为了给孩子买安全的奶粉,积攒假期,只身跟了旅游团赴港,整篇小说借用的就是张英的"游客"视角,周洁茹让这位第一次到香港的女人沿着旅行团设定的路线游历香港,港铁、金铺、星光大道、药店等构成了香港的都市景观。小说中,张英从渴望去香港到最后不想去香港,"忽然恍惚,不知道自己是为了什么来。"她经历的是内与外、自我与他者的隔膜和冲突。周洁茹用第三人称呈现一个陌生化的、游客视角下的香港,并非简单的二元对立,其间还夹杂着张英与内地游客的微妙关系:旅行结束过关时,张英被拦了下来,因为没有一个人告诉她,一个人只能携带两罐奶粉出境,而张英买了四罐。小说写得克制,没有故作姿态,没有强硬的批判与申诉,张英成了无数内地游客的缩影,她是短暂徘徊于香港的一缕幽魂,构成了香港小说的一个地理空间意象。

　　《新界》的故事发生在新界高耸逼仄的公寓楼里。小说由"我"的一个诡异的梦开始,写邻居一对夫妻,却自始至终都带着隔阂的冷漠的距离,"我"反复听到奇怪的女人尖叫声,饱受干扰的"我"甚至叫保安来查看。直到他们搬家,

"我"也只与他们打过几次照面。小说的另一面讲述的是"我"的朋友格蕾丝的邻居,在"我"的邻居搬走,新邻居还未入住的当口,对面屋苑一对中年夫妇吸嗅乙醚死于家中。这篇小说写得鬼魅丛生,不确定叙事的手法看似随意,实则颇具意味。第一人称的写法令读者感同身受的同时又拉开了距离,这是叙述的奇妙之处,看似弥合,实则裂缝已生。这是有关陌生化城市的"陌生化视角",在这里,女性居住的房子以及由此形成的"邻居"关系成了又一个寄身于地理空间的精神性场所,它是符号,是指涉对象——周洁茹用这个"容器"来盛放女性个体经验与香港这座"孤岛"间的复杂关系。"我"带着的"窥视"姿态,精准地勾勒出现代社会的邻居群体:他们一直在,又一直不在。他们始终是陌生人。

周洁茹"香港小说"的独特之处就在于她始终是以一种游移且陌生化的他者视角来审视笔下的人物,她所处理的个体经验与香港这座城市独特的地理空间的关系,成为我们阅读香港、想象香港的另类方式。

女性故事及其"话语"

在中西方文学和文学批评史上,女性的地位问题,女性与男权社会、父权制的角逐与较量一直是作家(尤其是女作家)书写的重心所在。周洁茹也不例外,她的《结婚》《离婚》《幸福》《生病》等写的都是关乎女性的生存体验。这一批小说聚焦的都是女性,女性经验的在场和话语的缺席。

《结婚》篇幅不长,类似一则场景速写。小说所描述的主要场景是一个特殊的婚礼:"我"的朋友张英结婚,却直到婚礼前一小时才通知,前半小时又改了办婚礼的酒楼地点,直到"我"赶赴婚礼现场,才一层一层剥开这团迷雾——男方此前有过一段婚姻,婚礼现场,男方的前妻带着一对儿女来闹场,最后连警察也来了,婚礼并没有办成。小说的结尾,荒唐的闹剧悬置着,大家围坐一桌,无力地吃饭。在《离婚》中,周洁茹讲述的是"我"与三个闺蜜:米亚、飘飘、小奇各自的婚姻故事。小说开篇写四个闺蜜到寺庙里找和尚算命,最后四个人的婚姻都应了和尚的话,没有逃过离婚的结局。可以说,这一篇写的是现代人的离婚群像,四个女人结婚、出轨、离婚、移民,"我"的讲述轻描淡写,又充满疼痛。周洁茹把女性在婚姻中的离散、聚合、精神疼痛全写出来了,写得那么立体、深刻。

从叙事方式上来看,这四篇小说都采用第一人称,讲的是"闺蜜"之间的故事。"我"是故事的讲述者,既在内又在外,既疏离又融合。小说是女性经验的集体呈现,从头到尾,她们的伤痛、离散、创伤记忆等经验是"在场"的,她们在现代社会的话语场域中却始终居于边缘和弱势,看似发声,实则沉默。与女性形象相比,小说中的男性角色多少有些模糊,成为某种"缺席",他们与女性经验的"在场"构成互补。在女性"失声"的地方,父权制社会的男权话语体系凌驾其上。

周洁茹小说叙事的双重奏

在香港故事序列中,周洁茹尽管将故事的发生场所安排在香港的不同地理空间位置,但它们所处理的经验都惊人相似:女性个体的生存空间与香港这座"孤岛"之间微妙复杂的关系。在这点上,这批小说存在明显的同构性,呈现的是身在此而意在彼的游离。而在另一条创作轨迹上,沿着书写女性经验和伤痛记忆的方向,周洁茹为我们勾勒出婚姻爱情中处于"爱与痛的边缘"的一系列女性形象。这批小说中比较耐人寻味的是异国地理的出现,就其深层结构来看,它们也构成了女性"逃离"伤痛记忆、试图开始新生活的另一处空间所在——这或许与作者曾经的海外生活经验相关,它们勾连起作者的另一块属于海外经验的创作疆域。周洁茹始终站在"此岸"冷静而克制地观望"彼岸",小说《离婚》中的女人并没有因为去到国外、嫁给外国人而获得幸福,相反,她们始终处在分裂和焦虑的精神状态中。

香港故事与女性经验水乳交融、彼此依存,是周洁茹小说叙事的双重奏。周洁茹的短篇小说大体采用的是现实主义的写作手法,呈现出来的整体风貌介于通俗与严肃之间,观照世相,描绘情事。这样随性而略显保守的写作姿态恰是大部分女性写作显得促狭的原因所在,格局不够开阔,在面对社会万相时,总是将手中利刃轻易滑过,剖开的虽是女性的疼痛,但毕竟过于个人化,私密空间与公共空间的拉锯中,前者的影子太过强大,以至于我们在读完她的小说之后,会留下些许遗憾。

在香港写小说

周洁茹

在香港写小说和写关于香港的小说还是不一样的。我所有关于美国的小说都是离开了美国以后写的,我自己也不知道为什么。那种感觉好像就是,最美好的时候,我爱的人都不在我的身边,或者我和我老婆离婚了,才发现我最爱的人是我老婆。

但是我可以在香港写关于香港的小说,我觉得这挺神奇的。

我搬来香港也有七年了。七年,意味着你应该婚变了,七年,也意味着你可以是一个永久的香港居民了。

作为一个香港居民,诚实地说,我对香港仍然没有很热爱。之前的六年,我都没有觉得我和香港有什么关系。

因为不看翡翠台,因为不去街市买菜,因为一个香港朋友都没有,所以过去了这么多年,我仍然一句广东话都不会。当然我是一个特例,所有除我之外的新来港人士,都是在第一个月就学会广东话了。因为要融入香港社会,做新香港人。而不是像我这样,时刻准备着,要离开香港。不会广东话是我的遗憾,要不然我就可以用广东话的模式来写我的香港小说,让它们成为最香港的小说。但这可能也是我的命运。因为语言其实是我的优势。你们知道的,我在情节和结构上很弱,我也没有办法。谁都有缺点,这个世界上没有十全十美的写作。

所以我的香港小说,全部发生在香港,但是主角说的都是江苏话。这个世界其实也是这样的,有一些人生活在旧金山很久了,但是他们一句英语都不会,他们创造了一个叫作唐人街的地方,这样就不用走出去讲别人的话了。旺角有一些上海人,他们很喜欢到处说上海话,那是他们最后留存的一点东西。乐富有一些台湾人,整个荷里活广场都是他们的,那儿会找到比士林夜市更好吃的胡椒饼。小说《旺角》发表以后，收到了一些鼓励我的评论，比如这一句，"即便我与香港之间有地理上的距离，也不会对这个文本的理解构成妨碍。"看来，即使我的主角说江苏话也并不影响我的故事发生在香港。而且读者也理解了我笔下的香港，称它为"颓废色彩浓重的人间风情之地"。

所以在这个已经开始炎热的香港，我可以很坦然地告诉你们，我已经写了三个香港小说。因为之前的六年我都没有写作，准确地说，之前的十五年我都没有写作，所以就这第七年，成为香港居民的第七年，我写了三个香港小说，而且我还会写下去。

实际上我在两年前有一个小说《到香港去》，那个小说完全是一个意外，因为有人使用微博攻击我的语言过时以及我的衰老，而他还没有看过我的小说，而他还比我老8岁。那个时候微博还是很昌盛的，一个微博上的言论相当于一个公开的发表。我就在那个晚上没有睡觉，写了那个短篇《到香港去》，用来提醒自己，我现在在香港，而且我确实也比我以前老了。

但是这个小说没能让我回来。我开始写作的时间又往后推迟了两年，直到2014年末，我在写作《新界》的时候才真正回来，当然我完全没有觉得我是一个香港人，但是我写了香港人的生活状态。就冷漠到残忍的人与人之间的关系来说，这一点确实也是没有地域的界限的。

所以对我来说，香港人也是人，香港小说，其实也就是人的小说。

唐不遇 / 1980年生于广东,客家人。现居珠海。出版有诗集《魔鬼的美德》《世界的右边》,译有 W.C.威廉斯、W.S.温等诗人作品。曾获第十九届柔刚诗歌奖、首届"诗建设"诗歌奖、首届广东省诗歌奖、首届苏曼殊文学奖、第三届中国赤子诗人奖等。

回到古老父亲的怀抱

陈培浩

　　某种意义上说,唐不遇并非一个寻知音不遇的诗人,他虽没有达到备受时代宠爱的程度(那其实是有害的),但在同时代诗人中,他显然较早脱颖。作为重要的青年诗人,唐不遇的写作值得更深入充分的意义阐释。

从人的视角到物的视角

　　2005 年是唐不遇写作具有分水岭意义的一年。在此之前他是一个虔诚并时而灵光四射的诗歌信徒,但大部分作品还显得过于芜杂。他的诗歌中虽然不乏"十六年前的雨声/使这些瓷器暗潮依旧:/你站在讲台上/像一把冒气的茶壶。"(《教授》)这样精彩的比喻,但总体上要么过于粗疏直接,要么便是太绕,没有瞬间洞开的敞亮。2005 年,唐不遇瞬间推开了诗神的大门,或者说他突然触摸到诗神运思的窍门,那些独特想象纷纭而至来到他笔下,并组织进几乎不可替代的语言秩序中。在我看来,对诗歌视角的独特实践,正是唐不遇诗艺成熟的标志。

　　2005 年,唐不遇写下这样的句子:"在这片灰蒙蒙的工业看来/夕阳像一块脱落的红砖"。(《港口》)在我看来,这个句子代表了唐不遇诗歌的一个重要时刻,此时的唐不遇超越了人的主体视角,而尝试从万事万物的角度来重新勘探世界。在此诗中,他借助的是"工业"。这一视角的启用意味着诗人意识到了人的有限性,正是在诗歌叙事上对人膨胀主体性的限制,另一个丰盈的诗歌世界才被唤醒。在 2006 年的《三月》中:"我再次以草地的角度/仰望天空。我无须枯萎/以从空中飘落",此时诗人借助的是"草地"的观物视角;而在 2007 年的《泉》中,视角转换几乎如舞者轻盈的腰肢:第一节"一口泉感到孤独/因为它不知道/它和遥远的大海的联系",这里泉获得了感受主体性,但它是被另一个叙事人所描述,姑且称之为外聚焦物视角。接下来,诗人又让泉边的旅人、蜻蜓、鸟蛋、落叶种种事物获得内在主体性,诗人并不将它们置于人主体的统摄和观照之下,泉的镜面效果仿佛生命的瞭望台,在这里出现的一切都携带着各自的过往和未来、欢欣和悲哀。最后一节:"我的工作是漂洗落叶/直到它们彻底干净,/我的报酬是倒映的白云——/天空那衰老的墓穴,和我一样/无法闭上泪水盈眶的眼睛/停止观看消逝的东西"。

此时诗歌再次回到泉的视角,然而已经变成了内聚焦物视角。有趣的是,在泉视角中,又隐含着另一层"天空"的物视角。且不说此诗那种涵纳万物生死变迁的博大情怀,它在多重物视角间转换,在物视角的内外聚焦间转身的能力,也能使它获得诗歌技术上繁复和轻盈的统一性。此时的唐不遇,便具有了不可替代的辨析度。我至今对唐不遇写给妻子索瓦的《月亮》念念不忘,古往今来的诗歌写作已经使月亮成为难以推陈出新的超级窄门,而唐不遇依然凭着独特的视角——"月影"翩然而过:"一个影子等待月亮在天空中升起。/一根光秃秃的树枝伸进窗户,递给你/适合做梦的月光。"

对历史和现实的发现

很多诗人热衷于书写宏大驳杂的时代,但却不能写日常的温暖和光亮;一旦回到生活,拾起的又是解构日常的那种痞子口吻。其真正原因在于,他们是用一种文化立场在写诗,而不是用真切丰富的诗性想象力来写诗。当想象力上升为一种文化立场,可以处理时代、永恒等大命题;当想象力面对的是日常生活,它同样可以映照出生活的温度、质感、纹理和微妙的涟漪。与那些以文化立场替代诗歌想象的诗人相比,唐不遇葆有难得的在日常生活中提炼诗意的能力。且看他的《欢乐时光》:"她最喜欢的运动是做爱和爬山。/无爱可做时,她一星期爬两次山,/有时采摘野果;无山可爬时,/她就做双份的爱。"这里对私人经验的靠近既不刻意掩藏,也无用力过猛的炫耀。诗歌的节奏就是生活的节奏,如此放松的诗句走近了一颗如此明净的心灵。

《吮吸》写"妻子像昆虫一样趴在地上/给太阳花哺乳;/太阳温柔地抚摸她们,/就像真正的丈夫和父亲。//我在阳光中融化成她们的影子,/闻着她们的香味,/然后,沿着花枝往上爬,/像一朵雄性的玫瑰/悄悄地在她背后出生。"妻子孩子气的动作在诗人眼中与花和天地融为一体,我想这不仅是一首日常的诗歌,它更包含着一种将我们从虚无的深渊失速坠落的处境中拯救出来的诗性想象。在这样的时代,我们是否还能够葆有一份如此童真的爱,并如此童真地爱着世界? 非如此我们便不能激活这样动人的诗性想象。

很多诗人在写作之外,不得不把自己交给更驳杂的生活维度。于是他们的想象世界日渐磨损,当他们对"像昆虫一样趴在地上"感到不适时,他们的生命感受已经被日用观照定型化。他们是领导、是商人、是解决问题的装修工人,此时诗便在他们的世界中退场了。唐不遇的日常写作,映照的是那颗拒绝被"烦"的世界腐蚀的诗心。可是,反过来说,很多人写日常的温润如玉,他们在诗歌的小屋中小心地呵护着碧绿的内心。这当然并无不可,然而其诗歌的精神格局终究显得逼仄。而唐不遇之为唐不遇恰在于,在灵性想象、诗性感受力和语言本体创造之外,他的语言之树连接着时代和历史构成的广阔精神根系。诗人的尊严在于,他吸入了时代的空气,并用创造力之肺进行精神吐纳,他呼出的气息,既包含着对时代、历史的精神诊断,又包含着对时代空气的审美重构。

一触及时代,唐不遇往往忧愤而深刻:"这些吼声,是机器/还是亡魂发出的——/那广阔墓地无数的死者/已附身于每一个/流水线作业的工人。"(《坟墓工厂》);"每天,如此准时,垃圾车/像一颗心脏突突跳动,/把我们的身体运载到焚烧炉里;而我们却为焚烧炉装上空调。"(《梦频仍》)。这分明是唐不遇献给时代的哀歌和安魂曲,重要的不是他对时代表了态,而是他以审美发现撕开了时代肌体若隐若现的裂痕:我们常常忘了身处焚烧炉的精神处境,却在"空调"的欺骗下获得"清凉",这股现实关怀有着鲜明的现代批判性。

唐不遇诗歌辨析度还来自于他对历史经验的诗性发挥。他的《历史博物馆》处理的是历史对现实的塑形和缠绕的主题,修辞性地敞开了当代历史表达的诗歌路径:"太阳睡着后,记忆仍是金黄色的:在被禾叶、稻芒割过和刺过的地方抓痒//给下一个时代留下道道红痕。"这样的表达还散见于《毛诗三章》《历史——致弱冠之年的你们》等作品中。这种机敏的表达捍卫了处于时间迷雾中诗人的尊严。

化古、化欧的双重写作

关于诗歌,唐不遇说过一段意味深长的话:"我有一个古老的父亲,还有一个年轻的师傅。也许用师傅教授的技艺,我们只能够回到记忆里,而永远回不到父亲的怀抱里。但我也不怀疑突然有那么一天,我们能够带着新的精神和道德力量,重返唐人的境界和气度。"这段话其实关涉一个诗人如何创造性地转化中西诗学资源的问题。作为一个在习艺之初就受到奥登等西方现代主义大师影响的中国青年诗人,当唐不遇区分"师傅"和"父亲"的时候,已经非常清晰地在李金发、卞之琳、穆旦等中国现代诗人所构成的"化欧"传统中提出了汉语性的自觉这一命题。换言之,唐不遇将化古和化欧作为写作的双重迫切性。某种意义上说,唐不遇对于新诗的汉语性这个由来已久的命题有着自己相当自觉而独特的探索。

考察唐不遇的诗歌便会发现,"回到父亲怀抱"在他那里绝非简单地复制古典诗歌的意象、章句和意境。在他那些充满现代性自觉的作品中,对于古诗的追慕体现为一种德性诗学的向往。他曾经说:"我们有必要把道德还原为一种魅力,一种高贵的求索","我们不能把道德这个美好的词拱手让给庸俗的道学家","在令人喜爱的古诗中,我便处处读到淳朴的,沉着的,时而化为悲悯,时而化为山水的道德","作为被深深的无力、悲观和虚无攫住的当代诗人,我们或许真的应该让个人经验清晰或复杂到一种道德的高度。"在将诗歌语言本体作为最高探索对象的现代诗学中,谈论"道德"是危险的,但我们不能浅薄地对待唐不遇的独特思考。他当然不会肤浅到企图用道学来规范诗歌,事实上,他的德性诗学观念正是希望重建诗歌跟主体人格之间的关联。

强调诗歌作为主体情趣、胸襟的投射,一直是中国传统诗学的重要观点。钱穆认为"必得有此人,乃能有此诗","没有他胸襟,怎能有他笔墨!"他强调读诗应该对照着年谱读全集,在生命遭际中窥测诗人诗作中的心灵分量。他看重杜甫是因为杜工部"每饭不忘君亲"的儒家圣人人格;他爱王维的"雨中山果落,灯下草虫鸣",是因为透过诗歌王摩诘对宇宙人生抱有一番禅意的超越。当然,强调德性境界的主体诗学如果直接绕过诗歌语言本体可能凌空蹈虚;但那些空有诗歌语言本体的营构而缺少主体德性建构的诗歌,则未免格局过于狭小。

我们不应忘记还有主体诗学,即强调写作者的精神趣味、视野、胸襟、境界和诗歌重要性的诗歌伦理。抽离本体谈主体,未免成了空中楼阁;但抽离主体谈本体,则难逃密室自怜。如此,唐不遇的意义便显露出来,他的写作在继承当代诗歌对语言本体极端苛刻的追求之余,难得地获得了对主体精神境界的体认。当他将想象的活力整合进语言的秩序之后,他又追求着德性诗学对本体诗学的引领和提升。在我看来这便是唐不遇写作的启发。我愿意以他的《早晨的大海》末节作结,从中我们也不难辨认他对宇宙人生的一番独特看法:"我们经过一座小岛,/岛上的人们等待着我们。/但我们只是经过,/我们只是/大海发出的轻微鼾声。"

写作的艰辛与自由

唐不遇

　　从我开始喜欢诗歌的少年时代算起,我学诗到现在正好二十年。这二十年来,我品尝到的写作的艰辛要远多于愉悦,但这仅有的愉悦却足以让人感受到生命最深的美好。

　　我自认是个对语言极其苛刻的人。然而诗歌对我更苛刻,狠狠地报复了我。十年来,我创作的诗歌不过百首而已,每一首都算得上呕心沥血,就像我尚算年轻的头上,每一根白发都沾着心血生长——只是它们的产量显然更高。但正如我的名字所示,如果在唐代,我一定会成为写出那首不朽小诗的贾岛最称职的朋友,一起以苦吟为乐。

　　有时候我想,我是个中了诗歌魔咒的人,一刻也离不开诗,像只癞蛤蟆一样紧紧趴在冰凉的语言上,再也变不回童年时的那个王子。而作为癞蛤蟆,就得有癞蛤蟆的使命和追求:终其一生,就是要吃一口天鹅肉,写出一首好诗。

　　我是个诗人,也是个记者。一开始我以为当记者对我的写作毫无影响,但后来我发现我错了。无论写诗还是当记者,其本质都是寻求自由,探求真相。我想要向杜甫致敬,写出那种个人性与时代性兼备的诗歌。

　　对一个诗人来说,深刻的思想还在其次,最重要的是凭借天才充分表现诗的自由。写作注定是不自由的,但诗最好的定义就是自由。自由是一种非凡的感受力,有时候也会表现为一种痛苦。在文字缝隙间的每一次呼吸,不是在镣铐中跳舞,而是像风一样穿透灰尘。

　　当然,如何在诗中把握自由和真实,却是一个巨大的考验。我不无矛盾地告诫自己:诗必须像自己的生命,熟悉而神秘;必须呈现一个深广的世界,像生活,让它的幽远包裹在切近的语言中;必须把批判精神修炼得更高,在迫近的危机中锻炼爱的能力,这才是一个合格的现代诗人。

至于现代性和中国性,真是一个大问题,需要用诗来回答。相比这个问题,有些人更愿意思考永恒的时间。

不错,我有一个古老的父亲,还有一个年轻的师傅。也许用师傅教授的技艺,我们只能够回到记忆里,而永远回不到父亲的怀抱里。但我也不怀疑突然有那么一天,我们能够带着新的精神和道德力量,重返唐人的境界和气度。

虽然在当代谈论道德并不讨好,但我还是觉得不应该忽视道德。我们有必要把道德还原为一种魅力,一种高贵的求索,而不只是一套冰冷的、僵硬的、机器般的学生守则。

在令人喜爱的古诗中,我便处处读到淳朴的、沉着的,时而化为悲悯,时而化为山水的道德。甚至只要看到那些伟大的名字,我就能感受到一种富有精神深度的风骨。作为被深深的无力、悲观和虚无攫住的当代诗人,我们或许真的应该让个人经验清晰或复杂到一种道德的高度。

当然,更多的时候,诗更像是祈祷。今年年初,我们一家人去烧香拜菩萨。当我年方4岁的女儿跪下时,她说了一句让我极为震惊的祷词:"菩萨,祝你身体健康。"第一次,这么纯净无私的祷词,进入我烟雾缭绕的耳朵。我把它写进诗中,并借用一位朋友的赞誉,把它命名为"第一祈祷词"。

我女儿的这句祷词,真正植根于人类美好的天性,也是极富创造性的诗。毫无疑问,这就是伟大的诗。也许终其一生,我所写的东西都达不到她的这种心灵的分量,我应该转过身去,奋勇直追。

双雪涛 / 1983 年生，沈阳人。作品见于《收获》《十月》《上海文学》《中国时报·人间副刊》等刊，曾获首届华文世界电影小说奖首奖、第十四届台北文学奖年金奖入围、第五届西湖·中国新锐文学奖。

有"核"的生长

李　振

双雪涛的小说总能让人读出一些稳固的东西,可能是轮回,可能是圆满,可能是报应,或者仅仅是对受难者微弱而又坚定的慰藉。双雪涛并不掩饰对《约伯记》的喜爱,像《长眠》中"唯有我一人逃脱,来报信于你"的题记,像"平原上的莫西"。也许《约伯记》就是双雪涛的底牌,它会隐藏在一些极为日常的情节中,但这足以使其区别于那些"不相信"的写作。

小说里的传奇和力量

《长眠》是个颇具传奇色彩的小说,但文艺青年的三角恋掩盖不住一种带有宗教感的牺牲。"我"、老萧、小米有着属于青春时代的情义和恩怨,但老萧的死却让双雪涛为我们揭开了一个不仅仅属于青年的世界。一只英国传教士雕成的玉石苹果关系着玻璃城子的存亡,是让人们以整个村子沉入水底为代价换取自动出现在渔网里的鱼还是保住这个村子,成了村民和老萧不同的选择。老萧吞下苹果死去,"我"和小米则为了守住老萧的尸体与村民激烈对战。老萧曾经夺走了"我"心爱的小米,而玻璃城子并不仅仅是老萧一个人的老家,那么"我"义无反顾的支援和老萧用自己的生命换取玉石苹果的安稳到底为了什么? 也许这个问题根本就不应放在世俗的因果当中去考虑,唯有白白的恩典和赋有宗教感的牺牲才可能做出回答。

《大师》里十年之前仓库门口想同父亲下棋的犯人意外出现,让小说充满了宿命的味道。"把你爸叫来吧,十年前,他欠我一盘棋"——故事终于跨越十年与之前对接。父亲不但破了几年前不再下棋的承诺,而且破了自己从不"挂东西"的戒。父亲终于是输了,赌注其实也简单:"我一辈子下棋,赌棋,没有个家,你输了,让你儿子管我叫一声爸吧。"双雪涛当然想让故事变得更加玄妙,但犯人是不是成了和尚并不重要,和尚从僧衣里掏出一个金色的十字架作赌注也不重要,重要的是两个在十年中同样落魄的男人如何在十年后依然挂念着那盘没有下成的棋。这也许可以成为一个高手过招独孤求败的故事,可双雪涛显然没有那种侠客之心,他更热衷于在市井的世俗之情中寻求某种超越。那盘棋是个念想,也是了断,同样是圆满。在一盘有输赢的棋里,双雪涛写出了没有输赢的人生:落寞也好,坎坷也罢,从地上捡烟头抽的父亲在他的棋里获得了心灵的超脱,而没了腿的和尚却在世俗的情义里了却凡尘。

《大路》可能成为一则荒唐少年的青春轶事,仔细读来却隐藏着一种难得的力量。顽劣的"我"父母双亡,16 岁便学会了最顽强也最恶劣的生存方法。"我"抢劫了一个弱弱的女孩,她非但没有害怕,还不断送来钱和衣服,直到两人像朋友般坐在路边聊天。"我"知道了女孩的孤独和绝望,却在不久看到了她殡葬的灵幡。如果小说仅止于此,它便是青春的叛逆和伤痛,但"我"丢掉了刀子,只身前往漠河。小说由此从绝望中杀出,在整个混沌而阴郁的氛围里放出坚忍而明亮的光。当然,一切进行得细微而精妙,在"我"30 岁的时候,我抱着女孩的玩具熊钻进被窝,"不要把被子踢开,让被子包裹住我,明天暖气就会修好了吧"。如果说流行于文坛的冷酷和决绝是一种剑走偏锋的精明,那么双雪涛无疑是木讷的,他更愿意从文字当中去发掘某种让生活成为生活的力量,他在自己的文学信条中笃定那个东西可能对现在的世界毫无意义,但其本身却十分美好。

"艳粉街"的立场和象征

在这个时代的很多作家看来,立场是最缺乏说服力的东西,但"艳粉街"十分清楚地表明双雪涛的立场。于是,一种基于"艳粉街"的立场直接而深入地左右着小说讲述的视野和方式。《聋哑时代》的"艳粉街"是贴在李默身上的标签,是他的出处,是他逃避不了的生命记号;《平原上的摩西》把"艳粉街"藏在深处,那些人像、事件,不过是"艳粉街"对外的表征。"艳粉街"又不似苏童的"香椿树街",后者承载的是时间,是有关地域风物和一个时代的印迹,而"艳粉街"是有关阶层的修辞,更像是一种时代流转过后不可更改的报应。

《聋哑时代》无法回避的是李默父母的处境。他们曾是一个国家最光荣自豪的阶级,在最好的年纪相遇在效益最好的厂子,但他们未曾预料赖以生存的工厂已经岌岌可危。父母自然有他们的想法,但在李默或是双雪涛看来,"那是一种被时代戏弄的苦闷"。面对那些曾经的荣光,面对那个作为领导阶级的社会群体,面对他们所坚信的自己之所以成为自己的信条、理想以及特别的政治色彩,一个青年作家以一种满是遗憾的口吻将其讲述出来,它不仅仅是某个个体讲述历史和阶级的方式,同时也隐含着在另外一个时代里,一个新的阶层如何认识、看待一段逝去的岁月和一个曾经风光无限的群体。

当然,双雪涛在小说里把这种认识逐一细化,具体为个人、行动以及人生际遇。李默决心考入108中,这对他父母来说完全是个意外,因为在他们的期待里,"抱着铁饭碗,铁饭碗里盛着粗茶淡饭,但是从不会空"。这在某种程度上构成了一种深刻的反讽,这对工人父母一方面对上中学需要的九千元学费胆战心惊,另一方面却依然沉浸在"铁饭碗"从来不会空的身份想象和阶级荣耀之中。结果到底是让父母为难,李默的成绩出人意料地超出分数线许多,也就没有了不上的借口。母亲骑着自行车找遍所有亲戚凑够了学费。当九千块钱学费尴尬而充满讽刺地装在拖拉机厂发工资的信封里被送进学校财务处的时候,母亲才意识到"原来这个城市里有这么多富人,每个人都提着一塑料袋的钱,等着那些因为凑不足九千块钱的家长漏下的名额"。双雪涛以母亲细碎而微弱的声音表达出时代转折里一个阶级的变化,这种变化不是被赋予了某种积极的、前进的修饰,而是从一个个被牺牲的个体和家庭里提炼出的历史或时代的另一面。

就在这个时候,"艳粉街"才真正被落实下来,也开始发挥出它在小说中的影响力。在李默的父亲继承了上辈的房产举家搬进市区之后,"艳粉街"的标牌依然如影随形,那套70平方米的老楼房于李默家来说又有什么意义呢?工厂彻底倒闭,作为下岗大潮中的一员,他们除了拧螺丝之外别无所能,用婴儿车支起两口大锅去卖煮玉米则成了唯一的出路。那些让李默感到难为情的玉米实际上支撑起"艳粉街"的"卓越"和"前途",因为"我发现也许我是这个平庸家庭里唯一卓越的人","我将成为这个三口之家的唯一希望"。但是,从刘一达到许可这样的朋友,从安娜到艾小男这样令李默心动的女孩,他们在小说里的存在仿佛不断提醒着李默"艳粉街"的窘境。一个新生的社会群体在此后的时间里愈发显示出他们的虚弱和窘迫,而作为他们的子女和一个阶层的希望,正如中考后李默有关"希望"的思考,只是因为那时的"我"还没有体会到"希望"和"一切"是多么危险。

《平原上的摩西》破碎片段和线索的结点就在"艳粉街":"去艳粉街,姑娘肚子疼,那有个中医"。"艳粉街"在小说中更像一种象征,是棚户区、贫民窟、城乡接合部,是生活的窘迫和无能为力。卷烟厂的庄德增和傅东心,拖拉机厂的李守廉,以及庄树、李斐、孙天博、蒋不凡等等,都在"艳粉街"的阴差阳错里重新排列组合。承包企业也好,开出租也好,下岗再就业既是故事的一个前提,又是拼接起两辈人、两个时代的关键。

社会转折的文学背景

《大师》里因下岗失去仓库的管理员终于有了下棋的可能。下岗让他失去了收入甚至失去了自己的身份,住在老房子里靠着老街坊的帮衬过活,喝最便宜的酒,从地上捡烟蒂抽,但在路边的棋摊上,在一场又一场的棋局里,他反倒获得了前所未有的精神享受。经济制度的转型致使一个原本社会地位、生活水平相对稳定的阶级面临着生活基本保障的难题,双雪涛不仅习惯以这种社会转折作为文学叙事的大背景,而且将具体的人物直接与之对应,将他们的生活难题具体化、日常化。虽然我们很难说这是试图为一个新的社会阶层立象,但他对这一时代难题的特别关注和那种后代视野里既抽离又脱不了干系的独特表达,在构成一种留恋与嘲讽同在的"艳粉街"情结时,也为如何讲述时代转折与新兴阶层提供了一种有效的方式。

非常明确,那种具有宗教感的信念和置身于一个阶级的立场,构成了双雪涛小说中温暖而坚硬的内核,它让小说不会随着某个故事或是某种表达任意地摇摆,却暗暗地滋生出更大的可能。这些稳固的存在必然会牵绊着双雪涛,让他无法成为那些顶在箭头上的作家,但他有自己的圆心,我们也因此有理由期待双雪涛能够渐渐画出属于他的版图。

写一会儿就好
双雪涛

真是可怕,2015年已经过去了,年初为自己制定的诸多计划,现在都已变成笑话。比如早起,比如戒烟,比如控酒,全都失败。尤其最近,在北京吸霾,经常一觉睡到中午,拉开窗帘看见外面乳白色的尘埃,大感颓丧。沈阳霾少一点,可每次回去,也没干什么,树木凋零,儿子疯长,北京的事由尚未处理完成,似乎沈阳也不同于过去的沈阳。

小说倒是写了一点,扔掉一半,剩下一半,剩下的一半有的写了一半,写了一半的里面,满意的也只有一半。创作谈写了不少,为自己辩解,替自我张目,巧妙地吹着牛逼,伪装谦逊,访谈也做了几个,讲了自己读的书和写作的来路,回头一看,其实都没啥重要,这类东西无法令人自省,大多是自我蒙骗,乃是写作本身简陋的装潢。

到底向哪里写去,其实没想清楚,从未想为自己立言,只是觉得讲故事好玩,一路写到现在。如今的时代,作家是否伟大,似乎已经不是自己说了算,看某些名家招摇而过,穿行于各种局面之间,其实已丧失与世界交谈的能力。看某些新作家低头垂目,似乎清醒,转身便与人合影,琢磨着找谁写推荐语,为研讨会奔忙,似乎也无甚大趣味。

不小心踏进文学圈,受到诸多师友的提携,虽感念在心,可天性不爱讲话,品性凉薄,得罪的估计不少,有时睡醒,也想跳梁高叫,引人注目,所谓名利,自己也在惦记,故所有人的表征都能理解,大家差不多,只是表现形式略异。

写作者也是人,这点空话最近经常想起。摊上写作这件事,不同于在工厂修车,修车便是修车,车与人再怎么亲近,也无法相互戕害。写作不同,与影子跳舞,一不小心弄得人不人鬼不鬼,成为无知无畏、无父无友的游魂。可艺术怕是经常在这可怕的疏离中创造,一生做梦,虚实不分,远离风物与劳动,耽于故纸与幻想,多少有点反人类的因子,又要创造益于人类的文明。此悖论无法解决,也正因为有此悖论,作家才有希望伟大,这是只属于作家的磨难,不但要警惕和反省,记住自己是人而非尼采所言之超人,同时也应珍惜和自持,到底和其他行业的从业者有一点不同。

2016 年来了,已经不好意思再谈什么计划,只希望自己能写下去,勉力做自己的舵手,谁想拉扯我、毁灭我、审判我、再造我,我都能说一声:请等一等,让我写一会儿吧。

西元 / 1976 年生,籍贯黑龙江巴彦。1994 年考入解放军南京政治学院军事新闻系,同年入伍。就读于中国人民大学中文系、北京大学中文系,获文学博士学位。现为中国人民解放军战略支援部队文艺创作室创作员。曾获第十二届解放军文艺优秀作品奖、《解放军文艺》优秀作品奖(2012—2013 年度)。

探触英雄叙事的精神内面

傅逸尘

西元近两年连续发表了数个军旅题材中篇小说——《锻炼锻炼》《遭遇一九五〇年的无名连》《界碑》《死亡重奏》。这几部小说跳脱了传统英雄叙事的观念与理路,他所着力描写的人物几乎没有符合传统英雄标准的,都是普通得不能再普通的基层部队官兵,形象自然谈不到伟岸,言行也说不上崇高,私心杂念更是不少,非但与高尚沾不上边,甚至连人物名字也有被故意矮化之嫌。最重要的是他们没有显赫传奇的经历,没能做出影响或者改变某一事件进程以及人们生活状态的事迹,与人们习以为常的英雄印象相去甚远。

"反英雄叙事"的表象背后

如果说《锻炼锻炼》《遭遇一九五〇年的无名连》《界碑》反映的是和平年代的军旅生活,没有了战火硝烟的衬托,连官兵自己心中的英雄意识也逐渐冲淡,英雄的"风光不再"或许不足为奇;然而,详细描写朝鲜战争中一次残酷阻击战的《死亡重奏》也没有出现我们熟悉的英雄形象,仍然是一群普通的基层官兵,他们当然也都视死如归,并与敌人搏斗至生命的最后时刻;但他们却没有民族大义与祖国利益高于一切的英雄志向,即便是面对残酷血腥的战场与死亡,还是保持着自然的生命常态。直至小说结尾,我都没有发现西元在努力塑造人物,更遑论英雄人物。这几个中篇的阅读让我提心吊胆,甚至有些替西元后怕,如此一地鸡毛式的生活碎片,靠什么来支撑小说的结构?西元对军旅文学进行探索性叙事并不让我意外,诧异的是他断然拒绝既往的英雄叙事传统,甚至彻底颠覆了大众心目中早已固化的英雄形象。尤其是他刻意而为的人物及生活,还有对思想、精神的日常性描写,似有重归20世纪90年代初期"新写实小说"的倾向。

在消解英雄的表象背后，西元进一步触摸到了英雄叙事的精神内面，悄然建构起小说整体性的英雄主义向度，不但不张扬，甚至有些隐晦，有时还不得不借用象征或隐喻的手法。英雄主义当是意识形态化的结果，作为特定的思想、宗旨、学说，它张扬的是崇高的理想信念与高贵的生命价值。英雄主义与英雄的区别在于它强调的是一种精神，这种精神可以体现在英雄身上，也可以在普通人身上呈现。英雄主义具有一定的形而上意义，它更有可能在某个群体中得以充分彰显；而英雄却是一个具体的、个人化的形象存在。当下中国社会中英雄的缺失并不仅仅因为战争的阙如，更重要的是精神的虚无与理想的崩塌。英雄似乎已经成为人们心中永恒的怀想，而人类价值理性的目的性选择使得在文学中建构英雄主义精神成为可能。换言之，西元在他的这一系列小说里，通过象征和隐喻，将那些散落的人物和碎片化的生活细节勾连起来，英雄主义的精神内涵在掩卷后凸起，如同江南绵延不息的梅雨，在悄然无声中滋润着大地上的稻粱菽稷。读至此，西元小说的思想精神向度已然清晰起来了。

《锻炼锻炼》细致地刻画了一个在基层浸泡了多年的主官贾营长的形象。贾营长的思想境界谈不上高尚，他带兵的手段和为人处世的方法独特而实用，在机关和基层间协调游刃有余。小说描绘的都是日常性的军营生活，没有一件惊天动地或惊世骇俗的事件。贾营长和丁三帅显然都不具备英雄的品格与情怀，但他们身上又不时地释放出一种耐人寻味的真性情，而这种性情又注定会在某一瞬间绽放出灼人眼目的光彩。《遭遇一九五〇年的无名连》中，西元将朝鲜战争中一个无名连参加的一场阻击战拉进小说中来，让这不同年代的两个人群形成一种隐喻关系，小说因此获得了一种内涵丰富的思想深度，五个兵行为背后所蕴含的英雄主义精神也随之弥漫开来。《界碑》仍然是在写人物群像，某特种旅的日常性工作与生活，每个人都有自己的理想，但这个理想的实现却遭遇现实的种种挫折。界碑其实是一直装在指导员王大心的心里，它来自祖父辈们的艰辛的历史，后人可能永远都不能理解，但不知什么时候你会与它遭遇，在那一瞬间它便横亘在你的眼前。在工程结束后返回的天昏地暗中，王大心感觉到了它的存在。

在死亡进程中检视生命质地

在我看来,《死亡重奏》是西元最出色的一部中篇小说,也是 21 世纪初年军旅小说中独具一格的重要作品。以西方的音乐形式来结构,小说描写了不同的死亡情景和让人难以想象的残酷的战斗画面,交织成一曲丰富而复杂的"死亡重奏",一改西元之前小说在结构方面的随意性,观感严谨且意蕴厚重。《死亡重奏》对战争场面和人物内心的描写极富文学性,其华彩程度为 21 世纪初年以来的军旅小说所不多见。超出连长魏大骡子经验的战斗的残酷性完全被音乐般的诗性消解,甚至最终连死亡也不再令人恐惧,这与西元此前小说的日常经验叙事形成强烈反差。

交代人物"前史"是西元小说普遍采取的方式,它延缓了故事情节发展的速度,更达成了对人物现实情感、心理和思想的观照,尤其是在人物死亡前的短暂时刻,"前史"让人物在濒死前的诗意回想中寻获宗教般的意义。如果说和平环境下对英雄的塑造在某种意义上有些勉为其难,那么这样一场残酷的战斗无疑为西元提供了探触灵魂内面的土壤和条件;这些人物虽然都视死如归,但西元却仍然固执地拒绝升华他们的思想境界,战场在他们心中似乎已经成为普通的场景,与以往记忆中的生活相比没有什么特别之处。14 岁的二斗伢子是个新兵,刚刚补充到这个高地上,但他是那场战斗的唯一幸存者。小说每一章前的第二人称叙述都是以二斗伢子的视角对战场的观察与感受。西元对战场的丰富感觉通过二斗伢子表现出来,但二斗伢子却并非重要人物。在西元的小说里几乎没有重要人物的概念,他只是按照人物的经历尽情地发挥他的想象。

比如说连长魏大骡子,西元没有将魏大骡子描写得多么英勇与智慧,作为一个老兵,他在战场上表现得很淡定,而且有一套自己的经验。在面对美国俘虏的时候,他没有表露出强烈的民族主义情绪,而是彰显出中国人朴实的人道主义。在被打瞎了一只眼后,他甚至咒骂援军迟迟不到,"我就是一个庄稼人,为国家壮烈牺牲? 国家在哪儿呢? 我随九兵团从海南岛一头扎到北朝鲜,一天好日子没过上,你说我能愿意吗?"但是,他又说,"我站在高地上,那鬼子就别想站在这儿。我倒是要和他们比一比,到底谁的命更硬!"最后,魏大骡子死在了敌人坦克的炮火中,连尸体的踪影都不见了。上官富贵也是一个老兵,但始终保持着农民的单一的执着,他让魏大骡子给他划出归他守卫的阵地——这似乎有些可笑,但关于他的"前史"是,二十年前他爹把自家那一亩九分地的地契攥出了血。黄河决口,全家九口逃往陕西,仅他一人活了下来,浑身上下没一颗粮食,只在裤裆里缝了一张地契。将历史勾连起来,我们就理解了他对"地"的几近偏执的确认。上官富贵随后又说:"你放心,我不会让鬼子越过去半步。"英雄主义精神不是已经蕴涵在这可笑的两句话里了吗? 这个河南农民对美国大兵对准他的黑洞洞的枪口很漠然,他低着头,死死地盯着那条画在地上的线,他的心头只有爹死前的话,没地就没命。在与敌人进行了更为残酷的搏斗后,上官富贵坐在自己的阵地上死了。饥饿已经将文书王尽美折磨得对死亡没了恐惧,高地如果是最后的墓场,在它还没有成为墓场之前,就必须待在这里。王尽美望着风雪中灰色的太阳,脑海里闪现着他亲历的日本鬼子占领南京后的一幕幕悲惨的景象,在与美国大兵的搏斗中,他想到的是如果让美国大兵的皮靴踩在这座高地上,身后就是另一座南京城。在敌人的刺刀刺穿了他的胸腔后,他掏出了隔壁家姐姐送他的照片,他想起在下雨的小巷里与姐姐拥抱的那一刻的美好……

真实的力量

传统的英雄叙事当然可以满足大众的想象性期待,尤其是对虚构文学而言,它为作家预留了巨大的创造空间;但文学终究不能远离生活真实,艺术地还原真实既是一种悖论,也是考验作家的尺度。我不敢说西元在这几个中篇里对英雄叙事的探索达到了怎样的高度,我只是认为他对英雄主义的强调更接近事实相。从历史的角度看,用文学的方式还原本相不见得是最好的方式,但无疑是重要的方式。西元的文学探索不仅是精神性的存在,从结构角度论之,他的小说有如中国传统的水墨画,采用"散点透视"的方法,没有中心情节,自然就不存在围绕中心情节结构故事,说没有故事似乎更准确,也不突出所谓的"主人公";他聚焦于碎片化的日常生活,将思想与精神寄寓其中,然后以一种象征性的暗示来指认小说的意义与思想。

反映和平时期军旅生活的小说粗看似乎有些粗粝与散漫,但生活原本不就是这个样子吗？那些精巧的小说当然好看,也更具文学性,但距离真实的生活其实已经很远。我不认为真实是评价小说的最重要的标准,但真实让我当下的阅读更有耐心。

世界在虚妄处重生

西　元

虚妄是黑色的。我曾那样惧怕它,以至于我的世界没有安宁,没有快乐,没有希望,没有未来。任何被称之为有意义的东西,在虚妄的土地上都无法存活。我想找条精神出路,可是面前只有墙。

直到有一天,我的精神疾病似乎被治愈了。我不能保证永远不被虚妄击垮,也不知何时会再一次被它摧毁,但是,我知道,我的世界重生了。并不是虚妄从我的精神世界里被驱逐了出去,而是我可以忍受它,不再惧怕它,甚至有点害怕失去它。因为,虚妄并不仅仅具有消极的一面,还有更为积极的一面。它就像浓硫酸,能将任何遮在眼前的雾障吹散,能将任何不切实际的想法洗去,能将人性当中丑恶的顽疾拔除。当你在虚妄的境地里不再惶恐时,你发现自己竟然前所未有地接近良心。一切都消失了吗?没有,当一个孩子的小手牵着你,当枝头冒出嫩绿的小芽,当一缕花香飘到身旁,当太阳再一次升起,就会有泪水慢慢从眼中涌出,你会发现,这世上有着太多的奇迹。一切都没有变,只是你心里多了一样东西。有了它,你不会重一点,没了它,你也不会轻一点。这个东西就是希望。

虚妄就是希望。他们是这个生生不息、奔涌向前的世界的两面,缺一不可。

我是个军人。我在想,英雄主义在今天为何变得如此脆弱与不堪一击?重建英雄主义的基石在哪里?这些问题绝不仅仅在泛泛而论,而是真正到了生死攸关的时刻,甚至是一些极有见识的人也在疑问:如今这个已经很现代、很文明、并且以和平为福祉的时代,是否还需要英雄主义?英雄主义与人类精神追求的价值是否相一致?我以为,英雄主义从来没有消失,就在每个人心里。我们会把英雄主义想象成很强大的样子,可是并不然,那些看似最坚硬的东西其实最软弱,而那些看起来最柔软的东西却最有力量。我们还会认为英雄主义必然建立在一个坚固的地基上,可是也并不然,那些貌似直冲云霄的庞然大物其实不过是沙滩上的海市蜃楼,而茫茫黑夜里的一点火光却能成为无数人为之奋斗的力量源泉。重建英雄主义就是要守护好一缕心念,而这缕心念就是从虚妄与希望永不停息的辩证斗争中赢得的。说到底,能从虚妄中争取希望的人,还不是世间的大勇之人吗?

我还固执地以为,中国若要在这片大地上重生,就必须迈过虚妄的闸门。当然,通过这道闸门是异常艰难的,我们至少花了一个世纪的光阴也未走过去,现如今还在痛苦地疑问与挣扎。但是,这道闸门又非过不可,我们没有其他选择,因为它同样在每个人的心里,没有任何一个人可以回避。无论是仁、义、理、智、信这些古老的价值,还是自由、平等、公平、正义这些近代以来为我们所接受的价值,统统必须在虚妄的深渊里洗礼过才行。我想象不出,我的祖国和我的同胞,还有我们的民族精神会以怎样的方式迈过那道黑色闸门,但我坚信门那边就是希望,是重生的希望。

赵志

赵志明 / 70后，江苏人，现居北京。出版有小说集《我亲爱的精神病患者》《青蛙满足灵魂的想象》《万物停止生长时》。曾获"华语文学传媒大奖最具潜力新人"，"南京市'青春文学人才成长计划'"签约小说家。

打开感觉的通道

林　舟

赵志明的小说里,那些色彩缤纷、奇思妙想的感觉,多来自作者度过少年生活的农村,以其独特的书写占据了阅读者更多的注意力。比如《我们都是长痔疮的人》简直是邪气四溢地写出苦难而难堪的生存;《我是怎么来的》以充满欢快的口吻讲述贫瘠的生活里农民的算计;《一家人的晚上》将父亲之死置于冷冽的氛围与白无常的鬼魅之气中暗示和描述;《一场大雨的记忆》描述了一场水灾被看成火灾的荒诞景象,无不带着浓厚泥土气息的黑色幽默和反讽意味,展现出农村生活的艰难与残酷,人性的麻木与沦丧。《青草香》《雪地白菜》等小说则在朴素又冷静的讲述中将人情世故、伦理冲突和寻求慰藉的情状娓娓道来。《还钱的故事》丝丝入扣、层层推进地描摹心理的变化,在细节刻画中表现人情冷暖。在这当中,感觉或者说意识、潜意识里那些未经言明的印迹,是赵志明小说叙事力量的策源地和指挥中心,它启动故事,输送细节,调度场景,控制节奏。

《村庄落了一地大雪》开始的场景,叙述者连用五个段落铺展雪天傍晚农村的景象,颇具古典小说的风范和笔力,鲜明准确而又不乏灵动。故事从"这时候响起了敲门声"开始,但叙述者并不急于展开叙事,而是将笔墨交给了场景和感觉的描述:"门是一幢三间头瓦房面东的墙壁上的门。瓦房坐落在村东头,旁边是一条路,路傍着一条河。敲门的声音听上去就像是几团被冻僵了的麻雀。"在故事的展开过程中,作者却将笔力放在对人物活动细节惟妙惟肖的描绘上,比如写两个女人睡觉的姿势:"女人甲一躺下身体就缩起来,像半个括号;女人乙是另半个括号。不是相对的,而是相背的,沿着她们的背脊梁,寒意列队横穿被窝。"还有对鼾声的描绘:"像一片挟裹在呼啸北风里的树叶,拔高,下降,颤抖,突然又悄无声息。"这些生动的描写有如写意的线条中宕开的笔墨,却又紧贴着、照应着情节的延伸,将围绕着收音机的叙事的层次逐渐地勾勒出来,渲染出一片孤独无依、寒意逼人的情境。

赵志明的小说叙事如此着力于感觉世界的传达,拉缓了叙事的节奏,甚至刻意造成叙事的停顿,营造出一种沉浸的语言效果,让你暂时地忘记了故事,甚至有时候让你觉得,故事之类不过是偶尔的物件,不必那么费心地连接为有机的整体,而任其在感觉的河流中飘荡。

《另一种声音》完全潜入人物的体验之中,顺应着内心世界的逻辑,生动地表现父亲的死在小男孩心理上引起的变化。最初,小男孩在教室里听到父亲死了的消息后,“一种羞愧感使他抬不起头来。他像一头小动物,带着满脸的泪水,冲出了校门”。这种羞愧感极为准确地捕捉了小男孩对自己从环境中突然被剥离的敏感,面对死亡的懵懂以及面对未名经验冲击时的不自在。男孩在回家的路上庆幸无人注意到他,可也无心玩他极为擅长的石子,便将石子抛了,“石子画了几道弧线,之后就无影无踪。他的心也空荡荡的,像注了水一样有一种空明的眩晕”。如此具有代入感的叙写,激发的是内心经验的共振与想象,伴随着事件的进程,向内心世界挺进,透见了通常难以命名的感觉。人物内心的感受层次就这样渐次打开,呈现出来。在父亲的尸体前,“当小男孩萎缩地触摸到死者的手时,寒意蜇了他一下,他惊惶地退开了”。这时候,恐惧已经不可阻遏地抬起头来,当小男孩和哥哥被母亲命令去看守鱼塘的小茅屋时,更为细腻而富有层次的恐惧感叙写出现了,“外面有一种打鼓的声音,是一种什么东西发出的吧,咕咚咕咚的,声音使人想起一个无底黑洞,使人浑身发冷”。就是在这样对感觉世界的开掘中,小说完成了对小男孩内心一段隐秘而充满自我蜕变之痛的过程的呈现,揭示出幽微、揪心、脆弱、敏感的生命存在。

这些书写在交织着寒冷与荒诞、黑暗与魔幻、挣扎与希望的故事底部,似乎总有一种温柔的潜流在涌动,我以为那来自写作者在打捞乡村社会记忆时的悲悯之心。赵志明的小说当然有对乡土小说的营养汲取,但我以为这些小说的可贵之处恰恰在于未被言明、未被抽象而又意趣横生、鲜活生动的经验。其次,这些小说在作家与作为客体的故乡之间构成的关系状态上,明显偏重于审美感性的观照,保持着既非对抗也非亲近的反讽距离。如果说这些小说对抽象的东西有所指涉,那也是在一种隐喻状态下获得,意味着多义性和混杂性,顶多有所暗示,更多地依赖阅读者自身携带的语境去玩索。

赵志明的小说世界原本可能就在我们的记忆中沉静而闪烁,它被"此刻"的某个意象、某种感觉搅动起来,刺激起来,泛滥开去,小说的时空由此阔大开来。对赵志明来说,"此刻"是如此的重要,仿佛高台跳水的踏板,将一个优美的姿势瞬间送入虚渺的天空,旋即扎入一池碧水。

《小镇兄弟》里写凋敝的乡镇:"老街的颓败,就好像一条船,在时间的河流里,先是搁浅,然后慢慢沉没,直到没顶,一切化为乌有。有的店面虽然还存在,但就像一个老去的人越来越明显的秃顶一样突兀,恰是一种颓败的佐证。"这样的描写极具穿透力,在感觉的联想中击穿了我们这个时代脆弱而又无所不在的皮肤。《缩微胶卷》里,摄影师的身份、经历与"回不去的故乡"的感喟非常吻合,叙述者借助他的视角展开的故乡图景,因为限知性的叙事反而增强了某种可靠性。"故乡满目疮痍,像刚发生过一场战争,到处都是摇摇欲坠的建筑,建筑上布满窟窿。那是门窗都被卸掉的缘故,就好像遭受过猛烈的炮击。"《万物停止生长时》则将家庭悲喜剧、人物命运传奇置于社会变迁的背景之下,触及时代的各种病兆。"走在乡间小路上的宠物犬是一种荒诞的存在,它们的毛打卷,脚上和肚皮上全是泥土,有的扎着红头绳小辫,可怜巴巴地用糊着眼屎的狗眼远远地打量着陌生人。"寥寥数语将中国城乡变迁中的滑稽、荒谬神情毕肖地展示出来。小说更着意于展现各种变故之中某些不变的东西,像血缘亲情、家族观念、善恶是非的标准,勤劳隐忍的品行等等,所有这些以一种混杂的状态在小说叙事的推进中缓缓闪现,更在脑瘫者喜庆、魔笛这些人与物的描绘中得到强化,包含着更为矛盾复杂的感觉。

在另一种意义上,乡村生活的隐喻化叙事是赵志明在靠近自己经验世界时的演练。在《钓鱼》《无影人》《疯女的故事》等作品中,我们可以看到这种演练设置了更高的难度系数,并且也因此而释放出更为强大的隐喻的力量。它们一如赵志明的其他小说,充满丰沛、精细的感觉书写,感觉凝结成意象,意象包裹着幻念,幻念与意象勾连,通往人的存在中晦暗不明而时时涌动的区域,指向自由的渴望,而这在我看来,正是赵志明小说写作的最初源头和强劲动力。

在幽微晦暗中洞若观火

赵志明

北京到南京的高铁上,我常常一直盯着窗外看。从天津到徐州是北方的景致,不是高粱就是麦子,我看到田间经常跳出一抔小土堆,土堆前偶有花圈纸钱之类,应该是坟墓无疑。在溧阳,我的印象中没有坟墓是圈在农田中的,每个村一般都有坟山,集中埋葬先人,也有的人家将坟墓选址在自留地上。究其原因,可能是北方种高粱小麦而南方种水稻,水稻离不开水,水稻田里当然不能存有坟墓了。这是很简单的道理,而我苦思很久才想明白。

在冯梦龙的《警世通言》中,有一篇《王安石三难苏学士》,苏东坡才高八斗,也难免自以为是犯下错误。以世界的广而大,时间的久而远,越是言之凿凿的定论,恐怕越容易受到新知识的挑战,站不住脚。历史如此,现实也如此,个人经验恐怕更是如此,无论喜恶情感。

我在家里排行老六,其实是老七,在我之前还有一个夭折的兄长。我母亲生我时,我的大姐已经是大姑娘,结果她们在我出生日期这点上记差了,相隔了一天。莫衷一是,我就索性连着两天都过生日。日期都会混淆,更不用说详细的时辰了。因此,我不太喜欢星座学,它讲究精确,而我恰恰是个万事糊涂的人。

基于此,每当我母亲和哥哥姐姐们聊起往事,我在一旁默听,常会猛然惊觉:他们这次说的和上次说的有不一致的地方,甚至截然相反。推广开来,邻里之间、亲朋好友之间,所谈论者也都很可疑。无关乎对错,在表情之反应、事件之叙述和情感之表达上都有明显的变化。对此,我很愕然,常常无所适从。

反映到写作上,大致也是如此。要写什么,怎么写,并不自信,识途老马是没有的,每一次都像小马过河那样战战兢兢,好在我有勇气,不怕失败,心想:大不了就像人们在日常中的闲聊,闲聊哪有一定的准则和规矩,不过是每个人根据自

226

己的年龄、身份和经历，或畅所欲言，或惜字如金而已。所以我的小说显得很笨拙，立意不高妙，逻辑很混乱，人物也立不起来，大概是作者糊涂，笔下的人物也就混沌，因为没法像须、臾两位为之开窍。鉴于此，我不敢、也写不来那类聪明、漂亮、得体的小说。

曹雪芹大约会反对一个糊涂的人从事写作这件事，因他说："世事洞明皆学问，人情练达即文章。"所谓洞明、练达，都是聪明人的标签，但《红楼梦》里的聪明人大都没有好下场，万般宠爱集一身的贾宝玉，也因爱以及失玉神志愈发不清不楚了。曹雪芹自己大概也是不善变通的人，似乎接受了自己的命运，因而才发奋著书的。可见，世上事不如意者十之八九，无论是清醒者还是混沌者，一生所经历的事大抵都逃不过这个比例。

所以，蒲松龄写《聊斋志异》，鲁迅写《彷徨》《呐喊》，他们既聪明又糊涂，还不是假装糊涂，是真的糊涂，他们寄身于此幽微晦暗的世界，偏又火眼金睛洞若观火，活该饱尝撕裂般的痛苦。我做不到他们的高屋建瓴，我的格局眼界小太多，但依然勇敢，不惮以他们为榜样。

祁媛／1986 年生。2014 年毕业于中国美术学院，同年
开始写作，现居杭州。小说散见于《收获》《人民文学》《当代》
《十月》等刊物。曾获第三届"紫金·人民文学之星"、第五届"西
湖·中国新锐文学奖"、"2016 年浙江省青年文学之星"、"2016
年十月短篇小说奖"等。出版有中短篇小说集《我准备不发疯》
《脉》。

年轻的老灵魂

行　超

　　与大多数同龄人相比,祁媛的经历不可谓不丰富。然而她的写作又绝不仅囿于这些经验的呈现,祁媛将它们内化为一种记忆、一种情绪、一种挥之不去的冷而硬的基调。她的着力点向着更深处、更远处,并最终指向内心的隐疾和对现实世界的疑问。

　　祁媛的小说在叙事上是被"耽搁"的。这种"耽搁"不同于《哈姆雷特》的延宕,它并不是为了最终的爆发而积蓄力量,也不是为了增强戏剧冲突从而吸引读者。祁媛小说中的"耽搁"是无目的的旁逸斜出,它让小说的主题和核心内容变得暧昧、模糊、指向不明,让小说永远在"途中",并且最终就停在"途中"的状态里——而这个"耽搁"的过程就是其意义本身。

　　《约会》讲述了小说主人公"她"赶赴与男友的约会的过程。从下午 2 点接到男友的电话,到约定时间晚上 10 点,中间的这八个小时是小说叙事的主体,同时也是"她"的生活在小说中逐渐展开的过程。在这段时间中,"她"想起了自己离异的父母、被寄养在舅舅家的日子,想起了自己的初恋男友、室友阿丽以及和现任男友相处的点滴细节。回忆渐次浮现,最终湮没了"约会",让它最终也被"耽搁"在了"途中"。小说最后,"她迷路了,令她意外的是,她已不在意那个约会,或者说,她已经完全不想再赴那个约会了"。主人公最终放弃了这场约会,似乎也放弃了与男友之间食之无味、弃之可惜的感情,而小说背后的作者也与"她"一样,"已不在意那个约会",索性抛开了对于"约会"的叙述和追问,让小说与"她"一样,最终停留在"途中"的状态里。

　　大多数作品中,祁媛小说的叙事者都是第一人称的"我",这些作品超出了对于"矛盾"、"冲突"的简单呈现以及挣脱的过程,而更像是叙述者的自白和呓语。《奔丧》的故事发生在"我"在为肝硬化去世的叔叔的奔丧途中,在绿皮火车缓慢的行进中,叔叔短暂而颓唐的一生在作者笔下渐次展开。《我准备不发疯》中,母亲精神失常进了医院,"我"一边应付着母亲的病情,一边在自己的生活中挣扎。《翻车》的通篇都在写"我"的生活,"我"记忆中的父亲、"我"的第一个男人、朋友倪莉的几次婚姻,直到最后两段才真正写到"翻车"。《放生》的重点同样不在"放生",而是饭局中遇到的那个男人以及他所讲述的生活……在所有这些小说中,作者展开叙事的方式是依靠回忆以及触目之处所引发的想象。

这是不是有点意识流?祁媛小说的叙事并不按照事情发展的时间和空间线索,只是循着主人公的观察、回忆和各种胡思乱想。相比于表层的现实和某个具体的事件,祁媛更关注的是细节和情绪,她更关注的是"途中"的风景——不管是眼前的还是记忆中的,对于那些光亮、颜色、气味、声音,以及随之而来的细微的感受、情绪,祁媛总有巨大的叙述耐心。我想,她一定认可普鲁斯特在《追忆似水年华》中所说的,"即使物毁人亡,即使往日的岁月了无痕迹,气息和味道(唯有它们)却在,它们更柔弱,却更有生气,更形而上,更恒久,更忠诚,它们就像那些灵魂,有待我们在残存的废墟上去想念,去等候,去盼望,以它们那不可触知的氤氲,不折不挠地支撑起记忆的巨厦"。

多余人、零余者、游荡者、边缘人等,是文学人物形象中独特的一支。祁媛小说中的大部分人物应当归属于这一精神脉络,《眩晕》中的"他"、《跟踪》中的"我"、《美丽的高楼》中的丈夫……他们大多是现实生活中的 loser,对明天没有渴望,对生活没有热情。然而与 19 世纪的文学作品不同的是,祁媛笔下的年轻人丧失了与现实格格不入的对抗精神,只是麻木、懒散、漫无目的、随波逐流地生活着。

小说《眩晕》的主人公"他"是北京一所师范院校艺术系导演专业的学生,因一次偶然的机会认识了比自己大 20 岁的女制片人,本以为可以与"她"聊聊电影、学习学习专业知识,然而"她"对"他"的话题毫无兴趣,"分明是一个资深影评家在听一个小毛头在胡扯,嘴角也不时露出有点鄙夷的冷笑"。于是,"他"与"她"之间逐渐形成了一种简单的身体关系,虽然这并非"他"的初衷,但在这种关系中,"他看着身下俨然已经被他征服的属于另一阶层的女人,感到自己不是在搞她,而是在搞这个高于他的阶层,甚至在搞近来总是和自己作对的世界"。

现实世界中的失意和失败在这样一种畸形的关系中得到了释放,似乎也只有通过这种方式,"他"才能够在心理层面实现对自己失意生活的反转以及对现实世界的一种报复。

小说中的"他"也曾经有理想、有抱负,为了实现自己的导演梦,"他"曾经三次高考、休学打工,然而梦想一旦照进现实,他看到的却是"信仰的快速崩塌",一方面是对电影本身以及对这个行业的彻底失望,另一方面是深知自己无力改变现实之后的沮丧和自暴自弃。与此同时,对于在异乡生活艰难、挣扎着难以立足的"他"来说,妄谈感情是奢侈的,情感的需求在"他"的生活中已经不得不退缩到最基本的生理需要和最渺小的心理慰藉。小说最后,"他"与继母时隔多年再次相遇,曾经情欲的渴望却最终转化成了"怕打碎什么"似的珍惜,指尖的爱抚、身体的芳香和温柔伤感的眼神,非但没能引起他的欲望,反而化作一股"温暖",勾连起过去的生活和回忆,抚慰了他多年来漂泊他乡所承受的"艰辛和冷漠"、"辱没和挫败"。

对于生活中那些颓废、无望、迷茫等"消极"情绪,祁媛总有敏锐的观察和细致的书写。不可否认的是,这确实是我们这个社会重要的时代情绪之一。祁媛在小说中将这样的情绪和状态和盘托出,可贵之处在于,她并不因此而焦虑、愤懑,更不陷于绝望。正如她自己说的:"对于现实生活,我常感无力,自诩是夹缝中求生,但是我也在夹缝中感受到了不少快乐。"

如果要为祁媛的写作寻找一个共同的主题或者关键词的话,我以为,它应该是衰老和死亡。在她数量不多的作品中,死亡几乎弥漫在每个角落,《奔丧》中叔叔以及整个家族的死亡过程、《跟踪》中背影女神的卧轨自杀、《翻车》末尾的牛头和血腥味、《美丽的高楼》中肺癌晚期却最终选择自杀的丈夫、《黄眼珠》中的老同学刘悦……是什么让年轻的祁媛对于衰老和死亡具有如此大的热情?我猜,她的体内应该住着一颗"老灵魂"——"比起你我,老灵魂们对于死亡其实是非常世故的,他们通常从幼年期就已充分理解自己正在迈向死亡,过一天就少一天,事实上,每一天都处在死亡之中,直到真正死的那一刻,才算完成了整个死亡的过程。"(朱天心《预知死亡纪事》)小说《奔丧》中祁媛写到,"焚尸炉的窗口合上了,他们要像烧一块破布一样焚烧我的叔叔了。十年之内,我站在这个窗口外面,分别送走了我的父亲,我的奶奶,我的爷爷,然后是我的叔叔。我想起了十多年前,我们一家人围着一张桌子吃夜饭的情景,小小的方桌,每次吃饭的时候总好像很拥挤,奶奶负责盛饭,碗一只一只地被传递着。夏天的傍晚,头顶昏黄的小灯泡被微风吹得左右轻轻摇晃,那时小小的我以为这就是一生一世了。十年过去了,他们都死了,我却还活着,我只是觉得疲倦。"这段话几乎可以视为祁媛现实生活的写照,特殊的人生遭遇成了她文学写作最初的冲动和起点,同时也成就了她小说颓靡、晦暗、阴郁的底色。

或许正因如此,祁媛特别热衷于书写那些潦倒的中年人,或者是精神世界中急速走向衰老的年轻人。小说《眩晕》通过"她"的白发写出了人到中年的衰败,在岁月面前,所有人都必须面对一样公平的判决,也正是因为时间的铁面无私,让现实世界中的"他"还葆有最后一个战胜"她"的方式。《黄眼珠》中,曾经的女神刘悦在岁月的磨砺中最终变成了再无吸引力的老女人。这种生命由盛转衰过程中的残忍,是祁媛的写作所感兴趣的领域。年轻的祁媛对于生死以及走向死亡的这条路确实有一种超乎同龄人的通透的认知,在她笔下,那些曾经无比浓烈的爱恨、耀眼的青春和令人欣羡的位高权重,在疾病和死亡面前都怯懦地消散不见了,在"向死而生"的行进过程中,人们摩肩接踵,毫无还击之力。

在现实生活中,祁媛的人生快进般地浓缩了那么多常人也许一生都未必经历的大悲喜、大起伏,因而可以对于所有的热闹、幸运或者绝望、荒谬都泰然处之。她的文字也因此天然地具有一种冷而硬的力量,这力量大约来自小说家祁媛从容不迫的、近乎零度的叙事语气和恰到好处的情绪把控。在一篇创作谈中,祁媛曾说:"我想写作,就是学习如何对付'失控'和'失衡'。"在文字的世界里,祁媛仿佛一个冷眼旁观的观察者,始终与闹哄哄的现实生活保持着若即若离的关系。虽然她笔下的死亡、衰老、疯癫几乎都可以算作是"失控"、"失衡"的人生状态,但是在叙事口吻和情感表达上,她却始终严格而自觉地恪守着节制、平衡的原则——这对于一个初学写作的年轻作家来说并不容易。

祁媛的小说对于当下的"80后"写作或者整个文学界来说,几乎都可以算作一个"异数"。特殊的人生经验、敏锐的艺术感受力和几乎是天生的文字驾驭能力,让她凭借不多的作品就引起了整个文坛的关注。她在写作中所恪守的,对现实怀有几分警惕、几分犹疑,对自我与他者的精神世界保持好奇心以及探索的热情,应该是作家最珍贵的品质。但是,文学的世界中向来不缺少天才,流星的耀目确实让人惊艳,但它的短暂却更是令人惋惜的。如何从个人的经验和简单的想象中突围,避免陷入一种喃喃自语和自我沉迷,建立起更加扎实、更具有穿透力的文学世界,或许是祁媛接下来的写作中应该重视的问题。

当我忘怀自己的时候

祁　媛

很长的一段时间里,我都有睡眠不好的问题,午夜醒来,常常不知道自己身在何处,要过好一会儿才能回过神来,回过神来之后就清醒了,于是就更睡不着了。

这是我的老毛病,我曾写过一篇题为《脉》的小说,里面提到失眠,在《跟踪》里,也有失眠的描述。有意思的是,那些小说写完后,我的失眠居然一度好转,有时甚至能一觉睡到天亮。碰到那样的时候,我精神一新,感觉特别好,于是披个薄毯坐到窗边看朝霞,心绪澄明。

《眩晕》开始是顺手的,很快就有了个架子,可我觉得不满意。虽有个别地方还算过得去,整体布局却有点单薄,我就放了放,心想过段时间再说吧。没料到一放就是三四个月之久,我情绪曾一度低落,但还是熬过来了。我不是已经熬过了许多事和许多时光吗? 我欣慰的是,所发生的一切,给我《眩晕》的创作不期然地注入了继续写下去的动力,思路松动了,文字也活起来了,于是我关上门来,关掉手机,再次登程。一连几个星期,昏天黑地地写了一通,又昏天黑地地改了一通,又昏天黑地地顺了一通,终于脱稿,而且呢,在那段时间里,我居然睡得不坏,我甚至要承认我睡得很香呢。

记得《红楼梦》里晴雯死了,宝玉写诔文,起稿时满脸是泪,林黛玉进得门来,上下打量了一下文字,冷笑了,说写得这也不行那也不行,宝玉见状哀求道:好妹妹,给改改吧。好妹妹自不谦让,下手就改。改着改着,俩人就沉浸在文辞的修润打磨上去,宝玉眼泪也没了,黛玉冷笑也少了,兴致勃勃,我想两人会不会也完全忘了笔下是在写悼念死人的诔文了。这段记述虽早就读过,当时却完全不懂,现在才发觉其中颇有深意。我要说,所有的经验,都可以转化为艺术的经验,所有的悲伤,都可以转化成愉悦的诗篇。

前段时间,我回了一趟老家。我在那座小城度过了童年、少年和半个青年。说是"老家",却早已名不副实了。亲人多半故去,房子已转给外姓的亲戚。我是好不容易才鼓足勇气敲响那曾是自己家的门的。开门的是一个陌生男人,长着像马一样长的脸,还有着看上去很暴躁的胡子。他问我找谁,我支吾地说对不起,敲错门了。虽然这个情景早在我预料之中,但我承认这是一个陌生而奇特的体验,心里空空的,什么思绪都无法渗入,我感到里面有种清晰而又说不清的东西。

天空落起了小雨,我在蒙蒙细雨里悠悠然地四处转了起来。雨丝扑面,痒痒的,我好像认出这是老家的雨了。我曾常去的几家小店都已换了门面或被拆掉,另外两家店,一个专卖盗版书的和一家卖馄饨的还勉强撑在那里,老板也都是老样子,只是我记得他们,他们当然不知道我。隐约地,我心里漫起了一种强烈的落单的感觉,我不属于这里了,也不属于别处,不属于今天,也不属于未来。我只属于当下。

然而,我也发现,这种感觉绝非是我第一次体验,从前就有过,而且不止一次,那似乎是一种重复的心理体验。我极力思索,试图像蜘蛛一样追寻着旧日留下的断掉了的丝线,它们源自哪儿呢,许久过去,怎么也想不起来了,难道我真的与周遭隔绝,包括我的记忆吗?

我终于在我记忆的丛林里发现了它们,古老而年轻,阳光下,细丝晶莹地在那里闪烁,它们见了我很高兴,亲切地问寒问暖,纷纷地说有一段时间没来了,别来无恙?我说不好意思,忙着写小说呢,而且,我并没忘掉你们呀,我把你们写入我的小说了,也请你们多提意见。它们听了又纷纷说,哪里,哪里,我们定会拜读呢。

我忘怀自己的时候,是和小说在一起。

黄孝阳 / 1974 年生，江西抚州人。现居南京。著有长篇小说《众生：迷宫》《众生：设计师》《旅人书》《乱世》《人间世》《遗失在光阴之外》《时代三部曲》等，小说集《是谁杀死了我》，文学理论集《这人眼所望处》等。

"亡灵手稿"：致敬或别出新意的实验

李　振

　　黄孝阳创作一篇小说的热情要远远大于讲述一则光怪陆离的故事，你可以说这是他对先锋小说的痴迷，但我更愿意把它看成是一个极其强势的作者对自己创作的钟爱。至于那些故事，黄孝阳更热衷于把它们交给亡灵，于是天马行空、扑朔迷离，任人绞尽脑汁备受诱惑，却又在无形中落入了作家的圈套。

　　"亡灵的手稿"因而成了黄孝阳制胜的法宝，正如《乱世》中写下南坪故事的女人必须要跳下地铁；《众生·设计师》里林家有要从楼上诡秘地坠落；《人间世》中不断闪过的"活着的人啊"——就当有关生死的疑惑被推给某种未解之谜，一个强力甚至专横的叙述者才陡然现身，借着"手稿"让人看到"小说"而不是"故事"的全貌。虽然那些故事本身已完整之至且引人入胜，但这还不足以构成黄孝阳式的小说。他需要一个能够掌控全局却又看上去玩世不恭的故事的局外人，他要在创作小说的同时一本正经地扮演起一个读者。罗兰·巴特说"作者已死"，黄孝阳可能不大买账，他在作者与读者之间随意切换身份，以求长生不老。

说书人的狡黠

　　如果抛开《乱世》中的楔子与尾声，那份"手稿"依然是一个有趣的文本。虽然黄孝阳曾在不同的地方强调小说要摆脱说书人的格局，但在《乱世》里，诱人又无法掩饰的却是说书人的狡黠。"手稿"在简短的寒暄之后就亮出了草丛里瞄准刘无果和蒋白的那支步枪。持枪者是谁，暂时不清楚。为什么要瞄准，眼下也说不准。所以得等，得焦急而又被迫耐心地等别人把故事讲下去。这不同于自然主义小说那近乎冗长的铺陈与解说，因为后者求真，从环境到细节，唯恐场

237

面做得不够;这也不同于现代小说那份主体性的傲慢,因为那种注视自我的对话至少在表面上保持着对阅读者的冷漠与矜持。它是说书人的"揪心之术",得让人着急又得坐住,得跟着我走。因此,故事的叙述始终保持着一种步步紧逼的节奏,它用一条线索引出另一条线索,在一个结局拉开另一场的序幕,交错往复。

如果我们仅仅把它看成是某种具有现代意义的反逻辑、反秩序的形式上的尝试,就会忽略黄孝阳从中国传统文学中借力的事实,因为他此刻正牢牢地握着一根有力的绳索:对故事的好奇。我相信大多数人在面对刘无果追查刘无因之死的复杂故事时,不会把注意力集中在情节的拼接或文本碎片的组织形式上,他们急迫地追逐着那个明确的因果,最想获得的是对"到底怎么了"的清楚交代。所以,洋葱是被一层层剥开的,刘无因与刘无果是兄弟,五叔与王培伟是父子,王培伟就是罗秦明,周怜花与刘无因、王培伟是情人,与说书人是师生……他们的身份在此刻已显得不那么重要,是这些由隐秘逐渐走向明朗的关系决定了故事之所以如此。这个时候,那些被拼接或尚未拼接起来的碎片不是为了表述现实的荒诞和存在的虚无,而是要编成一辫能一下拎起可以食用的蒜头,不管味道如何,是意外还是惊喜,都须给那个隐藏着的对故事与因果的好奇以切实的交代。于是,手稿呈现出了故事最传统的而不是最现代的样子,它无疑是揪心的,是可听可读的,是能证明奇迹的存在与因果报应。《乱世》中的"手稿"几乎整合了中国传统故事里最能撩人心弦的元素:国恨、家仇、道义、权术,英雄与风尘女子,盗亦有道与府第小人,江湖奇术与神秘刀客,兼济天下力挽狂澜的雄心与叔嫂间不足为外人道的骚动……这个时候,我们就不得不承认黄孝阳深谙"说书"之道。

待到小说"尾声",兜了一大圈子才绕出那个秘密:"你知道的,要有头有尾,尤其是在'碎片化'的今天,读者更需要一个完整的故事,这样,他们才能不那么费力地找出自己的脸庞、命运、心碎的激情,以及永远的夜晚。"但如果你真的认为这是一个充满确定性的结论,就有可能再次落入黄孝阳的圈套,它更像是与读者展开的智力角力或是黄孝阳为自己开设的一场辩论。整部小说本身就是一个矛盾体:要让"无因""无果"去寻求事情的因果;要让一个视文学为自己与世界庄严契约的女人以死来保全并终结这份约定;要让一部被"楔子"和"尾声"架到手术台上实施解剖的"手稿"先由成堆的碎片长成一个有机体,而它的存在更像是为了被分解而必须进行的前提性整合。在这种极富矛盾的现代性文学形式与文学行为中,那个必需的"手稿"却以更趋于东方、趋于传统和通俗的方式疯狂地成长起来,这绝不是对作者将小说坚定地视为一门现代艺术的悖反,而恰恰是他以现代的方式成全与整合传统文学智慧的一次具有先锋性的实验。它让人们看到的是一种不断成长与变化的文学理想,是一个人如何在现代性社会里破译自己的文化遗传密码,也是一个作家怎样从实验性的文本中带着得意的坏笑炫技式地演练自己说书人的手艺。

小说之外的世界

而《人间世》中的黄孝阳不仅仅是一个形式设计师,他渴望着对小说之外的世界更大限度与体量的言说。这种讲述一大段历史的雄心和在象征与寓言里故意暴露作者洪亮声音的穿插,常常让人产生分裂的幻觉。为什么会有一个"榉城"?为什么"榉城"原本上为天堂,下为人间,却在某日被天堂的主管改小了入口,"宣布从即日起自己的名不再是'主管',改称'主',只有日日诵念主的名的人才能来到天堂"?为什么"榉城"是"不平等"最通俗的呈现,而它每隔七年便会倾斜,"底层一小撮的胆大妄为者,在经过一番激烈的斗争后,一些幸运者一跃而上,来到顶层,并建立起新的对'青铜雕塑等'的阐释文本"?为什么"我"能发现扎留在囚室地面的文字,而不知去向的扎又时常出现在"我"面前?这些在一个故事里无须解释的问题却在小说的层面成为某种至关重要的精神内核。这个局外人,这个身份不明、游走于前世今生、穿梭于不同时空的"我"几乎无所不能——他好像应该无所不能——因为黄孝阳要用他的眼透视"榉城",要经由他的口讲述"榉城"。而这个"榉城"与扎和娅的恋情并无多大关系,后者只是为前者提供了寓言性的伪装,整个"榉城"其实是试图藏身暗处的黄孝阳对人性、对欲望、对伦理、对善恶、对权力、对历史、对当代中国以及看待它们的方式本身一份近乎宣言式的供词。它是黄孝阳在扎和娅的寓言里建造起来的人类社会模型,或者它更像一个魔方,在上帝之手的不断把玩下变换着模样。于是,这个本来深藏不露的局外人急不可待地从角落里冲出,如来自波斯的商贩,一手拿着亡灵的手稿,一手捏着"榉城"的魔方,狡猾地搭配售卖。这当然没什么不可以,或者说局外人的存在本就不是止步局外,他终将以某种令人惊异的方式现身。

239

开放的表达与空间

因此，黄孝阳小说里的"亡灵手稿"则成了某种选择或可能性的原点。即使这些手稿呈现出内在的封闭性与稳定性，但当它被安置于一个与之关系微妙的小说中时，小说与"手稿"的关系，小说中的人与"手稿"的关系，小说中的其他故事与"手稿"的关系，读者与"手稿"的关系以及以上关系与"手稿"的关系等等，使小说酝酿出十分庞杂的内涵。它是异常开放的，成了调动各类元素参与其中的智力游戏，为作者、读者提供了辽阔的表达、想象与阐释的空间。就像《人间世》的楔子："我是在公园的躺椅上见到这份被丢弃的手稿的。"从开头那行"已从日常生活消失了的"、"与当下恣意放纵的时代精神颇不合拍"的隶书猜测"手稿"的主人是个上了年纪的人，可如果它的主人并没那么老，或许是出生于 20 世纪 70 年代——"尽管我是出生于 20 世纪 70 年代，对于手稿中所描述的一些历史并不大熟悉，但老实说，这份手稿看上去更像一部小说"——那么，它是小说，是"荒诞与梦的堆积"和"现实与内心的交锋与碰撞"，但如果"我"对历史并不熟悉而导致了误判，或许它恰恰不是小说而是历史，"不具备所谓'真实'的力量，但这又有什么关系呢"？又如《众生·设计师》里那个关于"彼世界系统"的作品，到底是彼世界与此世界合成一体，还是"我所置身的这个现实，也是另一个维度的某种生物所设计的彼世界"？或者"生物"本身就是一种局限？至于《乱世》的尾声，它就是"手稿"这个开放文本的一种概率性的阶段，可它为什么又与"量子文学观"高度应和甚至重合？如果知识可能像《众生·设计师》里宁强所说的那样通过性来传播，那么黄孝阳与"我"、与那个女作者又发生了什么？以上问题的提出纯属偶然，但这个旋涡式的小说时空映衬着现实的单调、线性、无聊、粗暴和一厢情愿的自我陶醉与丧失选择的自以为是。或者现实并非如此，而是我们强行把它变成了这副模样。

黄孝阳十分享受作为一个局外人的状态，这样他就可以在小说里从人生哲学到历史细节来一番神侃，也可以大谈文学原理之后理直气壮地拍出一份"手稿"。这不是跑题，也不算恼人的抒情，因为只有这样，他才能名正言顺地成为从文本中收割麦穗的人，而不是一个辛勤劳作却在收获季被宣判"已死"的可怜虫。我们当然清楚那些"皱巴巴的作业本"出自黄孝阳之手，但当它被安放于一个故去的人身上，也就构成了形式，成了小说区别于故事的凭证。更重要的是，这个局外人与"亡灵手稿"的存在让小说与现实、历史与当下、具体的文本与宏大的文学理想建立起某种巧妙又坚固的关联，这也就不仅仅是文学形式上重复的、致敬的，或是别出新意的实验，而成为一个作家有关认知方式的整体又不乏强力的表达。

新现实中的"量子文学"

黄孝阳

我们在进入一个卡尔·波普尔所预言的开放社会,"一个蜂巢似的有机体"。这是一个比《百年孤独》还要魔幻百倍的匪夷所思的新现实。它还在不断加速,且每一秒都比刚流逝的那一秒更快一点。我把这个新现实称之为知识社会。一个知识生产呈指数级增长的块茎结构,一个人可能真正获得主体性(自由)的个人时刻,一个充满不确定性与戏剧性的现代性景观,一个"技术奇点"随时可能爆发的前夜。

在这个新现实里,小说家要有能力区分小说与当代小说,像区分亡灵与生者的容貌,要有这种愿望去不断探索,充分借鉴电影、摄像、雕塑、音乐、绘画等其他艺术门类的理念与形式,以及科技进步带来的众多启迪,用一个"千年文学备忘录"的视野,写出真正属于这个时代的文学,写出 IBM 电视广告里那个"智慧的地球"。

小说家得学会对读者提出要求,不满足于分享经验、情感,在道德上作出判断与叙事。要有对难度及复杂性的呈现,这才是对读者真正的尊重。今天的读者已摆脱被动阅读的命运。他们不再是砖、螺丝钉,不愿意被规训、被洗脑。启蒙早不再是某种价值观的输出与接受,而是一个自我觉醒的动人旅程。在喜怒哀乐之外,读者渴望更多的智性含量,这种阅读经验将有助于他们在新现实中迅速作出判断,应对突变。小说文本发挥出原型作用。

把当代小说视作一个生态系统,而非一个概念,里面存有由各种新观念所孕育的生物。这些生物之间的关系就与自然界的生物链一样奇妙。比如塞尚说:"大自然皆以球体、圆锥体、圆柱体、正六面体来构成。"同样,小说也可以是由这些几何体结构组成的。

又比如对蜂巢、圆周率、湍流、莫比乌斯环等奇异事物的模仿。再简单点,比如语言的革新。语言不仅是表达的方式,是思想与文化的载体,任何一种语言,它本身就包含某种价值判断的模式与思维路径。它要是活的,与当下息息相关的。

什么是量子文学观呢?量子力学与相对论是"两朵乌云",在让世界得到更深刻呈现的同时,也直接建构了今天的现实。而现有的文学理论,基本是由经典物理框架下的那个"低速宏观"的现实分娩孕育,落后于新现实。量子文学观就是把量子力学理论当作启示与比喻,尝试就"作为当下的现实与未来"的叙事,在理论与实践层面提供一种可能性、维度及自我辩护。或者说:它渴望打通科学与文学之间的壁垒,使科学的人与文学的人有机融合,成为一个更复杂的多维度的现代人。

量子文学观试图把现代主义与后现代主义统一起来,使之与经典物理框架下的现实主义相对应,让众多对确定性与不确定性各有迷恋、彼此冲突的文学流派,都置身于同一个坐标轴。不是机械统一,是有机的,"彼此照亮"。这个坐标轴有点像元素周期表。

更重要的是,现代性正在把人打碎,时间、知识结构、人际关系、对世界的理解方式等。要回到作为人的整体,拥有人的主体性(主体有,万物才有),在灵魂深处缝合诸碎片,量子文学观提供了一个富有整体性的路径图。量子物理对时空(人的尺度)的阐释,迥异于经典物理。

希望我们的笔下能有当代中国人的真正面容,以及未来人类起身时的足履。许多人说文学在式微。这话对,也不对。式微的其实是几种媒介,以及社会对文学的关注度。文学本身并不式微,反而随着知识生产的倍增,呈现出一个极开阔、极复杂的图景,且与教育水平得到普遍提高的公众关系更为密切,表现出一种从公共空间走向私域的倾向。文学在成为母体,犹如水滋养各种艺术形式。又或者从另一维度来说,文学不仅是一种专门的知识体系,它还是各种知识体系的叙事策略。谁的叙事成功,谁就主导了未来。

沈念 / 1979 年出生，湖南人。出版有散文集《时间里的事物》（入选"21 世纪文学之星"丛书 2008 年卷）、小说集《鱼乐少年远足记》《出离心》、长篇儿童小说《岛上离歌》。曾获湖南省青年文学奖、《青年文学》征文一等奖等。

拔"刺"的人

黄 灯

沈念骨子里有一种悲伤，但他从来不放任情绪的泛滥。在他干净、节制的文字背后，弥漫了一种"重"的质地，这种整体性的印象，让我意识到解读沈念的难度。在文体的分类中，散文、小说有相对清晰的界限，但对沈念而言，从散文创作走向小说，并不具备转型的意义。我感兴趣的是，在他貌似零散的文字和文体背后，为何会有一种绵柔的力量直击人心，并在审美性极强的语言中彰显立场，他作品的整体性如何获得？在《夜鸭停止呼叫》里，沈念曾借人物之口说出，"就像是平淡生活里的刺，扎进肉里，捋一捋就会痛，想拔却又拔不掉"。是的，"刺"，这个在湘北一带方言中使用极多的词汇，让我找到了沈念的精神图标。要怎样的敏锐，才能意识并表达对"刺"样生活的感受？显然，内心深处的刺丛，是沈念悲伤气质的根源，拔刺的冲动，是沈念创作的动力，他有一篇小说，甚至就叫《少年刺》，"少年刺"是沈念作品的总主题。

真正的"青春"气质

沈念毫无疑问是一个对时间特别敏感的人，他的第一部散文集就命名为《时间里的事物》。《对一个冬天的观察》《河流上的秋天》更是毫不隐讳对时间的标识，这种来自直觉的偏好，意味着沈念惊人洞察力的背后，对个体命运的特别感知、洞悉。沈念相信宿命，尽管他从不明示，但他在无数小人物的悲欢离合中，表达了对宿命的确信。当我循着作品，小心翼翼确认"死亡"是沈念散文的重要母题后，一种内心的钝痛悄然而生，但我不得不承认，一种超乎年龄的对"死亡"的呈现和思考，是沈念时间观的必然结果。是的，沈念的散文在耐心、细致叙述一个人物时，最后总会让我们看清诸多毫无征兆的非正常死亡的结局：一个河南的送煤人横穿铁路时,因为运煤车卡在铁轨上,被呼啸而过的火车轧死;与"我"一天之内有着三面之交的出租车司机老歹,因为失恋,在车祸中死在了另外的城市;邻居长着齐腰长发的秀美女孩,因为一瓶花露水,被母亲辱骂走进涨水的江中;还有出租屋中留下日记的男孩意外溺亡,老穆的女儿吞服安眠药、热爱诗歌的山野诗人死于贫寒与误解,太多这样的人,走进沈念的文字,"一个朋友在京城高校就读的儿子死于游泳课上,另一个朋友 39 岁的女儿为了弥补婚姻的缺口美容,麻醉药过敏死于医疗事故。因为熟悉,他们的非正常死亡,难以猜测漫漶在生者心中的恐惧和悲愁,只能任由它们带着那一刻无以复制的情绪疾速坠落"。除了死,还有痛。在《羊从周头湖走远》中,沈念从一头羊的日常命运,确认出一种与己、与人有关的悲伤,"每个人的回忆无法阻挡,快乐的影子里藏着哭泣和悲哀。这只羊,不会再咩咩地欢叫,也不会再咬一把嫩绿的青草,羊用自己的独特话语抗议,它在周头湖的这个夜晚结束自己,在火焰的光亮里结束黑暗"。还有一些嵌入他生命棋盘的卑微个体,他们或者由于命运的无常,或由于偶然的失误,将生命带入泥沼。《没有对象的牙齿》中的云姐,仅仅因为错失卫校通知,此后的人生便彻底改变了航向,这种无声的悲剧,足以毁掉人的一生,却找不到任何怪罪的对象。二姐夫的一个远房亲戚,为了让孩子更好念书,省吃俭用,"让我感动的是孩子的母亲,含辛茹苦勤俭节约到连梳头掉落的每一根头发都保存起来,过半年一年就连同剪掉的头发一起卖钱"。确实,沈念的内心,像是安了一架装备精良的探测仪,目光所过之处,边缘处困境中的人,便悄然来到笔端,对一个卑微群体的整体素描,构成了沈念散文的独特贡献,这些生命中的过客,勾连起与时代血肉相连的疼痛,在个体命运的呈现中,与沈念构成了一种暗处的见证,"那些待在角落里的人,是不是被侮辱和欺凌的冒失者,是不是最无力的遗弃者?我反复给自己提出这个模糊又具体的问题,却从没获得任何声音的回答",这些问题不会有答案,它们悄然蔓延为沈念内心的刺丛。

　　与对时间敏感相对应的,是沈念作品中对边缘场域的倾心。他笔下的地点大都是城乡接合部的村庄、小镇、堤坝,解体的工厂、大厂破落的小区。他尤其对小镇描述颇多,鱼乐镇是其文字中经常出现的地名。"离周头湖最近的是一个萧条的小乡镇。几家更萧条的南货店散落在旧乡镇政府大院四面,而人群散居得更辽阔。""偏执的小镇哑口无言。"在沈念笔下,这些地方散发着晦暗不明的气息,留有旧时代的印记,仿佛一张静默处的褪色画卷,"供销社、米厂、粮管站、油脂厂、生资站、搬运站、轧麻厂、风机配件厂,在计划经济向市场经济转型的这些年头里或者是改头换面,或者销声匿迹……时间里有什么没被改变的吗?小镇顿时语塞。"稍稍拉开时空,可以发现,在消费主义盛行、都市小资相似的面孔中,年轻的沈念,对这些边缘处的留意和耐心,丰富了对这个时代的记忆。

《少年刺》《夜鸭停止呼叫》探讨创作主体弥漫在青春气质中的精神成长史。表面来看,两部作品在人物设置、故事情节等方面相似,《少年刺》讲的是我和马鹏、周岚的故事;《夜鸭停止呼叫》则讲了我和陈越来、海鹏以及那个始终隐匿的谢冰芳的故事,从时间设置和空间呈现而言,两部作品和其散文一脉相承。显然,沈念的真实用意,不是为了提供一个戏剧性不强的故事,小说对他而言,无非是从散文的广角镜头换成了聚焦的特写镜头,他背后真正想强化的意愿,是对乡村、小镇青年青春成长的隐喻式表达。《少年刺》在 20 世纪 90 年代褪色的氛围中,更多呈现了底层青年的迷茫、无奈、混乱。《夜鸭停止呼叫》则将目光对准了这群少年成年以后进城的生活,时光如流水,一切并没有根本的改变。

怎样理解沈念对时间的敏感? 怎样理解他对"死亡"的倾心? 怎样理解他对边缘处的小镇、乡村、厂区的耐心? 怎样理解他气质中无处不在的悲伤? 怎样理解他用"刺"描述对生活的感知? 这涉及一个最为核心的命题:沈念是一个真正富于青春气质的作家,这种独特的气质在他的同龄人中并不多见,他的敏感、对他人的关注、个体精神的困惑,都来源于此。他作品弥漫的忧伤氛围,他对命运宿命般的理解,伴随着无数个体的迷茫、挣扎或毁灭,凸显了沈念作品灼心的青春追问。无论散文还是小说,沈念作品背后,都有他个体精神成长的身影,他以自己的成长,丈量同一时代他人的命运。从表达上而言,这种青春气质,让沈念避开了更多世俗的惯性,这是他文字干净、纯粹的根源。沈念的作品就是一个拔刺的过程,但在一个问题丛生的转型时期,沈念的拔刺显然没有终结之日,这构成沈念精神向度的根本矛盾,也使得他的作品极富张力。概而言之,沈念作品尽管有相对明晰的时间、空间场域,但他并不是一个题材分类鲜明的作家,难以命名,这成为解读沈念的难度所在,而他整体性的获得最为核心的原因,正来自其精神成长中的青春气质,并以敏感、真诚、难得的纯粹、不世故作为显性的症候。他的作品在清淡中有贴近人心的力量,在破碎中有打动人心的力量,也正来源于此。

工厂氛围与个人创作

最后,我想追问一个问题,在沈念的成长中,有什么独特的经验,悄然奠定了他精神的底色?我相信大多散文写作者,之所以选择散文,最根本的动因,正来源于对自身经验、情绪清理的冲动,沈念也不例外。他14岁不到就离开小镇、离开县城,进入更大的城市念书,童年的记忆只是一座沉睡的矿山。他17岁不到,师范毕业,就走向社会,进入工厂,现实的丰富、复杂、残酷和真相,在他眼前显露无遗。大厂十年的经历,以及大厂在20世纪90年代激烈转型中的悲欢离合,他在静默处是重要的见证人。我无法想象这一切到底怎样渗透到了沈念的内心,但这些残酷而真实的世相,必然在他人生中留下最深的烙印。

沈念是我二十几年前的同事。1995年,我大学毕业,进入湖南岳阳一家纺织厂,1996年,17岁不到的沈念从师范毕业,进入工厂的子弟学校。我住在青工宿舍5栋,他住在青工宿舍6栋,他文字中出现的地名和场景,建湘路、万家队的巴可、工厂的林荫大道、5栋和6栋楼下倾倒的残渣、熙熙攘攘单车充斥的人行道,还有20世纪80年代国营工厂小区的斑驳和喧嚣,在90年代中期的时候,曾与我的生活息息相关。我甚至还见证过沈念迷茫的青春,见证过他年少时代为了喜欢的女孩,站立在5栋楼道的身影,听过他深夜的歌喉。因为亲身遭遇了下岗的阵痛,工厂经历对我而言犹如一场暗疾,但我早早离场,而沈念则像一个坚持到最后的观众,在随后的时光,见证了工人群体更为哑然地抗争。多年以后,待我明白工厂经验对我随后概念泛滥的日常生活,是多么重要的参照时,我也突然明白了它对沈念的意义。这种嵌入生命的印记,相比知识与理论的泡沫,更深入我们的骨髓。工厂十年奠定了沈念创作的基本底色,形成了他创作中难得的优势。

往浅里说,沈念之所以走上文学道路,和工厂的氛围有关。尽管在近二十年来的主流表述中,国营企业更多被放置在经济维度的砧板上进行审视,但今天回过头看,这种傲慢中有因为盲视所带来的偏见,并遮蔽掉了工厂更为丰富的维度。事实上,90年代的国有大厂,文化设施完善,文化氛围浓厚,更是弥散着难得的文学氛围,工人除了工作,尚有丰富的业余生活。工厂不但有文化楼,有电影院,有舞厅,有电视和广播台,更重要的是,有年轻人,有做梦的文艺青年。在这种氛围中,沈念走上写作这条道路,事实上得益于这种无形的熏染,也注定他的创作更接地气,避免了学院式写作的隔膜。

往深里说,工厂在20世纪90年代发生的巨变,加速了沈念精神的成熟,其后所发生的工人群体戏剧性的命运跌宕,让沈念敏感地意识到了时代的裂变。相比个人化叙事合法化大背景下,同龄人不自觉陷入的情绪泥坑,沈念因为这段经历,因为对另一个群体的熟悉和注视,他的创作注入了充足的精神钙质。在沈念作品所营构的村庄、小镇、工厂、街道的场景中,在近二十年快速流转的时光阴影中,他的作品渗透了对弱势群体的体恤、关注,这个群体包括他笔下的下岗工人、河南运煤夫妻、落寞的诗人老包、热爱文学的出租车司机、像母亲一样的二妈、被炭盆意外烧伤的女人,当然,也包括连一根头发都舍不得丢弃的二姐夫的远房亲戚。他们的不幸和酸楚,进入沈念的眼睛,最终长成了内心的刺丛。

是的,从阅读感受而言,沈念貌似以一种个人化的视角通向自己,但其实通向的是别人的悲欢离合,是外部世界的光怪陆离。在作品中,我们可以清晰地看到沈念的面貌,看到其青春气质中的纯粹、节制,但更能看清他背后尖锐的呈现和不动声色的拷问。一个人和一群人,一群人和一个时代,沈念作品大气的地方正来源于此,在个人细语呢喃泛滥的时代,他的目光没有限于个人,而是通向更为辽阔的,与时代能够产生血肉关联的广大群体,尤其是广大底层群体。他个性的温文尔雅,与他所关注问题的粗粝,构成了一种刺眼的对比,这是独属于沈念的方式,独属于沈念的散文表达方式。我理解沈念的表达,作为转型期的见证人,他有他的眼光和敏锐。毫不夸张地说,工厂经历对于被唤醒的沈念而言,像一面魔镜,照亮了他的童年、少年,照亮了他的乡村、小镇,更照亮了他背后一个庞大的群体,沈念的创作,在这种悄无声息的个体成长中,获得了根基。

士别的缺失，或万象森罗

沈　念

　　她走后，缺失吞噬美好，变成珍贵的代名词。那段日子难以言述，夜里辗转失眠，时间被截断，裁锯成一小段一小段，仿佛我的夜晚是缺失的。睡不着，我会躺在床上数绵羊，数星星，数着过往，或者踅下床看书，书页上是一片水的空白。我在中国人民大学宿舍的床是悬在写字桌上的，有几次翻越时径直从爬梯上滑落，骨关节在体内撞响，像复仇者的突袭回击。屋里屋外都是虚晃的夜色，坐卧椅上，身体在浓酽的墨黑里浮起，也在不易察觉地沉落。有时会不由自主想到写作为何出发，从来看作是生命中最有意义和力量的事，漫漫长路，黑夜中同行者的身影四处闪躲，于是就有了慌张，有了兔子撞进陌生菜园子的惶乱，也像飓风暴雨后存活的植物，身体裂裂炸响，根部摇摇晃动。

　　每一个写作者的心里都住着一个拿破仑。是的。不是吗？

　　人近中年，竟然变得如此惶惑。是经历的死亡所致，或是太多的缺失纷至沓来。时间的缺失，生活的缺失，亲人的缺失，写作中的缺失，一度叮咬着你躲闪的身影，让你遗憾嗟叹。三年前，丢弃一份众人眼中未来可期的工作，那是不负我心的顿悟。前任仍约转身，但恋情已经终结，终是不回头的。遥想更早的出发，阡陌纵横或是莽莽荒漠，走到那个洞穴前的跌落，从那里陷入，并非被迫，实属自愿。现如今非得朝前走不可，人都须为选择而背负，好的或坏的，轻的或重的。前面虽有风景摇曳，也得先穿过荆棘和丛林，沼泽与沟堑，黑暗与破碎。

　　十七八岁开始第一次发表作品，而后却有八年是停滞的。像是拥有另一段不可自拔的溺爱，而忽略了原来的钟爱。又像暗夜行路，走着走着天就亮了，听从内心召唤的意识愈发明晰。远行者总得有备而去。而起初，我像《基督山伯爵》中的爱德蒙·邓蒂斯，将自己囚禁于孤岛上的伊夫城堡。是的，我们无从俯瞰城堡的全貌,在巨大的岩石筑起的城堡里,在万象森罗的壁垒中,甚至我们不知自己走的路在众多的道路上是不是有出口。也许永远找不到出口,谁知道呢?

每当我安静地面对内心时,我像爱德蒙一样,听到了来自岩石墙里的声音。住在隔壁的法里拉神甫,敲打着鹤嘴锄,即使是一次次选择错误的路线。我也是被囚禁者,也是法里拉,没有出路。但总有出路,出路不在外面,就在里面。我如此慰藉。那时读《基督山伯爵》,觉得法里拉像是一个人身体里最坚固最深奥的部分,"他身上所有的一切都没有弄绉——他的白发,他的起了霉的绿色胡须,他的遮在胯间的破麻布片"。在我眼中,他是一位不怕失败的诗人,是一心想远行的少年。应该说时至今日,耳畔还会响起鹤嘴锄撞敲岩石的声响。在法里拉心中,一切障碍都是不存在的。他向庞大坚固的伊夫城堡发出挑战,他无处不在无时不在。他以自己的错误帮助我们画出伊夫城堡的正确地形图。最后,也许我们也成了堡垒,自身的界限不打破,出路必无处寻觅。

多年之后我才懂得,文学的界限与出路不在那些奖项身份名利,而是在文学精微的内部被不断打开的广袤空间里。就像爱德蒙,从法里拉的错误记录中受到启示,在某一天不再对被监禁的不幸和卑鄙苦思苦想,而明白了,"要想逃离监禁,唯一的办法是弄清这个监狱的建筑结构"。从表层的纷乱中转而专注内心世界,这何尝不是另一种意义上的突围。作家与创作之间,如同爱德蒙和法里拉之间关系的另一面镜子,总觉得每一次写下的都是不足的有缺失的,总是不足以绘出伊夫城堡的全貌,灵感不断犯错,推理总是穷途末路。

文学是多面的,小说也好,散文也好,躲避不开的生活、思想、创新和语言等诸多面向,都有多处抵达之地。福斯特曾写过一本《小说面面观》,虽然谈了很多小说的不同层面问题,但仍不敢说全部穷尽。写作就是如此,一个写作者能占据最好的一面,抵达几面,也很是了得。也可以这么说,还有很多缺失的面,总是暗夜浮动中扮着漂亮的鬼脸,唱出塞壬般的声音,吸引你前去探寻。也正是在探寻中,令人窒息的写作透进了光。又有哪位写作者心中不也像在暗无天日的苦力劳作中怀揣野心的法里拉那样,决想从墙上打开一个缺口,写下一部伟大的手稿,写下属于人间万物的过去、现在和未来。

或许,缺失的那部分,也是万象森罗的那部分,是被我们曾经忽略的通往好的文学之途。葆有对人的处境的清醒认识,倾听人性里山呼海啸般不折不从的冲动,然后我们会发现,文学像那没有等级的星座永远在位移,你矢志不移地追随,才有可能得到自由出入那坚如磐石且深奥微妙的伊夫城堡的通行证。

谢络绎

谢络绎／现居武汉。出版有长篇小说《外省女子》等
三部，中短篇小说集《到歇马河那边去》等两部。曾获第七届湖
北文学奖新锐作家奖，第九届《中国作家》鄂尔多斯文学奖。

没有谁能真正置身其外

马　兵　韩　玥

谢络绎写过一首题为《幸福》的小诗,全诗如下:"我脱胎于母亲的日常生活/又以叛逃为己任/她一步步向她妥协/我一步步向我逼近/我们越离越远/才有幸福可言。"这是一首对于中国式的亲情伦理做出精确又微妙传达的诗歌:幸福感与亲密感令人错愕的反比关系,无法分离而又必须叛逃的相处困境,人们都在一步步的"妥协"里逼近那个"幸福"之核,而这朝向"幸福"的旅程本身却是如此的悖谬和痛苦。这首不起眼的小诗实则关联着谢络绎创作的某种关窍,她确实擅长写人际交流的孤岛化,但与其他写作类似主题的小说家不同的是,谢络绎是从家庭或情爱关系的内部、从渴望和恐惧的纠缠中去观照"那部分真实存在又常常被人回避的正常的、不成功的连接状态"的。因此,"距离"在她的小说中是一个高频出现的词汇,借由对距离的书写,她完成了对当下爱情和亲情关系具有洞察力和反讽意味的重塑——距离在她笔下,常常意味着一种无时无地不在的"疏离之悲"。

《耀眼的失明》中的陈馨因为不能为外人道的创伤记忆而不敢面对自己的肉体,与男友的欢会也必须在黑暗中才可以。为了克服这个心理的隐疾,她找心理医生疏导,又尝试以拍摄人体写真的方式逼迫自己对自己身体的凝视。小说最耐人寻味的地方在于,陈馨对曝光肉体的恐惧既是一种心理创伤的症候,但也隐含着对女性作为被凝视的"他者"这一命定身份的抗拒,无论在男友那里,在心理医生那里,还是在摄影棚的男性摄影师那里,他们一方面希望帮助陈馨完成对身体的祛魅,另一方面这种祛魅的后果就是女性身体的重新"客体化"。尤其是陈馨男友的态度,他希望陈馨可以通过人体写真的拍摄突破自己的身体禁忌感,但是又迂腐地强调必须由女摄影师来拍摄,他或许未曾想到,正是这种大男子主义式的要求更增强了陈馨对身体的禁忌。在这个意义上,陈馨在小说结尾处大喊男友的名字充满了一种隔膜的反讽感。小说不断在陈馨与恋人的身体距离和心理距离之间摆荡,前者的亲密无间叠印着类似于原罪的恐惧,而后者的渐行渐远更暴露了她距离意识的紊乱给予自身的巨大压力。

与之类似,《空港逆旅》写的是由名古屋国际机场而开始的一场旅行,这本应休闲惬意的旅行对男主人公陈耀来说,却是对心灵禁地的挑战。陈耀疏离于众人是为获得接近刘丽的机会,而当他们的关系逐渐从疏远走向亲密时,陈耀却"一下子醒了",他惊讶于刘丽对他习惯的熟稔,"你知道我是谁?"这个疑问使陈耀心灵的防线更加坚固,如梦初醒般将刘丽拒斥在外。小说至此戛然而止,所激起的却是读者深深的疑虑,小说中的距离时而是精心深密的算计,时而是水到渠成的依偎,繁复细腻的爱情就如此被情境化和隐喻化。

中篇小说《昏以为期》题目取自《诗经·国风·东门之杨》中的"昏以为期,明星煌煌",意思是两人约好黄昏时相会在老地方,却让一个人苦苦等到明星闪闪亮。小说前半段的线索也大致如此,在婚姻围墙内,丈夫郑长宏理所当然地承泽妻子勤恳顾家的雨露并怡然自得,当妻子积怨已久暴雨来临时,看似逃离围城的郑长宏却不得不面临婚姻失败并独自照顾孩子的窘境,尽管他有一天因儿子逃学去找妈妈而幡然悔悟,他却被永远地关在了围墙之外,再无复合的可能。无论城里城外,总有一个人在苦苦等待而另一人似乎不以为意,这种心理和时间上的"错位"不仅使夫妻二人背道而驰,更昭示了人与人感情的深层隔膜,并提醒读者没有谁能真正置身其外。

相对于爱情中的这种"亲密关系障碍",亲情关系的疏离是更让人不忍的现实。《他的怀仁堂》中,范广荣与范斌父子虽然彼此记怀却不能走得更近,否则只能带来陌生和恐慌。即使是在父亲弥留之际,范斌依然无法通过肢体接触来表达爱意,"一想到永远无法让范广荣明白,他们彼此离得这么近,却再也不可能再近的时候,他就得赶紧转过身来。就是因为差着这么一点距离,范广荣的话到范斌那里,就有了奇妙的变形"。父亲在生命的最后一刻拥抱了儿子,范斌头一次感觉到父亲的胸膛有着那么巨大无边的"宽厚",然而"他的身体猛然一缩,感觉自己消失了,从范广荣敞开的慢慢安静和冰凉下来的胸膛那里"——尽管他最终冲破了横亘在心里几十年的障碍,却再也无法弥补父亲在世时爱而不能爱的遗憾。

如果说范斌与父亲的距离受母亲离世和周遭环境的影响更多一些,那么由中国特殊的家庭育儿模式所导致的相互间的不信任而滋生的疏离感,在《多声部》中体现得更为强烈。妻子火星四溅的埋怨、岳母喋喋不休的说教、婴儿没完没了的哭闹,成为环绕在范斌周围的"多声部",尽管他默默承受这一切,却依然不能获得任何理解与信任,想寄情花木亦不可得。这两篇小说的人物设置和故事架构体现了詹姆斯·伍德所谓的小说的"微妙性——分析,质询,考虑,感受压力的那种微妙",而"表现这种微妙只需要一个小口子就行了",《他的怀仁堂》是养老,《多声部》是育婴,它们都有着新写实式的对生活情境的细腻甚至极致的观察,又流溢着巨大的反思性的心理关怀,即人们面对至亲之人所表露出来的疏离之感和由此映射出的生活的悲剧本质。

在谢络绎的创作中,还有一类是写武汉故事的,这个"外省女子"以自己热情的体悟和观察在众多已成气候的武汉叙事之外兀自找到一条生路,那就是书写城市化进程之下人与城的相濡以沫以及由此引发的"城居的乡愁",其中代表作是《六渡桥消失之前》。既然是写武汉,这个小说自然少不了热干面般沸腾的市井气质,六渡桥出来的汉口女子许阿满甫一出场即是活色生香的,她的嘴不饶人,心软面硬,还有那些生活里的小聪明和小算计,不由得让人想到《生活秀》里的来双扬、《万箭穿心》里的李宝莉。不过谢络绎并没仅停留在对许阿满所代表的那种热辣城市性格的描摹上,小说接下来通过许阿满夫妇在老城的生活前史链接出一个"声誉满三镇,购物在六门"的六渡桥小世界,只是在都市化改造的大势之下,六渡桥的风情早已消失殆尽,唯有那些老户居民以记忆和厮守做着徒劳的捍卫。谢络绎在这个小说中不仅写出了一种对老汉口的留恋和渴慕,也呈现了这种渴慕在现代化进程中那珍贵的脆弱。小说结尾,许阿满和王汉生一路从新居走回六渡桥大陆里,仿佛一次重访生命来历的追溯,王汉生固执地相信,即便六渡桥天桥拆了,"这个地方还在,从来都是这样"。然而,小说最后一句话以特别中性的陈述语调——"2014 年 12 月 1 日晚上 7 点,六渡桥天桥主体桥面拆除完毕"——在王汉生的寄望中添了几丝苍凉,随着六渡桥大陆里老人们的逝去,他们充满个人体验的"当下的过去"最终将变成一种没有体验附着的"纯粹的过去"。谢络绎在小说中所体现的对大时代中的普通百姓的道德关切和那种"批判的抒情",让这个市井故事有了更深沉也更悲情的人文底色,在经济和消费的助推之外,历史和文化传统以及居民的集体记忆是否也可以构成城市改造的内驱力,这确实值得思考。

　　谢络绎曾多次谈到文学之于她的意义和她对待文学的虔敬之心,她说:"文学的本质是一种能将现实中稍纵即逝的某种体会捕捉后进行拉伸的力量,不单指向情爱,更多的是个人的迷惘和挣扎。"的确,从早期的《外省女子》《卡奴》到《少年看到一朵牡丹》《到歇马河那边去》,再到最近的《多声部》三部曲,她写作格局的拓展和创作观念的嬗变是显而易见的,她越来越能超逸于游移不定的感性叙事,为作品注入更广阔的思考和对人生更冷峻的观察,因此,其小说体现出越来越丰沛的现实指涉力和对社会问题的勘探意识也就顺理成章了。

一棵树与一角天空

谢络绎

前几天朋友通过微信发来一张杏花盛开的照片,背景是一个旧式庭院,有斑驳的大红门和老砖院墙。由于角度问题,它们看起来有些突兀,像是误入镜头的路人,呈现出的是随意、粗糙的一瞬。然而满枝胜雪的花朵依然是澎湃美好的。于是我们就谈论起美来,谈论起这样的照片所展示的美是杏花本自具足的美,提供的信息仅仅是,花开了。

花开了,这是时令之必然。大自然的一切都行进在既定的秩序中,不同的形态在相应的时间中静静呈现,你见或不见,它都在那里,有心者总能看到。用心者则会做出适当的回应。这当中感受力更强的人,他们的回应是创造性的,会在自然美之上有所发展,展示出更多更具感染力的美。

艺术的各个门类都存在着一个使万物之间的关系由暗到明予以浮现的任务。萨特说:"人是万物借以显示自己的手段,是我们使这一棵树与这一角天空发生关联的。"这当中的"我们",指的是写作者。

在我还没有开始写作时,我在企业从事的工作之一是招兵买马。年前年后,我总会去各大高校进行校园招聘。至今我还记得那些急于寻找出路的学生,他们青涩的脸上闪动着怎样的迷茫。我想给所有孩子机会。我在工作日志中这样写道:"其实我要做得很简单,在他们中间找到合适的人选,完成差使了事。可我总会想太多,想做更多,想做的事更有意义。"

此"意义"并非事情本身成就了什么,而是一种更大范围的探究,是对事物缘起缘灭,对个体甚至是人类总体命运的穿刺。这当中尤其令我着迷的是一种隐蔽的、没有实体却往往起决定作用的内容,关乎规律,连锁的美,坍塌的根源等等已然存在,却总待去获得揭示的关系。关系的建立即意义。大约便是这种凡事都要找到"意义"的动力促成了我的写作。

我的短篇处女作《到歇马河那边去》写封闭空间内情欲的毫无边际,单独来看,空间与欲望似乎毫不相关,是萨特所说的"我们"在找寻这种相关,使其呈现出类似于"一棵树与一角天空"这样的不唯一但独特的关系,它们一旦被建立就必然会声张出独属它们的内在逻辑。

某天,我读到巴基斯坦诗人马哈茂德·达尔维什的经历,他童年流落黎巴嫩,重返故土时,他们的比尔瓦村已不复存在,他们向北走,在阿萨德村落脚,以色列人占领了那里,给予他们这些"非法"进入者的身份是"缺席的存在者",即肉体上是存在的,但没有明确身份。又有一天,我听到一个身边人的故事,海子卧轨自杀后,有人自称海子,到武汉来各种约见,人人都避而远之,因为这着实是一件既惊悚又因为受到欺骗,令人深感嫌恶的事。却偏偏有一位朋友,对来者尽信,每来必见,见则好吃好喝地招待。

多么荒诞,又如此确凿。

两个故事都涉及身份,一个是消失的存在,一个是存在的消失。我于是写了一个基于此而进行拆解的小说《倒立的条件》,写了这样一个人,大家都知道他已经死了,有一天他却毫发无损地出现在女主角面前。而女主角正深陷绝境孤立无援,这个对女主角有过深深眷恋的男人是来帮助她的。他的出现令她恐惧却成为她唯一的希望。这是我虚构的幻觉般的遭际,一直到动笔之前,我仍在为事情生发的内在动力寻找依据,绝境是我能够想到的唯一合理的条件,它是消失和存在的翻转场。

空间与欲望,消失与存在,我不是这些内容的发明者,是使它们发生关系的人。"使……发生"的过程实际上就是捕获和揭示的过程。当我认识到这一点,创作就如打开的水龙头,成为自然而然的,人物、事件,他们的所思所想,一个接着一个就出来了。我十分珍爱这些流出,视为上天的恩赐。就像所有人都对树和天空不陌生,却不是人人都有能力使它们产生美的关联一样,流出之物是我的树和天空,它们的关系看起来是结构性的,实际上是感性的,我的能力缘于我是少有的对它们投入了感情的人,始于无意识,训练于有意识,我越重视它们,它们乐于前来的就越多。

比如我写《六渡桥消失之前》,首先是六渡桥来找我,然后是大陆里,接着是个中人物,许阿满、王汉生,他们的女儿王竹等。武汉这座城市中的旧故里与新事物,老人与年轻人,这些变迁的承担者,我要想认清变迁的来龙去脉和内在规律,就要将他们和它们捧于掌心,我越是这么做,越是愿意在其中停留,隐秘的本质就越容易在所有这些事物的关联中浮现。

这一切有意思的地方在于,万物丰厚而生命有限。"然而人们依然觉得生命享之不尽……"笛卡儿带着这样的忧虑不遗余力地追问"我"是什么。作为写作者,作为萨特所说的"我们"之一,我乐于在有限中追问无数个"一棵树与一角天空的关系",看到制约,也看到自由。

王芸 / 70后，湖北荆州人，现为南昌市文学艺术院专业作家。出版有长篇小说《对花》《江风烈》，小说集《与孔雀说话》《羽毛》，散文集《此生》《穿越历史的楚风》《接近风的深情表达》《经历着异常美丽》等。曾获第五届湖北文学奖新锐奖、第三届湖北文学奖、第二届全国冰心散文奖等。

做这个时代的"寄物居"

李墨波

无论是回望的姿态,还是对失败者的观照,实际上体现的都是文学的悲悯精神和人文关怀,就是用文学的慢去对抗社会变化的快,用文学的人文关怀去对抗社会的丛林法则,在成功和失败这样的二元价值之外,重新开辟出一种价值维度,来收留和容纳那些失败的人。

王芸的小说创作,秉持着现实主义的创作姿态,扎实而沉稳,同时又具有女性特有的灵动、圆润和细腻。女性身份带给王芸一种观察的角度和立场,使她对生活有一种天然的敏感和细致的体察之心,使得她的目光能够抵达那些无人问津的角落,审视习焉不察的瞬间,能够看到社会中被冷落和遗忘的人群,打捞起那些动人的人性细节。女性的细腻又让她对于急剧变化的时代有一种独到的感受,这表现在她对于逝去事物的惆怅,这种惆怅既有对于时代变化的无力感,也有对时代的反思和追问。

相较于外部世界的飞速变化,人的内在情感和心理结构具有一定的稳定性和滞后性,这就导致了内心世界同外部社会的错位和扭曲,也造成了现代人的精神隐痛。某种意义上,文学是安放和寄存人们内心情感的容器,那些被时代甩落的生命体验,被文学捡拾其中,留下一些记忆,凭吊一些过往,让人们的心理在巨大的变化中得到缓冲,让人们的情感在千帆竞过的时代中有所停靠。

对逝去时光的眷恋

在王芸的小说中,对于逝去的事物、回不去的故乡,常常充满深深的惆怅和眷恋,她的小说反复述说的一个主题,是对传统文化的热爱和坚守。比如小说《铸剑》,表现出对即将失传的古老铸剑工艺的忧虑;《嘘村古树》写但老汉对一棵古树的守护;《龙头龙尾》写一个村子的人在春节时回归老村,重新按照古老的习俗舞起"板凳龙";《对花》更是体现了几代戏曲人对于戏曲艺术的传承和守护。王芸的作品中充满各种传统文化的内容和符号,比如戏曲艺术,比如古老的傩戏,比如架花、板凳龙、跳和合等乡村的古老习俗,这些符号成为她小说的一个重要意象,也成为她构建自己小说的起点和支点。这些符号是当下和历史的一种连接,通过这些符号,王芸试图表达出一种颇为复杂的时代况味,呈现出新时代和旧时光之间的对抗,以及人们在这种新旧交替之间的情感上的痛苦和纠结。通过这些符号,王芸表达出她对当下社会转型期的一种思考。

随着现代社会的飞速发展,人们的生活方式、生活习惯、精神世界、伦理价值,都遭受前所未有的巨大冲击,王芸的小说就恰恰聚焦在这种新与旧、传统与现代的冲突和矛盾上。面对这些冲突,王芸并不是简单地给出答案,而是予以辩证的思考,传达出一种丰富复杂的情绪,这其中既有坚守和回望,也有传承和发展。

小说《寄》里面的"寄物居"是一个耐人寻味的意象。所谓"寄物居",就是人们把平时没用但又舍不得扔掉的旧物寄存的一个地方。我们在生活中常有这样的体验,很多旧物已经用不上了,但又舍不得扔,因为它们记录了我们的生命经历,携带着我们的情感。在这个快速行进的时代,面临日新月异的外部世界,有一些情感和记忆是我们不愿丢弃的,需要把它们寄存在一个地方,王芸的小说创作就充当了这样的"寄物居",把行将消失的传统和情感,放在小说中寄存起来。

对"失败者"的观照

王芸的小说充满对边缘人、失意者、"失败者"群体的观照和关怀。正如"寄物居"收留流浪汉一样,她的小说创作也是收留失败者的"寄物居"。在她的很多小说里都有失败者的形象,比如《控》表现了住在一栋楼里有不同故事的社会边缘人,《羽毛》写了一群受过生活重创的女人,《寻找马耳他狗》写一个初到城市的小保姆的辛酸,《寄》中的"寄物居"干脆就是专门收留那些流浪汉的。这些人应该是社会中最边缘、最失落、最失败的一群人,王芸都会以一个女性作家特有的悲悯和体恤,去观照他们的灵魂。这种关怀不是居高临下的怜悯,而是一种

263

理解和共情。王芸深爱她笔下的每个人物,不论他们具有怎样的身份、怎样的地位、怎样的故事。在《与孔雀说话》中,对于一个出狱的贪官,王芸都同样报以深沉的关怀的目光,在王芸眼中,每个人都具有人的最基本的尊严,他们个体的遭际和境遇都值得同情和书写。

无论是回望的姿态,还是对失败者的观照,实际上体现的都是文学的悲悯精神和人文关怀,就是用文学的慢去对抗社会变化的快,用文学的人文关怀去对抗社会的丛林法则,在成功和失败这样的二元价值之外,重新开辟出一种价值维度,来收留和容纳那些失败的人。这也是王芸的文学创作在当下急剧变化的社会生活中所具有的重要的意义。

对女性深入的描摹和书写

在王芸的文学创作中,女性题材占据了相当一部分比例,她的《羽毛》《对花》等作品更是呈现了女性的群像,对于女性在社会历史中的地位和命运有较为深入的思考。

《羽毛》是一篇构思巧妙的小说,表现的是几个女人的群像,她们都有不同的创伤,聚在一起彼此取暖。小说中写到一种类似杂技的平衡术:支点一边是十几根叠加的树枝,另一边是一根很轻的羽毛,维持平衡的就是这一根羽毛的重量,要想维持平衡,需要高超的技艺。关一芹苦练这种技艺,只是为了让智障儿子开心。对于其他人轻而易举的事情,对关一芹这样遭受生活挫折的人来说则是无比艰难,一根羽毛在她们身上具有非同寻常的重量。宋羽是这群女人的组织者,支撑宋羽活下去的是他失踪男朋友的消息,而她男朋友的身上也文着一根羽毛。一根羽毛可以支撑人活下去,一根羽毛也足以把人压垮。

羽毛是非常美的意象,实际上也是关于女性的一个意象,她们可以很轻,但她们同时又具有举足轻重的重量,占据支点的一端,维持着一种平衡。这个意象充满辩证的味道,写出了生活的轻与重,也写出了女性的轻与重。这个羽毛也可以解读为,面对人生的困境,要寻求一种内心的平衡,它的难度不亚于这个平衡术,需要的是女性细腻而又坚韧的内心。

《对花》是一部很有分量的长篇小说,时间跨度大,人物众多,结构设置精巧,通过两条人物线,表现了三代女性对戏曲艺术的坚守和传承。这部小说的主题是表现戏曲艺术,同时呈现了一个女性的群体:苏媛芬和她的女儿栾之凤,陈小娣和她的女儿陈子湄,以及筱团长、杨菊花等等,这些女性具有多重身份,有母亲和女儿,有恋人和妻子,有师徒和朋友,也有竞争对手等等。小说不只是写单一维度的女性,而是把女性的不同侧面诠释得很充分,同时对女性整体的命运有所思考。这些女性的共同点是坚忍顽强,她们面对生活、命运,都表现出一种积极进取的态度,并且具有一种抗争精神,是对于自身命运的抗争,同时也是对女性身份遭受不公的抗争。

《对花》在艺术上还有值得打磨的地方。相对于中篇小说《大戏》,《对花》给人一种匆忙的感觉,叙事速度过快。这部小说20多万字,但是内容容量却很大,导致了小说的叙事速度非常快,而且越到后面越快。速度快的好处是可以快速地勾勒出时代的变迁和人物命运的浮沉,但是这种粗线条的快速的勾勒,所带来的可能是人物面目的模糊,让人觉得很多人物和场景没有写透,匆匆一笔带过。

长篇小说的格局和容量可以很大,但还是要落实到具体而微的细节上,所以在确定了小说的主线之后,在选材上应该有所取舍,挑选一些典型性的片段和瞬间写透了,历史的厚重感自然就会出来,而并不需要像大事年表一样事无巨细地都表达。要能快得起来,也要能慢得下来。既要能铺陈开,又要懂得留白,而不是像撒胡椒面似的平均用力。

《对花》在主题的挖掘上还可以更加深入。不仅要写出戏剧对于个人的外部命运的改变,同时也要写出人面对戏曲艺术所产生的人性深处的异化,这种异化可能是好的也可能是不好的东西,都可以写。

写作是上天赐予的铠甲

王 芸

每一个写作者都想找到一条属于自己、适合自己的独特的创作路径。但经过了那么漫长的书写史,有那么多人前赴后继,要找到真正新异的路径很难,因而这条路走起来并不是那么笃定,需要外在与内在力量的支撑。

一度想做服装设计师,用布料、针线、珠串来实现无数种可能,命运却将我送上了此在的道路。初写散文,后写小说,而今左手小说右手散文,散文偏于感性,小说更趋理性,并让我走向宽容。写作于我,就像上天赐予的一件铠甲,让敏感不至于一无是处,让脆弱也可以转化为坚强,让狭窄的笔尖可以触及辽阔的人间世相,让简单的文字可以映现复杂的世道人心。

近年我将创作视线聚焦在传统文化领域,写过一系列荆楚历史文化散文《穿越历史的楚风》,小说《对花》《龙头龙尾》《红袍甲》《芈家冢》《铸剑》《雀替》《心祠》《护城河边的旋转木马》《木沉香》等篇中的人物、情节、场域和文本中的艺术况味都浸润有传统文化元素。我尝试以小说来探讨传统文化的兴衰承继,呈现对于这一问题的关注与思考;同时,从这一视角切入,来写社会转型期世人的微妙心态与精神处境,探讨当代人精神和生活的内在依据。

另一方面,我写芸芸众生,写那些承受着生活与精神重压的微不足道的小人物。他们结结实实过着自己的人生,有着复杂的情感诉求、心理需要和生活欲望,有着真实的疑难、忧喜、犹豫、隐忍、愤怒、悲伤。凑近去看,哪个人的一生不是波澜壮阔、跌宕起伏的个人史? 小说《寄》《羽毛》《控》《黑色的蚯蚓》《与孔雀说话》《虞兮虞兮》《第六指》《T 字路口》……我用文字为一个个人物勾形、塑神,让世人听到他们压抑在胸腔里的悲泣或啸叫。某一时刻,他或者她就是"我",过去、现在或未来时态的"我"。写作中,我曾为谁或谁的遭际眼眶潮热,喉头发紧,流下过泪水。但更多的时候,我是一个冷静的书写者,以理性把控叙事的节奏与走向,笔调舒缓、内敛,我总觉得那些在文字搭建的文本空间深处涌动的暗流,并不比文字本身的冲击力量更小。

我曾是一个媒体人,做过报社副刊编辑和新闻编辑,这让我的写作或多或少带有媒体人的特点,也正因此,我时常提醒自己保持警惕。我们身处于社会转型期,各种观念在世相的表层之下冲撞、抵牾、对决,有时候新闻事件甚至比小说的虚构情节更为离奇、庞杂,让人头晕目眩,猝不及防。如果文学作品只停留于捕捉复杂的世相,那还只是肤浅地表现和诠释这个时代、这个社会。

写小说让我变得宽容,因为尝试进入不同人物的内心,也就看到了"我"之外的他世界与他心。写小说让我变得慎言,不轻易对他人的言行"发言",因为你不清楚他遭遇了什么,面对着什么;也不再轻率地对某一社会热点事件匆促"发言",真相往往在地面之下,可能埋藏极深,而我们的"发言"可能仅仅是关乎表象的,是基于我们所能"看见"的部分,根本未触及或逼近真相,而带有我们自身识见、角度、阅历的局限。

在纷乱的世相之下,一定存在着渊深的潜流,是它们改变、造就、控制着地表的种种现象。我觉得文学要探究和表现的是这一部分。它考验的是写作者的眼力,具有穿透力的"眼力";是识见,拨开迷雾看到本质的"识见";是思考力,深刻的富有洞见的"思考力"。

在中篇小说新作《寄》中,我虚构了一个"寄物居"。它是一个存放旧物的仓库,是一个容留流浪者的免费住宿地,也是一个理想意义的壳,彰显着小说中的韩老师关于天地人伦的朴素的理解,它容纳人们对旧物的情感,对尘世的痴念、牵系,让人们回望时不至于心头空空落落,让人们前行时身后尚有依傍,去实现非常有限,却并非毫无意义的安放。那里也寄放有我,一个写作者关于身心安放的冀望。

董夏青青 / 1987 年生,祖籍山东,在湖南长大。毕业于解放军艺术学院文学系,中央戏剧学院戏文系研究生,新疆军区创作室创作员。有作品见于《人民文学》《当代》《十月》《解放军文艺》《芙蓉》《青年作家》等。

"在场"的"零度叙事"

傅逸尘

董夏青青的小说未必就是现代主义或后现代主义的,在某种意义上讲还可能是对自然主义的回归。她耳闻目睹的那些生活的片断与人物的困厄足以支撑她的小说叙事,而不需要去煞费苦心,或煞有介事地虚构与编织,只需记录,老老实实地记录。

《垄堆与长夜》是我最早读到的董夏青青的短篇小说,感觉不仅耳目一新,甚至可谓惊讶不已。在我的阅读与研究中,21世纪以来的军旅小说在放弃了20世纪90年代的文学性探索后,基本上都回归到了现实主义的传统或范畴,故事与情节、思想与主题成为作家创作的终极追求。董夏青青却是一种别样与另类,走了一条与众不同甚至于相反的路途。她的中短篇小说《河流》《科恰里特山下》《苹果》《何日君再来》《高原风物记》《高地与铲斗》等,更加确认了这种感觉与印象。作为军旅"新生代作家",董夏青青以一系列的风格化小说彰显了自身独特的存在。

董夏青青的小说没有故事,甚至也不见成形的情节,完全是生活的片段甚至碎片,一种几近原生态的质感,与90年代初的"新写实小说"似乎有着某种内在的关联。她还摆脱了21世纪初年军旅文学的官场与社会化叙事模式,专心叙述和描摹边疆基层官兵与普通人粗粝与困顿的生活,非但不去刻意张扬英雄主义与爱国主义的情怀,反而不无任性地为他们的生命与存在涂抹上一层苍茫辽远的底色,营造了一种沉郁、悲壮、厚重的情绪——这又沾染了些许80年代"寻根文学"的气质。此外,董夏青青可能还有着构建一个属于她自己的文学化地域形象的想象,她几乎将所有小说的人物与背景都放在了新疆一个叫塔什库尔干的地方,有时则将其简化为塔县。就如同乔伊斯的都柏林、福克纳的约克纳帕塔法县、厄德里克的印第安保留地、贝娄的芝加哥，以及莫言的高密东北乡、苏童的枫杨树乡村等，这一点也让我对她的创作无法视而不见。

董夏青青多次前往博尔塔拉、伊犁、和田、喀什、阿克苏等地边防连队，与基层官兵同吃同住，真实体验、经历了戍边生活的艰危困苦，感知了他们人生、命运、家庭等多方面的困惑与窘迫。这种情感，让董夏青青不愿按照以往的观念概念化地塑造英雄形象；相反，她只想尽可能真实地记录、塑造戍边军人的日常生活状态和人物群像。董夏青青坦言："我不能用三言两语遮蔽他们十年五载的生活，不能假装洞察一切，把自己的声音安在他们嘴上。我更倾向于在大量现实素材的基础上，通过虚构的情节安排，让人物们自己行动，自己说话，完成自己的纸上人生。如此，既是对这些人曾经如是活过的纪念，亦是对一种荣誉生活的尊重。不让他们在作者的陈词滥调中，失去击打人心的力量。"这种别样另类的文学宣言，在当下小说写作的整体语境中颇值回味。

即便是在军人与战争的范畴里，英雄叙事也是一种特殊化的存在。或言之，是人在特殊环境与情势里的极端化表现。从文学角度论之，它是理想与想象的产物。人们对英雄的渴望，恰好反证了人内心的脆弱与怯懦。现实生活里，人们内心深处或多或少都会怀有英雄的元素与情结，但却不太可能在日常经验中聚积为英雄的行为；因此，当我们强调文学真实性时，非英雄叙事就有了经验的依据。董夏青青的小说选择了非英雄叙事的视角，她笔下的基层官兵没有生活在特殊化的环境与情势里，她也就不想"把自己的声音安在他们嘴上"，去塑造或拔擢那种作为"外在物"的英雄形象。真实也许并不是她非英雄叙事的借口或策略，她不想以文学性的叙事与语言遮蔽他们的生活；换言之，她更相信自己的眼睛与耳朵，而不是理想与想象，这才是她小说的本来面相。

虚构是小说的本质属性，即便是现实主义，甚至是自然主义的小说，其故事情节与人物命运及生活现实的差距也是无法避免的。小说进入到现代主义阶段，不再强调再现生活，而是加强了对人物的心理刻画，表现生活对人的压抑和扭曲。而后现代主义的不确定性、多元性、语言实验和话语游戏，将小说与生活现实之间的距离拉得就更远了。董夏青青的小说未必就是现代主义或后现代主义的，在某种意义上讲还可能是对自然主义的回归。她耳闻目睹的那些生活的片段与人物的困厄足以支撑她的小说叙事，而不需要去煞费苦心，或煞有介事地虚构与编织,只需记录,老老实实地记录。也因此,她的所有小说呈现出的都是生活片段,而不是我们通常看到的曲折复杂的情节与有头有尾的故事。即便是体量和情节最为丰富的中篇小说《年年有鱼》,却也终究是几代人片段生活的连缀,没有从一而终的人物与故事。

那么人物呢?当小说的主体是由生活的片段构成,而不是故事与情节,人物的不完整性就是必然的了。在一个万八千字的短篇里,作家们通常是围绕一两个人物来叙述故事,构思情节;但董夏青青想写的不是一两个人物,而是想写一种生活的状态或场景,这是她小说的重要特质。她就是要真实地呈现戍边官兵及当地普通人粗粝困厄的生活——一种不加修饰的原生状态,不去主观赋予他们那些外在的、意识形态化的东西。董夏青青的独特或深度在于,她赋予边疆苍茫辽远的环境以一种诗意的暗喻与象征——只有边疆才具有的大美,它们之间形成了同构性或曰互文性的交融。这样一种文学境界的达至,是因为董夏青青将自己真正置身于边疆,置身于戍边官兵以及那里普通人的生活之中;也许她还不能完全地成为他们中的一员,但即便是一个旁观者,近距离的观察、交流与体验,也足以让她获得较为真切的生命的存在感。董夏青青这样描述她的经验与思考,"这些年,我常收拾背囊,从乌鲁木齐辗转去到边境线上,在连队里和战士们共同生活一段日子。在那特定的时间中,会和很多人产生交集,得以通过也许彻夜,也许三言两语的聊天,知晓他们的生活和内心。这些发自内心的声音时常很微弱,被日常生活中数不尽的其他声音所遮蔽,但那却是他们灵魂的起伏,热血精神鼓荡其间。我要做的,就是拿起文字的凿子,一下一下破除表面的冰壳,将这些裹挟着坚忍、痛楚、牺牲的生活开采出来,让读者看到他们安静无闻的身影,如何在大漠中留下生命的轨迹。"董夏青青经历和体会到了那些艰难的生命存在,她决意,或者说有些任性地要将她所耳闻目睹及经历和体会到的那一切记录式地呈现出来。"任性",对,就是这两个字,它只属于董夏青青和她的小说。

《垄堆与长夜》中的刘志金,一个如此卑微的生命,命运的多舛也就罢了,却经常被那些生活得不如意的人拿来安慰自己;而且,塔县的人们很快就会把刘志金忘了。鲁迅说,哀莫大于心死。在这里,我觉得哀莫过于忘记。无论他是英雄崇高,还是普通卑微,都曾经是人们中的一员。用他的耻辱与哀痛带给人们轻松与快乐,这与鲁迅小说所揭示的中国人的劣根性并无二致。《在晚云上》中,出

271

身军人世家的副团长灰暗的情绪无人理解,也没有人想去理解,甚至还会有误解。军旅生涯与个人生活不断产生龃龉,女友的跳楼让其无法承受,内心思想与情感的无法言说更是他无法忍受的不堪。连长的命运并不比副团长好,但他似乎已经适应了边防的枯寂与煎熬,仿佛这就是他的生活与命途。小说结尾的那片晚云上的麻雀既是一个意象,也是一种象征。残酷的现实与历史交叉在去〇三号峰会哨这条辽远苍茫的叙事线上,不断地回叙、插叙消解着现时态的诗意情境,让人们浮想联翩。董夏青青对小说背景,或者小说人物的生存环境极其敏感,她并不是大段地描写,她只是在人物出场的时候不经意地那么点染几笔,这几笔恰恰是短篇小说的精髓。

董夏青青的小说叙述几乎都采用第一人称,即"现时态 + 过去时态 + 现时态",循环往复,常常又是过去时态占据主要篇幅,对人物前史的重视似乎超越当下;另一方面或许更为重要,即强调"我"作为叙述者的"在场",不仅是旁观者,有时还是小说里的人物,这无疑是向读者暗示叙述的可靠性;然而"我"虽然"在场",却没有鲜明的情感倾向,或投入,表呈的是一种零度叙事的风格。零度叙事并不是缺乏感情,更不是不要感情;相反,是将澎湃饱满的感情降至冰点,让理性之花升华,写作者从而得以客观、冷静、从容地抒写。从这个意义上讲,董夏青青在小说叙述态度方面,还是要有所警觉的才好。

学而时习之
董夏青青

大学之前,我写了十几年作文。上大学之后开始正式学习写作,读研究生,也在学习写作。研二时,上一位老师的编剧课,他在学期第一堂课上说:"你要是会,就会了,要是不会,我也教不会你。"确认我们都听见这句话以后,他开始了为期一年的剧本写作课。

我的写作,像一个不断交作业的过程。从本科到现在的课堂笔记本我都保存在手边,随时翻看老师在一个学期或一个学年之内设置的不同课程主题。2008年,老师在电影学课上向我们提问,说既然巴别尔的叙事特征是冷酷的、平静的,读者如何能看出他强烈的情感?当时我们七嘴八舌回答了很多答案,但没有谁将这个问题的集中点放在"文学表达"的层面。老师之后在课上放了导演米克洛斯·扬索1968年的作品《红军与白军》,让我们将这部电影和巴别尔的文字进行写作层面上的比较研究。这让我开始想尝试新的语言调性来练习,学着换一种"口吻"。于是在《不羁的小马》以及到2010年才写完的小长篇《年年有鱼》之后,我循着在课上习得的美学和认知感觉开始写短篇小说。

最近十年,我写了一篇非虚构,十几个短篇。据说人体肌肉建立一个新的运动模式要250 – 550次重复训练,修正一种错误的运动模式,需要3000 – 5000次的重复操作。我很希望自己能在写作初期就养成正确的运动发力模式,但无论是情绪感受的核心还是提笔就来的惯性模式,都要在一次次的写作练习中不断纠正和调整。就像小学生给老师交作业,正确或者不正确的回答栏里,总是有很多橡皮擦拭的痕迹,从最开始写下这个回答,到思考和计算再三,重新写下一个答案,这中间有一段很长的纠结。一篇小说从初稿到定稿,有时修改几十遍、时间跨度两三年。

273

大学毕业后近十年,除去在中戏读研的三年,我一直在新疆生活。每年下部队,搜罗短篇小说集《科恰里特山下》里的素材,对应西北边地的真实生活。那些戍边军人和边民的筋骨如此硬实,精神如此强悍和坚韧。我最怕笔力不逮,使得那些虽不辉煌却伟大的生命黯然失色。开玩笑地说,很希望能以一种"精致的高仿现实主义"口吻来写我接触到的边地风土人情和军人生活。对此,我反求于语言,努力在一次一次的练习中踏实、诚恳地找到最准确的位置——无论是字词,还是对人物揭示性的时刻。比如一丛草、一种动物的名字,会想法子找到当地畜牧、农林的资料,尽量准确表述。人物的动作细节也是如此,尽可能让虚构落到细节实处,看起来无限逼近真实,增强文字的说服力,降低情感传导时的耗损。

任晓雯 / 1978 年生，现居上海。著有《好人宋没用》《浮生》系列等。曾获得茅盾文学新人奖、百花文学奖、十月文学奖、华语青年作家奖、《中篇小说选刊》全国优秀中篇小说奖等。

被抛弃的与被渴望的

汪雨萌

　　家庭结构与家庭生活可能会随着时代变迁,但家庭情感的底色与家庭生活的细节却往往从一而终。从家庭出发,从根本上掌握每一个人物的性格与脾性,任晓雯把握住了这一点,这使得她在书写时具有相当的控制力和深刻性。

　　我们在简单的家庭生活中,在被省略的家庭关系中,寻找着我们可能拥有的家庭定位、身份与情感,在关系式微的时代,渴望着多样而深厚的人际与情感。

　　当我们梳理任晓雯的作品时,常常被她风格的多变所吸引。从 2006 年至今的十多年间,她尝试过后现代的、超现实的作品架构,也创作过光怪陆离的都市奇谈,还有平实的、白描的、家长里短的市井故事。她作品的格局时而撑得宏大,时而又缩得细窄,呈现出一派很有野心的样貌,她仿佛不着急确立属于自己的文学标签,而是想尝试更多、突破更多。但我却总在这多变中看到某种统一,甚至是同质,让我不得不重新回头审视她这十年来的创作。

　　"原生家庭"现下已经是个时髦到要过气的概念了。在一阵风风火火的回望原生家庭的全民心理学运动中,每个人的不安、挫折、缺陷与焦虑,似乎都可以一股脑儿地归咎到自己童年的家庭生活中去。这种运动固然粗暴,甚至有些推卸责任,但却实实在在地开始让我们回望和咀嚼以往处在遮蔽状态中的家庭生活细节,并反思每个细节在蝴蝶效应后所产生的最大后果。如果我们以蝴蝶效应的角度来看待任晓雯的作品,就会发现这些作品光怪陆离的表象下一贯的逻辑。在创作中,她始终没有脱离"原生家庭"的范畴,不论这些作品是多么荒诞,不论它们的呈现方式是多么壮观,在它们的起点,始终是一个破碎的家庭,还有一个被抛弃的个体,以及渴望被承认、被肯定的情感底色。

　　以最新的长篇小说《好人宋没用》为例,这部作品的叙事时间几乎横跨了整个 20 世纪,其中涉及抗日战争、解放战争、"文化大革命"、改革开放等现代中国的重大历史节点,但如果我们试图从作品中寻找一种宏大的、史诗的时代叙述,却会发现她对于时代背景的描绘实在是太模糊了,模糊到你会认为她并不在乎。她不将书中人物所遭受的种种苦难与折磨归因于时代,甚至害怕自己对人物所处的历史环境描述太多,会遮蔽了人物本身。任晓雯在后记里这样写道:"但我渐渐看到其中的陷阱:历史和风土遮盖了人。我们记得'某某作家的某某作品,书写了某某历史或者地方',而被书写的某某历史和地方里的人,却是面目模糊的。他们被动地接受苦难,在历史的漩涡里盲目打转。他们没有让人印象深刻的名字。"要超越历史的局限与束缚,将苦难与人性作为主要的叙事对象,任晓雯并不是唯一这么做的作家。在新世纪的很多作品中,我们已经越来越看到某种"小人物"传统的复兴。并不是每个人都可以做时代的弄潮儿,对于更多的普罗大众来说,日常生活是更为实在,也是更为重要的,将个人生活从时代中凸显出来,写就所谓的个人史诗,近年来我们已经看到诸多此类作品。

但在任晓雯这里,我看到了更为有趣的东西,在她创作苏北老太宋没用的个人传记时,将家庭作为了一个不变的基点。她将宋没用抛掷在颠沛流离孤苦伶仃的生活里,却从未让她割裂与"家庭"的联系。宋没用未出生时便是被抛弃的那一个,她的母亲用尽各种方式想叫她胎死腹中。而她出生便被起名为"没用",揭示了她在这个家庭中的地位。她是家庭劳动的主要承担者,是父母的出气筒,是兄姊的戏弄对象,在宋椰头一家逃难时,甚至一度想把宋没用扔下由她自生自灭。但当硝烟四起,药水弄摇摇欲坠的时候,却是宋没用一力支撑起了这个家。她的父亲早已抛弃妻子儿女另筑爱巢,大姐感染瘟疫死去,二姐做了"上海娘姨",也决然离家而去,哥哥宋大福更是在卷走了家里所有的钱之后不知所终,最后反倒是宋没用留在了家里,与母亲相依为命。宋没用几乎是糟糕的"原生家庭"的典型案例,她越是被家人欺侮、忽视,便越是渴望家庭的肯定,与自己在家庭中的"有用",也越是难以从这家庭中脱离。这种斯德哥尔摩式的心理持续了她的终生,甚至成为她"善良"的心理基础。她的一生并不顺遂,但她宁可自己过得辛苦,也要让别人看到她的"有用",而她一次次对自己"有用"的证明,却将她打入更深的生活困境之中。她并非没有过自私的时刻,但她总是一次次地被别人的需求所打动。她不喜欢哥哥宋大福,她也知道他是黏上就甩不掉的无赖,但她还是一次又一次拿出自己不多的财产去接济他,只因为她只剩这一个"亲阿哥",她为了儿女的婚事将自己的住房越缩越小,忍受亲家的侮辱与嘲弄,只要孙女能看她一次便感到心满意足,她想要许多的孩子,以弥补她幼年时所受疼爱的不足。她甚至将这种渴望移植到了家庭之外的关系上:在药水弄,她将自己最后遮风避雨的草棚让给了虎头一家,在老虎灶,她将巧娘子一家收留,无不反映出她对完整的、热闹的、相亲相爱的家庭生活的羡慕与渴望。而面对因为信仰基督教而被"批斗"的倪路得时,宋没用向她讨来祷文,让倪路得在信仰的末路中感受到自己的"被需要",实际上都是宋没用本人对"需要"这一关系与情感的投射。

但这种残缺的、破碎的家庭关系并没有因为宋没用的努力而改变,她的丈夫在新中国成立前因"通共"而被处死,她母亲孤儿寡母的家庭生活被她所继承,而她的儿子杨战生与杨欢生则代替她自己,成了被抛弃与忽视的对象。宋没用自己并没有意识到这一点,正如她的母亲也没有意识到自己对宋没用的忽视相同。而杨战生却执着于自己的能力与孝心,宋没用越是忽略他,他便越是出息,并给予母亲风光的生活与优越的物质条件。钱秋妹在重男轻女的家中越是不受待见,却越是要向自己的娘家示好,将女儿的抚养全部交给娘家,展现自己在婆家的话语权与对娘家的体贴。在任晓雯笔下,无论历史怎样流转,无论时代怎样变迁,她所守住的,是家庭生活与家庭情感结构的一致性与稳定性。不论处在什么样的环境下,她笔下都会有破裂的婚姻关系,不睦的夫妻感情,被宠爱,或是被忽略的子女,时好时坏、永远不能齐心的兄弟姊妹,并不以时光的转移为转移。的确,家庭结构与家庭生活可能会随着时代变迁,但家庭情感的底色与家庭生活的细节却往往从一而终。从家庭出发,从根本上掌握每一个人物的性格与脾性,任晓雯把握住了这一点,这使得她在书写时间跨度如此之长的长篇作品时,也具有相当的控制力和深刻性。

我们再往回看,就更能发现任晓雯对糟糕的原生家庭的某种偏爱。长篇小说《生活,如此而已》中的蒋书也经历着与宋没用、杨战生、钱秋妹等人物相似的生活。蒋书的父亲软弱无能,在家中几乎没有任何话语权,最后连在家中居住的权力都失去;母亲林卿霞美丽活泼,但整日在外交际,几乎不回家。"家"这个空间中,似乎只有蒋书常驻。后来父母分别再婚,蒋书更是没有立锥之地,她自暴自弃,肥胖而不求上进,找不到工作,只能依赖男友生活。成年的蒋书仿佛分裂成了两个人,一方面,她对男友颐指气使,蛮横地要求他支撑她的生活,在男友离去时撒泼耍赖,甚至造谣中伤男友的现任女友,仿佛是自己父母关系的再现;另一方面,她对父母予取予求,在不断对亲情失望的同时,却止不住地讨好自己的父母,将工作中偷来的衣服送给母亲,自己接下保姆的活计,觍着脸找前男友要钱,只为给自己继母的透析筹钱。对亲情的求而不得,对爱情的弃如敝屣,对父母的卑微讨好,对男友的极强控制欲,都矛盾而又逻辑顺畅地呈现在蒋书一个人身上。同样的,还有《她们》中的乐慧、《阳台上》的张英雄、《我是鱼》中的艾娃,甚至《岛上》中那些精神病人,都带着强烈的原生家庭的烙印。

在任晓雯以及很多在她之后出生的作家身上,我们时常能看见他们对家庭生活的执着与对家庭细节的深究与放大,在"70后"、"80后"、"90后"这批作家眼中,似乎家庭生活可以囊括一切,个人的境遇、时代的变迁,皆可以被家庭的光晕所笼罩,他们出生在后集体主义时代,对个人生活的关注是必然的,然而他们也生活在家庭结构不断原子化、扁平化的时代,却对家庭生活与家庭情感产生如此深刻的依恋与仰赖,这让人深思:这是否证明着,我们这一代人,是被抛弃和渴望的一代? 我们在简单的家庭生活中,在被省略的家庭关系中,寻找着我们可能拥有的家庭定位、身份与情感,在关系式微的时代,渴望着多样而深厚的人际与情感。我们可以看到,任晓雯作品中的家庭结构并不复杂,她很少写超过三代人的家庭生活,这是她本人的经验所限,也是这个时代的经验所限。但她能在相对简单的家庭结构中,产生出颇为繁杂的家庭体验,塑造出颇为复杂的人物性格,这不禁让我们对任晓雯以及她的同代作家们生出无限的期待。在个人原子化、社会分工与个人的社会定位不断固定和局限的当下,许多作家与评论家都发出"人物已死"的呼声,但任晓雯的尝试让我们觉得,也许我们还拥有塑造出复杂人物形象,书写个人史诗的可能。

成熟的过程要一直持续到老

任晓雯

最近重版一个短篇集,翻了翻早年作品,不禁感觉心虚。每篇作品都显得那么不同,从风格、文字到内在气质。它们让我看到,这些年里,我在向前走,在不断更新,在将自己甩到身后。

回顾过往,总带了点悔其少作的遗憾。不过按照奥登的看法,诗人的成熟过程"要一直持续到老"。小说家应该同理亦然吧。这样说来,悔其少作倒要被视作优点,甚至可能将是写作生涯的常态。我也有理由克制一下自己的遗憾了。

不时有人问我,为何以前风格先锋,现在却传统起来了。这是一个很难回答的问题。因为在别人看来的"往回走",于我却是努力向前走。比如在语言层面,我最早接受的影响,来自西方小说的中文译本。在漫长的学徒期里,我凭着直觉,逐渐弱化那个影响,剔除"英译中"式的从句思维方式,将句子变得简洁明朗。

最近几年,我开始尝试回到明清小说的语言传统里去,尝试一种融合了古典意蕴的口语化的风格。我逐字打磨,反复调试语感。词性的转变,虚词的取舍,节奏的口语化,句子的长短松紧。如何把字词平衡在生硬与烂熟之间,使它们产生不失流畅的新鲜感。之后,我又试图将沪语方言融入写作。我意识到,在地域背景明确的小说中,方言可以并且应该被运用,这对人物和叙述有着双重增益。至于能否让所有汉语读者看懂,那是对写作技术的考验。方言作为一种手段,写作者有权决定它出现的疏密度,决定它和上下文的关系。

这是个语言寻根的过程,但不仅仅是。我只是试图找到贴合文体的方式,努力使语言成为内容的一部分。语言是个器皿,它并非悬空存在,也不是一堆静止的辞藻,它理应随着具体文本的内涵演变而演变。短句有短句的妙,春秋笔法有春秋笔法的好,但在对场景进行更细腻的表述、对人物心理展开更深刻的描写时,可能需要更复杂的语言。至于方言运用,多数时候是为文本增色的,但我时刻警醒,不要将追逐地域腔调当成写作的至高目标,这反而会成为局限。所以,我的语言是开放的,不自我设限的。要保持"回到语言"的自觉,也要提防"小说到语言止"的把玩心态。也就是说,我会努力将自己的语言置于不断成熟的过程中,会在已有风格下有所舍弃和变化。

而在语言之外的技术层面,我就更愿意去实践奥登所说的"蜕变"了。我最早对写作的兴趣,是从阅读先锋诗歌和现代主义小说开始的,那时的习作里有似是而非的先锋意识和鲜明的"老师们"的痕迹。但是逐渐地,福楼拜和晚期马尔克斯对我有了压倒性影响。通过揣摩他们,我发现了处理细节和讲述故事的奥秘。很多人留意到,我从先锋到现实主义的快速转变。事实上我同样没有给自己的叙述风格设限。经过一代代作家的心血,文学技巧已经发展成一座庞大的兵器库,我可以走进去,使用任何称手的兵器。如果足够幸运,也许还能制造一件属于自己的小小的新颖的兵器——虽然在当下,这样做的空间已经不是很大。

当然,在比喻之外,真实的写作并不能像挑选兵器那样随心所欲。每个写作者都有他的路径依赖,只能循着已有轨迹而写,只能追踪自己的问题意识而写。但那必须是个不断向前走的过程。每本书都是同一本书的作家是可悲的,写作生涯终结于中年的作家也是可惜的。我希望自己获得足够多的动力,以免搁浅在中途。

李浩

李浩 / 1971 年生于河北省海兴县。著有小说集《谁生来是刺客》《侧面的镜子》《蓝试纸》《将军的部队》《父亲，镜子和树》《变形魔术师》《消失在镜子后面的妻子》，长篇小说《如归旅店》《镜子里的父亲》，评论集《阅读颂，虚构颂》。曾获第四届鲁迅文学奖、第十一届庄重文学奖、第三届蒲松龄文学奖、第九届《人民文学》奖、第九届《十月》文学奖、第一届孙犁文学奖等。

作为镜像的父亲或者飞翔意识

张艳梅

作为小说家、诗人、批评家、儿童文学作家、散文随笔作家,李浩自己就有着现代性的五副面孔。可以说,李浩在"70后"作家中,有着无可替代的重要意义。不仅因为他的文学修养、艺术追求,还因为他的渊博学识以及自觉的知识分子立场。他对中国社会现实和历史都有着清醒认识和独特思考。美是一种绝对意志,对文学之美的执着,是一种永无止境的追求。李浩游走在文学之美的极限,做着各种高难度动作,他自得其乐,而又严肃神圣。在他身上,有大智慧,也有小狡黠,有着常人看不到的单纯可爱,也有着不易为人了然的肃穆神性。

父亲是谁?

当代作家中,反复书写父亲形象的并不多见。除长篇小说《镜子里的父亲》,李浩还陆续写过《父亲树》《父亲的奔逃》《会飞的父亲》《父亲的七十二变》等等。他为此还特意写过一篇文章阐明自己的观点,包括他对文学作品中父亲形象的梳理和理解。这就是那篇著名的文论《父亲,父亲们——漫谈文学作品中的"父亲形象"》。在这篇文论中,李浩提到了布鲁诺·舒尔茨、卡夫卡、君特·格拉斯、玛格丽特·尤瑟纳尔、卡尔维诺、马尔克斯等人笔下的父亲形象,坦言这些人对他写作的影响。为什么如此固执地书写父亲,他写的是怎样的父亲,这些父亲形象里面包含着怎样的历史文化思考? 在李浩的自述中,大体可以找到答案。"我致力把它强化成一系列的建筑群,而《镜子里的父亲》是其中综领性的建筑","我写着这本书,从庞大的自信开始,从和上帝的博弈开始,从建造一个百科全书的意愿开始"。

李浩认为令自己着迷的是"父亲"身上的那些背负。这些背负是象征、寓言、文化,是我们应当认知却总是习焉不察的"幽暗的区域"。"我对父亲的书写在某种意味上来讲也是对我和我们的书写,我要书写的,不只是那个具体的'父亲',而是父亲们的生活和生活态度,以及对这态度的思考和反问。"某种意义上,我们也可以说,正是这个转换过程中那些深刻的变动让李浩为之着迷。其实对于"70后"作家来说,父辈的存在,已经不再意味着精神的引领,当然也不是确证自我的障碍。在这一代人笔下,父亲的形象首先是作为与历史对话的镜像,然后才是情感表达的通道。换个说法就是,父辈们作为历史的制造者,总应当承担一些什么,这种承担以反思还是救赎的方式呈现是另外一个问题;而我们作为生命的被赋予者,又应该为父辈们背负一些什么,同样是无法回避的自我追问。这种父子对话本身,就包含着现实的变迁与历史的回溯。当代中国社会演进的轨迹里,被裹挟的不仅仅是小人物的命运,还包括大时代的价值分化,代际冲突算是一个观察的切入点,写作者无论是站在人道主义立场,还是基于历史理性,对这一切都必然要做出相应的评价和判断。

不可否认,"父亲"作为一种文化的存在,对于我们这一代人在心理上仍旧有着巨大的影响,父亲具有复杂的象征性,历史的、政治的,当然也包括日常性的。虽然后现代浪潮打碎了生活的完整性和内在性,但是日常生活仍旧有着庞大而坚固的外壳,并且构成无形的精神阴影笼罩着每一个人的一生。回避父亲的存在,不仅意味着对历史的回避,也往往包含着对现实的逃避。多年来,"70后"作家普遍缺乏讲述历史的耐心,而李浩则越过僵化的阐释层面,试图重建血肉饱满的历史。这一野心,在《镜子里的父亲》中得到了充分展示。在这部小说中,李浩不仅为我们塑造了作为镜像的父亲形象,更重要的是他提供的那一面历史之镜。人类的悲剧是一面无限地宣扬理想主义,一面不断创造与之相反的陷阱,最大的悲剧并不是人类自身的局限性,而是将盲目视为伟大的眼光而沾沾自喜。李浩的历史反思中还隐含着知识分子的精神成长与蜕变史、文化人格和心灵史。这正是他的独到而深刻之处。

镜子背后有什么?

镜子在李浩的小说审美建构中出现频率很高,并且每一次出现,镜子的形态、所指和能指都有所不同。无论是作为历史之镜、现实之镜,还是文化心理和复杂人性之镜,在他笔下,镜子从来不是功能单一的道具,作为小说结构的重要组成部分,镜子本身构成了一个意义世界。阅读李浩的文字,能够感受到他从容而自由的灵魂,他站在万镜之宫,目光深邃,面对复杂的现实中国,背后是强大的西方文学传统,尤其是丰富而诡异的西方现代小说叙事,试图重构一个世界:一个思想的世界,意识与哲学的世界,文学与美的世界,一个能够阐释中国的世界。我们由此看到永恒的可能性以及追求的勇气。自由、困顿、追求、爱,这些都是我们时刻要面对的,只是我们一直活在成见之中,很少有人能够走在突破陈规的路上。李浩喜欢迷宫,无论是历史的,还是现实的,或者虚构的。虚构与真实,在他眼里没有什么距离,他没有特别明确的时代感,他的文字天马行空,又有着非常强烈的力量感,强大的想象可以比现实更真实,在那些叙事迷宫里,他为我们建构了无数可能。

同为"70后"作家,李浩的小说,没有张楚那种排山倒海的孤独和忧伤。他不仅在小说中表现出了强大的思想能力,在他的随笔和评论文章中,我们更是强烈地感受到了他对理论的嗜好和强大的逻辑理性。即使同样喜欢卡夫卡,李浩喜欢的是《变形记》,而张楚更喜欢《城堡》,李浩喜欢做一个魔法师,擅长把同样的人和事物变幻形态,安放在不同装置之中;而张楚的兴趣在于那些装置的构成,以及被魔法师囚禁在城堡中的那些孤独灵魂。李浩喜欢镜子,写过很多与镜子有关的小说。在超现实主义的文本里,不断描绘变形、梦境、潜意识。他喜欢重复,反复同样的场景、动作和情绪,反复运用暗示、象征和隐喻,力图在日常性中揭示出被奴役的处境,在无意义的生活流中,揭示出某种近乎神圣的意义。

《消失在镜子后面的妻子》是继《镜子里的父亲》之后,比较有代表性的文本。李浩把父亲放在不同的镜子里观照,为我们呈现了"70后"一代人对历史的观察、理解和思考之后,又选择让妻子突然消失在镜子背后。镜子是一个隐喻,是生活的折射,是妻子的隐遁,是他者的沉默,也是现实的裂隙、精神的禁闭、感情的深渊。妻子的失踪,当然也是一个隐喻:从无聊的日常生活中出走是现实主义,而李浩让小说中的妻子消失在镜子里,就变成魔幻了。这面镜子到底意味着什么,最后碎裂了仍旧是一个谜团,那深不见底的黑洞,是不是才是生活的真相?最后"我"用尽全力扔下去的锤子,看起来似乎摆脱了眼前的困境,而蠕虫化的写作和生活,仍旧会日复一日地弥漫在所有的空间中。

你会飞吗?

考察李浩小说,现代性、先锋、技术流,无疑都是有效的路径,而精巧的结构、动人的旋律、美妙的语感,则是更直观的感受。他像一个高超的机械师或者外科医生,拆解时有条不紊,复原时严丝合缝。我们在他的小说中可以捕捉到博尔赫斯、纳博科夫、卡夫卡等人若有若无的气息,也不难察觉到维特根斯坦、柏格森、克尔凯郭尔等人哲学思想的影子,比如对直觉和精神世界的追溯、对语言魔力的迷恋、对形而上世界的执着。李浩对于人类生存世界的本质和小说艺术的极致,有着永不枯竭的探索热情。但他从来都没有把人生和自我孤立出来或者对立起来,他所隐喻与呈现的个体孤独、焦虑与困扰,都是建立在现实人生基础上的,所有镜像都是现实世界的倒影,都是现实人生的回应。即使他刻意追求事物表象背后的深层幻象,其内部世界的核心,依旧建立在此时、此地、此在的人类精神体验之上。

《消失在镜子后面的妻子》里写到了突然的失踪,那么这种隐遁、逃逸和破碎就是李浩逻辑的基本支点吗? 显然,还有一种姿态值得我们关注和思考,那就是飞翔。其实在《镜子里的父亲》中,李浩已经写到了这一点,只不过到了《会飞的父亲》系列,这一意象被反复强化了。李浩在小说中试图表达的,不仅仅是由父亲飞走这一传说引发出来的各种历史与人生隐秘,在那些传说、猜测、想象和虚构中,在多重指向的记忆复现中,漫漶的叙事之流有一个核心水源地。无论什么题材的写作,都是在永不停止的时间长夜里穿行。写作是历史和时间的停顿,是人心和遭遇的放大,是对缺席者的补偿与挽留,是对在场者的质询与确证。飞翔携带着舍弃的孤独,又是一种超越式的自我抚慰。对于孩子来说,孤独就是穿过漫漫时间长夜的狭窄通道,记忆空间里七零八落堆放着精神创伤、历史悲剧、出卖与背叛、崇高的牺牲与可耻的逃跑,而游戏无非是成人世界的演习,是真实历史的残酷表演,孩子与父亲由此重合成为一个整体,也为打开历史死循环提供了一个思想线头。

纵观"70后"作家创作,一方面确实运行在启蒙现代性和审美现代性的交叉轨道上,在建构现代民族国家历史和社会理想的宏大视野中;同时,从人性禁锢、社会批评层面,也不乏对现代性的一些反拨。"70后"作家创作中所表现出来的意识的瞬时性、感官的内在性,以及叙事的陌生化和缺席的在场感,都呈现出他们对传统叙事模式的反叛和反思。而后现代的碎片化、戏仿、狂欢、反讽,同样被他们运用得得心应手。这种关涉存在的不确定性中,既有去除具象身份的虚无感和危机感,同时又获得了抽象身份的自由感和自足感。当然,也可以看到"70后"作家自身面临的困境和矛盾——每个人都在感性和理性的冲突中,寻找自己的支撑点,寻找一种稳定感。

父亲、镜子、飞翔,作为我们观察李浩写作的几个视点,为我们提供了理解李浩小说的通道和可能。回答的大体上是那三个基本的哲学命题:我从哪里来,我是谁,到哪里去? 虽然父亲不是唯一的历史出处,镜子也不能保证自我观照的实现,飞翔不过是摆脱世俗生活泥泞的一种姿态,但我们仍旧可以从这个三维立体建构中,找到李浩小说之谜的蛛丝马迹。李浩笔下的每一个故事,大概都可以看成是一面镜子,每一面镜子照见的,都是一种人生困境。他想要表达的是人类的共性,被隐藏在日常性中的人性。他喜欢赋予人物形象丰富的隐喻意味,在象征性世界中,获得自己的艺术个性。李浩常常引用纳博科夫的那句话:"空洞的思想是一腔废话,而风格和结构才是一篇作品的精华。"这并不意味着他排斥小说所能够表达的思想,而是他不屑于以粗糙的艺术形式去表达所谓的思想;而且,即便是有着成熟稳定的风格,他也不愿意浪费自己的才华去表达空洞的思想。

我的写作和遮遮掩掩的真情

李　浩

在我人生已经走过的数十年生活中,有很大一部分时间是在阅读和写作中度过的,虽然时有疲惫,但"乐此"的分量明显更重一些。不止一次,我曾借用某位物理学家的话来表达自己对"写作"的某种认知与认可:假如回顾我的生活,我可以和上帝说,我度过了充实而幸福的生活;假如能有来生,我愿意继续此生的工作与生活,并希望能把此生未能完成好的工作中的遗憾弥补一些。

我太笨了。好多的事都未能做好,希望能在下辈子中完成。

说实话,从"我太笨了"这句话开始,我不知道我所重复的是那个故事中的原话还是我在不断地重复中自己所做的添加。我更倾向它出自于我的肺腑:我太笨了。我时常惊讶于那些天才作家"轻易"所能取得的成就,而我,哼哧哼哧,满头大汗,所完成的竟总有那么多不尽如人意之处,或者怎样弥补,也无法"完整起来"的笨拙之处。

多数时候,每发表一篇作品,我在享受虚荣和喜悦的同时又总是随手翻翻同期刊物刊发的其他作品,然后将它归放在书橱的某一处——我不会重读我刚刚刊发出来的作品,绝大多数时候不会,因为重读会让我羞愧,它会在不经意间"放大"我的粗劣和未尽,有时候,它还会打击我继续写下去的信心。当然,我至今记得我的第一篇作品在刊物刊发时较为"漫长"的兴奋,一遍遍地,我找出那期刊物,一遍遍地重读自己的那首诗,似乎里面含有一些可以灼疼手指的火苗。但后来,不知是什么时候,重读自己的文字更多的是让自己羞愧。这羞愧随着时间还在一点点加深。不重读自己便成为我抵御羞愧的手段之一。

镍币总是具有两面的,我也需要承认我的写作之所以能够得以坚持,并且得以呈现现在的样子,是源于一个几乎庞大到无法完全实现的野心。写作的乐趣和自虐的甘愿,更多的是依靠这份勃勃的野心。我希望我的写作能够对时间有所战胜。在我的肉体消失后,某个人或某些人的阅读能够让我"部分地"得以复活。我希望我的写作能够在充分吸纳前人经验的同时又能够充分做到对"未有的补充",我不甘心充当渺小的后来者。我希望,我所写下的是具有艺术魅力的"智慧之书",它能有丰富、歧义和"非如此不可? 有无更好的可能"的询问。它广为容纳,允许一次次地注入。

"我把我的思想和梦想放置在这本书中:除此之外我不知道还能如何表达"——这是伊塔洛·卡尔维诺小说中的一句话,我抄录它是因为我期望我的写作也是如此并能一贯如此,我愿意我的所有写作都是对思想、梦想和幻想的表达,是描述这个世界、阐述这个世界与超越这个世界的愿望的混合物;我希望我的所有写作,写下的是他者的故事,可能是关于国王、乞丐或小偷的故事,但其中,始终有我"遮遮掩掩的真情",始终有一个隐秘的"我"的存在。从某种意义上说,能把我从"消失"中拯救回来,让我部分获得复活的是这些,而不是其中的故事。

遮遮掩掩的真情,在我这里它们需要同等的重视与礼遇,我所写下的故事都有意地强化了其中的遮遮掩掩,因为如果非是如此,我也无法充分、真切、有效地表达我要说的"真情"。

陈楸帆 / 毕业于北大中文系及艺术系，科幻作家、编剧、翻译。世界科幻作家协会(SFWA)成员，世界华人科幻作家协会（CSFA）会长，Xprize 基金会科幻顾问委员会(SFAC)成员。曾多次获得全球华语科幻星云奖、中国科幻银河奖、世界奇幻科幻翻译奖、亚太科幻引力奖等国内外奖项，代表作包括《荒潮》《未来病史》《后人类时代》等。

介于神化、模拟与创造之间的现实

王硕嫱

我一直很喜欢读陈楸帆撰写的评论、翻译。他触及外部文本时所表露出的嗅觉如一只冷静的猫,踮脚灵巧地穿越复杂迷宫,直取终点的美味。他说:"我相信在这个时代,文学不应该成为游戏或影视的替代品,提供及时性、生理性的刺激;相反,文字的功能在于'隔绝',在于'沉浸'。这种绵长曲折的审美认知之旅,需要旅人们做好相应的身心准备。"

这番评论正如陈楸帆本人写作探索的映射,他创作的场域布局在真实与虚幻之间,故事也都烙印着他的生活记号:故乡,前沿科技的细节画面和精英式的理论敏锐。最终如《盗梦空间》中,主角在层叠遮盖、自相循环的多重现实中折返,又如《黑客帝国》中虚拟现实的终极体验,技术不仅代替了感官,最终颠覆了"母体"世界的一切意义。

主题:从异化开始

"异化"(Alienation)的概念最被广泛认知和提及的语境是马克思的政治经济学理论,而在陈楸帆的笔下,这个看似抽象的概念为一个个发生于近未来的故事赋形,网络、科技改变了人类生理、心理甚至社会结构状态,工具对人的驯化与病变同时发生,人类的异化面貌如荧幕上的日常剧集,技术引发的种种外化了的神经官能症,或者相反——器官的功能增强似乎在有生之年就触手可及。这份对困境的忧虑被集中收录在合集《未来病史》之中。

对于陈楸帆来说,向故事中注入不同主题的方式在集中创作的十年间发生了不少的变化。比起更早的写作实验,在《未来病史》这本短篇小说集中,异化故事为作者巧妙地划定了干净的风格边界:作品大多不会脱离时代太远,而以一种略微超前的时空立场回身刺向现实,细节建构和伦理探讨逐层交织,在"可预见的现实"下形成了明确的主题和选材倾向。

后人类(Posthuman)被陈楸帆描述为"当前历史阶段最为深刻的异化进程"。通过对身体植入,或者利用基因和生化手段对人类进行改造,人的思维、能力、处境都会发生变化,由此产生的异化,是他在核心母题的延伸线上着力关注、并走得最远的,除了在性衰退的年代全身皮肤都可感受到高潮的G(《G代表女神》),可以随意改变自己外表的新人类(《过时的人》《美丽世界的孤儿》),获得动物特性的动物爱好者(《动物观察者》)等,在作家至今为止的所有创作中,出版于2013年的长篇小说《荒潮》是绝对无法绕开的一个。这部赛博朋克作品中,人们成为机器与生物的杂合体,故事发生地"硅屿"成为义体与血肉有机共生的巨大垃圾场。难以忘怀初读《荒潮》的感受,一个边缘化的未来城市笼罩着糜烂的浓雾,随着视觉性的文字建构,逐渐以全景画面显现于眼前,作者在精致的叙事设计中引入各方势力,布局庞大,气氛剑拔弩张,一切都如同一个真实的未来复现。

在《为什么中国没有真正的赛博朋克》里,陈楸帆自己引述科幻评论杂志《新星快递》的编辑兼作者Lawrence Person的描述:"一个典型的Cyberpunk角色是处于社会底层的边缘人,他们往往被一个电脑科技和信息流通极为发达的反乌托邦性质的社会所遗忘,整日只关注新鲜科技,他们乐意进行身体改造,方便侵入庞大的虚拟网络世界。而我更为欣赏的精简概括只有两个词:'高科技,低生活'(High Tech,Low Life)。"虽然全书情节走向并不是无可指摘,但借由《荒潮》中富有想象而充满矛盾的种种元素,读者瞥见的科幻世界里的中国一隅,无疑完备地体现了上述的一系列特征,也成为探索中国式赛博朋克的重要作品。

文字:异视角通感与意识漫游

值得一提的是,除了前期作者在"异化"主题上明晰的自我定位,在他的作品中还存在着另一个相辅相成的写作手段,我把它概括为"异视角通感",也可以理解为"他者"眼中的世界。人类所能理解和诠释的事物、理念受限于自己的感官,受限于我们认识这个世界的途径,但是当人的意识可以代入其他个体、物种甚至机器、外星人,将会看到怎样的世界?这类探索不乏前人尝试,1973年,乔治·马丁在《莱安娜之歌》里就曾呈现出男女灵交、群体情绪共感,以及异物种通感的震撼视野。

对于陈楸帆的作品来说,异视角通感往往是主角生理/心理异化之后,在整个叙事中所进行的核心活动,这一形式反复多次出现。《谐蛹》《巴麟》是对其他物种感官的代入和观摩,《愿你在此》《沙嘴之花》则是通过"视觉"代入其他人的视野,甚至《荒潮》中的女主角小米也是由精神上代入进一架巨型机器人而完成了从人到机器女神的身份觉醒。异视角写法在《无尽的告别》中达到了该主题的巅峰,当"我"变成"它"(一只蠕虫),会发生什么? 拿掉人类的视觉、听觉、嗅觉、语言,只用蠕虫"纤毛"的触觉去描摹"沟通"、"性爱",体验"仪式"甚至"宗教"感受,作者在科幻创作中实现了对一般人类所能感知的"真实世界"的重构。

陈楸帆曾多次提及自己对科幻作品文学性的看重,这也直接反映在他的作品之中,他并不只用一种文风写作,但当他不时地选择调配节奏、音韵、典籍时,便形成了辨识度,《G 代表女神》尤其能读到那种潇洒而迷幻的文字,借由不同词性的选用、长短句式的节律、感官调动的疏密,构成了文章独特的立体感。

近作《出神状态》延续并发展了陈式风格的后现代特征:流动的碎片化事物、科技专有名词带来的疏离,以及背后若隐若现的哲学性探讨。故事由地球的最后一天为背景,从某处最平常的地点入手,开始了一段神经漫游,全文如同一首诗,令读者游荡在作者自身经验的海洋。

不止如此,陈楸帆把人工智能分析模仿自己的文字放到了小说里面,令这种漫游更加彻底,机器碎片式的语言,被设计为主人公意识迷离之时脑海中闪过的意象。20 世纪 60 年代,美国后现代主义作家威廉·巴勒斯就曾用"剪裁法"创作了大量文学作品,通过随机剪切句子中的词汇,重建一个没有逻辑的无序世界,试图通过这种文学实验呈现意识脱离语言结构控制的状态,也被大卫·鲍威使用作为创作歌词的灵感。或许作者在看到这些只言片语的时候,就有了笔下某个人物神思破碎的画面,因此阅读这篇科幻故事时甚至也有了被科幻回视的意味。

布局:哪一种"真实"?

陈楸帆不仅是技术控,日常的演讲和评论也一直渗透着学院派"理论流"的印记,创作中则呈现为历史隐喻、技术的政治性反思和社会伦理探索。新作《这一刻我们是快乐的》由代孕开始,以平行叙事讲述了三个不同寻常的"生育"故事,终极的故事"世界首例男性生育案例"甚至就源于一位艺术家的行为艺术,不仅关乎女性主义视角的探讨,毋宁说完全就是新时代的存在主义式的疑问。

故事直接以纪录片剧本呈现,纪实风格加上剧作的简洁语言,推开了作者与故事的距离,意外地呈现出不同于陈楸帆以往作品的面貌。纪录片的影像剪辑、选材甚至剧本构想一直让它在虚构与真实的边界游走,有研究曾证实纪录片中的"真实事件影像"更容易唤起观众的同理心,尤其是唤起他们对伦理判断的回应。因而以纪录片剧本讲述科幻、以非虚构讲述虚构,经过这样双向地设计,使这组"惊世骇俗"的故事增添了多层次的余韵。

2016 年以来,除了延续过往作品中强烈的写实倾向,陈楸帆的近作更多是徘徊于对虚拟困局的设计中,内容似乎都带着宗教仪式、虚拟现实、艺术的标签,这三种元素对应的神化、模拟与创造,是科技、意识和社会对现实完全不同层面的解读,它们看似毫不相关,却像一包创造未知的怪味豆,被陈楸帆混合到了一处,揉进共同的虚幻之中。

宗教仪式或民间神话听起来似乎不太像是科幻作品所能顺畅承载的主题,类似《G 代表女神》中仪式性的崇拜体验尚属暗笔,而他不少作品里面,宗教与仪式则或是借由人类学与科幻挂钩,或者直接作为背景环境出现,《荒潮》《鼠年》《祠堂之远》《欢迎来到萨姆拿》《怪物同学会》等都有所体现,尤其是《怪物同学会》就是基于"仪式"展开,读者经由教授与学生的互动领会了这种看似神秘难解的行为背后深层次的人类学意义。

虚拟现实很容易令人联想到陈楸帆目前在科技创新公司的工作,这既和赛博朋克式的文学处理方式一脉相承,又让作者的想象站在了时代的前沿。2015年的《巴鳞》就引入虚拟现实手段,完成了主角在感官上的全新体验,并呈现了大量的技术性细节描述;《祠堂之远》几乎就是作者对虚拟现实这门技术进行了一次应用设计;2017 年为全日空举办的科幻故事征集所撰写的英文短篇《遗忘是记忆的折痕》(刘宇昆翻译)里,作者又让主角"我"成了一个穿越时空的策展人,继续探讨虚拟现实对于艺术体验的再造,反映出作者对全球化背景下的艺术与文化的关注。

《欢迎来到萨姆拿》一次性聚合了这些相异的领域,尤其是整个故事的核心概念围绕着女主角的一个艺术作品"机器梦境"而展开,并铺设了正反两条复杂的故事线。陈楸帆的作品中,"梦"很少作为如此重要情节出现,梦境是作家们最常光临之地,描述梦比描述现实更能反映一个作家的风格,梦的碎片化、逻辑残缺、天马行空可以是所有故事的元叙事。苏珊·桑塔格的《恩主》、米洛拉德·帕维奇的《哈扎尔词典》中,梦与现实都直接相互影响,彼此难分,而《欢迎来到萨姆拿》的种种意外把这种关系呈现得更加隐晦,如果不是对故事的关键概念"超真实"有所了解,读者就几乎陷于诡异的符号、错乱的时间线、偏远地区的宗教仪式所混杂的泥潭中。

"超真实"来源于让·鲍德里亚的社会学概念,他认为无处不在的媒介会代替现实生活,接管现实世界的真实价值,从而架空我们与现实世界的关系。按照他的观点,技术和媒介如一面被投影过的墙,光源在我们手中,我们却误以为墙上的影子就是真实世界。"我"所创造的却蒙蔽了"我",这个充满政治性的抽象概念,正是解开《欢迎来到萨姆拿》谜团的钥匙。

非常真实,又非常虚幻,或许这是陈楸帆创作的两面,作品创作于不同时间、动机下,线索密密麻麻,排列组合成各种含义,即使能够辨认出一些固定的写作踪迹,如果细查每一位作者的作品,大概都会出现无法梳理的部分。作为陈楸帆科幻作品的读者,想象力经由作者发酵带上了独一无二的印记,更多时候是在字里行间获得一种与日常经验疏离的流动感受。作家莎拉·贝克韦尔形容存在主义学家梅洛庞蒂:"把他描述经验的渴望,带往语言表意能力外围的极限。"这句话刚好适合借来用在此处,等待科幻的思维飞驰继续传达出更多可能。

我的科幻之路

陈楸帆

我出生在广东经济特区中发展比较差的一个城市——汕头,可以说和特区同龄。相对开放的文化氛围和通畅的信息渠道,以及父亲在当地一家大型科研机构从事技术相关工作,都给我营造了相对多接触科幻的机会,如各种书刊杂志、海外影视动漫以及周围同好者的影响。

由于学校教室资源不足,我在小学四年级之前都是只上半天课,因此母亲从一年级就带我去市里图书馆办理借书证,而正常门槛是三年级,由此养成了大量阅读的习惯。当时广东省主要还是侧重素质教育,一直到高三基本都很少有补习班,再加上家庭属于“放羊”式的教育模式,给我大量自由时间可以进行阅读并尝试写作。后来我了解到一些走上类似创作道路的朋友,他们的家庭教育氛围也都是偏于宽松和自由的。

为什么是科幻,而不是武侠、言情、童话或者推理——这些作品在童年阅读中也绝不少见。除了机缘巧合之外,我只能归结于某种审美认知结构上的共鸣,阅读或者写作科幻所给我带来的神经快感最为强烈。我至今记得,儿时曾把凡尔纳《神秘岛》三部曲翻到书全部散页了,只好让母亲用缝衣针重新加固再翻的旧事。

一年级那年,我在 300 格一页的稿纸上写下了一篇太空歌剧(足足有 5 页!),那是对《星球大战》的拙劣模仿,有机器人、有飞船、有激光枪以及被射中后在地板上化为一摊血水的外星生物。毫不夸张地说,那是我整个写作生涯的起点。得到家人鼓励之后,我便开始抽屉文学的创作。而 1997 年初次投稿《科幻世界》得到发表并获奖的《诱饵》,便是一个更大的激励。

毫无疑问,这个世界上存在着卡夫卡这种完全自我激励型的天才,但对于大部分普通人来说,创作的快感一部分来自于创作本身,更无法忽视的是来自外界的认可与反馈。因为被退稿而放弃的人恐怕不在少数。

一个有效的反馈机制对于作者的成长是必不可少的,大部分创作者的热情都是因为缺乏反馈而被浇熄。所以有时候,天赋、勤奋和运气,你很难说哪一个更重要或者更不重要。

因此,我时常庆幸能够在科幻写作道路上遇到诸多良师益友,还认识了许多可爱而有趣的科幻迷们,他们对科幻的热爱和执着,常常使我惭愧自己未能写出更好的作品作为回报。

其中最有趣的当属我与美裔华人科幻作家、翻译家刘宇昆的相识。

2008 年 12 月,我从豆瓣上偶然看到一篇英文小说 The Algorithms for Love(《爱的算法》),继而搜索到作者网站,通过联系方式发了一封邮件,告诉他我是来自中国的读者,非常喜欢他的作品并希望能译介到中国。他很快回复了邮件,通过这种交流方式,我们发现彼此相仿的文学品位和偏好,分享对许多事情的看法。他的作品被相继翻译成中文,发表在《科幻世界》等刊物上。而同时,我的作品也经他翻译成英文发表在海外媒体上,这便成为他翻译中文科幻小说的起点。

后来的故事大家都知道了,刘慈欣的《三体》和郝景芳的《北京折叠》经由他之手翻译后夺得雨果奖,进而风靡全球。刘宇昆成为改变世界科幻格局的那个男人。明年,我的长篇小说《荒潮》也将在他的帮助下出版英文、西班牙文、德文等多国语种版本。

最妙的是,当我在 Facebook 上加他为好友时,发现我们竟然是同一天生日,只是相差了 6 岁。

这或许就是科幻所带来的宇宙间不同命运线的奇妙交织吧。

关于创作本身,我其实并不想越俎代庖,抢了评论家的话筒。正如迈克尔·夏邦最近所说的"文学真正的危机,在于自我类型设限",诚以为然。从担心自己不够科幻,到担心自己过于科幻,我深知自己的创作仍然处于不断探索与变化之中,对于科技与人文之间动态平衡的游戏,还有许多的可能性值得探索。

借此良机,愿与诸多同好者共勉:来路艰辛,风景尤美,且行且珍惜。

徐皓峰 / 1973 年出生于北京，导演、编剧、武侠小说家，毕业于北京电影学院导演系。出版有小说《逝去的武林》《道士下山》《刀背藏身》等。曾获第 33 届香港电影金像奖最佳编剧奖，第 41 届蒙特利尔国际电影节最佳艺术贡献奖等。

逝去时代的样貌

黄德海

自《道士下山》以来,徐皓峰小说最为明显的特征,就是在一个看起来不算出色的小说外壳下,写出了一个逝去时代的样貌。而这个样貌,是往后看的,但这个往后看不是为了凭吊,不是为了叹惋,而是一种吁求,一种期望未来能够从过去时代的真实样貌汲取能量的努力。这个略显怪异的姿态,不妨看作一个不断前行者步履的不时踉跄,而动人的,是他不停向前的心志。

一个写作者的成名,在诸多弊端之外,能给读者带来的好处,是可以看到他成名前看不到的作品。比如徐皓峰,因为名声的原因,得以出版了他的少作《处男葛不垒》,读者才能一窥他"少作"的具体面目。

这批小说,故事具奇幻色彩,人物行为古怪,叙事氛围还透着点诡异,但小说里没有活生生的人物,差不多只是故事的叠加,不过表明了某一类型的少年(抑或青年)心态。因为这些故事的传奇色彩,以及徐皓峰倾心的王小波对唐传奇的偏好,我们可以轻易地找到"继承唐传奇"这顶合适的帽子,套在徐皓峰小说头上。不过唐传奇没有那么容易继承,不必说《枕中记》《南柯太守传》那样雄阔的时空自觉,《虬髯客传》那样具体时空中的明确决断,即使这些作品里寥寥几笔勾出的人物,其明媚和浩荡,又岂是徐皓峰这时期作品中的苍白人物所能比拟的? 话说得有些远了,我要说的意思是,徐皓峰这些看起来有些特点的小说,不妨老老实实地将其称为习作,他作为一个小说写作者的明确面目,还没有充分展示出来。不过,早期作品的好处是可以让人看到作者的性情偏好,比如在这批作品里,出现了对此后的徐皓峰来说极其重要的因素:武术和围棋。二者在这批作品里不过是装饰性因素,是为了展示人物而设定的道具,却将在他此后的写作里扮演极其重要的角色,并显现出非常不同的形态。

不过，徐皓峰并未沿着这条习作之路走下去，他因故中断了小说写作，再开始写作，是在六七年之后了。在中断小说写作的六七年时间里，徐皓峰除读书外，还接触了不少佛道人物和武林前辈，其中一道一武两个人物的出现，让徐皓峰获益匪浅，也因此有诸多作品问世。道教部分的文章散见在报章杂志上，至今没有结集出版，武林前辈的口述，以《逝去的武林》为题结集，一时轰动。此后，徐皓峰写出长篇《道士下山》和《大日坛城》。与两本小说的写作时间略有交叉的，是徐皓峰及与他有关的两本口述记录《高术莫用》和《武林琴音》，此后还有一本《大成若缺》，这些口述类作品合起来，差不多勾勒出了民国武林的"内景"，作品里焕发出的，是一个迥异时流的特殊样貌。按照徐皓峰的说法，是"我们需要探索、体会前人的生活，让前人来校正我们。如果我们从前人处还得不到助益，这个时代便不知会滑向何方"。与这些作品写作时间都有交叉的，是徐皓峰的影评写作，后来收入他的影评集《刀与星辰》，虽然在我看来精彩度不如其武林人物的口述，也未必及得上他后来的小说那般富有特点，但可以肯定是一本有特殊见识的书。

在徐皓峰的创作里，《国术馆》是一部比较特殊的作品。这部作品写于1997年，是徐皓峰最早创作的小说之一，却未获得发表。后来断断续续，徐皓峰把它从一个两万字的短篇，写成一个四万字的中篇，又改成一个两万字的短篇。2001年，又将其写成一个十八万字的长篇，仍未能出版。2008年，"十八万字保留了一万字，然后，重写"。一个历时如此之久的作品，难免混杂了作者不同时期的各类想法，在这本小说里，既有他采访人物的故事略加变化地置入其中，有他中断写作前那种面目不明的故事和人物，也有他后来小说中会充分展现的对武术和人世的特殊理解。这种混杂让小说偶尔闪现出亮色，却也因为混杂模糊了自身的特色，看起来有一种羼杂的混乱。徐皓峰真正面目清晰的作品，要从《道士下山》开始。

《道士下山》只在故事的奇幻性上还带有徐皓峰早期作品的痕迹，内核已然更新。徐皓峰后来在修订本中说，这本与武有关的书写的是逃亡，"写人物命运，写出了各种逃亡方式；写人情世故，写出了追捕者不同的收手方式"。不管徐皓峰自我定义的逃亡主题是否确切，但这种人物一路逃亡或游荡的经历和目击，几乎是他后来小说的一贯方式。因了这种写法，他小说的结构就不是网络状的复杂构成,而是串珠式的。这个串珠,可以按徐皓峰自己的说法解释:"在中国文化里,'串珠'一词不是简单的组合,还要把精华发挥出来。如'《楞严经》串珠',从数卷经文中拣出几百字,提炼了理论体系和实修程序。"这个串珠的方式用到小说上,是一着险棋,因为对习惯长篇小说复杂结构的人来说,如此结构显得简单。但这还不是主要的,对一本串珠结构的小说,人们会按照前面说法中设定的那样,要求每一部分有其特殊的精彩。

《道士下山》里最动人的,是作者和人物表现出的与常规思路违逆却别有情怀的理趣。小说开头,道士下山,"他叫何安下,16 岁仰慕神仙而入山修道,不知不觉已经五年,山中巨大的寂寞令他神经衰弱,到了崩溃边缘。为内心安静,回到了尘世"。起笔即逆,与普遍认为的入山求静恰成对照。这个下山道士随后的故事,乍看很像大多武侠小说里的成长路线,遇到各路高手,随缘习武。随后的故事呢,按说应该是在江湖扬名立万,功成名遂。可《道士下山》的情境设置却是社会,并非江湖,虽习武有得,险恶的环境仍令何安下步步维艰。这个步步维艰,没有普通武侠小说那样丝丝入扣,精彩迭出,却因为其中不断闪现的理趣而另有妙处——鬻琴者说:"(古琴)经过五百年,自然裂开的,锋芒如刺。作假的,锐不起来,不是像叶子,便是像鱼头。真东西总是简洁,假东西必然杂乱。"习枪者说:"兵器贵在简洁,戟可扎可钩,功能多了,必不能精深。我只要一个枪头。"杀人者说:"人的忠奸,能掐出来。人被掐住脖子后脸上的挣扎之相,脸肉越紧,其人越恶。"读《道士下山》,是这些与人物相关的理趣吸引着人,小说也才显得一节一节都是活的。

按照普通的小说标准,《大日坛城》算不上出色的长篇,故事有些太过奇特,不少叙事展开的逻辑线索也不饱满;人物性格几乎是给定的,给定之后也基本不发展。即使给定的性格,也不是活生生的,有点苍白,有些呆板。但或许在这个小说里,故事和人物可以从另外的地方看,因为里面不管是武林人物还是围棋人物,多是一代高手,对他们来说,性格或许不是最重要的,能从小说里辨识的,是他们的见识高低。小说里有一段话,不妨移用来说明这个问题:"年过 50 后,我的兴趣开始转移到观念上了,具体的人越来越引不起我的注意。现在,我能迅速识别出一个观念的高明平庸,但识别不出一个熟人了。"或许我们也用不着在一本不是以刻画人物为主的小说里识别性格,能认出是他们各自的见识,就算有了明确的标志。读这本小说最大的享受,是经常遇到这些不同人口中说出的对人心和人生的洞察——一盘棋即将有胜负结果的时候,俞上泉"控制着自己,不去进一步辨别,让预感保持在迟钝状态"。武术大家世深说:"如遇到高手,生死一瞬,心念不纯,经验技巧便是拖累,让你的反应慢半拍。"两个特务钓鱼,一个说:"钓鱼要一直盯着鱼漂,享受的是专注。专注才是真正的放松。"

继《道士下山》和《大日坛城》,徐皓峰先后出版了长篇《武士会》和短篇集《刀背藏身》。在这两本书里,前面说到的徐皓峰的特点还都有所保留,理趣、境界、见识都还在,篇幅却减少了,也略显散碎,不再像前面两本长篇那样神完气足。分析起来,神气不足的原因,是因为作者开始把相对性和复杂性带入了小说,按他自己的话,是"不想表达人性的恶,我想说的是人性的尴尬"。在这种尴尬里,人物不免显得仓皇。虽说他此前作品里的人物也会陷入困顿,做的事也未必都拿得上台面,但有种自信的风姿在里面,胜败俱有风度。但在这两本小说里,人心的暗角成了作品的重要部分,写这些的时候,徐皓峰有点放不下身架,笔也滞重了许多,心理的转折和情节的交代都显得不够圆润自如。或许更为重要的是,徐皓峰把武林高手的心意等同于普通人的心意了,以致一系列人物并没展现出与其程度相当的对心灵暗角的对待和消化能力。

大概是我过于挑剔了,我要说的是如下的意思。自《道士下山》以来,徐皓峰小说最为明显的特征,就是在一个看起来不算出色的小说外壳下,写出了一个逝去时代的样貌。而这个样貌,是往后看的,但这个往后看不是为了凭吊,不是为了叹惋,而是一种吁求,一种期望未来能够从过去时代的真实样貌汲取能量的努力。这个吁求因为背后有实实在在的性情品质和见识境界,就不是徒乱人心的呼喊,而有了超越当下普通小说的气象,也就有了一种看起来略显怪异的姿态。这个略显怪异的姿态,不妨看作是一个不断前行者步履的不时踉跄,而动人的,是他不停向前的心志。

好莱坞贫贱道

徐皓峰

电影是贫贱之道,是世界电影人的共识,所以许多事能够释怀。上亿投资的剧组,也发生拍夜戏没夜宵、首映礼主创没票、雨天穿易碎雨衣,为吃顿饭打九折,公司就安排导演跟餐馆老板合影,形象永挂在火锅污了的墙上——还有不结尾款、谎言中伤。损人占便宜,是贫的性质。占一时便宜,终将贫困,因为做的是贫的事,没做富的事。影史上众多大牌影人年轻时富得买游艇,晚年在火车站卖热狗,为养活自己操碎了心。影视大牌们早年多失学、家庭破碎、差点当妓女或土匪,唯一学历是屠夫证或驾照,福气少得可怜。一旦志得意满,贫困立刻到来。

好莱坞电影如可口可乐,二战时率先研究原子弹的德国人都做不出盗版可口可乐,谁做山寨可口可乐谁的汽水厂倒闭。可口可乐全世界销量,只能全世界买美国可口可乐原浆。好莱坞电影也是只能好莱坞拍。因为好莱坞行的是贫贱之道,给全世界受苦的人看的。全世界受苦的人看好莱坞明星的贫贱相,是能够满足和投入的。但有些国家和地区的大众娱乐,自古走的不是贫贱之道,看本国明星的贫贱相、本国生活里的贫贱事,潜意识里不接受。法国大众文学传统是《悲惨世界》《基督山伯爵》,让法国演员演一个法国生活版的《谍中谍》,法国观众会觉得太贱太假,潜意识不接受,汤姆·克鲁斯演的美国生活版就没问题了。看好莱坞,但看不了好莱坞的山寨版——这是好莱坞的可口可乐性质,可口可乐只能喝原版。日本是当世小说大国,一百年前在日本写小说还是贱业,明治维新后,最早一批给杂志写小说的人多是付不起房租的酒鬼、赌徒、被赶出家乡的人,本着"男人卖字等于女人卖身"的心态写的小说,拿到稿费感到倍受侮辱,发疯似的赶快花完。其大众文学传统不是好莱坞贫贱道,是落魄文人写的文人之道,所以20世纪50年代到70年代,电影人符合文人道,电影昌盛,背离此道,电影业垮掉。天真以为学了好莱坞技法能赚更多钱,结果上当。中国的通俗文学传统,不是好莱坞的爱情、警匪、黑帮、灾难、西部等几大类型,也不是日本般正经文学(诗歌文章史书)和不正经文学(相声小说戏曲评书)那么的贵贱有别、上下隔离。中国的文学传统,最早也是贵贱有别,小说不能算文学,文学仅限于诗歌、文章、史书。元朝以后,打破贵贱,上层文化挤进下层文化的形式里,把下层文化的粗俗挤走了,从此,中国通俗文学的本质是皇家趣味、文人意识。《水浒传》是可以和《史记》媲美的"才子书",《红楼梦》许多章节放弃讲故事,讲诗词和写典故,老百姓照样看得津津有味。我们的通俗文化就是上流文化,美国标准的通俗文学,在中国也有,但老百姓接触不到,属于小众,难得一见,没有票房,万一赚到钱了,开始聚众了,立刻被赶走。比如评剧名段《八月中秋雁南飞》:"八月中秋大雁儿往南飞,跑腿的在外总有三不归。这个头不归,二老面前不能尽孝哇;二不归,床前妻子无人陪;这个三不归,病在了招商旅店哇——"这种通俗易懂的词,大众是听不到的,清朝时评剧不能进城,民国时进城了,稍有票房,立刻被赶出城去。通俗易懂,只能小众。大众能听到的通俗文艺,在明朝是:"甚西风吹梦无踪! 人去难逢,须不是神挑鬼弄。在眉峰心坎里别是一般疼痛——"(《牡丹亭》);在民国是:"世上何尝尽富豪? 也有饥寒悲怀抱,也有失意痛哭号。轿内人儿弹别调,必有隐情在心潮——"(《锁麟囊》)唱这种词,才能有票房。中国大众艺术和法国大众艺术一样,因为文人向各阶层上下润泽,滴水穿石,大众已看不惯过于俚俗、只讲生存危机的故事了。美国宣扬"我是最好的"这类拼搏人格。但凭什么呀? 不能只凭"我觉得"三字吧? 这种凭空自信,在传统中国是不敢说的,会招人耻笑。清朝的盐商等于官倒,势力逼人,但很少有盐商世家,通常富裕两代就退出盐业,不要这钱了,因为商人是贱格,不能参加科举,不能娶官员女儿和文化人女儿。富裕了,要知道求贵。求贵之路,漫长艰难。退出商圈后,牺牲一两代人闲待着,到第三代可以说,在记录上起码爷爷不是商人,然后找一个同姓的书香门第,认祖归宗,表明自己其实是文化人后代,可惜跟正宗失散多年。认祖归宗的代价大,加上你一家名字,几张纸,但要交上足够把全族历代族谱都重修的钱,等于建几座大庙的代价。从此可以参加科举,娶文化人家女儿了,商人的血统和身份是会拖累子孙的脏东西,拼上浪费三代人,也一定要改过来。贵,是文化。在美国,富是可以独立的,没文化,但有个性、有创意,别人也瞧

304

得起你,不影响存在感。在传统中国,富是不能独立的,富贵二字要在一起,只有富,便是卑贱的存在。20世纪80年代,为了治疗历史伤痛,以一个"富"字带动社会迅速转型,大家好向前走。苦学好莱坞,三十年没结果,因为夹生。我们本有自己的大众文艺传统,不识字的大众有文人的头脑、皇家的生活习惯。好莱坞是标准的平民文化,没时间上文化补习班的辛劳大众,对富豪阶层充满不靠谱的想象。传统中国的平民性质不同,以文化超越阶级,祖辈留给我们的好词是"布衣傲王侯"。三十年过去,真的富了,便要把贵字找回来。

李娟 / 1979 年出生于新疆，籍贯四川乐至县，1999 年开始写作。曾在《南方周末》《文汇报》等开设专栏，并出版散文集《九篇雪》《我的阿勒泰》《阿勒泰的角落》《走夜路请放声歌唱》《羊道三部曲》《冬牧场》《遥远的向日葵地》等。曾获茅台杯人民文学奖、上海文学奖、花地文学奖、天山文艺奖、朱自清散文奖等。

等候深知的瞬间

顾文艳

李娟的文字里有一个从历史深处走来的人,也始终有一个人在等候他的到来,等候一个深知的瞬间。那一瞬间,文学时空和现实世界重合,一切昭然若揭:我们将深知阿勒泰生命的颜色,深知牧羊人目光里的从容与辽阔,深知时间的意义和无意义,深知存在与消亡共有的美。

一直以来,非虚构散文作者李娟都小心地同她笔下的文学时空保持着距离。从创作初始,这位汉族作者就将她的现实生活和文学生命轮流搁放到新疆北部阿勒泰的哈萨克族牧区。第一本关于阿勒泰的文集《九篇雪》写于作者离开牧区到县城的冬天,之后成集的几本书也是成形于阿尔泰的山林之外、"循规蹈矩的工作之余"。2012 年付梓的"羊道"三部曲汇集了写哈萨克牧民日常生活的 40 多万字,与其说是她在 2007 年跟着牧民北上进入深山牧场生活的记录,不如说是她将个人的现实世界从深山牧区迁移到南方城镇后对这段过往的文学追忆。最近出版的文集《遥远的向日葵地》里,李娟再次站在现实的生活时空,回望十年前进入深山牧场前后渐已"遥远"的岁月。在这年轻的、却又因其河流般流淌的怀旧而仿佛早已老去的文字里,她回到了乌伦古河岸与河岸高地上几场徒劳而真实的耕种,回到了记忆深处一片不曾褪色的金黄。

这片金黄属于梦境和念想,它距离作者的现实并不遥远,却也不相毗邻。对于非虚构文学创作者来说,真实的世界是充满文学想象的。当真实世界因个人时空的变化而成为记忆时,文学世界便开始装载那些无从安放的真实。对李娟而言,阿勒泰是一个尤为充满文学想象的真实世界,一个令她深陷的所在,使她不得不一次又一次地隔着时间和空间的屏障,为其构建出一个盛满真实的巨大的文学世界。在这个世界里,阿勒泰不仅是远离汉文化中心和现代文明的边缘空间,还是自然智慧的空间象征,处处藏有深刻的命运启示。这些启示顺着作者不经意的几笔描绘、几片遐想、几场相遇、几番哲思,点滴流露,凝成一个个忽然深知彻悟的瞬间。

自然感知与生命修辞

深知的瞬间首先来自感知的片刻,也往往是孤独的时刻。无论在阿尔泰深山同牧民一起生活,还是与母亲一起驻扎在河谷高地,李娟的记述中都会忽地闪出一个在深山牧野、林海孤岛上四处游荡的身影。"总是没有人,总是没有目的,总是时间还早。"叙述者独行在寂静的山路上,走到高处遥望,看着群山上有生命的、"活"的羊道,感觉身处"遥远孤独的行星之上";走入林影婆娑,恍惚间看见走过这条路的所有人,看到"他们遥远的想法在路过的黑暗中沉浮"。在这里,孤独的漫游同孤独的世界一样迷人,一路铺洒着漫游人对自然与生命近乎奇异的感知。到了开阔地带的阳光下,她感到自己会消失在"伏在脚边"的影子里;待到"微雨的时光又湿又绿",阳光一并落下,世界就变成了一个梦境,"左边沉浸在梦中,右边刚从梦中醒来"。(《我的游荡》)灵动的意象轻盈地晃动在文学世界的入口,基于奇妙感受的通感和比喻修辞背后闪烁的是对生命的赞颂与思考。当然,对自然孤独的感知不仅只是在一个人游荡的时光,还可以通过观察,透过比"我"更具感受力的他人所得。写牧民家大男孩斯马胡力遥望山谷的目光时,李娟清澈纯净的文字里多了几笔用力的抒情:"而不远处的另一座山头,斯马胡力静静地侧骑在马上,深深凝视着同一个山谷,又似乎漫不经心。我看了又看,不知羊群在哪里。但他一点儿也不着急,似乎早已知道这世上没有什么可以丢失。他长时间凝视着山谷底端的某一处,那一处的马群长时间地静止在沉甸甸的绿色中,羊道如胸腔的起伏般律动。"斯马胡力深邃而随意的目光里带着"我"无从获取的所知,好像"早已知道"这片山谷,甚至整个世界和生命的所有秘密。透过这种令她欣羡不已的目光,作者对山谷的描述添上了生命的比喻:在她的感受中一直有生命的羊道,在斯马胡力的凝视中起伏律动,成为整个山谷的心跳和呼吸。对自然的感知力与对感知的渴望支配了李娟的抒情,通过富有生命元素的修辞语言跃然纸上。

自然感知的抒情是有节制的,生命修辞的表达也不至纵恣。李娟文字里的

308

生命元素分明是一个努力体悟自然的人的点滴获知。比如她对颜色感知的描写,总有几处缤纷的笔墨在闪烁生命的色泽。光是阿勒泰的绿就有很多种:乌伦古河的绿色是浓烈的,它孕育了河岸的生命和文明(《灾年》);溪谷最深处的绿意能穿越整个雨季,绿得令人费解(《真正的夏天》);田野辽阔而梦幻的绿"如同离地三尺一般漂浮着"(《回家》);吾塞松林苍茫的碧绿里又总是闪现轻俏的红色,或是林间空地铺满枯萎红叶的泥土,或是精灵般穿梭在森林里的牧民少女卡西的红雨鞋(《林海孤岛》)。这里,绿色不再是理所当然的生命象征,而是作者通过感官获得的关于生命的文学体验,饱含着她想要传递的那些不可复制的感受的真切愿望。同样地,在《金色》中,李娟将她个人的自然体会转化成感性的形容,构筑属于她自己的金色的文学想象。金色的白桦能将整个秋季沦陷,金色的麦田有着安抚人心的力量;芦苇的金色脆弱无助,月亮的金色自由孤独;她看到饲草的金色在梦的高处燃烧,她尝到口中的蜂蜜里有金色在飞翔。最后,面对全部的金色,对作者个人而言最具象征意义的、母亲地里的葵花"缓升宝座,端坐一切金色的顶端"——一个多么辉煌而深沉的瞬间!

这些文字背后,我们隐约能看到一个在自然面前思索生命的人,一边谦逊地直面自己的一无所知,一边用心地收集着感觉和意识中所有诗意的颜色,等候着一个醍醐如饮的时刻。

历史深处走来的人

2004 年在写阿勒泰山谷草原漫游的时候,李娟曾描述过一场神秘未知,却又不断重复的"到来":"每当我在深绿浩荡的草场上走着走着就跑了起来,又突然地转身,总是会看到,世界几乎在一刹那间同时转过身去——总是那样,总是差一点就知道一切了,总是在那时,有人笔直地向我走来。"这个人第一次出现在她把玩一块小孩卖给她家杂货店的深山水晶时。叙述者举着水晶对着草原,忽地"看到一个骑马的人从山谷尽头恍恍惚惚地过来了,整条山谷像是在甜美的燃烧"。她移开水晶,骑马人越走越近,叙述却在他到达她跟前的时刻戛然而止,用一句对自然的赞叹来收尾:"这时我突然觉得天空的蓝,蓝得那样惊人!不远处的森林力量深厚。"叙述者迂回地寻思着这场汇聚了大自然力量的到来:当情感如爱情般涌荡而来,当到达与生活无关的地方,当某个富有哲理的念头突

309

然降临,都会有个人向她走来。这里,处于动态的"人"是一个在书写中被虚化了的人,暗指了某种真实的到来,突显的则是作者在漫长的自然时空里一些个人零星的顿悟与感动,或是一些不可言喻的灵感,在回旋重复的意象布局中营造出了逐渐升华的情感效果。《深处的那些地方》是李娟早期运用明显的艺术手法、文字也较为成熟的文章。"向我走来的人"这个意象贯穿整篇文章,却不仅只是为了提升艺术效果,还为李娟整体创作中一个主题性的象征勾画了轮廓。在后来的"羊道"系列中,李娟用难得近乎忧伤的语言透露她永远无法真正进入阿勒泰和哈萨克族牧民的生活,因为其最核心的部分是深深"埋藏在血肉传承之中"的。来自四川的汉族作者虽然亲历了这里的生存景观,却永远无法同游牧民族的历史和命运产生真正的关联——或许正因如此,李娟在写斯马胡力用深知一切的目光凝视山谷时才会那样充满欣羡,才会那样专注动情。在草原深山游荡、思考、生活、写作的每一个朝暮,她都在等待一个时刻,等待这个近在咫尺、却永远隔着障碍的世界向她打开一个入口;日日夜夜,她都在等待着一个从历史深处向她笔直走来的人,把她的命运牵系到阿勒泰的命运上。

虽然不能同牧民一样真正进入这个世界的核心,文学中的自我却能够通过文字传递这个世界里的感情与智慧。在《繁盛》里,"我"想象一百多年前最早带着种子来到这片土地开荒定居的人,想象这里的先祖和自己一样绝望地看着亲手种植的生命生长枯萎。结尾处,她终于看到了这个历史深处的人:"我看到一百年前那个人冒雪而来。我渴望如母亲一般安慰他,又渴望如女儿一样扑上去哭泣。"在同一片土地上共同的经历和共同的痛苦终于让"我"得以同异族历史里的牧人对话,尽管这种交流只存在于文学想象中。关于异族的差异,李娟还写过一个轶事,写哈萨克族的司机跟汉族司机不同,永远会为羊群让道,耐心地等待羊群经过。讲述者平静而不带任何评判,只用一句"由于深知,才会尊重"来解释差别。(《汽车的事》)这种指向尊重的深知,虽然"和一无所知(没)有什么区别",却是"我"渴望获得的,因为深知的瞬间也是找到对方世界入口的时刻。

李娟的文字里有一个从历史深处走来的人,也始终有一个人在等候他的到来,等候一个深知的瞬间。那一瞬间,文学时空和现实世界重合,一切昭然若揭:我们将深知阿勒泰生命的颜色,深知牧羊人目光里的从容与辽阔,深知时间的意义和无意义,深知存在与消亡共有的美。

书写就是我的耕种方式

李 娟

回想这段经历的时候,我有无数条路通向记忆中那片金色田野,却没有一条路可以走出。写这些文字时,我有无数种开头的方式,却怎么也找不到一个合适的结局。

我把原因全赖给了文字本身,我觉得是它们自己不愿意停止的。还有这些文字所描述的生活,它们也不曾真正结束。总之,我用力地抒情,硬生生戛然而止。

后来我想,真正的原因可能是,关于那段生活的最最核心的部分,我始终不愿触及。或者是能力问题吧,我没有能力触及。

《遥远的向日葵地》是长久以来我一直渴望书写的东西。关于大地的,关于万物的,关于消失和永不消失的,尤其关于人的——人的意愿与人的豪情,人的无辜和人的贪心。在动笔之前,我感到越来越迫切。可动笔之后,却顿入迷宫。屡次在眼看快要接近目的地的时候,又渐渐离它越来越远。

这些事情大约发生在十年前。

但是我只写了我家第一年和第二年种地的一些情景。就在种地的第三年,我妈他们两口子终于等到了盼望已久的丰收。然而,正是那一年,我叔叔卖完最后一批葵花籽,在从地边赶回家的途中突发脑溢血,中风瘫痪。至今仍没能恢复,不能自理,不能说话。

从此我家再也没有种地了。

向日葵有美好的形象和美好的象征,在很多时候,总是与激情和勇气有关。我写的时候,也想往这方面靠。可是向日葵不同意。种子时的向日葵,秧苗时的向日葵,刚刚分杈的向日葵,开花的向日葵,结籽的向日葵,向日葵最后残余的秆株和油渣——它们统统都不同意。

它们远不止开花时节灿烂壮美的面目,更多的时候还有等待、忍受与离别的面目。

如果是个人的话,它是隐忍而现实的人。如果是条狗的话,都会比其他狗稳重懂事得多。

但所有人只热衷于捕捉向日葵金色的辉煌瞬间,无人在意金色之外的来龙去脉。

而我的文字也回避了太多。我觉得是因为那些不值一提。但心里清楚,明明是因为自己的懦弱和虚荣。

我至今仍有耕种的梦想。但仅仅只是梦想,无法付诸现实。于是我又渴望有一个靠近大地的小院子。哪怕只有两分地,只种着几棵辣椒番茄、几行韭菜,只养着一只猫、两只鸡,只有两间小房,一桌一椅一床、一口锅、一只碗。那将是比一整个王国还要完整的世界。

可是现实中的我,衣服塞满衣柜,碗筷堆满水池。琐事缠身,烦恼迭起,终日焦灼。在做任何事情之前都感到还没做好准备,结束每件事情后仍患得患失。我把这一切归结于缺少一小块土地,一段恰当的缘分。可是,追求这一切——仍远远没有做好准备。

在四川,我在童年时代里常常在郊外奔跑玩耍,看着农人侍弄庄稼,长时间重复同一个动作。比如用长柄胶勺把稀释的粪水浇在农作物根部,他给每一株植物均匀地浇一勺。那么多绿株,一行又一行。那么大一片田野,衬得他无比孤独,无比微弱。但他坚定地持续眼下单调的劳作。我猜他的心一定和千百年前的古人一样平静。

我永远缺乏这样的平静。农田里耕种的农夫,以及前排座从不曾回头张望的男生,永远是我深深羡慕的人。

作为写作者,书写就是我的耕种方式吧?我深陷文字之中,一字一句苦心经营。所有念念不忘,耿耿于怀的事情,我都想写出来,都想弄明白它们为什么非要占据我的记忆不可。写作的过程像是挖掘的过程,甚至是探险的过程。很多次,写着写着,就"噢——"地有所发现。曾经一直坚信的东西,往往写着写着就动摇了。以为已经完全忘记的,写到最后突然完整地涌出笔端。我依赖写作,并信任写作。很多时候,我还是很满意写作这样的命运的。

周李立 / 1984 年生于四川，毕业于中国人民大学新闻学院。出版小说集《八道门》《透视》《欢喜腾》、纪实文学《久别的人》。获汉语文学女评委奖、第 17 届百花文学奖、《小说选刊》新人奖及双年奖中篇小说奖、《广州文艺》都市小说双年奖一等奖、《朔方》文学奖、储吉旺文学奖等。

暖色的刀与一代人

丛治辰

和"90 后"、"00 后"相比,"80 后"的叛逆与"酷",没那么容易与自然,显得落伍,充满撕扯与争夺;而和"60 后"、"70 后"相比,他们的理想主义又没那么闪闪发光,他们向往闪闪发光,但"50 后"父母的教训总不合时宜地浮上心头,让他们难免对光华背后的阴影充满狐疑。在这一意义上,周李立是将"80 后"这特殊一代的复杂性,写得最深刻的作者。

周李立早期小说里的那些女孩,有一种刀子般的气质。她们凌厉、倔强、任性、冷漠、勇往直前。她们会因男孩一个温暖的动作留在陌生的城市,也会因对爱情或不可知远方的幻觉而离家出走。但她们很容易从幻觉里醒来,然后将那种淡漠的体面表演得相当出色。(《并非没有故事》)她们当然也热爱年轻漂亮的男孩,但对成熟稳重的老男人更不乏兴趣。和坊间俗气猥琐的想象不一样,她们无意用青春和老男人交换什么。在《欢喜腾》里,果欢欢和顾一航交换的只不过是彼此的故事,而且很难说果欢欢在这场精神交流里占到什么便宜,老男人顾一航获得的教益也许更多。《临别时分》里,倒是那个被簇拥惯了的老男人更像被宠坏的孩子,只不过落落终究还是没打算惯着他——就算以后难免舍不得,也绝不被牵着鼻子走,开始时落落是主动的,结束时她也要主动。这些女孩还喜欢说一个词,"酷",如今听来恍若隔世,但那曾是"80 后"青年热衷追求的气质。

于是周李立也讲述了不少童年故事。她写了这些很"酷"的女孩们从什么地方出发。以我目力所及,周李立第一篇着重讲述童年的小说是《欢喜腾》。果欢欢用一下午时间和她爱的老男人顾一航回溯另一个下午,遥远的 12 岁、初潮到来的下午,父亲一去不返的下午。还有与母亲无休止的战争。母亲对于初潮不洁的陈旧观念,压抑也激发了果欢欢对身体的执着,令她最终用身体这一武器击败母亲,独立生活。而对母亲男友并不成功的勾引,或许也成为她对顾一航爱情的肇始。

当然初潮的故事已被讲述太多。但如将周李立所有小说里的童年全都抽出来放在一起,我们就会发现这个故事对于理解她笔下那些女孩是如此重要,如此具有典型意义。在她的小说里,几乎每一个父亲都不在场,而几乎所有母亲都不值得信任。她小说里的人物全是无父无母的孤独成长。最有趣的是《火山》,在创作谈里,周李立公开小说素材由来:她在日本旅行时的导游小张,一个借由日本战争遗孤后代身份获得日本国籍的小伙子。现实中的小张阳光积极,对家庭充满责任感,拥有明星般漂亮的老婆和儿子。尽管早年父母赴日本,令他在国内晃荡掉不少青春,尽管初来日本时对于久别重逢的父母也难免隔阂,不过这都只是小张人生中一段微弱回响的插曲而已。但小说里,周李立的所有叙事都在纠结文亮那挥之不去的被遗弃感,父母在成长当中的缺席始终令他耿耿于怀。作为小说家,周李立当然有理由从所见所闻出发,去虚构与想象那埋藏在平滑现实表面内部的真相。但她选择讲述一个庞杂故事的哪一部分,不正可以说明她长久以来心心念念的所在?

周李立有好多办法让父亲从故事里消失,《火山》里这种反而太特殊。有时父亲干脆死掉,比如《天下无敌》的彭坦。不过《天下无敌》里还有两个父亲,刘爽的父亲是主管钢铁厂改制的副县长,小娄的父亲是钢铁厂职工,下岗后他成了理疗床垫推销员。很显然,在刘爽和小娄成长的年代,他们有太多事要忙,所以在小说里他们同样几乎没出现。当然还有《更上层楼》里的刘叔叔,曾经作为一个正式在编的工人他何等骄傲,下岗后他却要到小镇上仰岳母与大舅子的鼻息。很难想象这个在小说结尾爬上28层楼、连物业费都交不起的男人在家里有什么分量,因此我们似乎也就不难理解刘越为何成长得那样放肆舒展,那样"酷"。在这些父亲群像中,我们依稀辨识出熟悉的脸庞,那不是一个个小说人物的父亲,而是一代人的父亲。

20世纪80年代出生的这代人,父母大概出生在50年代或60年代初。正如周李立小说里偶尔提及的(《天使的台阶》),他们或经历上山下乡、当过红卫兵,或遭受下岗的痛苦。他们或被大时代的变迁抛掷出去,再也不见踪影,或被大时代的浪潮席卷而无暇他顾;而更多的是在看惯时代风浪后,习得一套委曲求全现世安稳的生存哲学。因此我们会看到她笔下的母亲，总那么近乎偏执、小心翼翼，我们看到她笔下的父亲更多像是向我们透露时代讯息的一扇扇大门，他们是时代符号，尽管这些门、这些符号几乎全都千疮百孔、破旧不堪；而那些母亲则留了下来，成为某种未亡人，负责将时代的教训传给子女。当然也有如《会期》里那样几乎没有存在感的父母，劝说女儿回小城过上安稳的正常生活；但更多争执仍发生在母女间——女作家周李立不知不觉间还是选择按照最传统的性别社会身份设定人物功能，十足地耐人寻味。母亲是那么希望孩子能够保守收敛地长大，她们功利市侩，对女儿的人生设计不免庸俗。父亲已经走丢，过去时代特有的稳定感一去不返，女儿们再也不能满足县城甚至省城的生活，她们迫不及待想到远方去，到北京去，到艺术区去。但同时，她们也并非没有遗传下父母的血脉。和"90后"、"00后"相比，这代青年的叛逆与"酷"，没那么容易与自然，显得落伍，充满撕扯与争夺；而和"60后"、"70后"相比，他们的理想主义又没那么闪闪发光，他们向往闪闪发光，但"50后"父母的教训总不合时宜地浮上心头，让他们难免对光华背后的阴影充满狐疑。所以他们才会像一把把刀子，对城市的一切浮华与承诺全都看透；所以那些女孩一方面在老男人身上寻找想象中理想父亲的余味，一方面又时刻保持警惕与体面；所以当《临别时分》里的老男人终于扑上床时，落落会突然走神，蚀骨的无聊感涌上心头，挥之不去；所以他们中那些并非天生刚强的人，很容易就变成《更衣》里的蒋小艾和《黑熊怪》里的王泽月；所以周李立可以将《八道门》里康一西的欲望、虚荣与窘迫写得那么入木三分，那或许才是这一代青年的凛冽气质底下的真相。在这一意义上，我以为周李立是将"80后"这特殊一代的复杂性，写得最深刻的作者。

这或许也可以解释，为什么周李立会讲出那样的艺术区故事。从《往返》开始，周李立以乔远为主角，写了十几个北京艺术区的小说。京漂艺术家一直是文艺青年津津乐道的传奇，但周李立的叙述显然有所不同，而她本人对此也足够自觉。周李立说："现在人们每当想到已湮灭不存的圆明园画家村时，脑中出现的关键词总是流浪、漂泊、梦想、贫穷、脏乱……但时间已行至当下，21世纪了，在过去十多年，与北京艺术区有关的关键词和这座城市一样，一直在不断扩充：工作室、拍卖、权力、价格、传媒、公关，乃至地产、城建、广告、国际化等等。"从前文艺作品中表现的艺术区的痛苦和烦恼，都与艺术、贫穷和爱情有关；而在周李立笔下，焦虑已不仅来自艺术，还来自艺术已经不再仅仅是艺术，来自艺术变成了生意，来自资本与商人——新的父亲已经到来。我更愿意相信，是她特殊的视角，发现了某种唯有这代青年才能发现的冷硬真相。

然而，在众多小说中，我最喜欢的倒是并不起眼的一篇早期作品《春眠不觉晓》，或许周李立本人都不觉得它有多么重要。这也是与童年有关的小说，这次，刀子般的女孩子并未行走在北京街头，而是在省城美容店打工。她絮絮叨叨地向一名新来的同事大姐讲述自己的童年与青春。她的故事里有外婆、父母，她受家庭宠爱。然而故事讲到三分之一，我们意识到，这备受宠爱的童年不过是一种补偿，她的父亲在严打中被枪决，而她惊慌失措的母亲不知去向，将她扔给祖母。故事进行到三分之二，我们确认，那位年岁偏长却奇怪地来美容店应聘的大姐，正是这孩子的母亲。在周李立的小说当中，这或许绝非佳作：情节设计感重，结构也略嫌失衡。但这位从远方归来默默守在女儿身边的母亲，让我觉得周李立笔下所有女孩，所有刚强、冷漠、孤独、无聊，其实仍有一个底色。有了这层底色，一切故事和人物才有了质感和重量，才有了讲述的必要。

周李立当然是她所书写的这一代青年的最好代表：也犀利，也叛逆，也矛盾，但她从来不是一个铁石心肠的写作者。如果这世界真是那么让人失望，何必还要写下去呢？

说不定我一生涓滴意念，侥幸汇成河

周李立

从小就没有过长大要写作的想法，尽管 7 岁时被送去名为"儿童诗写作"的兴趣班消磨过一个暑假。兴趣班结业合影，我站在最角落，比所有人矮一头，其他同学都比我高几个年级。兴趣班老师是我家邻居，这大概是我父母选择诗歌班而不是书法美术舞蹈班的主要原因——老师是邻居啊，放心啊。我对老师的认识，仅限于他是我邻居。他儿子与我同龄，晚饭后我们一块儿从楼梯上往下跳，比谁能连跳三级台阶。我人生中的暑假似乎总是这样，浑浑噩噩就熬过了苦夏。

儿童诗兴趣班在我们县城历史上仅此一次。因为那个暑假后，邻居从县城小学辞职——和 20 世纪 90 年代初很多想干番事业的人一样，邻居拖家带口去外闯荡。人们惊讶之余，很快就对这件事丧失了兴致，因为没多久更多人都陆续去外面打工了。往后我们很难获悉他们的消息。

我的文学启蒙就这样稀里糊涂地一开始便中断。中学时，我是一名理科学霸，因为高考志愿没填数学系或物理系，数学老师扼腕叹息，跟我说过好几次有一所大学，名为中科大，是中国最牛的大学。录取结果公布，我发现我的同桌上了中科大物理系。

我有个中文系毕业的父亲，只是父亲的影响远不及数学系毕业的母亲那么强悍，父亲的影响更多是旁敲侧击、见缝插针的——在我们四川，三口之家的模式多半如此，母系掌权。母亲的高等数学书我不可能看懂，我只好去看父亲上学时的书，能看懂的也就是一些小说。县城新华书店的店面早就改做电器商城，名义上的新华书店只剩下一个柜台，几家个体书店只卖教参教辅。上世纪末的山区县城，对阅读这件事彻底免疫。

上大学选专业用的是排除法，依次排除不想学的专业，师范、农、林、医、工、商、计算机都被划去，最后剩新闻，只招文科生。理科生的我还可以去广播电视新闻专业，我想象这专业就是在演播室念稿，或拿话筒采访路人甲乙，该很轻松。我就这样避重就轻，做出选择，哪怕这关乎我整个人生的方向，我深怀侥幸心理。人大新闻学院第一课是新闻理想，被竖立起新闻理想后，我开始坚信"虚构"是一个贬义词，因此我拒绝读小说，从内心看不上，这些虚构的故事，于作者于读者，都是既无益也无义啊。但广播电视新闻专业一点儿也不轻松，一点儿也不亮丽，镜头前的光鲜是由大量的案头工作和繁重的体力劳作支撑的。体力不是我强项，团队合作的作业我总被分配做案头工作，所以我最初有意识去写点儿什么时，写的是电视文案。后来有人说我小说中描写较少，我想可能跟那阵子写纪录片文案的惯性思维有关。

工作几年后不仅丧失了新闻理想，所有理想都差不多一块丧失了。有段时间很惊恐，因为发现日子简直就是复印机，刻板如表格。转折或变化也有些，但就像复印件上微妙的变形或渐次浅淡的墨迹，本质上都雷同得无休无止。我们这代人的生活确实没什么意思，坦白说如今所有人的生活似乎都没什么意思，只是我们的"没意思"来得太早了。前辈人呢，大体都还拥有"从前"，而从前是可以用来喟叹的、值得书写的。我们没有从前，我们的过去与现在与未来都混为一谈。悲哀在于，哪怕是琐碎与重复的混为一谈的日常生活，也得让我们付出全部力气直到筋疲力尽。惊恐的我就这样开始虚构，是的，就是我曾经看不上的虚构——至少"没意思"的生活中，写小说显得是有那么点意思的，也说不定，没意思的生活中，那些涓滴意念，可以侥幸汇成河。

写小说这些年，是在阴霾中摸索道路。有时运气好，误打误撞，迎头碰上萤火虫般细微的光亮，就这渺小的一点儿，也让人狂喜，以为朝闻道夕可死。那瞬息顷刻过去，回到浓稠漫长的暗黑世界，无助是必然的。写小说不是那种积跬步就能致千里的事业，你自以为走得很辛苦的每一步，也许对提升小说的品质而言，都是无用的。然而还得走，因为一步不走的结果，一定是无路可走。

朱山坡 / 1973 年出生，广西北流市人。出版有长篇小说《懦夫传》《马强壮精神自传》《风暴预警期》，小说集《把世界分成两半》《喂饱两匹马》《中国银行》《灵魂课》《十三个父亲》等。现供职广西文联，为广西作家协会专职副主席，江苏省作家协会合同制作家。

诡谲而富有诗意的生命图腾

胡读书

广西沉郁鬼魅的水土滋养了朱山坡以及他的文学领地,他饱满的笔锋力透生死,看穿人鬼,众生飘荡、流转、沉浮于鬼门关内外,复杂的人性在民俗与信仰的文化背景上编织成形,汇成一幅诡谲幽郁而富有诗意的生命图腾。

我们很少谈论死亡,而在朱山坡的作品中,最常看到的就是直面死亡的故事。从《我的叔叔于力》《两个棺材匠》到《陪夜的女人》《灵魂课》等,濒死与灵魂的故事一个个地在鬼门关前被著录,仿佛一叶乌篷船在生命的河流上穿梭,时不时被洪流吞噬,把生命经验推演到极致。探寻在最幽暗时刻登场的人性,是朱山坡在写作上一贯的坚持,生猛而神秘,意蕴绵长。

生死"鬼门关"

"鬼门关"地处今广西玉林市北流县西,此地山峦耸立,壁立如削,两峰对峙,形成一道天堑,自古以来是交通要道。这里瘴气滋生,阴晦鬼魅,令人生惧,也是历代统治者流放"逆臣"途经之地,被贬谪的官员壮志难酬"生度鬼门关",如临生死之界,故徐霞客有言"'鬼门关,十人去,九不还。'言多瘴也。"现实地理奇观与民间阴曹关卡的叠影相交,赋予鬼门关丰富而沉郁的文学资源。

林白曾说朱山坡与他的人文地理同在"鬼门关以南",称赞他的作品"读之有趣又包含了足够复杂的当代中国经验"。在我们阅读西南边陲作者的作品时,或多或少怀揣一种对于蛮荒的生死书写的期待,而这种期待在朱山坡的小说中往往能得到不同程度的满足。特别是其中关于生死与鬼魂的篇目,数量很多而且蕴含着残酷感。关于死亡与临终关怀的故事是朱山坡反复书写的内容,如《灵魂课》《跟范宏大告别》《陪夜的女人》《捕鳝记》《导演》等,陪夜、殡葬、饥荒、死刑、疾病等形态各异的生离死别中,甚至也不乏诡谲的魑魅魍魉。对于素来缺乏死亡教育的中国读者来说,阅读这类题材的作品时,会自然而然地产生陌生感和神秘感,特别是当小说的基底建构于超验的民间传说或者信仰之上。例如"井水可以照见魂灵"(《灵魂课》),"过了八十岁的人都能隐隐约约地预知到自己行将来临的死期"(《跟范宏大告别》),朱山坡小说中的许多人物不是身患绝症就是行将就木,或者是已经眼通阴阳,文中的极端经验会让大多数人在阅读这些看似同代人的生命时,转变为旁观者的姿态,如《麦克白》里血红森林中的鬼魂与如潜意识般存在的胡子女巫,看着人来人往,看着有些魂魄无主,有些人活着却如行尸走肉,而有些鬼魂则自在人间。宿命感随着生命的流逝显现出来,变成映照着命运镜像的寓言故事。作品里的大多数将死之人都有着各自的执着,纵然生命尾端的腥臭已经扑鼻而来,但他们的各持顽拗仍透着一股诗意的情怀,哭笑不得尔后感到的是一种悲天悯人的生命关怀。

生死有期,这位穿梭于"鬼门关"内外的作家,带着这方水土孕育而成的生猛,一个接一个地划去瘴气弥漫的生死簿上深深浅浅的名字。几乎每部小说里都有生命消殒,死亡在诸多故事中即便稀松平常至此,也依然会成为人物隐秘多年的至要症结。藏匿在民间的故事正是由这些生死关联起来,生命中的荣光与罪恶,在泥沙俱下的日常生活中一并藏纳,等待着作家和读者共同挖掘。

说不尽的父亲

短篇小说集《十三个父亲》书写了十三个关于"父亲"的故事。无论是《爸爸,我们去哪里》《把世界分成两半》《捕鳝记》《牛骨汤》还是《骑手的最后一战》,每一个"父亲"的形象各异:他会对未来的道路感到迷茫无措,他会对路上遇到的女人暧昧不明,他会在生命燃尽的最后一刻展露出少年式的倔强……《单筒望远镜》《灵魂课》《鸟失踪》等作品中的母亲形象也各不相似,或残酷,或荒诞,或无奈。在朱山坡的笔下,父亲与母亲都不再是传统叙述中的伟岸如山、慈爱可靠。相反,他们有弱点、有罪孽、有欲望,无论是在饥荒中挣扎还是从牢狱中解脱的父辈,都一一被打回原形,在人生场中四处游荡沉浮,时而无稽时而绝望,不时地显现无力感与宿命感。所谓长者,回归到自身的年纪也是一个新人,并不会因为过往经验的积累而必然有应对现实的底气。当然,采用子辈的视角

322

去观察父辈的世界也是一种策略,朱山坡描绘的世界往往是蛮荒之地,物资稀缺、饥荒饿殍或者罪孽深重乃至人性相残,本应给孩子提供更多指引的父辈同在生存线的挣扎中,并没有高出任何人一等,在濒死边缘只剩下人性的挣扎。

在这样一种对父辈并非"背影"式的书写中,朱山坡时不时地把人物推到生存线的边缘,尽可能把人性、本能、应激的状态放大到极致。比如在《骑手的最后一战》和《陪夜的女人》中,两位父亲都是垂死挣扎的形象,临死前为了渐渐成为本能的挂念,用尽最后的气力,烟消云散。人之将死,放不下的终归还是源自本心多年的念想,或意气风发,或情爱缱绻。这些父亲形象的塑造,并不是利用辈分称谓来强化长幼尊卑,而是旨在推翻固有对亲缘关系的美化,从而拨开这层长辈的遮罩,将他们放置到属于自己的生命长河中,不乏诗意地书写人的欲望、人的宿命、人的生死,看千帆过境,泛不系之舟,自主沉浮。

诗意的乌篷船

关于朱山坡小说彰显出的乡土情怀已经有不少人谈过,为民间野生人物立传也好,作为乡土文学的灵魂捕手也罢,擅长写人物,特别是擅长搭建一个有丰富层次的民间叙述空间的人物关系网,始终是他作品的特色。而在地缘上,作家笔下的地名往往由几片水域串联起来(如惠江之于青梅镇、慧江之于凤庄,或者雁湖与西湖等等),而让人往来穿梭于不同土地的交通工具就是小说中常常出现的乌篷船。乌篷船与女人,似乎成为朱山坡几部短篇小说中的必要装置,令人难忘。

与周作人娓娓道来的那个满怀着闲适与乡愁的乌篷船有所不同,朱山坡的乌篷船在地缘特色之外,还有对传统的回望。在《回头客》中,船是浦庄联通外部的重要桥梁,也是陌生男人认为浦庄"人人有份的家具",没有船,就看不到湖对岸的世界。《陪夜的女人》中断断续续的马达声把女人逆流而上送到了凤庄,几乎已经没人再选择这样吃力不讨好的交通工具了,但这个女人坚持用古色古香的乌篷船,送了老人最后一程,而自己也最终消失在河面的迷雾之中。在今天,火车早已可以把人更快地送到更远的地方,铁轨与火车象征着都市与现代文明,勾连着大都市,火车拉来的也都是"大城市"。而人迹荒凉的水路上,一个女人撑着船,消失在江心,这个画面仿佛一首诗,整个故事也非常具有诗意。无独有偶,《回头客》中的父亲和马自珍两人在湖面自绝时都毫无悔意地撑着破船,最终都沉溺在湖心……《爸爸,我们去哪里》中父亲和"我"一起望着错过的女人站在船尾消失在江心,与《陪夜的女人》最后的一幕多有暗合。一叶扁舟在河流中摆渡,出入生死,最终被生命的洪流吞噬,想必这幅画面在作家心中早有图景,而诗人出身的朱山坡往往会在小说结尾留下一个令人反复玩味的画面,或是精巧地设置一个打开悬念的机关。后者在他看来是一个技巧的掌握,并不困难。而前者则会成为朱山坡有别于其他写作者的一个重要特点。

朱山坡的写作格局开阔,看似站稳西南边陲的小镇、乡村,只为故乡的民间人物立传著书,实际上他的故事中并不指涉个人经验,而是任由想象恣肆,同时以诗意的、悲悯的关怀去描绘贫瘠的、荒诞的现世。从中短篇的铺排,包括其长篇如《懦夫传》《风暴预警期》的设置来看,朱山坡是一个有壮志的作家,他也不讳言自己受到余华、苏童等作家的影响,似乎他笔下的一众阙姓平民、米庄或高州,也在慢慢变成属于他的文学领地。

曹禺在《原野》开篇曾写道"大地是沉郁的,生命藏在里面"。广西沉郁鬼魅的水土滋养了朱山坡以及他的文学领地,他饱满的笔锋力透生死,看穿人鬼,众生飘荡、流转、沉浮于鬼门关内外,复杂的人性在民俗与信仰的文化背景上编织成形,汇成一幅诡谲幽郁而富有诗意的生命图腾。

在南方写作

朱山坡

　　我生长在南方以南,很长的一段时间里,不知道北方在哪里。在我的想象里,北方意味着雄浑、辽阔、古老、强悍和摧枯拉朽。我一直仰望着北方。小时候,我们村里人都认为,但凡不说粤语的地方都是北方。他们对说普通话的人充满了轻视和排斥,像原始部落对待外来文明。后来从事写作才发现,我的思维方式全是粤语的说话逻辑,每写一句话都得把它"转换"成普通话,得用"北方"的词汇替换更为准确生动的方言。此时我才理解村里人排斥普通话是有理由的,而且理由远不止于此。因此,我觉得像我这种狭隘的南方人的文学创作是以放弃语言的差异性为代价的。当然,哪一个作家不是这样? 只是后来我发现自己不仅如此。北方犹如深邃的夜空,仰视久了,自己竟被吸食、吞噬,让我自觉不自觉地放弃了更多的"差异性",希望变得跟"北方"一样。这让我警醒。

　　文学应该永不厌倦地寻找"差异性"。

　　如果我未曾见识过北方,就不知道南方有多好。第一次去北方是冬天,我透过火车窗口看到了辽阔的原野,被苍凉、旷远和寂寥的大地吓懵了。所有的草和树木都是枯死的,成群结队的乌鸦、苍鹰在空中寻找腐肉……我的心很阴晦,对北方人产生了同情和怜悯。从北方回来,一下飞机,眼前一片绿色,生机勃勃,阳光和空气都好得无可挑剔,好像看得见那些草木正在生长,听得见鸟兽飞翔和奔跑喘息的声音,连泥土和石头都在迅速地发育繁殖,几乎看不到枯枝败叶,看不到更替、颓废和衰亡。我的心情一下子便明亮起来:这才是文学生长发育的地方,离开此地,连最顽强的文字都会枯亡。但随着我对北方更多地深入了解,发现真实的北方虽然与我想象中的北方不一样,但它的雄浑、辽阔、古老、强悍和摧枯拉朽是真的。我也喜欢上了北方,羡慕北方作家,有时候也希望到北方生活,将北方融化在我的身体里,用北方的腔调写作,把自己变成面目模糊的"全国性"作家。但我清醒地知道,这是徒劳的。有些东西是流淌在血液里的,隐藏在基因里的,无论怎么努力,我也变不成一个地道的北方人。我也没有必要将自己折腾成"全国性"作家。我争取把普通话说得更好一些,语言"转换"中尽量保留更多纯粹的"南方表达方式",以此向北方致敬。

是的,此时我想到了一个词:坚守。随着交汇融合加深,南北差异越来越小。南方正在消失。但"南方"是不会彻底消失的。在文学的版图上,南方将依然是南方。南方的经验、南方的腔调、南方的气息,构成了南方的独特性和丰富性,在文学里这些东西生命力无比强大。无论我身在何处,我都坚持"在南方写作"。我将乐此不疲地把残存在血液里的南方基因植入我的作品里,让它们繁殖、扩散、裂变,让每一个文字都变成一棵树、一根草、一滴水、一只鸟、一头小兽,映入你的眼帘,撞击你的心扉,让你情不自禁地脱口而出:"哦,这是南方!"

李宏伟／四川江油人，现居北京。著有诗集《有关可能生活的十种想象》、长篇小说《平行蚀》《国王与抒情诗》、中篇小说集《假时间聚会》、对话集《深夜里交换秘密的人》等，译有《尤利西斯自述》《致诺拉：乔伊斯情书》《流亡者》等。获2014青年作家年度表现奖、徐志摩诗歌奖等。《国王与抒情诗》位列《亚洲周刊》2017年度十大华文小说榜首，获选中国最美书店周2017年最受欢迎图书，并入选《收获》《扬子江评论》、凤凰读书等年度榜单。

"写作本身不就是妄念一执?"

方　岩

李宏伟试图把对当前社会的总体性理解,转变为带有寓言意味的故事,以期让蕴含于当前社会形态中带有表征性的症候在错置的时空中显现、膨胀。鲜明的叙事逻辑、奇异的想象力和饱满的故事以某种极具未来感却又有现实说服力的张力结构形成了一个个完整度极高的叙事。

在《而阅读者不知所终》(《人民文学》2016 年第 9 期)中,李宏伟不仅虚构了一本书,而且虚构了一群读者对这本书的阅读及其对作者的猜测和追寻,紧随其后的还有书中人物与书的作者的对话。无疑,这是一次关于虚构的虚构,或者是虚构与虚构的叠加、指认或拆解。这里不仅有极具辨识度的李宏伟式的小说写作模式,而且对于熟悉李宏伟作品的人来说,还可以把小说中那些观念、情境、片段的冲突、辩驳甚至是相互证伪,视为他的小说观的复杂的呈现方式。

李宏伟不是那种相信具体经验可以直接呈现的小说家,他不信任语言与具体经验之间的对应关系,并曾使用"切割"(《我是作家,不是邮递员》)这个看上去笨拙、蛮横的词语来嘲讽那种关于"虚构"与"现实"的僵化理解。哪怕是涉及自身较为确信的某些观念,他也要设置复杂的情境和缠绕的语言,让其犹犹豫豫地显形。这种不确定的姿态和形式,大概是与作家智识的复杂、语言的绵密以及想象力的境界相关的。所以,若将《而阅读者不知所终》视为作者某种程度上的夫子之道,尝试梳理出清晰的观念图景可能是困难的,倒不如先截取某个片段,从小小的缺口开始去逐步探索李宏伟的虚构世界。

狂妄也好,虚妄也好,写作本身不就是妄执一念,自以为是吗? 念头生发的一瞬间当然是重要的,也可以说是最重要的,可是我们是人,不是神,不能凭一个念头、一句话来创世对吗? 把念头付诸实现,把构想落实到纸上,这自然是对在那一瞬间所念想的世界的损耗，从起念到完成作品，也必然是对纯粹的大脑中的世界的降格，多层次多等级的降格，可这不正是人的宿命，不也正是写作者的宿命吗？说到底，哪个写作者能够把脑子里生发的念头拿出来，可以把大脑里的世界敞开来，供他人出入、参详呢？写作不就是这种敞开吗？作为人，作为必死的凡人，如果认为只需要念头的生发，以为起念就能逼近伟大，就是完成，这才是最大的妄念吧。这还不仅仅是妄念，这是僭越，对神的虚假想象，然后再凭虚假想象来代替神，取代神的位置。

这段话来自那本虚构之书的"作者"关于写作稍显激动的辩护。写作的极端困境被揭示出来。除了依凭文字，观念无法显形。然而，在它被呈现、认识的那一刻，则意味着真相的降格和意义的亏损。于是，文字成为罪魁祸首，写作变得面目可疑。问题的另一面在于，只要真相和意义对人类还有诱惑，文字依然是抵抗宿命、实现僭越的唯一方式。只是文字本身，或词与物之间的关系需要重新得到检讨。

《哈瓦那超级市场》（《西部》2013 年第 4 期）是个有趣的尝试。"哈瓦那"也好，"超级市场"也罢，都携带着约定俗成的意义和较为固定的对应事物，但是惯例并不意味着真相，也可能意味着对于真相的偏离和掩盖。所以，寻找"哈瓦那市场"的过程变得曲折艰辛。谜底揭晓的那一刻，我们惊讶地发现"哈瓦那超级市场"其实只是一个普通社区的小超市的名字。这种掺杂着震惊和荒诞的感觉，并非是作者故弄玄虚的"虚构"策略所激发的，而是词与物僵硬的对应关系被松动的结果，关系断裂之处填满的，是我们自身狭隘的自信和懒惰的认知。所以，关于真相和意义的盲识和洞见，取决于对具体的词与物关系的理解。正如小说里的其他故事和语境所提醒的那样，哈瓦那超级市场为什么就不可以还是提供各种欲望和满足方式的超现实主义时空呢？在这部小说中，李宏伟围绕着一个名词编织不同的故事，并不是要展示他充沛的想象力以及他在不同的故事中自由穿梭的叙述掌控技巧，他是在试探同一个词语在不同的语境中所可能唤起的不同的真相和意义，或者说真相的不同侧面和意义的不同层次。在我看来，他用"虚构"完成一次关于世界、现实和观念的"升格"。词与物之间的关系是伪装成立法的惯例，当这层伪装被撕破，词与物之间丰富的张力关系被重新建立起来，是寻找真相和意义的开端。

对于李宏伟来讲,重建词与物关系并不指向哲学层面真理的探寻,而是有着真诚的现实关怀。如果说,这样的企图在《哈瓦那超级市场》中呈现的还较为抽象,那么《并蒂爱情》(《人民文学》2014 年第 2 期)则提供了更为形象的演绎。当我们谈论词与物关系会把惯例伪装为立法时,其实已经在谈论被幻觉掩盖的现实危机,即我们日常的现实感可能是那些习焉不察的观念所制造的幻觉。比如,关于美好爱情的向往。当"在天愿作比翼鸟,在地愿为连理枝"真的以卡夫卡的方式实现的时候,即一夜醒来,两个相爱的人的肉身真的连为一体,美梦成真带来的却是无尽的困境和焦虑。这样的"虚构"不是为了刻意解构某些观念,而是为了让我们重新翻检那些构成我们日常生活的词汇及其背后观念的可靠性。《假时间聚会》(《人民文学》2015 年第 9 期)同样如此。毕业二十年后的同学重新聚会却以假面舞会的形式举行,这是一个值得玩味的细节。形式上的猎奇依然难以掩盖"虚构"上的刻意设计,当真实的面孔被虚假的面具遮掩时,其实是词与物的关系被强行地切断。这个充满游戏精神的行为带来的却是幻觉破灭之后的真实感,因为从游戏启动的那一刻开始,构成我们身份和存在的那些证据,如"记忆"、"时间"、"照片"、"影像"都变得虚幻起来,我们基于这些词汇及其意义所建立起来的现实感瞬间崩坍,一场聚会竟成为发现真相的舞台和惊悚时刻。

事实上,李宏伟的现实关切及其忧虑在两个维度上展开。一是对当下日常中包围我们生活的幻觉进行祛魅,以唤醒自我对周遭世界的重新认知。这些问题我们已经讨论过。另一维度则是,把当前的社会状况在整体上挪移至未来的时空中进行推演。他试图把对当前社会的总体性理解,转变为带有寓言意味的故事,以期让蕴含于当前社会形态中带有表征性的症候在错置的时空中显现、膨胀。鲜明的叙事逻辑、奇异的想象力和饱满的故事以某种极具未来感却又有现实说服力的张力结构形成了一个个完整度极高的叙事。也正是因为这一点,使得李宏伟在思想景观、美学趣味、文体形式感上远远地超过了同时代的许多作家。

然而需要提醒的是,必须排除科幻文学相关概念和观念对李宏伟小说的干扰和降格。因为,科幻对于李宏伟来说,更像是突破话语空间的叙述策略,正是依靠这样的策略,他才能在《来自月球的黏稠雨液》中,从容地戏仿调研报告、申请、批复等公文文体,让我们在平静的叙述中看到马尔萨斯理论成为社会运行规则时的恐惧场景。借助类型故事的某些优势,来消弭叙述上存在的牵制和障碍,这样的策略在长篇小说《国王与抒情诗》中得到更为灵活和直观的运用,以科幻为外衣,以悬疑故事作为叙述框架,一个"监督"和"控制"无处不在的恶托邦故事慢慢饱满起来。同样,在《现实顾问》(《十月》2018 年第 3 期)中,科技并未构成叙事动力,与其说这是一个科技控制、垄断人类感知的故事,倒不如说人控制、奴役同类的野心,以及人沉溺于幻觉和自我逃避、自我奴役的本性从未消失过,很多时候只是换了一种形式。但是,李宏伟洞察了这一切,并让其重新成为问题。同时必须看到,有些时候,形式、文体、内容、时空被有意识地错置、拼贴,由此刻意地制造出不协调的效果,其实是强化审美效果和思想冲击力的美学手段和叙述技巧,躲在这一切背后的是作者强悍的意志和强大的掌控能力。

以写作确认时代的图景
李宏伟

　　为什么要写作？尤其是读了那些经典作品，知道前人能够达到的高度，每一次走进图书馆、书店，都会怀疑一生的时间仅仅用来阅读都不够。2003 年，确定以写作为志业之前，我问了自己这个几乎每一个写作者都会自问，也会被他人不断问及的问题。想来想去，认定需要"以写作来确认自己的存在"，才算自我说服。

　　人都是要死的。如果在死之前，能够找到一件事情，让自己全身心投入其中，忘记死亡的存在，这是一种幸福。如果这件事还能让自己对死亡深入了解，当其来临时不至于恐惧畏缩，这是双重的幸福。假定死亡将取消一切，则"以写作来确认自己的存在"有两层意思。一是需要写作这一行为及其结果来赋予自己有限的时间以实质。我并没有以写作打败时间这样不可能实现的执念，但写作可以让我感到，时间经过了我并且没有白白流走。另一层意思则可以视作执念，我希望自己的写作不愧对那些滋养我的作家，如果他们的作品构成一座殿堂，如果自己的作品能够在这殿堂里有一席之地，哪怕是敬陪末座，尽管那时我的身体早已陨灭，对此无知无觉，这仍然是对自己存在的确认。

　　时至今日，这一自我说服已有所转化，如果再以相同的句式表述，就是"以写作确认时代的图景"。其中的变化，是写作实践带来的，也是离开学校之后的工作、生活带来的。变化的首要，是对存在的体认。抽象的精神性的个体存在，总是坐标于具体的时空，而这个具体的时空又必然是一个时代的构成部分。不管作家是否意识到，也不管他是否愿意追寻、承担，其写作必然映照他身处时代的精神状况。身在此时此地，无论实际情况将来被证明如何，我都认自己的时代为特殊，认它是一个转折、交汇的节点，认它兼备范式、价值、情感的毁坏与生成。

个人的确认系于时代,唯有时代图景得以确认,个人存在的坐标才能清晰。

要确认时代的图景,作家必须首先是观察者、感受者。时代并不是有形的可以描摹、传递的对象,作为个人,作家只能看到时代图景可数的几块拼图,他的生活也只能在少数几种现场之间来回,但这可数的拼图与现场,就是他的真凭实据,作家据此观察生活、感受现实,他以充分的共情能力,由此及彼、推己及人,想象、理解个人在时代浪潮冲击下的生活情态,推演个人与群体的命运波澜,参详时代的精神状况。要确认时代图景,作家更必须成为发明者、定义者。时代并不是个定数,现实也并不是静待作家出入的景观,试图以紧贴的方式占有现实,以为所见即所得是惰怠的妄念,甚或是封闭性的偏执。没有得到准确书写与明确定义的时代,无论事实上多么丰富,都将湮灭,丧失作用于历史的能量。因此,作家必须以文字为火光,照亮时代隐匿的绝不会主动示人的幽暗,并将幽暗的结构如同显影一样,带到他同时代人的面前。甚至有时候,这个结构是残缺、破损的,作家还要以创造的本意将它补全。这未必是时代本来的样子,但作家的工作是如此出色,一旦他补全,它就成了那样,而且只能是那样,留待后来者辨认、追想,进而调适、修正。

观察、感受、发明、定义,这并不足以保证作家写下的就是时代图景的本来面貌。本来面貌本身,也不是作为个人的作家可以证实的。这时候,可能还需要作家成为一个想象者、信任者。想象和信任都不指向具体时代的图景,而指向囊括了所有时空于一体的图景,关乎所有事实、所有秘密的图景。这图景也许由更高的存在绘制、掌握,也许自行生成、自足存在,无论是哪一种,作家都无法得见,但他必须想象并信任它的存在,并据此来写作,来绘制局部的属于他的时代的图景。

毫无疑问,当作家相信他的写作,相信他对其时代图景的确认,符合那整全的终极的唯一的图景的预定时,他将获得与更多个体、更高存在共在的充分的幸福。这是我目前对自己写作的期待,并愿意为此持续写下去。

飞氘 / 科幻作家,文学博士。现就职于清华大学中文系。著有短篇小说集《中国科幻大片》《去死的漫漫旅途》等。此外,曾在 Science Fiction Studies、《文学评论》等期刊上发表学术类文章。作品被译成英文、意大利文、德文、日文等。

用幻想冲破现实的疆界

徐 刚

飞氘的小说表面充满语言狂欢以及冷幽默的张扬,但深层却是寓言结构与讽喻风格,这使看似荒诞不经的故事获得了不凡的艺术效果。

这个永葆少年之心的作者对幻想寄予厚望,而他也正以这样的方式想象自我和世界,以科幻叙事对抗庸常人生的苍老和颓唐。这或许正是科幻的现实意义所在。

在一票羽翼渐丰的科幻"新生代"作家中,"飞氘"的名号可谓无人不晓。这位以"飞氘"为名书写科幻故事,以贾立元为名撰写学术论文的清华大学青年教师,被科幻圈的朋友亲切地称为"刀哥"。"刀哥"算不上高产,尤其是近年来,他为学业所累,已许久不见新作问世。但他不多的作品,却都体现了独树一帜的风格:那些微妙的讽喻、俏皮的杂糅、不拘一格的调笑,以及事关现实、历史和人性的寓言,都给人留下了深刻印象。就像韩松所说的,"读飞氘的小说,或许会有一些调侃的感觉,但最后留在记忆里的却是巨大的悲怆。"在他看来,飞氘的小说"开创了一种崭新的风格,一种新的叙事和思考方式",并且尤为重要的是,"从一个料想不到的视角来反观人类的生存困境"。这样的评价并不夸张,而细读飞氘的作品,确乎能够看出如鲁迅般"古今杂糅"的"油滑"风貌,也是在这个意义上,他的小说被吴岩称为"'奇点时代'的《故事新编》"。

飞氘大概属于那种看似戏谑却无比严肃的科幻作家,其作品饱含着睿智、清澈而单纯的美感。当然,亦如许多"80后"写作者一样,这位刘慈欣所称的"卓越的科幻诗人",在进入科幻文学创作之前,也曾携带着浓郁的青春文学印迹。现在看来,无论是《枯叶夏天》《沦陷二X》,还是《窗上挂着霜的那些日子》和《小贾飞刀》,都属于"披着科幻的外衣写奇幻",抑或是"披着奇幻的外衣写青春文学"。即便如此,这些以纪实与虚构的方式叙写的纯真年代的故事,都不厌其烦地把目光投向自我,展现出青春的诗意与怀旧气息。比如,《枯叶夏天》中回想火热高考年代的"同桌的你",于纯情的梦幻之中寄托怀旧情绪,尽管小说里所谓"精灵之血"的叙事点缀稍显多余,但就青春文学而言依然格调不俗。

在飞氘笔下,无论是精灵还是魔族,抑或各种稀奇古怪的非人类,身份并不重要,重要的是借此展开的对于整个世界的思考。与《枯叶夏天》相似,同样以精灵叙事为道具的《小贾飞刀》也披上了"奇幻的外衣"。事实上,小说更像是经典武侠小说的戏仿之作。它以寻找为主线,但也不断地宕开去,穿插一些江湖体验的戏谑化描绘,进而获得一种寻找的徒劳与快慰。似乎是为了增加小说的戏谑风格,作者在每节开头,都以戏拟批评家言辞的方式,对本节内容做出评论,这便陡然有了一丝"元小说"的滑稽意味。

在青春写作之后,飞氘真正作为科幻作家的历史出场中,《皮鞋里的狙击手》算得上一篇经典之作。小说蕴含着十足的哲学品格,当然也包含着向卡夫卡的《变形记》等经典小说致敬的意味。这似乎预示了他此后科幻作品的基本格调,即并不热衷阐释所谓新技术、新科技的想象性描摹,而侧重基于幻想中的人生处境,来表达一种生活之外的隐秘观念。因而科幻只是叙事的前提,而非绝对的情节要素。《皮鞋里的狙击手》开头便是联军战士被变成小人,去执行清除生化武器的任务。然而如其所料,根本就不存在什么生化武器,命令的目的只是想试验一下把士兵缩小的新技术。为了这个可耻的目的,一群无辜的人被当作了"毫不介意的实验品"。然而终究还有逃亡,小说中虽荒谬却无比坚定的逃亡,让人看到了生活的转机。

与《皮鞋里的狙击手》相似,在飞氘的机器人系列小说中,以离奇的想象展现科技的奇淫巧技也并非叙事的焦点,相反,在悖论和荒谬的绝境之处思索存在的意义才是其重点所在。在《讲故事的机器人》中,学会了虚构的机器人,陷入如何讲述一个最奇妙的故事的焦虑之中。然而,世上根本就不存在一个举世无双的故事,因而不需要结局的残缺反而是最具魅力的,这或许正是每个小说家注定要面对的虚构的悖论。在《去死的漫漫旅途》里,只因国王无聊中的一句戏言,作为幸存者的"不死者"大军便坚定不移地踏上了"去死的漫漫旅途"。在此,固然是要检验"闭合定律"的完美性,但思量生与死,甚或人生的意义,无疑更显得至关重要。

纵观飞氘的作品,给人印象最深的还是他彰显鲁迅"故事新编"风格的一批小说,《一览众山小》就是其中的代表。尽管从经典科技认知的角度来看,这并不是一篇货真价实的科幻小说,却显示出作者作为专业文学研究者向经典致敬的勇气。因而以此为契机,飞氘的小说开始呈现出难得的"纯文学"质地,这在年轻一代的科幻文学中殊为少见。《一览众山小》讲述惶惶如丧家之犬的"孔夫子"登泰山的故事,故事的基本内容大家已然清楚,但叙事的别致之处恰在"古今杂糅"的"油滑"手法,这毫无疑问地受到《故事新编》的启发。

飞氘的作品难以在科学认知上创造更多的惊异,却不妨碍他的小说获得一种深沉的人文追求。也就是说,他并不潜心构造一个想象中的世界,也无法在小说中大段讲述技术问题,而是一头扎进远古神话,将神话与现实连通,坚持走"软科幻"的一路。因而飞氘的小说大抵如此:故事表层的古今油滑、语言狂欢,以及冷幽默的张扬,但故事的深层却是寓言结构与讽喻风格,这都使得看似荒诞不经的故事获得了不凡的艺术效果。比如《苍天在上》更像是一个"形而上学的神话版本",它成功吸纳了杞人忧天、共工怒触不周山、女娲补天等中国神话故事中创世英雄故事,深切表达了作者对未来的忧虑之情。故事不拘一格,但其内在却极为讲究。在此,人性的弱点让人无法直面,而循环的历史则令人不忍乐观。当然,这种神话的重新书写也包含着足够的意识形态动机,因而当"索加高"、"石刚金"、"亚赛弥"等古怪词汇在故事中渐次出现时,小说所致力的历史的颠倒便奇迹般发生了,于是,英雄成了"鹰熊",而 Pangu 则早已成了 Ugnap。

在飞氘的众多小说中,最大胆的艺术尝试当属《蝴蝶效应》了。确切地说,《蝴蝶效应》更像是一次文体的尝试,不求叙事的严整与流畅,而只是搭建场景,组合意象。在此,作者把美国好莱坞大片跟中国古代历史神话相关联,进行了一系列隐喻与转喻式的语言试验。在这些片段式的文字中,飞氘不停地割裂,重新焊接,寻找并生成新的意象与意义。这些短小精悍的故事,充满了睿智和启悟,富于知识性又面向着本土传统,在激活与打开之中,诱导读者反复阅读,进而品味文本突兀之处隐藏的语码信息。

在飞氘的故事里,总是游走着悲壮的唐·吉诃德式的人物,他们在时空隧道里穿梭,彷徨无定地游荡,却又执着追问人类的生存困境却不得其解。因而他也更像是一位忧郁的诗人,只能孤独不屈地在时间维度里寻找。在他那里,无论是一意孤行的国王将不死者的躯体湮灭在时间长河中,还是《蝴蝶效应》里中国的远古文明与现代西方电影文化的交汇重叠,他的作品总能让读者在时光凌乱的交错中,生发出无尽的思索、顿悟与启示。飞氘曾说:"在这趟没有终点的旅途里,幻想就像一艘破冰船,它冲破现实的冰层,带领我们前往一个全新之地,只有在那里,我们才能够反观自己出发的地方,看清楚那个'现实'的故乡的疆界和种种欠缺。"看得出来,这个永葆少年之心的作者,依然对幻想寄予厚望,而他也正以这样的方式想象自我和世界,以科幻叙事对抗庸常人生的苍老和颓唐。这或许正是科幻的现实意义所在。

文学研究对文学创作有影响吗？

飞　氘

　　作为以文学教育和文学研究为职业的小说作者，我偶尔会遇到这个问题。我知道有很多人出于对文学的强烈热爱，希望到中文系求学、深造，所以就此谈几句自己的切身感受，也许能帮到一些人。

　　首先需要澄清的是，热爱文学、创作文学和研究文学，这三者中的任何两个，都没什么必然的关系。许多伟大的作家，都不是文学专业出身，比如鲁迅；大量研究文学的学者，自己并不创作文学作品；一部分文学教授，甚至在经年累月的研究中，不再热爱文学，或者兴趣转移到了别的领域中去。前两种情况都好理解，最后一种情况，对很多人来说似乎不可思议，但事实确实如此，其中的原理太过复杂，这里就不解释了。总之，如果只是热爱文学，那很好，继续热爱吧，完全没必要去学什么文学专业。如果想搞创作，那就尽量保持一种如饥似渴的阅读、欲罢不能的写作状态吧，也不必非要学什么文学专业，或者蹭蹭中文系的课也就差不多了。比如说，一个享受驾驶、希望成为飙车高手的人，不需要花时间去钻研人类交通工具的发展史、汽车与石化行业的关系等问题。文学专业适合的是那些有志于对文学进行理性化、知识化研究的人。

　　其次，再来说说我自己。上大学时，因为对自己的专业缺乏热情，我很快把实现作家梦作为主要乃至唯一的重心，因此有点"不务正业"，每天的心思都在阅读和写作上。不过，考上文学专业的研究生后，心态就发生了变化：既然一直宣称自己喜欢这件事，那就没有理由不务正业了，相反，如果做得不好，可能会让愿意录取我的老师们失望，这是我所不能接受的——所以就自然地开始把学术研究摆到比个人创作更优先的位置上。小说写作，感觉上是私事，可以从长计议，专业的学习特别是学位论文的写作，则成为某种意义上的"公事"或"工作"，如果不做好,那是要让厚待我的导师感到郁闷的。结果就这样,从硕士论文到博士论文再到博士后出站报告,年复一年地,总有一种"目前这段时间有一个比写小说更重要的任务"的感觉,再也没能遇到大学时代那种"有空就要写小说"的状态了。结果,尽管并没有真的忙到毫无余暇的地步,但对于还没有掌握在相当长的阶段里合理安排精力以同时推进多项任务的我来说,越来越容易把"暂时有任务在身"的状态,当成自己倦懒的借口,以至于就算间或得到一些短暂的余暇,也并没有拿来写小说。

当然,世上也有那种坐个公交去上班的路上都能用手机写会儿小说的牛人。但是,一个显著的事实是:地球上涌现过许多优秀的作家,也出现过不少了不起的文学研究者,但能在两个方面都做到令大家敬服的,却少而又少。这应该能说明什么吧。

所以,虽然写小说这件事本身也有很多学问,但文学专业要研究的主要问题并非如何写小说。反过来说,如果这事儿真的能研究清楚,世界上应该有比现在多得多的好作家吧。

不过话说回来,读文学专业对于写作,也有许多正面的帮助。

比如,能提高你的文学修养。好的文学教育者,能帮你建立开阔的视野,提升你的文学鉴赏水平,深化你对人类历史、社会、文化领域诸多问题的认识。良好的品位和深刻的思想,无疑有利于创作出优秀的作品。就算你最后没有写出伟大作品,但至少你还能知道什么是伟大以及你的作品为啥不伟大,而不至于活在无人赞同的盲目自信中。

再比如,修正你的文风。学术研究追求严谨,要求言之有物,避免大而无当。久而久之,学术训练多半会慢慢改变一个人的写作风格。它既可能会让你在干燥乏位、程式刻板的论文写作中逐渐丧失灵动活泼、文采斐然的语感,也可能把你从浮夸矫饰的做派带向沉静从容的姿态。我年轻时喜欢幽默、热烈、狂放、澎湃、绵长的语句,但现在却整体上更趋向于简单、大方、朴素的格调。当然,这也可能只是我的想象而已,毕竟这几年没怎么写新的作品,所以也不该说得这么绝对。另外,即便有这种变化,说不定也只是因为年龄长了,就像年轻时会很喜欢的某些服装,到了中年就不太能接受了。

此外,除了某个习作,我迄今尚未写过6万字以上的小说。这可能是因为我过去一旦进入到写作状态,总是希望尽快抵达到完成的那一刻(这有点像看一个精彩的电视剧,从第一集开始就盼结局),不愿意拖得太久。但自从写完了20多万字的博士论文后,心里好像有了底,觉得没什么自己不能写的了。这种心理建设方面的促进,肯定算是好事。当然,前提是你得有强大的耐心和毅力,先通过博士论文写作这个艰苦的考验,而这本身并不容易。

总之,文学研究既可能分散你的写作精力、改变你的语言风格乃至带你走上当初不曾想过但也别有洞天的职业道路,也可能带来很多奇妙的帮助,其结果完全因人而异。

最后,作为一名中文系的教师,我还是要说:对于所有有志于从事文学研究的同学,我们还是很欢迎的!文学研究自有它的乐趣,就算它最后没能让你成为伟大作家,又有什么关系呢?人文教育,归根结底是为了培养更好的人。如果能做到这一点,不也很好了吗?

包倬 / 彝族。1980 年生于四川凉山，2002 年开始发表作品。有中短篇小说见于《人民文学》《天涯》《山花》《中篇小说选刊》等。中短篇小说集《风吹白云飘》入选 21 世纪文学之星丛书(2015 卷)，另出版有中短篇小说集《春风颤栗》。有作品被翻译成日文。曾获金圣担保·边疆文学大奖新锐奖，第十一届滇池文学奖。

从故乡经验出走的叙事者

刘云春

从 2002 年发表小说至今,包倬已经是一个相当成熟的中短篇小说作家。几年阅读下来,他在小说领域的坚守和探索已经开花结果了,其作品的叙事能力愈趋缜密,风格愈趋稳健,叙事的张弛更加有度,令我十分惊喜。他的小说在向故乡亲切经验的内转中沉淀下来,在小说文体的探索方面渐渐干练起来。

中短篇小说作家历来弥足珍贵,莫泊桑、茨威格、契诃夫、海明威,以及雷蒙德·卡佛、博尔赫斯等等,都为读者留下了一系列经典的作品。不同于长篇小说的宏大题材、庞大的精神体量和深阔的叙事野心,中短篇小说作家需要有外科手术刀一样精准的叙事能力、表情达意且节制有度的叙事语言、深刻敏锐直戳现实的洞察能力。我以为这三者是优秀中短篇小说作家缺一不可的写作武器。

约翰·加纳德说,小说中有两样东西能让普通读者坚持读下去,那就是观点或故事。在一部(篇)优秀的小说中,二者总是有着千丝万缕的联系。在我最早读到的包倬作品中,重故事的倾向是十分明显的。包倬创作的精神原点无比平实,写作姿态也十分朴实,那就是对现实生活的细察和对社会文本的细读。几年前的作品如《四十书》《纸命》《三伏天》,其中主题、人物和故事仿佛来自日常生活或者新闻。那时我认为,包倬的创作既不时尚也无先锋性,更不另类。第一次阅读他的作品,恍惚间我甚至以为读到了大量的新闻碎片。中短篇小说不能有过多的语言和道德的矫饰,我认为那个时候的他做得非常好,甚至节制得有些过度。他只是平静地叙事,一些作品甚至让读者分不清是小说或者是新闻实录。语言的文学性和张力都被剔除得干干净净。作为"80 后"作家,他又显得略有些另类,"80 后"作家那些青春叙事、校园爱情、小我泛滥的写作套路都与他擦肩而过,他在叙事里有点过于早熟甚至老气横秋。他的小说书写了一个又一个游走在灰色道德缝隙的现代人,他们没有太具体的名字,他们的脸孔模糊,他们把自己的灵魂出售给零售商。包倬的小说来自生活现场,显然他曾经试图为时代和生活把脉,试图为社会和当下留影立心。如果他一直这样写下去,中短篇的体量和体裁,就无法承载作家的野心了。应该说,包倬的写作一直在更新,在变幻,在升腾。这种升腾让他回到了小说的语言、叙事和观念中来,他找到了自己创作的精神原点和精神根据地。

包倬的小说在三个方面给人强烈冲击感:语言的干净朴素、叙事的精准干练、价值观念的含蓄节制。从2002年开始发表作品的包倬,他在中短篇小说领域里做一个解牛的庖丁,手之所触,肩之所倚,足之所履,膝之所踦,砉然向然,奏刀騞然,莫不中音。

近年来,包倬的写作转向了最熟悉的故乡,他终于找到了自己创作的精神根据地。作家的故乡就是世界的中心,也是他们文字中建构的叙事中心。马孔多小镇是马尔克斯《百年孤独》的精神原点,约克纳帕塔法郡是福克纳的文学故乡。他们的叙事从故土经验的隐秘深处出发。包倬的故乡在四川大凉山,他生活在春城昆明。这一片南高原苍茫壮阔,热烈又纯粹,美丽又贫穷,充满了神奇。故乡多次在他的小说中浮现,《狮子山》中的大凉山,重重叠叠的山沟里,"风岭"的人们世代守着这大山,与飞禽走兽为邻,与树木杂草称兄道弟,像被上帝遗弃的子民。他们低矮的土房外堆着高高的柴垛子,风岭的人像野草一样,凭一双手一把锄头,向土地求索粮食。然而这沉默的大地,给予他们的回报少得可怜。唯有高原上的风和夜晚银子般的月色漫山遍野。在《老如少年》里,作家为故乡画像:贫瘠苍凉的沟口只剩下一群留守回忆的老人;土地已经荒芜,野草覆盖了道路。回家的路已被岁月掩埋。山间没有了牛羊,消失多年的野兽在水边出没并赫然留下足迹。村庄的晨辉夕阳里,连炊烟也是柔弱的,轻轻一缕风就能将其吹得无影无踪。留守的老人们像干瘪的洋芋,散落在角落里。他们争相地要向村里唯一的年轻人倾诉自己的历史、记忆和爱恨,甚至宁可给年轻人当儿子也在所不惜,老人们的情感交流缺失的寂寞深刻而深沉。在他的笔下,那是一片被现代性遗弃的寂寞而荒诞的土地。

这种从故乡经验出发的小说,充满了各种可触可摸的细节。小说不能没有细节,细节能把抽象的东西引向自身并用一种触手可及的感觉消除抽象,把读者的注意力集中到它本身。作为精神根据地的故乡经验为作家提供了取之不竭的细节。中短篇小说不能有过多的矫饰，也不能对笔下的人物冷淡。辞藻华丽多愁善感是矫饰，无法丰富细节投入情感的作家是冷淡的作家。包倬的叙事从乡土经验来，小说里的人物一直在对话，他们行动着、生长着、爱着、恨着，甚至癫狂着，最后死去，他们的语言有理性的、有粗粝的，甚至有粗俗的，但是在这些故事里，是叙事人物亲自说出的话，因此是有效的、合适的，即使粗俗也并没有冒犯读者。用人类的语言表达人类的情绪，这是塞缪尔·约翰逊对莎士比亚创作的评价。包倬是善于叙事写人的，他笔下的人物有一种素朴的鲜活感，往往就是那么一两处细节描写，这个人的模样性情就出来了。他是在用人物的语言和情绪说话。如《百发百中》中的老猎人"父亲"，在生存困境中坚毅地瞄准虚妄的希望。在儿子追要生活费的窘况下，他拿起猎枪一次次走进山林对准野物。"我父亲将他的火药枪拿出来擦拭，枪管乌黑发亮……他的右手食指只要稍微用力，一个生命就将告别这个世界。"这样的细节和叙事是精准有力的，不仅复活了纸上人物形象，还为情节埋下了意味深长的线索。《观音会》中缺失信仰又需要神灵的愚昧村民将"小端公"奉上了神坛而终至拒绝他回到人间烟火中来。一个聪慧顽劣的孩子如何一步步被推上神坛，这故事讲得趣味迭出又让人不禁怅然若失。好的小说，正如福斯特所说，故事叙述的是时间生活，完整的小说，如果是好小说，还要包含价值生活。单纯的故事仅仅指涉外部世界，而叙事情节经过作者的布局，便具有了意蕴颇丰的价值和观点。

小说之城堡，窗开百扇，而门唯二三。至于读者看到了什么，由读者自己体会。但一篇小说打开哪一扇门，作家不能在作品里去指指点点。从以前的那种新闻性故事到近年的创作，包倬把自己隐藏得十分巧妙。读过《百发百中》《观音会》《路边的西西弗斯》等作品后，我颇感动也很感慨，这些万言小说每一篇都能干净利索地刻画三两个饱满的圆形人物形象，已经是叙事的升腾与迸发。

经验里隐伏着被动的内涵，经验是对叙事风险妥妥地克服。当然积极意义的经验必然促使作家冒险，去经历更多不可捉摸和不确定性的场景以及情节。冒险象征着激情，激情中自然有一种极大的精神力量。在包倬新近的作品《路边的西西弗斯》里，我看到了这种冒险和激情。我称之为从故乡经验的"出走"。这种"出走"意味着创作从故乡经验出发但最终又背叛了经验，超越了经验的局限,走向了人类"陈腐的惨况与悲剧性的欢乐之永久混合的真相"。《路边的西西弗斯》里那个经年不停滚动破轮胎的少年,不就是落入凡尘的西西弗斯吗?人类徒劳的生命意义象征,在这样的情节里突兀又自然。

从叙事技巧上看,包倬的小说破绽是有可能存在的,但是乏味绝无可能。《百发百中》中开篇"我"在学校里的"劣迹"固然是极好的铺垫,但未免与中心情节相比显得游离与累赘。情节破绽与乏味绝无可能性,对于一个小说作家来说已经是一个难以企及的高度了。

孤独及其所创造的

包　倬

这些年写下的文字,意义何在? 答案是:它们证明我曾经活过。

因为写作,让一些流失的光阴留下了痕迹。或者说,我写作其实是出于对时间和死亡的恐惧。李志在《凡·高先生》里唱:不管你拥有什么,我们生来就是孤独。而写作,是孤独中的以毒攻毒。

写作十五年了,之前的时光像磨花的唱片,发出不完整的声音。但我要寻找2002 年之后的时光,它们却藏在我的文字里,在那些发黄的书页里。命运的深渊里,装满了我们的未解之谜。我怎么成了一个写作的人? 这似乎是源于无尽的孤独。借用一句保罗·奥斯特的话:孤独及其所创造的。

孤独是人类精神状态的一种,我们身在其中。但作为一个写作者,是孤独成就了写作还是写作让我们变得孤独? 有时候,一个写作者是一个旁观者,他面对笔下的人物,哀其不幸,怒其不争。有时候,他们进入到作品中,把每一个人物当成自己。"起初,神创造天地",一个好的写作者,确如上帝。他按自己对这个世界的理解,创造笔下的世界。鲁迅说:"世界上本没有路,走的人多了,也就成了路。"理论上说,每一条路都通往文学的殿堂。可是终其一生,我们也是盲人瞎马,凭着记忆和感觉,在暗夜里行走。

我迷恋写作中的不确定性。我无法想象某天,一个小说清晰出现在我的脑海里,只需要我用文字去堆砌。我喜欢让风带我走,走进泥潭和沼泽,当然也有可能走进鸟语花香的春天。这是写作的乐趣所在。

然而,更多的时候是困惑。2002 年之后的很长一段时间,我似乎陷入了一种无力之中。该如何完成一个小说? 我像一个失败的泥瓦匠,脑子里像是被塞满了稀泥,却无法完成一篇哪怕是同样失败的小说。这是一个令人沮丧的过程。

直到十年以后，我和文学像一对冷漠的情侣，看在上帝的份儿上，终于有了一点点热温。

从 2012 下半年开始，我写了十来个小说。不管不顾，泥沙俱下。这期间的小说，比如《狮子山》《四零一》《百发百中》，我和绝大多数的写作者一样，写作始于故乡和回忆。我写下的这些小说，像我故土里长出的庄稼，带着故乡人熟悉的气息。这看似信手拈来的写作，其实是受制于现实。关于现实主义写作，作为曾经的新闻从业人员，我并不陌生。我的脑袋里装满了各种稀奇古怪的事。在一个信息爆炸的时代，现实远比小说精彩。然而小说这种艺术门类，它之所以存在，必然应该有其独特性，新闻是水面的涟漪，小说是沉入水底的石子。

一根鸡毛不会下沉，沉入必是重的。卡尔维诺在《美国讲稿》的第一章便讲到了"轻"，这轻，是翅膀的轻，而不是羽毛的轻。于是我想，能否在现实之上，凌空舞蹈甚至飞翔？

电影《阿甘正传》里有一个关于无脚鸟的故事。说的是，这世上有一种鸟没有脚，它只能一直飞，最后在飞翔中完成死亡。我也曾想借现实之势，张开想象的翅膀，让小说飞翔。

2015 年，我感觉自己走进了一间屋子，四面是坚硬的墙。我找不到方向，这令人惊慌。下半年，我停了手上的中短篇小说，开始创作一部长篇小说。像一个短跑选手突然改跑了马拉松。我这么做，其实是刻意和中短篇小说保持一种距离，让我对它们有更多思考。

当我完成了 22 万字的长篇小说，2016 年的冬天已经来临。十月，我在从厦门飞昆明的飞机上，打开电脑，开了一个新的短篇。这距离我写上一个短篇小说，已经过去了将近一年半。

冬天的夜，更加寂静。我在天光降临前打开电脑，进入一种未知当中。想象如风，我并不知道自己要写一个什么样的小说。我试图追寻一种气息：死亡气息、迷幻气息、乡野气息……如果说写作如同上帝"创世"，那么，上帝朝亚当的鼻孔里吹一口气，一定有他的必要。

也是在这段时间，我找到了想象的乐趣。所谓创造，就是无中生有。小说就是介于有无之间、虚实之间的艺术。大地是有的，但天空却未必——它有可能是一种高远的洮濛。而飞翔，正是存在于天空。换句话说，我想努力从现实里抽离出来,用一粒现实的种子,播撒出想象的世界。

　　总的来说,我是那种讨厌一成不变的写作者。既然张开了怀抱,那就要尽情去拥抱。写作的路,看不到头。永远在路上,这正是乐趣所在。

张好好

张好好 / 1975 年生于新疆阿勒泰。祖籍山东,现居武汉。2001 年开始文学创作。曾获第三届上海文学征文新人奖、第二届汉语诗歌双年十佳奖、第三届新疆青年文学奖等。已出版诗集《布尔以津》《喀纳斯》《也儿的石河,流过布尔津》,长篇小说《布尔津的怀抱》《布尔津光谱》《禾木》,散文集《五块钱的月亮》《最是暖老温贫》《宅女的宅猫》。

细水巨澜,或女性的诗学

桫 椤

灵动的语言、轻盈的意象和澄澈的叙事为经验、记忆和感受赋形——真诚,或许是张好好的写作面对生活和自我时最鲜明的态度。

将人类的情感和道德置于广阔的时空视阈内,从中寻找不变的爱和温暖,这反映出张好好的文学追求,也显示了诗意的生活旨趣。

在当下的写作现场,张好好仿佛是一个"潜伏者"。如果我们认为关于作家的代际划分有合理性,那么张好好无疑代表了"70后"作家"被遮蔽"的群体性状态——她并非"被遮蔽",而是主动隐藏到众声喧哗的现场背后。读罢《布尔津的怀抱》《禾木》《布尔津光谱》《也儿的石河,流过布尔津》等小说、诗歌、散文作品,我们会发现,在这个"潜伏者"的创作中,有着文学据以为本的基础动机以及作家敏锐的观察力、细腻的感受力和丰沛的表现力。从少年到成年,从乡村到城市,从边地到内地,从文学到生活,来自经验和记忆里细小的、琐碎的、温暖的日常,在张好好的心灵世界引发巨大波澜,绵延不绝。生命对时空转换的体验弥散遍布在迄今为止她的所有创作活动中,灵动的语言、轻盈的意象和澄澈的叙事为经验、记忆和感受赋形——真诚,或许是她的写作面对生活和自我时最鲜明的态度。

张好好的创作不遗余力地在两条路上开掘,一条是边地记忆的重构,另一条是日常经验的审美。如同福克纳终其一生书写的那个"邮票大的故乡"或者沈从文的湘西,布尔津是张好好的故乡,也是她的文学根据地,这个边地小城反复出现在她的作品中。边疆叙事是当代文学写作中的一股清流,内地汉族作家的视野脱出主流文化区域的生活圈,将边疆自然和人文风物当作"异域",在创作中凭借游历或寓居的经历,表达个人的认知和感受。比如董立勃、红柯对新疆,老鬼、姜戎对内蒙草原,马丽华、杨志军对西藏的书写等。由于文化的异质性和"他者"的视角,作品传递出新的审美感受。与此不同,对于出生和成长在布尔津的张好好,故乡即边地,她始终是以曾经的主人的视角观察、记忆和想象童年时期的边地生活。布尔津之于她是血脉相连的故乡热土,因而拥有他者不具备的情感体验。她对故乡的观察和理解是一个解构和建构的过程,而所据的"图纸",一是她的记忆本身,二是发达城市的异乡生活所鉴照出的故乡的美。在她看来,异乡是俗世,而故乡是至纯至美的心灵家园。

《布尔津光谱》以内地移民开发新疆的历史为背景,从内地来到布尔津的一对男女的婚礼开始,写一个家庭的组成和壮大。作者选择在计划生育中被剥夺出生权的魂灵"爽冬"的视角观察现实,他理解父母的苦衷,没有怨恨人类,用善意和温柔的态度对待世间的一切。他像一个自由的精灵,来往穿梭于家庭和布尔津的广阔原野里。在他的认知系统中,"世界上没有哪一个地方能够比布尔津更美了",而父亲海生、母亲小凤仙和三个姐姐组成的家庭也是幸福和美的。他的父母和许多人一样都是异乡人,携带着各自的血色逃亡到布尔津小城中,但只要落脚此地,就可以被博大宽容的边地小城接纳并过上温馨美好的生活。作者将人物背井离乡的苦难消解在田园牧歌式的意境经营中,记忆钩沉出的美好化解了人心的暴戾和狂躁,异乡人"离去"的焦虑被安静的期待所征服,读来满篇都是温润和怜惜,也令读者得见作者讴歌土地与人、在逆境之中心怀理想的灵魂期许。强烈的乡愁情结还表现在她的诗歌中,在诗集《也尔的石河,流过布尔津》的诸多篇什里,她以自然山水和历史图景寓寄个人情感,走了一条"诗意"的还乡路。

女性意识在张好好对"故乡 + 边地"的书写中表现得极为明显。《禾木》是一部女性之书,主角"你"是一位女性,所生活的家庭是女性主导的家庭。做裁缝的妈妈带着三个女儿生活在布尔津,唯一的男性是父亲,但是父亲在家庭生活中近乎缺失。市场经济时代,父亲外出承包工程,因为有了另外的女人不回家,"你"的家庭就成为一个"母系社会"。"你"观察历史和现实的角度对应到对待父亲和母亲的态度上,叙事焦点对准的是父亲,而将要被原谅的也是父亲,这是一个女儿因女性的本能而对父亲保有的宽宥。相对来说,母亲就成为一个特殊的存在,对父亲的宽恕是以对母亲的忽视或误解为代价的。甚至那个因为父亲不伦之爱而被谈论的孩子也被以"巴特尔"——蒙语里英雄或神的名字命名。《禾木》中的男性是被女性美化的对象,他们善良、淳朴、宽容,不计较一切得失,甘愿做"你"倾诉的对象,帮助"你",在"你"想要时给"你"依靠,唯一有污点的是获得彻底的、宗教般的宽恕的父亲——在张好好这里,女性与故乡布尔津、禾木之间具有明显的隐喻关系。

张好好营建精神故乡,呈现复杂历史变迁中的世道人心,表达自我对生命的感受,对庸常的生活本身施以审美观照是一个主要路径。在《禾木》《布尔津光谱》中,她将内心的观念和情感融进点滴的生活细节中,以边地自然风物、生活习俗,乡村或市井小人物的生活情态为物质材料,熔铸成一个盛放记忆与情感的华美容器。她首先看到日常的美与善,"额尔齐斯河就在他们的窗外。听河水流动的声音入睡,而且那水是活的,神采飞扬甚至是略有跋扈的……","大炕上她们仨睡得真香,永远也睡不够","芹菜,长豇豆,白菜,莲花白,雪里蕻,辣椒。有时意外捞出一个西红柿,她们拍手大笑不知道怎么吃",艰辛的生活充满温馨与甜蜜。但同时作者并未忘记布尔津的另一个"常态",即人世间普遍存在的忧伤、苦难、卑微和失序。漂亮多情的梅未婚先孕,惨遭抛弃后服毒自杀;窑工老杨不堪妻子疯癫和生活的负重走上绝路;小儿麻痹症少年被家人调笑嘲讽,决绝地跳入额尔齐斯河。时过境迁,在童年、少年灿烂的笑容背后,这些苦涩的记忆丰富着作者对故乡的想象,也是布尔津地域精神构成中的重要元素。

在对日常经验的审美中,张好好并不借小说进行道德劝谕,而以审美的姿态观照人最基本的情感活动。换言之,人物形象主体性的唤起,不是通过对俗世道德的接受,而是通过伦理情感的体验。在《禾木》中,作者借"妖鸟"这一意象加深情感对道德的超越感。妖鸟呈现"鸟"的形象,并被加上了"妖"的属性限制,作者屡屡强调,妖鸟凭借无声的咒语让温良的女性堕落,一旦被这种咒语击中,"那有获取之心的妇人"就在劫难逃。十五六岁的女孩与小平原上一个著名的小流氓做了那样的事而退学,成了一个坏女孩,连"唇边笑意里"都"含着毒";"妖鸟横空飞过"时,"他(父亲)对他的妻说白日里撞见的事。一个妖媚的妇人坐在某个男人的腿上","他还说起某年石灰窑里钻进去一个男人,后来另一个女人也钻了进去"。看似该被施以道德审判的行为因为爱父的深情而被合法化,妖鸟的咒语不过是替"父亲"找到的情变的借口,父亲因而被谅解。从这个意义上说,《禾木》也是一部忏悔与宽恕之书。将人类的情感和道德置于广阔的时空视阈内,从中寻找不变的爱和温暖,这反映出张好好的文学追求,也显示了诗意的生活旨趣。

借由丰沛的日常审美,经验和记忆始终在张好好的文本中保持着新鲜而清晰的面孔,这也表现在近几年的散文创作中,《最是暖老温贫》《五块钱的月亮》《宅女的宅猫》等让我们看到她身在尘世又满带诗意的生活状态。在她的作品里,无论故乡的阳光、水、雪山、牛羊,还是城市里的宠物、家居的器物,都是有生命的——她感知过它们,并不对之说三道四,只想赋予其个人头脑里最丰满的形象。假如不考虑理论的影响,对于读者来说,文学没有那么复杂,写观察、写记忆、写情感、写生活里的窃窃私语与鸡零狗碎。无疑,张好好的写作回归到了文学发生的原初位置上,所以感人。

文学之域

张好好

2001 年,我在乌鲁木齐开始报刊体抒情小散文的书写。之后的几年进入短篇小说的创作,2006 年,短篇小说《虫草疯长的夏天》,是我文学创作初期的一个里程碑式的纪念。到了 2008 年,我才返身诗歌的探索——锤炼语言和思想的训练拖延得太久。2012 年至 2017 年,我完成了两部长篇小说和一部诗集——小说《布尔津光谱》《禾木》和诗集《也儿的石河,流过布尔津》。

然而,我依然困惑,难道我的文学仅仅是"自己之歌"?

2018 年夏至,在我文学创作的第十七年,我恍然明白,文学可以不仅仅囿于情感和故事的表达,它也是自由的、博大的、亲民的、有兴味的、实用的。文学之域在某天张开薄如蝉翼的翅膀,引我仰望阳光洞透的蔚蓝天空。

时至今日,我亦开始思索,好的文学究竟是什么? 我以为有三点。

诗意。

任何一部经典作品的诞生,都会在写作过程中将根须探向几千年来人类文学艺术创作所高耸的伟丽发现和再现——咀英嚼华,涵泳浸润,方得真美大美。

没有情怀的作家,是干燥的故事编撰者,是制造民间吸睛阅读需求的供应商,不可称之为文学家,更不是诗人。诗人二字是桂冠,俗人不可得。

而文学中的诗意最终是用来教化人的,并不是风花雪月一大场无所实用。诗者,持也。持,即端正人们的思想。有道之文方能对读者产生的永恒吸引力。道——端正,教化,唯美。

诚挚。

落在纸上的文字,发乎心。心正心诚者乃胜者。所谓"思无邪",心邪者必被大风扬弃。

刘勰总结作文规则：情深而不诡，风清而不杂，事信而不诞，文丽而不淫。

要诚挚，而不要诡诈，要可信而不可荒诞和放诞，即孔子说的"子不语怪力乱神"，要美妙，但绝不过分。

以萧红的《呼兰河传》为例。呼兰河是萧红的故乡，生养地、告别地，青年后不断辗转流离他乡的她，那片热土上的人民的悲愁和无奈，丝丝入扣地浮现于萧红被乱世裹挟的心灵。于是有了《呼兰河传》。它的经典性的最重要来源，是作者对故乡大地诚挚的爱和痛。抗日战争结束了，内战结束了，"文革"结束了，一代东北老作家们回忆萧红如是总结：那些个年代里诞生了多少部风云之作，到了最末了，唯有萧红的《呼兰河传》流传了下来。

没有迎合动机的爱和哀愁，才是真正的文学。萧红因为性情的真实和真诚，对文学写作要求的苛刻，所以她最终和真正的文学站在了一起。

诚挚的反义词是玩世不恭的写作态度。《洛丽塔》虽然是名著，却是玩世的。所以无论是原著还是电影，依然不能登上经典的宝座。

博大。

里尔克说过：命运像一块奇异广大的织物。真正的命运更博大，狭窄的命运只是在奸情、奸诈、欲望中的无休无止迷乱。

当阅读成为满足感官享受的阅读，就是纵情和堕落。阅读文学作品本来就只是满足和提高精神、心灵对真理的需求。至于市井说书和小曲、故事会、心灵鸡汤、知音体，那是另一个门类的创作。文学的界限从来泾渭分明，否则何谈经典阅读，何谈传世之作？何谈在书海中遴选，何谈向大师致敬？

博大，方有气象。博大，则需书写自身最熟悉最幽微的题材。因为是最容易深邃进入的，所以因为诚挚的探访，而令文本博大。例如《红楼梦》。

小人物，小生活，小遇见，如果具有足够的理解人类和生命的情怀，它们一样可以很博大。

张敦/80后,原名张东旭,河北人,现居石家庄。出版有小说集《兽性大发的兔子》《我要去四川》,被评为河北省第三届"十佳青年作家",现为河北文学院、大益文学院签约作家。

像一把刀子,像一块滚石
赵振杰

与大多数"80后"作家轰轰烈烈的出道方式不同,河北作家张敦的出道显得既平静又艰辛。他没有惊人的天赋,没有值得炫耀的学历,也并未接受过系统的专业培训,但长期在社会最底层的摸爬滚打、横冲直撞,却为他积淀了极为真切而深厚的生存经验与生命体验,从而,使得他的小说相较于其他同龄作家而言更具"野性"。这里的"野性"蕴含两层含义:一是张敦的小说没有"洁癖",俗词俚句、污言秽语皆可入文。他很早就有意识地与"文艺小清新"的写作风格划清界限,二是张敦的小说呈现出一种未经加工的"纯天然状态":叙述单刀直入,结构不事雕琢,人物对白干净利落,情感关系混沌暧昧,散发着一股野蛮生长的原始冲动。

张敦的小说是危险的,像一把锐利无比的刀子,在黑暗的角落里闪烁着逼人的寒光,锋芒所向,见血封喉;张敦的小说又是另类的,像一块棱角分明的滚石,在布满鹅卵石的海滩上坚持着自己固有的形状,显得倔强而不合时宜。

阅读张敦的小说就如同是在欣赏地下摇滚乐一样,令人血脉贲张。《兽性大发的兔子》就是一部具有典型"摇滚范儿"的作品集,其中收录的小说在审美风格与精神气质上都与中国摇滚乐存在着某种家族相似性,比如《小丽的幸福花园》中"我"对幸福花园的执着找寻,令我联想到窦唯在《高级动物》中反复吟唱的那句副歌"幸福在哪里啊";《夜路》所传达的个人在大都市中的迷失感,让我想到汪峰的《北京,北京》;《烂肉》中两个孤独生命的形影相吊,让我想起张楚的《孤独的人是可耻的》;还有《去街上抢点钱》《知足常乐的小姐》似乎分别对应着崔健的《快让我在这雪地里撒点野》和《花房姑娘》……

张敦小说的主人公是一群正在或者已经丧失行动能力的"多余人",他们出身卑微、穷困潦倒、沉默寡言、性情乖张、百无聊赖、耽于幻想,就像是漂浮于城市海洋中的微生物一样,强烈的失败感与幻灭感导致他们不约而同地选择了自暴自弃、肆意妄为。《小丽,好久不见》,隐晦地呈现出社会底层青年群体在生理与情感上的双重困境。"堕落与颓废"在张敦小说中既是一种现实,同时也意味着一种态度——宁可选择自我放纵,也不愿接受规约与驯化;即便失意落魄,也不肯去追逐世俗意义上的成功。

张敦小说的摇滚特质还表现为"愤怒与反抗"。读他的小说,能够从中感受到一股戾气、一腔怒火。来自生理与心理上的长期压抑,使其笔下的人物或多或少都患有迫害妄想症,如《带我去隔壁》中青年房客对房东老太的杀害,《食鬼猫》中人物对杀戮与死亡的强烈渴望,《烂肉》中两个天涯沦落人的自虐与施虐等等。不管自杀还是被杀,在张敦小说中都隐含着一种心理诉求,即对生存现状以及既定现实秩序的强烈不满。

张敦的小说表现的也是关于"眼前苟且"与"诗和远方"之间的思想悖论:他笔下的主人公通常不屑于眼前的苟且,但又惰于去寻找"诗与远方",因为他们清醒地知道,我们生来就是孤独,前方一无所有。从这个意义上讲,张敦的小说带有极强的存在主义味道。这在其小说的空间设置上表现尤为明显。张敦的小说往往存在着一组反差极大的空间结构,如出租屋与戈壁沙漠(《烂肉》)、公司走廊与城市街头(《夜路》)、小区岗亭与闹鬼的民宅(《食鬼猫》)等等,前者狭窄逼仄,代表着当下物质生活的困窘与匮乏;后者空旷混沌,意味着未来前景的昏暗与未知。在这种截然对立的空间设置下,作者切身的囚困之感被和盘托出。一如小说《兔子》中"我"的感慨那样:"当他们说炒股这两个字的时候,总让我想起'被玩弄于股掌之间'这句话。"对于现实荒诞感的深刻体认,使得张敦笔下的人物沦为一群无"家"可归的孤魂野鬼。他们厌弃故乡,因为那里赐予他们的只有贫穷与丑陋,然而,他们又无法真正融入他乡,因为那里没有为其预留任何生存空间。面对"被囚"与"自囚"的双重困境,他们只能无可奈何地从一个"远方"走向另一个"远方"。

张敦的第二本小说集《我要去四川》相对于《兽性大发的兔子》可以说既是一种呼应,也是一种扩充。该书收录的小说在保持一以贯之的"硬摇滚"叙事风格的同时,也在题材内容和审美向度上进行了大胆的开拓与创新。小说大体分成两类：一类是以"我"为叙事视角的"个人奋斗史"，如《自行车司机》《我要去四川》《苦海无边》《哥，你先别激动》《你也打算从这里跳下去吗》等；另一类是以傻翔（"我"的父亲）、傻兰（"我"的母亲）为主人公的"家族简史"，如《哭声》《吉祥三傻》《乡村骑士》《傻子不宜离家出走》《你爹回来了》等。前者着力表现的是城市零余者的生存困境与心灵创伤，颓废、迷惘、孤独、绝望、愤怒、叛逆、狂野……这些冷峻、粗粝的词汇依旧是小说的主旋律；后者则将文学触角伸向农村，以"爆裂无声"的独白方式和"曲径分岔"的叙事结构去讲述上代人的传奇人生与心路历程——"我"的父亲母亲犹如两颗相向而行的流星，不远万里，奔赴对方，短暂交汇，然后杳然而逝。张敦以长辈的坎坷身世为蓝本，融合乡村的逸闻轶事，谱写出一首首令人浩叹的"傻子的诗篇"。

在我看来，《我要去四川》一书中的"家族史"与"个人史"构成了某种互文、因果关系。换言之，与其说张敦的"家族简史"系列小说是在为父母亲列传、为沉默者代言，毋宁说，他是在以基因解码和精神分析的方式探寻自身忧郁、颓废、愤世嫉俗的根源。从这个意义上讲，前辈人的传奇经历和性格特征注定将成为"我"无法拒绝、不可回避的经验"前史"，潜移默化中塑造了"我"的人生观和价值观。正如文中所言："在别人眼中，我就是个神经病，不合群，大家都叫我傻根。"通读"个人史"系列小说，我们会发现，"傻根"形象几乎成为张敦笔下的核心叙事原型，即一个一心想要清理这个世界，却被这世界反复清理着的"亚细亚孤儿"。好莱坞著名编剧保罗·施拉德曾这样描述笔下的主人公："他们对现状不满，同时又对未来充满恐惧。他们害怕向前看，只求得过且过，如果连这都做不到，他们便只有退回到过去之中，或是自我毁灭。"张敦的小说亦是如此，如果说"个人史"系列着力表达的是"对现状的不满"和"对未来的恐惧"，那么"家族简史"系列则是为了避免"自我毁灭"而做出"退回到过去之中"的防御策略。

不可否认，这种刀子般、滚石状的写作，一定程度上也为张敦带来诸多的视野盲区，例如，过分倚重第一人称叙事，暴露出自我重复、同质化的写作隐患；小说多以极端化的底层视角来观照社会与现实，导致人物形象两极分化、二元对立；空间结构过于逼仄，叙事格局过于狭窄，致使小说视野始终打不开；太过依赖个人的"经验书写"，对更为宏阔的叙事题材缺乏足够的表达欲望和驾驭野心……对此，张敦需在今后的创作中保持足够警惕。

牛力和张东

张　敦

去年夏天的某个夜晚,我在石家庄的街头散步,突然收到一条微信,是牛洪力发来的语音。作为我的好朋友,洪力不止一次进入到我的小说中,从某种意义上讲,他本人就是我写作的"主题"之一。此刻,我正因写不出东西而焦虑不安。点开洪力的语音之前,我突然想起多年前的一个夜晚,他突然打来电话,将我从一场闷酒中唤起,绘声绘色地讲述了一起刚刚目睹的校园凶杀案。

曾有两年的时间,我过着基本足不出户的单身生活,而牛洪力则每日乘坐公交车,从南到北,穿越城市,去上班。我俩有两个最大的共同点,那就是贫穷和寂寞。洪力虽不写作,可总是有意识地把他的所见所闻讲给我听。那两年,我写了几个故事,主人公要么是我,要么是他。在那些拙劣的小说里,牛洪力叫牛力,而我叫张东。

洪力并不介意我把他写入小说中,反而仿佛有些高兴,毕竟我们是好兄弟。我俩认识差不多有二十年了,他是我混合着躁动、狂妄、沮丧与落败的青春的见证者。巧合的是,我俩高考的分数一模一样,都挺差的,只得进入同一所大专读书,我学中文,他学英文。让我们的友谊得到升华的,是毕业后厮混在一起的那段时光。两个大专毕业生,如丧家之犬般在石家庄城中村里流窜。有点钱的话,在我的出租屋里喝酒,喝多后谋划未来,却不知如何实现。我们也曾想靠打家劫舍脱贫致富,可那只是酒后的醉话,根本不敢干。我是个外强中干的家伙,而洪力则像怀揣毒蛇的农夫那样善良。

那段日子,一度成为我写作素材的主要来源。对于我立志成为作家的梦想,洪力从未表示过怀疑,我甚至觉得他比当事者本人更有信心。他认为,写作对这个从小以写作文见长的朋友来说,是轻而易举的事。多年之后的今天,我面对自己乏善可陈的写作成绩,心里总会生出对不起他的感觉。

在放弃无业游民的生活,像个卧底那样进入写字楼,冒充都市白领的那五年,我曾一度认为文学已经离我远去,我已沉沦到不去想那些东西,对于写过的那些玩意儿,都扔在电脑硬盘里,不管不问,努力做一个职场人,尽量避免与自己的内心发生冲突。

后来,因为工作需要,我在野外露营,百无聊赖之际,将水桶倒扣,当作书桌,趴在上面写了一篇小说,写的正是洪力的故事。

世间所有的好运,老天没有平均分配,分到洪力头上的,显得颇为吝啬。我们高中三年,他从未将自己的遭遇告诉别人,直到毕业之后,他来我家做客,才第一次说给我听。这事带给我极大的震撼,年复一年,在我脑海里不断酝酿发酵,终于变成了一篇《我要去四川》的小说。我将这篇在野外的阳光下完成的小说拿给洪力看,他再一次熟练地掩藏了自己的忧伤,郑重地指出几处不够精彩的地方。一起喝酒时,我问他介不介意,毕竟故事是他的,他有权不让我写。但他摇头,并说自己也想写点东西,只是心有余而力不足。宽容的他因为自己参与了朋友的写作而高兴。实际上,在写他时,我有一种错觉,并不算在写他,而是在写我本人。

别看我俩经常为房租和吃饭犯愁,可仍对文学艺术保持着不合时宜的热爱,聊天的主要内容,也集中在文学和电影方面。洪力喜欢村上春树的小说,曾多次找我聊《挪威的森林》。受我的影响,他也喜欢看黑色幽默风格的电影。有年我看了《搏击俱乐部》,极为兴奋,拉他一起又看了一遍。类似的情况,还发生在我看了一部叫作《处刑人》的电影之后。

回到本文的开头,我在街头收到洪力的语音,他说刚刚发生了一件事,觉得挺好玩的,你应该写出来。洪力告诉我,这天他走了很长的路,找了家小饭馆,点了一盘炒饼和一瓶啤酒,突然有两个人坐在他对面。周围明明有几张空桌,可他们不坐,看样子,他们肯定认识,但互相不说话,只是看着他吃喝。

我问,这有什么好写的?

洪力说,看样子,他们是在附近工地干活的民工……关键是,我觉得他们好像咱俩的样子。

此时,洪力已离开石家庄,去了北京,在一家五星级大酒店工作……一切似乎正好起来。

　　我装腔作势地说,别想那么多了,安心上班吧。

　　他说,嗯,得好好活着,对吗?

孟小书／1987年生于北京。加拿大约克大学毕业。曾出版长篇小说《走钢丝的女孩》，中短篇小说集《满月》。获得第六届西湖·中国文学新锐奖。

天真者的感伤叙事

饶　翔

　　帕慕克在演讲集《天真的和感伤的小说家》中借用了席勒在《论天真的诗与感伤的诗》中的观点，将小说的读者和作者分为"天真的"和"感伤的"——前者"天真"地认为所见即所得，小说是真实的再现；后者则对小说内容的虚构性还会保持感伤—反思性的求知欲。这无疑是一个悖论，而帕慕克就此提出，"读小说和写小说一样要在这两种心态之间不断徘徊"，融合真实和虚构，渴望同时是"天真的"和"感伤的"。我在阅读孟小书的小说时，也就是这样被天真的和感伤的感觉所左右——分辨着真实与虚构的界限，体味着现实与想象的交融。更进一步地说，孟小书及其笔下的人物身上（这其中仍是有真实的与虚构的融合）也表现出一种天真的和感伤的气质。

　　"李赞说，我曾经说过你不适合写剧本，你知道为什么吗？我说，不知道。他说，你的内心还藏有一份天真，与成熟相比，天真是一次性的，它没有了就是没有了。我在你的小说里能看出来。"这是发生在小说《黄金时代》里主人公之间的一次对话，是自认为迫于现实压力而放弃了"真爱"——小说创作，改写剧本的李赞，为阻止女友"我"接剧本，所给出的一个理由。但他的话反倒激起了"我"的逆反之心，两人最终不欢而散。这对文艺的情侣，相互吸引、相互喜欢，因为他们爱的其实是另一个自己——脆弱、敏感、清高、寂寞，努力维护着内心的一份"天真"——李赞对于"我"要接剧本的过激反应或许可以视作他对于自己已失去天真的一种变相维护。然而，面对现实生存的压力，面对世俗商业对于艺术理想的侵蚀，两个怯懦的灵魂其实无能为力，只能相互伤害——"我是一个脆弱的人，脆弱的人终究会一事无成。我摇摇头，对自己说，这都是李赞的错。他是一个彻头彻尾的失败者，浑身充满着负能量。或许我应该远离他。"小说讲述了一个失败(者)的爱情故事,其实也是想讲述怀抱一点理想的文艺青年在保全自我、追求自由与挣扎求存之间不断摇摆的纠结心路与现实境遇。这也是一个"天真者"的感伤故事。

"别丢掉/那一把过往的热情,/现在流水似的,/轻轻/……/叹息似的渺茫,/你仍要保存着那真!"重温林徽因的诗句或许能让我们意识到,这样的感伤,这样的对于"天真"的维护,在一代又一代文艺青年心上反复。孟小书这篇小说的标题与许鞍华导演讲述萧红的电影同名,萧红在日本写给萧军的信中感叹道:"自由和舒适,平静和安闲,经济一点也不压迫,这真是黄金时代,但又多么寂寞的黄金时代呀!别人的黄金时代是舒展着翅膀过的,而我的黄金时代,是在笼子过的。"她"又爱这平安,又怕这平安"。孟小书的小说里,李赞曾认为自己的"陈旧的灵魂",不应该出生在这个时代,然而遇到"我"之后,改变了想法,"这应该是我的黄金时代"。这是有感于两个同样"陈旧的""天真的"灵魂之间的呼应吗?

"又爱这平安,又怕这平安",这也是孟小书笔下众多人物的纠结所在,她的人物因此不断上演着"出走与归来"的戏码。文身、大麻、瑜伽、海边定期的狂欢派对……小说《满月》中的"我"在远离尘世的海岛上过了六年半嬉皮士式的生活。当初选择逃离既有的生活、离开相伴五年的女友,是因为"朝九晚五的机械化生活和你那些无聊透顶的话题每天折磨着我。离开你,并不是因为不爱你,而是因为我要从那个不属于我的世界中逃离出来,这其中也包括你"。虽然从此过上了极度自由的生活,但是整日无所事事,丧失了时间感,要依靠"满月"和致幻剂不断刺激的生活,却使"我""渐渐忘记了快乐的滋味",取而代之的是虚空和无力感,"我"不由重新追问"属于我的世界又在哪里"?"失败者走到哪里都是一样的失败",这样的自我认知虽未必确切却不失清醒。邂逅来海岛上旅行的女子侯诗瑶,她所携带的市井气息使"我"怀念起了前女友,甚至是此前厌倦的家长里短、鸡毛蒜皮。短暂停留之后,侯诗瑶要回归都市:"也说不好想不想回去,总觉得我是身不由己。不过身不由己也挺好,人总要受点束缚的,不是吗?"侯诗瑶走了,回归滚滚红尘,"我"仍然留在海岛,远离世俗尘嚣,但"我"却"多么希望再遇上一个侯诗瑶"。小说探讨了关于自由与约束、理想与现实等人生的"核心"问题。"什么是真实的?""我"在对于快乐、痛苦、恐惧、无力等感觉的轮番体验之后,发出了疑问,这或许也可以看作是一个"感伤"的"我"对于"天真"的省思。

孟小书瞄准的往往是社会边缘人物,他们在边界试探着生命的可能,他们试图从人生的桎梏中逃奔出来,但是对于"属于我的世界又在哪里"总是充满着迷惘。《逃不出的幻世》中的"我"带着玩偶"小猴子"一起"私奔"苏州——"'私奔'这词极其符合我的爱情观——给我一颗糖,便伴你走天涯"。在苏州面试工作期间,邂逅了男子白慕云,产生了一段似有若无的爱情。"我"逃离北京,其实是想逃离不愿面对的现实——父母离婚、缺乏爱的家庭,而在白慕云的家"我"目睹了他同样的家庭境遇,这使"我"意识到两人所面对的都是"逃不出的幻世"。"我"重又逃回北京,放弃了一段未曾真正开始的爱情。《米高乐的日记》中"我"已嫁为人妇,享有生活的平安。而米高乐寄来的日记却使我回忆起"我"与米高乐那一段炽热的旧情。回国后动荡无着的生活轻易使这段爱情夭折,也摧毁了米高乐的健康,使他患上了忧郁症,他在积极康复的同时,也通过写日记的方式期望能完成对爱情的救赎。"我"决定去赴米高乐的约,然而只是"远远地看着他,没有靠近"。最终,"我"转身离去,平息了一场内心风暴。《雕塑师》中朵朵罔顾女伴栗子的劝告,奔赴与雕塑师胡安的秘密约会,最终被疯狂的胡安涂抹上石膏,做成了雕塑。这篇小说也可以读作是关于爱与艺术的寓言——栗子满嘴的"文艺"在朵朵看来是土的、平庸的和通俗的,而朵朵追求的真正的"文艺"却是充满危险的、甚至会牺牲自我的;栗子对朵朵的爱是日常的,却也是反常的同性之爱,这让朵朵想逃离,而胡安的爱是疯狂的、占有与毁灭性的。《永生花》中漂洋过海追寻美国梦的玛丽张,被冷酷的现实所悬置,她无法踏上回国路,而在异国又难以安身立命,被迫沦为妓女。"我是回不去了",玛丽张的叹息中含有多少无奈、哀婉与决绝。

在《猴子文身》这篇更为成熟的作品中,孟小书以双线并置的叙事结构、以极为耐心的叙事控制,去逼近人物的现实与伦理困境。庞大奔在妻子带着孩子离去后,陷入沉沦,一次冲动之下,对住同小区的一位姑娘实施强奸未遂。而他竟然从此暗暗潜入了这个叫作拉拉的姑娘的生活,帮她打扫房间、偷偷送饭,甚至帮她痛揍小偷。拉拉唤起了这个潦倒男人的责任感。另一方面,拉拉因为这次强奸未遂的遭遇而染上了精神疾患,她有些分不清现实与想象的边界,而这位身份不明的男性的暗中关怀照顾,正在慢慢解救她。两人都因为这段秘而不宣的关系,在一点一点地从现实与内心的泥沼中挣扎出来,然而,高悬于头顶的审判利剑并未落空。庞大奔的猴子文身出卖了他,拉拉认出了他就是强奸者,报案使之锒铛入狱。小说以不动神色的叙述、环环相扣的因果链,揭开了现实的残酷面纱。在此,我甚至读出了18、19世纪经典现实主义小说的主题与况味——罪与罚、沉沦与救赎。人世虽然艰辛,但人心不可堕落,我相信孟小书在写这篇小说时本着同样的信念。

"道德判断是小说无法回避的泥沼。让我们牢记,小说艺术之所以能提供最精美的成果,不在于评判人物,而在于理解人物。"帕慕克提醒我们阅读小说的意识不要被道德判断所主宰:"超越自我的限制,将一切人和一切物感知为一个伟大的整体,设想尽可能多的人生,观看尽可能多的事物:小说家以这种方式接近于中国古代的画家,他们登上山顶,为的是捕捉广袤山川的诗意。"孟小书在《站住,那个逃跑的少年》《猴王》等作品探讨的仍然是关于生命的囚禁与自由等命题,然而她的视野跨出国界、越出人类,同样让我们看到了她对"尽可能多的人生"和"尽可能多的事物"的设想和观看。天真以朴素而持韧,感伤因反思而沉郁,我期待这位天真的和感伤的小说家接下来的文学表演。

个人总结

孟小书

今年是我从事写作的第六个年头了。准确地说,是跌跌撞撞地写了六年。家里人对我没有什么特别高的要求,从小到大自由散漫成了习惯。可以成为一个文学工作者,是万万没有想到的事。我的创作状态也几乎是懒散的,想的永远都比写的多,常常犯懒,写得顺了就想先放下,出去玩会儿;写得不顺就干脆不写了。非常不专业。但细想,自我18岁以后,似乎也没有什么事情可以让我坚持如此之久了,包括工作和兴趣爱好。用以赛亚·柏林的说法儿,我是"狐狸",总是东张西望,所感兴趣的事物随时都在发生变化,没有常性。自大学毕业,我换了很多工作,时尚杂志、网络媒体、影视公司、出版社、文学期刊等。所以,六年对我来说已经很长久了。但在人生的漫漫长路中,或与其他专业作家相比较,六年又算得了什么呢?

回顾这六年,自己的作品似乎还是有了些微小变化。起初的作品应称之为习作,是个人经验写作。个人经验写作是有局限性的,局限于生活和眼界,以及对世界的认知。直到最近两年才开始有意识的避免,并且拓展自己的视野以及关注的范围。然而非个人经验化的写作又是极为艰难的。

在一开始接触写作时,我偏爱那些悬疑惊悚类题材,这可能与我做过一段时间的影视编剧和电影发行有关,总是喜欢类型小说或是类型电影。那时候,只觉得把故事编圆,大体看不出逻辑上的问题就行,完全忽略了人物,经不起推敲。后来又尝试写都市爱情小说,这些小说基本都是个人化的,而自己的经历是有限的,所关注的事物范围又是狭小的。这两年,我才认真思考,到底应该写一些什么东西,或是什么东西才是真正值得关注和思考的。

最近刚完成的一部小说是描写一个妈妈带着女儿学网球的故事。这部中篇小说从构思到完成,花去将近两年时间。小说灵感来源于多年前听到的一个真实故事,但那时,我知道自己没有能力将其完成,很感慨也很遗憾。感慨于母亲的执着与人的命运,遗憾于自己的能力有限。我是一个网球盲,小时候试图学过网球,但都失败了,球永远都会打到围栏的外面。长大后,我对网球也不感兴趣,网球比赛从没有看过一场,只知道中国有个球星叫李娜。直至去年某一天,我终于下定决心将其完成。

完成一部非个人经验的小说像是一次极限挑战,很多时候都想放弃,觉得自己可能依然没有能力去完成它。它离我的生活太过遥远,需要查太多资料以及假设人物在各种情景下的反应。当然,这看上去是一个写作者本应具备的基本功底,但对于我来说却是极为困难的。我的想象力就好似一口枯井,一颗石子扔下去,溅不起一滴水花。经过无数次地挣扎,最终还是将其完成了,我盯着荧幕许久,有太多的不确定,让我很茫然。但无论怎样,它的意义已经超越了一切。它让我走出了舒适区,是一次新的尝试与挑战。

无论是经验写作还是非个人经验写作,现实主义题材一直都是我的偏好。然而,现实主义是一个极为复杂的文学创作方法。经过了现代派和后现代派的洗礼后,很多更丰富的文学元素又添加到了现实主义里。因此,它的创作方式是开放性的。另一方面,在这样的创作方式里,现实与现实主义的区别也是一个非常值得讨论的话题。这些年,我也在努力、尝试并且进行总结。

作为一个年轻的写作者,生长在科技迅猛发展,人们的生活飞速向前的都市里,什么是最值得关注的,一直是我在思考的问题。在未来写作的道路里,我还会面临着种种困难。已经坚持了六年,我想以后还有很多个六年可以坚持。因为有时候想想,我对文学或是说对自己,可能还有一点点的追求和要求。我不知道在未来还会写出什么样的东西来,但至少我会努力地偶尔思考一下自己与社会的关联,以及作为一个写作者的使命究竟是什么。

李燕蓉

李燕蓉 / 山西人, 2004 年开始写小说。著有中短篇
小说集《那与那之间》、长篇小说《出口》等, 曾获第五届"赵树
理文学奖"短篇小说奖、《中国作家》鄂尔多斯文学奖"新人
奖"、第七届"赵树理文学奖"长篇小说奖。

现代人精神危机的勘探者

王春林

迄今为止,李燕蓉的小说作品数量虽然较之于同龄人并不算多,但却以其对现代人精神危机的深度洞察与勘探而形成了鲜明的思想艺术特色。这一点,在她的诸多中短篇小说以及长篇小说《出口》中,均有着相当突出的表现。

作为一位曾经接受过现代主义洗礼的年轻作家,李燕蓉既善于操持现实主义,也善于操持现代主义的小说方式。假若说《深白或浅色》《绽放》《开始熟睡》《飘红》等是现实主义小说,那么,《百分之三灰度》《大声朗读》《当面镜子里的床》《那与那之间》所携带的就是一种非常明显的现代主义特质。故事情节的设定,带有突出的荒诞色彩。短篇小说《那与那之间》中,李操是一个画家,一次偶然的机会,遭遇突如其来的车祸,陷入失忆状态长达三十三天方才醒来。大家都以为李操很可能永远也醒不过来了,所以"李操在医院的日日夜夜里,人们对他的重视程度超出了他三十三年来所有的生活经历。一批一批的人不断地去医院探望、慰问,在镜头前夸夸其谈;一批一批的人不断地因为他而说话、演讲、慷慨激昂。因为李操的失忆,他的老师、家人,一切和他蛛丝相关的点滴都成了他挺尸过后的代言人。"这其中,尤其以李操的老师刘传闻和他女友的表现最为抢眼。这些人未曾预料到的是,李操不仅有朝一日会清醒过来,而且还会坦承指认这场车祸以及此后的一切,实际上都是他自己一手策划的一件行为艺术:"他在一次发言中明确表示,要感谢肇事司机,说是他配合自己搞成了这样一次行为艺术。还说,在这样一个纷乱的时代,人类的智力咕嘟咕嘟地往外冒泡,做行为艺术最好,不管是异想天开地脱光了满大街跑还是要吃一些死孩子,他们从本质上都是最热爱艺术的。"我们完全能够想象得到,李操的这样一个釜底抽薪之举,会带来怎样一种类似于多米诺骨牌式的效应:"如此种种,李操让所有的人都陷入了混乱之中,也包括庞鸣和我。"然而,小说并未到此为止,李燕蓉的难能可贵处在于,她不仅写出了李操带给别人的尴尬,更写出了带给自己的伤害:"是的,是他这个不懂事的人活生生地毁掉了许多东西,大家的颜面全被他糟践完了。去他妈的李操,去他妈的行为艺术。李操不知从什么时候开始保持了沉默,像先前失去记忆时一样不再开口说话。"就这样,李操再一次无奈地陷入了某种精神的危机状态之中。小说如此走向,很大程度上契合了小说开头处的那段文字:"事物常常被意义和语境所覆盖。我们日常总习惯地行走在这些所谓意义的光滑表面上。"那么,真正的事物又在何处呢?怎样才能够剥离那些"意义和语境"而直达事物本身呢?某种意义上,李燕蓉的《那与那之间》能够引发我们对于这一疑问的深入思考,这本身就意味着小说思想艺术已然获得了成功。

此外,李燕蓉的其他作品所表现的,也大都是以人性的某种悬浮无着状态而呈现出的现代人的精神危机。《蔓延》中齐鹏的情感世界,辗转纠结于许晶和刘莉两位女性之间而无所适从;《开始熟睡》中离异后的莉香,虽然最后终于与警察何健雄如愿结合,但李燕蓉的书写主旨显然更在于他们二人结合之前那种无着无落的悬漂状态;尽管《青黄》中的苏媛经过一番艰难的努力后终于解决了自己的婚姻大事,但能够给读者留下难忘印象的,依然是她下岗后、成婚前的尴尬处境;《百分之三灰度》所呈现出的,也不过是两个单身男人百无聊赖的生活情状。终归一句话,能够在毫无传奇色彩可言的日常生活中敏锐地发现人性悬浮状态的种种表现情状,并且以相对恰切的艺术形式传达给广大读者,正是李燕蓉小说最突出的思想艺术特质。

在长篇小说《出口》之前,李燕蓉曾经有过差不多十年之久的中短篇小说写作历程。《出口》是她第一次从事长篇小说的写作,在这里,李燕蓉延续着她在中短篇小说写作中的思维,依然专心致志地挖一口深井,在深刻地谛视思考着她长期关切着的现代人的精神疾患问题。就此而言,《出口》显然可以被看作是一部精神叙事的"小长篇"。应该注意到,加入所谓的市场经济时代之后,伴随着经济的迅猛发展,伴随着物质的日渐丰富,一方面,国人的物质生活水平有着明显的提升,但在另一方面,各种社会矛盾冲突也愈益呈尖锐激烈化的态势。面对来自于物化世界的强烈挤压,面对着各种社会矛盾冲突的制约与困扰,国人越发不堪其扰地爆发出了各种意想不到的精神病灶。又或者,各种五花八门精神病灶的层出不穷,本就是现代性特别突出的表征之一。李燕蓉旨在关注思考现代人精神疾患问题的"小长篇"《出口》,也正建立于如此社会基础之上。

作为一部具备着"轻逸"与"迅捷"审美特征的"小长篇",李燕蓉的《出口》本没有什么复杂而跌宕起伏的故事情节,正如同现代人的精神世界早已呈碎片化状况一样,小说的情节结构也完全可以说是碎片化的。与之相对应,作家所特别设定的,也是一个开放性的或者干脆就是没有终结的结尾方式。其中不容忽视的,是云凌对吴红艳所讲述的一段话:"你对现实生活感到乏力,只有沉浸在对往事不断的叙述里才能让你得到短暂的安宁,因此你的叙述从来比你的生活更真实。你迷恋叙述,为了可以让这种感觉一直持续下去。你甚至可以创造出好几个虚拟的自己,可是真的有用吗?你的叙述、你的故事真能替你一辈子生活下去吗?"这段话对于我们理解《出口》有着十分重要的作用。其一,可以被看作是对此前吴红艳化身为三位女性的一种回应。其二,如果联系丁云凌与吴红艳二者之间的镜像关系,那么,我们完全可以置换这段话语的讲述主体。其三,倘若联系李燕蓉本人的小说家身份,我们也不妨把这段话语理解为李燕蓉按捺不住的夫子自道。每一位小说家,都可以被看作是叙述的迷恋者,也都会在叙述中创造出好几个虚拟的自己。而且,小说家们似乎也真的会产生自己的叙述较之于自己的生活更加真实的一种艺术幻觉。在这个层面上,我甚至要断言,小说文本中的丁云凌、吴红艳,与她们俩人的创造者李燕蓉之间,本就是三位一体的微妙关系。又或者,作为《出口》核心故事情节存在的丁云凌的出走行为,在很大程度上也不过是叙述出来的一个虚拟故事而已。现实生活中会有七七那样的庇护者存在么?丁云凌长达一年之久的出走生活是可能的么?七七的那个世界是不是一个本就子虚乌有的乌托邦?所有这一连串的问题,实际上都关涉到了我们对于《出口》思想艺术题旨的理解与判断。关于"出口",作家曾经借助于笔下的人物小舅舅之手写到:"我们一生寻觅的不过是一个出口,我们以为只要不断前行,终有一天会与它相遇,却从来没有想过,越走会离它越远,最后,它只是变成我们回忆里的一个路径,一个想象。"可以说,小说中所有的出场者都在出口的寻找过程中。丁云凌如此,吴红艳如此,宁远如此,张胜也同样如此。某种程度上,李燕蓉也在这部《出口》中寻找着作家自己的"出口"。但如此一种精神出口能够找得到吗？这一问题最终的答案或许只能是："最后，它只是变成我们回忆里的一个路径，一个想象。"

并非相看两不厌

李燕蓉

对于夏天,我谈不上喜欢,但也到不了厌恶的地步。对天气的态度很容易反映出我对世事的态度。不能说没有自己的想法,但一切绝没有那么激进、那么截然。但这种感觉又和温暾不沾边,也并非懦弱或者胆小。准确的表达或许是我一直觉得,没有什么是太绝对的,任何事一绝对起来就变得有些可怕。毅然决然应该是个好词,可婉转、拖沓、模糊似乎更能表达一些真实的心情。

我小说里写过不少"小中产阶级式的中年男人",他们没有知青那一代动荡的青春,也没有下一代人那样物质丰厚的童年。他们有的只是平庸、贫瘠的记忆和对未来极度肥厚的想象。他们的生活看似丰富多彩,却又难掩压抑、无奈。他们是饭店以及一系列消费场所最忠实的顾客,在流光溢彩的灯光下进进出出,表面看起来无论如何都是体面、风光的。但因为有了"小"这个前提,一切又注定只能是缩手缩脚、瞻前顾后的。同时,这些人又都有着自认为较重大的责任心。而责任心说实话更多的时候都是体面清晰地走出来然后面目模糊地示人,有时候仅仅是掩饰真实情境最好的一个幌子罢了。所以,他们尽管很努力,努力抓住任何属于自己的机会。但他们可把握、可挥霍的机会如同他们的年纪一样,有限得很。多数时候,他们只能随着社会的洪流旋转、淹没,甚至堕落。其实,谁又不是在社会的洪流中旋转呢? 在笔下,我赋予了他们更多的是温情,《蹲在暗夜里的男人》他一方面犹豫、胆小甚至卑鄙着,但另一方面对妻儿、对父母却又极其负责。他不断回望自己的过去,却又无法正视和拯救自己。他的堕落掩藏在温情里,却也折射出太多小人物的悲哀和无奈。我笔下还有一部分是20世纪七八十年代出生的这批人,因为同龄所以更感同身受。我们所处的是一个空前纷繁变幻又快速发展的时代,共性的精神追求越来越多地被多元的个性价值所取代,每个个体都主观希望私人存在空间可以足够放大,但快速发展所带来的碎片化、遗忘化的时代也随之到来,尤其城市,无论记忆还是个体都会快速被新的东西、新的样貌所覆盖,最终呈现的只能是不断层叠覆盖下的景象和个体,由此带来的没有归宿感、心灵无处安放、茫然彷徨而产生的虚无感,包括整个社会的价值取向,都将人轻而易举地推入一个巨大的旋涡,让人身不由己地被挤压吞噬,甚至在挣扎中早早地丧失了活力和朝气,向生活缴械投降。但任何时代总需要也总会有人拨开那层迷雾,和最初的自己、理想的自己重逢、相聚。我的长篇小说《出口》以及一系列中短篇都来源于此,里面的人物都在试图找寻方向、找寻光亮。其实小说里我个人更喜欢的是另一类人物,他们是《飘红》里小五这样的男人。既简单乐观又复杂世俗,为了钱,肠子能绕十八个弯出来,但他始终高兴、乐观;还有一类人平静地面对世事,多了一份从容,一份与社会的和解,我喜欢他们身上那种不断被世事磨砺却仍旧对生活充满了向往的信念。

写到今天,越来越感觉小说其实没有办法完全刻意为之。我们的确可以通过写作训练、思考、不断增加写作的数量来加强写作的能力,但是一些最令人舒服、清凉、炙热的字、句子我怀疑在开始之初就有了属于它们自己的走向和生命。真正的佳作如同人间美景可遇不可求,但是不可否认,没有一天天、一篇篇如同数字般的文字累积,没有那些长久的等待,你也就错失了与它偶遇的机会。

方石英

方石英 / 1980 年生，浙江台州人，著有诗集《独自摇滚》《石头诗》《运河里的月亮》等。曾获第十五届"华文青年诗人奖"、"2009—2011 浙江省优秀文学作品奖"、"2011 年浙江省优秀青年作品奖"、浙江省"新荷计划·实力作家奖"等奖项。现居杭州。

方石英的"抒情博物馆"
赵思运

方石英是一个十分低调的人。诗如其人,犹如一块质地精良、内敛坚硬的石头,虽不矗立,但棱角鲜明,具有清晰的辨识度。他似乎一直秉持着古老诗学的抒情原则。他用这些抒情的石头,构建起一座"抒情的博物馆",正如方石英在《抒情是一头孤独的恐龙》中的自我审视:"你的抒情,是一头孤独的恐龙/注定以骨架的形象永久落户自然博物馆。"

这座博物馆的核心建筑材料有二:"石头"和"酒精"。

方石英的名字即是一个诗的意象。这个意象隐喻着一种精神形态:干净、孤独、坚硬、根性。他的诗中频频出现"石头意象",既是自我精神人格的确证,也构成了方石英家族的精神谱系:"源于石头/激烈的沉默/在海边/家谱是一具大鲸的尸骨/雪白并且坚硬"(《本命年》)。方石英被朋友们称为"石头",他的儿子被称为"小石头"。"他喜欢收藏石头/并且用石头的棱角概括自己的一生"(《在杭州》)。石头,意味着贴地而行,意味着探触诗学的根性。这块干净坚硬的石头目睹了"世界的疯狂","饥饿与贫穷","为富不仁者精致的面孔/和精神病院牢固的铁栅栏","站在荒诞的边上,相遇一具具风光的傀儡/在霉斑密布的烂树桩上/长着他们虚弱的黑木耳/到处都是投机者/到处都是无助的双眼",于是,这颗刺穿谎言的绝望的石头,"变成一堆不合时宜的文字/种在远方荒凉的山坡/石头从此隐姓埋名"(《石头之歌》)。"石头意象"为方石英的"抒情博物馆"奠定了基调。

而浇筑"石头意象"的介质是"酒精",这是方石英情感表达的重要载体。石头的坚硬与情感的丰富柔软,形成了强大的张力关系。"饮酒"与"醉酒"频繁出现在方石英的作品里。酒精里勾兑的是极其强烈的悲伤与苦闷之情,他写道:

"到底要喝下多少酒/才能清醒起来/千言万语/我只想做一个沉默的哑巴"(《摇着滚着上天堂》)。其实,方石英的"酒意象"里还蕴含着更多的命运意识,谓之"残酒如谜",其实也蕴含了人间之苦。

方石英的"抒情博物馆"的架构具有两个维度:时间和空间。

先看"时间"。方石英对"时间"极其敏感。他的很多诗篇都是刻在心灵印痕中的"时间的标本",每次凝视,都会掀起揪心的痛。他作品里出现了很多"钟表意象":"在手腕上画一只石英表"(《生日之歌》),甚至在梦里"还有被拆卸成零件的时钟"(《春梦》)。"我把手指嫁接在灯芯上/以心跳为钟表,进入倒计时"(《无法回头》)。这一枚钟表,植于他的心脏,"折射往事绵延的旧时光",也敏感于未来岁月。他说:"我相信每一个零件/都是宿命的必需/每一次调试/我都全神贯注/忘记疼痛/忘记故乡离我越来越远"(《钟表匠》)。他敏感于时间的行进过程,每到本命年、生日或者他的出生季秋天,都会写诗以明志,粗壮的时间在方石英的灵魂刻下了深深的痕迹。

方石英诗中还有两个与"时间"密切相关的意象:"暮色"和"暮年"。1980年出生的方石英何以不断强调"我似乎已经不再年轻",产生一种"暮年"之感?他在《暮色》中"看到/自己的晚年/一件白衬衫挂在光秃秃的树丫上""白色谎言,企图转移我的视线",基调冷峻悲凉。在他 25 岁的 2005 年,他就开始想象"当老到一定程度/我就开始拒绝出门/独自待在房间跟着旧唱片转"(《风会把一切吹向身后》)。尤其是他的《青藤暮年》值得反复玩味:

> 漫游归来,头发彻底白了
> 不想再远行,也不想
> 在漏雨的夜变成一个等死的人
>
> 趁太阳尚未落山
> 把所有藏书印进脑海,你清楚
> 这些书很快就会投奔他处
>
> 对饮残月,要喝下多少酒才能

没收美,你把名声关在门外

面壁一个人的家,一个人

写诗、画画、清唱一段《四声猿》

剩下几颗松动的牙,像摇晃的醉汉

在阴冷的空气中无依无靠

　　青年诗人方石英的"暮年"意象,显然基于他虽然年轻但是颇为丰富的人生阅历。他似乎在青春初期骨子里就有一种"失败情结"。"失败感"贯穿了他的"时间"体验的始终:"我尚未出世的儿子站在石头上/细数我失败的消息"(《我的心是一块多余的化石》);"但是失败是注定的/我想回家/却一步步走向客死他乡"(《生日之歌》);"挫败感,这比毛孔还要密集的挫败感啊/终于将我扫射成痴心妄想的形状"(《哀歌》)。《运河里的月亮》里反复出现"我宣布,我终于失败了"。方石英以他的生命历练书写的一部"失败之书",是对命运残片的清醒审视,体现了方石英对于无限时空里人的生命限度的觉悟,是人生大悲剧的觉醒。

　　再看空间。方石英出生在台州路桥的十里长街,19 岁高中毕业后来杭州学习,2015 年秋,又去山东微山工作。从路桥的十里长街到杭州、到微山,再到父辈的大兴安岭、到想象世界中的玉龙喀什河边,构成了方石英宏阔的诗歌空间。十里长街就像一条隐秘的河流,在他灵魂里永远流淌着。无论在哪里,故乡都像一滴宿命的墨水,在他诗意氤氲的心灵宣纸上,永不枯竭。他是带着故乡上路的。"在他乡,我就是一块沉默的石头/身上长满怀念的青苔……/我还欠故乡一首不长不短的诗"(《在他乡》)。方石英以诗的方式将历史定格,从而实现了为生命记忆赋形的功能。

　　方石英还将诗歌空间格局拓展到父辈。《父亲的大兴安岭》是他在深情回眸中的一次灵魂寻根与精神还乡。方石英兼具南方文化的温和性情与北方文化的坚硬品质,或曰:刚柔相济。这或许与其父亲 20 岁出头就远赴大兴安岭的十多年知青经历与人格陶染有关。大兴安岭不仅是父亲"命中注定的第二故乡",也是方石英的精神故乡。方石英的生命中一直凝结着一颗尖锐、坚硬而内质安宁的石头。在很大程度上,大山和石头,已经成为方石英父子的精神图腾和坚实的生命形态的外化。

2015年秋,方石英到山东微山工作,他称之为"深入生活"。此时的方石英,抒情的境界得到了很大提升。《在微山》一诗堪称杰作:

> 可是我还在喝酒,尽管整座小城
> 都睡了,都在梦里做一个好人
> 那又如何? 重要的是我还醒着
>
> 微山,微山,空空的城
> 荡荡的月光洒在微子墓前
> 也洒在张良墓前,万顷荷花已败
> 秋天早已深入骨髓
>
> 可是我还在喝酒,幻想一把古琴
> 断了弦,高手依然从容演奏
> 弦外之音,驴鸣悼亡也是一种幸福
>
> 微山,微山,微小的山
> 不就是寂寞石头一块
> 异乡的星把夜空下成谜一样的残局
> 趁还醒着,我喝光,命运随意

荒凉颓败的精神境遇下,渗透着魏晋行吟诗人的风度。气韵沉雄的大境界,或许与其深入北方大地的生命体验有关。可以说,微山时期的方石英,真正触摸到了伟大诗人的境界。《娜杰日达》对曼德尔施塔姆遗孀娜杰日达圣徒般的品格和精神境界做了富有历史深度的刻画,显示出良知之重。"在独裁者死亡之前/所有的俄语都在提心吊胆/到处都是特务/告密者扭曲的脸癌细胞般扩散",粗笔勾勒,力透纸背。这些诗篇,承续了方石英早期诗作《陆秀夫》《最后的夜》

那种清醒的历史意识和良知写作理念。

　　方石英的写作由早期总体上的纯净抒情品质,开始变得孔武有力。他的"抒情博物馆"除了石头、酒精之外,又增加了更加丰富的现实和历史元素。从1999年走出路桥的方石英,经过近二十年复杂的人生境遇,已经真正摆脱"文化断乳期",开始迈向诗学成熟期。

　　"盛夏有雪/熬夜者把黑暗熬成镜子"(《熬夜之歌》)。方石英目前正在经历着剧烈的蜕变,就像"蜕皮中的蛇"那样,他在诗艺的锤炼中,在慢镜头中,"打磨一枚青玉,它纯洁的野心/在冬天之外的黄昏盛开/崭新的皮肤,闪着光/缓缓移过织锦覆盖的梦境"(《蜕皮中的蛇》)。那枚"青玉"已经闪烁出迷人的色泽了。

诗是活着的证明

方石英

我喊儿子方路杭叫"小石头"。

小石头曾在他五岁的一个黄昏很认真地问我："爸爸,你是做什么的?"

"我写诗",我告诉他,"爸爸是一个诗人。"

从此,小石头经常会把我介绍给他认识的人,然后告诉对方:"我爸爸是个诗人。"

我写诗,似乎和少年时代深埋下的孤独有着某种隐秘的联系。待到年纪稍长,我读到清人杨晨编著的《路桥志略》,发现故乡历史上两大诗歌社团——清咸丰十一年创立"月河吟社"及民国时期复举的"月河诗钟社"都有家族先人参与其中。仿佛宿命在召唤,也许这是一种心理暗示,我成为诗人如同继承了一项无用之用的祖业。

每个诗人都有自己的写作背景,对我而言,我最大的写作背景就是"故乡"。更具体地说,我曾生活过整整十九年的台州路桥让我的诗歌写作拥有了永恒的背景。在我每天经过的十里长街,每一块青石板都是我写了又写的草稿纸。这岁月的底片,记录了我的童年和少年时光。而一个人真正拥有故乡,是在他离开故乡之后。在他乡,是漂泊,是动荡,是不确定的无限可能;我的他乡,始于杭州,后来我有了孩子,便取名"路杭"。故乡是真实的存在,也是虚构的源头,每一次回忆都是虚实之间雕刻时光。在他乡,我对"温度"日益敏感。是的,我要写有温度的诗,直抵人心深处。

我是个温和且坚硬的人,也许这是受了自己名字的潜移默化。当年祖父冥思苦想很多天,终于给我取了一个很像笔名的真名——方石英,他是冀望我能学习古人刚柔相济的品性。而选择写作的道路后,我同样希望自己的诗是质朴的、坚定的,并且是感人的,像一块宿命的石头,呈现作为个体的人在时代与命运的迷局里所应该持存的生命的尊严。

正如布罗茨基所言:"艺术与其说是更好的、不如说是一种可供选择的存在,艺术不是一种逃避现实的尝试,相反,它是一种赋予现实以生气的尝试。"我想,诗歌正是我存在,并且依然活着的重要证明。所以,我一直信奉并坚持独立写作,追求对美、对良知、对真实内心负责到底的写作状态。

新诗的"自由"常给人一种当代汉语诗歌写作门槛较低的错觉,事实上,诗歌绝非简单的文字分行术,一首好诗的诞生也并非易事。它要求诗人具备高度综合的能力,所谓"诗有别材",是写诗的料才有可能写出好诗。写诗又如挖井,一个诗人唯有心无旁骛地深挖,才有可能获得属于自己的生命之水。

一个自觉的诗人,会选择有难度的写作。这个"难度"应该建立在纯粹与真诚的基础上,在我看来,任何故作高深的装腔作势或不知所云,其实都是虚弱的表现。

18岁那年,我在路桥小镇唯一的新华书店里发现了波德莱尔。当我读完《恶之花》,顿时有一种被电流击中的感觉。也是在那一刻,我才真正意识到新诗的题材是如此自由广阔——诗是诗人与世界发生关系的秘密通道,诗人用诗歌回应或还击世界是一种天性本能,而世界的复杂性也注定诗歌题材的无限丰富。诗无禁区,什么都可以写,但如何写出佳作则需要琢磨推敲。从语言、腔调、形式、细节、肌理、滋味……诸多方面一一去关照,最终淬炼出具有独特个性的作品。我觉得一个诗人是否优秀,关键还是看他的诗歌文本能否经受时间的考验。大浪淘沙,岁月只会把好诗留下。

当然,诗人也要吃饭。这些年为了能自由自在地写诗,我也在不断增强自己的生存能力,十几年间辗转多方横跨数个行业。很多时候,我有一种强烈的感觉,仿佛有两个方石英生活在我的体内——向往爱与自由崇尚个性的诗人方石英,和置身庸凡人海坚持世俗劳作的隐者方石英。分裂又统一,幸福又煎熬,因为写诗,我拥有了两条命。

写创作谈是我的弱项,我想和世界说的话其实都已在诗中。如果非谈不可,那我坦白——诗歌是孤独的事业,我向往诗与人合而为一,努力写好诗、做好人是我毕生的追求。

马娜

马娜／解放军艺术学院文学系硕士毕业,上海大学在读文学博士。中国作家协会会员,中国报告文学学会理事、青年创作委员会副主任。中宣部"五个一工程"奖、首届茅盾文学新人奖和徐迟报告文学奖获得者。主要作品有《中国机器人》《滴血的乳汁》《天路上的吐尔库》《小布听声》《特殊方队》等。

军人的姿态　艺术的灵性

张志强

在当代报告文学作家队伍中,有一位青年作家非常值得关注,她就是马娜。她曾是解放军艺术学院文学系的学生,几部代表作如《滴血的乳汁》《天路上的吐尔库》《特殊方队》等都在军内外产生过良好反响。这使得她当之无愧成为当代青年作家中的佼佼者。

马娜的身上有三个特点:军人作家、青年女性作家、高学历作家。也许正是这三个身份,使得她和她的作品呈现出了与其他作家不太一样的特质。

军人自有军人的性格、军人的精神与品质,那就是饱含着对祖国、对军队的忠诚与使命担当,对纪律的服从和完成任务的保证,以及战胜困难和取得胜利的能力与坚强意志。而这种"中国军人精神品格",在马娜身上同样得到了积极体现。十年前,当"5·12"汶川大地震发生时,她还是一个刚走出校门的年轻作家,但她几乎在第一时间,毫不迟疑地紧跟"中国作家抗震救灾采访团"赶赴余震不断、满目疮痍的灾区一线现场,面对遇难者的尸体和废墟,她一边深入采访救援的"白衣天使"们,一边发挥她曾经有过医学经历的专长,积极参与到了救人的战斗行列。因此,她写出了别样的《战地日记》等作品,发表后受到军内外读者的广泛关注。

马娜在近几年的创作中进步非常快,如一匹黑马脱颖而出。尤其她创作的一些军事题材和革命历史题材的报告文学作品,非常值得关注。比如在纪念抗日战争胜利 70 周年的大阅兵时,接到上级任务后,她迅速深入到了阅兵训练现场进行采访。在时间紧、任务重、政治纪律要求高的情况下,她与官兵们同吃同住,一起按时跟训。训练场高度紧张和艰苦的环境,对一般作家来说可能会出现采访不到位的情况,但马娜为了深刻了解训练场官兵们的真实感受,与官兵们一起在烈日下暴晒,在风雨中体验,自始至终保持着同样的军人本色,创作完成了《特殊方队》,发表后在部队广受赞誉。

部队作家的不同之处在于时刻要谨记自己是一名军人,即使在创作中也要遵守一些条例。马娜所在的部队属于特殊兵种,很多题材创作完成后只能先作为内部留存。正是受到这种特殊环境的磨炼和影响,她无论是个人性情还是写作特点都呈现出一种冷静而克制的内涵。尤其一些军队题材在涉及她自己的部队时,必须严格遵守特别的"规定",马娜做得非常出色。她从不追求成为那种似乎可以"写遍天下"类型的作家,更无心与其他作家比"出击"的次数、比"露脸"的频率,为人低调而谦和。但是在执行"任务"时,无论何时何地她又表现出军人的坚定品格。比如写作《天路上的吐尔库》时,新疆的反恐形势正是非常严峻的时期,当地情况错综复杂甚至有一定的危险。马娜接到任务后没有逃避,义无反顾地奔赴到了喀什,最后出色完成了任务。作品发表后影响极大,对新疆地区军民关系和反恐形势都是一个积极有力的回应——这或许正是作为军人的责任感和使命感带给马娜的一份特殊荣誉。当然,这样的荣誉背后是艰辛,是付出,甚至是牺牲。

马娜主要从事报告文学题材创作,军事题材和地方题材在她的作品数量中差不多各占一半。她的创作产量并不算多,从某个方面讲军人身份的特殊性限制了她创作的自由度。但也有她自己说的,来自体力吃不消的原因。报告文学创作相比其他文体,的确更加消耗精力与体力。纵观其他报告文学作家,很多都是"平面报道式"和"现场记录式"的写作,也许因为曾经是医生的原因,马娜并没有落入俗套,她注意观察,注意倾听,注意摸准脉搏再作"诊断"的职业习惯,养成了她与其他报告文学作家不同的写作品质。她曾说:"作家除了写作还应留出时间让思想沉淀,大量的阅读与学习是非常重要的。在众人昏睡时,我们有责任发出有力的喊声;众声喧嚣时,我们不妨先冷静下来认真思考。"看她前两年的作品,如《滴血的乳汁》就会发现无论从选材、结构还是写作技巧与细节,都体现了她的这一写作特点。

《滴血的乳汁》是一部革命历史题材,讲述的是红军长征之后在革命老区留下的后代与当地百姓血肉相依的关系。这是红军长征革命史书中极少提及和书写到的内容,或者说是一个始终没有被人注意的"边缘"题材,但是马娜却关注到了。我们不能不感佩她的选择,这看似并不趋时新潮的题材,她却十分用心,这种独特的视角体现出了一个作家的敏锐、创作意识和艺术感觉。可以说报告文学创作最难克服的就是类同的眼睛、类同的思维、类同的感觉,最后题材类同,书写效果当然是平平的类同作品。但马娜不一样,据她自己讲,在参与走访当年的红色革命根据地时,多数作家可能过多关注"战场",关注军民关系,如送儿参军、为红军送粮送药等等"正面"故事,很少会去想"红军长征故事"的背后,即"非长征的长征"故事。马娜说:"每次沿着红军战斗走过的道路探访,我总会更多关注红军背后的女人及其子女的命运。"于是,当她再次深入调查采访后,便创作完成了另一种"红军血泪史"——红军后代们的故事。《滴血的乳汁》是马娜在采风选材中采撷到的一颗独特之果,视角的切入和对选材的独特把握,都堪称报告文学的"精准定位"。

报告文学被称作是"走出来的文学",如何"走"与"走"向何方,才是报告文学作品成败的关键。会"走"与不会"走",更是考验一个作家到底能走多远、多高的分水岭。马娜正是属于那种带着思想与情怀而"走"的作家。

文学艺术创作犹如蜜蜂酿蜜一样,仅会采撷者仍然只是一个"劳动者"而已。只有那些会精制酿蜜者,才可以被称为"文学艺术家"。讲究谋篇布局、讲究意境、讲究思想散发出光芒给人以启迪的,方称得上是优秀作品。马娜的报告文学作品有一个显著的特点就是:注重结构,擅长将艺术感觉与文学写作融合,而节奏又自然融合于意象中。《天路上的吐尔库》就是反映她这一写作特点的代表作。作品写的是一位维吾尔族老汉吐尔库与驻地军队之间几十年鱼水深情的故事,其事迹既不惊天动地也不催人泪下,马娜没有刻意拔高典型事例,更没有塑造一个高大全的形象。她非常讲究情感在文学创作中的适当克制,她根据人物的特征,借助地域和特殊的民族特点,以诗歌的形式开篇并贯穿全文,构建成了一个有节奏的充满乐感的意象,然后串珠般将一个个平凡的小故事连接起来,完成了对整个作品的架构,读起来生动、活泼。在故事的层层堆叠中让人产生情感的共鸣,使一颗颗原本并非耀眼的珠子,最后串联成了泛着精美光泽的项链。这部作品收获的多方面褒奖充分证明了好的报告文学作品,一定是闪烁着思想和文学艺术光泽的,也展示出了像马娜这样的年轻报告文学作家综合的文学艺术素养与写作品质。

马娜的文学创作仍在继续走向成熟的途中。目前她即将攻读完成文学博士学位。相信像她这样一位既有实践创作经验又有专业理论修养的青年作家,今后的文学创作之路,一定会越走越宽广。

逆向而行,赶往回声的深处

马　娜

我曾是一名手持听诊器的主治医师,对患者病情的初步诊断,首先是来自于患者的主观倾诉、表面体征和初步临床检查。初诊过程中,如有疑问还须继续借助一些器械检查、生理检验以及经验的运用等手段,进行深入分析。初期对患者的主观感觉须在进一步问诊与检查对照中及时做出调整,不可以对患者没有的感受随意强加,一切以患者的真切感受与体征表现为依据,进行综合分析,认真思考研究,直至准确找到病灶并做出最后诊断。这是我在医学工作实践中的诊断经验。

热爱文学创作,我听取的是内心的声音。尤其是对报告文学非虚构类题材写作,我的思维切入比较顺利。这是由于此类文体的写作要求、思路过程和医疗的诊断过程有很多异曲同工之处。医疗工作中从初诊到做出最后诊断,其医学验证过程特别重要。同样,非虚构文学写作如果只停留于采风获得的"初诊"阶段,没有再进行深入现场的发掘、没有认真地尊重客观事实、没有全面深刻地了解所写对象的全部内容,那么就可能造成作品"最后诊断"的片面性甚至是错误的。

报告文学或者说非虚构文学的可贵之处,在于其文体的真实之美。如何呈现这样的真实之美,就看作者在叙述的过程中是否将事件、人物等客观真实地表达出来。"表达"可以是艺术的、文学的,但不能随意添加、任意虚构,报告文学非虚构写作的这一遵循,体现出的既是作者的道德情怀、价值取向、审美情趣,也体现着作者的思想深度,架构能力,叙述的张力以及文学艺术素养等。

我曾写过《滴血的乳汁》,那些成千上万的奶妈几乎是用鲜血,用滴血的乳汁保护了革命的后代,她们的遭际甚至比在枪林弹雨的战场上还要惨烈。我写这样的题材,不是为了加入呼唤崇高的大军,而是那一天刚好是母亲节,全世界都在深切感恩母亲。而我正在参观一处革命烈士纪念馆,在几乎全是男英烈的纪念馆里,一尊"马前托孤"的女性雕像吸引了我,听完讲解员的解说后,我立即继续跟进,去查阅了大量的历史资料,在真实的历史褶皱深处我终于听见了"回声"发现了她们,奶妈们庞大的数量令我感到无比惊讶。但是今天的人们几乎没有人知道她们。尤其那天是感恩母亲的日子,有谁能记得起她们呢?在革命烈士纪念馆里,甚至也没有留下几个她们的名字。作为一名女性作家,我认为义不容辞应该从历史的忘川中将她们"打捞"出来。为了夺取革命的胜利,红军们所付出的绝不仅仅是生命,还有他们的后代。革命老区的百姓们所给予红军的支持更是深厚而巨大的,历史不该忘记她们,今天的人们更不该忘记她们!选题确定后,我又多次踏上了那片曾经血染的土地。

对于报告文学非虚构历史题材创作,抵达真相的过程是艰难而复杂的,内部挖掘和大量的外围采访非常重要。通常情况下,外在现象并不是事物的全部内容,甚至完全不是真实的呈现。因此,辩证思维的建立对非虚构文学写作非常重要,思路穿透表象,逆向挖掘与追索,可能更容易接近"真相"。在采访过程中,作者的主观意识绝不能"先入为主",只有当"真相"被客观的存在所证明后,才可介入主观判断,进行文学艺术创作。报告文学的非虚构写作,绝不是对表面真实的直白拍照,而是深入挖掘客观现象后的文学艺术呈现。

优秀的非虚构文学作品,一定是思想性和艺术性俱佳的作品。它凝结了作家深入体味生活、真情探寻思辨的大量心血。拥有深刻的灵魂,自然能写出带有思想光泽的非虚构文学作品。因此,哲学思维的建立应是非虚构作家们应有的修养。但文学是有翅膀的,哲学之于文学应是思想的光芒,而非理论的刻板捆绑。的确,缺少哲思光芒的作品是苍白空洞的,而受教条捆绑的写作也必是刻板迂腐的。

听,在"回声"的深处,那里有客观现象的真谛,那里是文学艺术光芒最绚丽的地方。

侯磊 / 80后，北京人，青年作家、诗人、昆曲曲友，中国人民大学文学硕士。著有长篇小说《还阳》，中短篇小说集《冰下的人》《觉岸》，文史随笔《唐诗中的大唐》《宋词中的大宋》，非虚构作品《声色野记》三部曲等。

以"冰封者"打开记忆之城

李 振

侯磊写北京,全然不见皇城根儿或部队大院的傲慢,小说中的人既无达官显贵,也无顽主老炮,甚至连近几年颇能博人眼球的冷门行当和老手艺人也不见,有的只是出门抬头随时都能碰到的那个。俄国文学曾有"多余人",侯磊也写到一些身处窘境的小人物,但你很难讲一个出租车司机是"多余"的,因为他们的失语或无足轻重往往来自人们下意识的视而不见。侯磊说,"我不只想写冰上的北京,更想写冰下的北京",所以,无论是抬头不见低头见的街道积极分子,还是长年累月为生计奔忙的出租车司机,或是一个班级、一条巷子里最不受待见的孩子,都成了侯磊笔下默默见证不同时代的"冰封者"。

《积极分子》在一开头便毫无征兆地给了人物一个"冰封"的结局:"他们都知道东口的一个院子里有个白毛老太太,常年木然地站着,身后几间小破房都是挤着盖出来的。那院子破得连正经的门都没有,只有扇红色的大铁门,晚上用铁门闩插上,一拉动就发出轰隆的响声。"当然,这个结局让人很难与那个五六十年代香儿胡同的积极分子张雅娟联系起来。小说旁逸斜出地写到香儿胡同邻里间的琐事和向国家"献产"的大事,其中起主导作用的都是张雅娟——"她知道自己出身优越,知道什么叫工人阶级,懂得妇女能顶半边天","整条胡同就属她最忙活,她有使不完的力气"。这里的奇妙之处在于,侯磊把更大的笔力倾注在如何呈现张雅娟在那个年代所具备的能量上:激起或调和家庭矛盾、左右某个人的工作调动、促成孙家"献产"改变出身……而这种在"剧透"式的前提下回顾那个白毛老太太当年风光的写作过程本身就构成了一种讽刺。石一枫曾有小说《特别能战斗》,其中苗秀华"战斗"的一生多少还是面对"不平",但张雅娟却是实实在在的折腾,"什么事都爱掺和"。所以,张雅娟身份或命运的转换则是历史的必然,当那些如今看来莫名其妙的"重要任务"不复存在时,失语和被遗忘就成了一种无法抗拒的结局。小说由此还原了那个看似热火朝天实则通向虚无的时代氛围,而张雅娟则是那个时代所制造的无数"冰封者"中的一员。

也许这对于"女司机"来说也是一样。小说《女司机》有着很大的时间跨度,从20世纪70年代末主人公扛着行李从内蒙古建设兵团返回北京,一直写到她开着出租车急急忙忙穿过世贸天街、蓝色港湾、SOHO现代城。当我们为这个返城女知青回顾她的司机之路时便会发现其中艰涩,"她看不上开车的,开车只是为了不扫大街";她之所以能忍着师傅的满嘴脏话学会开车,是因为心里清楚"真不能只卖一辈子票";成为公交车司机后,公司的调度似乎总在与她为难,"早班接晚班,永远早出晚归";后来开起小公共,挣得多,可糟心的事儿也多;最后转去开出租也是因为"无法容忍每月都是死工资,没有外快,奖金只有几块钱,还根据这趟车卖票的收入分成,也不知是怎么算的"。好像有关开车的一切都是生计所迫的无奈之举,而此后的日趋窘迫似乎也就在意料之中了。小说写出了女司机的心有不甘,甚至为她设置了情人王觉这个特殊的情绪发泄渠道,但这依然无法改变她苦闷、劳碌、不断被职业病折磨的人生,就算没有最后那场结果未知的交通事故,继续日复一日地跑下去又能如何?

《女司机》所呈现的场景既熟悉又陌生,陌生在于它已经完全从我们的日常生活里消失,你可能不会轻易想起那些破旧的大公共和横冲直撞大喊揽客的小公共;而熟悉在于你一旦想起它,又好像是刚刚在昨天发生,仿佛一切都没变过。我并不认为侯磊多么在意司机行业本身的变化,它更像是发现了一个开启记忆的契机,因为在这代人的记忆里,有太多的东西与小公共以及小公共的年代死死地绑在一起。《水下八关》所写的就是小公共的年代,更是红白机、魂斗罗的年代。小说还是让人一下子回到了骑着自行车或跳上小公共去找同学换游戏卡的日子,跳大绳、踢毽子、砍包,体育老师的做派和言语,在貌似严肃认真的课堂上幸灾乐祸地大笑,男生女生间那种总是别别扭扭的相处方式,"好学生"和"坏学生"在课上课下校内校外不断翻转的奇怪格局……构成了一代人学校生活的基本框架,而在这个框架之中予以填充的才是属于个体的童年记忆。所以在有些人那里,这篇小说也许很难被沉下心来阅读,因为它所提供的场景太实在也太具体,它太容易让一些从那个年代成长起来的孩子产生强烈的代入感,在小说情节与个人经验之间不断切换,看的是小说,想的却是自己的陈年旧事。而在《少年色晃儿》里又有了那时中学门口兜兜转转的校外人员,一方面他的出现是个麻烦,因为免不了有些敲诈勒索的事;但另一方面他往往又会成为一个传奇式的存在,尽管有些事在校内孩子们的口口相传中变得越来越邪乎,其实压根儿就不曾发生,但那些挂着一脸青春痘躁动在青春期里的半大小子却恨不得人人制造出一种可以与之称兄道弟的假象。与校外呼应,校内又常常会出现某个传奇式的高年级女生,"妖艳"、"放荡",各种恶毒又悄然流传的词语事实上只是证明着那个年纪朦胧又诡秘的口是心非。

《少年色晃儿》和《水下八关》在很多方面有着相通之处,色晃儿和小雷在那个微缩景观式的少年世界中无疑处在金字塔底,他们的软弱以及由此带来的幻想与心灵扭曲更多地来自于少年世界的"丛林法则"。这本身是个可大可小的事情,毕竟对少年儿童乃至成人心理状况的关照在那个年代尚未进入议事日程。但是,当侯磊以过来人的身份站在当下回望并重新构造那个年代的"童年轶事"时,我们便会惊讶于那些曾经再熟悉不过的生活竟是如此荒诞、扭曲、充满恃强凌弱和无助又无声的挣扎。《水下八关》中跳大绳的场景几乎构成了对那时校园生活的某种隐喻:"摇绳的同学面无表情,他们不管数数,只管盯着跳,摇。他们是机器,连跳绳的、摇绳的、数数的、体育老师、班主任……都是机器。"侯磊为这两篇小说选定的叙述视角呈现出一个与"阳光灿烂"截然不同的世界,它在带领读者一步步确认情况属实的同时又以此触发人们无可避免的联想与反思。就像《水下八关》的结尾,小雷只能在梦境中学会跳大绳以及与静琪相遇,那么这些失语者是否只有在离开现实世界的梦里才能得到应有的尊重和些许安宁?这些原本充满孩子气的个人于群体中的尴尬或精神创伤一旦被提出来,就会变得严肃,变得不可磨灭,因为那是我们正在继续的生活的前文本,也是一代人之所以成为一代人最有力又最令人恐惧的证词。

我无意于对小说里的种种荒唐事进行什么评判,因为它早已脱离了具体的事情本身,成为一个人乃至一代人不可磨灭的精神烙印。其实侯磊在小说中只是象征性地引入了几个通行的"标识"作为重要的时代背景转而讲述故事,但它却在很大程度上决定了一个特别的阅读群体在情感上的代入与共鸣。从"学雷锋"到"做赖宁式的好少年",从"街霸"到"魂斗罗",从"一群大雁向南飞"到纷纷刻在课桌上的"早"字,从《妈妈再爱我一次》到《古惑仔》再到《大话西游》……所谓"80后"一代其实经历了极其复杂又纷乱的文化洗礼,它作为一个整体构成了一代人认知、交流、成长和自省的精神前提。当"80后"们纷纷步入中年,这些曾经的"标识"逐渐潜伏起来,但它会在某个不经意的瞬间或片断的触动下以牵一发而动全身的方式再次铺天盖地地袭来。虽然侯磊说"写北京,不过是为了自省,不要忘记自己是从哪条胡同里来的……我始终不会忘记故乡",但那些杂七杂八的"水下八关"和并不十分明了的记忆又何尝不是另一种故乡?

侯磊的大部分小说都带着浓重的年代感,或为潜台词式的回望,或为不动声色的变迁。就像《积极分子》中送走父亲的孙旭揣着一颗空荡荡的心爬上自家房顶,看到了一个和记忆中完全不同的北京:"他抬头,见屋顶没有鸽子飞过;低头,院子里没有了牵牛花。前两年节约粮食,有鸽子的人家都不养了,卖给了贩子贴补家用,也有外来的地痞偷人家鸽子吃。牵牛花在父亲嘴里叫喇叭花,自从关家搬过来,老爷子主动把喇叭花给扯了,怕长到人家的地方碍事,连花籽也没存下一包。"北京到底是个什么样子?这是侯磊在小说中试图回答的问题。但这本身又难以回答。即便我们顺着孙旭的目光,也很难说清那时候的北京或眼下的北京是个什么样,可这完全不妨碍那一刻站在房顶上的人实实在在地被那种恍如隔世的感觉击得头晕目眩。北京是首都,是车水马龙高楼林立,也是大院小院胡同巷子,又或仅仅是一个孩子打打闹闹磕磕绊绊一眨眼就长大了的地方。所以,与其说侯磊笔下的北京是一座城,不如说是他努力寻找的一个角度,因为由此望去,是他关心的和熟悉的人以及由他们参与构成的记忆。

创造逝去的故事

侯 磊

我是北京人,"80后",一直住胡同里。但我在写八十年代、五十年代、民国时代、甚至古代——总之是我没经历过,没见过的北京。总有读者朋友们问我,你怎么写你没见过的北京?我的回答是,老北京是活的,它从未离我们远去。

胡同里的人见识不一定多,十分封闭,他就熟悉身边这几条胡同,几条街道的地方。您去胡同里问路,除非问附近几条胡同的,太远了还真不行。过去很多东城区、西城区的人,一辈子也没怎么去过南城,很多人并没有去过天桥看打把式卖艺,对那种底层生活是不熟悉的。又比如东城区分北片和南片,以东四为界,北片是雍和宫到东四,南片是东四到东单。很多人住北片,过了东四,灯市口一带的地方就不认识了。

但是,胡同里的人的经验很深,因为相对封闭,几乎街坊邻居都认识,走过一个人,看背影就知道是谁,他们的故事能往深了挖,往古代挖,往心里挖,往祖坟上挖,几乎能挖出每一家的故事。

说个事儿,有家街坊,是蒙古阿鲁特氏,即同治的皇后他们家族——野史说慈禧怎样虐待她,她说我怎么是从大清门抬进来的,就是那户人家后裔的故事。他们家有亲戚,是庚子国难年间的状元,叫崇绮。八国联军进北京,他跟着西太后跑了,当时有70多岁了。他家在丰盛胡同,家里有两个儿子,都认为国破家亡了,要自杀殉国,一门忠烈。于是,他们把家里的花窖改成了两个坑,里面垫上被子,一个归男人,一个归女人,叫全家人分男女都躺进去,还垫上被子,下令叫仆人填土,把全家都活埋了。这种事我们可能无法理解,只觉得它惨烈。

而每当我再走到丰盛胡同,看现在的遗址已变成了高楼,我又想起他的旁系子孙后代告诉我这类的事,我还是想把它写下来。但我如何去创造它、还原它?

或者，是丰富、想象我"采天地之灵气，集日月之精华"而来的一点故事。这个采风的时间地点，是我童年时的北京。再举个我的例子说，小时候，胡同里斜对门有一家有个哥哥叫小三子，脑子好像有点毛病，没上成学，成天家里待着看电视。他爸爸是地道的"骆驼祥子"，新中国成立前拉洋车，新中国成立后蹬三轮儿，姓平，当时就80多了。平老头太穷了，娶不起媳妇，由街道介绍分配了一个，那老太太有严重的类风湿关节炎，双手跟鸡爪子似的。乍着手、眯缝着眼睛、奢咧着嘴唇、拄着根棍儿，一步一蹭地去胡同里上茅房——这就是小三子的父母，他还有俩姐姐，好容易嫁出去，都管不了娘家。九几年，他在饭馆里给人家洗猪肠子，每月一百块钱。后来父母去世，胡同拆迁，小三子就一人儿，给他找了小破楼房一居室，吃低保凑合活着，想来现在也有50多了。我会尝试着写新中国成立前的平老头，也会写未来的小三子。因为我想他们，惦记着他们。

在小说集《冰下的人》中，我收入了一个短篇叫《积极分子》，写的是20世纪50年代的北京人，为了做街道居委会积极分子把房子捐了的事。当时有很多这样的真事，我看着如果没真事可写，我就在胡同里逛逛，看到什么就写什么。北京的故事足够写成宅门戏或年代戏，或是多卷本的大河小说、史诗小说。北京城墙的每一块城砖中都包含着一个故事，城墙早已拆成了遗址公园，但就仅仅是那点遗址，也是我讲故事的根基。作家要有讲城砖中的故事的能力，哪怕是在文明的废墟上讲故事。因为哪怕文明成了废墟，它巨大的精神永远盘旋于这片废墟之上。

最近我四处跑来跑去，做一些北京文化的讲座，也为北京写了不少五千字到一万字的稿子，我不想叫散文随笔，也不想叫非虚构，就叫社科类的书稿吧。它们太杂七杂八了，实难归类。我想也许写小说并不是我唯一的目的，我想在精神上仍然保持着旧京这座城，研读他的历史、传播它的文化、升格它的精神，这是我能为故乡所做的一点事。我知道，不论我走到哪里，我都不会忘记胡同里的街坊邻居、大爷大妈们。

是他们告诉我了这个世界最初的样子，我想念他们。

李修文 / 1975 年生，湖北人，毕业于湖北大学中文系，曾为报社记者和文学期刊编辑，1996 年起开始发表中短篇小说，出版有长篇小说《滴泪痣》《捆绑上天堂》，中短篇小说集《不恰当的关系》《闲花落》《心都碎了》等。2017 年出版散文集《山河袈裟》。

重新发现"真善美"

行　超

　　如果说每个作家的成长都要经历漫长的挣扎和蜕变,那么,李修文近二十年的写作生涯中所面对与呈现的则是一种断裂。"是的,人民,我一边写作,一边在寻找和赞美这个久违的词。就是这个词,让我重新做人,长出了新的筋骨和关节",在生活中、在"人民"中,李修文反复修炼自己,他忏悔、反思,为每一个平凡的灵魂真情歌唱,最终脱胎换骨。这样的写作在当下文学现场仿佛不合时宜,但事实上却是一个警示、一种预言,它重新唤起了我们内心尘封已久的对"真善美"的向往,重新给予道德以洗礼,给予精神以力量。

重新成为一个作家

　　早期的李修文是以小说家的身份出道的。他的小说《滴泪痣》《捆绑上天堂》等曾为他确立了一个文学世界中不错的开端,关于爱与死亡的探讨,关于情感的绵密书写,奠定并隐约透露出李修文个人的美学底蕴——一个对于人与人的关系以及情感世界充满好奇的作家。不过,这些在作家而立前后写就的作品,多少带有横冲直撞的痕迹。如同李修文自己所说,"我写不出小说了,一个字也写不出来",此后,李修文的创作经历了近十年的沉寂。

　　直到散文集《山河袈裟》的出现。

　　一般来说,确凿的主人公抑或是人物,大多存在于小说中。散文的人物通常是叙述者本人或抒情的自我。然而,李修文的散文恰恰打破了这个习见的常规。看起来,他的每一篇散文都饱含着作者动人的叙述和强烈的自我抒情,但他所着力刻画以及最终留给读者的,永远是他作品中那个"他/她"。《每次醒来,你都不在》中的老路、《鞑靼荒漠》中的莲生、《看苹果的下午》中的牛贩子、《郎对花,姐对花》中的"她"、《三过榆林》中的瞎子……一系列人物形象的塑造,让李修文的散文完成了一部优秀小说所必修的功课。在这个意义上,李修文的写作重新定义了散文。更重要的是,小说家李修文经由散文的创作完成了对自我的超越,抑或是,他借此成为了一个更完整的作家。

当然,体裁与技巧的改变仅仅是李修文重新成为一个作家的起点,更为核心与重要的是,散文集《山河袈裟》以及之后的《三过榆林》《春天在哪里》等文中所呈现出的一个作家的精神高度,已经与之前小说创作时期的他有本质的飞升。如果说,早期的李修文仅仅是一个颇具才华的小说家,那么,从《山河袈裟》开始,作家李修文重新树立了自己的精神高度,文学世界中的他重生了。

羞耻之心与悲悯情怀

《山河袈裟》的首篇《羞于说话之时》中,一对老夫妇在飞机上面对漫天的雪景时,不禁涌出泪来,老妇人的话让作家此后多年始终牢牢铭记在心——"这景色真实让人害羞,觉得自己是多余的,多余得连话都不好意思说出来了。"在古典美学中,"害羞"是多么高贵的品格。正是因为"害羞"及其所带来的距离感、朦胧美,才有了那么多暧昧的、动人的瞬间。

"耻感文化"是东方文化重要的精神和美学。羞耻之心是一种内心的自我规约,但是根源却在于外界的评价。李修文所倡导"害羞"还有另外一层含义,那就是,在面对天地之大美、人间之大爱、命运之无常时,一个人必须意识到自己的渺小,他必须保持沉默,全身心地迎接生命的启示。"无论你是谁,亲爱的,让我们沉默下来,不说话,去看,去听,去见证一只抓住光亮的手,看完了,听完了,我们还要再将此刻所见告诉别人,只因为,此刻所见既是惯常与微小,也是一切事物的总和,它们是这样三种东西:天上降下了灾难,地下横生了屈辱,但在半空之中,到底存在一丝微弱的光亮"。"害羞"所指向的是谦卑,是一种对于自然、对于他人的充分尊重和完整领受,唯其如此,一个作家才有可能真正平等和谐地与天地万物相处;一个人,才有可能具有慈悲心肠和悲悯情怀。

正是在这种精神的统摄下,李修文的写作朴实、冷静、克制,却具有一种磅礴的、沉郁顿挫的力量——这"沉"与"挫"正是作家李修文在不停地行走、不断地倾听与感受中积累起来的,这厚重来源于作家对具体生命的关切与体谅。李修

402

文毫不掩饰自己对于杜甫的热爱，"我最爱他植根于日常生活上的叙事能力，这个能力包含着一个超拔于现实生活的精神世界，简朴、专注、琐碎又饱含深情，既是写作本身，又是写作的结果，我觉得写诗的杜甫这个形象非常动人，这个形象是中国古代文化之所以迷人的最重要原因之一，在杜甫背后，还有苏东坡这样很多很多的个体，他们全凭一己之力创造了一个阔大的精神世界和美学谱系。"李修文热爱的是作为中国古典文化和知识分子精神品格代表的杜甫，他在磨难中修行，在挫折中成长，以至于将天下、将万民装进心里，只有在这样的作家笔下，真正切肤贴骨由饱蘸深情的写作才有了可能。

有情所累此生

读李修文的文字，我常常想起捷克作家赫拉巴尔。这个出身优越却命运动荡的"悲伤之王"，先后做过仓库管理员、列车调度员、推销员，最后成为一名钢铁厂工人，直到因工伤成为打包工人。赫拉巴尔称他笔下那些钢铁厂工人、废纸回收站职工、剧院布景工、保险公司职员、教堂看门人等是"底层的珍珠"，他们身上暗哑却持久的光泽，感动了作为写作者的他。

一个作家，到底应该怎样处理他与现实生活、与平凡人的关系？李修文与赫拉巴尔一样，都选择了深深扎根在人民之中，真正跟他笔下那些失魂落魄的人生活在一起，与他们共同面对生命中所有的困窘、劫难以及微弱的希望：与瞎子一起走夜路，与绝症病人一起守夜，与打零工的弟兄们一起度过困厄的除夕夜……在真切的、富有力量感的现实生活中，李修文绝不扮演什么居高临下的作家，他将自己的命运与这些底层的人们牢牢绑在一起，成为他们中的一员，与他们风雨同行、休戚与共。

李修文说，"我想要在余生里继续膜拜的两座神祇：人民和美"。在李修文的散文中，人民和美具有至高无上的地位。之所以如此，是因为李修文在这两者身上感受到了真正的力量，找到了新的方向。比如，在雨夜的行程中，汽车遭遇故障，所有人不得不下车步行，就在这令人绝望的时刻，一场美丽的与人民的相遇开始了——与一位艰难"践约"的盲艺人携手同行，让作者重新感受到信仰和精神的力量。面对生命中无数暗夜和波折，盲艺人始终告诉自己："你就当它们全都不在，风也不在，雨也不在。"(《三过榆林》)这种化繁为简、举重若轻、让他走过无数命运的沟沟坎坎。有什么理由不赞颂这样的平凡人？在这样的人民身上，难道不是孕育着最具力量的美？盲艺人的人生、他师父的人生，以及"无穷的远方，无数的人们"，都令李修文满怀深情，满心悲怆。

在李修文的散文中，我们不仅看到了现实主义的关怀，更看到了浪漫主义的理想和热情。李修文的散文以情动人，这种真挚的抒情在当下散文写作中难能可贵。更多的时候，一些作家不是以零度的姿态描述生活，就是被泛滥的抒情所淹没，以至于显得矫情、虚伪。李修文的散文之所以感人，在他的笔下，"人民"、"美"，这些看起来很大的词汇，之所以并不显得空洞和轻飘，最根本的原因是他为文、为人所秉持的真诚与诚恳的态度，也正因如此，我们能感到，李修文的笔沉重、踏实，同时时刻紧张而节制。他始终将自我放在"人民"之后的写作立场，最终赋予他的散文一种字字珠玑、字字血泪的分量感。

飘飘何所似，天地一沙鸥。作为一个写作者，我艳羡李修文的经历，那些颠沛流离中的偶然相遇渐渐氤氲成他写作的素材和底子，让他成了独一无二的自己；作为一个平凡人，我感慨于李修文的勇气，更感动于他的真挚和纯粹。在今天，重谈写作的道德感是否显得过于守旧、迂腐？在价值多元化的当下，是不是还存在一种相对确切的"真"与"美"？当大多作家前赴后继地钻进题材猎奇、技巧创新的旋涡中时，李修文却抽身而出，他用自己的写作和坚决的蜕变做出了回答，他用十余年的行走回归到最质朴也最动人的生活，回到了他反复赞颂的"人民"当中。李修文笃定的创作观与从容的笔墨让我们重新相信，一流的写作到最后拼的绝不仅仅是技法。如果确如福楼拜所言，"才能就是持久的耐性"，那么，在这"才能"之上，我想，灵魂的深度、内心的豁达，抑或者是人格本身，则显示了一个作家最后的精神标高。

在我的人间

李修文

　　有一年,我和诗人叶舟结伴,去看一座北魏石窟,其时,蒙蒙春雨浇洒着窟外的麦田,窟内的大佛却像真理一般高耸无言,巨大的雾气使眼前的一切都变得混沌不清,但是,一阵丧乐和接连的哭声却清晰地穿透雾气,来到了我的耳边——好像是一场神的教诲,我突然意识到,眼前耳边不是他物,正是我的山河人间,如此山河人间。曾被杜甫目睹,曾被李白踏破,它当然也值得我为之号啕俯首,那些春雨、麦田和雾气,那些大佛、丧乐和哭声,就像一道闪电照亮了我,我决心以后不再写别的,就写埋藏在其中的美与劳苦。

　　行旅不止,一个更广大和泥沙俱下的人间在我身前依次展开,踏足山东山西,身逢离乱残疾,某种巨大的眷恋足以使我再三确认自己的命运,然而,一个问题出现了,我是要为我看见的"真实"而写作吗?在陕西潼关,当一个被生活吓坏了的人带领着我,再三向我指认他遭遇鬼魂的所在,并且沉醉在长久的甜蜜中无法自拔之时,我突然意识到:我不是一个新闻记者,我不应当只是记录他,相反,我甚至要像他一样疯癫,像他一样去相信,鬼魂是存在的,因此,甜蜜也是存在的——也许我可以这么武断地说:如果我的写作有一个归宿,那么,这个归宿不应当是所谓的"真实",而应当是疯癫和甜蜜构成的美。

　　所以,我怀疑,前人们既定的某种真实之感,极有可能对真正的真实造成了混淆,今日里最大的真实,恰恰可能是某种不真实:就像战胜了许多围棋高手的阿法狗,它的内心如何描述?我们究竟应该在什么样的尺度上去触及它处境与内心的真实?当人们的生活越来越像一个故事,当人们越来越需要故事化的暗示进行生活时,也许可以这么说:是幻觉和故事才构成了真正的现实,所谓"萧瑟秋风今又是,换了人间"——一个杀猪卖肉之徒,照样对福布斯富豪如数家珍,并且愿意像他们那样进行故事化的创业,幻觉已经笼罩了他,然而,他就是今日人民中的一员,如果我是诚实的,我就应当诚实地写下这些变化中的人民,这里同样埋藏着迥异于其他时代的美与劳苦。

是的,我还是说到了"人民"两个字,我喜欢这两个字,它让我觉得光明而堂堂正正,于我而言,人民不是别人,正是穷途末路上遇见的那些沦落人,正是他们,才为我创造了一座崭新的人间,在此处,我所获取的安慰,等同于写作之初博尔赫斯、里尔克给我的安慰;在此处,我愿意做一个人,而不是做一个文人。于是,上天自有安排,在"人民"浮现之后,我触碰到了一个终生愿意去触碰的词汇:情义。

在我的人间,那种独属于中国人的"情义",似乎难以被任何一种现代性修辞所解释,对于许多怀抱大师情结的人来说,解释它甚至是羞耻的,是啊,它既不能证明纽约郊外的中产阶级失落,又不能证明《小城畸人》式的工业社会之畸零情形,可是,于我而言,这却是一根最敏感的神经:工厂里的务工青年仍然在桃园三结义,来自湖北的秦香莲依然行走在上京告状的路上,受了冤屈的小镇公务员终日思虑自己究竟要不要化作夜奔的林冲,如此等等。依我看来,其实是中国人最初的模样依然在我们身边流淌行进,我得紧盯它们、认领它们,如此,我才能获得安定,并且可以告诉自己:我已经回到了独属于中国的、某种确切的源头和怀抱之中。

也许,我夸大和矫饰了我所安营扎寨的地方,所以,诚恳是多么重要啊,在我的人间,我决心变得简朴起来,像杜甫和《古诗十九首》一样简朴:字就是字,词就是词,相信遭际,接受命运。朱熹有云,作文一途,无非"充实"二字,所谓"充",就是继续在山河人烟里打转,所谓"实",就是以一己之躯,去寻见、去校正那些命中注定的词汇,唯其如此,我的人间才能让我继续写作,继续实践我一再告诫过自己的话——面对写作,不要想得太多,我要写的无非只有一句话:同是天涯沦落人,相逢何必曾相识。

丁晓平 / 1971 年 6 月出生,安徽安庆怀宁人,毕业于南京政治学院、北京大学艺术系研究生班。获全国新闻出版行业领军人才、中国出版政府奖优秀编辑奖、中国文联文艺评论"啄木鸟奖"。现任解放军出版社昆仑图书编辑部主任、军事故事会杂志主编,副编审;著述 20 多部,800 万字。

在大历史的矿区开掘

丁晓原

丁晓平不是我的弟弟。我们只是本家。

我瞩目晓平,是因为他在报告文学写作中勤勉有为,风生水起,以卓然的实绩显示了他的存在。前些年,我们在谈论报告文学的可持续发展时,不无担忧,那时,支撑这一文体的几乎全是20世纪中期出生的作家,报告文学似乎有点后继乏人。这两年这种状况有了可喜的改变。青年报告文学作家相互砥砺,静安沉潜,在文坛树立起自己独具特质与价值的形象。丁晓平的《五四运动画传》《光荣梦想:毛泽东人生七日谈》《中共中央第一支笔》《王明中毒事件调查》《硬骨头:陈独秀五次被捕纪事》《埃德加·斯诺:红星为什么照耀中国》《世范人师:蔡元培传》《世界是这样知道长征的:长征叙述史》《另一半二战史:1945·大国博弈》《铁汉丹心:国企党员干部好榜样张进纪事》等20多部、近800万字的作品,实实在在地确认了丁晓平在青年报告文学作家这个方阵中的领军地位。

青年作家,报告文学,历史写作,这几个语词之间好像缺少某种实际上的逻辑关联。尽管新时期以来,报告文学已经成为一种独立的文体,具有重要的文体价值,但是更多的青年作者似乎不愿把才华投放在这里;而即便是创作报告文学的,好像也认为其中的历史写作,应当是年长作家的事。因此,青年历史报告文学作家成了一种稀少的另类。丁晓平正是这样的另类,他的另类恰好成就了他的卓尔不凡。

丁晓平对历史非虚构书写所具有的独特价值有着自己清晰的认知,同时更有一种作为青年作家难能可贵的自觉的担当精神。在丁晓平看来,"真实的历史永远比虚构的文学对人生的启示更有力量",而现实的一种存在是,"颠覆、解构中国革命史","甚至否定历史"等等的"声音很混杂",正是在这样的情景中,

"我更加有了一种紧迫感和使命感,要发出自己的声音"。这是丁晓平进入历史、书写历史的原动力之所在。

历史有着不同的构型和质地,相应地,历史书写也是这样。有的作个人小历史叙事,有的基于家国民族构建宏大叙事。丁晓平属于后者。大题材、大人物、大视野、大主题,成为丁晓平写作的个人化标志。这样他的作品也成为中国现代史、世界现代史,尤其是中共党史书写的另一种形态。自然,这样的写作也更具难度,因为这类题材的写作其前置性已很丰富,而且对写作制约的也会较多。丁晓平是聪明的,这种聪明体现在他对题材开拓的创新性思维激活上。文学是一种智慧的事业,取新是它的基本要素。在非虚构写作中,题材的价值含量以及具体的取事导向,大致上决定着作品是否具有基本的意义。现在的报告文学写作,无论是现实的还是历史的,题材的重复、视角的雷同,是一个突出问题。这与作者的创新性思维能力不足有关。在这一点上,丁晓平的不少作品可以给出有益的启示。

丁晓平是陈独秀安徽怀宁同乡,他是第一个以作家和同乡的双重身份写作陈独秀传记的人。记写陈独秀的文章已有很多,丁晓平另取视点,从对象的人生行旅中,选择其中的"五次被捕"加以详细的叙说,以取事的出新生成了陈独秀叙事的新价值。可以说"五次被捕"和与此相关的纪实,是中共党史和国共关系史中具有重要信息价值的一节。而关于长征的文字更多。"长征,不只是中国革命传奇的名片,而且是中华民族实现伟大复兴的'中国梦'的精神底片;不只是中国从苦难辉煌走向繁荣富强的文化底色,而且是中华民族不屈不挠、自力更生、奋发图强的精神本色。"基于这样的深刻认知与理解,丁晓平对长征进行再叙事,从"世界是这样知道长征的"这一独特的视角切入,以九章的作品分别记写有关长征叙事的九个"第一",构建了全新的较为系统的"长征叙述史"。这种文本置备,言前人未及言,信息量很大,拓宽了长征史写作的空间,是对长征书写的很有价值的补充。

《另一半二战史:1945·大国博弈》,更是一部题材特异、视域宏阔的作品。所谓"另一半二战史",是大国基于国家战略利益开展博弈较量的历史。作者并没有对东西方战场的战争作再叙写,这样的叙写已是汗牛充栋。这里的"另一半二战史",其实是二战史更深层的部分,它不仅直接关乎二战当时的军事进程,而且更深刻影响到战后的世界格局与秩序。可见这是重大又重大的题材,但以往的中国作家鲜有涉及。丁晓平以宏阔的视野、独特的洞察,打捞尘封的过往,走进历史的现场,回放德黑兰会议、雅尔塔会议和波茨坦会议的镜头,真切生动地还原美国、苏联和英国首脑之间博弈的历史画面及其台前幕后的诸多细节。在连续剧式的历史情景剧中,有他们的真诚,更有他们的狡黠、智慧和计谋,一切都是围绕国家利益,其中不乏历史的戏剧性,而"1945 年的中国在他们政治博弈的谈判桌上只不过是一张牌而已"。大国博弈的结果是二战结束了,或者说赢得了胜利,但却失去了和平,冷战开始了。由此可见作品对大历史充分的概括和对中国现代史透彻的省察。

对于历史非虚构写作,丁晓平有着自己清晰明确的价值预设,即遵循"真实、严谨、好看"的创作标准,坚持"文学、历史、学术的跨界跨文体写作"。这是深得这一类写作大旨的有识之见。历史非虚构写作,理所当然"真实"、"严谨","学术"支撑这样的"历史"的达成,而文学是呈现历史的一种方式。真实客观地呈有意味的历史存在,是历史非虚构成立的基本逻辑前提。在丁晓平看来,"历史就是史实和真相,保证作品的'真实';学术就是思想和观点,保证作品的严谨"。在写作实践中,丁晓平也是这样努力求取的。《王明中毒事件调查》就是作者探求历史真相的一个典型文本。王明的中毒,由于其特殊的背景下的特殊政治关系,滋生为一个棘手的政治事件。王明夫妇将原本为一起由于医护人员的疏忽而造成的医疗技术事故,演义成毛泽东故意使人下毒的"政治阴谋",广泛流播,造成极为恶劣的影响。这也成为中共党史上的一桩"谜案"。丁晓平以"调查"立题,以新发现的尘封七十年的有关原始档案为物证(作品附录有作者辑《王明中毒事件调查原始历史证据》影印件近八十页),以采访到的健在的亲历者和当事人为证人证言,对王明的捏造歪曲之词进行了逐一质证和辨析,还原了历史的真相,澄清事实,填补了中共党史研究中的一个重要空白。此外,作者襟怀对历史的宽容之心,正视历史人物的局限。作者认为,靠"笔杆子"起家的王明和靠"枪杆子"起家的毛泽东,他们具有共同的革命理想,但是"志同,道不同"。基于这样的理解,作品没有简单地将王明作为一个反面人物,而是力求写出他的复杂性。"王明还是那个王明,坚持却又没有坚守,有才气又缺少骨气,自尊却有些自卑,妄自尊大却又有些妄自菲薄的一介书生。"这样的表述,可能

410

更接近于历史的真实,因而《王明中毒事件调查》全书读来就更为真实,叙事的可信度也高。

丁晓平的历史报告文学不是历史学中的学科叙事,而是他个人的、文学的历史纪实。丁晓平的写作坚持历史与文学的统一,对于文学,他以为,"文学就是语言和结构,保证作品的'好看'"。写实作品中的文学性涉及的因素很多,对写作主体而言要紧的是要具有较强的文学意识和文学能力。丁晓平在自己的"文学、历史、学术"的跨文体写作中,将"文学"前置,从中可以看出他有着不一样的文学自觉。与此相应,他有着与这种自觉,与历史非虚构写作相适配的文学能力。

文学能力在历史非虚构写作中主要体现在语言能力和结构能力两个方面。语言能力既是一种天赋,更是后天的历练习得。丁晓平的文字凝练流畅适体,辞达而又意趣,具有较强的表现力。同时,结构对于作为叙事文学样式的报告文学写作特别重要。丁晓平作品吸引读者的或者好看的就是故事。埃德加·斯诺写了著名的《西行漫记》,而他本人的传记自然是读者很感兴趣的。在《埃德加·斯诺:红星为什么照耀中国》中,对于斯诺初来中国的生活和采访,他是怎样进入延安红区的,丁晓平的叙事充满了故事性。丁晓平的历史写作,大多属于人物传记。写好人物传记关键是要得人物其形见传主其神,形神兼备。丁晓平笔下人物的特殊性,使其叙事更注意了传主自身的个人叙事与其志业的宏大叙事的关联。人物的人生行旅故事中,有他林林总总的"形",而"形"中显示着其"神",精神、品格。

文学的创造性是价值自信

丁晓平

  我的本职工作是出版人,我也始终把自己摆在一个业余写作者的位置上,这是恰如其分的。写作于我是一种精神生活,一种人生的理想。像大多数作家一样,我的写作是从中学时代开始的,是从诗歌创作开始的,其间也创作过中短篇小说,也曾出版过长篇小说,亦有散文集、文学评论集问世。现在,我以重大历史题材创作为读者所认知。

  真实的历史永远比虚构的文字对人生的启示更有力量。当下,颠覆、解构、亵渎、否定中国历史和英雄人物的声音混杂,历史虚无主义甚嚣尘上,让我更加有了一种紧迫感和使命感,要发出自己的声音。现在,"70后"作家中从事历史题材创作的很少。不可否认,这是一件苦差事,是"体力活",要坐冷板凳才行。我自己的定位是历史作家。我创作的方法或作品所呈现的面貌,始终遵循"真实、严谨、好看"的创作标准,找到并坚持我自己的"文学、历史、学术跨界跨文体写作"道路——文学就是语言和结构,保证作品的"好看";历史就是史实和真相,保证作品的"真实";学术就是思想和观点,保证作品的严谨——这就是我历史写作的特色和风格。说白了,我的作品,既是文学,也是史学。但,这也有一个弱点,就是在文学圈子里它被看作是历史著作,而在历史圈子里却被看成文学著作,两边都不讨好。但对我来说,问题只有一个,那就是,如果读者不爱看的话,就因为我写得还不够好。

  历史写作的最高境界就是吸取人类历史的智慧,化间接经验为直接经验,以大历史的深度和大战略的高度切入历史的细节,盘点得失,还原历史,照亮现实,美好未来。"把历史变为我们自己的,我们遂从历史进入永恒。"在重大历史题材创作上,我倡导"文学、历史、学术跨界跨文体写作",其方法就是采取"文学的结构和语言、历史的态度和情怀、学术的眼光和方法",围绕"实"字做文章——以真实为生命,以求实为根本,以写实为规矩,老老实实不胡编乱造、踏踏实实不哗众取宠,保证每个细节都有它的来历,每句对话都有它的出处,一分为二地分析,恰如其分地叙述,在宽容中正视历史的局限,体味到个体生命的质量、体验到民族精神的能量、感悟到中国价值的力量,其根本就是要牢牢掌握历史的主流、主体、主线的话语权。

文学是什么?对于作家来说,我觉得当你的创作到了一定的阶段之后,就应该在总结提高中形成自己的创作理论(至少是理念),也就是说要实现"实践——理论——实践"的良性循环,完成自发——自觉——自主的飞跃。文学是通过人物、故事和情感来引导人、影响人的,从而实现人的精神和心灵的发现、净化和现代化。文学既要有趣,更要有益。有益,就是要有益于世道人心。在泛阅读、浅阅读、碎片化阅读的当下,文学开始回归到文学的本来。而对于作家来说,关键是要观照现实、面向未来,说到底是一个价值观的问题。文学的本质就是价值观,文学的创造性就是价值自信。一个作家拥有什么样的价值观,决定他写出什么样的作品。作为中国作家,就应该在传承、传播、弘扬中国价值观上贡献自己的智慧、担当和力量。为人民写作,就是为塑造、筑牢人民群众的中国价值观而写作,不断进行世界观、人生观和价值观的改造和创造,最终形成在道路自信、理论自信、制度自信、文化自信基础上的价值自信,并在构建人类命运共同体中赢得他信,让中国价值观惠及全世界全人类,从而达到"为天地立心,为生民立命,为往圣继绝学,为万世开太平"的最高境界。

塞壬 /原名黄红艳,湖北人,现居东莞。2004年开始写作,出版散文集《下落不明的生活》《匿名者》《奔跑者》三部。曾获2008年度"茅台杯"人民文学奖、第七届华语文学传媒大奖"最具潜力新人奖"等。

塞壬散文的表情、腔调和姿态

李林荣

塞壬的散文集和某些单篇作品,都附有包含着同样一句话的作者简介:2004年(有时还确切到下半年)开始散文创作。这看似平常的一句自述,淡淡地流露着塞壬作为散文家的一份自信。在各体裁文学创作领地里,散文很可能得算积聚作者和作品的数量比重最高的一片热区。短时间内要从这种人流和文流都超密集的热区中脱颖而出,着实不容易。更何况,塞壬的写作,至少从作品面世的节奏和密度来看,显然并不属于高频高产的类型。

从开始写作到现在,塞壬的散文形成了持续推进、不断拓展的风格化趋向。这种风格化趋向,突出表现在选材的偏向上——借用她第二本散文集《匿名者》开篇一辑的名称,可以称之为"两个故乡"。依着《匿名者》集中"两个故乡"一辑的八篇作品《哭孩子》《消失》《匿名者》《羊》《在镇里飞》《悲迓》《托养所手记》《1985年的洛丽塔》所述及的内容,这"两个故乡"指的仅是鄂之黄石和粤之广州。如果联系塞壬此后的散文新作,一并观照,就更能明白:"两个故乡"的选材偏向,实际上是塞壬散文在凝视当下自我在场之地和追怀往昔个人生活际遇这两重视角交叉相融的维度上往复游移、来回对观的一种深层表情。

楚剧悲迓唱腔把哀伤、凄楚的心绪转化为纵声歌哭,从现实生活的极低处迸发出艺术与生活相通的朴素美学智慧。广东外来务工阶层纷繁杂沓的职场竞争和生计劳碌,迫使哪怕无比多情且善感的人都要得不直面和正视,要学会或者适应一种从背光的昏暗甚至肮脏里反证光明和美好存在的心理游戏。这貌似毫不相干的两端,在塞壬散文中达成了极自然的糅合。这是生活逻辑对文学技能的激发,也是文学天赋在现实挤压下的释放。由此,塞壬散文一举超越了把过去的岁月和远方的故乡一味牧歌化的大量庸常的忆旧怀乡之作。西塞山下的黄村和钢铁厂,从塞壬散文里登场亮相之初,就是美与丑、明与暗、纯净与芜杂、优雅与鄙俗结伴共存,甚至稀释调和为一体的。它们在塞壬散文的小小世界里之所以能绽放出一缕清新、恬静、不失亮丽的旧日芳华的光彩,完全是因为在它们周边旁侧,还同时有塞壬的声音在叙述、描摹着广东务工者阶层浮世绘般的众生相——利欲迷狂、得失纠葛、是非正邪的混淆,都来得更生猛、更直接,也更难有准谱儿或定数。

将这样两类题材,以主次相辅或远近映衬的关联,筑造成一个充满内部张力的文学化的"小生境"或"小气候",进而又将这个"小生境"或"小气候"统一在同一个声音、同一副腔调的叙述中,让它在呈现自己的整体性的同时,更显现出两个面相彼此辉映、彼此反衬的奇观效果。这是塞壬散文一直有意无意地瞄准了朝前进发的目标。在《消失》中,面向故乡西塞的忆述,塞壬是这样打开闸门的:"在郊区长大的孩子惯于等待和张望。在通往钢铁厂的煤屑路口,在面朝碧波荡漾的稻田的窗前。钢铁和水稻,潮湿的枕木,蜿蜒不知去向的铁轨,还有那忧郁的、一望无边的菜地。它们一下子就说出了工业和农业这两个词。这是两个大词,而此刻却异常具体:钢铁和水稻。这是贯穿着一个人成长的两个关键词,它像一道咒语,箍在我们非此即彼的命运里。这样的孩子就生长在它们中间,被它们追赶,驱逐,而我们对此更多的则是眷念的纠结和一种无法舍弃的——牵挂。"区区七个句子,由第一句轻快、散澹而略带沧桑感的陈述,顺接出两句田园诗似的景物描写。继之,四句阐释,与时下寻常散文作品里常见的那种自白句段相仿的阐释,从容而起,层层发力,一步一步地把前面的陈述和描写造成的意和象推进到浑融、深切的情绪与思悟之中。

这样的散文腔调,其实就是描写、陈述和阐释三种话语调式的匹配匀齐。而所谓话语调式的匹配匀齐,最根本的要诀即在于绝不把笔触凝滞到单纯的描写、陈述或阐释三者中的任何一端,也不用生硬机械、单摆浮搁的形式,强行排列或堆砌这三种话语调式,而是反过来,让这三种调式环绕作品的主旨和基调,达成和声与协奏的关系,在彼此生发、相互烘托的过程中,产生整体配合效应。正是这种腔调,可以使一篇散文作品跳出耽于片面的抒情和煽情的软而腻、空而泛的套路,避开话痨式的自我宣泄和顾盼自雄的说教加鸡汤这类滥招。好看、耐读的散文,一如好看、耐读的小说或诗歌,从语象、语态层面上,就应该是谦卑、宽宏、不偏执于情知意的任何一极,同时又包容、积淀着情知意中醇厚的精华,像佳酿之于甘泉、大地之于草木,靠承载得起向下的深沉和向开阔处的蔓延滋长取胜,而非仅凭着一瞬间的剑走偏锋,炫耀一下尖端的一点闪亮。

即使在塞壬自己所称的目击近况的在场写作《黄村,黄村》中,这种通脱放达、情知意三重旋律协奏的腔调,也照样得到了分寸恰切的运用。散文创作要求叙述立场必须与素材原生情境维持住一定的间距。无论这间距是视角上的还是体验上的,总之,写作状态中的作者用不着枉抱亲身返归素材所在的时空现场的企图,更不必徒劳地冒充那一时空现场中的某个角色。纵然是作者本人,在散文中也只有作为他者,才能获得被书写、被聚焦的真正权利和最大自由。否则,散文就无异于新闻报道或者戏剧小说。塞壬对此已有充分认识。《耻》写到了她自己,而且也是从写她自己入题的。起头两句:"现在都尘埃落定了吧。我开始慢慢平静地正视它。"文中所述,尽管被作者预告为"时过境迁"的人与事,但实际上也包括了作者五次在广东街头遭抢劫的亲身经验,而这样的暴力阴影,是她在写作当时也仍无法彻底从自己身边排除的。塞壬处理这种素材的勇气和写作技能,既源于她强韧的个性,也得力于她一向的写作策略。当素材在她感受中只到适合展现表面状态而非开掘深层意义的程度时,她所调动和运用的笔墨就停留在以描写和陈述为重的层次;当素材在她感受中已经焐焖到意象通透的地步,她的笔墨相应地也就倾注于描写、陈述和阐释以至议论的全面活跃上。

从"两个故乡"的对观中取材,以描写、陈述和阐释三种调式的匹配匀齐来行文,这都表明:在散文创作的道路上跋涉的时间还不太久的塞壬,是满载着她对于文学的特殊认知和用于尝试散文文体创变的装备而来的。正像她声言过的那样,她的第三本散文集《奔跑者》里的一篇内容和面目都很别致的作品《一次意外的安置》,在杂志上刊发时就闯进了"小说坊"的短篇栏目里。这当然不只是说明作家作品在跨文体,更表明在作家生龙活虎的创作面前,多少有些僵化了的体裁观念免不了会滑到几近失效的临界点。对于还将大步前行的作家和理应时时更新的文体观念,遇到这样的尴尬其实都不是什么坏事。

照塞壬自我介绍的说法,她进驻文坛至今不过十四个年头。充盈的社会阅历和文学体认,为她提供了在文坛一上路就足以飞身快跑的饱满能量。论作品数量累积的增速增幅,塞壬十四年来的收获是细水长流式的,远非满坑满谷、遍地开花结果。但三本集子、五六十个单篇里，瓷实精致之作占到了大半。这也正体现着成熟作家在创作上以质求胜和追求精湛的沉稳气度。

通观塞壬的散文作品，两条路向上的企图清晰可辨：一是在文学世界里重述、重构西塞山前黄村的过去和现在，二是藉文学叙述为广东外来务工阶层的生存空间和人居状态，投射一层交汇着悲悯、同情和尊重的精神暖色。两个企图、两件事，在塞壬散文里始终合二为一，当成一件事来做。之所以如此，不为别的，只因对于身为散文家的塞壬来说，她生活和文学上全部的仰仗都在她仅有的这"两个故乡"。这"两个故乡"的任何难题，也唯有在它们不断深化和丰富的互为照应、互为支援的关系中，才能求得解决。对于文学中的塞壬和塞壬所创制的文学，这都是唯一可行的选择。

于是，可以看到，《消失》《悲迂》《耻》《祖母即将死去》《黄村，黄村》等作，在聚焦故土亲人的同时，也总用闪回、剪接或拉伸景深似的方式，把广东的生活遭际和世态见闻牵连穿插进来。而《哭孩子》《合租手记》《他们》《托养所手记》《一次意外的安置》这些有关相对故乡和亲人属于"外面的世界"和"陌生人"的讲述，其中弥漫的善意、温情和体察世道人心的细致感触，又与作者写自己堂妹和弟弟的《羊》《爱着你的苦难》息息相通。

以上这些作品，换了旁的作者，很可能会把素材处理得过于琐碎、把格调设置得不是过于高昂激愤就是过于低抑哀婉。自认拥有生身和成长之地，以及浪迹、受难而终归于安顿之地这样"两个故乡"的塞壬，看起来很轻易地甩开了在散文艺术的天地里动辄摆出高到上天或低到入地的极端矫情架势。带着同时眷顾"两个故乡"的表情，靠着音调匀齐的声腔，塞壬让自己在不同的作品情境中，都获得了同一种"在而不属于"的独立姿态。这一姿态里，柔和、温暖和峻急、冷静同在，关切、共感和孤僻、疏离并现。置身一个常有作者在表情达意的分寸上失当、在锤炼自我艺术风格的火候上过度的文学场域里，怀抱"用一生书写自己的传奇"这般信念的塞壬，偶尔也会有"我写得越来越慢了"似的犹疑。或许，铁了心准备在创作上走长征的人，都注定要经历一连串奋发和犹疑衔接变奏的心理波折吧。愿塞壬从这样的波折中得到更充沛的助力，在散文文体创变的方向上不疾不徐稳步行进。

虚构之美

塞 壬

2004 年我开始写作。在此之前,我从来没有想过会成为一个作家,写,只是表达或者倾诉,诚然,这样的写作跟自己的个人经历息息相关,很少有虚构的成分。我把文章贴到网络论坛上,人家说,我写的文章叫作散文。

于是,我成了一个写散文的人。一写就是十几年。

实际上,在我的意识里没有文本的概念。我并没有事先预定要去写一篇散文,或者去写一篇小说。我不知道这两者的区别,也不想知道。但是,有那么两三次,我像往常那样把所谓的"散文"投给杂志,编辑说,我把它当成小说发,你有意见吗?

这能有什么意见? 又不是说我写得不好。

之所以屡屡发生这种情况,是因为我的散文有相对完整的叙事结构。所以,读的人觉得这是小说。这么多年,我一直在写"我",很多人问我,这种以个体经验得以维系的写作,真的不会枯竭吗? 我笑了,他们不知道,我,除了可以泛"我"之外,还可以虚构。

我说的"泛我"是指他者的故事用我向的、主格的视角去写。我曾说,我即众生。那么,这样的"我"怎么会枯竭呢? 用第三人称的他者视角会显得隔阂,而且情感方面很难有代入感。

然而,在写作过程中,这个把戏并没有给我带来多大的愉悦。写作,真正的快乐来自虚构。

虚构,不是虚假。我虚构一个鬼怪,描摹出来,它还是个人的样子。

一个瓢,即使你描得跟真的一模一样,那也只是一个匠人的手艺。所以,在我看来,写个人经历的散文,即使打动了你,但从写作上来讲,其实它并没有多高明。有人把一个"真"字奉为写作的高标准,可是,丑陋、低俗、平庸,它们也一样很真,"真"跟好坏没有关系。

我理解的虚构是,它冲破了既定事实的母本,以犯规之姿达成了想象之马的意形。最终它定格于满足表达想要的效果。写作,如果只是画瓢,抄袭现实、复述经历,那可以休矣。

写作,如果不是由我来拟定每一个字的使命,不是由我来勾画叙事的走向和人物的命运,不是重新虚构另一个我,不是由不可控的想象之翼带着激情游走于字里行间,那么,写作只是在搬运文字的尸体。

我得举个例子。

现在我了解了一件真事。东莞一家劳务派遣公司的负责人从大凉山带回来一个 14 岁的女孩,因工厂风声紧,暂时不收童工,所以,这个人就把女孩安排住进了自己的家,这引起了左邻右舍的猜疑,有人想举报他拐骗幼女。这个故事拿到手,虚构的激情足以让人发疯,它可以发展的方向太多了。

我相信,很多人会从男女感情的方向着手,它的确是一个常规的切入口。可是,我却希望这个人不要把女孩送进工厂,而是把她送进学校。但最终他的种种努力失败了,这个城市的学校,都没能接收这个文盲女孩。为了避免女孩进工厂沦为童工,这个人和他的妻子决定自己亲自教她学习认字。

我之所以要写这样的故事,是因为我真的希望这个愿景可以成真。我觉得我理解的文学应该是这个样子。

我的另一个朋友听到这个故事,他笑着说,这还用讲,这个黑心的工头很快把女孩转给了东莞夜总会的妈妈桑,赚了一大笔钱。我听了追上前踢了他一脚。虽然我知道,他说的恰恰是最有可能发生的。

你是一个什么样的人,就虚构什么样的故事。你心里有光,就不会虚构绝望。

那么,这是一件多么美妙的事情。朝着想要的方向。

一个写散文的人,开了写小说的眼,在一个现成的事件里,用虚构之笔写着自己,写着"我",我不知道,这算不算犯规?

可是,写了这么些年,发现有一些题材的确属于纯粹的小说,小说之于我,那是别人的故事,即使有我,也是躲在幕后。当我正要进入的时候,这个"我"就会跳出来理论一番,或者是,跟里面的主人公打架。写作,对我来说,让"我"憋住,或者是穿上别人的衣裳,用别人的嘴去说话,这都让我难受极了,写作也难以为继。

那么,我在想,我能不能写这样的小说,"我"可以经常跳出来发一通议论,然后跨上想象之马,去虚构一个又一个的我?

好像,也没什么不可以的。

李晁 / 1986 年生于湖南,现居贵州。2007 年起开始发表小说,收入多种选刊及选本;曾获《上海文学》新人奖、紫金·人民文学之星提名奖、滇池文学奖、贵州省文艺奖等,小说集《朝南朝北》收入"21 世纪文学之星丛书·2015 年卷"。

寻找写作的精神地理学

陈培浩

赋予生存以历史刻度,赋予时代以象征意涵,从而使叙事获得现实指涉和精神纵深,这是青年小说家超越青春书写的必由之路,然而这还不够。一个成熟的小说家还必须寻找并建构他自身的"精神地理学"。

李晃小说从青春书写出发,从残酷青春而至感伤追忆,逐渐积累了一种嵌入历史的自觉。李晃笔下多为青年人物,不论《朝南朝北》中的朝南、朝北,《步履不停》中的水生,《何人斯》(此篇收入小说集《步履不停》时更名为《去G城》)中的吉他手"他",《一个人的坏天气》中的罗菁菁,《遇见》中的少年"他",《看飞机的女人》中的皇甫和卓尔,《米乐的1986》中的米乐和小米?? 他的小说或书写青年江湖的情仇纠葛,或书写青春懵懂与性爱冲击的纠缠,或于回忆与现实的切换中展示一段高度提纯的爱之怀旧和感伤,或在青年的爱情纠葛中展示命运的无常和人性的叵测。凡此种种,细腻婉转的笔触和令人身临其境的笔力均有其过人之处。

李晃近年的写作力图超越青春,呈现了一种从青春自伤到历史自救的轨迹。青春写作自有其自身的意义,王安忆有这样的说法:一个作家的处女作代表了他对世界的困惑,而一个作家的代表作则代表了他对世界的稳定看法。作家的处女作常常就是青春写作。青春写作很重要的意义就在于它通过残酷、感伤和困惑的书写跟主流秩序形成某种对峙。青年文化往往游离于主流文化之外,尚未被纳入主流的象征秩序之中。从精神分析的角度看,青年主体一直处于"父"的压抑之下,从而产生了青春期象征性的弑父冲动以及挑战权威失败的感伤。青春作为一场主流秩序不可克服的病提供了自身的反抗潜能,因而青年文学最重要的价值之一便在于它超功利地在秩序之外提出一种理想生存的可能。不管是哈姆雷特、少年维特还是觉慧,青年主体在未纳入文化象征秩序,未占据父之位置之前,它的理想性、挑战性以及由之伴生的感伤性都是其文学价值所在。不过,青年主体的反抗和创伤一旦在融入象征秩序过程中被疗愈,一旦青年主体占据了旧秩序中"父"之位置并心安理得地维护旧秩序的运作,也就安全地被转化。

对于很多从青春写作入手的作家而言,"后青春"写作的实质是如何在文学想象中融入沸腾的现实、宏阔的历史和有效的象征,如何在内在于时代的同时提供超越性的反思,如何从疏离传统到汇入传统。在谈到李晃小说时,我曾说过:"一批秉持严肃文学立场,企图在被消费主义所殖民的现实中镶嵌进历史视野的青年作家在此背景下浮出水面。在反历史的景观化社会中接续历史,这是他们的历史自救。李晃,正是其中重要的一员"。

李晃对青春书写的告别,既使他走向与时代的象征性遇合,也催生了他日渐清晰的历史意识。有必要提到《米乐的1986》。1986年既是小说人物米乐和小米的出生年,也是作者李晃的出生年,所以回望1986年对于李晃,是朝向出生年的一种精神寻根。这里包含了一种鲜明的历史意识,一种在历史时间上确认自身来路的写作姿态。小说中,小米基于一种原子式个人主义立场否认时代跟个体之间密切的内在关联,认为"1986年最大的一件事就是你我出生"。出生于20世纪80年代,受教并成长于90年代的小米们习得了一种时代性的个人主义时间意识;米乐对1986年的执着书写则代表了一种与去历史化的个人主义相对抗的历史化立场,代表了一种用"写"来重建个体与历史关联的精神立场。这显然是从青春写作中走出来的李晃投射于米乐身上的。

告别青春书写的李晃越来越自觉地寻找个体嵌入时代的通道,他试图在感性细腻的笔触中发展出对时代的象征性表述。在《看飞机的女人》中,李晃开始将青春的迷惘置于一种更大的时代和精神结构中来表现。小说中,皇甫等一群百无聊赖的青年成天以看飞机为乐,"在铁栅栏外看停机坪里的各色飞机,着迷于起飞与降落,就连那巨大的噪音听起来都觉得如此悦耳,如此激动人心"。皇甫在机场工作朋友的妻子乘着一架A320跟人跑了。婚姻的迅速解体重组堪称一种与全球化同构的机场效应。或许没有任何空间比机场更能代表这个科技推动下高速发展的时代,因此,小说通过典型环境的植入而在故事背后延伸出一层反思现代性意味。飞机固然代表了人类智慧和科技在挑战地心引力、摆脱地表限制方面的巨大成功,机场的繁忙和飞机出行的日常化同时准确表征了这个全球化时代的迅速、扁平和拥挤。"一切坚固的都烟消云散了",人类所赖以依存的情感、价值和认同体系也在迅速瓦解,并在人心的饥渴中寻求着新的重建。小说写道:"我只能站在空荡荡的阳台看不远处的机场,那一片灯火璀璨的地方,航站楼的圆形弧顶在夜幕中像一只巨型鸟巢落在大地间,空中的巨鸟们睁着明亮的眼睛正在归巢。"这个精彩的比喻将倦鸟归巢这一传统意象跟飞机/机场的现代情境并置,从而植入了一种科技时代的精神乡愁和文化反思。正是这个象征装置大大拓展了小说的精神纵深。

赋予生存以历史刻度,赋予时代以象征意涵,从而使叙事获得现实指涉和精神纵深,这是青年小说家超越青春书写的必由之路,然而这还不够。在我看来,一个成熟的小说家还必须寻找并建构他自身的"精神地理学"。具体到李晁,这个出生于湖南、定居于贵州的青年作家,他有意确认的精神地理其实是"江南"。在《午夜电影》中他对苏童或所谓江南美学的致敬转化为一种曲径通幽庭院式小说美学。

小说中,青年女教师吴莉莉被分配到一个偏远的乡镇学校任教,从而缓慢曲折地打开了校长及其夫人张老师之间帷幕重重的命运故事和精神世界。这篇小说不由得唤起读者与苏童《妻妾成群》对照的联想,同样是一个青年女性闯入某个大院式的环境,同样是以女性的主观限制视角来展开叙事,同样以极其细腻的诗化语言打开了通往内心的丰富感受。《午夜电影》毫无疑问与《妻妾成群》在小说美学上构成了家族式相似。吴莉莉无意闯入校长的秘密影院而目击了偷情秘密,这跟颂莲终于洞悉了陈家后院古井溺杀女眷的秘密有着相似的惊悚。这篇小说属于江南,就因为它属于"庭院",它以叙事遮挡而创造了种种的情节突转和心理景深。它不是一眼见底、二元对立的三角恋,而是以吴莉莉为玄关创造了校长及其夫人之间的故事深度。及至掩卷,你依然不知道究竟校长和张老师的关系如何维系?张老师如何看待校长的偷情,而校长又如何接受张老师的混血儿子皮埃尔?这些都是谜。正是谜、未知及空白构成了庭院美学的核心。

毫无疑问,《午夜电影》是李晁迄今为止最精致婉转的小说。但它的意义并不止于提供了一篇具有美学意味的作品,更在于李晁有意识将自己汇入一种作为文学资源的"精神地理"之中。在这个全球化的时代,区域地理往往是被去根性的。换言之,一个生活在山东的青年作家跟一个生活在云南的青年作家从入学到走出社会,其基本存在经验可能是趋同的,然而这种趋同正是文学写作的危险所在。全球化背景下时代经验的同质化反过来召唤着作家对"精神地理学"的确认。一个作家,如果他的写作不能跟某种区域文化资源接通,并由此获得自身的写作根据地,他的写作终究是很难获得辨识度的。这个问题对于"50 后"、"60 后"作家几乎不是问题,你很容易从贾平凹、陈忠实的作品读到陕西,从莫言作品读到山东,从苏童、叶兆言的作品读到江南?? 可是,在"80 后"、"90 后"的青年作家身上,这种区域文化根性是被祛魅的。无疑,现代某种程度是同质的,所以地理对于作家而言便只能是"精神地理"。有意识地激活某种地理文化内部的审美性、伦理性和风格性,并使其精神化,这是当代青年作家写作的某条可行路径。在我看来,青年作家中,比如王威廉之于西部荒凉,陈崇正之于南方幻巫,冯娜之于云南山野,事实上都构成了一种朝向精神地理学的努力。定居于贵州的李晁把自身的精神地理定位于江南,这并无不可。问题仅在于,"精神地理"必须与作家的生存体悟和文学立场构成共生关系。我隐隐感到,近年写得并不算多的李晁正在从青春的勃发中转入一种审美的沉潜,并在自觉的精神地理学构建中寻找新的出发。

断　片

李　晁

是什么感召一个人想要复制人的生活,或者是这"复制"的前身,即描摹自我生活,又或者更模糊地去把握一些感想的断片? 答案可以归之于"欲望",表达的欲望、书写的欲望(纯粹书写本身)。我们会看到,在思维还没有建立起清晰的图谱时,写作才是容易的,这里有着浑水摸鱼的快意,凭借语言的自然流淌和画面的招之即来,我们便可以复刻世界的瞬间,直到划下最后一个标点,我们才可以说那些被写下的文字承载或勾连起了一个微小的世界,就像偶然走入的一扇门,门内的场景向我们展示着正在发生的一切,在门没有再度被打开前,我们无法离场,且不能断定故事的完结。

这自然是一种"追述"。事实上是否准确,谁也说不准。对于写作这一封闭的精神思维过程,旁观者恰恰不具备言说的能力,而自我的招供也有着极其模糊的地带或歪曲的倾向。这是试图使一个小世界和一段生动"历史"徐徐展现的过程(要我说还有一点"开天辟地"的意味,将将能捕捉,又无法全然知晓),而此前所有的阅读在这里溢了出来,统统被重新熔铸,能感觉临界点的出现,能开始探觉到一种不同味道的弥漫,隐约而又如此值得回味,似有若无的感觉背后有一种前所未有的纵深在吸引你。那种质感绝非普通读物带来的一闪而逝甚至轻微的恶心,那是带着划痕的箭头标识出的一条虚空之路,大脑被搅动开来,文学引力初现。

清晰化是一条必经之路。这是凝聚的时刻也是让万物显形的方式,与日常发生勾连。但清晰化带来的风险如同对日常生活的表达,减一分则显枯燥(枯燥带来的是干涩),多一分则显冗余(这冗余近似脂肪的存在,超过量度,就是腴和赘),这之间的微妙成为衡量叙述能力的标准,而作品的主题如果摇摆不定或

427

隐约难见更易被叙述左右,流向浅薄或晦涩。那么,越过清晰之后又是什么,也许是广阔的本质——没有焦点,也许是思想的定焦。而所有的努力,毫无疑问,最终指向的是——动人。

有一阵我迷上了摄影,我发现好的照片如同一个微妙的短篇小说,那定格时刻带来的震撼完全被包裹在未知而又能充分感知的状态之下,而其他手段已很难让人对这世界保持陌生感(那些包含时空的讲述正是祛除陌生化的过程,她是召唤而非拒绝),只有凝固的照片可以,她掐头去尾,呈现一段街区或一个路人的忧郁剪影,所有的故事都被置于照片的背面,即空白。当一处事物就这样毫无遮掩地来到你的面前,你看到的恰恰是遮掩本身。她还会产生无可置疑的疑虑:我真的认识这世界,理解另一种生活?什么都不听,没有台词,没有对白,唯有观看,这是对耐心的恢复体验,她给了观者另一双眼睛。

我每次看森山大道的《野犬》都有说不出的感觉,难以长久地看下去,甚至会有些回避,就好像那环境你也置身其中,那是完全的无依,犬的眼神保持警惕的同时射出的更多是迷茫与不经意,仿佛让你明白,我在这里,我还要走的,而不附带任何其他情绪,如果没有看错的话,你会一再看见你自己。正是这个让人难以直视,也正是自我的映射让一张照片长久地保留在心里(小说亦同)。而深濑昌久的鸦又如何?《鸦》是我最喜欢的一本摄影集,很多个夜晚我反复地观看,看在极暗的背景里那些黑鸟的形态,周身升起一种凛冽的感觉,鸦的身姿压倒了一切美好的事物,这里面有沉郁至极的氛围。暗夜里睁眼的鸟群隐藏着希区柯克《群鸟》式的爆发?雪地里匍匐的鸦是休憩还是死亡?神社鸟居上的那一对是在幽冥地眺望时间消逝?每一张的内容都有着强烈的魅惑性。摄影师招认说,"我自身已是其中一只"。这是真诚的。如同科萨塔尔援引的奥拉西奥·基罗加的那段话,"叙述故事时,仿佛仅仅对你的人物的小小的环境感兴趣,并且你可以成为其中的一个人物。小说的活力只有这样才能够获得。"

胡竹峰 /生于 1984 年,现居合肥,出版有《空杯集》《墨团花册》《衣饭书》《豆绿与美人雾》《旧味》《不知味集》《民国的腔调》《闲饮茶》《中国文章》等作品集十余种。获紫金·人民文学之星散文奖、滇池文学奖、林语堂散文奖、草原文学奖等多种文学奖项。部分作品翻译成英语、法语、日语、意大利语对外交流。

随意闲适的散文独行客

范培松

胡竹峰写散文,靠的是挥洒感觉。他感觉丰沛,有恃无恐。以他的《空杯》为例,开头仅一句话:"茶喝完了,杯子也就空了。"接着,感觉汹涌而来:放在桌上的空杯感觉是"等待",是"回味"。接着,他眼中的空杯感觉是"低眉内敛的,却又目空一切。"再接着,他心中的空杯"悄悄把一切尽收杯底,付诸沉默。"再接着,他看到工艺店里一排倒扣的空杯,又是感觉"寂寞"、"自负"、"雄心"。再接着,空杯的"一心如洗"的"姿态","空杯无我","空杯有心"……满眼皆是感觉,"空杯"在感觉中获得了鲜活的生命,融进了读者的梦中。读胡竹风散文,实实在在享受的是他的感觉。

胡竹峰又很克制,他对感觉不放纵,更不挥霍。当今流行的那种一地鸡毛式的用感觉狂轰滥炸的散文,令人眼花缭乱,应接不暇,几乎要窒息。胡竹峰惜感觉似金,以境为上。他深知"文章不可贪,文境亦不可贪"。(《登无名山记》)他欣赏八大山人的简洁,悟出"艺术上,越是高手,越简洁,或者说省"。(《尤物香艳》),以艺术地化感觉成境为目的,止于所止。《空杯》中林林总总的空杯的感觉,最后不露声色凝成他自己的心境,"谁道空杯无我,我说空杯有心",有滋味有腔调,空杯乃是作者自己,胡竹峰的散文属于个人的。在散文研究领域里,有论者批评长期主宰散文创作界的所谓要写"真情实感"的观点,提出散文要写"真情虚感",胡竹峰的散文似乎为写"真情虚感"提供了一个成功的实例。

胡竹峰在散文创作实践中,逐步形成了比较成熟的创作理念。他在《衣饭书》的"后记"中说,他的写作"一方面记录着生命中的细枝末节,另一方面也是对时光流逝的抵抗,更是为了让生命多一些留白。"这种"记录"与"抵抗",决定了他直面的是自我。多年来,散文倡导直面现实,难道直面自我不就是直面现实？他在《要急抛离这文学业障》中宣告，"我写文章只想做到真正是自己的，自己的趣味，自己的情怀，自己的章法，自己的习惯。"他写自我非常彻底。没有自我，焉能有散文？散文最难的是写自我，它没有任何依傍，既不能编织扣人心弦的故事抓眼球，也不能用写高大的人物形象感化人，靠什么？唯有自己独特的感觉、心态和性情。纵观胡竹峰的散文，几乎是清一色地为读者呈现艺术化了的自我的感觉、心态和性情，完成他散文的彻底自我化的目标。

胡竹峰深知自己的创作优势，他心中隐藏着无穷的感觉。我一直顽固地认为，感觉很大成分来自天赋。如何使自己的感觉诱人，是摆在胡竹峰面前的一大难题。尤其胡竹峰的散文还有一个反常，他不太注意文章的节奏起伏变化，几乎从头到尾，采用的是慢节奏，即使有些变化，也是微波荡漾，很少有朱自清所主张的用加倍力气写的亮点，这也是对散文一般写作技巧的颠覆。所有这些，确实会影响读者对他的散文阅读的情绪。周作人写散文有一条经验，要"添上一种气味"。味从心出，味能诱人，味又最自我。因此他把散文定位在一是写感觉，二是写有味的感觉，使感觉滋味化，立体化。胡竹峰也是如此，《寻味篇》中写"酸"：文章开始写醋之酸"汪洋肆意"，柑子酸"热情似火"，酸菜酸"又纯又好"，以及人的各种酸态。这些都是他的感觉，但味不够，毕竟是他个人的自说自话，难以把读者吸引进来。胡竹峰不露声色地在自己的感觉中"添上一种气味"。什么味？人生况味，把它揉进感觉中。在写完北方人嗜酸，南方有醋，自己吃醋经历后，突然插上一句："男人不吃醋，吃起来，比女人醋劲大"，仅是捎带一笔，人世间的况味揉了进来，单纯的酸味滋生出另一种味，这味能博得读者会心一笑。仅此一笔，打住，下面又展开对酸味的联想，呈现他千姿百态的感觉，到最后，突然写到扬州八怪的冬心先生，不经意地又抛下一句"辛酸是天下至酸。还有一种酸叫吃不到葡萄说葡萄酸。"戛然而止。自我的感觉全辐射地融进人生的况味，感觉无限延伸，滋味倍感亲切，浸润到读者的心肺，非常享受。"味"成了胡竹峰的自觉追求，他在感觉添味上也很机智，如运用穿插、引申等方法，更多的是他把感觉浸泡在自己酸甜苦辣的杂味缸里，腌制出一个个有味的感觉，这种感觉在他的散文中遍地皆是，如"雨淋在身上，仿佛以身相许"；"不自禁如同秋水，流得缓慢却又无反顾"，读到这些感觉，如遇故知，贴心可亲。

胡竹峰为了使散文自我艺术化，有意识地摸索出一条路径，注重创造自己的笔调。凡是追求自己散文个人化的作家,必然会努力创造自己的笔调,笔调是自我化的必然。力主散文个人化的林语堂,最后把自己的散文观念凝化成"笔调",口号是"以自我为中心,以闲适为格调"。他的"笔调"是个泛概念。他认为"小品文闲适,学理文庄严",小品文应该有独特的"小品文笔调"。考察一个散文家有没有自我的风格,个人的笔调是重要的一条。胡竹峰多年的散文创作,逐步形成了他个人的笔调。或许正是这个原因,上面提到的节奏对于他就显得不那么重要了。他的这一散文成就,也是他引起人们的关注最主要原因。

闲适随意自在,是胡竹峰散文笔调的显著特征。万事万物,皆可入他文。"凡方寸中一种心境,一点佳意,一股牢骚,一把幽情,皆可听其由笔端流露出来。"我惊异于他的闲情,也羡慕他的闲情。闲适随意自在的笔调,源于他的写作的姿态。在当今喧嚣张扬的时代,有人躁动,有人牢骚。牢骚太盛,却无屈原的姿态和胸怀,也就诞生不了《离骚》。胡竹峰安静,他在散文里搭一个凉棚,沏了一壶茶,平静地等待着亲热的故交读者前来。他不寂寞,也不孤独,仅是要和读者挚友般对谈,说的是屋前屋后家长里短,推诚相与,闲适轻松境。他不是摆着面孔的说教者、权威,他是和我们读者并起并坐的读者,一起来阅读世界,他的并起并坐姿态使他的散文成了一股清流,成为如汪曾祺说的"文化休息场所"。

姿态独特,决定了胡竹峰散文在行文上无拘无束,千姿百态。他藐视作法,努力想实现苏轼提出的"随物赋形"。但是他的无法,又有精心精致作后盾,决不草率敷衍,实现的是"随物赋形"的精致。这种精致很特别,他以感觉情绪的跳跃来实现。胡竹峰散文的感觉情绪如水,一直在跳跃。如《苦》,以周作人《瓜豆集》起笔,继而列数瓜,唯独拒绝苦瓜。接着跳跃到诉说带苦字的菜肴,再接着又跳回到周作人的《关于苦茶》,笔墨在周身上多停留了一会,用周作人在苦甜态度上,转到人间的"吃得苦中苦,方为人上人"身上。这样跳跃看似节与节之间有断裂,但有苦的情绪感觉在续着,就像树林,每棵树在地面上隔开着,地下根须却紧紧连着,有似断似续之妙。其实,散文在结构上有一个豁免权,允许有破绽。鲁迅有句名言,散文"是大可以随便的,有破绽也不妨",并提出"与其防破绽,不如忘破绽"。在这一点上,胡竹峰已经够熟练了。他心中有结构,但又不为结构所困,他说:"这些年写文章尚气。"他的散文也确实有股阴柔气。文字跳跃,须以气贯之,气主宰结构起伏,谓之曰,气韵生动,能诗意般地凝成境界,尚气的创作路是生动的,宽广的。

诚然,我也要善意提醒,警惕精致伤气。《日子》中写到茶渍,有往事回忆,有茶渍和雨水浸漫痕迹对比,可以。但是接着突然停下,用四个"有一晚"排比写普洱、滇红、铁观音,黑茶的不同茶渍,虽然排比精美,文气却裂了,与气不顺的精美当弃之。

散文热闹许久了,轰轰烈烈的未必能经得起时间的磨损,追求散文自我的独行客或许能留下痕迹,对于胡竹峰,我充满了期待。

芥子纳须弥

胡竹峰

散文写作应该抱残守缺,散文是地方戏。地方戏之所以伟大,因为偏安一隅,如果风格上靠近歌剧、话剧、京剧,没有自家面目了。吸收之目的是成全自己,并非模仿别人。

用字硬如石,砸开脑壳;行文软似柳,绕树三匝。

文章最怕过犹不及,不及可以添把火,烧过头,坏了一锅好肉——文字是肉做的。

精致是匠气,粗糙却是生气。生气可熟,唯匠气难除。

文章一味收,喘不过气,一味放,小孩子穿上大人的衣服,空荡荡真滑稽。

文章忌平,字词要拧起来,麻花为啥要拧? 拧起来才好看。

章法到了后来是束发,束缚住人的发现。

散文随笔的写作,差不多是一枝花一棵草一片云一块玉一点墨一段情绪一节旧事。

文章又不是音乐,绕梁三日干吗?

我写作如减肥,斤斤计较。

惜墨如金,写多了就是土。寸土寸金,土依然是土。

散文之散是无定法,坐实之后,虚而灵。功夫须在字外,文气上要下功夫,不看内容,看感觉。气息要散淡,散淡之间,不可太紧。

拙朴文章要从秀丽出。

文章滞涩比顺溜好。滞涩不是晦涩。晦涩是大俗。文章宜通透,通是通气,透近于明,故宜以滞涩。

一等文章一针透骨,二等文章一针见穴,三等文章一针见痛。

素描之素作动词用,写淡一点、写轻一点,轻描淡写。

短文章如刺刀,要孔武有力。长文章像舞鞭,应该摇曳多姿。

典雅最难,要修。文章千古事,妙手偶得之,妙手之外,还有修心。写诗作小说是天分,写散文则是修来的。红尘万丈,一点点修炼。

革自己的命,与他人无关。

有人文章辽阔如湖泊,有人文章辽阔如大海,有人文章辽阔如沙漠,有人文章辽阔如草原。仔细说来,湖泊文章有静气,大海文章有豪气,沙漠文章有浑气,草原文章有清气。有些文字静气、豪气、浑气、清气都有一些的。好的文章"人性复杂、命运多舛",绝不会一体。

一味求文化,一味求大,一味求散文,于是支离破碎。我想文化大散文是三位合一的写作,是天地人的写作,文化是根须,大是脉络,散文是枝叶。

短文章难写,短文章是道家的写法佛家的写法,拉拉杂杂。这拉杂不是东扯西拉,是会意少言,是老僧闲话。一个人境界不到修养不到,还是老老实实按照文章的章法才好。不破不立自然不假,第一步先得按规矩办事。不破不立,破的是规矩,还不懂规矩,只能破坏。

短札,短是其表,重要的是藏在后面的东西,所谓"此中有真意,欲辨已忘言",还是要在忘言中找到真意,让读者若有思,在智慧的电光火石间若有思。诗意和哲理之类,是零碎的、断续的、明灭的,如油灯如烛火,能跳动。短文章难写,不少人写短文章,倦意太足,全凭一点余兴支撑,文字没荡开。篇幅可以短,文气不能弱,更不能带着倦容。

去章法,不修不凿,盘虬卧虎,随水依山,如河岸孤立的巨石,此可谓孤傲文章也。

我早年写作,避重就虚,御风而行。大翮扶风美而壮,奈何人生不出翅膀呀。如今主张脚踏实地,写得越实,文里的境界才越虚。《金瓶梅》《红楼梦》家长里短,吃喝玩乐,但人读来恍恍惚惚如坠梦境,这就是坐实为虚啊。

经营过度反倒不如拙一点。文章声调应该小,如雷贯耳是气。

散文写单薄了不如剑走轻灵。有人写八千字,依旧单薄,王羲之《奉桔帖》,十二字,读来意犹未尽。

只说闲话,不争闲气。

文章诀,不过此四字耳——恰到好处。

散文不能不抒情,没有抒情的散文,过于冰冷,抒情多度的散文,容易幼稚。

好文章色香味俱全。文字淡不可怕,就怕寡。

重剑无锋,大巧不工,艺术何尝不是如此。

散文对我而言,是逆流而上的。

长话短说,废话少说,偶尔忍不住,说了些闲话。散文写作中也应该有胡兰成说的那种"渔樵闲话",散文需要人情之美与蕴藉之风。

散文是借力打力,随笔要隔山打牛,王羲之杂帖的境界要比唐宋古文来得高。

小说是才气,散文是性情。

文字不满,方有文气横逸。

好文章亦如太湖石,皱、漏、瘦、透可为文章诀也。

文章要养,放一放,养一养,养不出包浆养得出旧气,养出老树新枝,那是意外也是造化。

鬼金／1974 年出生。2008 年开始中短篇小说写作。出版有小说集《用眼泪，作成狮子的纵发》《长在天上的树》、长篇小说《我的乌托邦》。曾获第九届《上海文学》奖、辽宁省文学奖等。

和解的虚妄与沉重

徐 勇

鬼金的小说很容易让人想起"多余的人"的形象,他的主人公多是些与社会格格不入、若即若离的人,或耽于幻想落落寡合(《对一座冰山的幻想》中的"鬼金"),或封闭自己以反抗世俗意义的进取(《芝英》中的生子、《秉烛夜》中的"你"),或是郁郁不得志式的自我放逐(《李元慥》中的李元慥、《形同陌路的时刻》中的郁夫、《去灯塔船旅馆》中的邛与《破浪》中的主人公"他"),或以自杀表明自己的抗争(《明莉莉》中的韩全、《旷夏》中的旷夏和《向南方》中的斯栋),或被视为精神病人关进精神病院(《另一半》中的陈河)等等。他们也曾想到放弃、和解或妥协,但这里的和解毋宁说是另一重抗拒。比如说《朱弭》中的主人公"我"把自己的书籍卖掉以表明自己的和解姿态,但其实是以放逐精神的方式堕入到形而下,沉沦放纵于肉体的狂欢中去。这就是鬼金的悖论,或者拒绝,或者放纵。他们难以做到与现实真正的和解。

表面看来,这样一种悖论源自于他的主人公的身份认同的危机。他们很大一部分都是工人(大多是轧钢厂工人或吊车司机),他们手上做着最切实的体力活的时候,心里想着的却是形而上的命题。他们的内心分裂和心思活泛显然是因为看多了书籍的缘故。但若做一"考古学"式的分析便会发现,这里的书籍,并不象征抽象意义上的知识,而是有其具体所指,它们大部分都是现代主义文学书籍,其中尤其以荒诞派和存在主义类居多,诸如《悬崖》《局外人》《卡夫卡文集》《在路上》等。也就是说,鬼金主人公的内心不安分并不是因为书读多了,天天想着更高的理想或追求而不安心生产,而是因为他们读了太多的现代主义文学书籍,这让他的主人公不满于现状,而不是想着怎么介入现实。也就是说,它们的不满只是空洞的不满,没有多少积极意义。他们对工厂不满,并不是针对工厂本身。可见,工厂在这里只是一个语言学上的牢笼之隐喻,呼应着作者吊车司机的身份。鬼金的小说中,真正写到工人或工厂生活的并不多,大多是写那些处于边缘的工人,或者就是那些工厂周边的与工厂有关的居民。鬼金的小说,很难说是工厂小说或工人文学。他的主人公虽大多是工人,但工人只是一个没有具体意义的符号,对主人公的性格塑造并不具有规定性内涵。

但这并不意味着工人身份对鬼金来说就不重要,恰恰相反,这一身份标识构成了鬼金小说的独有魅力。鬼金小说的坚硬生冷的质地,与他的工厂背景密不可分。或者还可以说,主人公的工人身份及其对工人身份的挣脱,构成了鬼金小说的独有张力。20 世纪 90 年代以来,工人题材一度被作为底层写作的重镇,但在这些作品中,叙述者/作者悲悯的情怀照耀下,工人身份是被赋予的,工人很少有自己的主体意识。鬼金虽然竭力表现出对工人身份的挣脱,但他其实是以对工人身份的否定的方式强化了自己的工人主体意识。他把工厂比喻成"牢笼",说自己是"轧钢厂的囚徒",是因为他强烈地感受到工厂导致的"人"的异化和"人"的牢笼命运的不可挣脱。也就是说,鬼金通过他的小说所完成的存在主义式的哲学思考,都是基于他的工人经验和工厂隐喻。没有工厂生活的根基,不可能完成他的哲学上的形而上思考。另一方面,工人身份和工厂经验使得鬼金的小说写作始终保持坚硬的质地,而不是无源之水、无本之木。即是说,工厂经验使得鬼金小说具有了日常生活性。

毫无疑问,鬼金的小说带有极强的存在主义气质,但事实上,他的主人公们(比如说那些轧钢厂的工人们)的困境,更多是物质上的困境。比如说工厂效益不好,生活困顿,妻子嫌弃丈夫而愤然离去,父母离异,或者单亲家庭出身,等等之类。某种程度上,一个陷于物质生活困顿中的主人公是很难做到存在主义式的超脱的。或者换句话说,他的小说的主人公存在主义式的困境,他们内心的阴暗、绝望,首先源自于生活上的困顿,其次才是精神上的苦闷。鬼金的存在主义应该放到政治经济学的层面上加以考察。因为他的小说的主人公大都是中下层,这是中下层百姓的存在主义,因而某种程度上也只是鬼金式的存在主义。

鬼金曾把"他本人就是他最重要的作品"作为自己的写作目标(《用眼泪,作为狮子的纵发》前言),他的几乎每一部作品中都有鬼金的影子和鬼金的气息。比如说《用眼泪,作为狮子的纵发》中的生子、旷夏、李元憬、老朱等等轧钢厂的工人形象,如果不是作者的情感投射,很难想象一条街或一个厂里会有这么多"多余的人"出现,而且彼此性格上是那么的相似。这在某种程度上造成鬼金小说的主人公彼此之间的辨识度不高,而鬼金也显然无意于人物典型性格的塑造。

有研究者从"零余者"或"多重人格"的角度探讨鬼金的小说,但这些并不足以全面概括鬼金小说主人公们的精神内核。就鬼金式的主人公如李元憼、旷夏等人而言,前面的指认当然没有问题,但对于那些非鬼金式的主人公,诸如彩虹(《彩虹》)、二春(《二春》)、芝英、朱河(《愤怒的河》)、土豆(《长在天上的树》)、金子(《金色的麦子》)等人,却与"零余者"无涉。两类主人公之间是否有其共同点? 答案无疑是肯定的。虽然,这两类主人公的命运彼此各异,但在生活的失败者这一点是共通的。也就是说,鬼金的小说写的大都是中下层民众,及其它们的失败人生。这是鬼金的小说的力量所在,也是其沉重之处。鬼金小说的真正力量在于给失败者立传——这是失败者的精神传记,而不仅仅因为他们大多是"多余的人"。

但也带来一个叙事学上的问题,即情绪表达大于叙事,鬼金在专注于情感表达的时候往往忽视了对叙事的经营:情节之间的逻辑关系不明,跳跃性很强。比如《长在天上的树》,其中有一部分是这样的:"反正,我开始了我的城市生活,我不能再光着脚丫子在麦田里奔跑了……//我不能再去那个旧的砖窑玩了。//为什么这么说呢? //因为那个旧的砖窑住着一个疯女人……"按照行文逻辑,不能再在麦田里奔跑和不能再去那个旧的砖窑,作为两个结果,是并列关系,其原因只有一个,即开始了城市生活,但作者却说,是因为里面住了一个疯女人,所以才不去砖窑。这里的逻辑关系显然是混乱的。再比如说《一条鱼的葬礼》中,小说主人公朱河为什么要杀死水族馆里的大鱼,其起承转合,具体怎么做到的,这些都没有交代,始终给人一种云里雾里的感觉。小说中有一句话,"但鱼头馆老板的嚣张气焰很快就会被一个人给灭了,那个人还没有来,马上就要来了,而且是开着汽车",读到后来,读者并不知道这个人是谁,这是一种典型的语言学上的"指称"模糊现象,我们只能猜测,这个人可能是镇长,但小说并没有提到他是不是坐汽车来的,虽然这种可能性很大。

鬼金的小说,靠的是情感的逻辑和想象性的线索结构小说,小说中,突兀性的情节很多,事件来龙去脉的链条往往缺失,比如说《朱弭》中的朱弭为什么会在失踪两年后回到主人公"我"的身边而后重又离开。这说明，鬼金的小说并不完全属于现实主义小说风格，他的小说具有文体上的不稳定性。而事实上，鬼金的小说还有另一脉络。比如说长篇《我的乌托邦》(2017)和更早的长篇《血畜》(2004)。虽然前一作品比后一作品显示出更大的自由，更多的可能和更广阔的空间，但两者的天马行空及其"拒绝阐释"让我们明白，现代主义的奇诡生怪终究只是文学史的"异类"，如不能耦合到其所属时代的规定性和时代精神中去，便难产生力量和影响。

在小说中相遇

鬼　金

　　有人说一个好的小说家是雌雄同体的,我再加一条,一个好的小说家也可能是南北方同体的,好的文学是杂交的。这是相对于环境和语系来说的。我的小说最开始发表的时候,也是被南方接受的。为什么这样? 我也不知道。是我骨子里的柔软更贴近南方吗? 还是受先锋文学影响写作而遗留下来的症候? 这些都不重要,重要的是我在表达,我用文字磷火照亮属于我的黑夜,属于时代的黑夜,我借着那一丝微光去发现人性的肌理骨骼,生命的底色,以及梦的翠绿的结晶,超越时光和世俗的别样的歌哭、缠绵与爱。我的灵魂在属于它的舞台上舞蹈,是的,舞蹈,可能也戴着镣铐,但那个黑暗中的舞者,心中有光,有世界,有南方,有北方……有星空……

　　我,一个理想主义者,一个向命索取小说的人,就这样在这个世界上像堂吉诃德对着风车挥舞着他的长矛。一个写作者的精神理想就是在黑夜中点亮一支蜡烛,可以照见肉身,照见灵魂,照见宇宙……那烛火是可以大于宇宙的,而我就期冀做那样的一个秉烛之人。我需要这样烛火,这个世界需要这样的烛火,这个烛火就是写作。用我内燃的文学之火,点亮通向笔下人物晦暗内心世界的灯盏,或者以自我的告白是"一缕微光"。我是一个与黑夜相熟的人,也同样知道很多黑夜的秘密,我在小说里说出来。

　　在小说里,我自我审视、自我纠结,自我寻找着属于我的人生之路,写作之路。小说作为我人生履历中的一段记录和存在,不仅仅是我的,而且是一个时代中的卑微者的挣扎和呐喊,以及对时代迷惘的惶然录……我是否就是赫拉巴尔所写的那种"底层的珍珠"呢? 也许不是,我只是一个现实中的失败者,一个懦弱者,但我向往精神的强大,向往灵魂的丰盈。

我不求富贵,只求活得有意义一些,在世俗之上,找到一个属于我的空间。《肖申克的救赎》里面说:"每个人都是自己的上帝。如果你自己都放弃自己了,还有谁会救你?每个人都在忙,有的忙着生,有的忙着死。忙着追名逐利的你,忙着柴米油盐的你,停下来想一秒:你的大脑,是不是已经被体制化了?你的上帝在哪里?懦怯囚禁人的灵魂,希望可以令你感受自由。强者自救,圣者渡人。"

我不是一个高尚的人,但我在小说里企图渡人和自我救赎。

一个夜晚,你看到一个人举着蜡烛。那个人也许是我,也许是更多的写作者,在那更多的写作这里,有我……

这些年,我的写作越来越自我,在自我中虚构,在虚构中自我。这是一种彼此依托的关系。我喜欢把这种方式叫作伪自传的写作。很多时候,这样的小说比完全的虚构更能抵达这个世界和时代的痼疾,或黑暗,以及微光。在现实生活中,我感到无力的时候,也无力抵抗的时候,我回到小说,回到虚构和自我结合的小说之中,在那里的真实要大于生活的真实。以这样的小说去呈现,去抵达,去发声,去揭露人性。小说本来就是写人,我更在意刻画一个人的精神状态和精神面貌。我写的人物更多是精神映像,是灵魂映像。同时,伪自传的写作也更接近灵魂的写作。世相是芜杂的,我在小说里寻找灵魂的那部分。以及处理自我与这个世界和时代发生的微妙关系。

石黑一雄说:"如今世界的所有作家中,能在所谓的现实主义风格之外进行创作且能写出好作品的作家已经为数不多了。"我也期冀这是一个多元化、多样性的文学世界,而不仅仅是现实主义。作为一个写作者,在急剧变化的时代中,点亮属于我们的烛火。我分裂成鬼金和那个父辈的命名而存在,存在与这个世界,并笔耕不辍,砥砺前行,用汉字挖掘着我逃离"地道"。

每经历一个夜班后,我会在小说中复活。在小说中与肉身与灵魂相遇,犹如那些星辰,照耀着我;犹如人生暴雨中,打开一条闪电的道路,在这夜之上复活夜,来到白昼。

唐诗云 / 80后，现居武汉，任《长江商报》记者。鲁迅文学院第三十四期青年作家高研班学员。著有小说集《白雪皑皑》，获中国作家鄂尔多斯文学奖·新人奖等。

善恶交织中的温良

周新民

唐诗云不多的小说,字里行间流出压抑、悲观甚至是绝望的情绪。这些情感体验来自哪里?看过唐诗云的创作谈,才知道,她原来在温州打拼过,做过记者。也许她小说所写的那些人生体会,来自于生活的观察和记者这个行当吧。温州,中国改革开放前沿,市场经济一线阵地,给唐诗云带来了太丰富的体验,旁观,或许是亲身。

透过唐诗云小说压抑、悲观、绝望的情绪,我们看到了她笔下人物,大都遍体鳞伤,无不深受种种伤害。的确,伤害构成了唐诗云小说的母题。市委书记占有女下属,迫害女下属无辜的同学(《得一》);为了当上村支部书记,父亲需要10万块钱贿款,父亲竟然让"我"放弃上大学,让提供贿款者的孩子顶替"我"上大学(《我的舌头比牙齿坚硬》);为了个人的前程、经济利益,妻子与人偷情,并抛夫弃女(《跑吧,现在》);父亲、母亲对我并没有承担起责任,让那个"我"在情感上始终认为自己是捡来了的孩子(《白雪皑皑》);燕于飞为了获得梅花奖,抢夺本是属于简蓉的角色(《绿松石》)……在唐诗云的小说里,遍布种种伤害。然而,唐诗云并没有停留在事件意义上来书写种种"伤害",也没有停留在情绪层次上宣泄被伤害的悲情。仔细深究我们可以发现,这些"伤害"其实具有鲜明的时代特征,具有属于这个时代的独特的"这一个"。唐诗云所写的这些"伤害"有着市场经济时代的突出表征。市场经济时代一方面解放了人的潜能,使人释放出了追求自我价值的巨大能量;另一方面,市场经济时代的潜在逻辑是交易。正是交易的逻辑建立起了市场经济时代的物与物之间的交换与流动,同样,也不可避免地也会把人当作物,并置于流通环节之中,从而物化了"人",最终造成了对人的伤害。

"人"沦为"物",这是唐诗云小说所写的"伤害"最为实质性内涵。《得一》中的王鸣从一名大学毕业生到文化局副局长,每一步都是由"交易"主导的人生。给上级送文物、送字画、帮上级处理各种事物,其目的无不是为了职务的晋升。《我的舌头比牙齿坚硬》中,更是充斥着赤裸裸的交易。为了当上村支书,父亲要求我让出上大学的机会,让他人顶替我去上学。其更根本性原因就是顶替我上学的孩子家长,愿意给父亲提供竞选村支书所需的10万元贿款。而在城市,更是充满了交易。周董和杜恩之间、周凡和杨诗逸之间的关系都是建立在利益交换基础之上的。《跑吧,现在》里的温彩云与杨江平、温彩云与老铁的关系又何尝不是一种交易?温彩云嫁给杨江平,是因为她可以因此成为城里人;她和老铁关系暧昧,是因为老铁能给她金钱和物质享受。《白雪皑皑》里,父亲只关心自己的仕途、前程,母亲只关心自己的生意。这篇小说虽然篇幅不长,但是完全可以看作是中国市场经济建立初期中国社会的画卷。当父亲有一定职权之时,家里来来往往都是来找父亲办事的人,而当父亲失势后,家里就鲜有人至。这种鲜明的对比,源自权力与利益的勾兑的可能性。父亲有权力时,求他的人如过江之鲫;父亲失去权力时,门可罗雀。新近发表的《绿松石》,更是围绕"交易"密密织起情节的网络。燕于飞和丈夫达成交易,她丈夫帮助她从简蓉手里抢走主演角色,获得梅花奖,然后回家生孩子;燕于飞和简蓉达成交易。简蓉出让梅花奖给燕于飞,燕于飞补偿简蓉各种荣誉和职务;燕于飞亲戚帮助单易掌稳矿山,单易成为燕于飞亲戚的赚钱机器;单易出资帮助简蓉拿到梅花奖,简蓉用单易提供的绿松石做道具,炒高绿松石的价格,让单易大发其财……

　　然而,展示市场经济对人构成的伤害,并不是唐诗云的最终目的。阅读唐诗云的小说也是经历"柳暗花明又一村"的压抑与豁然开朗心境相互交织的体验。构成这种阅读体验的重要原因是因为唐诗云的小说大都采用参差对照的写法,这种写法在唐诗云的小说里常有两种形式出现,一种人物与人物之间的参差对照。如《得一》塑造了一心一意为了个人的名声与利益向上爬的王鸣,同时也塑造了重情重义、潜心艺术的梁龙飞。小说还塑造了热心艺术、喜欢孩子具有赤子之心的隋慕白。梁龙飞和王鸣其实都是隋慕白老人的精神传人。只不过,王鸣经不住利益的引诱,慢慢放弃了操守,而梁龙飞则在市场经济的浪潮中独善其身。《我的舌头比牙齿坚硬》里的赵百宗和宋宁宁同为富二代,但是,赵百宗更

446

为朴实更有情怀,而宋宁宁则更看重名利,在商战中各种手段用尽。《跑吧,现在》中的杨江平为人耿直,不计名利,有情有义,而与之形成鲜明对照的则是富有心计的老铁、温彩云。《白雪皑皑》塑造了热衷利益的父亲、母亲的形象。他们让小说中的"唐诗云"屡次受到伤害,甚至怀疑自己是捡来的孩子。与父母的冷血相比较而言,奶奶则是给予"我"温情,让"我"在成长过程中倍感温暖的。

除了人物形象之间构成参差对照之外,唐诗云的小说还善于在同一个人物身上构造参差对照的关系,她小说中的人物往往不是从头到尾、彻头彻尾的堕落,而是人性善与人性恶交织在一起。《得一》中的姚得一最初也是热衷于功名利禄,但是她最终醒悟,和王鸣离婚而选择了梁龙飞。"师姐"固然做了领导的小三,但是在她身上仍有朴实与善良之处。她始终为了王鸣的前途着想,不想王鸣掉进社会的染缸之中。宋宁宁(《我的舌头比牙齿坚硬》)最初是一位内心纯朴有理想的青年人,正因为这样,她来到乡村学校支教。然而当她回城执掌家族公司之后,就变得面目全非,唯利是图。《跑吧,现在》里的陆翼,既有生意人功利与复杂的一面,也有重情重义、柔情似水的一面。《绿松石》的单易原本是一位侠肝义胆、热心快肠的青年,然而,一旦被称为权贵的"看门狗",就成为一位性格复杂的首富。唐诗云在同一个人物身上采取参差对照的写法,避免了人物的脸谱化。

无论是人物之间参差对照的关系,还是人物自身的参差对照的写法,都是唐诗云揭示人性复杂的艺术手法。在唐诗云的笔下,人固然有适应社会发展而展示出功利的一面。此时,人与人互相伤害,彼此之间以利益为中介,人沦为交换的物。在交换过程中,人性温良被消解。然而,唐诗云也看到了人性中美好的一面,传统美德仍在传承,如隋慕白(《得一》)、奶奶(《白雪皑皑》)、杨江平(《跑吧,现在》)这些人物形象,仍然孕育了传统美德,他们给这个社会带来了温暖的色调。我认为,唐诗云小说并没有一味地在传统文化那里寻找当下社会病疗救的方法,而是在市场经济滚滚红尘之中,找到了人性温良的存在。赵百宗、杜恩(《我的舌头比牙齿坚硬》)、陆翼(《跑吧,现在》)虽然身处市场经济的旋涡,但是,他们身上仍然可以找到人性中最为柔软的温存,绽放出人性的美丽。唐诗云看到当下功利主义盛行的一面,看到了传统美德仍然得以传承的情形,也窥见了市场经济催生了人性美好的一面。唯有如此,我们作为人,生活在这个世界上,

447

才能看到光明,才能得以找到存在的人性价值。

为了更好地展开参差对照的写作方法,唐诗云的小说在情节展开上面颇费心机。情节突转成为支撑唐诗云小说实现参差对照的主要手段。情节突转非常考验小说家对于叙事的掌控能力,何时可以突转？如何突转？其火候很难把握。一旦掌控不好,小说就很容易落入俗套。值得欣喜的是,唐诗云对叙事节奏的掌控、叙事视角的调控,都达到了比较熟练的地步。因此,我有理由对她的创作,抱有更高的期待。

文学,让我学会原谅生活

唐诗云

一个作家最好的早期训练是什么？海明威回答说:"不愉快的童年。"

显然,我在懵懂时期就不知不觉地接受了成为一个作家的早期训练。恐怕没有谁会希望自己接受这样一次有来无回的训练。和一个充满阳光和欢乐的童年比起来,我不知道这个世界上还有什么能够和它对等价值进行交换的东西。

这种不愉快的童年成为我对这个世界最早的认知。自闭。孤僻。不会和别人交往。把大多数的时间浪费在读书上。这似乎就是我 25 岁以前的全部人生经历。然而造化弄人,后来我从事了记者这份工作,每天的任务就是跟各种各样不同的人交流。这种采访工作带给我的好奇与不快乐竟然是同样对等的。感谢这份工作,至少让自闭的我开始被动地去接触陌生人。这是一种没有任何心理负担的同陌生人的交流,认识他们,了解他们的一些故事,然后再转身去认识更多的陌生人。这种纯粹工作式的与人交流曾经使我欣喜莫名。

最早,我的小说习作只有一个主题,那就是伤害。在我阅读过的小说中,记忆最深的那些人物,无一不是深受伤害。其实我们每个人从懂事开始就受到过各种各样的伤害,然后让我们记忆深刻。如何对待伤害,显然受伤者各有各的处理方式。我曾经被伤害,也无意伤害了别人。正是这种不同的处理方式让我们感受到了大千世界的酸甜苦辣个中滋味。正是这种方式注定了小说和新闻的不同。新闻要的是结果,小说展示的是态度。不知道我这里对小说的理解是否正确。但正确与否对我来说无关紧要,反正我就是这样写的吧。

但是,我知道我那个时期写的所有的习作,其实都不是我想要的小说。之所以写它们,只不过我需要练笔,需要用它们来打发时间,需要让我在无尽的黑夜里摆脱对于安定片的依赖。而我最终是需要去完成一个《白雪皑皑》那样的小说的。因为它的情节霸占了我的整个童年。我试图忘掉自己那段不愉快的时光，我也曾说服自己原谅过去、原谅里面的每一个人物。但是，我最终发现，原谅的最好方式就是把它写出来。不写，它始终盘踞在我的身体里。

有一回，和张好好聊天，她告诉我真正的小说都是自己的生活。而生活才是最好的小说。这是她写作二十年的最深的感悟。我始终没有弄明白什么样的小说才是好小说。我试图问了我身边的很多朋友最近看了什么书，这个书好吗。而张好好的回答是，一篇好的小说，首先是感动了自己。

在《白雪皑皑》之前，我的习作总是在试图向别人证明一些什么。证明自己会编故事了，证明自己会设置悬念了，证明自己的语言看上去有了老气横秋的味道。事实证明，这些堆砌出来的小说丝毫没有给别人留下什么印象。写了，感觉到自己有点技术上的进步了，也就完成了自己的使命。后来，我暗暗告诉自己，要写自己想写的东西。什么技巧，什么故事，什么思想内涵，统统见鬼去吧。这一次，只想写得让自己开心让自己快乐让自己随心所欲。

我到现在都不知道文学或者说小说的本质和意义是什么。我现在也无意去追根究底地寻找答案。知道答案又有什么意义呢？就像我知道自己100米跑只要10秒48就能打破世界纪录一样，知道答案了我也做不到。但是这并不妨碍我每天晚上去锻炼去夜跑。或许小说在刚开始问世的时候就给自己做了很好的定义：就是小小地说一下而已。只是为了让自己开心愉悦，或者只是为了让自己不再忧伤。而《白雪皑皑》终于让我找到了原谅生活给予我的所有不愉快的方式方法。

这种原谅让人的内心变得更强大。

徐衕

徐衕 / 浙江人，生于 1989 年。南开大学中国现当代文学硕士，鲁迅文学院第三十四届青年作家高研班学员。入选 2016 年浙江省"新荷十家"，曾获第十一届、第十二届全国新概念作文大赛一等奖、第五届"人民文学·紫金之星"短篇小说佳作奖。中短篇小说见《收获》《人民文学》《上海文学》《江南》等。

欲望的变形记

李　璐

　　"譬如以笔下独居老人的凄凉晚景包裹实际书写者的青春失恋之痛,譬如现实中可能只是忘了有没有拔钥匙之类的小焦虑,落到小说里就有可能演变成为一场历史浩劫……"徐衎在创作谈《隐喻解说者说》里写道。徐衎的火眼金睛在于,他拨开雪肤花貌与鸡皮鹤发的不同外表,洞见了悬殊表皮下她(他)们的欲望——是同一个东西! 并让这欲望时时变形,时而是《绿豆》中在郁热阁楼喝着绿豆汤、冷眼看诸人也看自身欲望如绿皮蛇翻滚的小女孩,时而是《心经》中被世界遗忘、孤独寂寞度日的老阿姨,时而是《乌鸦工厂》中虽肢体残缺却同样交缠着欲望占有、争夺、比较的残疾工人,时而是《肉林执》中隐身人群、因自己的追求与别人不同而饱受折磨的艺术家。

　　这欲望的变形记让我想起徐衎的小说《仙》:女导演在失足女的描述中印证了自己对出生地小城同样的又恨又爱,以及她们从"出卖身体"到"出卖灵魂"的心心相印,不过这并不妨碍她在满足了拍摄欲望后立马抽身走人;而失足女"失足"的故事原来全都是半真半假的虚构,是面对镜头做的精彩表演;此后,当失足女所在的按摩场所被查禁、成为社会热点后,女导演又后悔之前删掉了拍摄的"失足"素材,不惜亲身扮演失足女,凭记忆将失足女虚构的故事再表演一遍……这不也正是徐衎所说的"精挑细选容器":欲望的共通性让她们无论有一个怎样的人间的姓名,女导演也好,失足女也好,已有的电影电视的虚构也好,都一样是演出欲望的人间喜剧。

　　正是在欲望的变形的意义上,我理解了徐衎在《栗色沃野》《试水》中对死亡的把玩。《栗色沃野》中"我"审美化地处死一只蚱蜢、冷静地延长蚱蜢的死亡时间,其实是"我"欲望不得发抒的一种表现。相似的情境在《心经》结尾,王萃梅

452

弄死一只小老鼠的情节中继续出现,而这一次,在被浸没的"小老鼠迅速游了几个来回,急不可耐地想要退化成一尾鱼"的惨状面前,王萃梅连赏鉴的心情都没有,她晃动着"最高级哺乳动物"的优越感,回房做其他事去了。而小说之前对王萃梅孤独寂寞的生活状态、欲望降低到近乎麻木的描摹极其完整,这样结尾处她纹丝不动、毫无感情地淹死老鼠,唯一能在老鼠面前感觉到一种"胜利"的某种情绪就水到渠成。读者清晰地感觉到人物欲望线的呼吸跳动,徐衎小说更加走向成熟了。

对动物,可以不加掩饰地发泄欲望不得满足的愤怒;而人与人之间的关系,不过是这种欲望不得满足而积累的愤怒和恶意经过掩饰后的变形罢了。于是,菜市场卖桃或西红柿的摊位上虽然都放了牌子"轻拿轻放,请勿按捏",杨杨奶奶暗中还是又掐又捏;女导演扮演失足女时,轻情地在镜头前报上后母的名字:"我叫何红梅……"欲望不得满足,于是以大大小小的隐疾或明伤的方式,在人与人之间蔓延。张爱玲说的"生命是一袭华美的袍,爬满了蚤子"的"蚤子",在徐衎这里大摇大摆、旁若无人地现了真面目。

徐衎在创作谈中说,他是"浸入"的。这种"浸入",我的理解,是力图抓住欲望及其变现的任何一丝一毫微澜。而徐衎将这种欲望描摹和表现出来的模样,是比较奇特的。这从写于2011年的《绿豆》便可以看出来。《绿豆》里有一条画店洗颜料的阴沟,这条阴沟也是女主人公欲望的一个象征:

> 从阁楼上俯瞰,(阴沟)好似一条通体冰凉的绿皮蛇,被两颗钉子一头一尾地钉死,抻成了一枚标本。
>
> 墙角的台灯映出两条裹着草绿毛毯的身体,厮打般地缠绵扭绞在一起……蛇的血冰凉且是绿色的……
>
> 太阳毒辣,循着巷道一路疾跑,头顶烈阳倒映在绿莹莹的阴沟里,一个极明极亮,一个极暗极翠,两相交叠汇成一种月白色,那倒影竟好似沉在沟底的月亮了。阴间的月亮。

这几段文字形象地显现了徐衎小说中欲望变化出来的最初模样:头顶的太阳是"毒辣"的,这可以看作对欲望的一个隐喻。而"极明极亮"的烈阳倒映在

"绿莹莹的阴沟"里,却是"极暗极翠"的。因为不能正常地表达出来,欲望被强大的力量压抑着,因此它经过变形,具有了一种极烈的仿佛在暗翠的水流中生长的特质。"蛇的血冰凉且是绿色的",如果对徐衎眼中最初的欲望赋个形,大概便是这样奇特的、"冷"的意象。这也正是徐衎在《晚不安》中概括的:"郁郁葱葱的背后不过是欲望的转嫁,变了质、发了酸的,苍翠欲滴的欲望。"这是"变了质、发了酸"的欲望,而"苍翠欲滴"。

可能因为《绿豆》的主人公是个小女孩,所以欲望的这一重面相是相当惨烈的。徐衎在后来的创作中,越来越偏爱以中老年女性为烛照对象:像《试水》《突然响起一阵火山灰》《红墙绿水黄琉璃》中的母亲,《乌鸦工厂》里的美芬、胖阿姨,《仙》里的女导演,《心经》里的王萃梅,《晚不安》里的杨杨奶奶、吕向红,《苹果刑》里的黄阿姨,《煮山记》里的面店老板娘、小玉的母亲和大姨小姨……老年女性的欲望仿佛经过了一重时间的慢火细炖,不再以青春期锐痛的形式出现,更有一种冷眼评看人间的状态。也正因为是老人的冷眼,没有那种急切、纠结、困惑,一切都云淡风轻可以接受,种种悲痛、哀伤的事情隔着老年的滤镜看过来,仿佛都日光之下无新事,可以带有某种喜剧色彩。也许正是这一点为徐衎所喜,便于他进行对人与人之间关系的观察。

徐衎眼中,人与人之间的关系是怎样的呢?《心经》里,月华得知父亲溺死在浴室里,首先感到的是轻松,以后不用去男浴室喊父亲回家、承受其他男人"戳得青春期的肉体辣痛"的眼光,"由衷而笑";吕向红的女儿夸奖母亲的菜地、有机蔬菜,吕向红"恍惚觉得丈夫和女儿是在吃她,吃掉她……她的身体被嚼碎撕烂"。最亲近的父女、母女关系尚且如此,其他人之间的关系可想而知,所以《心经》里,小保姆检举揭发爱着她的杀人逃犯,那么轻轻巧巧,过后也仿佛水落无痕,她还说自己不拿赏金,让邻居王萃梅去拿——心理上毫无负疚感,甚至颇有自矜良心之意。再如武昌随庄臣到黄鹤楼一带,在得知庄臣其实是人贩子、自己只是运气好没被卖掉后,虽然想见庄臣一面而不得,却也还是安耽地回家了,只在小说结尾,游人让她拍照时她联想起庄臣,心中一动——即使是恋爱过的两个人呢,情分也不过如此。

徐衎小说中时时出现"婺城"。婺,金华的简称,也是徐衎的家乡。徐衎在小说里塑造了婺城形形色色的人物,人间欲望的百态:中年女儿对母亲的冷漠,母亲的欲望对女儿的侵凌,企业破败,工人下岗,艺术家在小城里隐匿……而这一切故事发生的背景,人与人关系的性质,又是整个小城里,人与人之间有着密切的、割不断的联系,每个人对另一个人的身世底里知道得一清二楚,像一个大的乡村。这是偌大中国、古老中国人际关系的折射与象征:人与人之间的关系是密切的、近的,却又是相互倾轧的,这可以说是徐衎观察到的中国人与人之间的关系。

婵阿姨是施蛰存小说《春阳》里的人物,她年纪轻轻便嫁了冥牌,做了"望门寡",老来的一个春日,她上城见到银行里的一个年轻职员,年轻人对她礼貌客气的微笑让她萌生了欲望,后来发现是自己的幻想而感到失落和尴尬。婵阿姨的形象隐喻着欲望得不到满足的中年老年女性,而到了徐衎笔下,欲望更深一层——人与人之间欲望倾轧、难以忍耐的这一切,徐衎小说里的老人们都能看惯。他深入潜意识角度,讽刺人的欲望的不能满足;并且因为能看到每个人欲望的脆弱处,所以一句轻描淡写的冷嘲都会切中七寸。这是婺城之所以成为婺城,施蛰存笔下的婵阿姨们在新时代变做了王萃梅、杨杨奶奶、吕向红等新模样的根本原因,并且还有一代一代的婵阿姨们在成长。

想起《心经》里"萃梅一个人吃不完一只整鸡,留着准备让月华回来的时候带走,老母鸡瘟在笼子里,死期不明,惶惶不可终日"的情节,这句"惶惶不可终日"隐隐提示出徐衎的同情广覆到一只待宰的老母鸡,而"惶惶不可终日"这个词又充满可笑的气氛。某种程度上,这未尝不可以看成王萃梅的形象投影,也是小城人们的形象。这是徐衎对其有着强烈爱恨的老中国的国土、老中国的儿女。当我们在欲望倾轧的惨绿愁红中抬起头来的时候,徐衎的名字也足以令我们口齿噙香了吧。

"先锋"的"现实主义"

徐　衍

　　当我谈现实主义的时候我在谈什么？这是一个问题,后来我终于找到了一个参照。

　　在我开始尝试着小说创作的 2007 年,中国当代文学范畴的"先锋文学"作为一场运动早已经结束了许多年,从文学史的演进意义上说,"先锋文学"已然成为一桩文学遗产、某种传统,因此对于没有亲历这场运动的我来说,其中的挣扎与反抗自然是不切肤的,甚至是需要后天研究学习才能窥之一二的,也因此,我很自然地就接受了这份文学遗产的馈赠,具体到小说创作,我认可小说就是小的,最重要的是你在表达和思想上的个人性,小说的语言应该是更为精美有效的汉语;小说可以是隐秘的欲望叙事,可以时空变形扭曲,可以跳出严苛的现实逻辑展现另外一种可能;小说不等于故事,读小说除了享受其中的故事、叙事技巧和小说逻辑,更是一个发现之旅;小说是一种复杂的、自由的东西,对社会流俗、规则有一种起码的反叛、怀疑……以上种种似乎是某种先天性的常识,是走上文学道路之初就知道的东西,我觉得这是我们这一代人的幸运。

　　无可否认,从文学史的角度,中国先锋文学就文学形式而言,其对立面就是庸俗的社会学或者传统的现实主义,但更为深刻的,它表征了整个 20 世纪后世界精神史上人们思考问题看待世界的方式发生的深刻变化,而这个变化被中国近现代以来的现实主义潮流所遮蔽了。

　　阅读之初,我的兴趣在于余华、苏童、杜拉斯、卡夫卡、米兰昆德拉等等,我惊叹于《在细雨中呼喊》的酷炫结构,兴奋于《生命不能承受之轻》《不朽》中的思辨议论所迸发出的智慧火光和独立精神。

可以说，是先锋文学，包括现代主义文学，成了我文学出发的起点，也是它们激活了我有限的经验和想象，让我得以安置那些未必有多么独到的童年、少年经验，自以为是地通过语言等技巧层面的搬弄，为这些未必独到的经验制造出一点刻意也可疑的"独到之处"，结果往往是形式大于内容，即便如此，你看，我是多么尊奉文学是个人化的表达之类的"常识"啊。

在经验匮乏的苍白年纪，我居然也写了不少小说，现在回头反省，那些文字中深埋着许许多多实实在在的空白，尽管技巧起到了一定的掩饰作用，尽管甚至有可能被理解阐释为是某种"可贵的留白"，但我心知肚明它们是贫瘠的，因为白的后面和周围都没有坚实的可还原的填充物来支撑这样的"白"。

回到个人的阅读史，我其实是很晚才阅读《包法利夫人》这样的作品的。那种比缓慢更缓慢的推进节奏，那种比繁复更繁复的描写，那种在闪闪发光的细节上的停顿，都让我获得了某种新奇的体验，就像中文系学习过程中，在符合自己趣味的鲁迅、张爱玲、沈从文、萧红等的阅读之外，忽然读到了赵树理，我至今还记得"小腿疼"带给我的"会心一笑"，这也是在"揭出病苦引起疗救的注意"、"苍凉的手势"、"希腊小庙的湘西"、"酷寒与饥饿"之外的新体验。

限于时代、个人种种因素，我的文学接受史出现了某种错位倒置，就我个人而言，文学的发生似乎是先"20 世纪"再"19 世纪"，等我再去接受福楼拜、莫泊桑、托尔斯泰的时候，我会觉得它们有一种老实的笨重，诚恳的扎实，是一种个人意义上，后于"先锋文学"的"先锋"——"灵柩的布从胸部到膝盖凹陷下去，在脚趾那儿再隆起；在夏尔眼里，仿佛有个庞然大物，极其沉重地压在她身上，那就是死亡……"这是我对《包法利夫人》中印象最深的几处描写之一。它不时地提醒我，不是每次都非走捷径不可的，在细致沉稳的观察当中变得耐心和笨拙，恢复对世界的惊奇与笨手笨脚，重新打量那些忽略而过的事物以及附着其上的名词，同样很有必要。

我是通过阅读和写作弄明白许多事情的，我只能写我自己知道的东西，而且很多时候往往是写出来后，才知道我自己知道什么。小说阅读和写作让我变得更完整，不论是读或写，我就像生了锈的星星和泉水，又被重新擦亮了。随着经历越来越丰富,真正获得了恐惧、虚无、失败感等等,那个形式,那些叙事圈套,也才有了真正的填充物,这个过程,就是做加法的过程,这个加法具有社会学的意义,诗学和社会学才会达到某种平衡。在这个加法的基础上再做减法才能称为真正的"留白"。

宋小词 / 1986 年生于湖南,现居贵州。2007 年起开始发表小说,收入多种选刊及选本;曾获《上海文学》新人奖、紫金·人民文学之星提名奖、滇池文学奖、贵州省文艺奖等,小说集《朝南朝北》收入"21 世纪文学之星丛书·2015 年卷"。

在微光里直立行走

刘 颋

《直立行走》是为宋小词赢得广泛声誉的一部中篇小说,同名小说集封底推荐语说,"她在人生的褶皱里行走,窥见了那不为人知的漫漫长夜,宋小词用笔点亮了尘世的篝火"。由此我想到一句话:在微光里直立行走。这或许是宋小词的写作理想,状写在尘世里努力直立行走的人,这些人,也许注定卑微,也许普通得从来没有谁会多看他们一眼。但他们,始终努力在自己微弱的生命之光里,挣脱命运的负重,直立,向前。他们卑微,但不卑贱。

宋小词的小说,对于剥开人生的褶皱,亮出那些沉积的污垢,有一种近乎病态的执著,这是宋小词小说的特点,也是她的小说极具辨识度的原因。对现实社会、对生命形态、对日常生活的细节,宋小词有非常强的解剖能力。她的小说人物总在计较方寸之间的得失,无论是精神的,心理的,还是物质的,几乎到了锱铢必较的地步。比如《开屏》中的秦玉朵,她需要讨好夫家,又要在老家和母亲跟前撑起一幅幸福的模样。但是母亲的到来也让她明白了自己与夫家的关系,就像主卧门上那拧不开的门把手,"这锁就是婆婆的态度,她在防着她、不接纳她,她跟她一直就是楚河汉界,她跟她的关系就跟这门一样,敲一下硬邦邦的"。处于紧张博弈中的人物关系,其间的角力已经到了计较一丝一毫得失的地步。秦玉朵试图通过隐忍、通过生育争得在这个家庭的平等地位,却总是轻易地就被扒拉到了边缘。就连她与丈夫南翔之间的关系,也充满了俯就与仰视。然而,尽管是这样一种看不见的剑拔弩张,秦玉朵却不敢轻言离婚。因为一开始的依附她无法独立,所以秦玉朵更在意一分一厘的得失,更在意空气中每一个分子的表情和归属。宋小词通过一个一个生动得滴血的细节,揭开秦玉朵虚假的安逸优裕,带领读者看着秦玉朵一步一步走向绝境,这个过程很残酷而冷酷,也就是在这个过程中,女性命运中的独立、自强等语词,才更为清晰也更为迫切地成为秦玉朵们乃至读者的选项。

宋小词捕捉生活细节还原生活现场的能力非常强。正如她自己说的,"我会给自己出题,如果是写作,要如何写才能让人有一种身临其境的感觉。"可以说,生活中的宋小词,时刻都处于创作状态中。也正是有了随时随地对生活细节的琢磨、对生活情境的揣摩,她的小说,无论是生活细节,还是心理状态,都具有很高的生活还原度。

中篇小说《直立行走》里的杨双福,"只是一个穷打工的,贪色,认识了汉正街的帅哥周午马,赶上了拆迁,为了夫家多分三十平米,闪婚",尽管她常感到羞耻,但当她看到周午马停在小区外的香槟金的小轿车,"第一次她有了一种在尘埃里绽放的神色"。尽管杨双福很想将两人的情感关系与爱情联系起来,但在她的各种诚实的感觉里,她和周午马的关系显然利益大于情感。而她所一厢情愿认定的情感,更注定了她的悲剧。所以她为周午马挺身而出坐牢,也只换来周午马要赔 20 万的抱怨和一纸离婚协议。就在她准备放下恩怨祝福他的下半辈子的时候,迎接她的是周午马迎头一击的钢棍以及周午马新婚妻子微微凸起的肚子。在对杨双福的塑造中,大量微情绪和微表情的描写,及时而准确地描摹出了这样一个怀揣着卑微梦想的女性的人生微澜。宋小词有很强的微雕能力,她也很乐意在小说里施展各种微雕手段,从环境到人物,从心理到情感,从动作到表情,立体地逼真再现现实生活,杨双福周午马们的生活和命运的每一个波折都得到了精细的呈现。这种高度的生活还原能力,为小说叙事的成立提供了强大的支持。

宋小词的小说并不急于把一个故事讲完,在她的叙事里,每一个悲剧命运都有着完整的因果关系,她习惯于将果的呈现拉得很长,展现这个果的每一个细部每一个阶段,而随着果的最终呈现,因也浮出了水面。因的呈现,又必定伴随着小说人物在精神、心理、情感、物质几个方面的纠结和计较,于此,宋小词的每一篇小说就成了一个战场,是人物为了生活在方寸之间锱铢必较、寸土必争的战场,而且在不动声色之间已经血肉横飞。人物与他人交战,与生活交战、与社会交战、与自我交战,这使得宋小词在小说文本内部得以构造出一个比较丰沛的小说世界。如此,她的每一部小说内部都是一个丰富充盈的小世界,进而为人物命运的展开提供着逻辑支持。《天使的颜色》里围绕父亲的治疗,我与父亲、我与母亲、我与男友、我与哥哥,我与单位的领导,我与新来的实习生,甚至我与我自己,各种关系之间尽管质地不一,但共同点是日益紧张。我在不停地挣扎、不停地计算着,尽管想方设法筹钱给父亲治病,依然换来父亲写在纸上的几个大字:久病床前无孝子。亲情、人伦与利益之间,无时无刻不在交战较量着,"我"们被裹挟其中,头破血流狼狈不堪,宋小词不无残忍地撕开了温情的面纱,质问:天使是什么颜色的? 这是宋小词小说的力量,它逼着每个人直视自己袍子下面的小。父亲留下的三万元存款给小说一抹亲情人伦的温情,却依然无法照亮人心最深处的幽暗。而且父亲揣着三万的存单,看着女儿和儿子被钱逼得狼狈不堪也不吭声,这种状态的成立需要更有说服力的理由。

宋小词的小说始终存在一种撕扯的状态。城乡也好,男女也好,父母子女也好,在她的小说里都是一对撕扯着的对手。这种撕扯,有的是撕破脸皮的大打出手,有的是破口大骂的尖酸刻薄,也有从头到脚的算计和心机,还有手攥黄沙的狠与空……撕扯,为宋小词的小说带来了不一般的叙事张力,在各种撕扯中,命运、人性、伦理、世俗约定等等,都显露出了轻易不为人知的底色和肌理。人与外界诸种关系被撕裂,人的内心被撕裂,在各种扭曲和矛盾、各种妥协隐忍与抵抗中,生命乃至人性,都被作者撕掉了包裹在外面的糖衣,露出了赤裸裸的苦涩。

《柑橘》《祝你好运》是宋小词2018年最新发表的两部中篇。苟大宝整个青春都奉献给了水库和柑橘山的建设,上世纪80年代农村实行承包,人单势孤的他被剔除成了五保户。晚年的苟大宝收留了一个被人丢弃的年轻傻女,但村里的男人却打起了傻女的主意,苟大宝为了讨回傻女的生存权得罪了村支书和村里所有人。傻女怀孕,村委与村人拒不接纳逼其堕胎,在柑橘成熟的季节里,老人抱着难产致死的傻女坐在柴草堆上,在村人临近的脚步声中点燃了身下的柴草堆……苟大宝善良忍让孤独了一辈子,却因为傻女的生育生存问题,和全体村民对立起来。一个人和一群人的撕扯,是为了一个傻女的生育权与生存权,更是为了人世间的道义和人的尊严。《祝你好运》里的伍彩虹14岁从农村来到城里的舅舅家,照顾病人,带孩子,帮助管理舅舅家的小饭店,10年未取分文只是得以住进舅舅买的房子里安身。丈夫经常对她打骂嘲讽,遭遇车祸变成半截人后只有伍彩虹照顾,伍彩虹没有工作靠做直销维持生计。10年后,舅舅追讨房屋逼伍彩虹腾退住房,丈夫自杀,给伍彩虹留下遗书"祝你好运"。伍彩虹与周遭的关系几乎都是一种非常紧张的撕扯关系:与舅舅,与丈夫,与那个她努力想融入的城市,与昂贵的"皇后牌"炒菜锅所意味着的生活。

宋小词小说里的撕扯,是人物不甘于命运安排的努力和抗争。《太阳照在镜子上》里同父异母的陶平陶安姐妹,父亲出轨,两姐妹之间的既相斥又相吸,恰恰通过满篇的撕扯,将情感上的拒斥和血缘上的隐秘吸引力展现得层次分明,纤毫毕现。《开屏》里的秦玉朵与母亲、与丈夫、与婆婆、与工作单位之间的关系,始终在撕扯中,各种力量的绞杀搏斗,将秦玉朵这个有着不甘、有着不满、有着隐忍、有着欲望、有着虚荣的女性的进退失据、内心的虚弱和惶恐,刻画得入木三分。女性形象和女性命运,农村和进程务工的农民,一直是宋小词笔力集中所在。从秦玉朵的离婚到杨双福的离婚,可以看到宋小词在女性命运和女性意识上的一种自觉,即女性的自立自重,她试图探求的,是女性如何在生活的重围和重压下发表独立宣言,如何才能获得独立宣言的资格和能力。

除了《血盆经》《滚滚向前》等早期作品,宋小词的创作尤其是中短篇的创作,在撕扯这条路上走得越来越远。阅读宋小词的作品时,"勇气"这个词时常浮现,我感佩于作者撕裂伪装时的决绝和冷静,以及呈现隐秘幽暗时的力量。这种直抵人性幽暗处的写作,需要作者一往无前的勇气,同时也需要阅读者的坚韧和勇气。因为每一次阅读宋小词的作品,那冲破文本弥漫而出的撕扯的力量,多多少少会震荡到每一个灵魂不为人知的暗面。这段作者的自呈,也很好地说明了,撕扯与撕裂并不是宋小词写作的目的,她所期望的,是以格斗士的勇力,借助撕扯这个贯穿的动作,带领读者剥开伪装抵达真实。也许,在真实的境地里,人可以痛定思痛浴血重生重回清明? 宋小词的小说如是呈现出了一幅幅疼痛生长的人性图谱。

与小说的撕扯、冷峻相应的,是小说语言的锋利。锋利中甚至隐隐浮现作家面对虚妄时的刻薄和刻薄后的快感,这种复杂的叙事情态与字里行间活现的市井气很好地契合了人物的生存状态,作家面对他们时哀其不幸怒其不争的表情也表露无遗。宋小词的小说语言,也像那刨食的爪子,每一爪都是抓向现实的一道明显痕迹,其中的力量,既是生之艰难,也是生之必需。作家的用力之苦和杨双福们一样,没有刨出血来的付出,终究是难有收成的。

一个好作家,一定具有捕捉生活还原生活的能力,更具有构造生活诸种不可能性的能力。拿着放大镜复现生活的细节是一种能力,生活由无数个细节构成,但无数个生活细节的镶嵌与堆积,并不等于一篇好的文学作品。同时,一个优秀作家也是有着向光飞行甚至飞蛾扑火的勇气和能力的,也应该是这个社会上为数不多的,不向生活妥协的人。文学作品中可以有乱伦、放纵、堕落、纠结、算计,等等,但它们不应该是作家写作的目的,清醒的现实主义和理性的启蒙主义和超拔的浪漫主义可以越过它们,朝向文学审美的理想性。

宋小词显然也意识到了理想性对于灰暗写实的重要性,在对生活的极致书写中抵达真实之境,唤起人们的自省,努力让理想的微光照亮混沌的生活,这大致可以概括宋小词这几年的创作特点,但正像她的小说人物需要突围、需要出路一样,宋小词的创作,也面临着在狭窄的生活围城里突围的问题。朱光潜在《文艺心理学》里指出,"希腊悲剧家和莎士比亚使我们学会在悲惨世界中见出灿烂华严,阿里斯托芬和莫里哀使我们学会在人生乖讹中见出谑浪笑傲,荷兰画家们使我们学会在平凡丑陋中见出情趣深永的世界。"在超越日常生活的文学理想的作用下,文学作品得以揭示出生命和存在的深层意义,赋予读者灵魂上升的力量,使其超越一般生命物的生存状态,体味到人类梦想中的神圣和至善,看到凡俗人生背后的庄严和美好。宋小词有非常犀利敏锐的生活触觉,她对生活的感受能力,属于"祖师爷赏饭吃"的那种,潜力很大。对宋小词而言,世俗生活可以成为写作的对象,但是世俗生活不能成为写作的终极目的。撕扯也好,锱铢必较的战争也好,也许,拥抱世俗穿过世俗,从世俗中构建出一种非世俗的生活,并且能逐步呈现生活的多面性和可能性,进而构筑更丰富饱满的精神世界,是宋小词接下来面对的挑战。

在此,我很想再说说宋小词的一部长篇小说《声声慢》。小说以"我"为叙事者,通过奶奶、母亲、小姑姑几个女性的命运,讲述了一个家族近百年的历史,并从百年家族史的跌宕中,勾画出时代的命运曲线。从内容和结构来说,它属于长河小说,并不鲜见。这部作品吸引我的也并不是它的故事内容,而是它的叙事腔调。它有别于中短篇里宋小词惯用的冷静而锐利的叙事腔调,一种平静从容甚至还带点懒洋洋的有温度的叙事腔调,让我们看到了宋小词的另一面,也看到了宋小词的丰富性和可能性。

小说是一场幻术

宋小词

我出生于上世纪80年代的乡村,虽然那时已分田到户,农民还是一如既往的贫穷,生活的艰辛与苦难令很多农民心气儿很短,乡村动不动就有喝药死的、投水死的、上吊死的,逢到此事,我们也会赶几里路去看,看那些摊在地上一动也不动的尸体,看那些哭天抢地的死者亲人,看葬礼也看婚礼,看生人也看死人。童年的心里盛满着莫名的恐惧和苦楚,小小的胸膛里,各种情绪左冲右突,似乎想从我身体里奔涌出来。直到我遇上了文学,爱上了写作之后,这种奔涌的感觉总算找到了一个流淌的渠道。

认真说起来,我文学创作的许多理念受我父亲和兄长的影响颇深。他们对于写作的观点是"板凳要坐十年冷,文章不写半句空","文似看山不喜平,画如交友须求淡"。文章忌空忌平,这是我最早从家人哪里获取的写作基础理论。在父兄心中,写小说也是著书立说,是藏之名山,传之后世的大事。而我天资愚笨,好吃懒做,在父亲看来,压根就不是那块料。可是我喜欢啊。最初父亲是反对的,但最后他支持了。我最初练笔的小说都是父亲帮我纠正错别字。我记得我有一篇小说,写得是男女主人公生活在一栋庄园里,整日为证一个情字,互相虐来虐去。很多情节靠编,因为缺少现实和逻辑上的支撑,根本就是站不住脚的,就像编织一件毛衣,掉了许多针法,处处都是漏洞。父亲给出的评语,大致意思是辞藻华丽,一味堆砌,很是空洞。也有表扬的话,说如此生搬硬套的小说居然能挥洒万字有余,没有功劳也有苦劳。我那时面皮薄,恨不得钻地缝。但父亲教我,写作,先不说平不平,首先得不虚,得脚踏实地,县城都没去过,如何写豪门的生活,你为何不写你身边的人和事呢,自己经历的,写下来,最起码让人信服。这应是父亲给我上得第一堂文学写作课。

此后我便一直遵循着这个教训,写自己身边熟悉的生活。但这种资源是有限的,无法支撑长久的写作之路。路在脚下延伸,远方有许多陌生和隔阂,那就需要潜入进去,把这段陌生和隔阂摸熟了再写。以我的中篇小说《血盆经》为例,我虽然有农村的生活经验,但对乡村道士的生活并不那么熟悉。那便要深入到道士的生活中去,了解乡村道士的派别,经文与咒语,科仪与禁忌,一个道士的日常,了解得越细便越可靠,这个小说对道士生活的熟悉只是一个方面,这是一个基础,还有一个重要的层面便是小说的构思,《血盆经》是我们乡下的道士在葬礼上专门为女亡人唱的经,《血盆经》虽然是一个男性小道士的视角写的,但我想传递的是一曲女人的悲歌。而且我个人并不觉得这是迷信,乡村的丧葬仪式是乡村特有的一种文化,这里面有生与死的庄严,有人伦纲常,对人心起到了安慰和洗礼的作用。

大地和生养我的乡村,在我看来,也是一具母体,她们产出丰富,像母亲一样对我们有生恩养恩,但她并没有得到我们的尊重,我们在她们身上只知道索取,从来不思回报,所以她们凋敝了、荒芜了,就像小说中的翠儿一样,一生饱受凌辱,最后死亡。

深厚扎实熟悉的生活是皮,思想与境界是毛,皮好毛才夺目。一个小说的酝酿,首先是作者要吐出一枚事件的核,然后像蚌贝一样,一层层分泌出情感、思想的汁液,几万余字里,人物事件在语言和情节里像绞麻糖似的,在冲突矛盾中纠缠搏斗,或隐忍或奋起或厮杀或倒下,结局或悲或惨。可是作者营造的这一切仿佛一场幻术,掩卷闭合之时,有心的读者从这场幻术里看到的其实是一个作家的思想与灵魂。

实际上写作这么多年来,对于写小说一事,并没有越写越明白,反而是越写越疑惑,越写越迷茫了。小说之于我并不像父兄心中有如"圣人立言"那般神圣,但也不是如"稗官道听途说之所造也"那般随便。小说不能承受之重,但小说也应有所担当。

小说的深度实际是作者的深度,小说的高度实际也是作者的高度。现在我才逐渐明白,父亲当年对我的担忧,笔有千斤重,写作这碗饭不好吃。写作者自身的素养要高,眼界要宽,胸怀要广,各种知识储备要丰富。如今父亲早已不在人世,但兄长继承了父亲对我关注,他常提点我,文学不能是只讲纯粹的艺术技巧,文学也是一门综合性的学术,不仅文史哲不能分家,在此基础上还应加上政治与经济两项内容。广泛涉猎,多探究一个门类,就如多长出一个触角,触角越多,获得的东西就越丰富,对于生活和社会就会看得越发明白越发透彻。

我一向认为作家应该是要比一般人懂得多,作家也一定是要比一般人有智慧,人情练达,世事洞明,否则辨识不了这个洪流暗涌的世界和幽暗明灭的人心,什么都不知道,什么都不懂,是非曲直不分,黑白好坏不辩,如何写作呢？再一个方面就是写作者不光是有智慧、情怀,更要有胆量,你所阅读的书籍,你所阅历的人事,你所遭遇的酸甜苦辣,你对这个社会知道得越多,伴随获得的也就越多。作家立于一个时代,眼睛所看见的,身体所遭遇的,心理所感受的,必须要如实表达出来,不能歪曲,不能蒙蔽,真实客观冷静的书写,写一个时代的血与泪、沧桑与残酷,是需用莫大的勇气的。

编者的话

《文学新活力——当代中国青年作家创作实力展》是安徽文艺出版社"新力量"文丛中的一部,也是《文艺报》"聚焦文学新力量"栏目作品的汇编,其中包括作家创作历程简介、评家观点与作家自述三部分。此栏目自2013年3月一直持续至今,受到广大读者的关注。其中,2013年3月至2013年9月所刊文章已集结为《聚焦文学新力量——当代中国青年作家创作实力展》(安徽文艺出版社2013年9月出版)。本书收录2013年10月至今所发篇目,目录顺序以报纸出版与刊发顺序为准。

在组稿与编辑的过程中,我们坚持推出文学"新力量"的原则,重点关注中青年作家和批评家。书中所涉及的作家年龄均在50岁以下(含50岁),评家也多为"70后"、"80后"作者。他们的作品让我们看到了当代文学的新动向、新发展,也让我们感受到了这些青年作者为文坛带来的新力量、新活力。

《文学新活力——当代中国青年作家创作实力展》一书的编辑与出版,得到了广大编写人员的关心与支持,在具体的约稿、编辑工作中,行超等人付出了大量的劳动。

由于出版时间仓促,书中难免有错漏之处,还望得到广大读者的批评与建议,以期不断完善之。

让我们共同推动当代文学新力量的蓬勃成长。

编　者
2018年9月